हिन्द पॉकेट बुक्स

सोमनाथ

आचार्य चतुरसेन शास्त्री का जन्म उत्तर प्रदेश के बुलन्दशहर जिले के चांदोख गाँव में हुआ था। ये हिन्दी भाषा के एक महान उपन्यासकार थे। आचार्य चतुरसेन के उपन्यास रोचक और दिल को छूने वाले होते हैं। इनका अधिकतर लेखन ऐतिहासिक घटनाओं पर आधारित है। *आभा* इनकी पहली रचना थी। इनकी प्रमुख कृतियाँ *गोली, सोमनाथ, वयं रक्षामः* और *वैशाली की नगरवधू* इत्यादि हैं।

सोमनाथ

आचार्य चतुरसेन

हिन्द पॉकेट बुक्स
पेंगुइन रैंडम हाउस इम्प्रिंट

हिन्द पॉकेट बुक्स

यूएसए। कनाडा। यूके। आयरलैंड। ऑस्ट्रेलिया। सिंगापुर
न्यू ज़ीलैंड। भारत। दक्षिण अफ्रीका। चीन

हिन्द पॉकेट बुक्स, पेंगुइन रैंडम हाउस ग्रुप ऑफ़ कम्पनीज़ का हिस्सा है, जिसका पता www.hindpocketbooks.com पर मिलेगा

पेंगुइन रैंडम हाउस इंडिया प्रा. लि.,
चौथी मंजिल, कैपिटल टावर 1, एमजी रोड,
गुरुग्राम 122002, हरियाणा, भारत

पेंगुइन
रैंडम हाउस
इंडिया

प्रथम हिन्दी संस्करण हिन्द पॉकेट बुक्स द्वारा 2002 में प्रकाशित
यह हिन्दी संस्करण 2018 में प्रकाशित

10 9 8 7 6 5 4 3 2

ISBN 9789353490058
मुद्रक: रेप्रो इंडिया लिमिटेड

www.penguin.co.in

FSC
www.fsc.org
MIX
Paper from responsible sources
FSC® C047271

This is a legitimate digitally printed version of the book and therefore might not have certain extra finishing on the cover.

प्रभास पट्टन

सौराष्ट्र के नैर्ऋत्य कोण में समुद्र के तट पर वेरावल नाम का एक छोटा-सा बन्दरगाह और आखात है। वहां की भूमि अत्यन्त उपजाऊ और गुंजान है। वहां का प्राकृत सौन्दर्य भी अपूर्व है। मीलों तक विस्तीर्ण सुनहरी रेत पर क्रीड़ा करती रत्नाकर की उज्ज्वल फेनराशि हर पूर्णिमा को ज्वार पर अकथ शोभा-विस्तार करती है। आखात के दक्षिणी भाग की भूमि कुछ दूर तक समुद्र में धंस गई है, उसी पर प्रभास पट्टन की अति प्राचीन नगरी बसी है। यहां एक विशाल दुर्ग है, जिसके भीतर लगभग दो मील विस्तार का मैदान है। दुर्ग का निर्माण सन्धि-रहित भीमकाय शिलाखंडों से हुआ है। दुर्ग के चारों ओर लगभग 25 फुट चौड़ी और इतनी ही गहरी खाई है, जिसे चाहे जब समुद्र के जल से लबालब भरा जा सकता है। दुर्ग में बड़े-बड़े विशाल फाटक और अनगिनत बुर्ज़ हैं। दुर्ग के बाहर मीलों तक प्राचीन नगर के ध्वंसावशेष बिखरे पड़े हैं। टूटे-फूटे प्राचीन प्रासादों के खंडहर, अनगिनत टूटी-फूटी मूर्तियां, उस भूमि पर किसी असह्य अघट घटना के घटने की मौन सूचना-सी दे रही हैं। दुर्ग का जो परकोटा समुद्र की ओर पड़ता है, उससे छूता हुआ और नगर के नैर्ऋत्य कोण के समुद्र में घुसे हुए ऊंचे शृंग पर महाकालेश्वर के विद्युत मन्दिर के ध्वंस दीख पड़ते हैं। मन्दिर के ध्वंसावशेष और दूर तक खड़े हुए टूटे-फूटे स्तम्भ, मन्दिर की अप्रतिम स्थापत्य-कला और महानता की ओर संकेत करते हैं।

अब से लगभग हज़ार वर्ष पहले इसी स्थान पर सोमनाथ का कीर्तिवान महालय था, जिसका अलौकिक वैभव बदरिकाश्रम से सेतुबन्ध रामेश्वर तक, और कन्याकुमारी से बंगाल के छोर तक विख्यात था। भारत के कोने-कोने से श्रद्धालु यात्री ठठ-के-ठठ बारहों महीना इस महातीर्थ में आते और सोमनाथ के भव्य दर्शन करते थे। अनेक राजा-रानी, राजवंशी, धनी कुबेर, श्रीमन्त साहूकार, यहां महीनों पड़े रहते थे और अनगिनत धन, रत्न, गांव, धरती सोमनाथ के चरणों पर चढ़ा जाते थे। इससे सोमनाथ का वैभव अवर्णनीय एवं अतुलनीय हो गया था।

उन दिनों भारत में वैष्णव धर्म की अपेक्षा शैव धर्म का अधिक प्राबल्य था। सोमनाथ महालय-निर्माण में उत्तर और दक्षिण दोनों ही प्रकार की भरतखंड की स्थापत्य-कला की पराकाष्ठा कर दी गई थी। यह महालय बहुत विस्तार में फैला था, दूर से उसकी धवल दृश्यावलि चांदी के चमचमाते पर्वत-शृंग के समान दीख पड़ती थी। सम्पूर्ण महालय

उच्चकोटि के श्वेत मर्मर का बना था। महालय के मंडप के भारी-भारी खम्भों पर हीरा, मानिक, नीलम आदि रत्नों की ऐसी पच्चीकारी की गई थी कि उसकी शोभा देखने से नेत्र थकते नहीं थे। जगह-जगह सोने-चांदी के पत्र, स्तम्भों पर चढ़े थे। ऐसे छह सौ खम्भों पर महालय का रंग-मंडप खड़ा था। इस मंडप में दस हज़ार से भी अधिक दर्शक एक साथ सोमनाथ के पुण्य दर्शन कर सकते थे। इस मंडप में द्विजमात्र ही जा सकते थे। मंडप के सामने गम्भीर गर्भगृह में सोमनाथ का अलौकिक ज्योतिर्लिंग था। गर्भगृह की छत और दीवार पर रत्ती-रत्ती रत्न और जवाहर जड़े थे। इस कारण साधारण घृत का दीया जलने पर भी वहां ऐसी झलमलाहट हो जाती थी कि आंखें चौन्धिया जाती थीं। इस भूगर्भ में दिन में भी सूर्य की किरणें प्रविष्ट नहीं हो सकती थी। वहां रात-दिन सोने के बड़े-बड़े दीपकों में घृत जलाया जाता था तथा चन्दन-केसर-कस्तूरी की धूप रात-दिन जलती रहती थी, जिसकी सुगन्ध से महालय के आस-पास दो-दो योजन तक पृथ्वी सुगन्धित रहती थी। रंग-मंडप के चिकने स्वच्छ फर्श पर देश-देश की असूर्यपश्या महिलाएं रत्नाभूषणों से सुसज्जित, रूप-यौवन से परिपूर्ण, गुणगरिमा से लदी-फदी, जगह-जगह बैठी श्रद्धा और भक्ति से नतमस्तक कोमल स्वर से भगवान सोमनाथ का स्तवन घंटों करती रहती थीं। नियमित पूजन और नित्यविधि के समय पांच सौ वेदपाठी ब्राह्मण सस्वर वेद-पाठ करते, और तीन सौ गुणी गायक देवता का विविध वाद्यों के साथ स्तवन करते, तथा इतनी ही किन्नरी और अप्सरा-सी देवदासी नर्तकियां नृत्य-कला से देवता और उनके भक्तों को रिझाती थीं। नित्य विशाल चांदी के सौ घड़े गंगाजल से ज्योतिर्लिंग का स्नान होता था, जो निरन्तर हरकारों की डाक लगाकर एक हज़ार मील से अधिक दूर हरिद्वार से मंगवाया जाता था। स्नान के बाद बहुमूल्य इत्रों से तथा सुगन्धित जलों से लिंग का अभिषेक होता था, इसके बाद श्रृंगार होता था। सोमनाथ का यह ज्योतिर्लिंग आठ हाथ ऊंचा था, अतः इसका स्नान, अभिषेक-श्रृंगार आदि एक छोटी-सी सोने की सीढ़ी पर चढ़कर किया जाता था। सब सम्पन्न हो जाने पर आरती होती थी, जिसमें शंखनाद, चौघड़िया घंट आदि का महाघोष होता था। यह आरती चार योजन विस्तार में सुनी जाती थी। मंडप में दो सौ मन सोने की ठोस श्रृंखला से लटका हुआ एक महाघंट था, जिसका वज्रगर्जना के समान घोर रव मीलों तक सुना जाता था। सोमनाथ महालय के चारों द्वारों पर एक-एक पहर के अन्तर से नौबत बजती थी। इस प्रकार ऐश्वर्य और वैभव से इस महातीर्थ की महिमा दिग्-दिगन्त तक फैल गई थी। इन सब कामों में अपरिमित द्रव्य खर्च होता था, किन्तु उससे महालय के अक्षय कोष में कुछ भी कमी नहीं होती थी। दस हज़ार से ऊपर गांव महालय को राजा-महाराजाओं के द्वारा अर्पण किए हुए थे। महालय के गगनचुम्बी शिखर पर समुद्र की ओर जो भगवे रंग की ध्वजा फहराती थी, वह दूर देशों के यात्रियों का मन बराबर अपनी ओर खींच लेती थी। महालय के शिखर के स्वर्ण-कलश सूर्य की धूप में अनगिनत सूर्यों की भांति चमकते थे।

महालय के चारों ओर असंख्य छोटे-बड़े मन्दिर, घर, महल और सार्वजनिक स्थान थे जो मीलों तक फैले थे तथा जिनसे महालय की शोभा बहुत बढ़ गई थी। इस प्रचंड महालय

के संरक्षण के लिए चारों ओर काले पत्थर का अत्यन्त सुदृढ़ परकोटा बंधा हुआ था जिसमें स्थान-स्थान पर अठपहलू बुर्ज़ बने हुए थे। बाहरी मैदान में चालीस हज़ार सैनिक एक साथ खड़े रह सकें, इतना स्थान था। जब महालय की खाई में समुद्र का जल भर दिया जाता था, तब उसका दृश्य समुद्र के बीच एक द्वीप का दृश्य बन जाता था। परकोटे के भीतर नगर-बाज़ार तथा सद्गृहस्थों के मकान आदि थे, जहां देश-देश के अनगिनत व्यापारी, शिल्पी और राजकाजी जन तथा महालय-कर्मचारी अपना-अपना कार्य करते तथा निवास करते थे। उनके आराम के लिए अनेक कुएं-बावड़ी-तालाब-सर-सरोवर-उपवन आदि थे।

देश के भिन्न-भिन्न राजाओं की ओर से बारी-बारी महालय पर चाकरी-चौकसी होती थी। इसके अतिरिक्त महालय की ओर से भी एक सहस्र सिपाही नियत थे, जो सावधानी से महालय की करोड़ों की सम्पत्ति की तथा वहां के बसनेवाले करोड़ाधिपति व्यापारियों की सावधानी से रक्षा-व्यवस्था करते थे।

प्रतिवर्ष श्रावण की पूर्णिमा और शिवरात्रि के दिन तथा सूर्य और चन्द्रग्रहण के दिन महालय में भारी मेला लगता था, जिसमें हिमालय के उस पार से लेकर लंका तक के यात्री वहां आते थे। इन मेलों में पांच से सात लाख तक यात्री एकत्र हो जाते थे। इन महोत्सवों में पट्टन के सात सौ हज्जाम एक क्षण को भी विश्राम नहीं पाते थे। दूर-दूर के राजा-महाराजा अपने-अपने लाव-लश्कर लेकर लम्बी-लम्बी मंज़िलें काटते हुए तथा मार्ग के कठिन परिश्रम को सहन करते हुए, प्रभास पट्टन में आकर जब महालय की छाया में पहुंचते, तो अपने जीवन को धन्य मानते थे। भरतखंड-भर में यह विश्वास था कि भगवान सोमनाथ के दर्शन किए बिना मनुष्य-जन्म ही निरर्थक है। अनेक मुकुटधारी राजा और श्रीमन्त अपनी-अपनी मानता पूरी करने को सैकड़ों मील पांव-प्यादे चलकर आते थे। इन सब कारणों से उन दिनों पट्टन नगर भारत-भर में व्यापार का प्रमुख केन्द्र बन गया था। मालव, हिमाचल, अर्बुद, अंग, बंग, कलिंग के अतिरिक्त अरब, ईरान और अफगानिस्तान तक के व्यापारी तथा बंजारे कीमती माल लेकर इन मेलों के अवसरों पर आकर अच्छी कमाई करके जाते थे। पट्टन के बाज़ार उन-उन देशों की हल्की-भारी कीमत वाली जिन्सों और सामग्रियों से पटे रहते थे।

निर्माल्य

सूर्य अस्त हो चुका था। सन्ध्या का अन्धकार चारों ओर फैल गया था। केवल पश्चिम दिशा में एकाध बादल क्षण-क्षण में क्षीण होती अपनी लाल आभा झलका रहा था, जिसका स्वर्ण प्रतिबिम्ब सोमनाथ महालय के स्वर्ण-शिखरों पर अपनी क्षीयमान झलक दिखा रहा था। इसी समय एक अश्वारोही प्रभास पट्टन के कोट-द्वार पर आकर खड़ा हो गया। कोट-द्वार अभी बन्द नहीं हुआ था; प्रहरियों के प्रमुख

ने आगे बढ़कर पूछा, "तुम कौन हो, और कहां से आ रहे हो?"

अश्वारोही कोई बीस-बाईस वर्ष का एक बलिष्ठ और सुन्दर तरुण था। उसकी मुख-चेष्टा तथा अश्व के रंग-ढंग देखने से प्रकट होता था कि वह दूर से आ रहा है, तथा सवार और अश्व दोनों ही बिलकुल थक गए हैं। फिर अश्वारोही ने थकित भाव से किन्तु उच्च स्वर से एक हाथ ऊंचा करके तथा दूसरे से अपने गट्ठर को सम्हालते हुए पुकारा, "जय सोमनाथ!"

"किन्तु तुम्हारा परिचय-पत्र?" प्रहरी ने उसके निकट जा कर्कश स्वर में पूछा।

"यह लो!" अश्वारोही ने एक चांदी की नली, रेशम की थैली से निकालकर उसे दी। प्रहरी ने नली को खोलकर उसमें से एक पट्ट-लेख निकाला। उलट-पुलटकर उसे पढ़ा। फिर कुछ भुनभुनाते हुए कहा, "तो तुम भरुकच्छ से आ रहे हो?"

"जी हां, दद्दा चालुक्य ने त्रिपुरसुन्दरी के लिए जो निर्माल्य भेजा है, उसी को लेकर।" प्रहरी ने एक बार अश्व की पीठ पर लदे भारी गट्ठर पर दृष्टि की, और 'जय सोमनाथ' कहकर पीछे हट गया। अश्वारोही ने कोट के भीतर प्रवेश किया।

कोट के भीतर बड़ी भीड़ थी। देश-देश के यात्री वहां भरे थे। उन दिनों प्रभास पट्टन समस्त भरतखंड-भर में पाशुपात आम्नाय का प्रमुख केन्द्र विख्यात था। भारत के कोने-कोने से श्रद्धालु भक्त-गण शिवरात्रि महापर्व पर सोमनाथ महालय में सोमनाथ के ज्योतिर्लिंग के दर्शन करने को एकत्र हुए थे। इस वर्ष गज़नी के अप्रतिरथ विजेता अमीर सुलतान महमूद के सोमनाथ पर अभियान करने की बड़ी गर्म चर्चा थी। इसी कारण दूर-दूर से क्षत्रिय क्षत्रधारी महीपगण इस देव के लिए रक्त-दान देने और अनेक श्रद्धालु 'कल न जाने क्या हो' इस विचार से एक बार भगवान सोमनाथ का दर्शन करने जल-थल दोनों ही मार्गों से ठठ-के-ठठ प्रभास में इकट्ठे हो गए थे। राजा-महाराजाओं के रथ, अश्व, गज, वाहन, सैनिक-सेवक, मोदी-व्यापारी-यात्री—सब मिलाकर इस समय प्रभास पट्टन में इतनी भीड़ हो गई थी कि जितनी इधर कई वर्षों से देखी नहीं गई थी। पट्टन की सब धर्मशालाएं और अतिथिगृह भर गए थे। बहुत लोग मार्ग में, वृक्षों के नीचे तथा घरों की छाया में विश्राम कर रहे थे।

यात्री धीरे-धीरे आगे बढ़ता हुआ धर्मशाला में आश्रय खोजने लगा, पर धर्मशालाएं सब भरी हुई थीं। एक भी कोठरी खाली न थी। धर्मशाला के बाहर की कोठरियों में गरीब यात्री, भिखारी और चौकीदार प्रहरीगण रहते थे, वहीं एक छोटी-सी कोठरी खाली देखकर अश्वारोही अश्व से उतर पड़ा। फिर उसने सावधानी से अपना गट्ठर उतारा। अश्व को एक वृक्ष के नीचे बांधकर वह कोठरी में गया। उसे साफ कर उसने यत्न से भार का गट्ठर खोला। इसके बाद चकमक जलाकर कोठरी में प्रकाश किया, उस धीमे और पीले प्रकाश में, एक रूपसी बाला की झलक क्षुद्र कोठरी के आसपास ठहरे हुए यात्रियों को दीख पड़ी। पर क्षण-भर ही में युवक ने कोठरी का द्वार बन्द कर उसमें बाहर से ताला जड़ दिया। इसके बाद वह अश्व का चारजामा बिछाकर कोठरी के द्वार पर ही लेट गया। कमर की तलवार म्यान से बाहर कर उसने अपने पार्श्व में रख ली।

बराबर की कोठरी के बाहर दो साधु बैठे धीरे-धीरे बातचीत कर रहे थे। उन्होंने उस रूपसी बाला की झलक देख ली। पहले आंखों-ही-आंखों में उन्होंने मन्त्रणा की, फिर उनमें से एक ने आगे बढ़कर पूछा, "कहां से आ रहे हो जवान?"

"तुम्हें क्या!" युवक इतना कह, मुंह फेरकर पड़ रहा। परन्तु साधु ने फिर कहा–

"पर इस गह्वर में इस सुन्दरी को कहां से चुरा लाए हो?"

"तुम्हें क्या...?" युवक ने क्रोधपूर्वक वही जवाब दिया।

दोनों साधुओं ने परस्पर दृष्टि-विनिमय किया, इसके बाद एक साधु ने स्वर्ण-दम्भ से भरी थैली युवक पर फेंककर कहा, "बेच दो वह माल यार!"

युवक क्रुद्ध होकर बैठ गया। उसने तलवार की मूठ पर हाथ धरकर कहा, "क्या प्राण देना चाहते हो?"

साधु हंस पड़ा। उसने कहा, "ओह, यह बात है!"

उसने धीरे-से अपने वस्त्रों से तलवार निकालकर कहा, "यह खिलौना तो हमारे पास भी है, परन्तु तकरार की जरूरत नहीं, हम मित्रता किया चाहते हैं, वह थैली यथेष्ट नहीं तो यह और लो।" उसने वस्त्र में से बड़े-बड़े मोतियों की एक माला निकालकर युवक पर फेंक दी।

युवक अत्यन्त क्रुद्ध होकर बोला, "तुम अवश्य कोई छद्मवेशी दस्यु हो, प्राण प्यारे हैं तो कहो, कौन हो?"

"इससे तुम्हें क्या! यह कहो, वह सुन्दरी तुम प्राण देकर दोगे या स्वर्ण लेकर?"

"मैं अभी तुम्हारे प्राण लूंगा।" युवक पैंतरा बदलकर उठ खड़ा हुआ। साधु ने भी तलवार उठा ली। चन्द्रमा के उस क्षीण प्रकाश में दोनों की तलवारें खनखना उठीं। युवक अल्पवयस्क था, पर कुछ ही क्षण में मालूम हो गया कि वह तलवार का धनी है। उसने कोठरी के द्वार से पीठ सटाकर शत्रु पर वार करना प्रारम्भ कर दिया। परन्तु साधु भी साधारण न था। ज्यों ही उसे युवक की दक्षता का पता चला, वह अति कौशल से तलवार चलाने लगा। दूसरा साधु चुपचाप देखता रहा। थोड़ी देर में वहां बहुत-से यात्री एकत्र हो गए और शोर मचाने लगे। कुछ दोनों वीरों का हस्तकौशल देख वाह-वाह करने लगे। परन्तु इस अकस्मात और असमय के युद्ध का कारण क्या है यह कोई नहीं जान सका। अकस्मात युवक का एक करारा आघात खाकर साधु चीत्कार करके गिर पड़ा। यह देख सिंह की भांति उछाल मारकर दूसरा साधु तलवार सूंतकर युवक पर टूट पड़ा। परन्तु युवक थक गया था, वह एक-आध घाव भी खा गया था, उसके घाव से रक्त बह रहा था। इससे वह सुस्त होने लगा। इतने में पीछे से एक ललकार सुनकर दोनों योद्धा ठिठककर रह गए। एक बलिष्ठ और तेजस्वी योद्धा भीड़ को चीरकर आगे आ रहा था–उसके साथ बहुत-से सेवक मशाल लिए थे। मशालों के प्रकाश में उसका श्यामल मुख तप्त ताम्र की भांति दमक रहा था। बड़ी-बड़ी काली आंखें लाल चोट हो रही थीं। उसके मुख पर, शरीर पर तथा सम्पूर्ण व्यक्तित्व पर एक अभय तेज विराज रहा था। उसके कन्धे पर धनुष और तरकस, फेंट में कटार और हाथ में लम्बी तलवार थी। उसके

सिर पर केसरी पाग में दैदीप्यमान हीरे का एक तुर्रा बंधा था। उसने अपने हाथ की तलवार ऊंची करके कहा, "मूर्खो, देवस्थान में लड़ते हो?" युवक ने आगन्तुक को देखकर तलवार नीची कर ली। परन्तु साधु ने लाल-लाल आंखें करके निर्भय स्वर में कहा, "दो आदमियों के झगड़े में बिना बुलाए बीच में पड़कर उन्हें मूर्ख कहनेवाला ही मूर्ख है।"

आगन्तुक योद्धा ने जलद-गम्भीर स्वर से पूछा—

"तुम कौन हो?"

"यही मैं तुमसे पूछता हूं," साधु ने उद्दंडता से कहा।

"इस झगड़े का कारण?"

"तुम्हारे पंचायत में पड़ने का कारण?"

"तब देख कारण!" आगन्तुक योद्धा ने तलवार का भरपूर हाथ साधु पर फेंका। साधु भी असावधान न था। क्षण-भर में ही दोनों योद्धा असाधारण दक्षता से युद्ध करने लगे।

तभी लोगों ने एक ध्वनि सुनी—'शान्तं पापं! शान्तं पापं!' पहले क्षीण, फिर स्पष्ट। तब सहसा एक भव्य मूर्ति सामने आती दिखाई पड़ी। उपस्थित भीड़ सहमकर पीछे हट गई। दोनों योद्धाओं ने भी हाथ रोक लिए। आगन्तुक ऊंचे कद का, गौरवर्ण एक तेजस्वी महापुरुष था, उसके ऊर्ध्व-रेखांकित मस्तक पर त्रिपुंड्र, सीस पर जटा-जूट, कमर में व्याघ्र-चर्म, अंग में गेरुक, मुख पर हिम-धवल नाभि तक लम्बी दाढ़ी, पैरों में चन्दन की खड़ाऊं, दृष्टि निर्मल और भयहीन एवं मस्तक में त्रिकाल-ज्ञान की रेखा।

उपस्थित जनता 'जय स्वरूप! जय सर्वज्ञ!' कहकर पृथ्वी में झुक गई। युवक ने पृथ्वी पर लोटकर साष्टांग दंडवत की। आगन्तुक योद्धा ने भी चरण-रज ली, परन्तु साधु तलवार हाथ में लिए खड़ा वृद्ध को घूरता रहा।

वृद्ध महापुरुष ने योद्धा के मस्तक पर हाथ रखकर कहा, "युवराज भीमदेव, तुम्हारी जय हो। परन्तु देवस्थान में रक्तपात नहीं होना चाहिए। तलवार को म्यान में करो।"

भीमदेव ने चुपचाप तलवार म्यान में कर ली।

फिर उसने मुस्कुराकर साधु की ओर देखा, और कहा, "प्रतापी सुलतान महमूद! चिरंजीव रहो! वत्स, साधुवेश तुमने धारण किया, पर उसे निबाह न सके। देवस्थान में भी लड़ पड़े। अब तुम भी तलवार को म्यान में करो।"

साधु का परिचय सुनकर सब उपस्थित जन भीत-चकित हो, आंखें फाड़-फाड़कर साधु को देखने लगे। बहुत लोग उत्तेजित भी हुए। परन्तु वृद्ध ने हाथ ऊंचा करके सतेज स्वर में कहा, "शान्तं पापं, शान्तं पापं! देवस्थान में काम-क्रोध-लोभ सभी दोषों का निराकरण होना चाहिए।"

सुलतान ने तलवार म्यान में रख ली। अब उस सौम्य मूर्ति ने युवक की ओर घूमकर कहा, "तुम भरुकच्छ से देव-निर्माल्य लाए हो?"

"जय सर्वज्ञ!" युवक ने बद्धांजलि हो विनीत स्वर में कहा।

"निर्माल्य अर्पण करो, द्वार खोलो।" युवक ने भूमि मस्तक से स्पर्श करके कहा,

"जय सर्वज्ञ, जय स्वरूप! परन्तु निर्माल्य त्रिपुरसुन्दरी की सेवा में है। दद्दा चौलुक्य की आज्ञा है कि वह आचार्यपाद रुद्रभद्र को अर्पण किया जाए।"

"वत्स! चौलुक्य और रुद्रभद्र, दोनों ही मेरे आज्ञानुवर्ती हैं–द्वार खोलो!"

युवक ने और आपत्ति नहीं की। कोठरी का द्वार खोल दिया। वृद्ध महापुरुष ने वात्सल्य-भरे स्वर में पुकारकर कहा, "बाहर आओ चौला।"

षोडशी बाला लाज, रूप और यौवन में डूबती-उतराती धीरे-धीरे बाहर आ वृद्ध के चरणों में गिर गई।

वह रूप, वह माधुर्य, वह स्वर्ण-देहयष्टि देखकर सब कोई आश्चर्य-विमूढ़ रह गए। युवराज भीमदेव मन्त्र-मुग्ध-से उसे देखते रहे। गंग सर्वज्ञ ने उसे उठाकर कहा, "अभय! आओ मेरे पीछे। युवराज तुम भी, और सुलतान तुम भी। अपने साथी की चिन्ता न करो। उसका अभी औषधोपचार हो जाएगा।" यह कहकर वृद्ध महापुरुष ने दोनों हाथ ऊंचे कर, समुपस्थित सैकड़ों विनयावनत भावुक भक्तों को मौन आशीर्वाद दिया और धीरे-धीरे अन्तरायण की ओर चल दिए। उनके पीछे चौला, पीछे युवराज भीमदेव और वह तरुण और उसके पीछे सुलतान चुपचाप चले।

चन्द्रकुंड के समीप आकर वृद्ध पुरुष रुके। उन्होंने इधर-उधर देखकर ताली बजाई। एक अन्तरंग सेवक ने आकर अभिवादन किया। सर्वज्ञ ने चौला की ओर संकेत करके कहा, "इसे गंगा के आवास में ले जा और उससे कह कि अभी इसके आहार और विश्राम की व्यवस्था कर दे और कल ब्राह्म-मुहूर्त में गंगाजल से स्नान करा गर्भगृह में ले आए, तब मैं इसे देवार्पण करूंगा।"

सेवक 'जो आज्ञा' कह चौला को लेकर चला। अब उन्होंने स्मित हास्य करके कहा, "वत्स भीमदेव, मैं तुम्हें आशीर्वाद देता हूं कि तुम्हारी मनोकामना पूर्ण हो। अब जाओ, तुम विश्राम करो।"

भीमदेव प्रणाम करके चले गए। महापुरुष कुछ देर स्थिर-गम्भीर-मौन खड़े रहे, फिर सुलतान से बोले, "सुलतान, मैं तुम्हारा क्या प्रिय करूं?"

महमूद ने कहा, "आप ही क्या गंग सर्वज्ञ हैं?"

"सब ऐसा ही समझते हैं सुलतान।"

"आप सत्ताईस वर्ष से इस मन्दिर के पुजारी हैं?"

"पुजारी ही नहीं–पाशुपत आम्नाय का एकनिष्ठ सेवक।"

"आप गज़नी के सुलतान से कुछ मांगते हैं?"

"सुलतान! मैं तो भगवान सोमनाथ से भी कभी कुछ नहीं मांगता। निष्काम सेवा मेरा एकमात्र धर्म है।"

सुलतान कुछ देर तक चुपचाप सोचता रहा। गंग सर्वज्ञ ने कहा, "क्या सोच रहे हो सुलतान?"

"आप सर्वज्ञ हैं, आप ही कहिए।"

सर्वज्ञ हंस दिए। फिर उन्होंने कहा, "सुलतान! मैं तुम्हें आशीर्वाद दे चुका हूं, वह

क्या यथेष्ट नहीं है?"

"परन्तु मेरे मन की बात?"

"व्यर्थ है।"

"इस तलवार के रहते?"

"सुलतान, यह तुम भी जानते हो कि इस हाड़-मांस के शरीर में जो कुछ है, वह नगण्य है। जो सर्वत्र व्याप्त है वही सब-कुछ है। परन्तु अब तुम जाओ, रात अंधेरी है और राह बीहड़। ऋतु भी अनुकूल नहीं है। तुम्हारा अश्व और साथी सिंहद्वार पर प्रतीक्षा कर रहे हैं। महालय के चर, तुम्हें सकुशल महालय की सीमा के उस पार पहुंचा देंगे।"

सुलतान ने क्षण-भर गंग सर्वज्ञ को और फिर आकाश में सिर ऊंचा किए महालय के शिखर की ओर देखा। एक बार उस रूपसी बाला का, देव-निर्माल्य का, स्मरण किया और फिर सिर नीचा कर बिना ही गंग को प्रणाम किए सीढ़ियां उतरने लगा।

गंग ने दोनों हाथ उठाकर उसे मौन आशीर्वाद दिया।

उदयास्त

सोमनाथ महालय के कोट की दक्षिण दिशा में चतुर्थ तोरण था। उसे पार करने पर देवदासियों का आवास था, जो दृढ़ परकोटे से घिरा था। इस समय इस आवास में सात सौ सुन्दरियां रहती थीं। कुछ गुजरातिनें थीं, जिनका श्याम वर्ण, मध्यम कद और मृदु भाषण अनायास ही दर्शकों को अपनी ओर आकर्षित करता था। कुछ उत्तरापथ की निवासिनी थीं, जिनकी उन्नत नाक और प्रशस्त मस्तक, गौर वर्ण तथा उच्च स्वर उनके व्यक्तित्व को प्रकट करता था। कुछ सुदूर हिमाचल शृंग के परे की निवासिनी थीं, जिनकी चपटी नाक, ठिंगना कद, और पीत वर्ण अलग छटा दिखाता था। कुछ दक्षिणापथ की श्यामल वामाएं थीं, जो अपने उज्ज्वल वेश और चंचल नेत्रों से क्षण-भर ही में यात्रियों का हृदय जीत लेती थीं। कोई मृदुल खरज के स्वरों से, कोई कुशल प्रगल्भ आलाप से, कोई भावपूर्ण नृत्य-विलास से, देव और देवभक्त जनों को रिझाती थीं। सब देवार्पित थीं और नृत्य-गीत-विलास से देव सोमनाथ और उनके भक्तगणों की आराधना करती थीं। ये सुन्दरियां नख-शिख से विलास, शृंगार और भाव की प्रतिमूर्तियां-सी बनी रहती थीं। इनके मोह और भाव में फंसे राजा मन्त्र-मुग्ध बने सोमनाथ महालय में महीनों-वर्षों पड़े उनकी नूपुर-ध्वनि का ध्यान करते और उनके प्रेमामृत को चखकर महावर-रंजित पाद-पंकज का, मृदुल-सुखद-कोमल आघात स्पर्श कर जीवन धन्य करते थे।

इस आवास में सबसे पृथक एक ओर छोटा-सा किन्तु सुन्दर घर, सबसे निराला था। इस घर के द्वार पर एक बिल्व वृक्ष था। यही गंगा दासी का घर था। गंगा का

यौवन अब सम्पूर्ण हो चुका था। उत्फुल्ल नेत्रों के चारों ओर स्याही की रेखा दौड़ गई थी। गुलाबी गालों की कोर पर एक-आध लकीर दीख पड़ती थी। भौंरे से काले और घूंघरवाले केश-गुच्छ के बीच एक-आध श्वेत बाल चांदी के तार के समान चमकता दीख पड़ता था। उसके सुन्दर दांत अभी भी वैसे ही आभा बिखेरते थे। पर होंठों का रस एक रत्ती कम पड़ चुका था। अभिप्राय यह, कि गंगा अब चालीस के निकट पहुंच रही थी, फिर भी उसकी वाणी में, चाल में और खड़ी होने के ढंग में एक उन्मादक आकर्षण था, वह महान कलाकार थी। उस युग में, दक्षिणांचल में उसके समान गायिका और नर्तकी दूसरी न थी। वह बीस वर्ष तक सोमनाथ महालय में नर्तकी का अधिष्ठात्री-पद भोग चुकी थी, और अब भी वह उसी पद पर आसीन थी।

गंग सर्वज्ञ जब महालय में पीठारूढ़ हुए, उसके दो ही वर्ष बाद गंगा भी न जाने कहां से एक दिन अचानक अपना छकड़ा-भरा रूप और बिखरता हुआ यौवन का मद लाकर महालय के प्रांगण में नृत्य करने लगी। उस समय वह पन्द्रह वर्ष की एक छोकरी थी। छरहरा शरीर, उज्ज्वल श्याम वर्ण, गहरी-काली आंखें, मध्यम कद और सर्प की सी चपलता। उसके प्रथम नृत्य ने ही उसे महालय की सभी नर्तकियों की अधिष्ठात्री बना दिया। गंग सर्वज्ञ तब भी एक तरुण ब्रह्मचारी थे। तप्त ताम्र-सा रंग, महामेधा, सिंह के समान वक्ष और कटि। उनके तप और तेज की बहुत बातें गुजरात में फैली थीं। वे दशांग विद्याओं के ज्ञाता, त्रिकालदर्शी एवं ऊर्ध्वरेता ब्रह्मचारी थे। यह भी कहते थे कि काशी और मिथिला के महा वागीश्वरों से उन्होंने शास्त्रार्थ में दिग्विजय प्राप्त की थी। उनके गुरु कौन थे—यह अब तक कोई नहीं जान सका और वे अनायास ही सोमनाथ महालय के पीठाधिप होकर भरतखंड-भर में प्रसिद्ध पाशुपत आम्नाय के प्रतीक प्रसिद्ध हो गए। फिर भी गंग सर्वज्ञ और गंगा, इन दोनों की पूर्वापर कथाएं जैसे वेगवती बरसाती नदी की भांति, भांति-भांति का रूप धारण कर बह चलीं। लोग भांति-भांति की बातें करने लगे। गंगा जब महालय के गर्भद्वार के सम्मुख अपना अलस यौवन और उद्दीप्त रूप लेकर नृत्य-कला का विस्तार करती, तो उसके अंगन्यास, पदाघात, नूपुर-ध्वनि, स्वर-लहरी सब एकसाथ स्वर-ताल-मूर्च्छना और वाद्य-ध्वनि से कम्पित वातावरण से सहस्र-सहस्र मनुष्यों को आपे से बाहर कर देते थे। महाप्रज्ञ गंग सर्वज्ञ बाघम्बर में निश्चल पद्मासन में बैठकर एकटक निर्निमेष दृष्टि से उस नर्तकी का अद्भुत कौशल निहारते थे। घंटों तक न उनका शरीर हिलता, न पलक गिरते। भगवान सोमनाथ में और उनकी मुद्रा में अन्तर सिर्फ इतना था कि सोमनाथ का ज्योतिर्लिंग उस नृत्य के बाद भी जड़ ही रहता था, परन्तु गंग सर्वज्ञ चैतन्य लाभ कर वहां से उठ देवता को प्रणाम कर, अपनी कुटी में जा भीतर से द्वार बन्द कर जिस साधना में लीन हो जाते थे, उसे आज तक कोई नहीं जान सका। इसी भांति ये पच्चीस वर्ष व्यतीत हो गए। जैसे आग जलकर बुझ जाती है, उसी भांति गंग सर्वज्ञ और गंगा के सम्बन्ध की छोटी-बड़ी प्रकट और गुप्त बातें भी आप ही समाप्त हो गईं। गंगा और गंग सर्वज्ञ, दोनों ही अब प्रौढ़ हो गए। सूर्य मध्याह्न में प्रखरता बिखेरकर ढल गया था, उद्दाम किरणें अब पीली पड़ गई थीं।

गंगा के उन सुन्दर नेत्रों में एक मनोरम गाम्भीर्य अवतरित हुआ था। उन्हीं नेत्रों का बाला के ऊपर निक्षेप करके गंगा ने कहा–

"नृत्य कर सकती हो?"

"कुछ-कुछ।"

"किससे सीखा?"

"महाराज उदयादित्य से।"

"उन्हें कहां पाया?"

"पिताजी ने युद्ध में उन्हें बन्दी किया था।"

"सो तुम चालुक्य राजनन्दिनी हो!"

"मैं देव-निर्माल्य हूं।" बालिका के नेत्र सजल हो गए। वाणी भी कम्पित हुई।

"क्या पश्चात्ताप होता है?"

"नहीं, मनुष्य-भोग्या होने की अपेक्षा देव-निर्माल्य होना उत्तम है।"

"फिर आंखों में आंसू क्यों?"

"यों ही..." उसने आंसू पोंछ लिए।

"देखूं तुम्हारा नृत्य!"

"देवता के सम्मुख ही देख लेना।"

"ऐसा ही सही, तब वस्त्र-विन्यास भी तुम स्वयं यथारुचि करो।"

"उसकी आवश्यकता नहीं, ऐसे ही ठीक है।"

"ऐसे नहीं, महालय की मर्यादा भी है।"

"तब ठीक है, आपकी जैसी इच्छा हो।"

"विशुद्ध शैव नृत्य होगा।"

"ऐसा ही होगा।"

"तब आओ, मैं वेशविन्यास कर दूं। ब्राह्म-मुहूर्त में अब विलम्ब नहीं है। द्वार पीठिका बजने लगी है और सर्वज्ञ गर्भगृही में पहुंच गए हैं।"

चौला ने आपत्ति नहीं की। गंगा ने अपने हाथों से चौला का अंगविन्यास किया। कुंचित केश की अनेक मेंडियां गूंथकर उनमें मोती की झालरें गास दीं। रत्नखचित चोली कस दी और चांदानेरी महीन ओढ़नी उसके कन्धों पर डाल दी। काश्मीरी शाल कटि में लपेट, लाल रंग का अधोवस्त्र पहना दिया। वक्षःस्थल में माणिक्य और भुजाओं में नीलम मणि के आभरण पहनाए। सबके बाद मस्तक पर हीरों का एक मुकुट रख दिया। यह सब शृंगार करके गंगा मुस्कुरा दी। पर साथ ही उसकी आंखों से दो बूंद गर्म आंसू टपक पड़े। चौला ने पूछा, "आंसू क्यों?"

"यों ही, अब चलो।"

"नहीं, कहो।"

"एक बात स्मरण करके।"

"क्या गोपनीय है?"

"नहीं, आज से पच्चीस वर्ष पहले ठीक इसी समय, इसी वेश में, इसी आयु में, एक और बालिका ने इसी पथ पर होकर महालय के गर्भद्वार में इसी अभिप्राय से प्रवेश किया था, और इस समय जो महापुरुष तुम्हारी प्रतीक्षा कर रहे हैं, वही उसकी प्रतीक्षा कर रहे थे।"

बालिका ने क्षण-भर सोचकर कहा–

"महापुरुष कौन, सर्वज्ञ?"

"हां।"

"और वह बालिका आप थीं?"

"थी तो।"

चौला बोली नहीं। चुपचाप खड़ी रही। गंगा ने उसे अंक में भरकर चूम लिया। चौला भी लिपट गई। दोनों भावमूढ़ हो गई थीं।

गंगा ने आंसू पोंछकर कहा–

"चलो।"

"चलो।"

दोनों चल दीं।

शुक्र नक्षत्र पूर्व दिशा में धप-धप चमक रहा था।

समर्पण

सोमनाथ पट्टन को शताब्दियों की श्रद्धा और भक्ति ने एक देवभूमि बना दिया था। लक्षावधि लोग वहां कुछ काल वास करके ऐसा समझते थे कि भव के समस्त पाप-तापों से हम मुक्त हो गए। महालय का अन्तर्कोट कोई बीस हाथ ऊंचा और छह हाथ चौड़ा था। चार सैनिक आसानी से उस पर बराबर खड़े हो सकते थे। अन्तर्कोट में सिंहद्वार के ठीक सामने गणपति का भव्य मन्दिर था। उसी पर नक्कारखाना था, जिसमें पहर-पहर पर चौघड़ियां बजती थीं। इस द्वार के दोनों पार्श्वों में दो विशाल दीपस्तम्भ थे, जिन पर संगतराशी का अत्यन्त शोभनीय काम हो रहा था। प्रत्येक स्तम्भ पर प्रतिदिन सहस्र दीप जलते थे, जिनका प्रकाश दूर से समुद्र-पथगामी जहाजों को सोमनाथ महालय के ज्योतिर्लिंग की दिशा का भान कराता था। इन विशाल और ऊंचे दीपस्तम्भों के शिखर पर दो विशालकाय गण स्थापित थे, जो श्वेत मर्मर के थे। दक्षिण दीपस्तम्भ के सम्मुख चन्द्रकुंड था, जिसके विषय में प्रसिद्ध था कि उसमें स्नान करने से सर्वरोग-मुक्ति होती है तथा मनोकामना सिद्ध होती है।

इन्हीं दीपस्तम्भों के बीचोबीच सभामंडप में आने की विस्तृत सीढ़ियां थीं। सभामंडप में होकर गर्भगृह का द्वार था। इसी गर्भगृह में वह त्रिभुवन-विख्यात ज्वलन्त ज्योतिर्लिंग था। गर्भगृह के ऊपर एक विशालकाय शिखर था, जिसके प्रत्येक स्तम्भ पर देश-देश के

शिल्प-विशारदों ने विविध भावभंगियों से परिपूर्ण चित्र खोदे हुए थे। ये चित्र इतने उत्कृष्ट थे कि इनकी मूक-मौन भाव-भंगी देखकर सचराचर जीव मूक-मौन होकर मुग्ध रह जाते थे। यह शिखर स्वर्ण-निर्मित था। ऊपर स्वर्ण-जटित था, भीतर रत्न-जड़ित। सूर्य की सतेज किरणों की चमक में वह द्वितीय सूर्य की भांति चमकता था। और भीतर के रत्न, गर्भगृह के सहस्र दीपों के प्रकाश में मुखरित हो अद्भुत शोभा-विस्तार करते थे। सभामंडप में प्रवेश करते ही दोनों तरफ दो विशालकाय ऐरावत कसौटी के बने थे, जिन पर भगवान इन्द्र समूची स्फटिक मणि के खोदकर बनाए गए थे। देवराज इन्द्र की भाव-भंगी ऐसी थी--मानो वे सोमनाथ ज्योतिर्लिंग की पूजा करने अभी अमरपुरी को त्याग कर महालय में आए हैं। सभामंडप अड़तालीस खम्भों पर था, और वह इतना विशाल था कि उसमें पांच सहस्र आदमी खड़े होकर ज्योतिर्लिंग के दर्शन कर सकते थे। खम्भों पर रंग-बिरंगे रत्नों की पच्चीकारी की गई थी, जिनके कीमती पत्थरों की खुदाई देखते ही बनती थी।

मंडप के सामने पूर्व दिशा में मुंह किए विशालकाय नन्दी था, जो ठोस चांदी का बना था। वह एक सहस्र-भार वजनी था। सहस्रावधि श्रद्धालु यात्री, मात्र उसकी पूंछ का स्पर्श करके ही अपने को भव-बाधा पार समझते थे। ज्योतिर्लिंग पर दिन-रात अखंड रुद्री होती थी और सम्मुख सभामंडप में सूर्योदय से मध्य रात्रि तक निरन्तर नृत्य होता था।

अभी सूर्योदय नहीं हुआ था, गंग सर्वज्ञ बाघ-चर्म पर बैठे अर्चन-विधि सम्पन्न करा रहे थे। गर्भगृह के बाहर सभामंडप में सहस्रों भावुक भक्त दर्शन की अभिलाषा से खड़े थे। सहस्राभिषेक और शृंगार हो चुकने पर सर्वज्ञ ने गंगा की ओर संकेत किया। गंगा चौला का हाथ पकड़कर सर्वज्ञ के सम्मुख गई। चौला आशंका से परिपूर्ण थी, गंग सर्वज्ञ ने उसके सिर पर हाथ रखकर कहा, "कल्याणी! यह आज कार्तिक एकादशी का महापर्व है। महालय की नृत्यशाला के नियमानुसार जो अठारह प्रकार का नृत्य, बारह प्रकार के अभिनय और सात प्रकार के संगीत-शास्त्र में निष्णात हो, वही आज आरती के समय पहली बार देवता के आगे नृत्य कर सकती है। बाले! वह अधिकार गंगा की साक्षी से आज मैं तुझे देता हूं। आज के इस धन्य क्षण में तू अपनी देहयष्टि का बालपुष्प देवता को अर्पण कर! तन-मन सब-कुछ देवार्पण कर, जिससे देवाधिदेव सोमनाथ तुझ पर प्रसन्न हों! आज तेरी जन्म-जन्म की तपश्चर्या सफल होगी। तू अपनी इन्द्रियों का और मनोवृत्ति का घोर दमन कर। आहार, निद्रा और वासना का संयम रख। और भगवान सोमनाथ में जीवन को लय कर।" यह कहकर सर्वज्ञ ने चौला के मस्तक पर हाथ रखा और चौला अर्द्धमूर्च्छित-सी उसी स्थान पर पृथ्वी पर गिरकर भगवान सोमनाथ के चरणों में जैसे लीन हो गई।

आरती का समय हो गया, प्राची दिशा में ऊषा की लाली झलकने लगी। दीपस्तम्भों पर सहस्र-सहस्र दीप जल रहे थे। परकोट पर दीपावलि झलक रही थी। सभामंडप में लोगों के ठठ जमे थे, सभामंडप में स्वर्ण के दीपस्तम्भों पर घृत के सुगन्धित दीप जल रहे

थे। मंडप के बीचोबीच जंजीर में लटके हुए सोने के अस्सी मन वजनी महाघंट का अकस्मात घोर रव होने लगा, जो मेघ-गर्जन के जैसा लगता था। घंटरव बार-बार होने लगा। सहस्र-सहस्र हाथों ने उसे स्पर्श किया। उसके साथ ही सहस्र-सहस्र कंठों से 'सोमनाथ की जय! ज्योतिर्लिंग की जय! महेश्वर की जय!' के निनाद से दिशाएं कम्पित होने लगीं। सबकी उत्सुक दृष्टि गर्भगृह की ओर थी, जहां रत्न-जटित स्वर्ण-दीपाधारों में अगरु और चन्दन के तेल के दीये जल रहे थे। गर्भगृह के बीचोबीच छाती के बराबर ऊंचा सोमनाथ का ज्योतिर्लिंग पुष्पों और बिल्वपत्रों के ढेर में दीख रहा था। उसके ऊपर पन्ने का छत्र था, और स्वर्ण-जलधारी से गंगोत्तरी का जल बूंद-बूंद टपक रहा था। सौ वेदज्ञ ब्राह्मण सामगान-युक्त स्वर से पुरुषसूक्त का पाठ कर रहे थे।

नक्कारखाने में नक्कारे पर चोट पड़ी। शहनाई बज उठी। लोग धकापेल करते हुए आगे बढ़े। अलमस्त बाबाओं ने दुपट्टों के चाबुक मार-मारकर गर्भ-द्वार के सामने का स्थान रिक्त कराया। एक ने विशाल शंख फूंका, जिसका प्रचंड रव दिशाओं में व्याप्त हो गया। इसके बाद लोगों में सन्नाटा छा गया और सब कोई गर्भगृह की सीढ़ियों की ओर देखने लगे।

सर्वप्रथम गंग सर्वज्ञ शान्त मुद्रा से बाहर आए। उनके होंठ हिल रहे थे और शैवसूक्तों की मन्दध्वनि उनसे स्फुटित हो रही थी। लोग सहम कर स्तब्ध रह गए। यही वह पुरुष है जो पाशुपत-धर्म का एकमात्र अधिष्ठाता कहा जाता है; जो भूत, भविष्य और वर्तमान का ज्ञाता है। काश्मीर से कन्या कुमारी तक और विन्ध्य से हिमालय के उस पार तक जिसकी अखंड शिष्य-परम्परा है। देश-देश के नृपति अपने रत्न-जटित मुकुटों से जगमगाते अपने मस्तक जिसके चरणों में झुकाते हैं, जिसकी आज्ञा को लोग भगवान सोमनाथ की आज्ञा करके मानते हैं।

लोग श्रद्धा से झुक गए। सहस्र कंठों से निकला, 'जय स्वरूप! जय सर्वज्ञ!'

गंग सर्वज्ञ के पीछे गंगा, चौला का हाथ पकड़े हुई आई। चौला का नवल गात, नवविकसित यौवन, लज्जावनत कमल-मुख, मधुर कौमार्य और नवीन केले की-सी कान्ति देखकर जनता मूढ़-मुग्ध रह गई। अकस्मात हर्षातिरेक से लोग चिल्ला उठे, 'जय देव, जय जय देव!'

परन्तु तुरन्त ही गर्भगृह से और एक व्यक्ति बाहर आए। उन्हें देखते ही भीड़ में भूचाल-सा आ गया, लोग हर्षोल्लास से चिल्ला उठे, 'जय गुजरेश! जय चौलुक्यराज भीमदेव!'

युवराज भीमदेव एक हाथ तलवार की मूठ पर रखे, धीर-गम्भीर गति से चारों ओर देखते अपने साथी से धीरे-धीरे बातें करते आ रहे थे।

पहले सर्वज्ञ ने हाथ उठाकर सबको आशीर्वाद दिया। सब कोई चुपचाप गर्भगृह के द्वार पर देवता के सम्मुख खड़े हो गए। सर्वज्ञ ने एक बार भूमि पर प्रणिपात कर देवता को नमन किया, फिर एक शिष्य ने आरती उनके हाथ में दी और वे आरती करने लगे। इसी प्रकार गंग सर्वज्ञ आज सत्ताईस वर्ष से, अखंड रूप से बिना एक दिन नागा

किए, प्रतिदिन दोनों समय आरती करते आ रहे हैं। हजारों घंटाओं का स्वर, महाघंट का रव और दुन्दुभी की मेघ-गर्जना सब मिलकर ऐसा प्रतीत होता था जैसे देवाधिदेव अभी तांडव नृत्य कर रहे हैं और पृथ्वी पर भूचाल आ गया हो।

आरती सम्पूर्ण होने पर 'जय देव, जय जय देव, जय सोमनाथ, जय ज्योतिर्लिंग' का सर्वज्ञ ने उच्चारण किया, जिसका सब लोगों ने अनुकरण किया। वह जयघोष उत्तुंग वायु की लहरों पर चढ़कर कोट, परकोट, समुद्र-तट, नगर और नगरकोट तक प्रतिध्वनित और परिवर्द्धित होकर प्रभास पट्टन के वातावरण में गूंज उठा।

यात्रियों ने आरती की आस ली।

सर्वज्ञ ने कहा, "अब नृत्य हो!"

सर्वज्ञ बाघम्बर पर बैठे। अन्य अतिथि भी उचित आसनों पर बैठे।

सब लोग यथास्थान बैठे। मृदंग और वाद्य बजने लगे।

वातावरण में स्वर-ताल की तरंगें उठ चलीं।

गंगा ने स्तवन प्रारम्भ किया, और उसके साथ छह नर्तकियों ने नृत्य प्रारम्भ किया। क्षण-भर ही में गंगा की कला मूर्तिमती हो उठी। माधुर्य की नदी उसके कंठ से बह चली। उसमें भक्तिभाव और विलास तैरने लगा। उसकी दृष्टि गंग सर्वज्ञ के गम्भीर मुख पर थी, और सर्वज्ञ की दृष्टि पृथ्वी पर। वे निश्चल, अडिग, जड़वत बैठे थे। संगीत के वे परम पारदर्शी थे।

संगीत रुका, और गंग सर्वज्ञ ने एक बार आंख उठाकर गंगा की प्यासी चितवन को देखा। फिर उनकी दृष्टि चौला की ओर गई। उन्होंने मृदु स्वर से पुकारा, "चौला!"

चौला का हृदय धड़कने लगा। उसने सर्वज्ञ की ओर देखा। सर्वज्ञ ने उंगली से संकेत करके देवता को दिखाया। चौला ने उठकर प्रथम देवता को साष्टांग दंडवत और फिर गंग सर्वज्ञ को प्रणिपात किया और वह नृत्य करने को खड़ी हुई। वातावरण नीरव हो गया। सहस्रों दृष्टि उसी पर थीं, केवल गंग सर्वज्ञ पृथ्वी पर आंखें जमाए थे।

गंगा ने उसका ऊपर का आवरण हटाया। मंडप के उन रत्न-दीपों के प्रकाश में वह शतदल श्वेत कमल-सी किशोरी, जब अपना समस्त अनावृत्त सौरभ लेकर लोगों की दृष्टि में चढ़ी, तो जनसमूह में उन्माद की आंधी आ गई। जनसमूह मुग्ध-मौन-अवाक रह गया।

तभी मृदंग पर थाप पड़ी और कोमल पद की हल्की ठोकर से सुनहरी घुंघरू बज उठे—छन्न! मृदंग ने दौड़ भरकर फिर थाप मारी, और घुंघरू बजे—छन्न-छन्न-छन्न! फिर तो नूपुर-शोभित लाल कमल-से वे चरण श्वेत प्रस्तर के उस सभा-भवन के विस्तार को छू-छूकर ऊधम मचाने लगे। घुंघरुओं की झंकार जैसे लोगों के हृदयों में ज्वार-भाटा उत्पन्न करने लगी। अब सुनहरी जरी से कसी चोली, कारचोबी काम का लहंगा और हीरों से दमकता वक्ष, नीलम से लिपटी छोटी-सी कमर, पैरों की प्रत्येक गति पर जो हलचल मचाने लगे, और उनके साथ ही सिंहल के मुक्ताओं से सम्हाले हुए कुन्तल केश वायु में लहरा कर जैसे उस नृत्य का अनुकरण करने लगे, फिर मृदुल मृणाल-भुजाएं विषधर नाग की भांति हिलोरें मारने लगीं, यह सब देखकर दर्शक सुध-बुध खो बैठे। इस सुप्रभात-सी

सुकुमार नवल किशोरी का वह अद्‌भुत परम शुद्ध शैव-नृत्य देखकर बड़े-बड़े कलाकार आश्चर्यचकित रह गए। ऐसा प्रतीत होता था जैसे शुभ्रशोभना शरदऋतु मूर्तिमती होकर ऊषा के उस मनोरम काल में सोमनाथ महालय में उतर आई हो।

धीरे-धीरे उसका बाह्य ज्ञान लुप्त होने लगा। उसके सामने सहस्रों नर-मुंड एकटक उसी को देख रहे हैं, इसकी उसे सुध न रही। वह एक बार गंग सर्वज्ञ और फिर देवता के ज्योतिर्लिंग को देख अधीर भाव से नृत्य करने लगी। उत्तुंग पर्वत-शृंग से गिरते हुए झरने के वेग के समान उसका वेग हो गया। मृदंग-वादक हांफने लगे। तन्तु-वाद्य केवल कम्पन ध्वनित करने लगे। चौला के चरणों ने जो गति ली, वह मानो गतिहीन हो गई। अन्ततः उसकी गति मन्द पड़ने लगी। वह पुष्प-भार से नमित वृन्त की भांति धीरे-धीरे नीचे को झुकती गई। ताल का ठेका धीमा हुआ, और चौला वहीं देवसान्निध्य में सहस्र जनता के समक्ष पृथ्वी पर बेसुध होकर गिर पड़ी। जन-जन की नसों में प्रत्येक रक्तबिन्दु नृत्य कर रही थी। दर्शक निर्निमेष, निस्पन्द बैठे रह गए। गंग सर्वज्ञ ने अश्रुपूरित नेत्रों से गंगा की ओर देखकर कुछ संकेत किया। गंगा ने यत्न से चौला को अंक में भरा, और उसे कक्ष के बाहर ले गई। गंग सर्वज्ञ स्वप्निल-से चुपचाप उठकर अपने आवास में गए। सबके हृदयों में एक ही कल्पना, एक ही छलना, एक ही मूर्ति जाग्रत हो रही थी। वह मूर्ति चौला की थी। शुक्र नक्षत्र की भांति दैदीप्यमान और शुभ्र चांदनी की भांति व्यापक, शीतल और वज्रमणि की भांति बहुमूल्य और दुष्प्राप्य, शारदीय सुषमा की भांति शतधौत शुभ्र।

त्रिपुरसुन्दरी

देवता का निर्माल्य लेकर जो तरुण भरुकच्छ से आया था, वह देवार्चन की समाप्ति पर महालय की सीढ़ियों के पास एक खम्भे के सहारे बैठा ऊंघ रहा था। इस समय महालय जनशून्य था। सभामंडप के सब दीप बुझा दिए गए थे। बाहरी दीपाधारों पर जो दो-चार दीपक जल रहे थे, उन्हीं का क्षीण प्रकाश वहां पड़ रहा था। अर्द्धरात्रि व्यतीत हो चुकी थी। तभी अपनी पीठ पर किसी के हाथ का कोमल स्पर्श पाकर वह चौंक उठा। उसने मुंह फेरकर देखा, एक प्रगल्भ रूपसी बाला खड़ी मुस्कुरा रही थी। उसका यौवन जैसे दहकता हुआ अंगारा था। युवक ने कमर से लटकती तलवार की मूठ पर हाथ धरकर कहा, "कौन हो तुम?" बाला खिलखिलाकर हंस पड़ी, हंसते-हंसते युवक पर कुटिल भ्रूपात करके कहा, "मूर्ख, स्त्री से डरता है?"

"मैं किसी से नहीं डरता।"

"फिर तलवार पर हाथ क्यों?"

युवक ने स्थिर होकर कहा, "कौन हो तुम?"

युवती उससे सटकर बैठ गई, हंसकर उसने कहा, "कहो, कैसी हूं?"

रूप के उस दहकते हुए अंगारे के स्पर्श से तरुण का तारुण्य जाग उठा, उसने कहा, "कहो कौन हो?"

"मैं सोमा हूं।"

"सोमा कौन?"

"त्रिपुरसुन्दरी की भूमिका।"

"तो मुझसे तुम्हारा क्या काम है?"

"तुम यहां अकेले बैठे क्या कर रहे हो, बुद्धू?"

युवती युवक के और पास खिसक गई, उसके अनावृत्त यौवन का सुरभित, सुकोमल, सुखस्पर्श पाकर युवक चल-चंचल हो गया। सुन्दरी ने अपने कन्धे से धकेलते हुए और बंकिम कटाक्ष से देखते हुए कहा, "चलोगे मेरे साथ?"

"कहां?"

"त्रिपुरसुन्दरी के दरबार में।"

युवक भीत नेत्रों से युवती को देखने लगा। त्रिपुरसुन्दरी की रहस्यपूर्ण वाम पूजन की विधि की बहुत बातें उसने सुनी थीं। युवती ने अपना उन्मत्त यौवन युवक के शरीर से सटा दिया। युवक के शरीर की नसों का रक्त, गर्म होकर पिघले हुए सीसे की भांति दौड़ने लगा।

उसने हकलाकर कहा, "क्या सच कहती हो?"

"तुम्हारा बड़ा भाग्य है। महामाया के चरणों में तुम्हारी पुकार हुई है।" बाला ने एक प्रकार से युवक को अंक में भरकर उठा लिया। युवक की सोचने की शक्ति कुंठित हो गई। वह विमूढ़ की भांति तरुणी के पीछे चल दिया।

महालय के वाम पार्श्व में जो विस्तृत उद्यान था, उसके उस ओर एक विशाल द्वार था। द्वार के उस पार त्रिपुरसुन्दरी का मन्दिर था। वह मन्दिर चारों ओर से ऊंची-ऊंची दीवारों से घिरा था। मन्दिर के आसपास चारों ओर कुमारी, काली, कपाली, चामुंडा आदि नव-शक्तियों के नौ मन्दिर थे।

त्रिपुरसुन्दरी के सम्बन्ध में विविध किंवदन्तियां थीं। अनेक रस-रहस्य की बातें लोग करते थे। वहां प्रत्येक गोख और स्तम्भ पर शिवशक्ति की मिथुन-मूर्तियां खुदी थीं। मूर्तियां नग्न और अश्लील और भिन्न-भिन्न प्रकार के काम-सम्बन्धी आसनों की थीं। उनमें कुछ अत्यधिक नग्न, अश्लील, काम-विकार और अप्राकृतिक संयोगों को प्रदर्शित करती थीं।

मन्दिर के द्वार पर विशाल भैरवी चक्र बना हुआ था। आश्विन की नवरात्रि में इस मन्दिर की चहल-पहल बहुत बढ़ जाती थी। दूर-दूर के कौल वामपन्थी उस उत्सव में सम्मिलित होते थे। महाशक्ति 'त्रिपुरसुन्दरी' का स्तवन, कीर्तन और पूजन, उत्तर कौल-क्रिया से कौलिक सम्प्रदाय के शाक्त करते थे। इन दिनों यहां नित्य मद्य, मांस और मत्स्य मधु का नैवेद्य चढ़ता, भैरवी चक्र की रचना होती, और भक्तगण भोग-विलास को मोक्ष का परम साधन मानकर, वर्ण-जाति का विचार छोड़कर, महाशक्ति महामाया त्रिपुरसुन्दरी की आराधना करते थे। मन्दिर के एक गोपनीय भाग में शंकर की अर्द्धांगिनी

महाशक्ति की आराधना होती थी। और उसकी पूजा-अर्चना परम्परा से चली आती हुई—दीक्षित स्त्री-पुरुषों के समक्ष, अवर्ण्य विधि से होती थी। बिना दीक्षित हुए व्यक्ति का वहां पहुंचकर जीवित लौटना सम्भव न था।

सुन्दरी की नूपुर-ध्वनि नवयुवक के रक्त में मदिरा का मद उड़ेल रही थी। उसकी विलासलीला, अनावृत्त सुगठित देह, वीणा-विनिन्दित स्वर, उसके सुप्त यौवन को ठोकर मार-मारकर जाग्रत कर रहे थे। युवती के स्वर्णगात्र की मादक गन्ध से आवेशित हो युवक मन्त्रबद्ध सर्प की भांति उसके साथ-साथ चला जा रहा था। एकाएक उसने साहस करके कहा, "कहां ले जा रही हो—उस अगम क्षेत्र में मुझे।"

"भय मत कर!" युवती ने उसके कान में मुंह लगाकर कहा। उसके कान और गंडस्थल से युवती का गर्म ओष्ठ छू गया। उसे रोमांच हो आया। फिर युवती ने अपने नर्म-गर्म हाथों में उसकी कलाई पकड़ ली और उसे एक तंग अंधेरी राह में खींच ले चली। बड़ी देर तक वह उस अन्धकारपूर्ण टेढ़े-मेढ़े मार्ग में चलती रही। एकाएक ठहरकर उसने एक गुप्त द्वार पर पहुंचकर संकेत किया। किसी ने झरोखे से झांक कर पूछा, "कौन है?"

"मैं सोमा हूं।"

उत्तर में एक पुरुष हाथ में दीपक लिए बाहर आया। सोमा को देखकर उसने पूछा, "प्राप्त हुआ?"

"यह है।"

जिस पुरुष ने आकर द्वार खोला था, वह काला-मुस्टंड और दिगम्बर था। उसकी आंखें लाल हो रही थीं और वह मद्य के नशे में झूम रहा था। उसने सिर से पैर तक युवक को देखा, हास्य से उसके काले-काले मोटे होंठ फैल गए और बड़े-बड़े पीले दांत बाहर निकल आए। उसने कहा, "तब आओ भीतर," सोमा ने युवक को भीतर धकेल दिया। मुस्टंड ने द्वार बन्द कर लिया। दीपक के पीले क्षीण प्रकाश में उस भयानक पुरुष को देखकर युवक सहम गया। पुरुष आवश्यकता से अधिक लम्बा और बेडौल था। उस दीपक के पीले प्रकाश में उसे देखकर युवक कांपने लगा। वे अनेक अंधेरे अलिन्दों और कक्षों को पार करके एक प्रशस्त प्रांगण में पहुंचे। हाथ का दीपक एक आधार पर रखकर पुरुष ने कहा, "शस्त्र मुझे दे" और उसने अनायास ही युवक की तलवार हस्तगत कर ली।

युवक आतंक से जड़ हो गया। सोमा ने बंकिम कटाक्ष से उसे घूरकर धीरे-से कहा, "चल-चल! देवस्थान में शस्त्र की क्या आवश्यकता है! यहां भगवती महामाया की जाग्रत ज्योति है।" वह उसे धकेलती हुई एक भीतरी अलिन्द में ले गई।

वहां दैत्य के समान, सर्वथा नग्न एक भीमकाय कृष्णवर्ण पुरुष, व्याघ्रचर्म पर बैठा कुछ जप कर रहा था। एक लाल वस्त्र-खंड उसके नाभि-देश में अस्त-व्यस्त पड़ा था।

एक बड़ा-सा मद्य-पात्र उसके सम्मुख धरा था जिसमें से वह बार-बार मद्य पी रहा था। उसकी घनी-काली भौंहों के नीचे बड़े-बड़े पलक झुके हुए थे और खिचड़ी घनी

दाढ़ी में छिपे मोटे-मोटे काले होंठ तेज़ी से हिल रहे थे।

सोमा ने युवक को उस पुरुष के आगे धकेलकर कहा, "साहस कर रे, महामाया के चिरकिंकर भूतनाथ भैरवावतार रुद्रभद्र को प्रणिपात कर।"

युवक कांपता-कांपता भूमि पर लोट गया।

रुद्रभद्र ने उसकी ओर अपने तन्द्रिल नेत्र उठाकर उंगली से संकेत करते हुए उस स्त्री से कहा, "यही है वह?"

"यही है।"

"तूने त्रिपुरसुन्दरी का निर्माल्य सर्वज्ञ को दिया है?"

"सर्वज्ञ ने स्वयं ही ग्रहण कर लिया प्रभु!" युवक ने करबद्ध कहा।

"अरे अधम, तुझे आदेश क्या था? क्या तुझे महामाया के कोप का भय नहीं?"

युवक ने सामने महामाया की विकराल मूर्ति हाथ में त्रिशूल लिए देखी। रुद्रभद्र ने कोप कर कहा, "अधम, महामाया के कोप में गिरकर भस्म होगा तू।" फिर पात्र में मुंह लगाकर गटागट बहुत-सी मद्य पीकर जलती हुई दृष्टि से युवक की ओर देखा। युवक ने प्रणिपात करके कहा, "प्रभु, अपराध क्षमा हो, सर्वज्ञ की आज्ञा उल्लंघन करने की शक्ति मुझमें नहीं थी।"

इसी समय भीतर से दो मुस्टंड मूर्तियां निकल आईं। वे भी दिगम्बर और मद्य से उन्मत्त थीं। एक ने कहा, "बाबा, इसे आज महाकाल की बलि दीजिए।"

"देवार्पण होगा रे तू?" रुद्रभद्र ने लाल-लाल आंखें उठाकर पूछा।

"नहीं, नहीं बाबा, मुझे जाने दीजिए।"

परन्तु आगत मुस्टंडों में से एक ने अपने बलिष्ठ पंजे में उसकी कलाई पकड़ ली।

उसने कहा, "पापी, महामाया के मन्दिर को भ्रष्ट करके भाग जाना चाहता है।"

दूसरे ने कहा, "मन्दिर को भ्रष्ट करके कोई नर जीवित यहां से नहीं जा सकता।'

रुद्रभद्र ने फिर मद्य पी और मेघ-गर्जना के स्वर में पुकारा, "व्याघ्रदन्त।" एक विकराल दिगम्बर महाकाय व्यक्ति न जाने कहां से निकल आया। उसके सर्वांग में सिन्दूर लगा था और हाथ में एक विशाल त्रिशूल था। उसने अनायास ही युवक को धरती पर पटक दिया, और त्रिशूल उसके कंठ पर रख दिया। फिर चिल्लाकर कहा, "जय माया!"

सोमा भय से चीत्कार कर दौड़ी। उसने त्रिशूल को दोनों हाथों में थामकर कहा, "नहीं-नहीं, यह महाकाल का नैवेद्य है। यहां इसका रक्त नहीं गिरेगा।"

पुरुष ने त्रिशूल हटा लिया। वह रुद्रभद्र की ओर देखने लगा। सोमा ने रुद्रभद्र के कानों में मुंह लगाकर कहा, "यह महाकाल का नैवेद्य है, इसे प्रभात में महाकाल को बलि देना होगा। अभी इसे मेरे सुपुर्द कीजिए प्रभु।"

"समझा, तू इस पर आसक्त है। पापिनी! दूर हो।" वह खड़-खड़ करके हंस पड़ा, और पात्र में मुंह लगाकर मद्य पीने लगा।

सोमा ने फिर उसके कान में मुंह लगाकर कुछ कहा। इस पर रुद्रभद्र ने सोमा को पीछे धकेलते हुए खड़े होकर कहा, "झूठ-झूठ, दूर हो तू चुड़ैल," फिर उसने वज्र-गर्जना

का प्रसाद है, इससे साहस बढ़ेगा।"

युवक बिना विचार किए गटागट मद्य पी गया। पात्र में जो बचा, उसे सोमा ने पीकर पात्र धरती पर फेंक दिया। फिर वह चारों ओर घूम-घूमकर अपलाप-सा करने लगी।

रुद्रभद्र ने वज्र-गर्जना करके कहा, "लाओ निर्माल्य।"

कुसम्वाद

गंग सर्वज्ञ स्वस्थ होकर आसन पर बैठे। उनके सामने दूसरे आसन पर भीमदेव बैठे।

युवराज ने कहा, "भगवान, यह तो ठीक नहीं हुआ।" सर्वज्ञ ने पूछा, "क्या?"

"आपने म्लेच्छ को अभय दिया, चिरंजीव रहने का आशीर्वाद दिया...और सकुशल चला जाने दिया।

सर्वज्ञ हंस दिए। उन्होंने कहा, "अच्छा क्यों नहीं हुआ कुमार?"

"हाथ में आए शत्रु को छोड़ना अच्छा है?"

"पर शत्रु कौन है?"

"प्रभो! मैं यह सब वेदान्त विचार नहीं कर सकता, पर गज़नी का यह दैत्य यदि सोमपट्टन को आक्रान्त करे तो?"

"तो?"

"तो महाराज, गुजरात का गौरव भंग होगा।"

"क्यों?"

गंग सर्वज्ञ के प्रश्न का उत्तर युवराज भीमदेव नहीं दे सके। वे सर्वज्ञ का गरिमापूर्ण मुख देखते रह गए।

गंग सर्वज्ञ ने हंसकर कहा, "कुमार, यदि गज़नी का सुलतान सोमपट्टन पर अभियान करे तो गुजरात का गौरव भंग होगा, यह तुम प्रथम ही से कैसे कहने लगे? यदि वह अभियान करे तो गुजरात का गौरव बढ़े क्यों नहीं?"

भीमदेव लज्जित हुए। उन्होंने कहा, "गुरुदेव, सोलह बार इस दैत्य ने तीस बरस से भारत को अपने घोड़ों की टापों से रौंदा है। हर बार इसने भारत को तलवार और आग की भेंट किया है।"

"तो इसमें क्या इसी अमीर का दोष है कुमार, तुम्हारा, देशवासियों का कुछ भी

दोष नहीं है? कैसे एक आततायी इतनी दूर से दुर्गम राह पार करके, धन-जन से परिपूर्ण, शूरवीर राजाओं और क्षत्रियों से सम्पन्न भारत को सफलतापूर्वक आक्रान्त करता है, धर्मस्थलों को लूट ले जाता है, देश के लाखों मनुष्यों को गुलाम बनाकर बेचता है, परन्तु देश के लाखों-करोड़ों मनुष्य कुछ भी प्रतीकार नहीं कर पाते। तुम कहते हो, तीस बरस से यह सफल आक्रमण कर रहा है। उसके सोलह आक्रमण सफल हुए हैं। फिर सत्रहवां भी क्यों न सफल होगा, यही तो तुम्हारा कहना है? तुम्हें भय है कि इस बार वह सोमपट्टन को आक्रान्त करेगा। फिर यह भी भय है कि यदि वह ऐसा करेगा तो गुजरात का गौरव भंग होगा। तुम्हारे इस भय का कारण क्या है? क्या अमीर का शौर्य? नहीं, तुम्हारे भय का कारण तुम्हारे ही मन का चोर है। तुम्हें अपने शौर्य और साहस पर विश्वास नहीं। कहो तो, इसका गज़नी यहां से कितनी दूर है? राह में कितने नद, वन, पर्वत और दुर्गम स्थल हैं? सूखे मरुस्थल हैं, जहां प्राणी एक-एक बूंद जल के बिना प्राण त्यागता है। ऐसे विकट वन भी हैं, जहां मनुष्य को राह नहीं मिलती। फिर उस देश से यहां तक कितने राज्य हैं? मुलतान है, मरुस्थल के राजा हैं। सपादलक्ष के, नान्दोल के चौहान, झालौर के परमार, अवन्ती के भोज, अर्बुद के ढुंढिराज हैं। फिर पट्टन के सोलंकी हैं। इनके साथ लक्ष-लक्ष, कोटि-कोटि प्रजा हैं, जन-बल है, अथाह सम्पदा है, इनका अपना घर है, अपना देश है। फिर भी यह आततायी विदेशी, इन सबके सिरों पर लात मारकर, सबको आक्रान्त करके, देश के दुर्गम स्थानों को चीरता हुआ, राज्यों को विध्वंस करता हुआ, इस अति सुरक्षित समुद्र-तट पर सोम-तीर्थ को आक्रांत करने में सफल हो—तो कुमार, यह उसका दोष नहीं, उसका विक्रम है—उसका शौर्य है। दोष यदि कहीं है तो तुममें है।"

कुछ देर तक गंग सर्वज्ञ चुप रहे। फिर बोले, "देव तो भावना के देव हैं। साधारण पत्थर में जब कोटि-कोटि जीवित जन श्रद्धा, भक्ति और चैतन्य सत्ता आवेशित करते हैं तो वह जाग्रत देव बनता है। वह एक कोटि-कोटि जनों की जीवनी-सत्ता का केन्द्र है। कोटि-कोटि जनों की शक्ति का पुंज है। कोटि-कोटि जनों की समष्टि है। इसी से, कोटि-कोटि जन उससे रक्षित हैं। परन्तु कुमार, देव को समर्थ करने के लिए उसमें प्राण-प्रतिष्ठा करनी पड़ती है। वह कोरे मन्त्रों द्वारा नहीं, यथार्थ में। यदि देव के प्रति सब जन, अपनी सत्ता, सामर्थ्य और शक्ति समर्पित करें, तो सत्ता, शक्ति और सामर्थ्य का वह संगठित रूप देव में विराट पुरुष के रूप का उदय करता है। फिर ऐसे-ऐसे एक नहीं, सौ गज़नी के सुलतान आवें तो क्या? जैसे पर्वत की सुदृढ़ चट्टानों से टकराकर समुद्र की लहरें लौट जाती हैं, उसी प्रकार उस शक्ति-पुंज से टकराकर खंडित शक्तियां चूर-चूर हो जाती हैं...

"थानेश्वर, मथुरा और नगरकोट का पतन कैसे हुआ, इस पर तो विचार करो। महमूद तुम पर आक्रमण नहीं करता, राज्यों का उसे लोभ नहीं है। वह तो देव-भंजन करता है। कोटि-कोटि जनों के उस अविश्वास और पाखंड को खंडित करता है, जिसे वे श्रद्धा और भक्ति कहकर प्रदर्शित करते हैं। वह भारत की दुर्बलता को समझ गया है। यहां धर्म

मनुष्य-जीवन में ओत-प्रोत नहीं है। वह तो उसके कायर, पतित और स्वार्थमय जीवन में ऊपर का मुलम्मा है। नहीं तो देखो, कैसे वह एक कुरान के नाम पर प्रतिवर्ष लाखों योद्धाओं को बराबर जुटा लेता है। कुरान के प्रति उनकी श्रद्धा, उसमें और उसके प्रत्येक साधारण सिपाही में मुलम्मे की श्रद्धा नहीं है, निष्ठा की श्रद्धा है...

"इसी से कुमार, मेरी दृष्टि में वह उस आशीर्वाद ही का पात्र है, जो मैंने उसे दिया...और प्राणिमात्र को अभयदान तो भगवान सोमनाथ के इस आवास का आचार है, मैं उस आचार का अधिष्ठाता हूं, यह भी तो देखो!"

"परन्तु गुरुदेव, शत्रु-दलन की शक्ति क्या देवता में नहीं है?"

"कुमार! यदि राजा के मन्त्री, सेना तथा प्रजा अनुशासित न हों, सहयोग न दें, तो राजा की शक्ति कहां रही? राजा की शक्ति उसके शरीर में नहीं है। शरीर से तो वह एक साधारण मनुष्यमात्र है। उस राजा के शरीर को नहीं, उसके राजत्व की भावना को अंगीकार करके जब सेना और मन्त्री, दोनों का बल उससे संयुक्त होता है, तब वह महत्कृत्य करता है। इसी भांति पुत्र, देवता अपने आपमें तो एक पत्थर का टुकड़ा ही है, उसकी सारी सामर्थ्य तो उसके पूजकों में हैं। वे यदि वास्तव में अपनी सामर्थ्य समष्टि-रूप में देवार्पण करते हैं, तो देवत्व का उत्कर्ष होता है। वास्तव में भक्त की सामर्थ्य का समष्टि-रूप ही देव का सामर्थ्य है।"

बहुत देर तक कुमार भीमदेव गंग सर्वज्ञ की इस ज्ञान-गरिमा को समझते रहे। फिर बोले, "तो देव, ग़ज़नी सुलतान यदि सोमपट्टन को आक्रान्त करे तो हमारा क्या कर्तव्य है?"

"जिस अमोघ सामर्थ्य की भावना से तुम देवता से अपनी रक्षा चाहते हो, उसी अमोघ सामर्थ्य से देव-रक्षण करना।"

"परन्तु वह अमोघ सामर्थ्य क्या मनुष्य में है?"

"और नहीं तो कहां है? बेटे! मनुष्य का जो व्यक्तित्व है वह तो बिखरा हुआ है, उसमें सामर्थ्य का एक क्षण है। अब, जब मनुष्य का समाज एकीभूत होकर अपनी सामर्थ्य को संगठित कर लेता है, और वह उसका उपयोग स्वार्थ में नहीं, प्रत्युत कर्तव्य-पालन में लगाता है, तो यह सामर्थ्य-समष्टि मनुष्य की सामर्थ्य होने पर भी देवता की सामर्थ्य हो जाती है। उसी से देव-रक्षण होगा।"

"परन्तु यदि लोग उपेक्षा करें, अपने-अपने स्वार्थ में रत रहें?"

"तो देवता की सामर्थ्य भंग होगी, तब प्रथम देवता अन्तर्धान होगा, फिर देव-अरक्षित कोटि-कोटि जन दुःख-ताप से पीड़ित हो दुःख भोगेंगे। जनपद ध्वंस होगा।"

"तब प्रभु, मुझ अज्ञानी को आप यह आदेश दीजिए कि मैं क्या करूं। आज मैं आपके चरणों में प्रतिज्ञा करता हूं कि यदि यह दुर्दान्त भारत-विजेता भगवान सोमनाथ को आक्रान्त करेगा तो मैं इसी तलवार से उसके दो टुकड़े कर दूंगा।"

"पुत्र! इस 'मैं' शब्द को निकाल दो। इससे ही 'अहं-तत्त्व' उत्पन्न होता है। कल्पना करो, कि तुम्हारी भांति ही दूसरे भी इस 'मैं' का प्रयोग करेंगे, तो प्रतिस्पर्धा और भिन्नता

का बीज उदय होगा। सामर्थ्य का समष्टि-रूप नहीं बनेगा।"

"तो भगवन! हम कैसे कहें—?"

"ऐसे कहो पुत्र, कि यदि कोई आततायी देव की अवज्ञा करेगा तो भारत उसे कभी सहन न करेगा।"

"तो प्रभु, यही सही।"

भीमदेव आगे और भी कुछ कहना चाह रहे थे कि इसी समय गंगा घबराई हुई आई, उसने कहा, "प्रभु, चौला आवास में नहीं है..."

"आवास में नहीं है तो कहां है?" सर्वज्ञ ने जिज्ञासा की।

"यह मैं नहीं जानती, परन्तु मुझे सन्देह है...।"

गंग सर्वज्ञ अस्थिर हो गए। उन्होंने व्यग्र हो उठते हुए कहा, "कुमार, तुम मेरे साथ आओ।" और एक गुप्त गर्भमार्ग द्वारा त्रिपुरसुन्दरी के मन्दिर की ओर लपके और उनके पीछे नंगी तलवार हाथ में लिए कुमार भीमदेव भी।

भैरवी-चक्र

रुद्रभद्र पैर पटक-पटककर इधर-उधर घूमने लगा। मद्य की झोंक में उसके पैर सीधे नहीं पड़ रहे थे। आंखें अधमिची हो रही थीं। वह रह-रहकर कोई अघोर मन्त्र बड़बड़ा रहा था। इसी समय दैत्य के समान दो अशुभदर्शी व्यक्तियों ने वस्त्रों में लिपटी हुई कोई वस्तु उसके चरणों में लुढ़का दी। रुद्रभद्र ने भारी कंठ से कहा, "निर्माल्य मिला?"

"मिला।"

उसने आवेष्टन हटाया, मूर्च्छित चौला की देहयष्टि उसमें से निकल पड़ी। उसके शरीर पर वही नृत्य की पोशाक थी। कड़ी मूर्च्छा के कारण उसका मुख पीला हो रहा था, पर इस समय भी वह वही पारिजात-पुष्पगुच्छ की श्री धारण कर रही थी। रुद्रभद्र के मद्य-घूर्णित नेत्रों के भारी-भारी पलक तृषित हो उठे।

उसने कहा, "जृम्भिक, उसे अमृत दे।" जृम्भिक ने मद्य का पात्र मूर्च्छित चौला के मुख से लगा दिया। श्वास के साथ ही मद्य उसके कंठ में उतरने लगा। रुद्रभद्र ने वहीं भैरवी-चक्र रचा। भैरवी-चक्र पर चौला की बेसुध देह रखी गई। फिर उसने उसके निकट ही आसीन होकर आज्ञा दी, "पूजन-विधि सम्पन्न करो अब।"

चौला को नग्न कर दिया गया। उसके विविध अंगों का पूजन-मार्जन होने लगा। बीच-बीच में मद्य भी उसके मुख में डाली जाने लगी। रुद्रभद्र तन्त्र-क्रिया सम्पन्न करने लगा। संकेत होने पर कपाट खोल दिए गए। सब साधक-साधिकाएं कक्ष में घुस आए। सब दिगम्बर नग्न थे, सबके हाथ में मद्य-पात्र थे। एक-एक स्त्री और एक-एक पुरुष मिथुन मुद्रा से विशेष पद्धति पर मन्त्र-पाठ करता हुआ चौला की नग्न मूर्च्छित देह को

चारों ओर से घेरकर नृत्य करने और मद्य पीने लगा। बहुत लोग पीते-पीते वमन करने लगे, बहुत निर्ल्लज-अश्लील चेष्टाएं करने लगे, बहुत बदहवास होकर भूमि पर ही लोट गए। उसी समय चौला की मूर्च्छा टूटी। अपने सम्मुख अकल्पित-अतर्कित यह भयानक दृश्य देखकर उसके मुख से चीख निकल गई, मूर्च्छा और मद्य के प्रभाव से उसकी चेतना विकृत हो रही थी। फिर भी उसने अपने नग्न शरीर को देख लज्जा से अंग समेट लिए। परित्राण पाने के लिए वह इधर-उधर देखने लगी। चारों ओर निर्लज्ज नग्न स्त्री-पुरुष मिथुन-योग से उसके चारों ओर घूम-घूमकर कवच-पाठ कर रहे थे। रुद्रभद्र मुद्रा-योग में सम्मुख आसीन था। इन सब निर्लज्ज और बीभत्स स्त्री-पुरुषों तथा दैत्य के समान भीमकाय रुद्रभद्र को सम्मुख नग्न बैठा देख, चौला ने भय से दोनों हाथों से आंखें बन्द कर लीं।

खम्भे में बंधा हुआ युवक यद्यपि गहरे नशे में था, परन्तु अपने लाए निर्माल्य की विपत्ति देख उसने छूटने को बहुत हाथ-पैर मारे, परन्तु वह बन्धन नहीं तोड़ सका। सोमा बार-बार मद्य पीकर खिलखिलाकर हंसने और मद्यपात्र उसके मुंह के पास ले जाने लगी, परन्तु उसने फिर मद्य नहीं पी। आवेग से उसके मस्तिष्क और कंठ की नसें तनने लगीं।

हठात युवक चिल्ला उठा, "जय स्वरूप! जय सर्वज्ञ! जय देव! जय गुरुदेव!" उन्मत्त जनों ने देखा, गंग सर्वज्ञ तेज़ी से बढ़े हुए भीतर आ रहे हैं। उनके पीछे नंगी तलवार हाथ में लिए भीमदेव हैं।

जो जहां था, स्तब्ध रह गया। कुमार भीमदेव एक ही छलांग में रुद्रभद्र को धकेल चौला के निकट जा पहुंचे। उन्होंने झटपट अपना उत्तरीय उस प: डाल दिया। चौला लपककर भीमदेव के पीछे लड़खड़ाती आ खड़ी हुई। रुद्रभद्र ने पास रखा भारी त्रिशूल उठाकर कुमार भीमदेव पर प्रहार किया। गग सर्वज्ञ युवक की पुकार सुन उसे बन्धन-मुक्त करने में उलझ गए थे। अब उन्होंने कड़ककर कहा, "खबरदार भद्र!" और दूसरे ही क्षण युवक ने उछलकर उसका गला धर दबाया। रुद्रभद्र में असीम बल था, वह प्राणप्रण से युवक से भिड़ गया। कभी युवक और कभी रुद्रभद्र नीचे-ऊपर होने लगे। इस बीच में सब उपासक भाग गए। भीमदेव ने युवक को रुद्रभद्र से उलझता छोड़ चौला के वस्त्रों की व्यवस्था की। अन्त में रुद्रभद्र को लात-घूसों से अच्छी तरह रून्दकर, युवक ने उसे सीढ़ियों से नीचे धकेल दिया। मार और नशे से अचेत होकर रुद्रभद्र टूटे खम्भे के समान भूमि पर पड़ा रहा। गंग ने मन्दिर के पट बन्द कर दिए और 'सब कोई मन्दिर त्यागकर बाहर चले जाओ' यह आदेश दिया। मूर्च्छित रुद्रभद्र के शरीर को पार्श्वग उठा ले गए। आगे गुरुदेव, बीच में चौला, पीछे भीमदेव, उनके पीछे वह युवक, सब उसी गुप्तमार्ग की राह महालय में लौट आए।

मौनी बाबा

सरस्वती के उत्तर तट पर दधिस्थली ग्राम था। उस ग्राम से कोई डेढ़ कोस के अन्तर पर बटेश्वर नाम का एक प्राचीन शिवालय था। शिवालय जीर्णावस्था में होने पर भी अति भव्य था, उसके आसपास चारों ओर अनेक छोटे-बड़े मन्दिर और थे। इनमें भी शिवलिंग की स्थापना थी। स्थान अति रमणीक था। उसकी तीन दिशाओं में बहुत-से बड़े-बड़े छायादार वृक्ष थे। चौथी दिशा में महानदी सरस्वती शिवालय के चरण पखारती कलकल निनाद करती बह रही थी। शिवालय से कोई तीन कोस के अन्तर पर श्रीस्थल तथा आठ-नौ कोस के अन्तर पर अनहल पट्टन था। बीच के मैदान में मनुष्यों की बस्ती न थी। शिवालय एकान्त, निर्जन था। शिवालय का शिखर बहुत ऊंचा था। वहां से चारों ओर का दृश्य अति भव्य दीखता था।

कुछ दिन से इस शिवालय में एक संन्यासी आकर टिके थे। संन्यासी परदेशी थे और बहुत वृद्ध थे। उनका शरीर अत्यन्त कृश और लम्बा था। उस पर श्वेत लम्बी दाढ़ी अति भव्य दीख पड़ती थी। संन्यासी मौनी थे, मुंह से बोलते नहीं थे, न आस-पास के ग्रामों में भिक्षा करने जाते थे। ग्रामीण भक्तजन और जंगल के चरवाहे जो आकर भक्ति-भाव से कुछ खाने-पीने की वस्तु रख जाते थे, उनसे वे केवल संकेत से बहुत कम बातें करते थे। आस-पास के ग्रामों में वे मौनी बाबा के नाम से प्रसिद्ध हो गए थे। दिन में एक-दो ग्रामीण उनके पास बने रहते थे, परन्तु रात्रि को बाबा अकेले ही उस निर्जन में रहते थे। उनकी निस्पृह वृत्ति और गम्भीर आकृति से प्लावित हो ग्रामीण उन पर श्रद्धा करते थे।

अर्द्धरात्रि व्यतीत हो गई थी। रात अंधेरी थी और जंगल सुनसान था। ऐसे समय में दो अश्वारोहियों ने शिवालय के प्रांगण में प्रवेश किया। दोनों अश्वारोहियों में एक छद्मवेशी सुलतान महमूद और दूसरा उनका साथी था। दोनों साधु-वेष में ही थे। घोड़ों का पदचाप सुनते ही मौनी बाबा बाहर निकल आए और अश्वों की व्यवस्था कर तीनों शिवालय के अलिन्द में जा बैठे। बैठते ही तीनों ने वार्तालाप प्रारम्भ कर दिया। वार्ता शुद्ध अरबी भाषा में हुई, उसका अभिप्राय इस प्रकार था, "हज़रत! अब्बास ज़ख्मी हो गया।"

"यहां तक नौबत क्यों आने दी, सुलतान?"

"नौबत आगे तक आती, परन्तु गुसाईं बीच में आ गया।"

"गंग को आपने देखा?"

"देखा।"

"और कुछ?"

"दो चीजें और देखीं।"

"वह क्या?"

"गुजरात का राजा।"

"चामुंड राय?"

"नहीं, भीमदेव।"

"देख लिया?"

"अच्छी तरह। अफसोस यही रहा, दो-दो हाथ और न हो पाए।"

"अब्बास को उसी ने जख्मी किया?"

"नहीं, एक दूसरे नौजवान ने।"

"मगर तकरार हुई किस बात पर?"

"फिर कहूंगा, अभी यह फर्माइए कि लाहौर से कोई आया है?"

"अलीबिन उस्मान अल्हज बीसी का कासिद आया है। उन्होंने कहलाया है कि तमाम फौज दर्रा पार कर चुकी है, और जलालाबाद में उसे लेकर मसऊद सुलतान के हुक्म की इन्तज़ारी कर रहा है।"

"और मुल्तान की क्या खबर है?"

"शेख इस्माइल बुखारी ने कहलाया है कि यदि सुलतान की सवारी सिन्ध की राह गुजरात जाना चाहती है तो उसे कड़ी-से-कड़ी मुहिम का मुकाबला करने को तैयार रहना चाहिए।"

"इसका मतलब?"

"मतलब यही, कि राह में जो राजा हैं वे गुमराह हैं।"

"उन्हें क्या राह पर नहीं लाया जा सकता?"

"शेख ने कोशिश की थी, मगर कुछ बना नहीं।"

"शेख को कहिए कि वे फिर कोशिश करें और गुमराहों को राह पर लाएं, चाहे जिस भी कीमत पर।"

"बहुत खूब। लाहौर को क्या हुक्म भेजा जाए?"

"मसऊद गज़नी लौट जाए।"

"ऐं, यह कैसी बात?"

"यह सुलतान का हुक्म है। शेख और आप अभी यहीं मुकीम रहें। अब्बास के ज़ख्म भर जाएं तो वह गज़नी को रवाना हो जाए।"

"और कुछ हुक्म है?"

"नजर रखनी होगी।"

"गुजरात के राजा पर?"

"नहीं।"

"गुसाईं गंग पर?"

"नहीं।"

"और कौन?"

"वह नाजनीन।"

"कौन है वह?"

"सोमनाथ की सबसे बड़ी दौलत।"

"लेकिन..."

"शेख! वह आपकी आंखो से एक लमहे को भी ओझल हुई, तो गर्दन पर सिर नहीं रहेगा।"

"उसका नाम?"

"चौला।"

"चौला!"

सुलतान उठ खड़ा हुआ। उसने कहा, "मैं अभी गज़नी जाऊंगा। राह में बिखरी हुई फौज और जासूस सब उसी तरह काम करते रहें।"

"जो हुक्म।"

"हज़रत अलबरूनी क्या अभी अनहल पट्टन से नहीं लौटे?"

"रात ही लौटे हैं, वे अच्छी खबर लाए हैं।"

"ठीक है, इस वक्त वे कहां हैं?"

"नदी के उस पार, उसी झोंपड़ी में।"

"ठीक है। उनके पास घोड़ा है?"

"शायद नहीं।"

"तो मैं अब्बास का घोड़ा भी ले जा रहा हूं, अब्बास दूसरा खरीद लेगा।"

सुलतान उछलकर अपने असील घोड़े पर सवार हुआ और दूसरे की रास काठी में बांध नदी की ओर चल दिया, उसी सूनी-अंधेरी रात में।

विधि भंग

"विधि भंग हो गई, अब क्या होगा?"

"विनाश होगा!"

"रोकिए बाबा, प्रसन्न हुजिए!"

"जब देव-परम्परा भंग हुई, तो गुरु-परम्परा भी भंग होगी!"

"अनर्थ हो जाएगा!"

"प्रलय भी हो सकता है!"

प्रभात हो गया था। त्रिपुरसुन्दरी के मन्दिर के पट सर्वज्ञ ने बन्द करा दिए हैं, यह बात आग की भांति पट्टन में फैल गई थी। रुद्रभद्र ने प्रायश्चित्त-स्वरूप उपवास करके पंचाग्नि तप प्रारम्भ कर दिया था। मन्दिर के तोरण के बाहर निकट ही एक विशाल वट-वृक्ष था, उसी के नीचे पांच बड़ी-बड़ी धूनियां धधक रही थीं, उनके बीच

रुद्रभद्र का भीमकाय शरीर एक कुशासन पर विराजमान था। उसकी बड़ी-बड़ी पलकें झुकी हुई थीं। मोटे-मोटे काले होंठ निरन्तर हिल रहे थे। वह उच्चाटन-मन्त्र का पाठ कर रहा था, उसके सम्पूर्ण अंग में भस्म लगी हुई थी। अंग पर मात्र कौपीन था। सैकड़ों भक्त दर्शक वहां उपस्थित थे। और भी आते-जाते थे। लोग भांति-भांति की बातें करते थे। दो-चार हुर्दंग बाबा उसे घेरे बैठे थे। दो-चार धूनी में लक्कड़ डाल रहे थे। सिन्दूर का भैरवी-चक्र बना था। उस पर लाल सिन्दूर से रंगा, रंग-बिरंगे धागों से लपेटा एक मानव-पुतला उर्द के आटे का पड़ा हुआ था। लोग भयभीत और चकित मुद्रा से उसे देख रहे थे। रुद्रभद्र बीच-बीच में कुछ अस्फुट उच्चारण कर पुतले पर उर्द फेंक रहा था।

एक हुर्दंग बाबा करबद्ध हो आगे चला। उसने भीति-भरे नयनों से देखकर कहा, "रोकिए प्रभु, रोकिए!"

"नहीं," संक्षेप में कहकर रुद्रभद्र जल्दी-जल्दी कोई मन्त्र पढ़ने और उर्द फेंकने लगा। उपस्थित जनों में घबराहट फैल गई।

रुद्रभद्र यद्यपि गंग सर्वज्ञ का अन्तेवासी और शिष्य था। पर था वह वाममार्गी। वह त्रिपुरसुन्दरी देवी का अनन्य उपासक था। वह तन्त्र-शास्त्र का प्रकांड पंडित और अभिचार-योग का प्रसिद्ध ज्ञाता समझा जाता था। मारण, मोहन, उच्चाटन आदि अभिचार-कार्य वह प्रायः करता रहता था। यह प्रसिद्ध था कि कालभैरव उसका वशवर्ती और दास है, तथा उसकी आज्ञा से यह देवता सब सम्भव-असम्भव कृत्य-कुकृत्य कर सकता है। रुद्रभद्र जिस पर कुपित हुआ, उसके जीवन की खैर न थी और शीघ्र या विलम्ब से कालभैरव उसे खा जाता था। कालभैरव के प्रांगण में उस हतायु के रक्त की कुछ बूंदें टपकी हुई मिलती थीं, या आधी खाई हुई कलेजी या खोपड़ी का कुछ शेषांष पड़ा दीखता था। ऐसी घटना होने पर हतायु के सगे-सम्बन्धी क्रुद्ध होने की अपेक्षा नानाविध भोग देवता को प्रसन्न करने को अर्पण करते थे, जिससे वह अप्रसन्न होकर आगे उस वंश का समूल नाश न कर दे। बहुत-सी सेवा करके तथा सुवर्ण-दान से सन्तुष्ट करके, रुद्रभद्र को भी देवता को सन्तुष्ट करने के लिए राज़ी किया जाता था। रुद्रभद्र का शरीर जैसा बेडौल और भयावह था, चेष्टाएं भी वैसी ही थीं। वह वातावरण ही ऐसा था कि मूर्ख और विद्वान, धनी और गरीब, सब-कोई इस पाखंड पर विश्वास करते थे।

त्रिपुरसुन्दरी का पट बन्द होना तथा वाम पूजनविधि भंग होना, बड़ी भारी और भयानक घटना समझी गई। मन्दिर में आचार के नाम पर अनाचार करनेवाले मुस्टंडों का तो सारा मौज-शौक ही समाप्त हो गया। मद्य-मांस का प्रसाद, सुन्दरियों का आलाप, सहवास और देवी की आड़ में होनेवाले सब पाखंड-कृत्य रुक गए।

एक मुस्टंड अवधूत ने कहा, "बाबा! ऐसा तो पचास वर्ष में एक दिन भी नहीं हुआ।"

बाबा ने एक हुंकृति की। कहा कुछ नहीं। उसके होंठ हिलते रहे।

एक भयानक वेशधारी अघोरी ने खड़े होकर महालय की ओर हाथ उठाकर उच्च

स्वर से कहा, "सर्वज्ञ ने पाप किया है, सर्वज्ञ का पतन हो गया है!"

दो-एक अवधूतों ने चिमटे उठाकर कहा, "बाबा, आज्ञा कीजिए। हम सर्वज्ञ के पास जाएं, पट खुलवाएं, भोग-अर्चना विधि सम्पन्न करें, नहीं तो सर्वज्ञ का सिर फोड़ डालें।"

"नहीं रे नहीं, महामाया अब मन्दिर में नहीं हैं।" रुद्रभद्र ने वज्र-गर्जना की भांति कहा। फिर कुछ अस्फुट मन्त्र जोर-जोर से उच्चारण कर फट्-फट् कहा।

अवधूत ने कांपते-कांपते कहा, "महामाया कहां है बाबा?"

"विनाश को निमन्त्रित करने गई हैं। उधर, उधर देखो!" उसने उन्मत्त की भांति सुदूर मरुस्थली की ओर हाथ उठाए, और उन्मत्त की भांति हंसने लगा। फिर वह जड़वत समाधि-मग्न हो गया। उपस्थित जनों में भीति की भावना फैल गई। बहुत लोग उस रात नहीं सोए। बहुतों ने उपवास किया। कापालिक और अघोरी सैकड़ों-पचासों की संख्या में आ-आकर, पंचाग्नि तपते हुए रुद्रभद्र के चारों ओर नरमुंड ले-ले नाचने और नर-कपाल में भर-भरकर मद्य पीने लगे। उन्हें देख भयभीत हो नगरवासी भाग गए।

परन्तु प्रभात होने पर लोगों ने देखा कि रुद्रभद्र अपने आसन पर नहीं है। आसन सूना है, पंचाग्नि जल रही है, पर तपस्वी नहीं है। यह देखते ही एक दूसरा कोलाहल उठ खड़ा हुआ। किसी ने कहा, "रुद्रभद्र बाबा आकाश-मार्ग से महामाया के साथ 'विनाश' को आमन्त्रित करने गए हैं।" किसी ने कहा, "बाबा, अन्तर्धान हो गए।" किसी ने कहा, "हमने उन्हें उस तारे के निकट उड़ते देखा है।" बहुत मुंह, बहुत बात। समस्त देवपट्टन इन सब घटनाओं से हिल गया। अचल रहे केवल गंग सर्वज्ञ। उनके पास आकर बहुत जनों ने बहुत भांति अनुनय किया, क्रोध किया, भय दिखाया, परन्तु सर्वज्ञ ने कोई उत्तर नहीं दिया। उनके इस गूढ़ मौन से भी लोग चिन्तित हो गए।

सम्पूर्ण देवपट्टन में एक अशुभ वातावरण व्याप्त हो गया।

अघोर-वन

सोमनाथ महालय के बाहर, परकोट के बाहर, खाई के उस ओर दक्षिण-पश्चिम कोण में विकट श्मशान था। वह श्मशान बहुत प्राचीन और भयंकर था। परकोटे से सटे हुए दक्षिण भाग में महाकाल भैरव का मन्दिर था, जो अघोरियों के आधीन था। इस मन्दिर में तन्त्रसाधक, मारण-मोहन-उच्चाटन के विविध प्रयोग करते थे। अनेक अघोरी कापालिक विविध वाम-विधियों की सिद्धि इस विकट श्मशान में एकान्त रात में करते थे। यह प्रसिद्ध था कि जब ये साधक मुर्दे की छाती पर वीरासन से बैठकर पिशाच-साधन करते हैं, तब पिशाच-सत्व उस मुर्दे के शरीर में प्रवेश करता है, और वह मुर्दा जीवित पुरुष की भांति उठ खड़ा होकर साधक की असाध्य इच्छाएं पूरी करता है। इन अघोरियों, कापालिकों और सिद्धों से गृहस्थ थर-थर कांपा करते थे।

बहुधा ये लोग सारे अंग में चिता-भस्म लपेटे जगह-जगह काजल और सिन्दूर से मुख और अंग को लेप किए, नंग-धड़ंग या वाघ-चर्म कमर में लपेटे, कंठ और भुजाओं में मनुष्य की खोपड़ी लटकाए, हाथ में किसी पशु का बड़ा-सा हाड़ या नर-खोपड़ी लिए, शराब में मत्त लाल-लाल आंखें किए नगर में आते और जिसका जो कुछ चाहते उठा ले जाते थे। किसी का साहस न था कि उनकी मनमानी पर तनिक भी विरोध करे। इनके तनिक रुष्ट होने पर ही जीवन की खैर न थी, यह साधारणतया सभी का विश्वास था। किसी भी कापालिक और अघोरी को आते देख स्त्रियां अपने बच्चों को घर में भीतर बन्द कर देती थीं। अकस्मात किसी का मर जाना या किसी बालक का रोगी हो जाना निश्चय ही किसी तान्त्रिक अघोरी के कोप का कारण ही समझा जाता था और उन्हें सन्तुष्ट करने के लिए सब करने-न करने के काम किए जाते थे।

श्मशान को छूती हुई हिरण्या नदी निकट ही समुद्र में गिरती थी। प्रभास के निकट उसका मुख खूब विस्तार पा गया था। हिरण्या नदी के उस ओर अघोर वन था, जिसकी दो काली-काली नंगी पर्वत-चोटियां दूर ही से दिखाई देती थीं। कोई भी पुरुष अघोर वन में नहीं जा सकता था। जाकर जीता नहीं लौटता था। हाथ में पशुओं के आंत की बनी यम-फांस लिए, एक करोड़ पिशाच उस वन की रक्षा करते हैं, ऐसा सबका विश्वास था। प्रत्येक कृष्णपक्ष की चतुर्दशी को पिशाचों का अधिपति, अघोर वन से हिरण्या नदी पार करके उस श्मशान में आकर अघोर चक्र रच महाकाल भैरव को बलि देता है, ऐसा सभी का विश्वास था।

प्रत्येक अमावस्या को बहुत-से नगरनिवासी श्मशान में जाते। वे कुत्तों और गीदड़ों से घिरे हुए बैठे अघोरियों और कापालिकों को नानाविध भेंट-बलि अर्पण करते तथा अपने-अपने रोग, शोक एवं आवश्यकताओं को उन्हें सुनाते थे। ये सब पाखंडी, व्यभिचारी और कुमार्गी थे, वे भोले-भाले लोगों को किस प्रकार ठगते, लूटते और डराते थे, उसकी उन दिनों किसी ने कल्पना भी न की थी। सब लोग समझते थे कि वे लोग देवसत्व-जुष्ट शक्तिमान सिद्ध पुरुष हैं। उनके उचित-अनुचित किसी भी काम का विरोध करना देश पर विपत्ति बुलाना समझा जाता था।

पिशाचों के अधिपति का नाम शब्बरपा था। उसे किसी ने कभी नहीं देखा था। परन्तु प्रसिद्ध था कि उसकी आयु सैकड़ों वर्ष की है। वह अजर-अमर है और वह संसार के सब भूत-प्रेत-वैतालों का स्वामी है। उसके नाम की पूजा होती थी। उसी के नाम पर ये सैकड़ों-हज़ारों कापालिक और अघोरी, जनता को डराते-धमकाते रहते थे। उसके विषय में प्रसिद्ध था कि वह आकाश में उड़ सकता है, चाहे जिस योनि में प्रवेश कर सकता है। उसके लिए कुछ भी अकरणीय नहीं है। बहुत लोग गप्पें लड़ाया करते थे। कहते थे, "अरे, हमने एक दिन शब्बरपा को आकाश में उड़ते हुए देखा अथवा बाघ का रूप धरकर मनुष्य को खाते और मनुष्य-वाणी से बोलते हुए देखा है।" इसी प्रकार की झूठी-सच्ची विचित्र बातें इन अघोरियों और कापालिकों के सम्बन्ध में विख्यात थीं।

अगम पथ पर

अघोर वन के अगम-पथ पर दो अश्वारोही तेजी से बढ़े चले जा रहे थे। दोनों सशस्त्र योद्धा थे, उन्होंने अपना अंग एक-एक काले लबादे में छिपा रखा था। दोनों की दाढ़ी हवा में हिल रही थी और चमकदार आंखें सावधानी से इधर-उधर देख रही थीं। अश्वारोहियों में एक तरुण, बलिष्ठ और तेजस्वी पुरुष था। पाठक उसे जानते हैं। यह छद्मवेशी सुलतान महमूद था। दूसरा पुरुष एक प्रौढ़, गम्भीर और लम्बा-पतला व्यक्ति था। वह बहुत कम बात करता था। अमीर इस व्यक्ति से आदरपूर्वक व्यवहार कर रहा था। यह अरब का प्रसिद्ध विद्वान अलबरूनी था। दोनों धीरे-धीरे बातें कर रहे थे। बात अरबी भाषा में हो रही थी। अमीर ने कहा, "क्या ये भूत-प्रेत, पिशाच और देवता, जिन पर हिन्दू इस कदर विश्वास करते हैं, सच्चे हैं?"

"नहीं, यह सब कुफ्र है।"

"फिर क्या कारण है कि ये लाखों-करोड़ों आदमी इन वाहियात झूठी बातों पर यकीन करते हैं?"

"उन्हें बचपन से ही यह तालीम मिलती है।"

"तो हम जिस आदमी से मिलने जा रहे हैं, वह क्या हकीकत में कोई गैबी ताकत रखता है?"

"यह तो हम देखेंगे।"

"मैं इसीलिए आपको साथ लाया हूं। लोग कहते हैं, वह हवा में उड़ता है, गायब हो जाता है, और आज तक किसी ने उसे देखा नहीं है।"

"लेकिन यह ज़मीन भी तो ऐसी है जहां इनसान के कदम शायद पचासों बरस से नहीं पड़े। सामने ही लाखों आदमी रहते हैं, पर डर से यहां नहीं आते। अब हम देखेंगे कि हम पर क्या मुसीबत आती है।"

"और, जैसा कि कहा जाता है कि वह करामाती और जोरावर जिन है, यदि वैसा ही हुआ तो हमें मदद भी तो दे सकता है।"

"लेकिन मैं ऐसी किसी करामात या गैबी ताकत का कायल नहीं हूं।"

"हज़रत! यह तो अभी हमको देखना ही है।"

"मगर छोटे गुसाईं ने कहा है, दर्शन होंगे। उस गैबी ताकत ने हमें बुलाया है। वह हमसे बात करेगा।"

"तब देखा जाएगा।"

इसी समय इन अश्वारोहियों को ऐसा प्रतीत हुआ कि कोई उनका पीछा कर रहा है। उन्होंने तलवार नंगी कर ली, अपने चारों ओर देखा, पर कुछ भी न दीख पड़ा। सुलतान ने कहा, "क्या कोई छिपकर हमारा पीछा कर रहा है?"

"हो सकता है, हमें होशियार रहना चाहिए।"

"होशियार रहने से क्या होगा, अगर कोई है तो जिन होगा! इनसान यहां कहां?"

इसी समय कोई वस्तु सनसनाती उनके कान के पास से निकल गई। उन्होंने चौकन्ना होकर एक-दूसरे को देखा।

"क्या तीर था?"

"कहां? दीख तो नहीं पड़ा।"

वास्तव में तीर न था। सुलतान के हृदय में आशंका और भय ने स्थान किया। उसने कहा, "क्या लौट चलें?"

"कहां, गजनी?"

सुलतान लज्जित हुआ। उसने कहा, "अवश्य कोई शै हमारा पीछा कर रही है जो दीख नहीं रही।" इतना कहते ही कोई खिलखिलाकर हंस पड़ा।

दोनों ने घोड़े घुमाए, चारों ओर देखा, पर कोई व्यक्ति नजर न पड़ा। दोनों एक-दूसरे को देखने लगे। चारों ओर दूर-दूर तक सूने पहाड़ खड़े थे। दूर समुद्र गरज रहा था। आकाश में मध्याह्न का सूर्य तप रहा था। दोनों सवार दृढ़ता से तलवार हाथ में लिए आगे बढ़ते जा रहे थे। वे कुछ ही कदम आगे बढ़े थे, कि एक उन्मत्त के समान भीमकाय दिगम्बर पुरुष हाथ में एक भारी त्रिशूल लिए, जटाजूटधारी, भारी-भारी कदम रखता हुआ, कहीं से निकल आया और फिर उनके आगे-आगे चलने लगा। उसने उंगली के संकेत से उन्हें अपने पीछे-पीछे आने को कहा। दोनों में परस्पर दृष्टि-विनिमय हुआ और चुपचाप उसके पीछे चल दिए। सुलतान ने एक बार साहस करके पूछा, "तू कौन है?" पर उसने जवाब नहीं दिया।

कुछ चलने के बाद, उसने उन्हें संकेत से घोड़ों से उतरने को कहा। और घोड़ों को लम्बी बागडोर में बांधने को संकेत किया। फिर वह पहाड़ी पर चढ़ने लगा। दोनों आगन्तुक पीछे-पीछे पहाड़ी पर चढ़ने लगे। वह तेजी से पहाड़ी पर चढ़ रहा था।

दो घड़ी की चढ़ाई में तीनों टेकरी पर पहुंचे। यहां एक गुफा थी। बाहर से वह साधारण दीख रही थी, पर भीतर बहुत बड़ी थी। अमीर और उसके साथी ने उसके पीछे-पीछे गुफा में पैर रखा। भीतर जाकर जो देखा, देखकर दंग रह गए। भीतर बहुमूल्य कोमल उपाधान उपस्थित थे। कीमती कालीन बिछे थे। आराम और विलास की प्रत्येक वस्तु उपस्थित थी।

उसने दोनों को बैठने का इशारा किया और भीतर घुस गया। जब फिर बाहर आया तो उसके हाथ में एक बड़ा-सा चांदी का थाल था। वह उसने आगन्तुकों के सामने रख दिया। उन्होंने देखा, उसमें कई प्रकार के भुने हुए मांस और राजशाही पकवान थे। सब गर्म और ताजे थे। यह देखकर दोनों यात्री आश्चर्य से एक-दूसरे का मुंह देखते रह गए। वह व्यक्ति फिर भीतर गया और ठंडे पानी से भरी एक चांदी की सुराही और वैसा ही सुवासित मद्य से भरा एक पात्र लाकर उसने अतिथियों के सामने रख दिया। फिर आशीर्वाद के ढंग पर दोनों के सिर पर हाथ ऊंचा करके कहा, "खा सुलतान और

आराम कर। तब मैं बात करूंगा।"

इतना कहकर और बिना उत्तर की प्रतीक्षा किए वह गायब हो गया।

अघोर सम्पदा

उस दुर्गम जनवर्जित अघोर क्षेत्र में ऐसा अद्भुत-अकल्पित आतिथ्य पाने की अमीर ने स्वप्न में भी कल्पना नहीं की थी। उस निर्जन गुफा में राज-दुर्लभ सुख-साधन और गरमागरम राजभोग देखकर तथा उस विचित्र माया-पुरुष पिशाच-राज का समझ में न आनेवाला व्यक्तित्व देखकर, दोनों असाधारण अतिथि घपले में पड़ गए। भोजन-विश्राम से निवृत्त हो उन्होंने गुफा में एकत्रित बहुमूल्य वस्तुओं को देखा जो आरक्षित रखी थीं। अमीर ने कहा, "यह तो बड़ी अद्भुत बात है हजरत! न यहां आदमी है न आदमज़ाद, फिर ऐसा लजीज़ खाना गरमागरम और यह माल-ताल, जिसकी हिफाजत करनेवाला भी यहां कोई नहीं है। क्या यह सचमुच कोई जिन है या कोई बला?"

"लेकिन वह है कहां? गुफा तो भीतर और ज्यादा बड़ी नहीं दीख पड़ती, फिर वह भीतर जाकर कहां गायब हो जाता है?"

"यही तो बात है हजरत! अब भी आप कह सकते हैं कि यह सब करामात नहीं है?"

"मैं बिना देखे-सुने क्या कह सकता हूं! वह अगर जिन है तो अकेला नहीं होगा।"

"क्या आपने पट्टन में नहीं सुना था कि एक करोड़ जिन्नात उसकी खिदमत करते हैं। सो रंग-ढंग तो कुछ ऐसे ही नजर आते हैं।"

"लेकिन आप तो कहते हैं कि छोटे गुसाईं ने आपको यहां आने को कहलाया था, आने से फायदा होगा, यह भी कहा था।"

"सो क्या फायदा होता है, यही देखना है। अब तो दिन छिप रहा है, वापस तो हम जा ही नहीं सकते हैं।"

"वापस जाने की बात तो बाद में है; अभी तो उसने कहा है कि वह बात करेगा, अब यह देखना है कि वह क्या बात करता है।"

अमीर और उसका साथी गुफा से बाहर चले आए। बाहर आकर देखा, सामने एक शिलाखंड पर वह दैत्याकार पिशाच-राज समाधिस्थ बैठा है। उसके नेत्र बन्द हैं और शरीर निश्चल है।

अमीर लपककर उसके निकट आने लगा। पर दूसरे आदमी ने उसे रोककर कहा, "नहीं, नहीं, वहां जाना ठीक नहीं, वह ध्यान-मुद्रा में है, ऐसी हालत में उसे छेड़ना नहीं चाहिए। फिर उसने जिस तरीके पर हमारी तवाजा की है, उससे उसे नाराज करना तो किसी भी हालत में ठीक नहीं है।"

कुछ देर दोनों एकटक उस समाधिस्थ पिशाच को देखते रहे। धीरे-धीरे सूर्य अस्त

हो गया। चारों दिशाएं अन्धकार से भर गईं। परन्तु वह पिशाच वहीं उसी प्रकार निश्चल बैठा रहा। कुछ देर में दोनों व्यक्ति उठकर गुफा में गए तो यह देखकर उनके आश्चर्य का पारावार न रहा कि गुफा में स्वर्ण-दीप जल रहे हैं और जलते हुए सुगन्धित तेल की महक से सारी गुफा सुरभित है। साथ ही उत्कृष्ट गरमागरम ताजा भोजन का थाल भरा रखा है, जिसमें अनेक प्रकार के बने हुए मांस, मिष्टान्न और पकवान भरे हैं, मसालेदार शराब से भरे हुए मद्यपात्र तथा शयन के लिए शय्या भी तैयार है।

अमीर ने आश्चर्य से कहा, "लेकिन इसका क्या मतलब है, क्या हम इसके शाही कैदी हैं, कि वक्त पर खाना-बिस्तर मिलेगा, मगर वह बात न करेगा?"

साथी ने कहा, "नहीं, इसका मतलब यह है कि हमें झटपट खाना खाकर कुछ विश्राम करना चाहिए। फिर वह बात करेगा।"

इस पर दोनों व्यक्ति खाने में जुट गए। भोजन समाप्त कर कोमल शय्या पर आराम करने लगे। दोनों अपने-अपने विचारों में खोए थे। थकावट के कारण उस सुख-शय्या पर उन्हें झपकी आने लगी। अभी झपकी आई ही थी कि उस दैत्य की आकृति गुफा के भीतर से आती हुई नजर आई। दोनों व्यक्तियों ने दृष्टि-विनिमय किया। इसका यह अभिप्राय था कि हम जिस पुरुष को गुफा के बाहर देख आए हैं, वह भीतर से कैसे निकला आ रहा है।

परन्तु बात करने का अवकाश नहीं मिला। उस पुरुष ने वज्र-ध्वनि से कहा, "आ सुलतान।"

इस पर दोनों पुरुष तलवार हाथ में लिए उसके पीछे गुफा के भीतरी भाग में घुस गए। भीतर गुफा बहुत टेढ़ी-मेढ़ी होकर दूर तक चली गई थी। पिशाच-राज के हाथ में एक दीपक था। उसके मन्द प्रकाश में केवल आगे का मार्ग ही दीखता था, गुफा में और कहां क्या है यह कुछ नहीं। कुछ दूर तक चलकर वह रुक गया, आगे नीचे उतरने की सीढ़ियां थीं। उन पर दीपक का प्रकाश डाल उसने सुलतान से नीचे उतरने का संकेत किया। सुलतान ने साथी की ओर देखा। इस पर पिशाच ने कहा, "डरपोक, डरता है।"

सुलतान ने तलवार ऊंची की और सीढ़ियां उतर गया। उसके बाद उसका साथी भी। उन्होंने देखा, दीपक हाथ में लिए पिशाच भी आ रहा है। सीढ़ियां उतरकर वे एक प्रशस्त दालान में पहुंचे, जो बहुमूल्य पत्थरों से बड़ी कारीगरी के काम का बनाया गया था। वहां खूब रोशनी हो रही थी। दीपाधारों पर अनेक दीप सुगन्धित तेल के जल रहे थे। चिकने फर्श पर ऐसी सफाई थी कि पैर रपटते थे। सामने महामाया की विशाल मूर्ति थी। इस मूर्ति के वस्त्रालंकार रत्न-जटित थे। मुख अति भव्य था। अर्घ्य-पाद्य-नैवेद्य सब स्वर्ण-पात्रों में धरा था।

दोनों व्यक्ति आश्चर्य से चकित हो यह दृश्य देखने लगे। फिर उन्हें उस पिशाच का ध्यान आया। उन्होंने पीछे घूमकर देखा तो वह कहीं नहीं था। साथ-ही-साथ जिस द्वार से अमीर वहां आया था, उस द्वार का भी कहीं नामोनिशान न था। वहां से बाहर जाने का दूसरा कोई द्वार भी न था। उसने कहा, "यह तो हम चूहेदानी में बन्द हो गए।"

"मगर चूहेदानी आरामदेह है, आगे क्या होता है, यह देखना चाहिए। यहां हमें सिर्फ वह बन्द करने को लाया होता तो यह रोशनी और ठाठ-बाट न होते। अवश्य ही यहां हमें कोई अनहोनी चीज देखने को मिलेगी।"

वह यह कह ही रहा था कि अकस्मात बहुत-से वाद्य बज उठे। और सम्पूर्ण वातावरण मोहक-संगीत की तान से आपूर्ण हो गया। अभी इनके आश्चर्य की समाप्ति भी नहीं हुई थी कि आश्चर्य-में-आश्चर्य यह हुआ कि मानो पृथ्वी को फोड़कर मूर्ति के चरणों से एक के बाद एक सुन्दरी षोडशी बालाएं निकल आईं। कुल नौ थीं। वे नख से शिख तक रत्नाभरणों से लदी थीं। वे रूप-लावण्य में भी अद्वितीय थीं। उनके उन्नत उरोजों पर मोतियों की कंचुकी कसी थी। मकड़ी के जाले के समान महीन उत्तरीय से छनकर उनकी रूपछटा देखनेवाले को उन्मत्त कर रही थी। उनके पैरों में स्वर्ण की पायलें थीं, वे ताल-स्वर पर चरणाघात करके मोहक नृत्य करने और कोकिल कंठ से संगीत-सुधा बरसाने लगीं। उनका रूप, वैभव, शृंगार और उन्मत्त कर देनेवाला नृत्य देखकर अमीर आपा खो बैठा। उसने साथी से कहा, "हजरत! अब कहिए, यह सब क्या जिन्नाई करामात नहीं है?"

साथी ने सिर हिलाकर धीरे-से कहा, "हो सकता है।"

दोनों चुपचाप दृश्य देखते रहे। बालाएं घेरा बनाकर देवी के आगे गरबा नृत्य करने और गाने लगीं। उन सबके हाथ में एक-एक स्वर्ण-थाल था। थालों में प्रज्वलित आरती थीं। अमीर, गज़नी के साम्राज्य और अपनी सोलह विजय-यात्राओं को भूलकर इस अलौकिक रूप और यौवन के ढेर को देख मस्त हो गया।

इसी समय उसके कान में वज्र-गर्जन जैसा घोर शब्द सुनाई दिया। संगीत-नृत्य तुरन्त बन्द हो गया। नृत्य करनेवाली बालाएं देवी के चरणों में गिर गईं।

ऐसा प्रतीत हुआ जैसे देवी ने प्रश्न किया, और पिशाच ने उत्तर दिया।

"यह कौन?"

"विनाश का अग्रदूत, गज़नी का महमूद।"

"इस अगम-क्षेत्र में क्यों?"

"महाकाल की प्रेरणा से।"

"कैसी प्रेरणा?"

"विधि भंग हुई, देवपट्टन विनष्ट हो।"

"सो हो।"

"और गुरुपद?"

"गुरुपद का क्या?"

"प्रसन्नमयी महामाया, गंग सर्वज्ञ का गुरुपद भ्रष्ट हुआ। अब गुरुपद का क्या हो?"

"रुद्रभद्र ग्रहण करे।"

"जय अम्बे!"

नेपथ्य में दुन्दुभी गड़गड़ाने लगी, जैसे प्रलय-मेघ गरज रहे हों।

युवतियां उठकर देवी के समक्ष नतमुख खड़ी हो गईं। अमीर ने सुना, जैसे पिशाच

उसके सिर पर बोल रहा है।

"सुना?"

"सुना।"

"समझा?"

"समझा।"

"करेगा?"

"करूंगा।"

"तो ला विनाश।" पिशाच ने गरजकर कहा।

एक सुन्दरी आगे बढ़ी, उसने नैवेद्य से एक स्वर्ण-घट उठा लिया, उसे लेकर वह अमीर के निकट आई। पिशाच का स्वर फिर सुनाई दिया, "प्रसाद ले।"

युवती ने सोने के प्याले में मद्य भरकर एक-एक दोनों को दिया। दोनों उसे पी गए।

मोहनिद्रा टूटने पर दोनों ने देखा, न वह गुफा है, न वह स्थान। वे हिरण्या नदी के उस पार रेती में पड़े हैं। उनके अश्व पास ही चर रहे हैं। दोनों उठकर आंखें मलने लगे। नदी के उस पार, अघोर वन की काली चट्टानें प्रभात के सूर्य में चमक रही थीं। उनकी तलवारें उनके निकट पड़ी थीं।

अमीर ने कहा, "क्या यह ख्वाब था?"

"ख्वाब कैसा, कल इसी वक्त क्या हमने नदी नहीं पार की थी?"

"की थी।"

"और इन्हीं घोड़ों पर उस पहाड़ी तक नहीं गए थे?"

"गए थे।"

"तो अब?"

"बात हो गई, चलिए अब।" दोनों ने अपने-अपने अश्व बटेश्वर की राह पर छोड़े। चलने से प्रथम अमीर ने एक कुटिल दृष्टि खाई के उस पार सोमनाथ महालय के गगनचुम्बी शिखर के ऊपर फहराते भगवा ध्वज पर फेंकी। मन्दिर में नगाड़े बज रहे थे।

महाकाल-मोचन

कार्तिक की महाअमावस्या थी। आज कालभैरव की मूर्ति को समुद्र-स्नान के लिए अन्धगुहा से निकाला गया था। यह साधारण घटना न थी। इससे आसपास के ग्रामों तक में खलबली मच गई थी। प्रतिवर्ष ही ऐसा होता है। कार्तिक की अमावस्या महाकाल-रात्रि मानी जाती है। उसे तन्त्र-साधक यमदंष्ट्रा-गह्वर कहते हैं। इसी दिन वर्ष में एक बार अर्द्धरात्रि को कालभैरव समुद्र-स्नान करते हैं। और इसी समय वर्ष में एक बार सर्वसाधारण को कालभैरव के दर्शन का सौभाग्य प्राप्त होता है। इसी से

उसके दर्शन को बहुत-बहुत लोग उत्सुक रहते हैं, परन्तु भयभीत भी कम नहीं रहते। लोगों का विश्वास है कि इस दिन कालभैरव जिस पर प्रसन्न हो जाएंगे उसके सब संकट तत्काल कट जाएंगे। पर इसके लिए उसे रुद्रभद्र से मन्त्र लेना पड़ता है, और वह मन्त्र उसे उस समय तक निरन्तर मौन होकर जपना पड़ता है जब तक कालभैरव को स्नान कराकर अन्धगुहा में बन्द न कर दिया जाए। एक क्षण को भी होंठ बन्द हुए कि मृत्यु आ सकती है। यह कोरी कल्पना न थी। हज़ारों लोगों के देखते-देखते इस अवसर पर अनेक जन, पट-से मर गए थे। इसी से लोग भय, औत्सुक्य और आशंका के झूले में झूलते हुए कालभैरव के दर्शन को आते थे। लोगों के सब काम-काज बन्द थे। सांझ से ही पुत्रवतियों ने अपने घर के द्वार बन्द कर लिए थे। और अपने-अपने बच्चों को घर के भीतर ताले में बन्द कर रखा था। अधिक साहसी जन ही रुद्रभद्र से मन्त्र लेकर महाकालभैरव के दर्शन को आते थे। फिर भी काफी भीड़-भाड़ थी। हजारों तान्त्रिक भांति-भांति के कवच धारण कर मन्त्र-पाठ कर रहे थे। उनके केवल होंठ हिल रहे थे, शब्द नहीं होता था, न कोई एक-दूसरे की ओर देख रहा था।

ठीक अर्द्धरात्रि के समय महाकालभैरव की मूर्ति अन्धगुहा से बाहर निकाली गई। मूर्ति बड़ी विशाल काले पत्थर की थी। उसकी आकृति बड़ी विकराल थी। मूर्ति का पेट बहुत भारी था। वह बैठी मुद्रा में थी। मूर्ति की आंखों के बड़े-बड़े पलक नीचे झुके हुए थे, जो बड़े डरावने लग रहे थे। मोटे-मोटे होंठों में दो नुकीले दांत बाहर चमक रहे थे। मूर्ति जंजीरों से जकड़ी हुई थी, जिन्हें एक हजार मनुष्य पकड़े हुए थे। लोगों का विश्वास था, यदि ऐसा न किया गया तो मूर्ति दासत्व से मुक्त होकर भाग जाएगी और सब लोगों का विध्वंस कर डालेगी। मूर्ति के चारों ओर अन्तेवासी तान्त्रिकगण नंगी तलवारें लिए चल रहे थे। सबके होंठ हिल रहे थे, और वे सब कवच का पाठ कर रहे थे। बालक और स्त्री का तो वहां चिह्न भी न था। एक क्षण को भी किसी के होंठ रुक नहीं रहे थे। अनेक तान्त्रिक दूर देशों से यात्रा करके आए थे। इन साधकों के हाथ में एक पतली-सी लकड़ी थी, उस पर रंग-बिरंगे धागे लिपटे हुए थे। प्रत्येक धागे में एक-एक गांठ लगी थी। उन गांठों में भूत-प्रेत बंधे थे। इन भूत-प्रेतों को उन्होंने वर्ष-भर में मन्त्र-बल से आवेशित लोगों पर से उतार-उतारकर बांधा था। ये दुष्ट प्रकृति के भूत-प्रेत बहुधा लोगों पर, विशेषकर स्त्रियों और बच्चों पर, आक्रमण करते हैं। सुन्दरी युवतियों पर वे मोहित हो जाते हैं। वे स्त्रियां जब आवेशित होती हैं तब हंसती, रोती, बकती, चिल्लाती और उन्मत्त की भांति चेष्टा करके बेहोश हो जाती हैं। आज भी स्त्रियां ऐसी अवस्था को प्राप्त होती हैं। कभी-कभी वे काम करती-करती एकदम मूर्च्छित हो गिर पड़ती हैं। आजकल इसे हिस्टीरिया रोग माना जाता है, परन्तु तब इसे ग्रह-बाधा या प्रेतावेश समझा जाता था। और चिकित्सक के स्थान पर ओझा-तान्त्रिक बुलाए जाते थे। ये मन्त्र-बल से प्रेत को इन धागों में बांध लाते थे तथा कालभैरव के सम्मुख इन्हें जलाते थे। इसके लिए उन्हें भारी-भारी दक्षिणा मिलती थी। तथा यह इलाज आजकल के इलाज से अधिक खर्चीला था। इस समय सैकड़ों तान्त्रिक हाथ की लकड़ियों में

अनगिन भूत-प्रेत-वैतालों को बांधे, मन्त्रपाठ से उन्हें जलाकर वशीभूत किए लाए थे, और उन्हें जलाकर आवेशित जनों का पातक सदैव को काटते जा रहे थे। परन्तु ये भूत-प्रेत बड़े छलिया, बड़े मायावी होते हैं। तनिक एक सांस का अवसर पाते ही छूटकर भाग निकलते हैं और सीधे आवेशित स्त्री-पुरुषों के शरीर में छिप बैठते हैं। उनके लिए इन ओझा जनों को फिर से प्रयत्न करना पड़ता है; फिर उन्हें इन धागों में और भी कसकर बांधना पड़ता है।

इतनी सावधानी से यह प्रतापी देवता और उसके गण भूत-प्रेत आदि बांधकर ले जाए जा रहे थे। फिर भी यह भय बना हुआ था कि उनमें से कोई छूटकर भाग न निकले।

इतने दिन अदृष्ट रहने के बाद आज एकाएक रुद्रभद्र प्रकट हुए थे। वे शरीर पर भस्म लपेटे, त्रिपुंड्र लगाए, जटा बिखेरे, भारी शूल हाथ में लिए, नेत्र बन्द किए, देवता के आगे-आगे एक खुली पालकी में चल रहे थे। उनका अंग, जड़ के समान निस्पन्द था। केवल होंठ हिल रहे थे। उन्हें देख-देखकर लोग भय, विस्मय और श्रद्धा से हाथ जोड़कर नमस्कार कर रहे थे।

समुद्र-तट पर पहुंचकर कालभैरव को स्नान कराया गया। उन पर रक्त-चन्दन और रक्त-पुष्प चढ़ाए गए और यज्ञ-मंडप रचकर अघोर तान्त्रिक विधि से रौद्र यज्ञ किया गया। यहां मोती का सिंहासन बनाकर भैरव की स्थापना की गई थी। अन्धकारमयी अर्द्धरात्रि थी। चारों ओर का दृश्य अद्भुत और भयानक रस का मिश्रण था। ठौर-ठौर पर तान्त्रिक जन बकरा, कुक्कुट, भैंसा, सुअर आदि बलि लिए खड़े थे। एक महाकृष्णवर्ण व्यक्ति लाल लंगोटा कमर में लपेटे, बड़ा भारी खांडा हाथ में लिए रक्त के कीचड़ में खड़ा था। उसके आगे एक लकड़ी धरती में गड़ी थी, जो डेढ़ हाथ के लगभग ऊंची थी। उसमें एक छेद था तथा ऊपरी भाग में एक गढ़ा था। लोग अपने-अपने पशुओं को खींचते-धकेलते, कोई गोद में लिए उसके पास आते। एक तांबे की मुद्रा पारिश्रमिक देते तथा पशु की गर्दन लकड़ी के गढ़े में फंसाकर लोहे की छड़ अटका देते। उसी क्षण भारी खांडा पड़ता; सिर छिटककर पृथक हो जाता और धड़ छटपटाने लगता। सिर को अधर, एक जालीदार छींके में प्रथम ही ओट लिया जाता था। गहरे लाल रंग के रक्त की धार बहती। और सिर देवता के चरणों में अर्पित होता तथा पशु के धड़ को घसीटकर साधक ले जाते। उसे उधेड़ते, खंड-खंड करते।

दूर तक समुद्र-तट पर यही हो रहा था। इधर-उधर, यहां-वहां सैकड़ों जन दो-दो, चार-चार मिलकर पशुओं को उधेड़ तथा उनके अंग-अंग काट-काटकर, मांस टोकरी में भर-भरकर ले जा रहे थे। कालभैरव के सम्मुख पशुओं के कटे हुए सिरों का ढेर लग गया था तथा मद्य की नदी बह रही थी। लोग प्रसाद का मद्य पी-पीकर उन्मत्त हो रहे थे। वे रक्त का टीका मस्तक पर लगा, गटागट छककर घड़े की मद्य पी, कवच मन्त्रपाठ करते-करते कोई-कोई उन्मत्त की भांति उछल-कूद करने, किसी शस्त्र से अपने ही अंग पर प्रहार करने लगे थे, और कोई हुंकृति करके मूर्च्छित हो पृथ्वी पर पड़े थे।

एक प्रमुख तान्त्रिक विचित्र रक्तवर्ण वस्त्र पहने नर-मुंडों की माला गले में डाले,

यज्ञकुंड की धधकती अग्नि के सम्मुख खड़ा था। उसके हाथों में एक मन्त्र-पूत मायावी खांडा था। जो लोग साल-भर के भूत-प्रेतों को धागे में बांधकर लाए थे, वह उन डंडियों को एक-एक करके ओझों से लेता, कुछ बुदबुदाकर मन्त्रपाठ करता और फिर हवा में अद्‌भुत रीति से खांडा घुमाता, तब उन भूत-प्रेतों से भरे धागो से लिपटी डंडी को आग में झोंक देता, ओझा सन्तुष्ट होकर वहां से हट जाता, फिर दूसरा आगे आता।

इसी प्रकार पौ फटने तक यह कार्य होता रहा। फिर सूर्योदय से प्रथम ही महाकालभैरव को उसी प्रकार जंजीरों से बाँध लाकर अन्धगुहा में पहुंचा दिया गया। तान्त्रिक-जन मन्दिर के प्रांगण में जहां-तहां बैठ मन्त्रपाठ करने लगे। रुद्रभद्र महाकाल की मूर्ति के साथ ही गर्भगृह में चले गए। इसी समय सोमनाथ महालय में प्रभातकालीन दुन्दुभी बजी।

कृष्णस्वामी

कृष्णस्वामी बड़े भारी तान्त्रिक और मन्त्र-शास्त्री प्रसिद्ध थे। वे सोमनाथ महालय के अधिकारी थे, अतः अधिकारी जी के ही नाम से प्रसिद्ध थे। परन्तु उनका अधिक समय मन्त्र-तन्त्र की सिद्धि में ही जाता था। प्रसिद्ध था कि वह बहुत-से भूत-प्रेत-वैतालों के स्वामी हैं तथा उन्हें कर्ण-पिशाचिनी सिद्ध है। मारण-मोहन-उच्चाटन-वशीकरण की सब विद्याएं वे जानते थे। स्वभाव उनका बहुत सौम्य और हंसमुख था। इससे लोग उनसे डरते न थे। उनसे पाटन के बहुत लोगों का काम निकलता था। अपने भूत-प्रेत-वैतालों की सहायता से वे बात-ही-बात में लोगों क असाध्य काम कर डालते थे, उनके शत्रुओं का विनाश कर डालते थे। जिस पर उनका कोप छा जाता था, उसकी खैर नहीं थी। या तो वह खून थूक-थूककर मर जाता या उन्मत्त हो जाता। कृष्णस्वामी ज्योतिष विद्या में भी पारंगत थे। भूत-भविष्य का सारा ज्ञान उन्हें था। पीला-पीला स्वर्ण-दम्भ और चांदी का सिक्का उन्हें बहुत प्रिय था। सोना देकर उनसे भला-बुरा सब-कुछ कराया जा सकता था। बहुत से गर्जू लोग उन्हें घेरे रहते थे। सोना भी खूब बरसता था। महालय से भी उन्हें उचित-अनुचित बहुत आय थी। अधिकारी थे, बहुत अधिकार उन्हें था। सर्वज्ञ के बाद मन्दिर के प्रबन्ध, आय-व्यय, व्यवस्था की सारी जिम्मेदारी कृष्णस्वामी के ही ऊपर थी। लाभ के लिए उचित क्या और अनुचित क्या, इसकी चिन्ता कृष्णस्वामी नहीं करते थे। बस लाभ होना चाहिए, यही एक उनके जीवन का प्रमुख ध्येय था। लाभ-ही-लाभ से उनके पास बहुत-सा स्वर्ण-भंडार एकत्र हो गया था।

कृष्णस्वामी की पत्नी का नाम था रमाबाई। रमाबाई बहुत भारी-भरकम थीं। एक कन्या-रत्न को जन्म देकर फिर उनकी कोख सूख गई थी। कृष्णस्वामी के मन्त्र-तन्त्र, भूत-प्रेत कोई भी इस मामले में तरी न ला सके। रमाबाई का स्वभाव तीखा और उग्र

था। रमाबाई की उग्रता के आगे कृष्णस्वामी के भूत-प्रेत-वैताल सभी हार खाते थे, किसी की आन वह मानती न थी। कभी-कभी तो वह खीझकर कृष्णस्वामी को उन्हीं के मुंह पर पाखंडी कह देती थी। रमाबाई का शरीर एक गठरी-सा तथा चाल हथिनी के समान थी। पत्नी की चाल को देखकर कभी-कभी कृष्णस्वामी उन्हें गजगामिनी कहकर बहुत लाड़-प्यार से लगी-लिपटी ठठोली किया करते थे। परन्तु जब यह गजगामिनी अपनी गोल-गोल आंखें लट्टू की भांति घुमा-फिराकर, कृष्णस्वामी को घूरकर हुंकारती, तो वे झटपट 'ओं ह्रीं, क्लीं चामुंडायै फट्' आदि मन्त्र का जाप करने लगते थे।

कृष्णस्वामी की एक बाल-विधवा पुत्री भी थी। उसका नाम था शोभना। शोभना शोभा की खान थी। आयु अभी उसकी केवल सत्रह वर्ष की ही थी। उसका रंग चम्पा के ताजे फूल के समान अथवा आम के फूले हुए बौर के समान अथवा केले के नवीन पत्ते के समान था। सातवां वर्ष लगते ही अधर्म के भय से कृष्णस्वामी ने लग्न-शोध कर उसका विवाह कर दिया था। पर आठ वर्ष की आयु पूरी होने से प्रथम ही वह विधवा हो गई। विधवा होने पर भी वैधव्य की आन वह मानती न थी। वह हर समय खूब ठाट-बाट का शृंगार किए रहती। आंखों में अंजन, दांतों में मिस्सी, बालों में ताजे फूलों का जूड़ा, पैरों में महावर, होंठों में पान और हाथों में मेंहदी आठों पहर आप उसकी धज में देख सकते थे।

विधि-निषेध करने पर, समझाने-बुझाने पर वह सबकी सुनी-अनसुनी करके नृत्य करने और हंसने लगती थी। उसे इस मुद्रा में देख कृष्णस्वामी आंखों में पानी भर आने पर भी हंस पड़ते थे। पर रमाबाई क्रोध से अपनी गोल-गोल आंखें खूब विस्तार में फैलाकर इधर-उधर घुमाने लगती थीं। शोभना को उसके पिता ने पढ़ाया-लिखाया था। वह कुशाग्र बुद्धि थी। गुस्सा उसे भी खूब आता था। गुस्सा आने पर वह पिता-माता किसी की भी आन नहीं मानती थी। सब मिलाकर वह एक सजीव 'कनक-छुरी-सी कामिनी' थी, अथवा फूलों से लदी-फदी एक डाल।

रमाबाई शकुन-स्वप्न और सुहाग का बहुत विचार करती थी। शोभना उसकी इकलौती बेटी थी, यह तो ठीक है; पर विधवा होने के कारण वह प्रातः काल उठते ही उसका मुंह देखना अशुभ समझती थी। वह अपने सुहाग का जब शृंगार करती, तब भी वह विधवा का दर्शन नहीं करना चाहती थी। पर शोभना जैसे उसे चिढ़ाने के लिए उसकी आंखों के आगे आ ही जाती थी। मां के क्रोध, फटकार पर वह मुंह चिढ़ाकर भाग जाती थी। वह कहती थी, "मुझे जब न देखना चाहो तो आंखें बन्द कर लिया करो।"

अब प्रसंग आने पर अनुपस्थित बात भी कहनी पड़ी। बहुत दिन हुए, कृष्णस्वामी ने एक शूद्रा दासी को मोल खरीदा था। दासी युवती और सुन्दरी थी। सस्ती मिल गई थी। रमाबाई के लिए ही दासी खरीदी गई थी, पर रमाबाई उस दासी पर बहुत कड़ी दृष्टि रखती थी। कृष्णस्वामी जिस दिन उस पर कुछ कृपा-दृष्टि करते, उस दिन उसे आहार-भोजन मिलना भी दूभर हो जाता था। कृष्णस्वामी कभी बहुत छिपाकर भी बड़ी

सावधानी से उस दासी की ओर देखकर हंसते या मुस्कुराते तो वह भी रमाबाई की गोल-गोल आंखों से छिपता नहीं था। उस मुस्कुराने का सांगोपांग मूल कारण रमाबाई को बताए बिना कृष्णस्वामी का छुटकारा न था। कृष्णस्वामी कभी-कभी इस दासी से सेवा कराते और रमाबाई उसे देख पाती तो उसका झोंटा पकड़कर सारे घर में घुमाती। परन्तु बहुत यत्न करने, संहाल करने, कड़ी दृष्टि रखने पर भी न जाने कब कैसे उस शूद्रा दासी को गर्भ रह गया। बहुत तूम-तड़ाम करने पर भी वह गर्भ गिराया नहीं गया। दासी ने एक सुन्दर पुत्ररत्न को जन्म दिया।

उसी समय पुत्री शोभना का जन्म हुआ। वह दासी-पुत्र भी शोभना के साथ खेल-खाकर बड़ा होने लगा। शूद्रा दासी के जारज पुत्र के साथ अपनी लड़की का खेलना-खाना रमाबाई को रुचता न था, परन्तु पुत्र को जन्म देकर वह दासी बहुत ढीठ हो गई थी। बहुधा पुत्र के लिए मालकिन से उलझ पड़ती थी। कृष्णस्वामी भी उससे न जाने क्यों दबते और भय खाते थे। बालक बहुत ही सुन्दर और शुभ लक्षणों से युक्त था। कृष्णस्वामी उसे मन-ही-मन प्यार करते थे। पर वे पूरे निष्ठावान ब्राह्मण थे। शूद्र के हाथ का छुआ जल पीना तो दूर, शूद्र को दूर से देख पाने पर भी वे स्नान करते थे। इसलिए उस बालक को गोद में बैठाकर प्यार नहीं कर सकते थे। ऐसे निष्ठावान पति पर भी रमाबाई उनका और शूद्रा दासी का कुछ गड़बड़ सम्बन्ध होने का सन्देह करती ही रहती थी। बहुत बार वह अपनी गोल-गोल आंखें घुमाकर पति से पूछती, "इस बालक की आंखें तुम्हारी-जैसी क्यों हैं? बताओ तो!" तब कृष्णस्वामी खीझकर कहते, "तुम्हारी-जैसी क्यों नहीं हैं, तुम्हीं कहो।" इस पर रमाबाई बहुत घूमघाम करती, और शूद्रा दासी मुंह छिपाकर हंसती।

इतना होने पर भी वह दासी रमाबाई की बड़ी सेवा करती थी। उसके बिना उनका काम चलता न था। बालक शोभना के साथ बहुत हिल-मिल गया। कृष्णस्वामी ने शोभना को पढ़ाना आरम्भ किया तो वह बालक भी पढ़ने लगा। वह कृष्णस्वामी के निजी कक्ष में नहीं आ सकता था। वे उसे पढ़ा भी नहीं सकते थे। परन्तु इससे क्या? वह कक्ष से बाहर दूर बैठकर पढ़ता, समय पर शोभना उसे पढ़ने में सहायता करती। बालक बुद्धि का चैतन्य और कुशाग्र था। शोभना उसके बिना क्षण-भर भी नहीं रह सकती थी। माता-पिता का कोई आदेश न मान, वह सदा उसकी सुख-सुविधा का ध्यान रखती। अपना आहार उसे खिलाती। बाद में शोभना का ब्याह हुआ। वह विधवा हुई, तो यह बालक उसका और भी सहारा हो गया। शोभना ने जाना भी नहीं कि वैधव्य क्या है। रमाबाई को पुत्री के साथ उस दासी-पुत्र की इतनी घनिष्ठता रुचती न थी। पर शोभना निषेध करने पर रो-रोकर घर भर देती, रूठती। बाल-विधवा पुत्री के दुःख का विचार कर रमाबाई तरह दे जाती।

दिन बीतते चले गए और शोभना और वह दासी-पुत्र धीरे-धीरे यौवन की देहरी पर आ पहुंचे। अवसर पाकर भगवान कुसुमायुध ने दोनों के मन में छू-मन्तर कर दिया तो दोनों परस्पर प्रगाढ़ प्रेम में आसक्त हो गए। इसी समय अचानक वह दासी मर

गई। इस दुःख पर दोनों ने संयुक्त आंसू बहाए। शोभना अब और भी अधिक उसे प्यार करने लगी। रमादेवी की आंखों से यह प्यार का लेन-देन छिपा नहीं रहा। उसने दोनों की घनिष्ठता में बाधा उपस्थित की। उसने पुत्री की ताड़ना की और बालक की भी। ताड़ना बहुत बढ़ गई और अन्त में असह्य हो गई। बालक घर से बाहर रहने लगा।

इन दिनों प्रभास में एक दंडी बाबा रहते थे। बाबा बहुत बूढ़े थे। वे व्याकरण, ज्योतिष और दर्शनों के भारी पंडित थे। संयोगवश बालक की दंडी बाबा से मुठभेड़ हो गई। उसे अत्याचार-पीड़ित और अनाथ जान, बाबा ने उस पर दया की। उसे पढ़ाना-लिखाना शुरू किया। बालक व्याकरण, काव्य और ज्योतिष मनोयोग से पढ़ने तथा दंडी बाबा की सेवा करने लगा। घर से अब उसका सम्बन्ध भोजन और शयन का रह गया। वह चोर की भांति बहुत देर से रात को आता और ठंडा-बासी जो मिलता, खाकर पड़ रहता। अपने पढ़ने की तथा दंडी बाबा के साथ आने-जाने की बात उसने किसी से नहीं कही। केवल शोभना से कोई बात छिपी न थी।

समय आगे बढ़ता गया। शोभना को उसका घर से दूर-दूर रहना अधिक-और अधिक खलने लगा। वह अनुनय-विनय से उसे घर में बांध रखने की बहुत चेष्टा करती। एक दिन वह भगवान सोमनाथ के दर्शन को महालय के भीतरी पौर में चला गया, तो पुजारियों ने धक्के देकर उसे निकाल दिया। इस बात पर शोभना बहुत रोई। संक्षेप में, ब्राह्मण के घर में शूद्र युवक का रहना असम्भव हो गया। अपमान और अवज्ञा सहते-सहते उसका मन विद्रोह और क्रोध से भर गया। एक दिन उसे मन्त्र पढ़ता देख कृष्णस्वामी क्रुद्ध हो तलवार लेकर उसे मारने दौड़े। अन्ततः उसे शोभना से विदा लेनी पड़ी और वह शोभना से विदा लेकर, उसे बहुविध आश्वासन देकर, उसे आंसुओं से भरी छोड़कर घर से चल खड़ा हुआ। कृष्णस्वामी ने मन का मोह छिपा, राज-नियम का आश्रय लिया, कहा, "दासी का पुत्र क्रीत दास भागेगा कहां, उसे खोजकर दंड दूंगा।" परन्तु रमाबाई ने उन्हीं गोल-गोल आंखों से घूरकर कहा, "पाप कटा! घर में जवान विधवा बेटी है। चला गया, अच्छा ही हुआ।"

पीरो-मुर्शिद

युवक का नाम उसकी माता ने देवा रखा था, पर अब वह अपना नाम देवस्वामी बताता था। अब वह निर्बाध रूप से दंडी स्वामी के पास रहने और शास्त्राभ्यास करने लगा। परन्तु उसका यह आसरा भी देर तक रहा नहीं। वृद्ध दंडी स्वामी का जब एक दिन अकस्मात स्वर्गवास हो गया, तो उसके शोक और निराशा का अन्त नहीं रहा।

उन्हीं दिनों सोमपट्टन से बारह कोस दूर बीथल ग्राम के निकट समुद्र-तट से थोड़ा हटकर वृक्षों के झुटमुट में एक साधारण झोंपड़ी बनाकर एक मुस्लिम फकीर आकर

एकान्तवास कर रहे थे। वृद्ध फकीर बड़े विद्वान थे। वे केवल अरबी भाषा में बात करते थे। किसी से मिलते न थे। न किसी का दान ग्रहण करते थे। उनके पास बहुत सोना था। ग्रामीण-जनों को, जो बहुधा उनके पास जा निकलते थे, वे अनायास ही स्वर्णदान देते थे। लोगों में वे कीमियागर साधु प्रसिद्ध थे। पर स्वभाव के वे बड़े रूखे थे। सप्ताहों तक वे बिना खाए-पिए मूढ़वत पड़े रहते। कभी-कभी कई-कई दिन तक अरबी भाषा में कुछ निरन्तर लिखते रहते। उस समय वे किसी से बोलते नहीं थे। अपनी एकान्तता में विघ्न डालने पर वे क्रुद्ध हो जाते थे। प्रसन्न होने पर स्वर्ण देते थे। परन्तु स्वयं वे अत्यन्त निरीह-भाव से रहते थे। केवल एक बार दो टिक्कड़ अपने हाथ से बनाकर खा लेते थे।

देवा भटकता हुआ इन फकीर के पास जा पहुंचा और उनका मुरीद होकर वहीं रहने लगा। सब विवरण सुनकर तथा उसका बलिष्ठ और सतेज शरीर देख, एवं बुद्धि-विद्या से सन्तुष्ट होकर फकीर ने उसे रख लिया। फकीर ने उससे हिन्दुस्तानी बोलना सीखा, उसे अरबी पढ़ाई। धीरे-धीरे उसकी सेवा, विनय और सद्गुणों से प्रसन्न हो वे उसे पुत्रवत प्यार करने लगे। कुछ दिन बाद युवक ने इसी फकीर के हाथों मुस्लिम-धर्म अंगीकार कर लिया। फकीर ने उसका नाम रखा, 'फ़तह मुहम्मद।' दोनों पीरो-मुर्शिद की भांति झोंपड़ी में रहने लगे।

यह वृद्ध मुस्लिम फकीर वास्तव में गज़नी के विख्यात विद्वान अलबरूनी थे। जो अमीर के आदेश से सोमनाथ पट्टन की गतिविधि देखने छद्मवेश में यहां आ बैठे थे। मुसलमान होने पर युवक पर भी यह भेद खुल गया। छद्मवेशी सुलतान का आना और पीर के साथ अगम अघोर वन जाना भी उससे छिपा नहीं रहा। अघोर-वन में जाकर भी जीवित लौट आने पर उसकी श्रद्धा पीर पर बहुत बढ़ गई। वह आश्चर्य से अत्यन्त विमूढ़ हो गया। अवसर पाकर शोभना के प्रति अपनी आसक्ति भी उसने पीर को बता दी, कुछ भी नहीं छिपाया। वृद्ध फकीर ने उसे आश्वासन दिया, "धीरज धर, वक्त आने पर शोभना तेरी होगी। लेकिन इसके लिए तुझे तलवार की धार पर चलकर उसके पास पहुंचना होगा।" इतना कहकर फकीर ने एक बहुमूल्य विकराल तलवार युवक को दी। युवक ने तलवार मस्तक से लगाकर चूम ली। फकीर ने खुश होकर कहा, "अब तू अपने को अमीर का एक सिपहसालार समझ और हर तरह अपने को इस योग्य बना।" इतना कहकर, फकीर ने उसे बहुत स्वर्ण देकर कहा, "घोड़ा और हथियार खरीद और सिपहसालार की तरह रह।" फ़तह मुहम्मद खूब ठाठ से रहने लगा। वृद्ध फकीर जैसे प्रौढ़ विद्वान थे वैसे ही तलवार के भी धनी थे। उन्होंने युवक को घुड़सवारी और तलवार के फन में कुछ ही दिनों में अद्वितीय बना दिया। वह पक्का योद्धा और शहसवार बन गया तथा उस दिन की प्रतीक्षा करने लगा, जब इन घमंडी हिन्दुओं की छाती को अपनी तलवार से चीरकर अपनी प्रियतमा शोभना को प्राप्त करेगा। अपमान की आग और प्यार की तड़प ने उसे सिंह के समान पराक्रमी और साहसी बना दिया।

अवसर पाकर पीर की आज्ञा से वह गुप्त रूप से शोभना से मिला। उसे देखकर

शोभना जी उठी। उसके बहुमूल्य वस्त्र, शस्त्र और अश्व को देखकर आश्चर्य से विमूढ़ हो गई। उसने कहा, यह सब उसके पीर की महिमा है। उसने यह भी बता दिया कि वह मुसलमान हो गया है और शीघ्र गज़नी के सुलतान की रकाब के साथ रहकर वह सोमनाथ को भंग कर, इसी तलवार के जोर पर शोभना को लेकर रहेगा। उसने यह भी कह दिया कि वह अमीर गज़नी का एक सिपहसालार है।

शोभना कुछ समझी, कुछ नहीं समझी। वह उसकी बातों से भीत, चकित भी हुई, प्रसन्न भी। वह इस बात पर सहमत थी कि उसके साथ पति-पत्नी की भांति जैसे भी सम्भव हो, वह रहे।

फ़तह मुहम्मद ने उसे एक मुट्ठी-भर सोना देकर कहा, "यह मेरे पीर ने तेरे लिए दिया है। अब जब-जब मैं आऊंगा, इतना ही सोना साथ लाऊंगा। मेरे पीर औलिया हैं, कीमियागर हैं। वह सोने का पहाड़ बना सकते हैं।"

सोना पाकर और बातें सुनकर शोभना का एक-एक रक्त-बिन्दु नाचने लगा। उसे भलीभांति प्यार कर, उसे सब भांति तसल्ली दे, फ़तह मुहम्मद विदा हुआ। शोभना आनन्दविभोर हो गई।

अली बिन उस्मान अलहज़्वीसी

लाहौर की अनारकली के उस छोर पर जहां इस समय नीला गुम्बज है, उस स्थान पर एक खानकाह था। इसमें प्रसिद्ध अरबी विद्वान सन्त अली बिन उस्मान अलहज़्वीसी निवास करते थे। यह तत्त्व-दर्शन के प्रसिद्ध ग्रन्थ 'कशकुल-महजूब' के रचयिता थे। हज़रत अली बिन उस्मान का शरीर काला, ठिंगना और वज़नी था। उनकी नाभि तक लटकती सफेद दाढ़ी, उनकी गम्भीरता को बहुत बढ़ाती थी। अपने यौवनकाल में वे एक बलिष्ठ पुरुष रहे होंगे। प्रसिद्ध था कि वे एक पहुंचे हुए सन्त थे और अपने पूर्व जीवन में एक भारी कबीले के सरदार भी थे। परन्तु वे अपने सम्बन्ध में कभी एक शब्द भी नहीं कहते थे। वे शुद्ध अरबी भाषा में भाषण करते थे। परन्तु बहुत आवश्यकता होने पर टूटी-फूटी हिन्दी भी बोल लेते थे। खानकाह कच्ची थी और उसके चारों ओर बहुत-से हरे-भरे पेड़-पौधे लगे थे। रात-दिन इस फकीर के पास आने-जानेवालों का मेला लगा रहता था। लाहौर में उनके बहुत शागिर्द थे। उनमें हिन्दू भी थे और मुसलमान भी। सुबह-शाम यह सन्त उनसे तत्त्व-दर्शन की बातें करते और दिन-भर मौन पड़े रहते। भक्तगण आते, बैठते, दर्शन करते और चले जाते। हज़रत अली की उम्र सत्तर को पार कर गई थी। यह प्रसिद्ध था कि लाहौर का हाकिम उनका मुरीद है, इस कारण भी उनकी बहुत प्रतिष्ठा बढ़ गई थी।

सन्ध्या गहरी होती जा रही थी। दो-चार भक्त अब भी साधु के पास बैठे धर्म-चर्चा कर रहे थे। उनमें हिन्दू भी थे और मुसलमान भी। धीरे-धीरे एक-एक करके लोग उठने

लगे। अभी रात होने में कुछ देर थी। इसी समय एक परदेशी सवार खानकाह के दरवाजे पर उतरा। उसने आगे बढ़कर इस साधु को छूकर हाथ आंखों से लगाया। आगन्तुक को देखकर वृद्ध फकीर अस्थिर हो गए। उनका संकेत पाकर एक शिष्य ने सब मनुष्यों को दूर कर दिया। एकान्त होने पर फ़कीर ने शुद्ध अरबी भाषा में कहा, "आप क्या अकेले ही हैं?"

"नहीं, मेरा घोड़ा और तलवार भी है!" आगन्तुक हंसा।

"अलहम्दुलिल्लाह! सुलतान की यही हिम्मत उसकी फतह की वाइस है।"

"और आप-जैसे बुजुर्ग का साया भी। मगर इस बार की मुहिम मामूली नहीं है।"

"यह तो अमीर गज़नी का कल्मा नहीं।"

"यह महमूद के दिल की बात है हज़रत!"

"क्या कोई नई बात देखने में आई?"

"एक नहीं, तीन-तीन!"

"वल्लाह, तो क्या ये बातें ऐसी हैं, जिससे अमीर गज़नी का दिल दहलता है?"

"बेशक हज़रत!"

"मस्लन?"

"वह जिनों का बादशाह, ग़ैबी ताकतों और करामातों का मालिक!"

"आपने देखा?"

"मुझे उसका मेहमान होने का फ़ख्र है।"

"मेहमान?"

"और शायद आदमज़ाद में मुझ हकीर को ही यह फ़ख्र हासिल है।"

"क्या यह कुफ्र नहीं।"

"मैं नहीं जानता, हज़रत अलबरूनी भी यही कहते थे।"

"अलबरूनी?"

"वे मेरी रक़ाब के हमराह थे।"

"हूं, जिनों का यह बादशाह क्या अमीर गज़नी का दुश्मन है?"

"नहीं, दोस्त।"

"खैर, दूसरी शै?"

"वह गुसाईं।"

"गंग?"

"जी।"

"उसे देखा?"

"देखा हज़रत!"

"उससे आप डरते हैं?"

"जी नहीं, परस्तिश करता हूं।"

"हुश, वह काफ़िर है।"

"हज़रत! वह औलिया है।"

"क्या अमीर गज़नी पर भी कुफ्र गालिब हुआ?"

"वह भी अर्ज़ करता हूं।"

"और भी कुछ है?"

"तीसरी बात।"

"वह क्या है?"

"कुफ्र।"

"तौबा! तौबा!"

"हज़रत! उस कुफ्र ने महमूद के दिल में डेरा डाला है।"

"क्या मैं अमीर गज़नी से बात कर रहा हूं?"

"जी नहीं, आपके कदमों में यह नाचीज़ महमूद-बिन-सुबुक्तगीन है, जो बेवकूफी से अपना दिल एक बेखबर काफिर के कदमों में फेंक आया है।"

"लेकिन सुलतान महमूद तो ऐसे सौदों का आदी नहीं।"

"लेकिन जो होना था हो चुका।"

"अब अमीर का क्या खयाल है?"

"बस, इसी पर मेरी यह तलवार है।"

"दीनो-ईमान?"

"वही मेरा दीनो-ईमान है।"

"इस्लाम?"

"उसके बाद।"

फकीर चुप रहे। बहुत देर तक सन्नाटा रहा। फिर उन्होंने धीरे-से कहा, "कौन है वह बला?"

"एक नाज़नीन।"

फकीर फिर गहरी चिन्ता में डूब गए। उनके होंठ फड़के, एक फुसफुसाहट-सी हुई, "अफसोस, सद-अफसोस!" फकीर की आंखों से झर-झर आंसू झरने लगे।

महमूद एक बालक की भांति विकल होकर डरते-डरते बोला, "क्या मेरी यह मुहिम नाकामयाब होगी?"

"अलहम्दुलिल्लाह! कामयाब होगी। मगर यही आख़िरी मुहिम होगी। और सुलतान ज़िन्दा ज़रूर गज़नी पहुंचेगा, मगर बेकार।"

सुलतान का मुंह सूख गया, उसने कहा, "क्या मैंने हज़रत को नाराज़ कर दिया?"

"सुलतान! जब तुम अपना दिल और तलवार एक नाज़नीन को दे आए हो, तो अब मुझे क्यों तकलीफ देते हो? तुम समझते हो, तुम्हारे पीर को भी नाज़नीन से दिलचस्पी होगी?"

"लेकिन हुजूर! महमूद ने अपनी सत्रह शानदार फतहें आप ही के पाक साए में हासिल की हैं।"

"खैर, अब मुझसे क्या चाहते हो?"

"रहम, हज़रत! आखिर महमूद भी एक हाड़-मांस का आदमी है!"

"मैं तुम पर रहम करता हूं महमूद!"

"तो दुआ दीजिए!"

"कह चुका, फतह होगी।"

"लेकिन...।"

"अमीरे-गज़नी को मुनासिब नहीं कि वह फकीर को तंग करे। अमीर के सब अहकाम बजा लाए गए हैं, मसऊद को वापस गज़नी भेज दिया गया है।"

"मैं भी गज़नी वापस जा रहा हूं।"

"सोचने-समझने के लिए नहीं, बल्कि दिल का जो सौदा कर आए हो, उसकी जितनी मुमकिन हो, क़ीमत जुटाने के लिए। खैर, मुझसे सुलतान अब क्या चाहते हैं?"

"सिर्फ एक काम।"

"क्या?"

"सिर्फ मुलतान को ठीक कर दीजिए और सब मैं देख लूंगा।"

"वहां का राजा जयपाल मेरा मुरीद है, मैं कसर न रखूंगा।"

"हज़रत! आपकी इस एक ही मदद से मैं अपने मकसद को पहुंच सकूंगा।"

"तो अमीर, इंशा-अल्लाताला, यह कुछ मुश्किल न होगा। मेरी दुआ से उसे बेटा हुआ है। वह मेरी बात टाल न सकेगा।"

महमूद प्रसन्न हुआ। उसने झुककर उस फकीर का क़बा चूम लिया।

साधु ने कहा, "क्या सुलतान आज ही रवाना होंगे?"

"नहीं हज़रत, मैं और मेरा घोड़ा दोनों ही एकदम थक गए हैं। आज मैं आपकी ख़ानकाह में आराम करूंगा। क्या कुछ खाने को मिलेगा?"

"मकई की रोटियां और सरसों का साग है।"

"तो इनायत फ़रमाइए हज़रत!"

फ़कीर उठकर दो रोटियां ले आया।

सुलतान ने हथेली पर रखकर मकई की रोटियां सरसों के साग से खाईं और साधु की सुराही से ठंडा पानी पिया। फिर हंसकर कहा, "हज़रत! बड़ी मीठी रोटियां थीं।" इसके बाद अमीर अपने हाथ से घोड़े का चारजामा बिछा और नंगी तलवार सिरहाने रखकर वहीं भूमि पर सो गया। वृद्ध फ़कीर सारी रात उस अप्रतिहत-विजेता के सिरहाने बैठकर प्यार और अफ़सोस के आंसू बहाते रहे।

बिना द्वार का दुर्ग

विदेशियों के लिए भारत सदैव ही बिना द्वार का दुर्ग रहा है। मुहम्मद के जन्म से भी लगभग पांच सौ वर्ष पहले, ईसा की पहली शताब्दी में अरब और ईरान के द्वारा ही भारतीय व्यापार का सिलसिला यूरोप तक फैला हुआ था। भारत के पूर्वी और पश्चिमी समुद्र-तटों के बन्दरगाह जैरूचाल, कल्याण, सुपारा और मालाबार के आसपास इन अरब व्यापारियों की भी बड़ी-बड़ी बस्तियां बसी हुई थीं। यूनान और रोम के जो जहाज भारत आते थे, उनके नाविक अरब ही होते थे। भारत और चीन का व्यापार भी इन्हीं अरबों के हाथ में था।

उस काल के ये अरब सीधे-सादे, वीर साहसी, विश्वासी और दृढ़-प्रकृति के होते थे। भारत-निवासियों से वे खूब हिलमिलकर रहते थे। भारत में उनकी बस्तियां खुशहाल थीं। मिस्र, फिलस्तीन, काबुल, असीरिया आदि देशों के साथ भी भारत के ऐसे ही व्यापारिक सम्बन्ध थे। मिस्र के प्राचीन बादशाह ने भारत से व्यापार की सुविधा रहने के ही विचार से लाल सागर के किनारों पर अनेक बन्दरगाहों की रचना की थी और ईरान के बादशाहों ने भी फ़ारस की खाड़ी में कई बन्दरगाह इसी इरादे से बनवाए थे। मिस्र के प्रधान बन्दर सिकन्दरिया में हिन्दुओं की अच्छी आबादी थी। अरबी मल्लाह भारतीय नौकाओं पर नौकर रहते थे।

इस्लाम का जन्म होने पर भी अरबों का वैसा ही सम्बन्ध भारत से कायम रहा। परन्तु इनमें अब नई सभ्यता, नया जीवन और नए आदर्शों का समावेश हो चला था। यह बात हम ईसा की सातवीं शताब्दी के लगभग की कह रहे हैं। इस समय तक तमाम अरब, तातार, तुर्किस्तान और चीन की पूर्वी सरहद तक, तथा पश्चिम में मिस्र-कर्थेज तथा समस्त उत्तरी अफ्रीका पर इस्लाम की फ़तह हो चुकी थी। मुसलमानों ने निर्दयता से प्रबल रोमन साम्राज्य को चीरफाड़ डाला था और वे स्पेन में जा धमके थे। उनकी विजयिनी सेनाएं जंगलों, मैदानों, पहाड़ों और नदियों को पार करती हुई भारत की सीमा तक पहुंच गई थीं और उन्होंने ईरान के बेड़ों को जल-समाधि देकर हिन्द महासागर पर अपना एकाधिपत्य जमा लिया था तथा हिन्द महासागर के व्यापार को हथिया लिया था।

इस समय, जब कि मुस्लिम-सत्ता मध्य एशिया और यूरोप में अपनी जड़ें जमा रही थी, भारत में सम्राट हर्षवर्धन का देहान्त हो चुका था। पुरानी और नई जातियों ने नवीन राजपूत शक्ति को जन्म दिया था, जिन्होंने मध्यभारत तथा उत्तर-पूर्वीय भारत में अनेक खंड-राज्य स्थापित कर लिए थे। उनमें परस्पर युद्ध होते रहते थे। उन पर किसी बड़ी शक्ति का नियन्त्रण न था। पुराने साम्राज्यों की राजधानियां खंडहर हो गई थीं। हिन्दू कौम धर्म और जात-पांत के पचड़ों तथा अन्धविश्वासों में फंसी थी। राजाओं की भांति

ये धर्म-संघ भी परस्पर लड़ते-भिड़ते रहते थे।

सन् 712 में एक बीस वर्ष का साहसी मुसलमान युवक केवल छह हज़ार घुड़सवार साथ लेकर बिलोचिस्तान की विस्तृत मरुभूमि को पार करता हुआ बिना किसी रोक-टोक के सिन्ध में आ धमका। यह हज्जाज का भतीजा मुहम्मद-बिन-कासिम था। हज्जाज इब्ने युसुफ उन दिनों कोके का हाकिम था। उसी की आज्ञा से यह निडर लड़का सिन्ध में आया था। राजा दाहिर दस हज़ार सवार और बीस हज़ार पैदल लेकर उसके सम्मुख गया, परन्तु युद्ध में मारा गया। इस मुहिम से सत्रह हज़ार मन सोना तथा छह हज़ार ठोस सोने की मूर्तियां, जिनमें से एक तीस मन की थी, साथ ही बीस ऊंट हीरा-मोती-पन्ना-मानिक लेकर वह वापस चला गया। उसने प्रत्येक मित्र-शत्रु हिन्दू को कत्ल कर दिया। जिस ओर वह गुज़रा, उस राह के सब मन्दिर ध्वंस कर दिए, सब गांव जला दिए। उनके घरों और निवासियों को लूट लिया। वह आबाल-वृद्ध सबको तलवार के घाट उतारता गया। आपस की फूट और दुर्भाग्य के कारण कितने ही हिन्दू राजाओं ने इस नवागत अत्याचारी खूनी लड़के का स्वागत किया।

जिन दिनों सिन्ध पर यह गुज़रा, उन्हीं दिनों मालाबार तट पर कुछ अरब व्यापारियों ने अपनी नई बस्तियां बसाई थीं। वे अपने जीवन में शान्त-शिष्ट नागरिक थे। वे भारतीय स्त्रियों से विवाह करके वहीं रहने लगे। इसी समय हिशाम का एक कबीला भागकर भारत में कोंकण और कन्याकुमारी के पूर्वी किनारों पर बस गया। उन्होंने इन लोगों को रहने और घर बसाने में कोई बाधा न दी। हिन्दू राजाओं ने इन विदेशियों की बड़ी आवभगत की। उन्हें मस्जिदें बनाने और ज़मीन खरीदने की आज्ञा दे दी। इसका परिणाम यह हुआ कि आठवीं शताब्दी बीतते-बीतते मालाबार तट पर मुसलमानों की बड़ी-बड़ी बस्तियां बन चुकी थीं। और वहां के हिन्दुओं में वे अपने धर्म का प्रचार बड़ी लगन से करते थे। उनमें कोई मुल्ला न था, परन्तु प्रत्येक व्यक्ति प्रचारक था। उनके वैभव, धन और वीरता से मालाबार तट की दरिद्र नीच जातियां प्रभावित हो गईं। उनके विचारों, आचरणों, रीतियों और स्वभावों को ये जातियां चाव और कौतूहल से देखती थीं। उनका धर्म सीधा-सादा और उपासना हृदयग्राही थी। वे दिन-भर में अनेक बार नमाज़ पढ़ते थे। नमाज़ की सफ़बन्दी, रोज़ों की सख्त पाबन्दी, खैरात और उसके नियम, परस्पर सामाजिक सभ्यता आदि के सिद्धान्त, ये सब ऐसी बातें थीं, जो तत्कालीन दलित हिन्दू वर्ग की जातियों को, जो मालाबार तट पर फैली हुई थीं, प्रभावित किए बिना न रह सकती थीं। ये अरब योद्धा भी थे और वे आसपास के राजाओं से लड़कर उनकी ज़मीनों पर अपने हिन्दू राजा का अधिकार स्थापित करने में सहायता देते रहते थे। जहां-जहां राजा का अधिकार होता था, इन मुसलमान व्यापारियों की मंडियां भी वहां-वहां स्थापित हो जाती थीं। राजा जमोरिन ने तो यह आज्ञा दे दी थी कि मक्कवान जाति के प्रत्येक मल्लाह परिवार का एक आदमी अवश्य इस्लाम धर्म स्वीकार करे। इसका फल यह हुआ कि जब दसवीं शताब्दी में मसूदी ने भारत की यात्रा की तो उसने दस हज़ार मुसलमानों की बस्तियां चौल में पाई थीं।

इस समय भारत में हिन्दू धर्म और समाज में विप्लव मचा हुआ था। बौद्ध, जैन, शैव, शाक्त परस्पर भयानक संघर्षों, कुरीतियों और अन्धविश्वासों में फंसे थे। ब्राह्मणों ने बौद्धों और जैनियों को नष्टप्रायः कर दिया था। शैवों और वैष्णवों की प्रबलता हो रही थी और वे आपस में उलझ रहे थे। राजनैतिक अवस्था छिन्न-भिन्न थी। प्राचीन राजवंश जर्जर हो ही गए थे। राजपूतों के नए वंश जो उदीयमान हो रहे थे, अभी प्रतिष्ठित नहीं हुए थे। मानसिक अंधता राजवर्गियों तक में थी।

साम्पत्तिक दृष्टिकोण से यह युग एक सम्पन्न युग था। परन्तु इस सम्पदा के भोक्ता देश के सब लोग न थे। केवल राजा, ब्राह्मण और सेठ लोग ही उसका उपभोग करते थे। शेष लोगों की दशा अति दयनीय थी। सम्पत्ति के सबसे बड़े भाग के भोक्ता राजा लोगों के राजमहलों में विलासपूर्ण आहार-विहार के अद्‌भुत साधन उपस्थित रहते। उनके राजदरबारों में कितने ही कवि, कलाकार, चापलूस, मसखरे सदा बने रहते। दास-दासियों की फौज के बिना उनका काम नहीं चलता था। घरों में स्त्रियों की पलटनें भरी रहती थीं। उनकी नैतिकता और दायित्व का कोई मापदंड न था। युद्ध में भी इनका भारी व्यय होता था और ये युद्ध प्रायः बिना किसी उद्देश्य के निरर्थक विजय या परस्पर की ईर्ष्या या कन्याहरण के लिए किए जाते थे। इनकी मनमानी के समर्थक ब्राह्मण थे, जो इनसे बड़ी-बड़ी दक्षिणा लेते थे। ब्राह्मणों ने बड़े-बड़े देवालय और मन्दिर बना लिए थे, जहां हिन्दुओं की अतोल सम्पदा खिंची चली आती थी।

इन राजाओं के पारस्परिक संघर्षों तथा धर्म-केन्द्र मन्दिरों की बढ़ी-चढ़ी समृद्धि के बढ़े-चढ़े वर्णन देश-देशान्तरों के डाकुओं के कानों तक पहुंच चुके थे। महमूद ने स्वयं आकर वह सम्पदा देखी और लूटकर मालामाल हुआ था। वह एक सफल साहसी डाकू था। वह देख चुका था कि भारत की इस अटूट सम्पदा का कोई रक्षक नहीं है। उस समय भारत भूमि के राजा परस्पर की कलह-ईर्ष्या और अभिमान में चूर थे। अपने बड़प्पन के नशे में वे दूसरे को न देख पाते थे। आलस्य और अविचार उनमें भर गया था। वे अफ़ीम घोलते, मद्य पीते और रस-रंग में मत्त रहते थे। प्रजा में भी एकता न थी। अनेक पंथ, अनेक मत, अनेक विचार, अनेक अन्धविश्वासों ने उनके मन में घर कर रखा था। छुआछूत का भूत उन्हें ग्रस चुका था। धर्म के नाम पर अधर्म उनके नित्य कृत्य हो चुके थे। इस प्रकार इस काल में भारत की एकता भंग हो चुकी थी। उसका जीवन बिखर चुका था। प्रबल धक्का देकर सम्पूर्ण भारत की राजनीति व धर्मनीति को एक सूत्र में बांधनेवाला उस काल में कोई पुरुष देश में नहीं था।

हिन्दुओं के इस अरक्षित जीवन से लाभ उठाकर मुसलमान साधु-फकीर सैकड़ों की संख्या में सम्पूर्ण भारतवर्ष में फैलकर बस गए थे। वे देश के दीन-दरिद्रों को धड़ाधड़ मुसलमान बना रहे थे। इनमें एक साधु बाबा फ़खरुद्दीन थे, जो तेन्नुकोडा में रहते थे। उन्होंने वहां के राजा को मुसलमान बनाया था। मलिकुल मलूक और उसका साथी अलियारशाह ऐसे साधु थे जिन्होंने ग्यारहवीं शताब्दी के मध्यकाल में मदुरा में अनगिनत मुसलमान बनाए थे। मुलतान और सिन्ध को विजय करके जब कासिम लौट गया,

तब उसके लगभग 300 वर्ष तक और कोई आक्रमण भारत पर नहीं हुआ। महमूद के आक्रमण-काल में भारत के पश्चिमी प्रान्त के कुछ हिस्सों पर मुसलमान शासक था और काठियावाड़, गुजरात, कोंकण, दाखवल्य, सोमनाथ, भड़ौंच खम्मात, सिहाना और चौल में उनकी बस्तियां बस रही थीं। यद्यपि काबुल में इस समय भी एक ब्राह्मण राज्य कर रहा था, परन्तु मुसलमानों से सभी को दिलचस्पी थी। बहुत राजा उनसे प्रेम करते थे। मुसलमान फ़कीरों का सर्वत्र मान होता था और ये बिना ही ज़ोर-ज़ुल्म और तलवार के भारत में इस्लाम का बीज बोते और मुसलमान आक्रान्ताओं को सब सम्भव सहायता देते थे। उस समय के वातावरण में यह सम्भव भी था। अलबरूनी लिखता है कि हिन्दू धर्म इस योग्य नहीं रह गया है कि उसमें ब्राह्मणों के सिवा कोई व्यक्ति आत्म-सम्मान से रह सके। ब्राह्मण और क्षत्रिय ही इस काल में सर्वेसर्वा थे। और इस प्रकार भारत उन दिनों विदेशी आक्रान्ताओं के लिए 'बिना द्वार का दुर्ग' बना हुआ था।

गज़नी

दसवीं शताब्दी के मध्यभाग में एक तुर्की गुलाम अपनी हिम्मत और जवांमर्दी से खुरासान और गज़नी को दखल कर बैठा। उन दिनों ये प्रान्त अराजक प्रान्त थे। सरदार लोग जो वास्तव में बड़े-बड़े डाकू थे, अपना दल-बल लेकर मारकाट करते और अपनी अस्थायी सत्ता एक गांव से दूसरे गांव में स्थापित करते थे। इस गुलाम का नाम सुबुक्तग़ीन था। सुबुक्तग़ीन गुलाम होने पर भी अपनी योग्यता तथा बुद्धिमत्ता एवं साहस से एक प्रबल सरदार बन गया और उसने शीघ्र ही इतनी सत्ता प्राप्त कर ली कि आस-पास के सरदारों में कोई भी उसे न पा सका।

खुरासान और गज़नी दखल करने के बाद उसने अपनी बर्बर सेना को क्रियाशील बनाए रखने के लिए भारत की ओर मुंह किया। गज़नी और खुरासान उन दिनों साधारण गांव थे। आसपास के उजाड़, दरिद्र और पहाड़ी दुर्गम इलाकों में लूटपाट करने के लिए कुछ भी नहीं था। उसने आने-जानेवाले व्यापारी काफलों, फ़कीरों और जासूसों से भारत की समृद्धि के विषय में बहुत-कुछ सुन रखा था। साहसी तो वह था ही, अतः भारत में घुस आया।

उस समय पंजाब में महाराज जयपाल राज्य करते थे। उन्होंने खैबर घाटी को सुरक्षित रखने और उधर से किसी शत्रु को भारत में न घुसने देने की शर्त पर—नवाब बनाकर—शेख हमीद नामक एक मुसलमान सरदार को पेशावर और खैबर का थानेदार नियत किया था।

सुबुक्तग़ीन को आगे बढ़ता देखकर महाराज जयपाल ने सावधानी के विचार से आगे बढ़कर जलालाबाद में छावनी डाल दी, जो कि खैबर घाटी के पच्छिमी मुहाने पर अफगानिस्तान की सीमा है। परन्तु सुबुक्तग़ीन ने गहरी कूटनीति से काम लिया। वह समय टालता और भयभीत होने का बहाना करता रहा। महाराज जयपाल यह भेद न समझ पाए। शेख हमीद से भी उसने मामला ठीक कर लिया। जब शीतकाल आया

और बर्फ पड़ने लगी, तब सुबुक्तग़ीन ने धावा बोल दिया। जयपाल की सेना सहायता और कुमुक के अभाव से सर्दी में निकम्मी हो गई। उससे युद्ध करते न बन पड़ा। महाराज जयपाल लौटे। परन्तु शेख हमीद ने घाटी का मुहाना रोक दिया और महाराज जयपाल घाटी में घिर गए। निरुपाय हो उन्होंने ढाई लाख रुपये तथा 50 हाथी देने का वचन देकर सुबुक्तगीन से सन्धि कर ली तथा उसके सरदारों को संग लेकर वे लाहौर चले आए। परन्तु देने-लेने के मामले पर महाराज और सुबुक्तग़ीन के आदमियों में झगड़ा हो गया। सुबुक्तग़ीन भारत में घुस आया। पेशावर में खुला युद्ध हुआ। युद्ध में दिल्ली, अजमेर, कालिंजर और कन्नौज के राजाओं ने जयपाल का साथ दिया। फिर भी इस युद्ध में महाराज जयपाल हारे, और उनकी सम्पूर्ण सम्पदा लूट ली गई। सुबुक्तग़ीन, महाराज को बन्दी करके गज़नी ले गया। पेशावर में उसने अपना हाकिम बैठा दिया। इस प्रकार शेख हमीद की नमक-हरामी का यह परिणाम हुआ कि पंजाब पर सुबुक्तग़ीन का अधिकार हो गया। सुबुक्तग़ीन के साथ ही एक विद्वान मुसलमान फकीर अलीबिन उस्मान अलहज़वीसी लाहौर में आया। जो फिर गज़नी नहीं लौटा, और वहीं बस गया। प्रकट में यह औलिया मुस्लिम धर्म का प्रचारक था, परन्तु वास्तव में वह सुबुक्तग़ीन का एक जासूस था, जिसके अनगिन चेले सारे उत्तर भारत में जासूसी जाल फैलाकर बैठ गए थे।

इस अभियान में महमूद अपने पिता के साथ था। यद्यपि उसकी अवस्था अभी केवल ग्यारह वर्ष की ही थी, परन्तु वह बड़ा साहसी और युद्धप्रिय बालक था।

अपने पिता सुबुक्तग़ीन की मृत्यु के बाद महमूद ने अपनी सत्ता अफगानिस्तान और गज़नी में और मज़बूत की, तथा बुखारे के समृद्ध इलाके अपने अधीन कर लिए, और उस समूचे प्रदेश का एक सर्वशक्ति सम्पन्न सरदार बन बैठा। फिर इसने निरन्तर तीस बरस भारत पर खूनी आक्रमण किए तथा सोलह बार पश्चिमोत्तर भारत को तलवार और अग्नि की भेंट किया। नगरकोट का मन्दिर तोड़कर इसमें से सात सौ मन सोना-चांदी के बर्तन, सात सौ चालीस मन सोना, दो हज़ार मन चांदी और बीस मन हीरा-मोती जवाहरात उसने लूटे। थानेश्वर के आक्रमण में वह दो लाख हिन्दुओं को कैदी बनाकर ले गया। यहां की लूट में उसे एक मानिक साठ तोले का मिला था। मथुरा की लूट में उसने छह ठोस सोने की मूर्तियां पाईं, जिनके शरीर पर ग्यारह अमूल्य रत्न थे। मथुरा को उसने बीस दिन तक लूटा और जलाया था। मथुरा से वह इतने कैदी साथ ले गया कि गज़नी में एक-एक गुलाम ढाई-ढाई रुपये में बेचा गया। फिर भी खरीदार न मिले। इस समय उसके साथ एक लाख सवार और बीस हज़ार पैदल थे। इस प्रकार साहसिक अभियानों के कारण उसकी हिम्मत, प्रसिद्धि और समृद्धि बहुत बढ़ गई। और अब इस बार उसने गुजरात की घाटी को चीरकर महामहिम भगवान सोमनाथ के मन्दिर को लूटने और भंग करने का इरादा किया था। निरन्तर सोलह बार उसकी रकाब के साथ भारत को रौंदनेवाले बर्बरों ने, जो चांदी और सोने से अपने घोड़ों की ज़ीनें-भर कर लौटे थे, उसकी कीर्ति-कथा दूर-दूर तक फैला दी थी। और उसने जो भारत की लूटी हुई यह

अनमोल समृद्धि और अटूट सम्पदा ला-लाकर इस उजाड़ देश में बखेर दी थी, उसने भी उस प्रसिद्धि में चार चांद लगा दिए थे। इस प्रकार महमूद के इस शौर्य के कारण गज़नी नगर पूर्वी भूखंड का एक समृद्ध और प्रसिद्ध नगर बन गया था। नगर में बड़ी-बड़ी मस्जिदें और अनेक प्रासाद, हम्माम और सरायें थीं। उसके बड़े-बड़े बारह बाज़ार थे, जिसकी दुकानें देश-विदेश की बहुमूल्य वस्तुओं से भरी पड़ी थीं। संसार के व्यापारी वहां अपने-अपने देश की वस्तु बेचने आते थे। गज़नी की जामे-मस्जिद स्थापत्य कला की बेजोड़ वस्तु थी। जब उसकी गगनचुम्बी मीनार पर खड़ा होकर मुल्ला पुकारकर "ईश्वर एक है और मुहम्मद उसका प्रतिनिधि है" बाग देता, तो सब कामकाजी मुसलमान काम-धन्धा छोड़कर नमाज़ पढ़ने को एकत्र हो जाते। सुलतान अपने दरबारी-जनों सहित हर शुक्रवार को जब नमाज़ पढ़ने आता, उस समय उसकी सवारी की धूमधाम देखने ही योग्य होती थी।

भारत पर विजयी आक्रमण करके वापस लौटने पर सुलतान ने गज़नी में भारी-भारी इमारतें बनवाईं। इमारतें बनवाने का उसे शौक था। इस काम के लिए उसने देश-विदेश के अनगिनत कारीगर और कलाकार बुलवाए थे। उन्हें वह ऊंचे-ऊंचे इनाम देकर उनके उत्साह की वृद्धि करता था। इन गुणी शिल्पियों द्वारा उसने गज़नी में ऊंची-ऊंची मीनारों वाली मस्जिदें, महल, बड़े-बड़े हौज़, हम्माम, तालाब, बावड़ियां, बाग, उपवन और बीथी बनवाई थीं।

महमूद ने भारत की तीसरी विजय से लौटकर गज़नी नगर की खूब मज़बूत शहरपनाह बनवाई। भारत के दुर्गों के घेरे में, उसे प्राचीरों का महत्त्व विदित हो गया था, इससे उसने भारत के तीसरे आक्रमण से लौटकर बहुत मज़बूत चहारदीवारी गज़नी के चारों ओर बनवाई थी। इस समय प्रबल-से-प्रबल शत्रु भी गज़नी की कुछ हानि नहीं कर सकता था। गज़नी की सुरक्षा के लिए चारों ओर की पहाड़ियों पर उसने छोटी-छोटी गढ़ियां बनवाई थीं, जहां आवश्यक सेना हर समय रहती थी।

यद्यपि सुलतान की स्थायी सेना अधिक न थी, परन्तु आवश्यकता होने पर वह जितनी चाहे उतनी साहसी बर्बरों की सेना एकत्र कर सकता था। उसकी कमान के नीचे लड़ने को प्रत्येक सेनानी सोत्साह रहता था। वह जानता था कि लूटपाट का और कहीं ऐसा सुयोग लग ही नहीं सकता है। इससे आस-पास के पहाड़ी क्षेत्रों के अनगिनत डाकू उसकी सेना में खुशी से भर्ती हो जाते थे। स्थायी सैनिकों को सुलतान ने वेतन के स्थान पर धरती दे रखी थी। वे शान्ति-काल में हल लेकर भूमि जोतते और युद्ध-काल में विकराल तलवार पकड़कर विकट युद्ध करते थे। इन लोगों में 'ममलूक' लोगों की पलटन अपनी वीरता तथा शौर्य में विख्यात थी। ममलूक सेना के हज़ार अजेय योद्धा, मूल्यवान अरबी घोड़ों पर सवार होकर महमूद के चारों ओर एक जीवित दुर्जय दुर्ग के रूप में सदा साथ रहते थे। इनके सिवा वक्षु नदी के उस पार के तुर्कों की घुड़सवार सेना भी अजेय थी। इस सेना में पचपन हज़ार बांके और मर मिटनेवाले तलवार के धनी और धनुर्धर थे। अफगानों और खिलजियों की सेना का नम्बर इनके बाद था। यह सेना भी, सब भांति के शस्त्रों से सज्जित रहती, और युद्ध में सदैव अग्रभाग में

लड़ती थी। इस सेना के पठान और कद्दावर उजबक जब लम्बी-लम्बी दाढ़ियों के बीच दांतों से घोड़े की लगाम पकड़े, भारी-भारी तलवारें लेकर आंधी की भांति शत्रु पर टूट पड़ते, तब बड़े-बड़े धैर्यवानों के छक्के छूट जाते थे।

अरबों की भी एक चुनी हुई सेना महमूद की कमान में थी। ये बड़े निर्दय और क्रूर सिपाही होते थे। तलवार की मार में इन्हें कोई योद्धा न पा सकता था।

महमूद इस सम्पूर्ण संयुक्त सेना का सेनापति था। इस सम्बन्ध में एक महत्त्वपूर्ण बात यह है कि तुर्क लोगों की अधिकांश सेना मुसलमान न थी, मूर्तिपूजक थी। महमूद एक प्रकृत योद्धा था, वह अपनी सेना को इसलिए नहीं रखता था कि वह उन्हें बैठाकर माल-मलीदे खिलाए। वह सदैव अपनी सेना को चुस्त और सोत्साह रखता, उसे साहसिक आक्रमणों में नियोजित करता रहता था।

सुलतान के दरबार में ईरानी लोगों का भी खासा प्राबल्य था। अबुल अब्बास उसका एक शक्तिशाली वज़ीर था। वह अपढ़ था, किन्तु राजनीति और प्रबन्ध में बड़ों-बड़ों के छक्के छुड़ा देता था। उसने सरकारी काम-काज के कागज़ात तथा प्रजा की अर्जी आदि फारसी भाषा में तथा सम्वाद अरबी में लिखने की व्यवस्था की थी।

महमूद के दरबार में कवियों, इतिहासकारों तथा विद्वान दार्शनिक-जनों का भी सम्मान होता था। फिरदौसी और अलबरूनी जैसे विद्वानों का वह पोषक था। उसने देश-देश की पुस्तकों का एक बहुत भारी संग्रह गज़नी के राजकीय पुस्तकालय में किया था। इस अलभ्य ग्रन्थ-सागर को एकत्र करने में उसने पानी की तरह रुपया खर्च किया था। गज़नी और देहातों में उसने राज्य-भर के बच्चों की शिक्षा की उत्तम व्यवस्था की थी। उसने मुक्त हाथों से लाखों रुपया इस कार्य में व्यय किया था। यद्यपि वह स्वभाव से कंजूस और धनलोलुप था, पर विद्यालय में वह दिल खोलकर खर्च करता था। कविता सुनने का वह अत्यन्त शौकीन था। फिरदौसी के पूर्ववर्ती कवि अंसारी तथा ईरानी कवि दाकिनी को उसने शाहनामा लिखने की आज्ञा दी थी जिसे फिरदौसी ने पूरा किया था।

इन्हीं दिनों जब इंग्लैंड का प्रसिद्ध राजा कन्युट दी ग्रेट मैनचैस्टर के प्राचीन गिरजे के जीर्णोद्धार में सोना-चांदी और रत्न-जवाहर बखेर रहा था, यह प्रतापी सुलतान एक बार फिर भारत पर आक्रमण करके महामहिम प्रभु सोमनाथ महालय को भूमिसात करने को कटिबद्ध हो रहा था।

ईदुल-फितर

आश्विन मास आधा बीत चुका था। गज़नी में बड़ी भारी रेलपेल थी। मास के प्रारम्भ ही से योद्धाओं के दल-बादल चारों ओर के पहाड़ी प्रदेशों से गज़नी में बढ़े चले आ रहे थे। उनकी आवा-जाही, भरती और चहल-पहल से, नगर में बड़ी भीड़-भाड़ और शोरगुल भर गया था। मुहल्ले और बाज़ार तुर्क सिपाहियों तथा

तातार के पहाड़ी डाकुओं से पटे पड़े थे। आस-पास के इलाकों में से चुने हुए अनुभवी योद्धा, जिन्होंने लगातार सत्रह बार सुलतान की लगाम के साथ रहकर अपने घोड़ों की टापों से भारत की भूमि तथा वहां के आबाल-वृद्ध को रौंद डाला था, बड़े ठाठ और उमंग में बढ़िया पोशाक पहने और तांबे के सिक्कों के स्थान पर सोना फेंकते हुए अकड़ते फिर रहे थे। पहाड़ों की विकट गुफाओं के सरदार अपनी-अपनी टोलियां लिए दनादन गज़नी में चले आ रहे थे। लुटेरों की टोलियां आनन्द से बांसुरी और डफ बजाती और शौर्यपूर्ण भावों से भरे गीत गाती, रणमत्त हो स्वच्छन्द गज़नी के बाज़ारों में घूमती-फिरती थीं। बहुत-से काबुली लुटेरों और लुच्चों की टोलियां गज़नी की गलियों में शाम होते ही घूमने लगती थीं, जिनके साथ भड़कीली ज़नानी पोशाक पहने लड़के नकली बाल लगाए नाचते-गाते चलते थे। इनके पाजामों पर तो सुनहरी काम था, परन्तु इनके चेहरे पीले और मुर्झाए हुए थे। गज़नी के सब कॉफी-घरों और जुए के अड्डों में बदमाशों, गिरहकटों, उठाईगीरों, चोरों और डाकुओं के साथ-साथ इस प्रकार के लड़कों की भी खूब भरमार थी, जिनके साथ सब लोग अत्यन्त निर्लज्जतापूर्ण हंसी-मज़ाक एवं अश्लील व्यवहार करते थे। अनेक तुर्क और पठान सरदार इन लड़कों के विशेष प्रेमी थे। वे उन लड़कों को ज़नानी पोशाक में सजे-धजे साथ लेकर बाज़ारों में सैर करते थे, जिनसे उनके गन्दे और घृणित सम्बन्ध थे। इसे वे अपनी प्रतिष्ठा और अमीरी का चिह्न समझते थे।

इनमें बहुत-से लड़के बचपन में ही हीजड़े बना दिए गए थे, और वे अपनी हालत में खुश थे। वे बड़े चाव से ज़नाने हावभाव करके लोगों को रिझा रहे थे। सन्ध्या होते ही शहर के बाहर की सफील के पास सैकड़ों गुलाम और हीजड़े तथा लड़के खड़े हो जाते थे। और इसके लिए उन्हें गज़नी के सुलतान को टैक्स देना पड़ता था। शहर के सरदारों, अमीरों और उमरावों के महलों में नाच-रंग और तमाशों की भरमार थी। कॉफी-घरों और नाटकघरों में खचाखच आदमी भरे थे। मस्जिदों, सरायों और बड़े-बड़े मकानों ने फौजी छावनियों का रूप धारण कर लिया था। यह व्यवस्था सुलतान की आज्ञा से हुई थी। लूट के लालच से किसान और बहुत-से आवारागर्द भी वहां आ जुटे थे। बड़े-बड़े मुल्ला और वाइज नमाज़ के बाद लोगों को धर्मवाक्य सुना-सुनाकर जहाद करने के उत्तेजनामूलक भाषण दे रहे थे। इस प्रकार गाजे-बाजे और जयोल्लास में गज़नी शहर डूब रहा था। नगर के बाहर दूर तक तम्बू, घोड़ा, गधा, खच्चर, ऊंट तथा सैनिकों का एक नया विराट नगर बन गया था।

यह सब सुल्तान महमूद की ज़बरदस्त तैयारियां थीं, जो उसके इस बार के असाधारण अभियान के प्रति उसकी गहरी आसक्ति का परिचय दे रही थीं। इस बार उसने सब परिचित, आधीन एवं मित्र सरदारों, कबीलेदारों और सम्बन्धियों को साग्रह निमन्त्रण भेजे थे। ये निमन्त्रण गज़नी के प्रधान मुल्लाओं द्वारा ले जाए गए थे, जिन्होंने धर्म का जुनून चढ़ाकर लोगों को जहाद का सवाब लूटने को बहुत उत्साहित किया था। आधीन सरदारों पर तथा हाकिमों पर उसने ताकीदी-परवाने जारी किए थे। इसके

फलस्वरूप तीस हज़ार अजेय घुड़सवार तुर्क, बारह हज़ार तीखे स्वभाव वाले अरब, और इतने ही अचूक निशाना लगाने वाले ईरानी तीरन्दाज़ गज़नी में आ जुटे थे।

ईद की नमाज़ अदा करने के लिए सुलतान की सवारी बड़ी धूमधाम से जामे-मस्जिद की ओर चली। सबसे आगे तुर्की घुड़सवारों का रिसाला अपनी ज़र्कवर्क पोशाक में था, उसके पीछे ऊंटों पर नौबतखाना था। इनके पीछे अरब सवारों की टुकड़ियां और इनके बाद तातारी योद्धा नंगी तलवार लिए पैदल चल रहे थे। उनके बीच में अमीर महमूद बहुत ऊंचे काले घोड़े पर सवार था। वह बहुधा बड़ी देर तक चुपचाप बैठा रहता था। अमीर की पोशाक गहरे उन्नावी रंग की विलायती बानात की थी, जिस पर हिन्दुस्तान के कारीगरों के हाथ का सुनहरा काम किया हुआ था। वह बड़े गौरवपूर्ण ढंग से घोड़े पर बैठा, बिना इधर-उधर देखे अविचल भाव से आगे बढ़ रहा था। यद्यपि अभी उसकी आयु पैंतालीस वर्ष की ही थी, परन्तु कठिन योद्धा-जीवन और गहन संघर्ष के चिह्नस्वरूप गहरी रेखाएं उसके मस्तिष्क एवं चेहरे पर स्पष्ट दीख पड़ रही थीं। एक दृष्टि देखने ही से वह एक अविचल, एकनिष्ठ और दृढ़प्रतिज्ञ पुरुष प्रतीत होता था।

सुलतान ने जामे-मस्जिद पहुंच मस्जिद के द्वार पर एक ऊंट की कुर्बानी की, फिर वह मस्जिद में इमाम के दक्षिण पार्श्व में बैठ गया। इमाम ने उसके नाम का खुतबा पढ़ा और फिर सुलतान ने एक लाख दीनदारों के साथ ईद की नमाज अदा की।

ईद का दरबार

गज़नी नगर के निकट कोहे-सुलेमान की तराई में एक खुशनुमा घाटी थी, जो तमाम तातार में फूलों की घाटी के नाम से विख्यात थी। यह खुशनुमा घाटी बारहों मास चमेली और गुलाब से आच्छादित और उन्हीं के फूलों से सुवासित रहती थी। वहां से बृहत्तर गज़नी की अनगिनत मस्जिदों की गगनचुम्बी मीनारें और उन्नत गुम्बज सुनहरी धूप में चमकते दीख पड़ते थे। यहीं अमीरे-गज़नी ने अपनी नई छावनी डाली थी। वह आज ईद का दरबार अपने शाही दीवानखाने में न करके अपने उन योद्धाओं के बीच करना चाहता था, जिनके साथ उसने इक्कीस वर्ष तक धरती को रौंदा था। अपनी वज्र की एड़ियों से देशों, नगरों और जनपदों को कुचला था, रक्त की नदियां बहाई थीं। अपने हाथ से काटे हुए लक्ष-लक्ष नरमुंडों पर विजय-स्तम्भ स्थापित किए थे। मृत्यु-दूत बनकर जीवन का विनाश किया था।

बीस हज़ार गोल तम्बू वृत्ताकार फैले थे। इन पर रंग-बिरंगी रेशमी पताकाएं हवा में लहरा रही थीं। सबके बीच में महमूद का विशाल खीमा था, जिसका हर बाज़ू सवा सौ कदम लम्बा था। उसकी ऊंचाई तीन नेजों के बराबर थी, और उसका मध्य भाग बारह ऐसे स्वर्ण-स्तम्भों पर टिका था, जिनकी मोटाई मनुष्य की मोटाई के बराबर थी। लाल रंग की पांच सौ रेशमी डोरियां उस विराट खेमे को थामे हुई थीं। नीली, पीली,

लाल और हरे रंग की पट्टियों से खेमे का बाहरी भाग सुसज्जित था। यह समूचा तम्बू सफेद चमड़े का बना था।

खीमे के फर्श पर बहुमूल्य ईरानी कालीन बिछे थे, जिन पर सुनहरी तारों का काम हो रहा था। खीमे के बीचोबीच ठोस सोने का सिंहासन था, जिसके चारों कोनों पर चार उकाब चांदी के बने थे। सिंहासन पर कमख्वाब का चंदोवा तना था, जो रत्नजटित डंडों पर फैला हुआ था। सिंहासन पर वह अजेय, अप्रतिहत रथी, सखीमे-फिरानी, बादशाहों का बादशाह, अमीर महमूद बैठा था।

वह जो चोगा पहने था, उस पर हज़ारों मोती और हीरे टंके थे। उसके मस्तक पर जो हरी पगड़ी सुशोभित थी, और उसके तुर्रे पर जो तेजस्वी लाल जड़ा था, वह उस नरशार्दूल के इधर-उधर सिर हिलाने पर ऐसा दीख पड़ता था, मानो एक तृतीय नेत्र केवल अग्नि-स्फुलिंग से पूर्ण विश्व को भस्म करने के लिए उसके मस्तक पर उदय हुआ हो। उसकी आंखें लम्बी और तेज थीं। उनसे कुछ भी नहीं छिपाया जा सकता था। अरबों के प्रिय रत्न जमर्रुद का एक बड़ा तौक उसके गले में पड़ा था।

सुवासित मद्य से भरे हुए चार सौ घड़े और शाही भोज का सुस्वादु दस्तरखान करीने से प्रस्तुत था, जिनमें भांति-भांति के मेवे, तले और भुने हुए मांस तथा भांति-भांति के मिष्टान्न और पकवान थे।

अमीर के पीछे गवैये और पैरों के पास रिश्तेदार, दूसरे बादशाह, अमीर सरदार आदि बैठे थे, किन्तु उसकी बगल में कोई न था।

आनन्द और विजयोत्सव के जितने साधन जुटाए जा सकते थे, वे सब वहां एकत्र थे। चारों ओर ज़ोर से बाजे बज रहे थे। खीमे के सामने मैदान में अनेक मनोरंजक खेल खेले जा रहे थे, जिन्हें जनता और सैनिक उत्साह और आनन्द से देख रहे थे कहीं भांड़ और हंसोड़ अपने करतब दिखा-दिखाकर लोगों को हंसा रहे थे, कहीं पहलवान कुश्ती लड़ रहे थे, कहीं नट अपने अंग मरोड़ रहे थे, कहीं तलवारबाज़ी, नेजेबाज़ी और घुड़सवारी का चमत्कार दिखाया जा रहा था। कहीं लौंडे ज़नाने कपड़े पहने नाच-गा रहे थे। डफ की ताल पर उनकी आंखों के पलक और पैर एक साथ ही उठते-गिरते थे। लोग खुश होकर तालियां पीट रहे थे।

अमीर खुश किन्तु गम्भीर था। वह उस भारी जन-रव और ऐश्वर्य के बीच जैसे डूबा जा रहा था। जब सलामी और नज़राने की सब रसमें पूरी हो चुकीं तो उसने जलद-गम्भीर स्वर में एक हाथ ऊंचा करके कहा, "मैं अमीर महमूद, खुदा का बन्दा, वही कहूंगा जो मुझे कहना चाहिए। रसूले पाक और खुदा के नाम पर, जिसके समान दूसरा कोई नहीं है, मैं अमीर महमूद, खुदा का बन्दा, आज ईद मुबारक के साथ तुमसे, जो मेरी रकाब के जांनिसार साथी हैं, और जिनके घोड़ों की टापों ने आधी दुनिया रौंदी है, वही कहूंगा जो मुझे कहना चाहिए। हम चल रहे हैं, अपनी सबसे बड़ी मुहिम को फतह करने, जिसकी इन्तज़ारी फिरदौसी और अलबरूनी उस काफिर ज़मीन पर कर रहे हैं, जिसकी हर शै दीनदारों के लिए है। दोस्तो, मैं जानता हूं, तुम्हारी तलवारों की

धार तेज़ है, तुम्हारे घोड़े तरोताज़ा हैं, और तुम्हारे घोड़ों की ज़ीनें, जिन्हें तुम पिछली बार चांदी-सोने से भर लाए थे, खाली हो रही हैं और तुम मेरे दोस्तो, उन्हें फिर से भरने के लिए बेचैन हो। मैं तुम्हें दुआ देता हूं कि तुम्हारी मुराद बर आए। और तुममें से प्रत्येक अपनी ज़ीन की लम्बी थैलियों को चांदी-सोना और जवाहर से भरकर और अपने घोड़ों की लगाम से चार-चार गुलाम बांधकर घर लौटे—आमीन!"

जय-जयकार और तालियों की गड़गड़ाहट से दिशाएं कांप उठीं। बड़े-बड़े नक्कारे और ढोल गरज उठे। तलवारें झनझना उठीं। हज़ारों-लाखों कंठों से निकला, "आमीन, आमीन।"

इसके बाद सब सरदारों, सेनापतियों, वीरों और पदाधिकारियों को खिलअत इनाम बांटे गए, विद्वानों का मुहरों और पदवियों से सम्मान किया गया।

दरबार बर्खास्त हुआ। अमीर की शाहखर्ची, शान और जलाल का बयान हर मुंह से सुनाई पड़ रहा था। वह ईद गज़नी में उमंग, उत्साह, विजय और सफलता की ईद थी।

कठिन अभियान

ईद का दरबार करके अमीर ने दूसरे दिन भोर में ही प्रस्थान किया। प्रस्थान के समय उसने सेना के समक्ष एक छोटा-सा सारगर्भित भाषण दिया। यह अभियान अमीर के लिए अब तक के सब अभियानों से अधिक कठिन था। भारत की भूमि पर पैर रखने से प्रथम उसे एक-सौ-पचहत्तर गांवों की विकट मरुभूमि पार करनी थी। इस मरुभूमि में रेत और काली चिकनी मिट्टी को छोड़ दूसरी वस्तु न थी। न घास-फूस, न जल, न वृक्ष, न छाया। प्रतिदिन वादे-समूम के झोंके आते और दिन की रात हो जाती। पर अमीर को इस मरुस्थली का अनुभव था, यद्यपि उसको पार करना एक महासमर विजय करने के समान था। परन्तु अमीर ने अपने पूर्व अनुभव के आधार पर सब आवश्यक साधनों की व्यवस्था कर ली थी। उसने मार्ग में स्थान-स्थान पर सहायता केन्द्र स्थापित कर लिए थे। इस तरह एक साहसिक और व्यवस्थित योद्धा की भांति वह अभियान पर आगे बढ़ा था। महमूद अपनी सम्पूर्ण सेना का सेनापति था। पर पहाड़ी लुटेरों की टुकड़ियों पर उसने पहाड़ी सरदारों को ही अधिकार दे रखा था। गज़नी की राजसत्ता अहमद ममैदी को सौंप और पाटवीपुत्र को साथ ले, दल-बल सहित वह खूब सतर्कता और सावधानी से अग्रसर हुआ था।

कूच का वह दृश्य भी अद्‌भुत था। उस दिन सब नगर-बाज़ार बन्द थे। लोग बड़ी भावभरी आंखों से इस विजेता का यह अभियान देख रहे थे। आतुर माताएं आंखों में आंसू और आंचल में आशीर्वाद-भरे, पुत्रों को अज्ञात देश की ओर जाते देखने खड़ी थीं। कुल-वधुएं गोद में अबोध शिशुओं को लिए और धड़कते हृदयों को हाथ से दबाए, प्रिय

पति को यों जाते देख रही थीं। मस्जिदों में मुल्ला उच्च स्वर से दुआ पढ़ रहे थे।

कटक का विस्तार बहुत था। पचपन हज़ार मर-मिटनेवाले तुर्क सवार नंगी तलवारें चमचमाते, पिघले हुए लोहे की नदी की भांति बढ़े चले जा रहे थे। दस हज़ार मर-मिटनेवाले ममलुक योद्धा कीमती अरबी घोड़ों पर सवार एक जीवित दुर्ग बनकर चल रहे थे। इसके बाद बुखारे के बीस हज़ार ऊंटों पर चालीस हज़ार सधे हुए तीरन्दाज़ थे। डेरा तम्बूवाले मार्ग-दर्शक, मार्ग-संशोधक, तेली, तम्बोली, बावर्ची, साईस, मल्लाह, दुकानदार, वेश्याएं, लौंडे, दरवेश, मुल्ला, साईं आदि की गिनती न थी।

मंज़िल-पर-मंज़िल मारता अमीर का यह कटक डेरा इस्माईल खां के उस ओर के पहाड़ों की तलहटी में आ पहुंचा। ये पहाड़ियां अति विकट, दुर्गम और निर्जन थीं। उनके वह शिखर बारहों मास बर्फ से ढंके रहते थे। ग्रीष्मकाल में जब बर्फ पिघलती तो दर्रे को चीरती हुई और वहां के यात्रियों को अपने में लपेटती हुई चली जाती थी। शीतलकाल में वहां इतनी ठंड पड़ती थी कि मनुष्य के शरीर का रक्त ही जम जाता था। परन्तु महमूद के अनुभवी मस्तिष्क के कारण उसकी सेना का बहुत-कुछ, इस कष्ट से बचाव हो गया। इसके दो कारण थे, एक तो अभी वर्षा ऋतु समाप्त ही हुई थी और शीतकाल नहीं आया था। कड़ी ठंड नहीं पड़ी थी। बर्फ जमने से पहले ही उसकी सेना ने घाटी पार कर ली थी। दूसरे उसकी सेना के सभी योद्धा उस शीत, बर्फ और कठिनाई के अभ्यस्त थे। उनके लिए वह कुछ नई वस्तु न थी।

गाड़ियां और दूसरे वाहन इस तंग दर्रे को पार नहीं कर सकते थे। इसलिए महमूद ने ऊंट, खच्चर और घोड़ों ही से काम लिया था। उसने निर्विघ्न इस दर्रे को पार कर लिया। यहां से दर्रे के आस-पास के खूंखार कबाइली पठानों के दल-बादल सुलतान की सेना में मिलते गए। जैसे नदी में बहाव आता है, उसी भांति अमीर का कटक दिन-दिन वृद्धि पाता हुआ अटक के कूल पर आ टिका।

महानद के तट पर

सिंधुनद भारतीय सीमा पर महानदी है। इसका विस्तार देखकर इसे नदी न कहकर नद कहते हैं। यह नद पर्वतेश्वर हिमालय के अंचल से निकलकर अरब समुद्र में गिरता है। बारहों मास यह नद अथाह जल से परिपूर्ण रहता है। उसका तीव्र जल-प्रवाह अगाध और पाट मीलों तक का है। इस महानद के पार उतर कर ही भारत-भूमि पर चरण रखना पड़ता है। सुलतान महमूद ने इस कठिन कार्य की भी सब व्यवस्था ठीक कर रखी थी।

अमीर ने सिन्धु के उस पार दो दिन विश्राम किया। तीसरे दिन सिन्धुनद पार उतरने की व्यवस्था की। प्रत्येक पूर्णिमा को नद में ज्वार आता है। तब नद का जल ऊपर खारा और नीचे मीठा होता है। इस समय महानद समुद्र की भांति गर्जना करता

है और उसमें पर्वत के समान बड़ी-बड़ी लहरें उठती हैं।

अमीर ने तट से कुछ हटकर कुछ ऊंची जगह पर अपनी छावनी डाली थी। छावनी का प्रबन्ध अत्युत्तम था। घुड़सवारों की टुकड़ियां उसके चारों ओर घूम-फिरकर रात-दिन पहरा देती थीं। पहरे का यह दायित्व एक दरबारी सरदार के सुपुर्द था। बीच में अमीर का लाल रंग का तम्बू था, जिसे चारों ओर कनातों से घेर दिया गया था।

तीसरे दिन भोर होते ही नद पार करने की हलचल प्रारम्भ हो गई। कछुए और बेड़े नद में डाल दिए गए। बोझा ढोनेवाले ऊंट और भारवाही पलटन पार उतरने लगी। घोड़ों पर, मशकों पर, बेड़ों पर, नावों पर साहसिक योद्धा तैर-तैरकर पार उतरने लगे। दिन-भर नदी पार करने का क्रम चलता रहा। सायंकाल के समय अमीर अपने मन्त्रियों एवं सेनापतियों के साथ नदी पार होने का दृश्य देखने तीर पर आया। दूसरे दिन मध्याह्न काल होते-होते सम्पूर्ण लश्कर भारत-भूमि पर निर्विरोध उतर गया। इस बर्बर डाकू का इस भांति निर्विरोध उस पार उतर जाना और भारत का निश्चिन्त पड़े सोते रहना एक आश्चर्य की बात थी।

नद के इस पार अमीर का लश्कर विश्राम करने लगा। समय और ऋतु अति सुहावनी थी। वन में हरिण, मोर और दूसरे सहज शिकार बहुत थे। सुलतान के सरदारों ने अमीर से शिकार की आज्ञा चाही। सुलतान ने कुछ क्षण चुप रहकर कहा—

"मेरे बहादुर सरदारो, हम गज़नी की भूमि को छोड़कर यहां शिकार और तफ़रीह के लिए नहीं आए हैं। हमारा काम बहुत महत्त्व का एवं दायित्वपूर्ण है। अभी हमें बहुत कार्य करना है। वीरत्व प्रदर्शन का मैदान अभी दूर है। इस बार हमें विकट मरुस्थली को चीरकर सोमनाथ की ईंट-से-ईंट बजानी है। दुश्मन का शिकार ही हमारा सच्चा शिकार है। वही हमारा सबसे प्रथम कर्तव्य है। इस सच्चे शिकार को छोड़कर बेकसूर हिरनों और परिन्दों को मारने से क्या लाभ? यह सब मुझे पसन्द नहीं। चलो बहादुरो, कूच करो, फतह करो और सुर्खरूही हासिल कर दीनो-दुनिया में खुशहाली हासिल करो।"

इसके बाद ही अमीर ने तत्काल कूच करने का हुक्म दे दिया। खूंटों पर हथौड़ों की चोटें पड़ने लगीं। पलक मारते ही वह मायानगर अदृश्य हो गया? और ऊंटों, अश्वों, खच्चरों और पैदलों की अटूट कतार-की-कतार महासर्प की तरह रेंगती हुई भारत-भूमि पर अग्रसर हुई, जैसे यह विजयी योद्धा किसी बिना द्वार के दुर्ग में घुस रहा हो।

अजयपाल का धर्म-संकट

मुलतान के चौहान राजा अजयपाल बड़े धर्म-संकट में पड़ गए। लाहौर के जाग्रत वीर औलिया अली बिन उस्मान अलहज़्वीसी ने उन्हें सन्देश भेजा था कि, "गज़नी का सुलतान मुलतान की राह अपने रास्ते खुदा के हुक्म से जा रहा है, उसे जाने दे। इसमें दरेग करेगा तो तुझ पर और तेरी औलाद पर कहर नाज़िल होगा।"

महाराज अजयपाल इस सन्देश से व्याकुल हो गए। वे सिन्धुनद के दिग्पाल थे। गज़नी के इस लुटेरे को वे अच्छी तरह जानते थे। परन्तु अभी तक मुलतान की ओर उसकी दृष्टि नहीं पड़ी थी। जब से लाहौर के महाराज जयपाल ने अग्नि-प्रवेश किया था, महमूद ने सदैव लाहौर होकर ही सोलह अभियान किए। मुलतान का उल्लंघन करने का यह पहला ही अवसर था। इस बार उसे गुजरात को आक्रांत करना था। इसलिए वह लाहौर न जाकर मुलतान की राह सीधा मरुस्थली को पार कर सपादलक्ष जाना चाहता था।

यद्यपि महाराज अजयपाल को अभी तक यह पता न था कि सुलतान किस अभिप्राय से इधर से अभियान कर रहा है, फिर भी धर्म-केन्द्रों के इस शत्रु की प्रवृत्ति वह जानते थे। उनके सामने दो कठिनाइयां थीं। एक यह कि लाहौर के इस औलिया की आज्ञा का उल्लंघन वे नहीं कर सकते थे। उस वृद्ध मुसलिम फ़कीर पर इनकी श्रद्धा के तीन कारण थे। एक यह कि इसी की कृपा, सिफारिश और सहायता से उसे मुलतान का राज्य प्राप्त हुआ था। दूसरे, उसके आशीर्वाद ही से उसे एकमात्र पुत्र उपलब्ध हुआ था। तीसरे यह कि ये औलिया बड़े पहुंचे हुए खुदापरस्त और बेलौस साधु प्रसिद्ध थे। यह कोई कल्पना भी नहीं कर सकता था कि वे सुलतान के भेदिए हैं। उनकी आज्ञा खुदा की आज्ञा समझी जाती थी और वे यदि किसी भक्त को कोई आदेश देते थे, तो यह समझा जाता था कि यह उसकी भलाई के लिए ही होता था। और यह बात स्पष्ट ही सत्य प्रतीत होती थी, क्योंकि सुलतान की अथाह सेना से लड़ना आत्मघात था। उसके सामने घोघाबापा की तेजस्वी मूर्ति आई। वह सोचने लगा—समय पर मैं घोघाबापा को क्या मुंह दिखाऊंगा? क्या मैं उन्हें सूचना दूं? उनसे परामर्श करूं, परन्तु इतना समय कहां है? फिर यदि उन्होंने युद्ध का ही परामर्श दिया और ऐसा तो वे करेंगे ही। वे वीर पुरुष हैं, मरुस्थली के भीष्म हैं। वे यह थोड़े ही विचारेंगे कि आगे-पीछे क्या होगा। वे तो सच्चे योद्धा हैं। कर्तव्य पर मिटना उनका मूल मन्त्र है। मैं क्या उन्हें जानता नहीं।

महाराज अजयपाल भारी धर्म-संकट में पड़े। वे कुछ भी निर्णय न कर सके। उन्होंने बहुत सोच-विचार कर गुप्त रूप से लाहौर की यात्रा करने की ठानी। अपनी तलवार और एक विश्वासी सेवक को ले एक अन्धेरी रात में लाहौर की राह पर घोड़ा छोड़ा।

औलिया ने उनसे बहस नहीं की, अधिक बात भी नहीं की। वह जैसा विद्वान और तेजस्वी प्रसिद्ध था, वैसा ही दम्भी भी था। बिना दम्भ के धर्म और सिद्धि का कारबार चलता भी नहीं। फिर इस फकीर पर तो सुलतान के गूढ़ आदेश थे। जब राजा ने विनम्रभाव से अपनी कठिनाई साधु के सामने रखी और नेक सलाह मांगी तो औलिया ने केवल इतना कहा, "खुदा का हुक्म हमने तुझे भेज दिया, अब तू जान। खुदा का हुक्म मान या गज़ब की आग में अपने तईं और मुलतान को फूंक डाल। जा, फकीर को तंग न कर।"

औलिया फिर मौन हो गए। बोले ही नहीं। पार्षदों ने राजा को समझा-बुझाकर चलता

किया।

मुलतान लौटकर अजयपाल ने राज्य-परिषद बुलाई। शिष्ट नागरिकों का दल बुलाया। सबसे परामर्श किया। बहुत विचार-परामर्श हुआ। अन्त में निर्णय यही हुआ–युद्ध करना तो आत्मघात करना होगा। इससे हमारा सर्वनाश हो जाएगा। अमीर रुकेगा नहीं। भलाई इसी में है कि सुलतान को राह दे दी जाए। वह सिर्फ राह मांगता है, हम पर चढ़ाई नहीं करता। औलिया ने ठीक कहा है। वे जाग्रत पीर हैं। हमारे शुभचिन्तक हैं, निर्लोभ हैं, खुदापरस्त हैं। उनका हुक्म खुदा का हुक्म है।

अमीर के सैन्य सागर के सामने अजयपाल की सेना एक बूंद के बराबर भी नहीं थी। यदि वह लड़ता तो उसका, उसकी सेना का और मुलतान का सर्वनाश निश्चित था। अपना सर्वनाश करके भी वह सुलतान को रोक नहीं सकता था। फिर अपना सर्वनाश करने से क्या लाभ? परन्तु देश और धर्म के इस प्रबल शत्रु को कैसे वह देश में घुसने दे? यह भी एक प्रश्न था। यह उसके क्षत्रित्व का प्रश्न था। मरुस्थली के द्वार पर घोघागढ़ में उसके दादा घोघाबापा बैठे हैं। लोहकोट में भीमदेव हैं। सपादलक्ष में महाराज धर्म गजदेव हैं। ये सब सम्बन्धी वीर और तेजस्वी पुरुष हैं, ये सब उसकी कायर-वृत्ति देख क्या कहेंगे?

महाराज अजयपाल को कोई छोर नहीं मिला। वह सोचने लगे, अवश्य ही अमीर को राह देना पाप है, परन्तु पाप का भागी क्या मैं ही हूं? यह अभागा भारत देश क्यों खंड-खंड है। क्यों नहीं एक सूत्र में संगठित है। सब लोग छोटे-छोटे राजा बने बैठे हैं। वे सब अपनी ही अकड़ में मस्त हैं। इतना बड़ा विशाल भारत देश कैसे विदेशी लुटेरों के हाथ लूटा जाता है। यह तो हम देखते ही हैं, परन्तु सब हाथ-पर-हाथ धरे बैठे हैं। कोई किसी की नहीं सुनता, फिर मैं ही क्या करूं? मेरी शक्ति ही कितनी, हैसियत ही क्या? पाप ही है तो सबका है। मैं यदि सुलतान का विरोध करता हूं, तो मेरा तो सर्वनाश होगा ही, यह समृद्ध मुलतान शहर भी लूट और आग की भेंट होगा। यह क्या पाप नहीं होगा? मैं जिस देश का राजा हूं, क्या उसे बचाना मेरा धर्म नहीं है? क्या वह पाप इस पाप से भी बड़ा होगा?

अन्त में अजयपाल ने इसी में भलाई समझी कि वह सुलतान को राह दे दे। फिर उसका परिणाम जो हो सो हो।

मुलतान के द्वार पर

ग़ज़नी से कूच किए अभी पूरा एक महीना भी नहीं बीता था कि अमीर ने मुलतान के द्वार पर बाग रोकी।

काबुल की विकट घाटी पार कर सिन्धुनद जैसी अगाध नदी के पार उतर, और उजाड़ रेगिस्तानों को लांघकर केवल एक मास के अल्पकाल में शत्रु के एक समृद्ध

राज्य की सीमा में निर्भय घुस आना, कोई साधारण काम न था। पर महमूद के लिए यह एक मनोरंजक खेल था।

मुलतान सिन्धु के मुख पर अति प्राचीन नगर है। उसका प्राचीन नाम मूलस्थान था। सम्भवतः आर्यों ने जब भारत-प्रवेश करके पंचसिन्धु में अपना प्रथम राज्य कायम किया था, तब इस नगर की बुनियाद पड़ी हो। मुलतान में सूर्यदेवता का प्रसिद्ध मन्दिर था, जिसके दर्शन-पूजन के लिए देश-देश के यात्री निरन्तर आते रहते थे। यह मन्दिर कभी समूचा स्वर्ण का बना था, परन्तु जिस काल की हम बात कह रहे हैं, उस काल में भी उसका वैभव अतोल था। यह कैसे हो सकता था कि महमूद-जैसे लुटेरे और उसके डाकू साथियों की लोलुप गृध्रदृष्टि उस पर न पड़ती।

परन्तु मुलतान ने बिना विरोध और बिना शर्त सुलतान को केवल आत्म-समर्पण ही नहीं किया, अपितु वहां के राजा ने बहुमूल्य भेंट लेकर अमीर का अभिनन्दन किया। यह एक चमत्कार ही कहा जा सकता था। जिसने सुना उसी ने चमत्कृत हो दांतों तले उंगली दबाई। परन्तु इस चमत्कार के भीतर जो चमत्कार था, उसे तो केवल अमीर ही जानता था। बिना प्रयास मुलतान को ताबे होते देख अमीर बड़ा प्रसन्न हुआ। इसे उसने एक शुभ शकुन समझा। अमीर की अवाई सुनकर बहुत जन भयभीत हो नगर छोड़कर भाग खड़े हुए थे। अमीर के बर्बर लुटेरे मुलतान को लूटने को अधीर हो रहे थे। किन्तु हज़रत अलीबिन उस्मान ने सुलतान को कहला भेजा था कि मुलतान को कदापि लूटा न जाए और महाराज अजयपाल से मित्रवत व्यवहार किया जाए। अमीर ने औलिया को ऐसा ही आश्वासन, कृतज्ञता सहित भेज दिया था।

अमीर महमूद जैसा साहसी योद्धा और कुशल सेनापति था, वैसा ही विलक्षण राजनीतिज्ञ भी था। मुलतानपति महाराज अजयपाल की उसने एक दरबार करके धूमधाम से अभ्यर्थना की और उसे बराबर बैठाकर कुशलक्षेम पूछा।

वास्तव में महाराज अजयपाल अपने काम पर लज्जित थे। उनका कार्य चाहे जितना भी राजनीतिमूलक और बुद्धिमत्ता का था, पर निन्दनीय तो था ही। सबसे बड़ा भय उनको घोघाबापा का था, जिनके शौर्य और बड़प्पन के आगे अजयपाल को सदैव झुकना पड़ता था। अमीर की यह अभ्यर्थना उसे विष के समान लगी। और वह बड़ी देर तक अमीर के सम्मुख आंखें नीची किए बैठा रहा।

किन्तु अमीर ने राजा के मनोभावों को ताड़ लिया। उसने खुशामद-भरे स्वर में कहा, "महाराज, जैसे मैं दुश्मनों के लिए सख्त हूं, वैसा ही दोस्तों के लिए नर्म। आपसे मैं बहुत खुश हूं और आज से आप मेरे दोस्त हैं। अपनी इस दोस्ती के सिलसिले में, मैं आपको पंजाब और सिन्ध के वे इलाके देता हूं जो अब तक मेरे कब्ज़े में थे। मिहरबानी करके इन्हें कबूल फर्माइए और हमेशा ऐसी ही दोस्ती कायम रखिए।"

सिन्ध के इन इलाकों पर कब्ज़ा हो जाना मुलतानपति के लिए साधारण प्रलोभन न था। इससे उसका राज्य ही दूना हो गया। वह सोचने लगा, एक तरफ अमीर को नाराज़ करके विनाश को निमन्त्रण देना था, दूसरी तरफ उसे प्रसन्न करके क्षण-भर ही

में उसका राज्य दूना हो गया।

उसने झुककर अमीर का अभिवादन किया और कहा, "सुलतान, यदि सचमुच ही मेरे ऊपर प्रसन्न हैं तो मुझे एक वचन दें, ताकि सुलतान की कृपा कभी न भूल सकूं।"

सुलतान ने कहा, "मेरे दोस्त, जो चाहते हो, अपने सुलतान से ले लो।"

"तो यशस्वी सुलतान, आप हमारे इष्टदेव सूर्य के मन्दिर की रक्षा करें, उसे खंडित न करें और मेरे मुलतान को भी अभयदान दें।"

सुलतान ने कहा, "मुलतान को लूटा नहीं जाएगा, आप इत्मीनान रखिए, सिर्फ शहर के कुछ मुखियों को मेरे पास भेज दीजिए। मैं उनसे थोड़ा-सा दंड लेकर ही सन्तुष्ट हो जाऊंगा। वह भी सिर्फ अपनी आन कायम रखने के लिए।"

राजा ने गर्दन नीची करके उदास भाव से कहा, "खैर, मगर दूसरी प्रार्थना।"

"आप जानते हैं महाराज, कि मैं कुफ्र को बर्दाश्त नहीं कर सकता, और मशहूर बुतशिकन हूं।"

"जानता हूं सुलतान, मगर सूर्यदेव के इस मन्दिर की बदौलत ही मुलतान की सारी समृद्धि, शोभा और प्रसिद्धि है। देश-देश के जो यात्री सूर्यदेव के दर्शन को आते हैं, उनकी खरीद-बिक्री से मुलतान के बीस हज़ार कारीगर और पचास हज़ार दुकानदार अपनी रोज़ी-रोटी चलाते हैं। मन्दिर भंग होने से उनकी रोज़ी तो जाएगी ही, मुलतान का सारा गौरव-वैभव भी नष्ट हो जाएगा। इससे तो अच्छा यही है कि सुलतान मेरा सिर काट लें और फिर नगर को लूटपाट कर उसमें आग लगा दें!" बूढ़े राजा ने आंखों में आंसू भरकर उत्तेजना से कांपते-कांपते ये शब्द कहे।

अमीर ने तपाक से राजा का हाथ पकड़कर कहा, "नहीं दोस्त, ऐसा कभी नहीं हो सकता। महमूद अपने मिहरबान दोस्त को कभी नाराज़ नहीं कर सकता। मैं आपकी बात मानता हूं, मगर आपको मेरा एक काम करना पड़ेगा।"

"कहिए।"

"लोहकोट, सपादलक्ष और झालौर के राजा आपके नज़दीकी रिश्तेदार हैं। घोघाबापा भी आपके बुज़ुर्ग हैं। आप इन्हें समझा-बुझाकर मुझे गुजरात की राह दिला दीजिए। मैं आपको यकीन दिलाता हूं कि इन राजाओं से मैं उसी तरह पेश आऊंगा, जैसे आपसे। मैं उम्मीद करता हूं कि लोहकोट, सपादलक्ष और झालौर के राजा तथा घोघाबापा भी आपकी ही तरह अपना नुकसान और फायदा समझ जाएंगे और मेरे रास्ते में बाधक न होंगे। मैं अपनी दोस्ती के सिले में आपके हाथों आपके इन सम्बन्धियों को मुनासिब नज़राना भी भेजना चाहता हूं।"

महाराज का धर्म-संकट बढ़ गया। वे सोच में पड़ गए। अमीर ने ज़रा तेज़ स्वर में कहा, "मैं तो उनसे आप ही की भांति दोस्ती का व्यवहार करना चाहता हूं, इसे वे अस्वीकार करें तो उनकी मर्ज़ी है। मगर औलिया ने जो राह आपको भलाई की बताई है, वही आपके इन रिश्तेदारों के लिए भी है। फिर आपकी इस तकलीफ के बदले में सारा ही पश्चिमी पंजाब आपके हवाले कर दूंगा।"

अछता-पछताकर निरुपाय अजयपाल को अमीर का अनुरोध मानना ही पड़ा। भय और प्रलोभन ने उसका सिर नीचा कर दिया। अमीर ने प्रसन्न-वदन सिरोपाव दे उसे बिदा किया। अब उसे राजस्थान का विकट मरुस्थल पार करना था जिसमें अनेक भौतिक और राजनैतिक बाधाएं थीं। इस भयंकर मरुस्थल में सैकड़ों कोस तक जल का नाम-निशान नहीं था। न पेड़-पौधे या हरियाली थी, न राह-बाट। दिन में कई बार अंधड़-तूफान आते और रात-सा अन्धकार छा जाता। पर्वत के समान रेत के टीले देखते-ही-देखते इधर-से-उधर लग जाते थे। परन्तु ये भौतिक बाधाएं तो थीं ही। इस मरुस्थली के मुख पर चौहान भीष्म घोघाबापा घोघागढ़ में सतर्क बैठे थे। घोघाबापा अजयपाल के सम्बन्धी थे। मुलतान और मरुस्थली के बीच में लोहकोट में अजयपाल का भतीजा भीमपाल चौकी दे रहा था। मरुस्थली के उस छोर पर झालौर के प्रसिद्ध रावल वाकपतिराज की चौकी थी।

ये सारी बाधाएं साधारण न थीं, पर अमीर का साहस भी साधारण न था। उसने सब ऊंच-नीच समझा-बुझाकर अजयपाल को अपने विश्वासी सेनापति सालार मसऊद और हज्जाम तिलक के साथ बहुत-सी रत्न-मणि लेकर लोहकोट, सपादलक्ष, झालौर और घोघागढ़ एक मज़बूत दस्ते के साथ भेज दिया। अजयपाल अपने पुत्र को मुलतान सौंप अमीर को दूतकर्म करने चल दिया।

अब इसने इस काम से निवृत्त होकर फिर नगर पर दृष्टि डाली। अजयपाल को वह नगर न लूटने का वचन दे चुका था, लाहौर के पीर-मुर्शद का भी यही आदेश था सूर्यदेव का मन्दिर भी वह नहीं लूट सकता था, यद्यपि वहां की सम्पदा ने उसकी लोलुप दृष्टि को चल-विचलित कर रखा था। उसने मुलतान के प्रमुख नागरिकों के प्रतिनिधि-मंडल को अपने सामने हाज़िर होने का हुक्म दिया। नगर के इक्कीस प्रमुख भद्र नागरिक डरते-कांपते अमीर के सम्मुख आ उपस्थित हुए।

अमीर ने उनसे शान्त स्वर में कहा–

"नागरिको! आप लोगों को किस मतलब से यहां बुलाया गया है, वह आप समझ गए होंगे। आप लोगों ने हमारा सामना नहीं किया, हमारे साथ दुश्मनी नहीं की, इसीलिए आपके नगर को लूटने या उसे हानि पहुंचाने की हमें तनिक भी इच्छा नहीं है। बस, आप लोग हमें दो करोड़ रुपया दंड दे दें तो हम तुरन्त यहां से कूच करें। यदि आप यह ज़ुर्माना अदा करने में देर या हीला-हवाला करेंगे और अकारण हमें रोक रखेंगे, तो हमें लाचार हो दूसरा सख्त कदम उठाना पड़ेगा। इससे बताइए, आप लोग जुर्माना अदा करने के लिए कितनी मुद्दत चाहते हैं?"

सुलतान की बात सुनकर नागरिकों ने भयपूरित नेत्रों से उसे देखा और करबद्ध कहा–"हमने आलीजाह का कोई नुकसान नहीं किया, कोई कुसूर नहीं किया, फिर इतना भारी ज़ुर्माना हमारे गरीब शहर पर क्यों? इतना भारी दंड मुलतान के गरीब लोग नहीं भर सकते।"

परन्तु सुलतान ऐसी धातु का नहीं बना था कि ऐसे दीन वचनों से पिघल जाए।

उसने तुरन्त उन प्रमुखजनों को कैद करने की आज्ञा दे दी तथा उन्हें भूखा-प्यासा रहने दिया। परन्तु प्रमुख नागरिक यह कष्ट भोगकर भी दंड देने में अपनी असमर्थता दिखाते रहे।

अली अब्बास ने अमीर को कुछ दंड कम करने का परामर्श दिया, पर अमीर ने वह स्वीकार नहीं किया और नागरिकों पर अत्याचार करना प्रारम्भ कर दिया। उन्हें चित लिटाकर उनकी छाती पर पत्थर रखवाए। फिर उन्हें धूप में टांगें फैलाकर खड़ा कर दिया।

राजा नगर छोड़कर भाग गया है और अमीर नगर के प्रमुखों पर अत्याचार कर रहा है, यह अफवाह नगर में फैल गई। लोग चारों ओर से सिमटकर सूर्यदेव के पुजारी सोमदेव के पास पहुंचे।

सोमदेव की अवस्था अस्सी को पार कर गई थी। उन्होंने पूरे साठ वर्ष तक सूर्यदेव की आराधना की थी। नागरिकों को भयभीत और अरक्षित देख सोमदेव स्वयं सुलतान के पास गए, परन्तु अमीर ने उनका भी अनुरोध नहीं माना। इस पर सोमदेव ने मन्दिर का सब धन-रत्न, दंड में देकर नगर के प्रमुखजनों को मुक्ति दिलाई।

अनायास ही केवल इतने ही धूम-धमाके से इतनी भारी रकम पाकर अमीर प्रसन्न हो गया। अब उसने मरुस्थली की दिशा में प्रयाण करने की अविलम्ब तैयारियाँ कीं। उसने सारी सेना की परेड की। उसका नए सिरे से संगठन किया। नए दल, नए सेनापतियों को बांटे। मरुस्थली पार करने के सब उपलब्ध साधन जुटाए। पांच सौ हाथियों पर बहुत-सी खाद्य सामग्री और बीस हज़ार ऊंटों पर पीने का पानी साथ ले उसने मरुस्थली पर बाग उठाई, जिसके एक नाके पर गृध्र की-सी दृष्टि जमाए मरुस्थली के भीष्म घोघाबापा बैठे हुए थे और उस छोर पर झालौर के महावीर वृद्ध व्याघ्र रावल वाक्पतिराज की चौकी थी, जिसमें सैकड़ों कोस तक जल का नाम-निशान न था। न पेड़, न पौधे, न हरियाली, न राह-बाट। जहां मृत्यु रेत और आंधी से आंख-मिचौनी खेलती थी।

घोघाबापा

मरुस्थली के सिर पर घोघागढ़ नामक एक छोटा-सा किला था। किला एक ऊंची और सीधी खड़ी हुई अगम चट्टान की चोटी पर था। दुर्गम गिरि पर विराजमान गरुड़ की भांति वह छोटा-सा दुर्ग उस समय बहुत महत्त्व रखता था। बिना इस दुर्ग की दृष्टि में पड़े कोई इस मरुस्थली में प्रविष्ट नहीं हो सकता था।

गढ़पति चौहान कुलशिरोमणि वीर घोघा राणा थे। घोघा राणा अति वृद्ध थे। उनकी आयु नब्बे को पार कर रही थी। परन्तु उनकी दृष्टि सतेज और कंठस्वर वज्रघोष के समान गम्भीर था। घोघा राणा बड़े वीर और धर्मपरायण थे। अपने उदात्त गुणों और वयोवृद्ध होने से वे आस-पास सर्वत्र राजवर्ग में तथा सर्वसाधारण में घोघाबापा के प्रिय नाम से चिर विख्यात थे। घोघाबापा का रंग गौर, कद लम्बा तथा शरीर छरहरा था। इतनी आयु

में भी उनकी कमर नहीं झुकी थी। उनकी धवल गलमुच्छेदार मूँछें, उनके तेजस्वी चेहरे पर अत्यन्त शोभायमान प्रतीत होती थीं। वे मन के शुद्ध, हंसमुख और सरल पुरुष थे। वे मरुस्थली के महाराजा कहाते थे।

घोघाबापा के परिवार में पुत्र, पौत्र, प्रपौत्र, दौहित्र, सब मिलाकर बयासी पुरुष थे। ज्येष्ठ पुत्र का नाम सज्जन सिंह था। सज्जन सिंह की आयु इस समय पैंसठ को पार कर रही थी। उसमें पिता के सब गुण विकसित हुए थे। वह एक उत्कृष्ट योद्धा और सच्चरित्र पुरुष थे।

सज्जन सिंह के केवल एक पुत्र था। इसकी आयु पचीस या छब्बीस वर्ष की थी। यह युवक अति सुन्दर, सुकुमार और साहसिक था। घोघाबापा सबसे अधिक इसे ही प्यार करते थे।

घोघाबापा के इष्टदेव सोमनाथ थे। उन्होंने सोमनाथपट्टन से महादेव का लिंग लाकर गढ़ के मध्य में बड़ी धूमधाम से प्रतिष्ठित किया था। इस मन्दिर की पूजा-अर्चना घोघाबापा के कुलगुरु ब्राह्मण नन्दिदत्त करते थे।

नन्दिदत्त बड़े विद्वान और सच्चरित्र पुरुष थे। उनकी आयु भी सत्तर से ऊपर हो चुकी थी। नन्दिदत्त ही घोघाबापा के राज्य-मन्त्री, पुरोहित, गुरु और प्रिय मित्र थे। घोघाबापा जब क्रुद्ध होते और जब कोई भी उनके निकट नहीं जा सकता था, तब नन्दिदत्त ही उनके सम्मुख बात करने का साहस कर सकते थे। नन्दिदत्त ने ही सज्जन और सामन्त, दोनों को अक्षराभ्यास कराकर शस्त्र का अभ्यास कराया था।

घोघागढ़ में कुल आठ सौ राजपूत और तीन सौ अन्य पुरुष थे। सब मिलाकर सात सौ स्त्रियां थीं। बच्चे भी थे। ये सब, राजा और प्रजा, इस मरुस्थली के शीर्षस्थल पर एक सम्मिलित परिवार की भांति रहते थे। घोघाबापा अपनी प्रजा के राजा न थे, पिता थे। प्रत्येक के छोटे-छोटे दुःख-सुख का भी उन्हें बहुत ध्यान रहता था।

गज़नी के अमीर की अवाई सुनकर घोघागढ़ में भी उत्तेजना और चिन्ता की लहर फैल गई थी। घोघाबापा कानों से कुछ ऊंचा सुनते थे। यहां यह कहने की आवश्यकता नहीं कि लोहकोट के भीमपाल ने भी अजयपाल के परामर्श से अमीर को राह दे दी थी। मुलतान और लोहकोट का यह पराभव-वृत्तान्त घोघागढ़ पहुंच चुका था। परन्तु सज्जन सिंह और नन्दिदत्त ने यह वृत्तान्त घोघाबापा को उनकी वृद्धावस्था का विचार करके सुनाया नहीं था। परन्तु वे बड़ी बेबसी से आगे के समाचार जानने को व्यग्र हो रहे थे।

एक दिन गज़नी के दूतों ने घोघागढ़ की पौर पर सांढ़नी रोकी। गढ़वी एक अधेड़ वय का चौहान योद्धा था। उसका नाम राघव था। आयु उसकी भी सत्तर को पार कर गई थी। उसने चिन्तित भाव से दूतों को वहीं रोककर सज्जन सिंह को सूचना दी। सज्जन सिंह ने नन्दिदत्त से परामर्श कर दूतों को गढ़ में प्रविष्ट होने की आज्ञा दे दी। अब और विलम्ब न कर सज्जन सिंह नन्दिदत्त और सामन्त सिंह को लेकर घोघाबापा के पास पहुंचे।

इधर-उधर की बात छिड़ने के बाद नन्दिदत्त ने कहा, "महाराज, गज़नी का सुलतान

गुजरात पर घुसा चला आ रहा है। उसके पास अगणित बर्बर म्लेच्छों की सैन्य है। सुनते हैं, वह इस बार सोमपट्टन को आक्रान्त करेगा। सोमनाथ के ज्योतिर्लिंग को भंग करेगा।''

घोघाबापा ने कहा, ''वह आता है, आता है, यह तो सुनता हूं, पर आता कहां है?''

''महाराज, खबर तो पक्की ही है।''

''अच्छा पक्की ही है तो आए, परन्तु कैसे आएगा? लोहकोट में मेरा भीमपाल चौकी पर मुस्तैद है, मुलतान में अजयपाल चाक-चौबन्द बैठा है। सपादलक्ष में मेरा धर्मगजदेव है। यहां मरुस्थली के नाके पर मैं स्वयं बैठा हूं।''

''पर बापा, वह मुलतान और लोहकोट को लांघकर घोघागढ़ की सीमा में पहुंच गया है।''

''घोघागढ़ की सीमा में पहुंच गया है? यह कैसी बात? और अजय? भीमपाल?''

''अजयपाल काका और भीमपाल, दोनों ने मुंह में कालिख लगा ली है, उन्होंने बिना ही लड़े-भिड़े म्लेच्छ को मार्ग दे दिया।''

''क्या कहा? अजयपाल ने मार्ग दे दिया?''

''हां, महाराज।'' नन्दिदत्त ने दुखित स्वर में कहा।

''घोघाबापा ने लाल-लाल नेत्रों से सज्जन की ओर देखकर कहा, ''और भीमपाल की क्या बात कही तूने?''

''उस कायर ने भी अपने को बेच दिया।''

घोघाबापा बोले नहीं। मौन होकर बैठे रहे। यही उनका स्वभाव था। क्रोध के आवेग में उनके होंठ जुड़ जाते थे।

डरते-डरते सज्जन ने कहा, ''बापू।''

घोघाबापा ने लाल-लाल आंखें पुत्र की ओर फेरीं। सज्जन ने नन्दिदत्त की ओर देखा।

नन्दिदत्त ने शान्त स्वर में कहा, ''महाराज, अमीर ने वहां से दूत भेजे हैं।''

''दूत?''

''हां महाराज, दूत अवध्य हैं, इसीसे उन्हें बाहर रोककर सेवा में निवेदन करने हम आए हैं—अब जैसी महाराज की आज्ञा!''

घोघाबापा के नेत्रों में बिजली-सी कौंध गई। उन्होंने पूछा, ''वे कितने हैं?''

''दो हैं।''

''दोनों क्या म्लेच्छ ही हैं?''

''एक हिन्दू है।''

''क्या राजपूत है?''

''नहीं, हज्जाम है, पर कहता है वह दुभाषिया है। अमीर के दरबार में उसकी प्रतिष्ठा है।''

''और दूसरा?''

''वह एक तरुण तुर्क सेनापति है।''

कुछ देर घोघाबापा चुपचाप सोचते रहे, फिर धीरे-से बोले, "उन्हें बुलाओ।"

दोनों दूतों ने आकर घोघाबापा को प्रणाम किया। हज्जाम ने आगे बढ़कर हीरों से भरा हुआ थाल घोघाबापा के चरणों में रख दिया और पीछे हट हाथ बांधकर खड़ा हो गया।

घोघाबापा ने थाल पर, हज्जाम पर और उसके पीछे खड़े तरुण तुर्क पर एक दृष्टि डाली।

तरुण की अवस्था तीस वर्ष की होगी। वह एक गौरवर्णी तेजस्वी युवक था। उसकी आंखों में घमंड भरा था। उसका अंग गठा हुआ था और वह बहुमूल्य वस्त्र पहने था। घोघाबापा को अपनी ओर ताकते देख उसने शुद्ध तुर्की भाषा में कहा, "आपकी शूरवीरता और बुजुर्गी पूजा के योग्य है। गज़नी के अमीर अमीनुद्दौला महमूद ने यह तुच्छ भेंट अपनी मित्रता के उपलक्ष में भेजी है। कुबूल फर्माकर ममनुन कीजिए।"

तिलक ने अनुवाद कह सुनाया।

घोघाबापा के मुंह से बात नहीं निकली। केवल मूंछें फड़ककर रह गईं। दोनों दूत सन्देह में पड़ गए। नन्दिदत्त ने अवसर देखकर पूछा, "अमीर क्या चाहता है?"

"आप मरुस्थली के महाराज हैं, अमीर मरुस्थली में होकर प्रभास जाने की इजाज़त चाहता है।"

युवक ने कुछ विनय और कुछ दबंगता से कहा। हज्जाम ने अनुवाद सुना दिया।

बापा ने तरुण की ओर संकेत करके पूछा, "वह कौन है?"

"महाराज, यह अमीर के सिपहसालार मसऊद हैं," हज्जाम ने हाथ जोड़ कर कहा, "अमीर की ओर से विनय करते हैं।"

"विनय?" घोघाबापा ने धीरे-से कहा। और फिर घूमकर उस घमंडी युवक को देखा, जो तलवार की मूठ पर हाथ रखे तना हुआ खड़ा था।

"विनय," घोघाबापा ने सिर हिलाया और हंस दिए।

तिलक बद्धांजलि खड़ा रहा। मसऊद अपनी पूरी ऊंचाई में तन गया। बापा ने कहा, "तो अमीर मुझसे पट्टन जाने का मार्ग मांगता है?"

"हां महाराज।"

घोघाबापा नंगी तलवार हाथ में लेकर एकाएक उठ खड़े हुए। मसऊद ने भी तलवार खींच ली। सामन्त उछलकर उसकी गर्दन पर जा पड़ा।

नन्दिदत्त ने विनय से कहा, "महाराज! दूत अवध्य है।"

"तो उसे कहो कि यह लात ही मेरा उत्तर है।"

उन्होंने कसकर एक लात उस हीरों से भरे थाल में लगाई और वहां से चल दिए। राजगढ़ के उस कक्ष में वे हीरे बिखर कर वहां की धूल को प्रदीप्त करने लगे। मसऊद के मुख पर उसके शरीर का समूचा रक्त भर गया।

नन्दिदत्त ने कहा, "आओ, मैं तुम्हें सुरक्षित गढ़ से बाहर पहुंचा दूं। पुत्र सामन्त, राह छोड़ दो।"

आगे-आगे वृद्ध ब्राह्मण नन्दिदत्त, उनके पीछे उतरा चेहरा लिए हज्जाम तिलक और सबके पीछे क्रोध से थर-थर कांपता हुआ सालार मसऊद गढ़ से बाहर जा रहे थे।

महोत्सर्ग

कुछ ही देर में घोघाबापा प्रकृतिस्थ हो गए। उनका क्रोध न जाने कहां विलीयमान हो गया। अभी तक सज्जन और सामन्त हाथ में नंगी तलवार लिए विमूढ़ खड़े गढ़ से बाहर जाती हुई गज़नी के अमीर की सांढ़नी को रौद्र नेत्रों से ताक रहे थे।

घोघाबापा ने आकर पुत्र के कन्धे पर हाथ रखकर कहा, "सज्जन, इन जाते हुओं को क्या ताकता है, अब आते हुओं की ताक में रहना होगा। जा, तू इसी क्षण सांढ़नी लेकर दौड़ जा, नींद और विश्राम का समय नहीं है। अरे, सूर्य और चन्द्र के वंशधरों ने प्राणों के मोह और चमकीले कंकड़-पत्थरों के लालच में धर्म और कर्तव्य बेच दिया। मेरी मुलतान और लोहकोट की चौकी टूट गई। परन्तु अभी मैं हूं, चिन्ता नहीं। मैं भगवान सोमनाथ की चौकी पर यहां मरुस्थली के मुख पर मुस्तैद हूं। गज़नी के अमीर की क्या मजाल जो मेरी मरुभूमि में पैर रखे। पर तू जा, अभी जा और झालौर पहुंचकर परमार को होशियार कर दे। जितनी जल्द पहुंच सके, पहुंच जा पुत्र, तुझे केवल जाना ही है, आना नहीं। यह तलवार अभी म्यान में मत करना। वहां से सीधा सोमनाथ पट्टन पहुंचना और सर्वज्ञ की आज्ञा से वहीं भगवान सोमनाथ के रक्षण में जूझना। अभी तो मैं ही हूं, पर कदाचित कोई अघट घटना घट जाए, तो तू अपने हाथ से अमीर का सिर काटना, नहीं तो रणांगण में मर मिटना मेरे पुत्र।"

इतना कहकर बिना उत्तर की प्रतीक्षा किए राणा ने दो कदम आगे बढ़कर सामन्त के सिर पर हाथ रखकर कहा, "पुत्र, तुझे भी जाना होगा। यद्यपि तेरे बिना मेरा प्राण व्याकुल रहेगा, पर मोह का राजपूत-जीवन में काम नहीं है। पहले कर्तव्य और फिर जीवन। पुत्र, तू जितनी जल्दी हो सके अनहिल्ल पट्टन जा और चालुक्य राज परम परमेश्वर महाराज चामुंडराय को गज़नी के इस दैत्य से सचेत कर दे। जा पुत्र, और तू वहीं गुजरेश्वर के आदेशानुसार भगवान सोमनाथ की रक्षा-सेवा करना। यहां लौट आने की चिन्ता मत करना।"

इस बार वृद्ध भीष्म के अंगारे की भांति जलते हुए नेत्रों में जल छलछला आया, पर उसे उन्होंने हंसकर नेत्रों ही में सुखा डाला।

सज्जन ने हाथ बांधकर कहा, "किन्तु बापू, आप..."

"अरेररे," घोघाबापा अट्टहास करके हंस पड़े, "तुझे आज इस क्षण मेरी चिन्ता हुई है! मेरी आज्ञा पाने के बाद? मैं अब नब्बे वर्ष का हुआ, तो क्या तूने ही मुझे रक्षित रखा है? अरे, क्या तू नहीं जानता, जो विश्वम्भर विश्व-भर का पालन करता है, वह

सदैव घोघाबापा के अनुकूल रहा है, हा-हा-हा-हा" घोघाबापा फिर हंस पड़े। "जाओ, जाओ, एक-एक सांढ़नी ले लो और दो-दो सवार, बस।"

इतना कहते-कहते घोघाबापा का कंठ-स्वर रूखा हो गया। स्नेह की आर्द्रता जैसे हवा में उड़ गई। उन्होंने ओठ सम्पुटित कर उंगली उठाकर दोनों को वहां से तुरन्त चले जाने का संकेत किया।

अब पिता-पुत्र का साहस एक शब्द भी कहने को न हुआ। दोनों ने भूमि में गिरकर घोघाबापा के चरणों में माथा टेका और चल दिए।

बापा ने अब नन्दिदत्त को बुलाथा। उनके आने पर दोनों हाथ फैलाकर कहा, "गुरुदेव, अब आप हैं और मैं हूं, बस इतने में ही समझ जाइए। गढ़ गढ़वी का, अमीर मेरा और अन्तःपुर आपका। परन्तु अभी हमें बहुत समय है। अमीर को यहां पहुंचते एक पखवाड़ा तो लग ही जाएगा। इस बीच में हम चाक-चौबन्द हो रहेंगे। परन्तु आपको एक कार्य करना होगा। आपको इसी क्षण सपादलक्ष जाकर धर्मगजदेव को सावधान करना होगा। समय विपरीत है, कहीं ऐसा न हो, उसकी बुद्धि भी भीमपाल और अजय की भांति मार्ग-भ्रष्ट हो जाए। इसीसे और किसी को न भेजकर, आप ही को भेजता हूं। देखना, चौहानों के मुंह में अब और कालिख न लगने पाए। फिर आपको अमीर से पहले ही लौट आना है। अन्तःपुर आपका है, यह न भूलना। और बात मैं आपके आने पर कहूंगा।"

वृद्ध नन्दिदत्त कुछ देर खड़े कुछ सोचते रहे। इसके बाद एक पुष्प वृद्ध राजा की पगड़ी पर रख, दोनों हाथ उठाकर उन्होंने आशीर्वाद दिया और एक क्षण भी न खोकर, एक शब्द भी न कहकर एकबारगी ही चल दिए।

केसरिया बाना

वृद्ध घोघाबापा युवा पुरुष की भांति व्यस्त कार्यक्रम में जुट गए। उन्होंने गढ़वी राघव के साथ घोड़े पर सवार होकर सारे गढ़ का निरीक्षण किया। मरम्मत के योग्य स्थलों की मरम्मत प्रारम्भ कर दी। अनावश्यक द्वारों को ईंट-पत्थरों से भरवा दिया। खाई की सफाई कराई, पुल उठवा दिया और गढ़ी के द्वार बन्द कर दिए, केवल मोरी खुली रखी।

गढ़ी के लुहारों की धौंकनी आग की चिनगारियों से रात-दिन मनोरंजन के खेल खेलने लगी। ढेर-के-ढेर तीर, बर्छे और तलवारें तैयार होने लगीं। राजपूत अपनी-अपनी ढाल-तलवार मांजकर साफ करने लगे।

घोघाबापा के आदेश से गढ़ी के बाहर के सब गांव उठकर गढ़ी में आ गए। खड़ी फसलें जला डाली गईं। कुएं, तालाब, बावड़ी पाट दिए गए। अब पचास-पचास कोस तक अन्न, जल और घास का नाम-निशान न रह गया। गढ़ी में रोज़ जुझारू बाजे बजने

लगे। मन्दिर में नित्य कीर्तन होने लगा। चौहान राजकुल की वधुएं व्रत-उपवास और दान कर पुण्यार्जन करने लगीं।

वृद्ध घोघाबापा नित्य सायं-प्रातः गढ़ी के बुर्ज पर खड़े होकर दूर क्षितिज की ओर गज़नी के अमीर की सेना को व्यग्र भाव से देखा करते। उनके साथ बहुत से राजपूत, जन-साधारण और बालक भी होते थे।

और एक दिन जिसकी प्रतीक्षा थी, वह सत्य हुआ। दूर क्षितिज में भयानक अजगर की भांति सरकती हुई अमीर गज़नी की विकराल सैन्य चली आ रही थी। उस सेना का आदि-अन्त न था। घोड़ों के खुरों से उड़ाई हुई गर्द ने आकाश को ढांप लिया था। गर्द के बादलों में बिजली की भांति सेना के शस्त्र चमक रहे थे। काले-पीले उछलते-दौड़ते घुड़सवार रूपी विविध मेघों के समान उमड़ती हुई इस म्लेच्छ सेना को बढ़ती आती हुई देख, घोघाराणा की आंखों से आग की चिनगारियां निकलने लगीं। उन्होंने चिन्तित भाव से सपादलक्ष की दिशा में दृष्टि फेरी। नन्दिदत्त अभी भी लौटकर नहीं आए थे। राणा ने अन्तःपुर का नाजुक दायित्व नन्दिदत्त को दिया था, अतः उनका अमीर से प्रथम ही पहुंच जाना अत्यन्त आवश्यक था। राणा विकल भाव से नन्दिदत्त की प्रतीक्षा करने लगे।

देखते-ही-देखते अमीर की सेना ने इस तरह गढ़ी घेर ली, जैसे सांप कुंडली मारकर बैठ जाता है। घोघागढ़ के कंगूरों पर धनुर्धारी योद्धा जमकर बैठ गए। अमीर की अगणित सैन्य निरुपाय थी। उसके हाथी, घोड़े गढ़ी के सीधे परकोटे पर चढ़ ही न सकते थे। दुर्जय पर्वत पर घोघागढ़ का वह अजेय दुर्गम दुर्ग सिर ऊंचा किए खड़ा था। पदातिकों को कमन्द के द्वारा दुर्ग पर चढ़ाना भी बेकार था।

हज्जाम तिलक घोड़े पर सवार हो सफेद झंडा फहराता हुआ अकेला दुर्ग की ओर अग्रसर हुआ। उस समय सूर्य अस्ताचल जाने की तैयारी में थे। शत्रु सेना से एक सवार को अग्रसर होते देख गढ़वी ने बाण सीधा कर ललकारकर कहा, "वहीं खड़ा रह। कह, क्या चाहता है?"

"मैं अमीर का दूत हूं। द्वार खोल दो, मुझे घोघाराणा से अमीर का सन्देश निवेदन करना है।"

"द्वार नहीं खुल सकता, तू अपना सन्देश निवेदन कर।"

"तो मेरी ओर से करबद्ध राणा से प्रार्थना करो कि नाहक राड़ मत ठानिए। अमीर को राह दे दीजिए। अमीर घोघाराणा पर चढ़ाई नहीं कर रहे हैं।"

"करबद्ध प्रार्थना कौन करता है?"

"मैं, अमीर का हज्जाम, तिलक, प्रार्थना करता हूं।"

"तू हज्जाम है। तेरा काम टहल करना है, राजाओं से बात करना नहीं, तू भाग यहां से।"

"किन्तु मैं अमीर का दूत हूं, यह अमीर की प्रार्थना है।"

"तो उसका उत्तर यह मेरा बाण है।"

गढ़वी ने तानकर बाण फेंका, वह अमीर के दूत के झंडे को चीरता हुआ पार चला गया। गढ़वी ने कहा, "जा, भाग जा। दूत अवध्य होता है, इसी से छोड़ता हूं। मरुस्थली के महाराज उसे मार्ग नहीं देंगे।"

दूत चुपचाप पीछे लौट गया।

रात हो गई। अमीर की सेना में सैकड़ों मशालें जला दी गईं। दूर-दूर तक अमीर की छावनी पड़ी थी। अमीर बहुत चिन्तित था। गढ़ पर चढ़कर उसे विजय करना असाध्य था। घेरा डालना और भी व्यर्थ था। वर्षों घेरा डाले रहने पर भी घोघागढ़ विजय नहीं हो सकता था। उधर अमीर वहां चौबीस घंटे भी नहीं ठहरना चाहता था। उसके घोड़े और सिपाही सब भूखे-प्यासे थे। यहां न एक तिनका घास थी, न एक बूंद जल। अभी उसे मरुस्थली की दुर्गम राह पार करनी थी। साथ का पानी और रसद यहीं पर समाप्त कर देना वह नहीं चाहता था। अजेय घोघागढ़ ऊंचा सिर किए उसका उपहास कर रहा था और अमीर की प्रचंड सेना निरुपाय उसकी ओर ताक रही थी।

अभी सूर्योदय में देर थी। गढ़ के रक्षकों ने देखा, अमीर की वह अथाह सेना धीरे-धीरे दुर्ग का घेरा छोड़ इस प्रकार मरुस्थली में धंस रही है, जैसे सांप बांबी में धंसता है।

गढ़वी ने दौड़कर राणा से कहा, "बापा, अमीर मरुस्थली में घुस रहा है।"

घोघाबापा खड़े हो गए। उन्होंने तलवार उठा ली। क्रोध से थर-थर कांपते हुए कहा, "मैं सत्तर वर्ष से मरुस्थली का स्वामी रहा हूं, आज तक इन सत्तर वर्षों में मेरी आज्ञा के बिना एक पंछी भी मरुस्थली में नहीं घुस सका है। अब यह गज़नी का अमीर घोघाबापा के सिर पर लात रखकर, मेरी चौकी को लांघकर मरुस्थली में पैर धरेगा? यह मेरे जीते-जी हो नहीं सकता। जा बेटा, साका रचने की तैयारी कर, तब तक मैं आता हूं।"

गढ़वी का मुंह भय से सफेद पड़ गया। घोघाबापा के मनसूबे को उसने समझ लिया। उसने हाथ बांध कर राजा की ओर देख कुछ कहने का उपक्रम किया, पर उसकी जीभ तालू से सट गई। राणा ने उसका अभिप्राय समझ जलती हुई आंखों से उसकी ओर देखा। गढ़वी ने डरते-डरते कहा, "बापू, शत्रु की सेना असंख्य है।"

"सो इससे क्या हुआ रे? घोघाबापा क्या शत्रु को गिनकर अपना कर्तव्य-पालन करेगा?"

गढ़वी को और कुछ कहने का साहस नहीं हुआ। वह सिर झुकाकर तेज़ी से चल दिया। क्षण-भर बाद ही वह छोटी-सी गढ़ी विविध रणबाजों की तथा जयनाद की ध्वनि से गूंज उठी। गढ़ में भाग-दौड़ मच गई। बेटे-पोते और सम्बन्धी एवं सब क्षत्रिय शस्त्र चमकाते हुए महादेव के मन्दिर के आंगन में आ जुटे। घोड़ों और ऊंटों की हिनहिनाहट और बलबलाहट से कान के पर्दे फटने लगे।

घोघाबापा ने नित्यकर्म से निवृत्त हो ज़री का बागा पहना, सिर पर केसरी पाग बांधी। मस्तक पर कुंकुम तिलक लगाया। कमर में दुहरी तलवार बांधी। परन्तु उनकी आंखें नन्दिदत्त को ढूंढ़ रही थीं। नन्दिदत्त अभी तक भी सपादलक्ष से लौटे न थे। घोघाबापा का मस्तक चिन्ता से सिकुड़ गया। वे होंठों में बड़बड़ाते बोले, "गढ़ गढ़वी का, अमीर

मेरा और अन्तःपुर कुलगुरु नन्दिदत्त का। परन्तु नन्दिदत्त कहां हैं? अब अन्तःपुर किसे सौंपा जाए?" घोघाबापा ने घबराई दृष्टि से इधर-उधर देखा।

सम्मुख बदहवास नन्दिदत्त दौड़े आ रहे थे। उनके वस्त्र और दाढ़ी धूल में भरी थी। वे चढ़ी सवारी सीधे राजा के पास आकर बोले, "महाराज यह सब क्या? महाराज, महाराज!"

उन्होंने दोनों हाथों से मुँह ढांप लिया। वे धरती में बैठ गए और उनकी आंखों से आंसू झर चले।

राणा उन्हें देखते ही हर्ष से चिल्ला उठे। उन्होंने कहा, "नन्दिदत्तजी खूब आए। अब सुनो, काम बहुत और समय कम है। हां, पहले धर्मगजदेव की बात तो कहो।"

"अन्नदाता! महाराज धर्मगजदेव पुष्कर के मैदान में शत्रु की राह रोके बैठे हैं। उन्होंने कहा है, "बापा चिन्ता न करें। यदि अमीर बापा की चौकी लांघकर यहां तक आया तो जीवित नहीं लौटेगा।"

घोघाबापा की बांछे खिल गईं। उन्होंने कहा, "अब सुनो, तुम हमारे कुलगुरु और राज्यमन्त्री हो। अतः मेरा अग्निसंस्कार तुम स्वयं अपने हाथों करना, और सज्जन और सामंत में से कोई जीवित लौट आए तो उसका राजतिलक उसी भांति करना, जिस भांति आज से सत्तर वर्ष पूर्व तुम्हारे पिता ने मेरा किया था।"

इतना कहकर वृद्ध व्याघ्र ने हाथ से आंख के कोरों में आया एक आंसू पोंछ डाला।

नन्दिदत्त की धवल दाढ़ी आंसुओं से भीग गई थी। उन्होंने कहा, "अन्नदाता! यह कैसी आज्ञा! भला यजमान का रुधिर गिरे और कुल-पुरोहित भू-भार होकर पृथ्वी पर जीवित रहे?"

"नहीं-नहीं, यह बात नहीं है, नन्दिदत्तजी! परन्तु आप सब शास्त्रों के ज्ञाता महाज्ञानी पुरुष हैं। आपने देश-देशान्तर भ्रमण किया है। आप भलीभांति जानते हैं कि मेरा जीवन-योग तो कभी का पूरा हो गया था। भगवान सोमनाथ को यह अभीष्ट है कि इस दास की मृत्यु कृमिकीट की भांति न हो, वे इस अधम को धूमधाम से कैलास-वास कराना चाहते हैं। मैंने जो नब्बे वर्ष भगवान की एकनिष्ठ सेवा की, आज मेरा वह सब पुण्य फलेगा। अब आप अपने कर्तव्य को निबाहना। अन्तःपुर आपका है, यह न भूलना। अवसर उपस्थित होने पर विधि-विधान से चौहान कुल-वधुओं का अग्निरथ-अभियान सम्पन्न कराना।"

इस बार सिंह की भांति ज्वलन्त नेत्रों से उन्होंने कुंकुम-अक्षत के थाल हाथों में सजाए चौहान कुलांगनाओं को झरोखे में खड़े देखा। फिर उच्च स्वर से कहा, "चलो पुत्रियों, हम आज कैलास-गमन करते हैं। तुम सब हम से प्रथम वहां पहुंचकर इसी प्रकार अक्षत-कुंकुम से हमारा सत्कार करना। इसमें अब देर नहीं है। कुछ ही घड़ी की बात है।" कुमारियां मंगल गान कर उठीं।

नन्दिदत्त ने आगे बढ़कर कुंकुम का तिलक राणा के मस्तक पर लगाया और उच्च स्वर से कहा, "हे नरशार्दूल, यावचन्द्र-दिवाकर तेरा यश अमर रहे!"

बाहर सेना में जयनाद हुआ। राणा ने अश्व-पूजन कर अश्वारोहण किया। रंग-महल से ताज़े पुष्प बरसाए गए।

सब कोई मन्दिर के प्रांगण में एकत्र हुए। राणा ने देवार्चन किया। नन्दिदत्त ने देव-निर्माल्य राजा को दिया। घोघाबापा ने कहा, "सेवक, दुकानदार और बीमार सब पहले गढ़ से बाहर चले जाएं और भी जो कोई प्राण बचाना चाहे, स्त्री-पुत्रों सहित, तथा जो सामग्री ले जाना चाहे, लेकर चला जाए।"

बड़ी देर तक राणा ने प्रतीक्षा की, परन्तु एक भी व्यक्ति जाने को राज़ी नहीं हुआ। राणा ने एक दृष्टि चारों ओर फेरी, सर्वत्र केसरी पागें हिलोरें ले रही थीं।

राणा ने राघवमल्ल गढ़वी को पुकारकर कहा, "राघव! द्वार खोल दे वीर, गढ़ तेरा है!"

राघवमल्ल ने तलवार दांत में दबाकर कहा, "नहीं अन्नदाता, मैं चरणों में हूं, गढ़ गुरुदेव ही को समर्पित कीजिए।"

"तब ऐसा ही हो। नन्दिदत्त जी, गढ़, अन्तःपुर और हमारी कुलमर्यादा आपके हाथ रही।"

नन्दिदत्त बिना एक शब्द कहे भीड़ में घुस गए और अपने युवा पुत्र को साथ ले, राजा के सामने आकर कहा, "महाराज, आपकी सब आज्ञाओं का मैंने पालन किया। मैं आपका कुलगुरु हूं, मुझे अब इस बेला गुरु-दक्षिणा दीजिए।"

"मांग लीजिए, गुरुदेव! आपके लिए कुछ अदेय नहीं है।"

"अन्नदाता! यह मेरा पुत्र अपनी शरण में ले जाइए। मुझे गुरुतर भार सौंपकर साथ चलने से आपने रोक दिया है। मैं राजाज्ञा का पालन करूंगा, परन्तु मेरा पुत्र आपके साथ ही रक्तदान देगा। यद्यपि वह शस्त्रविद्या का पारंगत नहीं है, पर युवा है, सशक्त है। शत्रु एकाएक इसे मार न सकेगा।"

"नहीं, नहीं, नन्दिदत्त जी, आपका वंश..."

"उसकी चिन्ता नहीं महाराज, मेरे पास मेरा पौत्र है, उसे मैं रख लूंगा, भगवान सोमनाथ साक्षी हैं।"

राजा घोड़े से उतर पड़े। उन्होंने तरुण ब्राह्मणपुत्र को छाती से लगाया। अपनी तलवार उसकी कमर में बांधी, फिर अपने घोड़े पर हाथ का सहारा देकर उसे चढ़ाते हुए कहा, "चलो पुत्र, जो सौभाग्य मेरे सज्जन को नहीं प्राप्त हुआ, वह तुम्हें हुआ।"

जय-जयकार से दिशाएं गूंज उठीं। हल्का चीत्कार करके दुर्ग के फाटक खुल गए और विषधर सर्प की भांति फुफकार मारती यह मर मिटनेवाले वीरों की छोटी-सी मंडली, घोघागढ़ के सिंह-द्वार के प्रभात की प्रथम किरण में स्नानपूत हो, रणांगण में अग्रसर हुई।

अमीर ने देखा तो विमूढ़ हो गया। इस प्रकार इच्छा करके मृत्यु को वरण करने का अर्थ वह समझ ही न सका। परन्तु एक चतुर रण-पंडित की भांति वह पैंतरा काट घूम पड़ा। वह नहीं चाहता था कि राजपूत पीछे से आक्रमण करके उसकी सेना को विशृंखल

कर दें। उसने झटपट रसद और जल से भरे हुए ऊंट, अशर्फियों से लदे हुए हाथी और सेना का एक भाग सालार मसऊद की अध्यक्षता में द्रुतगति से मरुस्थली में प्रविष्ट कर दिया। सेना के दूसरे भाग को जिसमें हाथी, ऊंट और तीरन्दाज़ थे, अपने प्रिय गुलाम समरू की कमान में धीरे-धीरे व्यवस्था से मरुस्थली में आगे बढ़ाया। इसके बाद वह अपने चुने हुए बारह हज़ार बलूची सवारों को लेकर राजपूतों पर बाज की भांति टूट पड़ा।

गिने-चुने राजपूत अपना काट दिखा-दिखाकर धराशायी होते गए। घोघाबापा के सिर पर सैकड़ों तलवारें छा गईं। यह तेजस्वी वृद्ध जिस प्रकार वीरता से तलवार चला रहा था उसे देखकर सुलतान महमूद आश्चर्यचकित रह गया। उसने बहुत चाहा कि वृद्ध राणा को जीवित पकड़ लिया जाए, पर यह किसी भांति सम्भव न था। राणा की केसरिया पाग, तलवारों की चकाचौंध में चमकती और डूबती रही।

यह युद्ध न था, साका था। अमीर महमूद भी इस शत्रु का लोहा मान गया। इसके सम्मान की रक्षा के लिए उसने अपनी तलवार भी म्यान से बाहर नहीं की। देखते-ही-देखते आठ सौ राजपूत और तीन सौ अन्य व्यक्ति कटकर खेत रहे जिनमें घोघाबापा के चौरासी पुत्र, पौत्र और परिजन भी थे। घोघाबापा भी अपने हाथ से काटे हुए शत्रुओं की लाशों पर गिरकर कैलास-वासी हुए।

नन्दिदत्त का पुरुषार्थ

गढ़ में अकेले नन्दिदत्त ही एक पुरुष थे। उनके ऊपर कठिन कर्तव्य का भारी भार था। बड़ी कठिनाई से उन्होंने एक दासी को राज़ी करके अपने तीन वर्ष के पौत्र को गढ़ से बाहर भेज दिया। फिर पुल को तोड़ गढ़ के द्वार भीतर से भलीभांति बन्द कर वे अपनी आवश्यक व्यवस्था में जुट गए। गढ़ में जितना ईंधन और ज्वलनशील पदार्थ उपलब्ध हो सके, सबको ला-लाकर उन्होंने मन्दिर के प्रांगण में एक विशाल चिता की रचना आरम्भ कर दी। उनका थका हुआ बूढ़ा शरीर परिश्रम से टूक-टूक हो गया, परन्तु उन्हें जो काम करना था, वह तो करना ही था।

अन्तःपुर में सभी स्त्रियां एकत्रित थीं। आज उनमें छोटी-बड़ी का भेद भी न था। प्रत्येक ने नख-शिख से शृंगार किया था। वे सब पूजा के थाल हाथों में सजाए, नारियल, कुंकुम और पुष्पों से गोद भरे, कुल-पुरोहित नन्दिदत्त के आदेश की प्रतीक्षा में बैठी थीं।

सब आवश्यक सामग्री जुटाकर, घी, तेल और कपूर के डलों को यथास्थान चिता में उपस्थित करके नन्दिदत्त बुर्ज़ पर चढ़कर युद्ध की गति देखने लगे। उनके देखते-ही-देखते चौहान वीर और वीरों के शिरोभूषण घोघाबापा धराशायी हुए। उन्होंने भूमि पर अपना सिर पटक मारा। बहुत देर तक वे मूर्च्छित पड़े रहे, फिर होश में आकर वे पागल की भांति लड़खड़ाते हुए अन्तःपुर की ओर चले। उनके कानों में घोघाराणा

के ये शब्द गूंज रहे थे, "अन्तःपुर तुम्हारा।" अन्तःपुर के द्वार पर आकर उन्होंने पुकार लगाई, "चलो बेटियों, अब हमारी बारी है।"

मंगलगान करती हुई नारियल उछालतीं और मार्ग में फूल बखेरतीं, पूजा के थाल हाथों में लिए सात सौ स्त्रियां पंक्तिबद्ध आगे बढ़कर मानिक चौक में बनी चिता के चारों ओर आ खड़ी हुईं। नन्दिदत्त की आंखों से चौधारा आंसू बह रहे थे। परन्तु उन्होंने सबके भाल को कुंकुम, चन्दन से अर्चित किया। सबने अक्षत-पुष्प से चिता का पूजन किया, सूर्य को अर्घ्य दिया। कुलदेवता को प्रणाम किया और अपने-अपने पतियों के स्मृति-चिह्न गोद में लेकर चिता पर आ बैठीं। चिता आरोहण से प्रथम नन्दिदत्त की पुत्रवधू ने मूकभाव से ससुर के चरण छुए। यह देख नन्दिदत्त कटे वृक्ष की भांति पृथ्वी में गिर गए।

कुछ देर में वे उठे। अभी कठिन कार्य तो शेष ही था। उनका अंग थर-थर कांप रहा था और वाणी जड़ हो रही थी। आंखें आंसुओं से अन्धी हो रही थीं। फिर भी उन्होंने टूटे-फूटे स्वर में मन्त्रोच्चारण किया और कांपते हाथों से चिता में आग दे दी।

चिता अग्निवाहक पदार्थों के संयोग से धांय-धांय जलने लगी। बहुत-सी अबोध बालाएं ज्वाला की वेदना न सहन कर चीत्कार कर उठीं। एक भयानक क्रन्दन, असह्य दर्द और न देखने, न सहने योग्य वेदना से ओत-प्रोत हो नन्दिदत्त स्वयं चिता में कूदने को उद्यत हो गए, परन्तु अभी उनका कर्तव्य पूर्ण नहीं हुआ था। अभी घोघाबापा का शरीर रणक्षेत्र में पड़ा था। उसे वहां से लाकर अग्नि-संस्कार करना शेष था।

वे वहीं, चिता के निकट भूमि पर गिर गए। उन्हें गहरी मूर्छा ने घेर लिया। वह मूर्छा उनके लिए आशीर्वाद-स्वरूप थी। उससे उनका वेदनाओं से इतने काल के लिए पिंड छूट गया।

बहुत देर तक वे मूर्छित पड़े रहे। जब उनकी मूर्छा भंग हुई तो उन्होंने देखा, चिता जल चुकी है। लाल-लाल अंगारों में जली हुई सतियों के अवशेष बड़े डरावने प्रतीत हो रहे थे। उस समय गढ़ में वे ही अकेले जीवित पुरुष थे। कुत्ते, बिल्ली भी इस आपातकाल में घोघागढ़ को छोड़ गए थे। वे आंखें फाड़-फाड़कर चिता की चमकती चिनगारियों को देखने लगे। जिन बालिकाओं का उन्होंने विवाह कराया था, गोद में खिलाया था, नववधू के रूप में स्वागत किया था, उन सबकी जली हुई अस्थियों को यहां एकत्र देख उनका मस्तिष्क विकृत हो गया।

वे लड़खड़ाते पैरों से एक बार बुर्ज़ पर गए। उन्होंने देखा, यवन सैन्य अपनी व्यवस्था में संलग्न है और उसकी एक टुकड़ी दुर्ग पर चढ़ी चली आ रही है। सबसे आगे उन्होंने उस हज्जाम को देखकर पहचान लिया। अनेक बातों पर विचार करके, दौड़ कर दुर्ग के द्वार खोल दिए और पुल भी गिरा दिया। फिर वह मन्दिर के गर्भ-गृह में जाकर अर्ध-मूर्च्छित अवस्था में पड़े रहे। अंग को हिलाने-डुलाने की उनमें सामर्थ्य नहीं रही।

यवन सैनिक गढ़ में घुस आए। उन्हें कहीं भी किसी बाधा का सामना न करना पड़ा। नन्दिदत्त अर्द्धमूर्च्छित अवस्था में पड़े हुए कभी-कभी शत्रुओं की खटपट सुन लेते थे।

परन्तु उनसे उठा न गया और वे गहरी मूर्छा में पड़ गए। जब उनकी आंख खुली, नव प्रभात हो चुका था। प्रलय के आठ पहर बीत चुके थे। किसी जीवित प्राणी का घोघागढ़ में चिह्न भी न था। वे उठकर बाहर आए। चिता बुझ चुकी थी, परन्तु राख अभी गर्म थी। मन्दिर का ध्वज टूटा पड़ा था और महादेव की पिंडी भग्न थी। राजमहल को लूट लिया गया था। पर ऐसा प्रतीत होता था कि शत्रु उस शून्य निर्जन दुर्ग में अधजली महाचिता में सैकड़ों जीवित मूर्तियों को जलता देख भयभीत होकर भाग गए थे।

नन्दिदत्त ने बुर्ज़ पर खड़े होकर देखा कि शत्रु का वहां कोई चिह्न न था। नन्दिदत्त धीरे-धीरे दुर्ग से नीचे उतर रण-भूमि में आए। गिद्ध और गीदड़ लाशों को लथेड़ रहे थे। लाशें सड़ने लगी थीं। नन्दिदत्त ने बड़े यत्न से घोघाराणा का शव शवों के ढेर से ढूंढ़ निकाला। उसे पीठ पर लादकर एक शुद्ध स्थान पर रखा। स्नान कराकर शुद्ध किया और इधर-उधर से सूखा काष्ठ एकत्र कर अग्नि-संस्कार कर दिया। इसके बाद उन्होंने अन्य क्षत्रियों की अत्येष्टि भी करना कर्तव्य समझा। सबका चिता-दाह तो सम्भव नहीं था। उन्होंने सब पर मरुस्थली का रेत डालकर शवों को ढांप दिया, तथा अंजलि में जल लेकर सबका मौन तर्पण किया।

परन्तु अभी भी इस कर्मनिष्ठ ब्राह्मण का कर्तव्य पूरा नहीं हुआ था। ज्वर की ज्वाला और भूख-प्यास से उनका अंग-भंग हो रहा था। गत सोलह प्रहर से वह ब्राह्मण मरने वालों से कहीं अधिक यातना सह रहा था। फिर भी उसने दुर्ग में आकर गंगाजल से चिता को ठंडा किया। फिर अस्थि और राख का संचय कर मानिक चौक ही में भूमि खोदकर उसे दाब दिया। इसके बाद उन सबका श्राद्ध-त्तर्पण कर सबकी आत्मा के लिए शान्ति-पाठ किया।

अब उनका ध्यान अन्तःपुर की ओर गया। एक बार घोघाबापा के वे शब्द "अन्तःपुर तुम्हारा" उनके कानों में गूंज उठे।

उन्होंने दुर्ग का द्वार फिर बन्द किया और पुल तोड़ दिया।

अनहिल्ल पट्टन

ईसवी सन् 720 में उत्तर गुजरात में चावड़ा वंश की स्थापना हुई। इस वंश ने पंचासर में अपनी राजधानी स्थापित की। पंचासर कच्छ की मरुभूमि के छोर पर एक छोटा-सा नगर था। इससे प्रथम चावड़ा वंश के पुरुष सौराष्ट्र की सीमा पर देवपट्टन में रहते और समुद्री लुटेरों का धन्धा करते थे। जिन दिनों चावड़ा वंश ने प्रथम बार उत्तर गुजरात में राज्य स्थापना की, उन दिनों काठियावाड़ में बल्लभीपुर समृद्ध नगर था। वहां बल्लभी वंश के राजाओं का प्राचीन राज्य था। दक्षिण गुजरात में चालुक्य, गुर्जर तथा राष्ट्रकूटों के छोटे-छोटे राज्य थे। काठियावाड़ में भी जाड़ेजा तथा चुड़ासभा वंश के छोटे-छोटे राजा राज्य कर रहे थे।

चावड़ा वंश के जयशिखर नाम के वीर साहसी व्यक्ति ने पंचासर में चावड़ा राज्य की स्थापना की। वह बलवान और तेजस्वी पुरुष था। शीघ्र ही उसकी कीर्ति आसपास फैल गई। उसकी यह कीर्ति चालुक्यराज भूवड़ से सहन नहीं हुई। उसने भारी सैन्य ले जयशिखर पर आक्रमण किया। इस युद्ध में जयशिखर खेत रहा और रूपवती गर्भवती रानी रूपसुन्दरी भागकर अपने भाई सुरपाल के आश्रय में चली गई।

शत्रु के भय से सुरपाल अपनी गर्भवती बहिन को लेकर जंगल में जा छिपा। वन ही में रानी ने पुत्र प्रसव किया। उसका पालन उसके मामा ने बड़े यत्न से किया। वन में जन्म लेने से उसका नाम 'वनराज' प्रसिद्ध हुआ। बालक वनराज को उसके मामा ने शस्त्र-शास्त्र की उत्तम शिक्षा दी। आयु पाकर वनराज वीर, साहसी और तलवार, तीर तथा अन्य शस्त्रों के संचालन में अप्रतिम योद्धा बन गया। अश्व-आरोहण में भी उसकी कोई समता न कर सकता था।

भूवड़ राजा ने गुजरात जीतकर उसकी आय अपनी पुत्री मीनलदेवी को अर्पण कर दी थी। मीनलदेवी का दीवान गुजरात पर शासन करता और उसकी आय मीनलदेवी के पास भेज देता था।

वनराज ने आसपास के जंगली भीलों और नागों एवं मियानों तथा अपनी जाति के युवकों को लेकर एक मज़बूत गुट बनाया, और गुजरात के गांवों में डाके डालना ओर लूटमार करना प्रारम्भ कर दिया। शीघ्र ही वनराज का आतंक देश-भर में फैल गया। पर वनराज कौन है यह कोई नहीं जान सका। एक अवसर ऐसा आया कि मीनलदेवी के आदमी देश की आय का कोष लेकर मीनलदेवी के पास जा रहे थे। वनराज ने धावा मारकर वह सब खज़ाना लूट लिया। इस लूट में उसे चौबीस लाख मोहरें और चार हज़ार घोड़े हाथ लगे। घोड़े उसने अपने साथियों को बांट दिए, तथा धन से उसने नई सेना इकट्ठी करके उसे भली-भांति शस्त्र-सज्जित किया। और उसी वन में उसने अनहिल्ल पट्टन नगर बसाना प्रारम्भ कर दिया। थोड़े ही दिन बाद उसने उस नव-निर्मित नगर में अपना राज्याभिषेक कर अपने को गुजरात का राजा घोषित कर दिया। शीघ्र ही उसने गुजरात से मीनलदेवी के द़ीवान को खदेड़ दिया और अपने नाम का डंका बजवा दिया। उनचास वर्ष की आयु में उसने अपना अभिषेक किया और साठ वर्ष राज्य करके एक सौ नौ वर्ष की आयु में उसने मृत्यु पाई। मृत्यु के समय वनराज गुजरात का सबसे प्रमुख राजा था।

वनराज के बाद उसका पुत्र योगराज गुजरात की गद्दी पर बैठा। यह राजा भी वीर योद्धा और प्रसिद्ध धनुर्धर हुआ। इसने अपने राज्य की और भी वृद्धि की। हमारे पूर्वज समुद्री डाकू थे, इस अपवाद को दूर करने के विचार से इसने अपने जीवन-काल में न्याय और उदारता से प्रजा का पालन किया।

इसके बाद रत्नादित्य, बैरीसिंह और क्षेमराज अनुक्रम से गद्दी पर बैठे। इन्होंने भी अपने राज्य का यथावत रक्षण किया और उसमें वृद्धि की। उनके बाद चामुंड, सामन्तसिंह और भूभट्ट गद्दी पर बैठे। इन सब राजाओं ने गुजरात की राज्यश्री में बहुत वृद्धि की,

और अनहिल्ल पट्टन भारत का एक प्रसिद्ध और समृद्ध नगर हो गया। देश-देश के व्यापारी और कामकाजी जनों से वह परिपूर्ण रहने लगा।

चावड़ा वंश के बाद सोलंकी वंश के हाथ गुजरात की गद्दी गई। सोलंकियों का पहला राजा मूलराज था। मूलराज चावड़ा राजा भूभट्ट की बहिन का पुत्र था। मूलराज मामा को मारकर गद्दी पर बैठा था। इसने पश्चिम में कच्छ और काठियावाड़ तक अपनी सत्ता स्थापित की। दक्षिण गुजरात के राजा वारप का उसने हनन किया तथा अजमेर के चौहानों से सन्धि की। सोरठ के राजा गुहरिपु को भी उसने युद्ध में परास्त किया। इस राजा ने अनहिल्ल पट्टन में त्रिपुर प्रासाद नामक प्रसिद्ध देवालय बनवाया। वृद्धावस्था में मूलराज वानप्रस्थी हो सरस्वती-तीर पर श्रीस्थल में रहने लगा। वहां उसने औदीच्य, श्रीगौड़ और कान्यकुब्ज ब्राह्मणों के अनेक परिवारों को देश-देश से बुलाकर और बड़ी-बड़ी जागीरें देकर गुजरात में बसाया। यहां अपने रुद्र महालय की स्थापना की, जिसे बाद में सिद्धराज ने पूरा किया।

मूलराज के बाद चामुंडराय अनहिल्ल पट्टन की गद्दी पर बैठा। जिस समय की चर्चा हम कर रहे हैं, उस समय चामुंडराय अनहिल्ल-पट्टन की गद्दी पर सुशोभित थे। इस समय सम्पूर्ण भारतवर्ष में गुजरात का राजा सबसे अधिक बलवान और शौर्यवान प्रसिद्ध था। और गुजरात की राजधानी अनहिल्ल-पट्टन अति समृद्ध व्यापारिक नगर माना जाता था। परन्तु वास्तव में चामुंडराय में सोलंकियों की राजधानी की मर्यादा रखने योग्य शक्ति न थी। वह एक दुर्बल मन और कच्चे कान का आदमी था। वह चारों ओर खटपटी खवासों और जी-हजूरियों से घिरा रहता था। ये लोग राजा को उल्टा-सीधा समझाकर अपना उल्लू सीधा करते थे। राज्य में अन्धेरगर्दी चल रही थी। प्रजा का दुःख-दर्द सुननेवाला कोई न था। राजा का मन भी राजकाज में नहीं लगता था। वह नाच-तमाशे और ऐश-आराम तथा अफीम की पिनक में गर्क रहता था। भांड़, वेश्या, नट और ऐसे ही लुच्चे-लफंगे लोग सदा उसके पास भरे रहते थे। इनके खेल-तमाशे और जलक्रीड़ा से जो समय मिलता, उसे वह रनवास में व्यतीत करता था। प्रजा की दशा देखने-सुनने का उसे अवसर ही न मिलता था। फिर प्रजा और राज्य की उन्नति की तो बात ही क्या थी। राजा के दर्शन महीनों तक प्रजा को नहीं होते थे। जो लोग किसी काम से राजा से मिलना चाहते थे, उन्हें हुजूरिए लोग बातों ही में टरका देते थे—हुजूर रनवास में हैं, हुजूर का हुक्म नहीं है, अभी हुजूर को समय नहीं है। इसी भांति राजा को अन्धकार में रखा जाता था। राज्य में कोई सुधार नहीं हो रहा था। खेतीबाड़ी करनेवाले कृषकों पर अमलदार मनमाने अत्याचार करते और लूटते थे। सेना की दशा अत्यन्त शोचनीय थी। सिपाहियों को छः-छः मास तक वेतन न मिलता था। उनके शस्त्रास्त्रों तक का ठिकाना न था। पुरानी रद्दी तलवारें और रद्दी पुरानी बन्दूकें तथा बिना फणी के बाण उनके हथियार थे। सिपाहियों की वर्दी की तो अत्यन्त दुर्दशा थी। राजपूतों में अफीम घोलने का व्यसन बढ़ गया था। प्रायः सिपाही पहर दिन चढ़े उठते, अफीम घोलते और पिनक में बैठे ऊंघते या गप्पें मारते बैठे रहते।

राजा ने वीकणशाह नामक एक वणिक को मन्त्री की पाग बंधाई थी। वह एक काइयां बाणियां था। उसे राज्य में स्याह-सफेद करने के सब अधिकार प्राप्त थे। वह सम्पूर्ण राज्य का भार अपने सिर लिए मनमानी रीति से लूट-पाट करके अपना उल्लू सीधा करता था। अधीनस्थ कर्मचारी भी प्रजा को मनमानी रीति पर लूटते और अपनी जेब भरते थे।

राजा जैसे बाजीगर का बन्दर था, जिसे हीरे-मोती की जड़ाऊ पोशाक पहनाकर जी-हुजूरिए जैसे चाहते, नचाते थे। गोलों, खवासों से लेकर बड़े-बड़े कर्मचारियों तक प्रत्येक राजा के अज्ञान और सिधाई से लाभ उठाता था। भूदेवों, ज्योतिषियों और रम्मालों की बन आई थी। वे भी राजा को खूब भरमाते थे। राजा का स्वभाव खर्चीला था। वह एक के स्थान पर दस खर्च करने को आतुर रहता। आस-पास के मतलबी लोग राज्य-कोष को लूटते ही रहते थे और राजा अफीम की पिनक में टें रहता था।

जिसके हाथ में गुजरात के रक्षण का भार था, उसकी यह दीन दशा थी। फिर देश की दुर्दशा का क्या कहना था।

राजा के ज्येष्ठ पुत्र का नाम वल्लभदेव था। वह समझदार और वीर था। पर जी-हुजूरिए सदैव उसके विरुद्ध राजा के कान भरते रहते थे। राजा को सदा भय रहता था कि युवराज वल्लभदेव उसे मारकर राज्य लेने की खटपट में है। इससे राजा सदैव अपने पुत्र को अपने से दूर रखता था। राजा से युवराज के दूर रहने से ही जी-हुजूरियों का मतलब सधता था।

राजा के दूसरे पुत्र का नाम दुर्लभदेव था। यह दुष्ट स्वभाव का, ढोंगी, चालाक एवं अत्याचारी निष्ठुर व्यक्ति था। वह खटपटी जी-हुजूरियों के बीच आड़े नहीं आता था। इसलिए ये लुटेरे अधिकारी सदैव उसी का पक्ष लेते थे। तीसरे पुत्र नागराज का पुत्र भीमदेव था। वह प्रसिद्ध धनुर्धर था और गुजरात में 'बाणबली' के नाम से प्रसिद्ध था। वह एक उत्साही योद्धा और साहसी एवं विवेकी तरुण था। परन्तु लोगों ने इसके विरुद्ध भी राजा के कान भर रखे थे। युवराज वल्लभदेव और भीमदेव में काफी मेलजोल था। और ये दोनों चचा-भतीजे इस अन्धेरगर्दी से असन्तुष्ट थे। तथा राजा से भी अनादृत हो राजधानी से दूर एकान्त में एक मनपसन्द गांव में रहते थे।

गुजरात की वास्तविक दशा ऐसी ही थी, जब गज़नी का अमीर बर्बर दुर्जेय पठानों के दल-बादल ले गुजरात को दलित करने के हेतु दबादब बढ़ा चला आ रहा था।

गुर्जराधिपति

महाराजाधिराज, परमभट्टारक, परममाहेश्वर गुर्जराधिपति श्रीचामुंडराय महाराज की आयु साठ को पार कर गई थी। महाराज को नई-नई इमारतें बनवाने का भारी शौक था। इस समय आप श्वेत मर्मर का एक विशाल जलाशय

बनवा रहे थे। उसके साथ एक वृहत वाटिका भी तैयार हो रही थी। वाटिका के लिए देश-देश के फल-फूल वाले वृक्ष मंगाए और रोपे जा रहे थे। प्रवीण मालियों ने मनोरम रौसें निकाल और ठौर-ठौर पर लताकुंज बनाकर वाटिका का दृश्य अति मनोहर बनाया था। जलाशय का निर्माण भी अद्भुत था। उसमें कटाई और जाली का काम तथा पत्थर खोदकर भिन्न-भिन्न रंग के मणि-रत्न जमाने का काम सैकड़ों गुणी और प्रसिद्ध कारीगर कर रहे थे, जो देश-देश से भारी वेतन और राह-खर्च देकर बुलाए गए थे। देश-विदेश में जहां जो वस्तु इस जलाशय एवं वाटिका के उपयोग की देखी-सुनी जाती थी, वहीं के राजा के नाम गुर्जराधिपति का अनुरोध-पत्र पहुंचता था। और प्रत्येक मूल्य पर वह वस्तु प्राप्त करने का यत्न किया जाता था। हजारों गुर्जर, यवन एवं विदेशी कारीगर अपने-अपने काम में लगे हुए थे। महाराज गुजरेश्वर सब काम अपनी आंखों से देखते और कुशल कारीगरों को इनाम-इकराम बांटते। राज-प्रासाद छोड़कर वे इसी वाटिका में डेरा-तम्बू ताने रनवास-सहित विराजमान थे। महाराज का मनोरंजन करने और उनकी उदारता से लाभ उठाने को दूर-दूर से नट, बाजीगर, कंचनियां, मल्ल, गायक आदि कलाकारों के जत्थे-के-जत्थे प्रतिदिन आते रहते थे। वे अपनी कला से महाराज का मनोरंजन करते और भारी इनाम-सिरोपाव पाकर महाराज की यश-कीर्ति को दिग्दिगन्त में व्याप्त करते जा रहे थे। तथा उनके स्थान पर और आते जा रहे थे। महाराज उन्हें भी मुक्त हाथ से इनाम-सिरोपाव देते और प्रसन्न होते थे।

मध्याह्न होने में अभी देर थी। शरदकालीन सुनहरी धूप चारों ओर फैली थी। महाराजाधिराज गुजरेश्वर अमल-पानी से निपटकर अपने विशाल सुनहरी खीमे में मसनद पर पौढ़ गए। एक खवास ने मोरछल लिया, दूसरे ने पैरों के पास बैठकर मखमली पायंदान निकट सरका दिया। जी-हुजूरिए आ-आकर जुहार करके बैठ गए। महाराज अफीम की पिनक में झूमने लगे।

एक हुजूरिए ने कहा, "कुमार भीमदेव आज भी नहीं आए अन्नदाता।"

दूसरे ने कहा, "सुना है, कुमार और युवराज, दोनों ही सिद्धेश्वर में जा बैठे हैं।"

"परन्तु यह सब तो दरबार से दूर-दूर रहने के ढंग हैं। युवराज और कुमार दोनों ही अन्नदाता की आज्ञा का पालन नहीं करते हैं।" दूसरे मर्ज़ीदान ने धीरे-से कहा।

गुजरेश्वर पिनक में थे। उन्होंने केवल अन्तिम वाक्य सुना और पिनक से चौंककर आधी आंख उघाड़कर कहा, "जो हमारी आज्ञा का उल्लंघन करता है, उसे अभी सूली पर चढ़ा दो।"

अब जी-हुजूरियों ने जैसे डरते-डरते हाथ जोड़कर कहा, "अन्नदाता, यह बात नहीं है, यों ही हम लोग युवराज की चर्चा कर रहे थे।" गुजरेश्वर ने गरजकर कहा, "हरामखोर, हमें धोखा देते हो। अभी तुम नहीं कह रहे थे कि हमारी आज्ञा..."

गुजरेश्वर अफीम की झोंक में पूरी बात कहना भूल गए और पूरी आंख फैलाकर खवास की ओर क्रोध-भरी दृष्टि से ताकने लगे।

खवास ने हाथ जोड़कर कहा, "महाराज ने युवराज को याद फरमाया था।"

"तो फिर?"

"युवराज राजकुमार को लेकर सिद्धेश्वर चले गए हैं।"

"हमारी आज्ञा का उल्लंघन करके?"

"अन्नदाता, न कहने योग्य बात कैसे कहूं।"

"कह रे हरामखोर।" महाराज ने क्रोध से उबलकर कहा।

"अन्नदाता, युवराज श्री महाराज को गद्दी से उतारकर स्वयं राजा होने की खटपट कर रहे हैं। वे वहां सैन्य-संग्रह कर रहे हैं।" खवास ने धीमे स्वर से कहा।

यह सुनते ही राजा क्रोध से जल उठे। उन्होंने तुरन्त हुक्म दिया, "तो उन दोनों राजविद्रोहियों को बांधकर यहां ले आ।"

खवास चुपचाप खड़ा रहा। खवास कैसे युवराज को बांधकर ला सकता है, वह यही सोचने लगा। राजा ने कहा, "जा रे हरामखोर, खड़ा क्यों है?"

"क्या अन्नदाता, मैं सेनापति को बुलाऊं?"

"अभी बुला।"

खवास ने जी-हुजूरियों से आंखें मिलाईं और वहां से चल दिया।

महाराज फिर पिनक में झूमने लगे। इसी समय द्वार पर बहुत-से लोगों का शोरगुल सुनाई दिया। शोरगुल सुनकर महाराज की पिनक फिर टूट गई। बहुत से ब्राह्मणों ने भीतर घुसकर पुकार की, "दुहाई महाराज की, दुहाई गुजरेश्वर की, हम लूटे गए हैं, हमारा सर्वस्व हरण कर लिया गया है।" राजा ने बिना सोचे-समझे चीखकर कहा, "पकड़ो इन राजविद्रोहियों को, और सूली पर चढ़ा दो।"

एक ब्राह्मण ने आगे बढ़कर और हाथ में जनेऊ लेकर कहा, "महाराजाधिराज परम माहेश्वर गुजरेश्वर की जय हो, हम राज-विद्रोही नहीं हैं, महाराज की राजभक्त प्रजा हैं। हम पुकार करने आए हैं, हम सोमेश्वर की यात्रा को जा रहे थे कि राह में डाकुओं ने हमें लूट लिया।"

राजा ने आधी आंख उघाड़कर तथा एक खवास की ओर देखकर कहा, "किसने इन्हें आने दिया? बोल!"

"अन्नदाता, ये सब जबर्दस्ती भीतर घुस आए, राजाज्ञा नहीं मानी।"

ब्राह्मणों ने कहा, "दुहाई, हम लूटे गए हैं।"

"इन सबको बांधकर बन्दीगृह में डाल दो।"

"महाराज, हमारी फरियाद है।"

"तुम सब राज-विद्रोही हो।"

इतने में सेनापति बालुकाराय ने आकर महाराज को प्रणाम किया और कहा, "महाराज की क्या आज्ञा है?"

महाराज ने किसलिए सेनापति को बुलाया था, यह वे इस समय भूल गए। उन्होंने ब्राह्मणों की ओर हाथ उठाकर कहा, "इन सब राज-विद्रोहियों को बांधकर बन्दी कर लो।"

"अन्नदाता, ये भूदेव हैं, वेदपाठी ब्राह्मण।"

"तो यहां इनका क्या काम?"

"अन्नदाता, ये सोमेश्वर की यात्रा को जा रहे थे। राह में लुटेरों ने इन्हें लूट लिया।"

"लुटेरों को पकड़ा तुमने?"

"अन्नदाता, महमद सेती–कच्छ का दुर्दान्त डाकू है, उसके हज़ारों साथी हैं।"

"तो उन सबको सूली पर चढ़ा दो।"

"अन्नदाता..."

महाराजा की पिनक में हर बार विघ्न पड़ रहा था। उन्होंने क्रोध करके खवास से कहा, "निकालो, निकालो इन सब हरामखोरों को।"

"अन्नदाता, ये वेदपाठी ब्राह्मण आपको आशीर्वाद देते हैं।"

"अच्छा, हुआ, इन्हें एक-एक सोने की मुहर दे दो, जाओ, तंग न करो।"

इतना कह वे और आराम से लेटने को मसनद पर लुढ़क गए और आंखें बन्द कर लीं। अब और बातें करना अशक्य समझकर सेनापति बालुकाराय ब्राह्मणों को ले बाहर चले गए।

षड्यन्त्र

एक पहर रात जा चुकी थी। अनहिल्ल-पट्टन के सब नगर-द्वार बन्द हो चुके थे। दिन-भर काम-काज में व्यस्त नगर के पौरजन एवं राजपुरुष सब निद्रा-देवी की आराधना में लगे थे। आकाश स्वच्छ था, उसमें उज्ज्वल तारे बहुत भले प्रतीत हो रहे थे। द्वितीया का क्षीण चन्द्र नूतन वधू की दुर्लभ कान्ति प्रतिभासित कर रहा था। इसी समय सरस्वती नदी के निर्जन तट पर एक पुरुष तत्परता से टहल रहा था। नदी-तट पर अनगिनत छोटे-बड़े, नए-पुराने मन्दिरों की पंक्ति बनी हुई थी। वह पुरुष उन मन्दिरों की परछाईं में अपने को छिपाता हुआ वहां टहल रहा था। इस पुरुष का कद ठिंगना, शरीर कृश और चेहरा साधारण था। वस्त्र भी उसने साधारण ही पहने हुए थे, परन्तु एक उम्दा तलवार अवश्य उसकी कमर में लटक रही थी।

वह पुरुष अवश्य किसी व्यक्ति के आने की प्रतीक्षा में था। थोड़ी-सी आहट होने पर यह चौकन्ना होकर चारों ओर देखने लगता था। थोड़ी देर बाद घोड़ों की टाप के शब्द सुनाई दिए और कुछ ही देर में दो मनुष्य-मूर्ति घोड़ों पर सवार आती हुई उसने देखीं। उस पुरुष के सामने ही कुछ फासले पर एक गहन वट-वृक्ष था, उस वृक्ष के नीचे आकर उन्होंने अश्व रोके। दोनों घोड़ों से उतर पड़े। घोड़े वृक्ष से अपनी लम्बी जागडोर से अटका दिए। और दोनों पुरुष उन मन्दिरों की ओट आगे बढ़े।

पूर्वोक्त पुरुष ने एक दीवार की आड़ में अपने को छिपा लिया था। दोनों छाया-मूर्तियां उसके निकट होकर चली गईं। दोनों ही काले आवरण से शरीर को छिपाए थे। इस

पुरुष ने निःशब्द उसका अनुगमन किया।

दोनों ही छाया-मूर्तियां मन्दिरों और खंडहरों को पार करती हुईं नदी के किनारे-किनारे आगे बढ़ती चली गईं। वह पुरुष भी अत्यन्त सावधानी से उनके पीछे-पीछे चलता गया। मन्दिरों की पंक्ति समाप्त हो गई। नदी के ऊबड़-खाबड़ कगार पर चलती हुई दोनों मूर्तियां बढ़ती ही गईं। अन्त में वे एक जीर्ण शिवालय के सामने जाकर रुकीं। शिवालय उजाड़ था। वहां दिन में भी कोई पुरुष नहीं जाता था। इस समय रात्रि की नीरवता में वह स्थान बहुत भयानक प्रतीत हो रहा था। दोनों में से जो मूर्ति आगे थी, उसने तलवार म्यान से बाहर करके इधर-उधर चारों ओर देखा, वह अपने साथी को संकेत करके मुख्य द्वार छोड़ मन्दिर के पिछवाड़े की ओर चला। इस पुरुष ने भी तलवार म्यान से बाहर निकाल ली और अत्यन्त सावधानी से पद-शब्द बचाता हुआ पीछे-पीछे चलने लगा। मन्दिर बहुत बड़ा था, तथा उसके पिछले भाग में बहुत से टूटे-फूटे घर थे। उन सबको पार करते हुए तीनों व्यक्ति अन्ततः एक अपेक्षाकृत अच्छे घर के द्वार पर पहुंच गए। आगेवाले व्यक्ति ने फिर कुछ संकेत किया। थोड़ी देर में एक पुरुष दीपक लेकर भीतर से आया। उसके दूसरे हाथ में नंगी तलवार थी। आगन्तुकों का संकेत समझ सन्तुष्ट हो, उसने दोनों को भीतर कर लिया। पीछेवाले पुरुष ने देखा, वह नान्दोल का प्रसिद्ध जैन यति जिनदत्त सूरि है। जैन यति को वहां देख उस पुरुष को आश्चर्य हुआ। परन्तु भीतर जाकर उन दोनों आगन्तुकों ने जब अपना आवरण उतारा तो उन्हें पहचानकर यह पुरुष आश्चर्य से विमूढ़ ही हो गया। आगे तलवार हाथ में लिए जो पुरुष था, वह बालचन्द्र खवास था। और दूसरा उसका साथी, स्वयं महारानी दुर्लभदेवी थीं।

द्वार बन्द हो जाने से वह और कुछ न देख सका, परन्तु उसे यह जान लेने में तनिक भी सन्देह नहीं रहा कि यह कोई भारी षड्यन्त्र है, जिसमें नान्दोल का राज्य भी सम्मिलित है।

उसने उस खंडहर के चारों ओर चक्कर लगाया और फिर वह एक स्थान पर भग्न दीवार पर चढ़ गया। कई छतों को पार करके वह उस छत के किनारों पर आ पहुंचा, जहां ये लोग बैठे थे। कुल छह व्यक्ति थे। दीपक जल रहा था। तीन का परिचय तो मिल गया। चौथा था गुजरात का महामन्त्री वीकणशाह, पांचवां कुमार दुर्लभदेव का सम्बन्धी एक सरदार था। और छठी थी परम माहेश्वर, परम परमेश्वर गुर्जराधिपति श्री चामुंडराय देव की सुन्दरी मुंहलगी ताम्बूलवाहिनी चम्पकबाला।

गूढ़ पुरुष दीवार से चिपककर छत पर लेट गया और एकाग्र होकर उनकी बातें सुनने लगा।

एक धीमा स्वर सुनाई दिया। जैन यति जिनदत्त बोल रहा था। वह कह रहा था, "महारानी बा, आप जानती हैं, मैं आप ही के राजकुल का पुरुष हूं। मैंने जैन धर्म स्वीकार किया है। नान्दोल के सात सौ कोट्याधिप सेठिया जैन धर्म में आस्था रखते हैं। जिनके परिजन तीन लाख हैं। मेरे जैन धर्म स्वीकार करने तथा राजकुल में जैन धर्म की प्रतिष्ठा होने से नान्दोल के महाराज अनहिल्ल-पाटन राज की सत्ता बहुत बढ़ गई है। नान्दोल

के महाराज आपके भतीजे हैं। उनका तेज प्रताप बहुत है। वे एक प्रतापी राजसत्ता की स्थापना कर रहे हैं। मालवा उनसे शंकित रहता है। सपादलक्ष के महाराज धर्मगजदेव उन्हें बहुत मानते हैं। पाटन, कच्छ, भरुच, सौराष्ट्र और खम्भात के सब श्रावक, सेठ, नगर-सेठ हमारे पक्ष में हैं। आपकी कृपा हो तो पंचनद-पर्यन्त उत्तर में और अंगदेश-पर्यन्त पूर्व में एक अजेय राज्य स्थापित होकर भारत में जैन धर्म का उदय हो जाए। धर्मतन्त्र और राजतन्त्र, दोनों ही एक होकर चलें तो इससे उत्तम क्या है?"

यति को सहारा देते हुए सरदार ने कहा, "महारानी माता, फिर एक बात भी तो है, पृथ्वी तो सब चौहानों की है। मुलतान में अजयपाल और लोहकोट में भीमपाल हैं। मरुभूमि के राजा घोघाबापा हैं, और सपादलक्ष में धर्मगजदेव हैं। नान्दोल में आपके अनहिल्ल राजा हैं ही। अब रह गया अर्बुदराज परमार और चौलुक्यों का पाटन, सो अर्बुदराज के युवराज कृष्णदेव इस समय नान्दोल में हैं। वे हमारे युवराज बाला प्रसाद के घनिष्ठ मित्र हैं। दोनों को घुड़सवारी का बेहद शौक है। दोनों एक प्राण दो शरीर हैं। अर्बुदपति धुन्धुकराज भी इस समय मेदपाट में मालवराज के सान्निध्य में हैं, सो नान्दोल के मार्ग में अर्बुदेश्वर की कोई बाधा नहीं है। आप यदि यह वचन दें कि गद्दी पर बैठने के बाद महाराज दुर्लभदेव यह घोषणा करें कि वे नान्दोल के युवराज बाला प्रसाद को गोद लेकर पाटन का उत्तराधिकारी नियुक्त करते हैं तो फिर सब काम ठीक है। देखते-ही-देखते नान्दोल-राज महाराज दुर्लभदेव को पाटन की गद्दी पर बैठा देंगे। यहां पाटन के महामन्त्री वीकणशाह हमारे साथ हैं ही। सारा राजकोष तुरन्त महाराज दुर्लभदेव के हाथ में आ जाएगा।"

यह कहकर चौहान सरदार ने भेदभरी दृष्टि से वीकणशाह की ओर देखा। वीकणशाह दुबला-पतला, चालाक और सावधान बनिया था। उसने इधर-उधर देखते हुए कहा, "राजकोष राजा का, और मैं राजा का चाकर। पाटन की गद्दी पर जो राजा बनकर बैठेगा, उसी की सेवा में वीकणशाह और समस्त राजकोष उपस्थित है।"

"तो अब दो प्रश्न रह गए। एक महाराजाधिराज का, दूसरा युवराज वल्लभदेव का। भीमसिंह बाणबली युवराज के साथ हैं, वे ग़ज़नी के सुलतान का सामना करने के बहाने सिद्धस्थल में बैठे सैन्य संग्रह कर रहे हैं। भीमदेव बड़ा योद्धा है, और युवराज वल्लभदेव भी साधारण पुरुष नहीं हैं।" जिनेश्वर दत्त ने खूब सावधानी से कहा।

"परन्तु उनके पास धन कहां है भाई? वे सेना-संग्रह करेंगे कहां से? शस्त्र खरीदेंगे कहां से? सेना को वेतन देंगे कहां से?" वीकणशाह ने कुटिलता से मुस्कुराकर कहा।

"क्यों? ज्यों ही दुर्लभदेव राजा होंगे, वे तुरन्त खुला विद्रोह करके लूटपाट प्रारम्भ कर देंगे। फिर प्रजा उन्हें मानती है। वह उन्हें धन से मदद देगी।" चौहान ने कहा।

"ऐसा नहीं हो सकता। प्रथम पाटन के लोग सब जैन-श्रावक-सेठ-साहूकार हमारे साथ हैं। वे भीमदेव की कोई सहायता नहीं करेंगे। दूसरे भीमदेव प्रजा पर लूटपाट करेंगे तो प्रजा उनके पक्ष में न रहेगी। फिर वह प्रजा में लूटपाट करेंगे ही नहीं।" यति जिनदत्त ने कहा।

"परन्तु यह न भूलिए कि उनके साथ विमलदेव शाह हैं। वह राज्य का तो कोषाध्यक्ष है, पर है वह वास्तव में वल्लभदेव का मन्त्री। वह एक ऐसा छोकरा है, कि न राजा की आन मानता है, न राजमन्त्री की। उसे हाथ में बिना किए छुटकारा नहीं है।" वीकणशाह ने मुस्कुराते हुए कहा।

"उसे मेरे सुपुर्द कीजिए। मैं उसे जानता हूं, वह मुत्सद्दा नहीं हैं, रण-योद्धा है। उसे अपने धनुष-बाण का बड़ा अभिमान है, और अच्छे-अच्छे महालय बनवाने का शौक है। वह जैन धर्मानुयायी है। वह हमसे बाहर जा नहीं सकता।" जैन यति ने कहा।

चौहान सरदार ने कहा, "तो सबसे पहला काम यह है कि वल्लभदेव और भीमदेव को ही बन्दी किया जाए।"

"परन्तु यह काम युद्ध करके या बल से नहीं, छल से ही होना चाहिए, वीकणशाह ने कहा।

"छल से कैसे?"

"आज इस समय दोनों पाटन में उपस्थित हैं। संग में सेना भी नहीं है। महाराज उन्हें बन्दी करने की आज्ञा दे चुके हैं। मैं दंडपाल को आदेश देता हूं कि उन्हें नगरद्वार पर बन्दी कर लिया जाए।"

"यह उत्तम है, परन्तु इससे राजधानी में विद्रोह हो गया तो?" राजमाता ने कहा।

"कैसे होगा? कानोकान यह बात कोई जान भी न पाएगा। दोनों ही छद्मवेश में आए हैं। कौन जानता है कि कौन बन्दी हुआ। राजद्वार के सौ झमेले होते हैं।"

"तो वीकण, तुम यह भार लेते हो?"

"क्यों नहीं, परन्तु महामन्त्री की मुद्रा तो मुझे ही मिलेगी न?"

"इसमें क्या सन्देह है? अब महाराज?"

"उनसे महारानी बा, आप ही निबटिए। यह अन्तःपुर का मामला है।"

"क्या उन्हें बन्दी कर लिया जाए?" रानी ने धीरे-से कहा।

"यह तो अस्वाभाविक है महारानी माता। महाराज को अन्तःपुर में बन्दी करने का कुछ अर्थ ही नहीं। प्रजा में तुरन्त विद्रोह उठ खड़ा होगा। महाराज के बन्दी करने का कोई कारण हम बता ही न सकेंगे।"

"तब दुर्लभ प्रकट में सेना लेकर महाराज को बन्दी कर ले?"

"यह भी खतरनाक योजना है। सेनापति बालुकाराय हमारे हाथ में नहीं है। वह खून की नदी बहा देगा। हमारी सारी योजना छिन्न-भिन्न हो जाएगी।" वीकणशाह ने कहा।

"तब?" रानी ने कहा।

"यह काम तो बालचन्द ही पार कर सकता है, दूसरे की सामर्थ्य नहीं।" वीकणशाह ने मुस्कुराकर कुटिल हास्य हंसते हुए कहा।

बालचन्द खवास ने हाथ मलते हुए कहा, "महारानी कहें तो मैं इनका आज्ञाकारी सेवक हूं।"

महारानी दुर्लभदेवी कांप गईं। उन्होंने बात का मर्म समझकर कहा, "क्या कोई दूसरा उपाय नहीं है?"

"नहीं, महारानी, यह राजतन्त्र है। इसमें जीवन का कुछ भी मूल्य नहीं।" वीकणशाह ने होंठ टेढ़े कर कहा, "आप यह अवसर चूकीं, तो चूकीं। महाराज तो भोर के दीपक हैं, आज गए तो, कल गए तो, और फिर वल्लभदेव और भीमदेव हैं। आपको और महाराज दुर्लभदेव को तो फिर दासता ही भोगनी है।"

"यह तो कभी नहीं हो सकेगा, वीकण!"

"तो महारानी बा, साहस कीजिए। जो काम आपका है, उसे भुगताइए।"

"तो मैं अपना काम करूंगी। बालचन्द, तू क्या कहता है?" उन्होंने भेदभरी नज़र से खवास की ओर देखा।

"महारानी बा, मेरे पास सब-कुछ है, यह देखिए।" उसने वस्त्र से एक छोटी-सी पोटली निकालकर दिखा दी। "मुझे केवल मेरा पारिश्रमिक मिलना चाहिए और चम्पकबाला का सहयोग।" खवास ने लुब्ध दृष्टि से चम्पकबाला की ओर देखा।

रानी ने उसी समय अपना कंगन उतारकर उस पर फेंक दिया। कहा, "पचास हज़ार दम्म का है, परन्तु काम प्रभात ही में होना चाहिए। विलम्ब का काम नहीं।" रानी ने कहा।

"विलम्ब क्यों?" खवास ने तृषित नेत्रों से कंगन को देखा, और हर्षित हो वस्त्रों में छिपा लिया। फिर चम्पकबाला की ओर अभिप्रायपूर्ण दृष्टि से देखा। रानी ने कंठ से मोतियों की माला निकालकर चम्पकबाला को देकर कहा, "तू डरती तो नहीं?" चम्पकबाला ने कहा, "सब हो जाएगा रानी बा।"

जैन यति ने पूछा, "बालचन्द, तेरा काम कब तक पूरा हो जाएगा?"

"दोपहर तक—भोजन-काल में।"

"और चौहान, महाराज दुर्लभदेव कब तक पाटन पहुंच जाएंगे?"

"यदि इसी समय मैं चल दूं तो कल तीसरे पहर तक।"

"ठीक है। राजमन्त्री, भीमदेव और वल्लभ?"

"उन्हें मैं सूर्योदय से प्रथम ही बन्दी कर लूंगा।"

यति ने कुछ सोचकर कहा, "अच्छी बात है, और राजकोष?"

"इसके लिए विमलशाह को वश में करना होगा।"

"मैं भोर ही विमलशाह के पास जाऊंगा।" जैन यति ने कहा।

"सब ठीक हो गया! अब महारानी बा, यह लेख है, इसमें लिखा है, "महाराज दुर्लभ निःसन्तान हैं, वे अपने भतीजे नान्दोल के अनहिल्लराज के राजकुमार बालाप्रसाद को गोद लेते हैं, और उन्हें पाटन का उत्तराधिकारी नियुक्त करते हैं।" लीजिए, इस पर सही कीजिए और अपनी मुद्रा मुझे दीजिए, कि मैं अभी नान्दोल को प्रस्थान करूं।" रानी ने कांपते हाथों से सही कर दी, और राजमुद्रा भी उसे दे दी।

इसके बाद सभा भंग हुई और सावधानी से सब-कोई बाहर आए।

दामा महता

सब लोगों के वहां से चले आने के बाद वह प्रच्छन्न पुरुष भी अपने स्थान से उठा। उसने सावधानी से अपने चारों ओर देखा तथा मुट्ठी में दृढ़ता से तलवार थामकर निःशब्द चरण रखता हुआ जिधर सब गए थे, उसकी विपरीत दिशा को चला। भग्न मन्दिर से कुछ दूर हटकर एक विशाल शाल्मली वृक्ष था। उसकी सघन छाया काफी दूर तक फैली थी। परन्तु उसके चारों ओर थोड़ी दूर तक खुला मैदान था। उसी वृक्ष की छाया में पहुंचकर उसने चारों ओर देखा। फिर ताली बजाई। एक पुरुष तुरन्त वृक्ष की खोखल से निकलकर उसके निकट आ उपस्थित हुआ। उसे देखते ही उस पुरुष ने कहा, "आनन्द, तू इसी समय सेनापति बालुकाराय के आवास में जा, और उनसे कह, कि सशस्त्र सवारों का एक दस्ता तुरन्त राजमार्ग पर भेज दें, वहां एक जैन यति नान्दोल को जा रहा है, उसे निश्चय रूप से बन्दी कर आधीन कर लें। दूसरा एक दस्ता सिद्धस्थल के राजमार्ग पर भेजा जाए, वहां एक सामन्त घुड़सवार सिद्धस्थल जा रहा है, उसे भी बन्दी करके अधिकार में कर लें। तथा नगर के सब द्वारों पर प्रहरियों की संख्या बढ़ा दें। और बिना संकेत कोई जन नगर से भीतर तथा भीतर से बाहर न जाने-आने पाए। संकेत-शब्द होगा 'जयसमुद्र'।"

आनन्द प्रणाम करके जाने लगा। परन्तु पूर्व पुरुष ने कहा, "ठहर, सेनापति को दो सौ सैनिकों सहित धवलगृह के दक्षिण—बिलकुल नगर-द्वार के निकट—स्वयं मेरी प्रतीक्षा करनी चाहिए।"

आनन्द फिर प्रणाम करके जाने लगा। परन्तु उस पुरुष ने रोककर कहा, "मेरा घोड़ा?"

"वहीं है।"

"ठीक है, तू जा।"

आनन्द चला गया। वह पुरुष वहां से सरस्वती नदी के किनारे-किनारे चलने लगा। एक टूटे मन्दिर के निकट पहुंचकर उसने फिर ताली बजाई। एक पुरुष घोड़ा लेकर आ उपस्थित हुआ।

पूर्व पुरुप ने कहा, "देवसेन, क्या तू खवास बालचन्द्र को पहचानता है?"

"अच्छी तरह महाराज!"

"और महाराज की ताम्बूलवाहिनी चम्पकबाला को भी?"

"उसे भी महाराज!"

"तो तू जैसे भी सम्भव हो, उन दोनों को सूर्योदय से प्रथम ही अपने आधीन कर। और मेरी दूसरी आज्ञा की प्रतीक्षा कर। वे किसी कारणवश इस समय रंगमहल से बाहर हैं। और सामने कुछ पुरुष जा रहे हैं, उनमें वे दोनों भी हैं, जैसे सम्भव हो तू उन्हें

मार्ग ही में धर। नगर-द्वार पर वे पहुंचने न पाएं। और इस मामले में शोर भी न मचने पाए।"

"जो आज्ञा!" कहकर वह तत्क्षण अन्तर्धान हो गया।

इस गूढ़ पुरुष का नाम दामोदर था। पर पाटन में यह दामो महता के ही नाम से विख्यात था। यह पाटन राज्य का सन्धिविग्रहिक और कूटमन्त्री था। कहने की आवश्यकता नहीं, कि राज-दरबार में यह उपेक्षित था। परम माहेश्वर गुर्जराधिपति श्रीचामुंडराय देव को कभी इस विलक्षण मन्त्री की आवश्यकता पड़ती ही न थी। यह पुरुष भी अपने कार्य के लिए कभी राजा की अपेक्षा नहीं करता था। परन्तु देखा जाए तो यह देखने में साधारण पुरुष अकेला ही पाटन के राजतन्त्र का समर्थ प्रवर्तक था।

चर के चले जाने पर वह बड़ी देर तक चुपचाप कुछ सोचता रहा। अनेक उत्तेजित कर देनेवाले विचार उसे विचलित कर रहे थे। वह सोच रहा था, 'आज ही क्या पाटन में प्रलय होगा? परन्तु दामो महता के रहते? यह असम्भव है!' एक दृढ़ निश्चय की भावना से उसके ओष्ठ सम्पुटित हो गए, उसने तलवार म्यान में की और घोड़े पर सवार हो तेज़ी से एक ओर को चल दिया।

कूटमन्त्र

उसी रात में, उसी नगर में एक दूसरा ही कार्य हो रहा था। अनहिल्ल पाटन के एक एकान्त भाग में एक बहुत पुरानी भग्न अट्टालिका थी। अट्टालिका बिलकुल सूनी और बेमरम्मत थी। यह नहीं कहा जा सकता था कि इसमें किसी मनुष्य का निवास है। अट्टालिका का मुख्य द्वार सदैव बन्द रहता था। उसके आस-पास घास-फूंस उग आई थी और स्पष्ट था कि मुद्दत से यह द्वार खुला ही नहीं था।

परन्तु वास्तव में बात ऐसी न थी। इस समय इस अट्टालिका में चार व्यक्ति उपस्थित थे। जिस कक्ष में ये लोग बैठे थे, वह एक प्रकार से सुसज्जित था। दीपक का प्रकाश उस कक्ष में फैल रहा था। कक्ष के बाहर एक सशस्त्र योद्धा सावधानी से पहरा दे रहा था।

चारों मनुष्य धीरे-धीरे बातचीत कर रहे थे। परन्तु उनकी चेष्टा से यह प्रकट था कि वे किसी व्यक्ति के आने की प्रतीक्षा कर रहे हैं। अर्द्धरात्रि व्यतीत हो गई थी। परन्तु ये चारों व्यक्ति मनोयोग से अपनी बातचीत में संलग्न थे।

इनमें एक तरुण व्यक्ति श्याम वर्ण, तेजस्वी, नीलकान्त मणि की आभा धारण किए था। उसकी बड़ी-बड़ी काली चमकदार आंखें उसकी बुद्धिमत्ता और साहस को प्रकट करती थीं। उस पुरुष का अंग गठित, नाक नुकीली और कण्ठ-स्वर गम्भीर घोषयुक्त था। उस वीर पुरुष को पाठक इस उपन्यास के प्रारम्भ ही में देख चुके हैं। यह गुर्जर का प्रसिद्ध

बाणबली युवराज भीमदेव चालुक्य था। अभी इसकी आयु केवल छब्बीस वर्ष की थी। परन्तु अपने गाम्भीर्य, तेज और वैशिष्ट्य से वह हज़ारों मनुष्यों के शीर्ष स्थान पर सुशोभित होता था।

दूसरा एक प्रौढ़ अवस्था का गौरवर्ण दीर्घाकार और तेजस्वीं राजसी व्यक्ति था। इसकी बड़ी-बड़ी राजसी आंखो में लाल डोरे, इसकी ऐश्वर्य-भावना, प्रताप और विलास के सामर्थ्य को प्रकट कर रहे थे। यह एक दृढ़-निश्चयी, वचन-प्रतिपालक, स्थिरबुद्धि और वीर पुरुष था। यह गुजरेश्वर चामुंडराय का ज्येष्ठ पुत्र वल्लभदेव था।

तीसरा पुरुष एक तेजस्वी तरुण था। इस पुरुष की आकृति में सौन्दर्य, शौर्य, दृढ़ता और भावुकता का अद्‌भुत सम्मिश्रण था। यह सादा श्वेत वस्त्र पहने, एक तलवार सामने रखे चुपचाप वार्तालाप में योग दे रहा था। यही पुरुष आबू के प्रसिद्ध मन्दिर का निर्माता, गुर्जर-मन्त्री विमलदेव था।

चौथा पुरुष एक कृशतनु ब्राह्मण था। उसकी मुखाकृति विशेष आकर्षक न थी, परन्तु उसकी प्रत्येक बात से विचारशीलता टपकती थी। वह बहुत धीरे-धीरे नपी-तुली बात कहता था। यह अधेड़ अवस्था का पुरुष 'गुजरात का चाणक्य' कहलाता था। इसका नाम चंड शर्मा था। और यह गुर्जर राज्य का महासन्धि-वैग्राहिक था।

भीमदेव बाणबली ने कहा, "काका, महाराज की जो दशा है, उससे तो अब कुछ आशा नहीं है। अब गुजरात की मानरक्षा के लिए आप ही को कुछ करना होगा। इस समय तो हम भीतरी और बाहरी शत्रुओं से घिरे हुए हैं। अब यदि हम महाराज पर ही निर्भर रहें तो बस हो चुका।"

"कुमार, तुम्हें यह नहीं मालूम कि आज ही महाराज ने तुम्हें और युवराज को बन्दी करने की आज्ञा दी है।"

वल्लभदेव ने कहा, "किस अपराध पर?"

"अपराध की क्या बात है युवराज, जैसे जिसने महाराज के कान भर दिए, महाराज को वही सूझ गया। अब तो वे यह विश्वास किए बैठे हैं, कि आप और कुमार मिलकर महाराज को राजच्युत करने की सांठ-गांठ कर रहे हैं। बस, इसी अपराध पर।"

"तो कर नहीं तो डर नहीं! इन बातों से हम भय क्यों करें?"

"परन्तु युवराज, अविवेक के सम्मुख विवेक नहीं चलता। जहां अविवेक है वहां विवेक सावधान रहता है। आपका कार्य यही है कि भविष्य को विचारें और समझें कि गुजरात के महाराज चामुंडराय नहीं है, आप हैं।"

"परन्तु अभी तो भीतरी-बाहरी शत्रुओं की बात है न?"

"सबसे पहले गज़नी का महमूद। वह आ रहा है। घोघाबापा साका रच चुके। उन्हें पदाक्रान्त कर अब वह सपादलक्ष पहुंचना चाहता है। महाराज धर्मगजदेव उसके सम्मुख होने को तैयार बैठे हैं। परन्तु महमूद के प्रचंड सवारों से हमें असावधान न रहना चाहिए। महमूद को मैं देख चुका हूं, वह साहसी, एकाकी ही सोमनाथ पाटन छद्‌मवेश में चला आया था। परन्तु सर्वज्ञ की दृष्टि से छिपा नहीं। दुःख इतना ही है कि मेरी तलवार

से जीता बच गया।"

"तो दुख क्या है कुमार, तुम्हारी शोभा तो उसे सम्मुख युद्ध में धराशायी करने में है।"

"वह समय भी आ रहा है। काका जी, अब विचारना यह है कि कहां उससे मुठभेड़ की जाए। क्या हम सपादलक्ष चलें, या नान्दोल, या उसे पाटन तक आने दें?"

चंड शर्मा ने कहा, "कुमार, अब पहले तनिक भीतरी मामलों पर भी दृष्टि दो, तभी इस प्रश्न का हल मिल सकता है। पहले नान्दोल की बात ही विचारो।"

"विचारना क्या है, नान्दोल का अनहिल्लराज तो हमारे मामा का बेटा है, सम्बन्धी है। फिर पाटन का सामन्त है।" वल्लभदेव ने कहा।

"और यदि ऐसा न हो?" दामो महता ने तभी कक्ष में प्रवेश करते हुए कहा। सबने महता को और आश्चर्य से देखा।

"चंड शर्मा ने कहा, "आओ दामो महता, हम तुम्हारी ही प्रतीक्षा कर रहे हैं, पर तुम्हारे इस कथन का अभिप्राय क्या है?"

"यही, कि नान्दोल के महाराज अनहिल्लराज पाटन की गद्दी के सम्बन्धी और हितैषी नहीं हैं, सामन्त भी नहीं हैं। वे केवल महाराजकुमार दुर्लभदेव के सम्बन्धी हैं।"

"यह कैसे दामो?"

"महाराज, अभी तक तो हमें विदेशी शत्रुओं और पड़ोस के शत्रुओं से ही निबटना था। अब रक्त के शत्रुओं से निबटना उससे भी अधिक आवश्यक हो गया।"

"दामोदर, पहेली न बुझाओ, स्पष्ट कहो।"

"तो महाराज, स्पष्ट ही कहता हूं। राजधानी में गहरा षड्यन्त्र चल रहा है, जिसका सारांश यह है कि महाराज को विष देकर मार डालने तथा आप और कुमार को बन्दी करने की योजना बना ली गई है। आप यहां उपस्थित हैं, इसका भी पता शत्रुओं को चल गया है।"

"किन्तु वे शत्रु हैं कौन?"

"महारानी दुर्लभदेवी, नान्दोल-राज अनहिल्लराज और जैन यति जिनदत्त सूरि।"

"यह तुम क्या कह रहे हो महता?"

"उनके सहायक हैं वीकणशाह—गुजरात के महामन्त्री, और महाराज की नाक के बाल बालचन्द खवास।"

"परन्तु इसका प्रमाण?"

"मेरा वाक्य ही प्रमाण है महाराज, मैं अभी शत्रुओं के गुप्त षड्यन्त्र को आंखों से देखकर आ रहा हूं।"

"तब इसका उपाय?"

"उपाय पीछे सोचा जाएगा। अभी जो बात चल रही है, वही हो।"

"तो नान्दोल के अनहिल्लराज का विचार पाटन से विद्रोह करने का है?"

"यह तो स्पष्ट है महाराज! वे सब मिलकर राजकुमार दुर्लभदेव को पाटन की गद्दी

देने की सोच रहे हैं।"

"तो सबसे प्रथम यही विषय विचारने योग्य है।"

"नहीं महाराज, सबसे प्रथम विचारणीय बात यह है कि गज़नी का अमीर, जो गुजरात को दलित करने आ रहा है उसकी रोक-थाम होनी चाहिए।"

"वह किस प्रकार?"

"इस प्रकार महाराज, कि पाटन की उत्तर दिशा का दिक्पाल सिन्धुपति हम्मुक देव, पश्चिम का अर्बुदेश्वर और पूर्व में नान्दोल, सपादलक्ष।"

"पर तुम्हारे कथन से तो यह स्पष्ट है कि नान्दोलपति अनहिल्लराज ने पाटन की सत्ता का त्याग कर दिया है।"

"और अर्बुदेश्वर धुन्धुकराज ने भी।"

"अरे! यह कैसे?"

"उसने मालवराज का आश्रय लिया है।"

"किन्तु मालवराज भोज तो आजकल वेदपाठ में हैं न?"

"हां महाराज, धुन्धुकराज भी वहीं हैं।"

"अरे, तो यह पाटन के विरुद्ध एक त्रिपुटी तैयार हो रही है?"

"और उधर गज़नी का महमूद दल-बादल ले पाटन पर धंसा चला आ रहा है। और भी एक बात है!"

"क्या?"

"कृष्णदेव बालाप्रसाद के पास नान्दोल गया है।"

"तो इसका यह अर्थ है कि अर्बुदाचेल की राजधानी में राजा भी नहीं है, युवराज भी नहीं। यह तो असहनीय है, अर्बुदपति धुन्धुकराज पाटन की सत्ता को अपमानित कर गुजरात के चिरशत्रु भोजराज के आश्रय जाएं, और उसका पुत्र कृष्णदेव नान्दोल के युवराज के पास रहकर पाटन के विरुद्ध तैयारी करे।"

"अब रही सिन्धुपति हम्मुकराज की बात, वह सीधी शमशेर से बात करता है। यह है महाराज, पाटन के दिग्पालों की कथा।"

"अब पाटन की कथा कहो दामो महता।"

"महाराज, चामुंडराय के तो वही रंग-ढंग हैं। आपके विरुद्ध यह षड्यन्त्र तो हो ही रहा है। और महाराज ने आपको बन्दी करने का आदेश दे दिया है। भावी आपत्ति से वे सर्वथा बेखबर हैं। उधर रनवास में षड्यन्त्र चल रहे हैं।"

"सबसे प्रथम महाराज की प्राण-रक्षा तो होनी ही चाहिए दामो," युवराज वल्लभदेव ने व्यग्र भाव से कहा।

"तो महाराज, आप आज्ञा दीजिए कि महारानी दुर्लभदेवी को बन्दी कर लिया जाए।"

"विमल और तुम, जैसा ठीक समझो, उसी भांति महाराज की प्राण-रक्षा की व्यवस्था करो। परन्तु यह ध्यान रखो कि राजपरिवार की बदनामी सर्व-साधारण में न होने पाए।"

"तो महाराज, आप निश्चिन्त रहें। इस षड्यन्त्र को विफल करने का प्रयत्न मैं

कर लूंगा। परन्तु महामन्त्री वीकणशाह की ज़िम्मेवारी विमलदेव शाह अपने पर लें तो ठीक है। जैसे आप पाटन के भावी महाराज हैं, वैसे विमलदेव शाह पाटन के भावी महामन्त्री हैं। यह तो ध्रुव है।"

विमलदेव ने कहा, "मैं महामन्त्री से निपट लूंगा महता। अब बाहर की बात कहो—पहले नान्दोल।"

"वहां मेरा पुरुष गया है, समय पर समाचार मिल जाएगा।"

"ठीक! अर्बुद?"

"वहां से भी आप निश्चिन्त रहें। सब सूचनाएं मिल जाएंगी।"

"तो अब रहे सिन्धुराज और मालवराज भोज। सिन्ध पर अभियान करें कुमार भीमदेव?"

"यह, ठीक नहीं होगा। पहले अर्बुदेश्वर और नान्दोलराज ठीक हों, तब। तीनों की संयुक्त सैन्य लेकर।"

"परन्तु इधर गज़नी का अमीर जो आ रहा है।"

"उससे प्रथम ही तीनों दिशाओं में दिग्पालों की दृढ़ स्थापना हो जानी चाहिए।"

"परन्तु कैसे? कल्पना कीजिए कि मालवराज भोज और नान्दोलपति अनहिल्लराज तथा धुन्धुकराज की त्रिपुटी पाटन पर चढ़े तो?"

"तो भारी पड़े।"

"फिर गज़नी का दुर्दान्त अमीर है, उसके लिए हमें अपनी शक्तियां सुरक्षित रखनी आवश्यक हैं।"

"तब तो बहुत कुछ मालवराज के निर्णय पर निर्भर है।"

"ऐसा ही है।"

"तब मालव पर ही पहले अभियान हो?"

"यह क्यों, अभी मालव में चर जाए।"

"यह भी ठीक है, परन्तु चर विद्वान, प्रतिभाशाली और राजनीति-पटु होना चाहिए।"

"महाराज, मालवराज की सभा में जाने योग्य व्यक्ति पाटन में एक ही हैं, भस्मांकदेव।"

"तो दामो, भस्मांक को तुरन्त मालव भेजो। और ऐसा करो जिसमें अभी यह बाहरी कलह टले। पहले गज़नी का अमीर और पीछे और कुछ।"

"ऐसा ही होगा महाराज, परन्तु आप भी अभी इसी क्षण यहां से प्रस्थान कीजिए। केवल एक प्रहर रात्रि शेष रह गई है। आपको सूर्योदय होने से पूर्व ही सिद्धस्थल पहुंच जाना चाहिए। यहां हम और विमलदेव शाह सब ठीक-ठाक कर लेंगे। आप राधनपुर में सैन्य-संग्रह करना प्रारम्भ कर दें। सिद्धस्थल त्याग दें। अब दुर्लभराय पर भरोसा नहीं किया जा सकता।"

"तब हमारे अश्व मंगाओ दामो।"

सब लोग उठे। महाराज कुमार भीमदेव और वल्लभदेव अश्व पर सवार हो गुप्त

मार्ग से वहां से चल दिए। उनके पीछे दो अश्वारोही और चले। इसके बाद चंडशर्मा, दामोदर महता और विमलदेव अपने-अपने पथ पर चले।

भस्मांकदेव

इस टूटती रात में, सबके विदा हो जाने पर दामोदर महता अपनी घोड़ी पर सवार हो धीरे-धीरे राज-पथ पर अग्रसर हुए। इस समय उनके मस्तिष्क में दो विचारधाराओं का संघर्ष हो रहा था। इधर अन्तर्विग्रह से पाटन का राजतन्त्र खंडित हो रहा है, उधर मालवराज पाटन का बहिःसंरक्षण खंडित कर गजसैन्य पाटन पर लाने की अभिसन्धि में हैं। तीसरे—गज़नी का यह दैत्य पाटन पर धंसा चला आ रहा है। जैसे भी हो, दोनों विनाश की योजनाओं को व्यर्थ करना होगा। वह भी बिना तलवार के। तलवार तो गज़नी के सुलतान के लिए ही सुरक्षित रखनी होगी।

उन्होंने भस्मांकदेव के आवास की ओर घोड़ी फेरी। नगर के बाहर धवलगृह के मार्ग पर भस्मांकदेव का भव्य आवास था। यह आवास एक मनोरम उद्यान में था। भस्मांकदेव गुर्जरेश्वर के राजमन्त्री न होने पर भी राजमन्त्री थे। वे राजपुत्रों के विद्यागुरु, परम तेजस्वी और विद्वान ब्राह्मण थे। पाटन में उनका मान और नाम राजा और प्रजा, दोनों ही में बहुत था। राजकाज और राजनीति में यह ब्राह्मण राजपुरुष न होने पर भी सक्रिय भाग लेता था। कुमार भीमदेव को उन्होंने सर्वशास्त्र-निष्णात किया था। और युवराज वल्लभदेव के ये 'व्यक्तिगत मन्त्री' समझे जाते थे। राजा, राज्य और देश के गौरव के विरुद्ध कोई भी बात भस्मांकदेव सहन नहीं कर सकते थे। इस ब्राह्मण की योजनाएं और क्रियाशक्ति अति समर्थ होती थीं। शास्त्रों के परम निष्णात पंडित होने के साथ भस्मांकदेव शस्त्रों के समर्थ प्रयोक्ता, संगीत और साहित्य के मर्मज्ञ ज्ञाता और वृत्ति के अति सरल सात्विक पुरुष थे।

भस्मांकदेव के द्वार पर पहुंचकर दामोदर को सेवक द्वारा मालूम हुआ कि भस्मांकदेव अपने अध्ययन-कक्ष में हैं। सूचना पाते ही उन्होंने उसे बुला लिया। शिष्टाचार के बाद भस्मांकदेव ने हंसकर कहा, "यह क्या बात है दामो, पाटन की राजनीति तारों की छांह में चलती है?"

"राजनीति और ज्ञाननीति, दोनों ही तारों की छांह में चलें तो ठीक ही है। सूर्य के प्रकाश में तो उनकी गूढ़ता भंग होती है। तभी तो देव रात-रात-भर अध्ययन करते हैं।"

"यह तो मेरी आदत है दामो, परन्तु तुम कहो। देश-देश के राजमन्त्री जहां इस समय सुख की नींद सो रहे हैं, यह पाटन का मन्त्री कहां-कहां भटक रहा है?"

"क्या किया जाए, यह राजतन्त्र है ही ऐसी आपत्ति।"

"परन्तु इस आपत्ति में राजमन्त्री ही रात्रि-जागरण करते हैं या राजा भी?"

"राजा भी जागरण करते होंगे। वे दिन-भर ऊंघते हैं। इसी से समझा जा सकता है। परन्तु उनके जागरण के कारण तो दूसरे ही हैं।"

"मद्य, संगीत और सौन्दर्य?"

"जी हां।"

"तो महता, कहो, मैं तुम्हारी क्या सेवा कर सकता हूं?"

"मेरी नहीं, देव, पाटन की।"

"हां-हां, पाटन की। पाटन में दामो महता के समान दूसरा कोई व्यक्ति है, जिसे पाटन की प्रतिष्ठा का इतना विचार हो?"

"क्यों नहीं, भस्मांकदेव जो हैं।"

"परन्तु महता, राजा की तो यह दशा है!"

"देव, देवमूर्ति तो पत्थर की होती है। सारी चैतन्य सत्ता तो उसके पुजारी ही में है। पुजारी उसके भोग-ऐश्वर्य का कर्ता-धर्ता है, मैं तो राज्य का मन्त्री हूं, केवल एक चाकर। परन्तु आप राज्य के मन्त्री ही नहीं, राज्य के मित्र हैं। इस समय पाटन पर संकट है, आपको उठना होगा। आपके अध्ययन में विघ्न पड़े तो पड़े।"

"सो उसकी चिन्ता नहीं, पर मुझे करना क्या होगा?"

"इस समय रनवास ही अन्तःकलह का केन्द्र बन रहा है। उधर अवन्तीराज भोज इसी सुअवसर से लाभ उठाकर पाटन की रक्षा-शक्ति को भंग करने के प्रयत्न में हैं। आप जानते ही हैं कि गज़नी का सुलतान गुजरात में धंसा चला आ रहा है। ऐसी दशा में पाटन के दिग्पाल यदि असावधान रहें तो पाटन का सर्वनाश है। चालुक्यों का युग-युग का यश छिन्न-छिन्न हो जाएगा। अर्बुदेश्वर धुन्धुकराज और नान्दोल का अनहिल्लराज, दोनों ही मेदपाट में अवन्तिपति के सान्निध्य में बैठे पाटन के विनाश का ताना-बाना बुन रहे हैं। जिन पर रक्षा का भार है, वे शत्रु के सहायक हैं। उधर सिन्धुपति खुल्लमखुल्ला स्वतन्त्र घोषित हो रहा है। उसे उत्तर का दिग्पाल बिना नियुक्त किए, गुर्जर भूमि तो बिना रखाए खेत के समान नष्ट हो जाएगी। परन्तु देव, इस समय पाटन इन घरेलू शत्रुओं पर तलवार नहीं उठाना चाहता। तलवार तो गज़नी के दैत्य के लिए सुरक्षित रहनी चाहिए।"

"यह सत्य है, पर कहो, मैं क्या करूं?"

"आप मालव जाइए।"

"मैं? मैं वहां क्या करूंगा?"

"पाटन में दूसरा व्यक्ति ऐसा और नहीं, जो मालव के पंडितों और वारांगनाओं के प्रपंच से बचकर आ सके। आप मालव की प्रकृति से जानकार हैं। मालव राजद्वार में आपका मान भी है। आप उससे लाभ उठाइए। मालवराज पाटन को विष-दृष्टि से देखता है। सिन्धु तक साम्राज्य-विस्तार करने में पाटन ही उसकी बाधा है। उधर पाटन का वह अपराधी भी है, पाटन को उससे वैर लेना है, परन्तु आज नहीं। आज तो उसे रोकना होगा। यह काम आप ही कर सकते हैं देव।"

"दामो, यह काम तो तुम्हारे बूते का है।"

"मैं ही जाता। पर मैं यदि आज पाटन छोड़ता हूं तो देव, सत्य जानिए, पाटन भी नहीं, पाटन के महाराज भी नहीं। इसलिए पाटन को मुझ पर छोड़िए। आप मालव जाइए।"

भस्मांकदेव विचार में पड़ गए। दामोदर ने धीमे स्वर में कहा, "आप तैलपराज की बहिन, मुंज की विधवा महारानी कुसुमवती को जानते हैं। वह भी आपको बहुत मानती हैं।"

"तो इससे क्या?"

"सब कुछ इसी में हो गया देव, वह बड़े तेज स्वभाव की स्त्री हैं। तैलपराज ने अपने हाथ से महाराज मुंज का शिरच्छेद किया था, यह अवन्ती का साधारण अपमान नहीं है। भोजराज इस अपमान को भूलकर इधर-उधर ध्यान दे रहे हैं। आप कुसुमवती को उकसाइए, सारी राज-सभा को उकसाइए, सारे मालव में आग लगा दीजिए—और मालवराज को तैलपराज पर अभियान में पेल दीजिए। यह आप ही की सामर्थ्य है, दूसरे की नहीं। यह सुयोग भी अच्छा है। मालवराज अवन्ती से बाहर हैं। आपके काम में बाधा न होगी।"

भस्मांकदेव ने गम्भीर विचार करके कहा, "ठीक है महता, मैं जाऊंगा।"

"तो यह महाराज की मुद्रिका है, आप अभी, इसी क्षण प्रस्थान कर जाएं। एक क्षण भी हमारे लिए मूल्यवान है।"

"ऐसा ही होगा," कहकर भस्मांकदेव उठे। दामोदर भी उठे। दो घड़ी बाद, दो अश्वारोही अवन्ती-द्वार पर पहुंचे। एक द्वार के बाहर अवन्ती के मार्ग पर चला। दूसरा उस पर शुभ दृष्टि बिखेरता पीछे लौटा।

प्राची दिशा उज्ज्वल हो रही थी।

दामोदर की कूटनीति

श्री भस्मांकदेव को नगर के अवन्ती-द्वार से बाहर कर दामोदर पीछे लौटे। इसी समय आनन्द ने सम्मुख आकर प्रणाम किया। दामोदर ने प्रसन्न होकर कहा, "हो गया?"

"जी।"

कुछ देर दामोदर कुछ सोचते रहे। फिर उन्होंने कहा, "आनन्द, सुना है नान्दोल में सैनिक तैयारियां बड़ी धूम-धाम से हो रही हैं। इस समय यदि कोई शस्त्रों का सौदागर अच्छे शस्त्रास्त्र वहां जाकर बेचे, तो लाभ-ही-लाभ है।"

"महाराज, एक अच्छा सौदागर आज ही अपने साथ बहुत-से शस्त्रास्त्र लेकर जानेवाला है।"

"यह तो बहुत अच्छी बात है। वहां इस समय अर्बुद राजकुमार श्री कृष्णप्रसाद देव भी विराजमान हैं, वे नान्दोल के युवराज श्री बालाप्रसाद के परम मित्र हैं। दोनों मित्रों को शस्त्र-विद्या का भी बड़ा शौक है। यदि वह गुणी उन्हें शस्त्र-संचालन से प्रसन्न करके उन्हें अनुकूल कर ले, तो भविष्य उसका बहुत उन्नत हो सकता है। पाटन राज्य की ओर से उसे प्रमाण-पत्र दिया जा सकता है।"

"सौदागर निश्चय ही दोनों राजकुमारों को अपनी अस्त्र-विद्या से प्रसन्न कर लेगा।"

"परन्तु आनन्द, नान्दोल के राजकुमार और अर्बुदेश्वर के पाटवी, दोनों ही परम रसिक हैं। वे गान-वाद्य के भी बड़े प्रेमी हैं। यदि वह गुणी सौदागर संगीत का भी पारदर्शी हुआ तो राजकुमारों का प्रिय अन्तर्वासी बन सकता है।"

आनन्द ने हंसकर कहा, "महाराज, वह सौदागर ऐसा ही पटु और पारंगत है।"

"तो आनन्द, यह मुद्रा ले, तू प्रमाण-पत्र तैयार करके सौदागर को दे। यही मुद्रा दिखाकर विमलशाह से जितना जी चाहे, दम्म सौदागर को दिला दे।"

"जो आज्ञा!" आनन्द नमस्कार करके चलता हुआ। इसी समय देवसेन ने सम्मुख आकर प्रणाम किया। और कहा, "महाराज, दोनों कब्ज़े में हैं।"

"ठीक है, देवसेन, मैं अब विश्राम करूंगा। तू जा विमलशाह के घर, और उनसे कह, कि महामन्त्री वीकणशाह पर कड़ी नज़र रखें, और उसके घर पर भी पहरा बैठा दें।"

देवसेन प्रणाम करके चला गया। दामोदर ने अपने आवास में जा विश्राम किया। अभी सूर्य की एकाध ही किरण पूर्व दिशा में फूटी थी।

विमलदेव शाह

विमलदेव एक सामर्थ्यवान तरुण था। वह देखने में दर्शनीय, व्यवहार में नम्र और युद्ध-स्थल में कठिन योद्धा था। बाण-विद्या में कुमार भीमदेव के बाद उसी का नाम गुजरात में विख्यात था। यह एक भावुक श्रावक जैन था। जाति का बनिया था परन्तु स्वभाव का क्षत्रिय। यद्यपि महाराज चामुंडराय के राज्य में यह प्रधान कोषाध्यक्ष था, परन्तु कुमार भीमदेव का अभिन्न मित्र और युवराज वल्लभदेव का प्रधानमन्त्री था। महाराज चामुंडराय को यह व्यक्ति पसन्द नहीं था, क्योंकि वह सदैव महाराज के खर्च पर टीका-टिप्पणी करता रहता था। बहुधा महाराज की मांग की अवज्ञा भी कर बैठता था। वह अपने अधिकार और कर्तव्य में चौकस था। उसका आत्मसम्मान और स्वाभिमान इतना बढ़ा हुआ था कि वह गुजरात में अपने समान वीर और राजपुरुष दूसरे को समझता ही न था। गुजरात में केवल दो ही पुरुष थे जिन्हें यह पुरुष आदर की दृष्टि से देखता था। एक युवराज वल्लभदेव, दूसरे ब्राह्मण भस्मांकदेव। दामोदर को यह अपना प्रतिस्पर्धी समझता था, तथा उससे भय भी खाता था।

दामोदर थोड़ा विश्राम कर झटपट नित्यकर्म से निपटकर घोड़े पर सवार हो विमलदेव के आवास की ओर गया।

विमल का आवास पाटन में अति भव्य और प्रभावशाली था। उससे उसके स्वामी की शालीनता और सुरुचि, दोनों ही प्रकट होती थीं। दामोदर को देखते ही विमल ने आग्रहपूर्वक उसका स्वागत करते हुए कहा, "महता, महाराज वल्लभदेव को नई सैन्य भर्ती करने के लिए धन भी तो चाहिए।"

"यह तो पाटन के अर्थमन्त्री के सोचने की बात है।"

"अर्थमन्त्री क्या करे, बड़े महारजा के लानतान के खर्च से कुछ बचे तब तो!"

"राजकोष पहले राज-काज में खर्च होगा, पीछे राजा के लानतान में, वह भी मर्यादित।"

"वही तो महता, इसीलिए मैं नित्य महाराज चामुंडराय की घृणा का पात्र बनता हूं।"

"यह तो जब तक वीकणशाह का स्थान विमलदेव नहीं ग्रहण कर पाते, तब तक सहना ही पड़ेगा।"

विमलदेव ने मन्द मुस्कान करते हुए दामोदर को देखा और कहा, "महता, स्वप्न देख रहे हो?"

"स्वप्न रात देखा था, आज तो जो कुछ देखूंगा, वह प्रत्यक्ष ही।"

"क्या कोई और योजना है?"

"स्वप्न को सत्य करने की।"

"कब?"

"आज ही।"

विमलशाह महता की ओर ताकते ही रहे। फिर उन्होंने कहा, "महता, छोड़ों यह बात, मैंने आज ही कुछ दम्म महाराज वल्लभदेव के पास नई सेना की भर्ती करने के लिए भेज दिए हैं।"

"केवल नई सेना से क्या होगा? शस्त्र भी तो चाहिए—फिर घोड़े-हाथी। जानते हो महामन्त्री, मालव-महीप भोज का गज-सैन्य तीन हज़ार है।"

"जानता हूं, पर बाणबली कितने हैं?"

दामोदर ने बात टालकर कहा, "पाटन में शस्त्रास्त्र अधिक-से-अधिक उत्पन्न कराने की योजना भी आवश्यक है। फिर बालुकाराय भी तो सैन्य भर्ती कर रहे हैं।"

"उन्हें तो एक सप्ताह हो गया। सिन्ध-सौराष्ट्र और कर्नाटक से जितने घोड़ों के व्यापारी पाटन में आए थे, सबके घोड़े उन्होंने खरीद लिए हैं। वे दम्म मांग रहे हैं।"

"सो तो मांगे होंगे।"

"पर वीकण ने बड़े महाराज के कान भर दिए हैं। उन्होंने सिंहल से कुछ नए शिल्पी बुलाए हैं। कुछ बंगीय कलावन्त आए हैं, उनके लिए उन्हें दस लाख दम्म तुरन्त चाहिए।"

"इस पर आज के बाद विचार होगा, अभी एक अग्रत्य की बात पर परामर्श करने

आया हूं।"

"कौन बात?"

"भस्मांकदेव गए।"

"ठीक हुआ—और नान्दोल?"

"वहां एक शस्त्रों का व्यापारी गया है।"

"शस्त्रों का सौदागर?"

"नान्दोलराज नई सैन्य भर्ती कर रहे हैं, उन्हें पाटन और अवन्ती, दोनों ही से निपटना है। इससे अच्छे शस्त्रों के वहां अच्छे दाम उठेंगे, इसी से। फिर एक और बात है!"

"क्या?"

"अर्बुदेश्वर के महाराज कुमार और नान्दोल के कुमार, दोनों ही शस्त्र-विद्या के बड़े प्रेमी हैं। वह सौदागर उन्हें शस्त्र-संचालन की शिक्षा देगा। साथ ही वह संगीत से भी उन्हें प्रसन्न करेगा।"

विमल ज़ोर से हंस पड़े। दामोदर भी हंसे। फिर कहा, "अब सिन्धु की बात कहो।"

"उसकी क्या बात?"

"वहां आप जाएं महामन्त्री।"

"मैं?"

"सिंधुपति हुम्मक की नस-नस से आप जानकार हैं, आपको जाना ही पड़ेगा।"

"किन्तु..."

"किन्तु-परन्तु पीछे, आज आपको पाटन का प्रधानमन्त्री बनना है, इसके बाद सिन्धु देखे बिना चलेगा नहीं।"

"क्या कहते हो महता..."

"महामन्त्री, आज मुझे बहुत काम है, आप समय पर महाराज की सेवा में उपस्थित रहें।"

"पर राजा दम्म मांगेंगे।"

"तो कहना, दम्म देने ही आया हूं।"

"फिर?"

"फिर दामोदर देख लेगा।"

"महता, तुम कोई भयानक खेल तो नहीं खेल रहे?"

"भयानक नहीं, एक मनोरंजक खेल! मेरा सन्देश मिला था?"

"वीकणशाह के सम्बन्ध में?"

"हां। सब ठीक है महता।"

"तो मैं चला महामन्त्री।"

"यह क्या..."

"जय-जय!"

राज-कलह

गुजरेश्वर महाराज चामुंडराय अत्यन्त क्रुद्ध थे। वे क्रोध में आकर अंटसंट जो मुंह में आता था, वही बकझक रहे थे। उनके सम्मुख गुजरात के राजस्व-सचिव विमलदेव शाह बैठे थे। उनके चेहरे पर भी दृढ़ता और विद्रोह के चिह्न स्पष्ट थे।

महाराज ने कहा, "गुजरात का राजा मैं कि तू?"

"आप," विमलदेव शाह ने संक्षिप्त जवाब दिया।

"तो राजकोष का स्वामी कौन?"

"मैं।"

महाराज ने क्रोध से कांपते हुए कहा, "तू तो चाकर।"

"चाकर राज्य का, राजा का नहीं।"

"राजा का क्यों नहीं?"

"राजा भी राज्य का चाकर।"

"यह बात है? तू राज-विद्रोही है।"

"मैं राजसेवक हूं।"

"पर मैं, जैसी मेरी इच्छा होगी, राजकोष खर्च करूंगा।"

"यह नहीं हो सकता।"

"तूने वल्लभ को दम्म क्यों भेजा?"

"उसकी आवश्यकता थी राजकार्य के लिए।"

"मेरी आज्ञा क्यों नहीं ली?"

"महाराज को राजकाज देखने का होश ही नहीं है, राजकाज तो दूसरे ही देखते हैं।"

"दूसरे कौन?"

"जैसे मैं।"

"तो राजा कौन?"

"महाराज!"

"तब दे राजकोष मुझे।"

"नहीं, राजकोष राज्यकार्य में व्यय होगा।"

"मैं तुझे पथभ्रष्ट करता हूं।"

"मैं अस्वीकार करता हूं।"

"तेरा इतना साहस?"

"बिना साहस के तो महाराज, राजकाज होता नहीं।"

राजा के मुंह से क्रोध के मारे झाग निकलने लगे। उन्होंने एक खवास की ओर देखकर कहा, "पकड़ इस हरामखोर को।"

हरामखोर की गाली राजा के मुंह लगी थी। गाली सुनकर विमलदेव शाह का मुंह लाल हो गया। उन्होंने तलवार सूंत ली। इसी समय खवास राजाज्ञा का पालन करने को आगे बढ़ा। विमलदेव ने खट से उसका सिर काट लिया।

राजा के सामने खून की नदी बह निकली, लाश तड़पने लगी। राजा का क्रोध हवा हो गया। वह भय से थर-थर कांपने लगा। खवास, चाकर, जी-हुजूरिए सब भाग खड़े हुए।

विमलदेव शाह ने आगे बढ़कर कहा, "महाराज, उचित तो यह है कि आपकी जिस ज़बान पर गाली चढ़ी है, वह ज़बान अभी काट ली जाए, पर इस बार माफ करता हूं। विमलदेव शाह गुजरात का राजस्व-सचिव है, उसके साथ गुर्जरेश्वर को प्रतिष्ठा का व्यवहार करना चाहिए।"

राजा की वाणी जड़ हो गई। उसने भर्राए स्वर में कहा, "तो विमल, तू अपने राजा को मार डाल या दम्म दे।"

"दम्म तो दूंगा नहीं। जितना था, दे चुका हूं।"

राजा को रुपयों की बड़ी आवश्यकता थी। उसने बहुत-सा मूल्यवान पत्थर खरीदा था। कुछ मालव की गणिकाएं आई थीं। उन्हें धन देना था। और भी खर्च थे। जितना रुपया आता था वह तुरन्त ही उड़ जाता था। महाराज हिसाब-किताब रखते नहीं थे। हाथ उनका खुला हुआ था। उन्हें हर समय ही धन की आवश्यकता रहती थी। राजा ने आंखों में आंसू भरकर कहा, "तो तू मुझे मार डाल विमल।"

"यह काम मैं तो नहीं करूंगा। पर महाराज, इसका भी प्रबन्ध हो चुका है। सम्भवतः आज ही आपकी यह इच्छा भी पूरी हो जाएगी। मैं अब जाता हूं।" यह कहकर रक्त से भरी तलवार हाथ में ले विमलदेव शाह लौट चले।

राजा ने रोककर कहा, "अरे ठहर विमल, यह क्या बात कही तूने? इसका क्या मतलब है?"

अब धीरे-धीरे दामोदर महता ने आकर राजा को प्रणाम किया। उसने कहा, "यह बात मुझसे पूछिए महाराज।"

"क्या तू भी इस षड्यन्त्र में है महता? और तुम सब लोग राज-वध करना चाहते हो?"

"महाराज!" दामोदर ने कहा, "राजवध कौन करना चाहते हैं, और कौन महाराज की रक्षा करते हैं, महाराज को इस पर विचार करने की फुरसत ही नहीं है।"

"फुरसत क्यों नहीं है, पर तुम लोग सब मनमानी करते हो, मुझे कुछ बताओ तभी न।"

"तो महाराज, यह यशस्वी महाराज मूलराज देव की अकलंक गद्दी है। और महाराज राजराजेश्वर चामुंडराय न्याय-विधान में पीछे नहीं हैं। मैं एक अभियोग उपस्थित करता

हूं, महाराज इस पर विचार करें।"

"और विमल?"

"विमलदेव शाह साक्षी रहें।"

"अच्छी बात है, अभियोग उपस्थित कर।"

"परन्तु महाराज एक वचन दीजिए, अभियोग चाहे भी जिस पुरुष के विपरीत हो, और वह पुरुष चाहे भी जैसा प्रभावशाली और महाराज का प्रिय हो, आपको न्याय करना होगा।"

"पर अभियोग क्या है?"

"महाराज की हत्या का, और गुजरात के राजतन्त्र को उलटने का।"

"तो मैं वचन देता हूं। अभियोग किसके विरुद्ध है? अपराधियों को उपस्थित कर।"

दामोदर ने संकेत किया। सेनापति बालुकाराय, रस्सियों से बंधे यति जिनदत्त सूरि को लेकर उपस्थित हुए। राजा आश्चर्यचकित हो दामोदर की ओर देखने लगा। दामोदर ने कहा, "महाराज, मैं बालुकाराय से कुछ प्रश्न करता हूं, वह सुनिए, परन्तु ठहरिए।" उसने फिर संकेत किया। इस बार देवसेन बालचन्द खवास और महाराज की प्रिय ताम्बूलवाहिनी चम्पकबाला को लेकर आ उपस्थित हुआ। दोनों के हाथ रस्सियों से बंधे थे।

अब दामोदर ने बालुकाराय से पूछा, "बालुकाराय, तुमने इस यति को कहां पकड़ा?"

"नान्दोल के राजमार्ग पर।"

"यह कहां जा रहा था?"

"नान्दोल।"

"तुमने इसे किसलिए पकड़ा?"

"दामो महता के आदेश पर।"

"इसके पास तुमने क्या पाया?"

"एक पत्र और एक मुद्रा।"

"ये दोनों वस्तुएं महाराज के सम्मुख उपस्थित करो।"

सेनापति ने दोनों वस्तुएं तुरन्त महाराज के आगे धर दीं। महाराज महारानी दुर्लभदेवी के हस्ताक्षर और मुद्रा देखकर अचरज में डूब गए।

अब महता ने देवसेन से पूछा, "देवसेन, इन दोनों को तुमने कहां पकड़ा?"

"सरस्वती-तट पर नगर-द्वार के बाहर।"

"किस समय?"

"तीन प्रहर रात्रि जाने पर।"

"किसकी आज्ञा से?"

"आपकी।"

"इनके साथ कौन-कौन था?"

"महारानी दुर्लभदेवी, यह यति और कुमार दुर्लभदेव का सामन्त।"

"अच्छा, अब यति जी महाराज, आप कह सकते हैं कि आप उस अर्द्धरात्रि में महारानी और इन सबके साथ क्या षड्यन्त्र कर रहे थे?"

"नहीं, मैं इनको जानता भी नहीं। मुझे नान्दोल जाते हुए पकड़ा गया है।"

"और यह मुद्रा तथा पत्रिका?"

"मैं इस विषय में कुछ नहीं जानता।"

"अच्छी बात है, चम्पकबाला, तुम कुछ बता सकती हो?"

"मैं कुछ नहीं जानती।"

"और तुम बालचन्द्र?"

"मैं महाराज का निर्दोष सेवक हूं।"

दामोदर ने देवसेन से कहा, "देवसेन, इनके वस्त्रों की तलाशी तो लो।"

तलाशी में बालचन्द्र के पास से महारानी का कंगन, स्वर्णदम्म और चम्पकबाला के पास मोती की माला मिली। खवास के पास विष की पुड़िया भी मिली। तीनों वस्तुएं महाराज के पास रख दी गईं। राजा उन वस्तुओं को पहचान कर काठ हो गए।

दामोदर ने कहा, "तुम बता सकते हो, ये वस्तुएं तुम्हारे पास कहां से आईं।"

"नहीं बता सकते, हम कुछ नहीं जानते।"

दामोदर ने संकेत किया। देवसेन दो सैनिकों को भीतर ले आया। दामोदर ने उनसे कहा, "इस स्त्री को नंगा करके कोड़े लगाओ।"

सिपाही आगे बढ़े, यह देख चम्पकबाला रोती हुई बोली, "नहीं-नहीं, मैं सब साफ-साफ कह देती हूं।"

इसके बाद उसने सब षड्यन्त्र का भंडाफोड़ कर दिया। बालचन्द्र खवास भी अपराध स्वीकार करके राजा के चरणों में आ गिरा। केवल यति ने कुटिल हास्य करके कहा, "झूठ, सब झूठ।"

अब बालुकाराय ने उस सामन्त को भी लाकर उपस्थित किया, पर उसने भी सब अस्वीकार किया।

परन्तु अभियोग प्रमाणित करने-भर की सब सामग्री जुट गई थी। दामोदर ने कहा, "महाराज, आपकी आज्ञा के बिना हमने महारानी और राज्यमन्त्री वीकणशाह को बन्दी नहीं किया था। सो आप इन दोनों को बन्दी करने की आज्ञा दीजिए।"

महाराज चामुंडराय शोक, क्रोध और सन्ताप से सिर पकड़कर बैठे रह गए। दामोदर ने कहा, "महाराज ने न्याय का वचन दिया है। आज्ञा दीजिए!"

राजा ने दोनों को लाने की आज्ञा दी। महारानी क्रोध से लाल मुंह किए सिंहिनी की भांति आ खड़ी हुई।

दामोदर ने कहा, "महारानी बा, मैं आपसे कुछ प्रश्न करूंगा।"

"गुजरात की रानी अपने चाकरों को जवाब देने को बाध्य नहीं है।"

"परन्तु मैं महाराज की ओर से पूछता हूं।"

"महाराज अभी जीवित हैं, उनमें बोलने की भी शक्ति है, वे ही क्यों नहीं पूछते?"

राजा ने कहा, "महारानी, महता की बात का जवाब दो।"

"मैं कोई जवाब नहीं दूंगी। मैं किसी के प्रति जवाबदेह नहीं हूं।"

"आपने राज-विद्रोह किया रानी बा?"

"रानी स्वयं ही राजा की अर्धांगिनी है, उसके प्रति राज-विद्रोह का अपराध लगाने का अभिप्राय है, उसका अपने ही प्रति विद्रोही होना। सो यह असत्य है।"

"आपने महाराज को मारने का षड्यन्त्र किया था?"

"राजा कभी मरता ही नहीं है, राजा चिरंजीव है।"

"परन्तु मैं महाराज चामुंडराय के सम्बन्ध में कहता हूं।"

"राजा वही है जो सबका स्वामी है, जिसे राजत्व का ज्ञान है और मर्यादा-पालन की शक्ति है। जिसमें वह नहीं है, वह राजा ही नहीं। उसके प्रति विद्रोह का प्रश्न ही नहीं उठता।"

"आपने महाराजा चामुंडराय की हत्या करके कुमार दुर्लभदेव को राजा बनाने की योजना स्थिर की थी?"

"रानी राज्य की उन्नति के और स्थिरता के लिए जो ठीक समझे, कर सकती है।"

"तो आप स्वीकार करती हैं?"

"मैं कुछ स्वीकार नहीं करती।"

वीकणशाह ने सब बातें विस्तार से बयान करके कहा, "मैं तो भेद लेने को षड्यन्त्र में सम्मिलित हुआ था। मैं महाराज का चिरकिंकर हूं।"

महाराज ने सब बन्दियों को अभी बन्दीगृह में ले जाने तथा महारानी को राजमहल में नज़रबन्द करने की आज्ञा दी।

उसके बाद, "ओफ, आफत टली।" कहकर वे मसनद पर लुढ़क गए।

दामोदर ने कहा, "अभी आफत नहीं टली महाराज, आफत सिर पर आ रही है।

महाराज फिर घबराकर बैठ गए। उन्होंने कहा, "अब क्या?" दामोदर के संकेत से सामन्तसिंह चौहान ने आगे बढ़कर राजा को प्रणाम किया।

राजा ने पूछा, "यह कौन?"

महता ने कहा, "महाराज, यह सामन्तसिंह चौहान है—घोघाबापा का पुत्र, आज आठ दिन से महाराज के दर्शन को भटक रहा है।"

महाराज के मुख पर वात्सल्य की प्रसन्न मुद्रा छा गई, उन्होंने दोनों हाथ फैलाकर कहा, "आ-आ पुत्र, आहा घोघाबापा, बहुत दिन से देखा नहीं। तू आठ दिन से...ये हरामखोर..." राजा ने भयभीत नेत्रों से विमलदेव शाह की ओर देखा। अभी भी उसके हाथ में वही रक्त-भरी तलवार थी, और वह आद्योपान्त सब नाटक चुपचाप देखता रहा था।

दामोदर ने कहा, "महाराज, विपत्ति सिर पर है।"

"कैसी विपत्ति भाई, विपत्ति-विपत्ति-विपत्ति का कोई आदि-अन्त भी है?"

"महाराज, चौहान आपके पास घोघाबापा का सन्देश लाए हैं।"

"क्या सन्देश है पुत्र?"

"महाराज, गज़नी का दैत्य नगर-गांव जलाता-लूटता, सब स्त्री-पुरुषों को तलवार के घाट उतारता गुजरात की ओर धंसा चला आ रहा है।"

"गुजरात की ओर?"

महाराज ने बालुकाराय की ओर प्रश्नसूचक दृष्टि से देखा।

बालुकाराय ने महता की ओर देखा। महता ने कहा, "महाराज, पहले घोघाबापा का सन्देश पूरा सुन लें।"

राजा ने फिर सामन्त की ओर देखा। सामन्तसिंह ने कहा, "महाराज, उसने मुलतान को आक्रान्त किया है, और बापा से उसने राह मांगी है।"

"राह?"

"मरुस्थली की राह, वह मरुस्थली को पार कर सपादलक्ष को जाना चाहता है।"

"घोघाबापा क्या उसे राह देंगे?"

"उन्होंने उसके हीरों-भरे थाल में लात मारकर कहा् कि यह लात ही मेरा उत्तर है।"

राजा सब बातें भूलकर बालक की भांति हो-हो करके हंस पड़े। उन्होंने कहा, "यह हैं घोघाबापा, मैं क्या उन्हें जानता नहीं हूं।"

"परन्तु महाराज, मुलतान के महाराज अजयपाल और लोहकोट के भीमपाल ने भय और लालच में फंसकर उसे राह दे दी है। बापा ने कहा, जब तक मरुस्थली के मुख पर मेरी चौकी है, मरुस्थली में एक पंछी भी पर नहीं मार सकता। परन्तु फिर भी महाराज सावधान रहें। इसी से मुझे भेजा गया है।"

"तो अच्छा किया।" फिर बालुकाराय की ओर देखकर कहा, "बालुका, बेटा, इस अमीर को मार भगा। देख, यह गुजरात की भूमि पर पैर न रखने पाए।"

बालुका चुपचाप खड़ा रहा। दामोदर ने कहा, "महाराज! यह सब तो समय पर होता रहेगा। पर अभी आप विमलदेव शाह को महामन्त्री के पद पर नियुक्त कीजिए।"

महाराज ने भयभीत नेत्रों से विमल की ओर देखा। फिर कहा, "ठीक है विमल, तू इन हरामखो...नहीं, नहीं, यह बात नहीं, सब टंटेखोरों को ठीक कर।" फिर सामन्त की ओर देखकर आनन्द मुद्रा से कहा, "आ पूत, आ। अरे महता, देख, यह सामन्त अभी जाए नहीं।" और वे फिर मसनद पर लुढ़क गए। महता ने हाथ ऊंचा करके कहा, "महामन्त्री विमलदेव शाह की जय!" सब कंठों ने मिलकर जयघोष में योग दिया।

धर्म की तलवार

आपने अजमेर से आगरे तक का भू-भाग देखा होगा। इस समय इस भू-भाग में लम्बी-चौड़ी साफ-सुथरी सड़कें, सांप की तरह बलखाती हुई छोटी-बड़ी पहाड़ियों के अंचल में फैली हुई दीख पड़ती हैं। इधर-से-उधर रात-दिन रेलगाड़ियां दौड़ती हैं, राह में अलवर, बांदीकुई, अछनेरा, फुलेरा, जयपुर, भरतपुर और

अजमेर के शानदार स्टेशन बने हुए हैं। जब आप फर्स्ट क्लास में गुदगुदे गद्दों पर अधलेटे, सुगन्धित सिगरेट के धुएं का गुबार बनाते इन स्टेशनों पर गाड़ी के रुकते ही खानसामाओं को, चाय-टोस्ट-मक्खन, सोडा-बर्फ सुरुचिपूर्ण ढंग पर लिए जर्राफ सफेद साफ पोशाक पहने सेवा में उपस्थित हुआ देखते हैं, तथा जब सावन की ठंडी बरसाती हवा के झोंके, घड़घड़ाती सरपट दौड़ती हुई रेलगाड़ी के आपके डिब्बे में अनायास ही घुसकर आपकी यात्रा को अधिक आनन्दप्रद बना देते हैं, और जब आप जयपुर, अजमेर जैसे समृद्ध शहरों की भव्य छटा अवलोकन करते हैं, तब शायद ही आपके ध्यान में यह बात आती होगी कि अब से एक हज़ार वर्ष पूर्व यह भू-भाग लगभग जनशून्य, उजाड़, दुर्गम और हिंसक पशुओं से परिपूर्ण था। बड़े-से-बड़ा साहसिक यात्री भी इस जटिल भयानक प्रदेश में होकर एकाकी यात्रा करने का साहस न कर सकता था।

भव्य जयपुर के पार्श्व में, जो ध्वस्त आमेर नगर दीख पड़ता है, वह उन दिनों मीना लोगों की मुख्य राजधानी थी। उन दिनों माची, खोरू, गेटोर तथा कोटवाड़ा जैसे छोटे गांवों में भी, मीना सरदारों की छोटी-बड़ी गढ़ियां बनी हुई थीं। मीना बड़े लड़ाके और बलवान थे। आस-पास के इलाकों में उनकी धाक बंधी थी। आस-पास के पार्वत्य प्रदेशों में उनके अधीन बावन दुर्ग थे, जिनमें हज़ारों मीना-सुभट हर समय तीर-कमठा लिए रणसज्जा में सजे तैयार रहते थे।

आमेर राज्य के संस्थापक कछवाहा ईश्वरदास ने, सनक में आकर अपना सब धन ब्राह्मणों को दान दे डाला था और आमेर का राज्य अपने दोहते जयसिंह तोमर को देकर स्वयं वानप्रस्थी हो गए थे। उन दिनों ग्वालियर भी आमेर राज्य के अन्तर्गत था, और वहां ईश्वरदेव के पुत्र सौढ़देव रहते थे। उनसे तोमरों ने कहा, कि आपके पिता ने यह सम्पूर्ण राज्य हमें दे दिया है, अतः अब ग्वालियर भी आप खाली कर दीजिए। पिता की आन मानकर सौढ़देव ने ग्वालियर छोड़ दिया और दौसा में बड़गूजरों के आश्रित हो आ बसे। उन दिनों दौसा एक अच्छा व्यापारिक केन्द्र था और वह बड़गूजरों की राजधानी था। पर वह चारों ओर से मीनाओं की रियासतों से घिरा था। अतः मीनाओं से आए-दिन झगड़े-झंझट होते ही रहते थे। बड़गूजर राजा दुर्बल था। वह मीनाओं के अत्याचारों और लूट-खसोट से बहुत तंग था। सौढ़देव जैसे बात के धनी थे, वैसे ही तलवार के भी धनी थे। सेनानी भी वे बड़े बांके थे। बड़गूजरों ने जब उनकी खूब आवभगत की, तो सौढ़देव ने उनका संगठन करके उनके अनुरोध से मीनाओं की संयुक्त सेनाओं से घोर युद्ध करके सदा के लिए उनका बल क्षीण कर दिया। तोमरों ने अपनी ओर से एक मीना सरदार को राजा बनाकर आमेर पर बैठा दिया। अब आमेर ही मीनाओं का प्रमुख नगर था। सौढ़देव ने मीनाओं को आमेर से निकाल बाहर किया और अपने को आमेर का राजा घोषित कर दिया।

इसी समय सौढ़देव की मृत्यु हो गई। उनके बाद उनका पुत्र दुर्लभदेव आमेर की गद्दी पर बैठा। परन्तु दुर्लभदेव निपट बालक था, इसे सौढ़देव के भाई ने बलपूर्वक गद्दी से उतार दिया और स्वयं आमेर का राजा बन बैठा। सौढ़देव की रानी प्रताड़ित हो बालक

राजा को टोकरे में रख, भिखारिणी के वेश में खोरू गांव में आ वहां के मीना राजा के घर रसोई बनाने पर नौकर हो गई। कालान्तर में मीना राजा ने उसे पहचानकर और उसके शील, चातुर्य और कार्यपटुता से प्रसन्न हो उसे अपनी धर्म-बहिन बना लिया और दुर्लभदेव को भांजा मान लिया। अब दुर्लभदेव को राजोचित शिक्षा दी जाने लगी। आयु पाकर दुर्लभदेव बुद्धिमान और वीर युवक के रूप में प्रकट हुआ।

दिल्ली उन दिनों तोमरों की थी। आस-पास के सब राजे तोमरों के आधीन थे। खोरू का मीना राजा भी उनको कर देता था। अब खोरू के मीना राजा को अपना एक प्रतिनिधि दिल्ली में रखने की आवश्यकता हुई। राजा ने अपने इस तरुण भांजे दुर्लभदेव को वहां अपना प्रतिनिधि बनाकर भेज दिया।

दुर्लभदेव ने दिल्ली में अपनी मिलनसारी, कार्यपटुता और बुद्धिमत्ता से तोमर राजा के मन में घर कर लिया। उन्होंने उस उन्नीस वर्ष के बालक की विलक्षण बुद्धिमत्ता, साहस और वीरता को देखा, तो उसे स्नेह की दृष्टि से देखने लगे। दिल्ली में दुर्लभदेव पांच वर्ष रहा। इस बीच उसने दो बार युद्ध में वीरत्व का प्रदर्शन किया और शत्रु को विजय कर तोमर राजा के चरणों में ला डाला। इससे वह और भी उसकी नज़र में चढ़ गया। मीनाओं के विरुद्ध लूट-खसीट, अत्याचार तथा अव्यवस्था की शिकायतें दिल्ली में निरन्तर आती रहती थीं। दिल्ली-दरबार में मीना राजा के शत्रु भी थे। वे इस साहसी तरुण को मीना राजा के विरुद्ध समय-समय पर उकसाते रहते थे। इसी समय दिल्ली में यह खबर पहुंची कि गज़नी का अमीर सोमनाथ पट्टन को ध्वंस करने सपादलक्ष की ओर बढ़ा आ रहा है। और चौहान राजाधिराज धर्मगजदेव उससे लोहा लेने की तैयारियां कर रहे हैं। उसका युवा रक्त जोश खा गया, और उसने इस धर्म-युद्ध में भाग लेने का संकल्प कर लिया। दिल्ली में इसके आधीन पांच सौ सुभट रहते थे, उतने ही सुभट संग लेकर वह दिल्ली से उस धर्मयुद्ध में योग लेने चल पड़ा। दीपावली का पर्व था। मीना लोगों का यह जातीय त्योहार था। वे निश्चिन्त होकर यह त्योहार मना रहे थे, मद्य ढाली जा रही थी और नृत्योत्सव हो रहे थे। दुर्लभराय ने वहां पहुंचकर वीरोचित शब्दों में मामा की भर्त्सना की, और आगे बढ़कर गज़नी के बर्बरों को रोकने में शौर्य प्रकट करने का अनुरोध किया। परन्तु मीना राजा इस समय मद्य के नशे में मत्त था। उसने दुर्लभराय को हाथ से धकेल दिया। दुर्लभराय ने इसी क्षण तलवार निकालकर उसका सिर काट लिया। उसके सुभट तलवारें सूंत-सूंतकर मीनों पर पिल पड़े। सब मीना गाजर-मूली की भांति काट डाले गए। इस प्रकार अकल्पित घटना घट जाने से भयभीत हो शेष मीनाओं ने दुर्लभराय की अधीनता स्वीकार कर ली। और दुर्लभराय ने उसी क्षण चढ़ी रकाब आमेर को दखल कर, अपने को आमेर का राजा घोषित कर दिया, तथा राज्य की उत्तम व्यवस्था की। पांच वर्ष दिल्ली में रहकर उसे जो दरबारी अनुभव हुए थे उनसे उसे बहुत लाभ हुआ। उसने देखते-ही-देखते राज्य का सारा प्रबन्ध नए सिरे से ठीक कर लिया। लूट-खसोट, मार-काट, चोरी सब बन्द हो गई। इसके बाद उसने

सपादलक्ष के राजा धर्मगजदेव चौहान को, मीना मामा के खून से भरी अपनी तलवार भेजकर कहलाया कि गज़नी के सुलतान के साथ होनेवाले धर्मयुद्ध में मेरी यह तलवार आपकी आज्ञा के आधीन है।

धर्मगजदेव

सांभर और अजमेर का संयुक्त इलाका उन दिनों सपादलक्ष कहलाता था, सांभर पुरानी राजधानी थी और अजमेर की नई बस्ती बसी थी, तब चौहान राजाओं ने इस स्थान को युद्धोपयोगी जान, पहाड़ियों पर चारों ओर सुदृढ़ गढ़ बना, अजमेर ही को अपनी मुख्य राजधानी बनाया था।

उन दिनों अजमेर पर चौहान राजा धर्मगजदेव का अबाध शासन था। धर्मगजदेव बड़े वीर, साहसी और योद्धा पुरुष थे। अजमेर अरावली की उपत्यका में राजस्थान का मुख था। यह नगर चारों ओर से दुर्गम पर्वत-श्रेणियों से घिरा हुआ अति सुरक्षित था। धर्मगजदेव को विदित था कि मारवाड़ की मरुस्थली को पार करके जो आततायी आक्रान्ता राजस्थान में प्रवेश करना चाहे, उसे अजमेर ही के मार्ग से आना पड़ेगा। इससे वह अपने को राजस्थान का दिग्पाल समझकर सदैव चौकन्ना रहता था।

धर्मगजदेव ने जब सुना कि गज़नी का अमीर बर्बर तुर्कों के दल-बादल ले मारवाड़ की मरुस्थली को पार करके ताबड़तोड़ अजमेर की ओर घुसा चला आ रहा है, तो उसने अविलम्ब उसके सम्मुख होने की तैयारियां प्रारम्भ कर दीं। अमीर से मुठभेड़ का उसका यह पहला ही अवसर न था, इससे प्रथम वह दो बार उससे टक्कर ले चुका थ। वह जैसा रणशूर था, वैसा ही राजनीति-पटु भी था। उसने सब कोष-खज़ाना माल-मता 'बीटवी' के किले में भेज दिया। काफी दिनों तक चल सकने योग्य रसद अजमेर के किले में एकत्र कर ली। गांव-गांव ढिंढोरा पिटवाकर लोगों को सावधान और सुसज्जित रहने का आदेश दे दिया। जिन नगर-गांवों पर खतरा था, उन्हें खाली कर दिया। राह-बाट के कुएं-तालाब-बांध सब तोड़ डाले। फसलें जला दीं। वृक्ष काट डाले, सड़कें-पुल-मार्ग सब तोड़ डाले। घाटियों को बन्द कर दिया। इस अल्पकाल में जितना सम्भव था, तैयार होकर उसने अजमेर से बाहर आकर पड़ाव डाला। धर्मगजदेव के आह्वान पर ग्रामीण कृषक हल-बैल छोड़, धनुष-बाण और ढाल-तलवार हाथ में ले, इस आततायी से लड़ने को आ जुटे। आसपास के ठिकानेदार, ज़मींदार और सगे-सम्बन्धी राजा लोग भी उसकी सहायता को आ पहुंचे। चारों ओर से चौकी पहरे का प्रबन्ध कर धर्मगजदेव ने अपनी सेना का निरीक्षण किया। उसके विभाजन किए और फिर वह अनुभवी दूतों को अमीर की खोज-खबर लेने भेजकर सावधान हो अमीर की अबाई की प्रतीक्षा करने लगा।

महमूद ताबड़-तोड़ मज़िल-दर-मंज़िल कूच करता हुआ, मरुस्थली की थकान उतारने की परवा न कर अजमेर की सीमा में आ घुसा। उसने पुष्कर के उस पार अपनी छावनी

डाली। धर्मगजदेव यह समाचार पाते ही पुष्कर की ओर बढ़ा। उसने पुष्कर का पवित्र जलाशय अपने अधिकार में कर लिया। और सेना को युद्ध के लिए सन्नद्ध कर छावनी डाल, अमीर की गतिविधि का निरीक्षण करने लगा।

अमीर महमूद चौहानराज धर्मगजदेव के पराक्रम से बेखबर न था। वह उससे युद्ध का खतरा उठाना नहीं चाहता था। अतः उसने मैत्री-सन्देश लेकर दूत, मुलतान के अजयपाल, सेवन्दराय, सालार मसऊद और तिलक हज्जाम को अजमेरपति के पास भेजा। साथ में बहुत-सी बहुमूल्य भेंट भी भेजी।

सुलतान के दूतों का यथोचित सत्कार करके धर्मगजदेव ने उनके आने का कारण पूछा। इस पर सालार मसऊद ने सुलतान का खरीता महाराज की सेवा में पेश किया। महाराज की आज्ञा से खरीता भरी सभा में पढ़ा गया। उसमें लिखा था–

"अजमेर के महाराज, आपकी वीरता और दरियादिली का हमने बहुत बखान सुना है। हम, गज़नी के यशस्वी सुलतान आपकी दोस्ती के लिए हाथ पसारते हैं। हमारी राह रोकने को, अपना लश्कर लेकर आने का आपका क्या मतलब है? हमारा इरादा आपके मुल्क पर हमला करने का नहीं है। खुदा के हुक्म से कुफ्र तोड़ने, थोड़े से जांनिसार साथियों के साथ हम गुजरात की ओर जा रहे हैं। आप हमारी राह छोड़कर दोस्ती का सबूत दीजिए। हमारा नाम महमूद है, हमारी तलवार और गुस्सा दुश्मनों का काल है। हमारे दुश्मनों को मौत और आग तथा गुलामी के आंसू नसीब होते हैं। उम्मीद है, आप दुश्मनी का नहीं, दोस्ती का हमें सबूत देंगे। अस्सलाम।"

महाराज ने धैर्य से पत्र सुना और मर्मभेदी दृष्टि अपने सामन्तों पर डाली। फिर उसने सुलतान के दूतों को देखा। उसकी दृष्टि मुलतान के राजा अजयपाल पर ठहर गई। अजयपाल ने आगे बढ़कर विनम्र वाणी से कहा, "महाराज, राजनीति कहती है कि अयाचित आपत्ति को निमन्त्रण नहीं देना चाहिए। सो आप आगे-पीछे की सब बातें सोच-विचार कर अमीर से मैत्री-व्यवहार कीजिए। इसी में भलाई है।"

महाराज ने उसे घूरकर देखा। वह जानते थे कि उनका यह सम्बन्धी वीर और बुद्धिमान है। उसकी आंखें चमकदार, नाक उभरी और दाढ़ी अधकचरी थी। कुछ देर उसे वह घूरते रहे फिर धीरे-से गम्भीर स्वर से बोले, "महाराज अजयपाल, आपने बिना लड़े ही मुलतान अमीर को सौंप दिया?"

"महाराज, हमारा बल नगण्य था, हम युद्ध नहीं कर सकते थे, आप ही सोचिए, नष्ट होने के लिए आत्मघाती युद्ध करने से क्या लाभ?"

"इसी से आपने सुलतान को आत्म-समर्पण कर दिया?"

"हां महाराज! और सुलतान ने नागरिकों से थोड़ा दंड लेकर उन्हें छोड़ दिया। नगर को कोई हानि नहीं पहुंचाई, न नगर लूटा गया।"

"दंड किस अपराध का?"

अजयपाल की वाणी लड़खड़ाई। उसने कहा, "अपराध का नहीं महाराज, नगर न लूटने का वचन देकर।"

"और सुलतान से इस सहयोग करने के सिले में आप ही मुलतान के राजा कायम रहे?"

"हां महाराज, यशस्वी सुलतान ने मुझे मुलतान का अधीश्वर स्वीकार कर लिया है।"

"इसी से कृतकृत्य होकर अब आप सुलतान की मुसाहिबी कर रहे हैं। औरों को भी अपनी भांति सुलतान का कृपापात्र बनाना चाहते हैं—विशेषकर अपने सम्बन्धियों को?"

"यही बात है महाराज, लाभ-हानि...।"

"वह मैं समझ गया। हानि का जोखिम आप उठाना नहीं चाहते, केवल लाभ-ही-लाभ। भीमपाल को भी आपने यही लाभ की राह दिखाई है, और अब मुझे भी यही परामर्श देने आए हैं!"

महाराज धर्मगजदेव क्षण-भर मौन रहे, फिर उन्होंने सेवन्द राय की ओर देखकर कहा, "आप भी शायद राजपूत हैं?"

"हां महाराज, आपकी इच्छा हो तो अमीर आपको यथेष्ट हरजाना..."

"बस, बस, इतना ही यथेष्ट है। तो, सज्जनो, मेरा उत्तर है कि यशस्वी गज़नी के सुलतान का हमने कुछ बिगाड़ा नहीं है। इसलिए किसी भी हालत में हम सुलतान के शत्रु नहीं है। परन्तु सुलतान बुरी नीयत से हिन्दुओं के धर्ममन्दिर सोमनाथ को भंग करने के निमित्त, राह में खून-खराबी और लूटपाट करता और गांवों-नगरों को जलाकर खाक करता आ रहा है, यह ज़बर्दस्ती दूसरों के धर्म और अधिकारों की अवज्ञा है। दूसरों के घरों पर डाका डालना है। इसे न बहादुरी कहा जा सकता है, न इससे सुलतान की नेकनामी बढ़ती है। इसके विरुद्ध सुलतान ऐसे कामों से लालची, अत्याचारी, लुटेरा, खूनी और आततायी प्रसिद्ध हो रहा है। यशस्वी सुलतान ने कई बार भारत को तलवार और आग की भेंट किया है। हर बार उसने हिन्दू मन्दिरों को तोड़ा, हिन्दू स्त्रियों की लाज लूटी और हिन्दू लोगों को गुलाम बनाया है। इन लोगों ने सुलतान का कभी कुछ नहीं बिगाड़ा था। वे उसके देश से दूर, अपने देश में, अपने धर्म और विश्वास से रहते हैं। उन्होंने सुलतान के देश पर हमले नहीं किए, उसके देश को लूटा नहीं। फिर उनके देश में आकर ज़बर्दस्ती उनके धर्म, जीवन और घर-बार को इस तरह निर्दयता से नष्ट करना, यशस्वी सुलतान के लिए न्याय की बात नहीं है। शोभनीय भी नहीं है। इसलिए, सुलतान यदि सचमुच इस सेवक के सम्मुख मित्रता का हाथ आगे बढ़ाते हैं, तो मैं मित्र की हैसियत से कहूंगा कि सुलतान अपने देश को लौट जाएं और दूसरों के धर्म में तलवार के ज़ोर से बाधा न डालें। यदि सुलतान इस राजपूत मित्र की यह नेक सलाह नहीं मानेंगे, तो सुलतान को जीते-जी अपने राज्य में होकर आगे बढ़ने से रोकना मेरा वैसा ही पवित्र धर्म और कर्तव्य हो जाता है, जैसा सुलतान का ऐसे खूनी आक्रमण करना...

"हम राजपूत, मित्रों का अतिथि-सत्कार करने में तुलना नहीं रखते। यदि सुलतान मित्र हैं, तो वे हमारे धर्म और देश के प्रत्येक आदमी के साथ वैसा ही बर्ताव करें, जैसा अपने और देश के आदमियों के साथ करते हैं। तब सुलतान का अजमेर में स्वागत

है। धर्मगजदेव उनका अतिथि-सत्कार करने में सर्वस्व न्योछावर करेगा। परन्तु यदि सुलतान हमारे धर्म, और हमारे देश के आदमियों को तलवार और मौत के घाट उतारने पर ही तुले हुए हैं, तो यह चौहान धर्मगजदेव रणस्थली में तलवार से उनका सत्कार करने को यहां सन्नद्ध है।"

सपादलक्ष के अधिपति महाराज धर्मगजदेव ने जलद-गम्भीर वाणी से ये वचन कहे। फिर मुलतान के महाराज अजयपाल की ओर मुंह करके कहा–

"महाराज अजयपाल, आप हमारे सम्बन्धी हैं, चौहान हैं। हमारा आपका खून एक है। परन्तु आप जो सन्देश लेकर आए हैं, उसके कारण इस खून की एकता के नाम पर मैं आपकी ओर से लज्जित हूं। महाराज, आप सिन्धनद के दिग्पाल हैं। सो आपने अपना कर्तव्य पालन न कर प्राण बचाने का श्रेय-लाभ किया। यह आपने क्षत्रियों की नवीन मर्यादा स्थापित की। आपने इस युक्ति से मुलतान बचा लिया, और अब रहा-सहा पुण्य लाभ करने सुलतान की दासता करके उनका दूतत्व करते हुए, उसे देवस्थान नष्ट करने पट्टन ले जा रहे हैं। आप ही ने लोहकोट के सुलतान को मार्ग देने को राज़ी किया था, यह आपकी कीर्ति मैं सुन चुका हूं। महाराज, आपकी इस कीर्ति का स्वर्ग में बखान करने आपके दादा घोघाबापा पहले ही स्वर्ग पहुंच चुके हैं, जिन्होंने आपको बचपन में घुटनों पर खिलाया था। महाराज अजयपाल, आपने चौहानों को अच्छा मार्ग दिखाया, आप जैसे शूरवीर तलवार के धनी तो शत्रु के गोइन्दे बनें और आपके वृद्ध पूज्य पुरुष रणस्थली में मृत्यु के भोग बनें? आप सपादलक्ष के उपकार के ही विचार से आए थे, अन्ततः यह राज्य भी तो आप ही का है। परन्तु महाराज, मैं दुर्भागी आपकी भली सीख से लाभ न उठा सका। अब आप सुलतान के सेनापति को हमारा वक्तव्य समझा दीजिए। जिससे वह सुलतान को ये ही सब बातें ठीक-ठीक बता सके।...

"और अब, महाराज अजयपाल, आप जा सकते हैं। आपसे, सम्बन्धी की भांति भुज-भर भेंट करने का यह अवसर नहीं है। आपका समय बहुमूल्य है और कुछ कहने-सुनने योग्य बात नहीं है।"

महाराज धर्मगजदेव का यह भाषण सुनकर, मुलतान के अधिपति का मुंह ठीकरे के समान निष्प्रभ हो गया। उन्होंने नेत्र नीचे कर लिए। शेष दोनों दूतों के मुंह भी भरे बादलों समान गम्भीर हो गए और वे नीचा सिर किए वहां से चल दिए।

चौहान की रणसज्जा

महाराज धर्मगजदेव ने अब बिना एक क्षण विलम्ब किए तुरन्त युद्ध समिति की एक संक्षिप्त बैठक की। समिति में सांभर के ढुंढिराज, आमेर के दुर्लभदेव, बदनेर और देवगढ़ के ठाकुर सरदार और सोजत-पाली के इलाकेदार मंडलेश्वर सम्मिलित हुए।

सपादलक्ष के महाराज की कमान में इस समय सब मिलाकर साठ हज़ार सेना एकत्रित हो गई थी। इसमें तीस हज़ार सवार, आठ हज़ार धनुर्धर भील, एक हज़ार हाथी और शेष पैदल सेना थी।

अजमेर से आगे गुजरात के मार्ग पर अरावली की पर्वत-श्रेणियां प्रारम्भ हो जाती हैं, और ज्यों-ज्यों आगे बढ़ते जाते हैं, दुर्गम वन-पथ आता-जाता है। नान्दोल से आगे विकट वन है, और उसके बाद दूर तक एक तंग घाटी में होकर मार्ग जाता है। उस घाटी के उस पार फिर खुले चौड़े हरे-भरे मैदान और फिर आबू के मनोरम दृश्य नज़र आते हैं।

महाराज धर्मगजदेव ने आमेर के राजा दुर्लभदेव की बड़ाई करके कहा, "हे वीर! मैं तुम्हें सबसे पहले सबसे कठिन काम सौंपता हूं। गज़नी के इस राक्षस को मैं भलीभांति जानता हूं। इसने सोलह बार भारत को आक्रान्त किया है। मुझसे जहां तक बनेगा, मैं इसे रोकूंगा। पर मुझे आगे का भी विचार करना चाहिए। सो तुम अपनी मीना राजपूतों की सम्पूर्ण सेना और आठ हज़ार भीलों को लेकर सीधे नान्दोल जाओ। वहां मेरा भतीजा अनहिल्लराज है, वह गुजरात के सोलंकियों का भी सम्बन्धी है, वह तुम्हारी सहायता करेगा। सो तुम सब, यदि यह दैत्य कदाचित यहां से बचकर भी निकल जाए तो व्यर्थ युद्ध करके अपनी शक्ति नष्ट न करना। प्रत्युत इसे नान्दोल के वन में घेरकर घाटी में ले जाना। वहां तुम्हारे भील, मीना और राजपूत इससे निबट लेंगे। चाहे जितना सैन्यबल होने पर भी वहां से इसका निस्तार नहीं है।"

इतना कहकर, उसने युवक दुर्लभराय की कमर में अपनी जड़ाऊ तलवार बांधी, और उसे विदा किया। देवगढ़, सोजत और बदनेर के सरदारों को भी ऊंच-नीच समझाकर उसके साथ ही आदरपूर्वक रवाना कर दिया।

यह कर्मठ राजा सारी रात व्यस्त रहा। उसने अपनी कुल सेना के तीन भाग कर डाले। आठ हज़ार सवार और दस हज़ार पैदल सेना तथा चार सौ हाथी सांभर के महाराज ढुंढिराज की कमान में सौंप, पुष्कर से पीछे हटाकर अमीर के वाम भाग में छिपा दिया। आठ हज़ार सवार और पन्द्रह हज़ार पैदल, मन्त्री-पुत्र सोढल की कमान में अजमेर की रक्षा में छोड़े। शेष हाथी-घोड़े और पैदल सेना ले वह स्वयं अमीर का सामना करने को व्यूहबद्ध खड़ा हुआ। व्यूह में सम्मुख पदातिक, पक्षों में अश्वारोही और पृष्ठ भाग में गज-सैन्य स्थित की। सरदार और सेनानायक अपनी-अपनी टोली के सम्मुख सन्नद्ध खड़े हो गए। भाट-चारण विरद बखानने लगे। कूच का नक्कारा बजा, धौंसे पर चोट पड़ी। सेना ने रणांगण की ओर प्रयाण किया।

बन्दीजन धर्मगजदेव तथा अन्य मंडलेश्वरों की प्रशस्ति गाते चले। सेना में उत्साह और विजय-नाद की हिलोरें उठने लगीं। सैनिकों के रक्त में उत्तेजना भरनेवाले मारू बाजे बजने लगे। सेना की कूच से पृथ्वी की धूल आकाश में उड़कर छा गई। कब सूर्योदय हुआ, इसका भी भान न रहा।

अमीर ने अपने दूतों के मुंह से जब धर्मगजदेव का सन्देश सुना, तो वह गम्भीर

हो गया। उसने तुरन्त युद्ध करने का निश्चय कर, सेनापतियों सहित अथक श्रम कर रातोंरात सेना को व्यूहबद्ध किया। अमीर यद्यपि मरुस्थली को पार करके अभी आया था। उसकी सेना थकी हुई और कुछ अव्यवस्थित भी थी। परन्तु तुरन्त युद्ध के सिवा दूसरा चारा न था। रात्रि के पिछले पहर अमीर एक चंचल अश्व पर सवार अपने सरदारों सहित, एक ऊंचे टीले पर चढ़कर हिन्दुओं की सेना की गतिविधि देखने लगा। उसने देखा, मशालों की रोशनी में राजपूत सेना व्यूहबद्ध रणसज्जा से सज रणांगण में अग्रसर हो रही है। धौंसे की धमक से अमीर का दिल दहल गया। उसने तीर की भांति अश्व फेंका और तत्काल अपनी सेना को व्यवस्थित रूप से युद्धस्थली की ओर कूच करने का आदेश दिया। जिहाद के जुनून से उन्मत्त बर्बर पठानों और तुर्कों के दल-बादल 'अल्ला-हो-अकबर' का नाद करते आगे बढ़ चले।

पुष्कर का युद्ध

चौहान और अमीर के लश्कर ज्यों ही एक-दूसरे की दृष्टि-मर्यादा में पहुंचे, त्यों ही दोनों ओर से बाणों की वर्षा प्रारम्भ हो गई। अभी ठीक-ठीक सूर्योदय नहीं हुआ था। बाण-वर्षा प्रारम्भ होते ही दोनों सेनाओं का आगे बढ़ना रुक गया। महाराज धर्मगजदेव ने यत्न और चातुरी से सब सम्भव टीलों और ऊंचे स्थानों पर अपनी सेना को दूर-दूर तक फैला दिया था। अमीर भी योजना से असावधान न था। उसने सैनिकों को वृक्षों, टीलों और आड़ की जगहों में टुकड़ियों को बिखेरकर, आड़ लेकर तीर मारने का आदेश दिया।

देखते-ही-देखते दोनों ओर के सिपाही घायल हो-होकर चीत्कार करने लगे। राजपूत आगे बढ़कर हाथोहाथ तलवार का युद्ध करने के इच्छुक थे। परन्तु अमीर के कौशल से ऐसा वे न कर सके। वह समूचा दिन इसी प्रकार व्यतीत हुआ। सन्ध्याकाल होने पर अमीर ने युद्ध बन्द करने का संकेत किया। और दोनों ओर की सैन्य अपने-अपने शिविर को फिरी। महाराज धर्मगजदेव ने पीठ नहीं खोली, सेना का निरीक्षण किया। घायल योद्धाओं को अजमेर भिजवा दिया गया तथा सैन्य का फिर से वर्गीकरण कर, दूसरे दिन के युद्ध की योजनाएं बनाईं। दूरस्थ सैन्य को सन्देश देकर सांढ़नियां रवाना की गईं।

दूसरे दिन सूर्योदय से प्रथम ही राजपूतों को सावधान होने का अवसर न दे, अमीर ने अपने दुर्धर्ष घुड़सवारों को ले अकस्मात धावा बोल दिया। इस कार्य से प्रथम तो राजपूत सैन्य में घबराहट और अव्यवस्था फैली। पर तुरन्त ही राजपूत तलवारें ले-लेकर टूट पड़े। देखते-ही-देखते वे अपने छोटे-छोटे दल बनाकर अमीर की सेना में धंस पड़े। हाथोहाथ मार-काट होने लगी। रुंड-मुंड कट-कटकर पृथ्वी पर पड़ने लगे। मेरों की सेना, जो बर्छी के युद्ध में अप्रतिम थी, अपनी नोंकीली बर्छियां ले-लेकर यवनों का संहार करने

लगी। उनकी बर्छियां शत्रुओं की अंतड़ियां बाहर खींच लाए बिना शरीर से बाहर निकलती ही न थीं। उनकी खमदार तलवारों के करारे घाव खा-खाकर शत्रु हाहाकार कर उठे। अमीर अपनी सेना की यह दुर्दशा देख क्रोध से उन्मत्त हो गया। उसने मेरों के उस बर्छी-युद्ध की कल्पना भी न की थी। यह मेर, व्यवस्था और युद्ध-नियम की परवा न कर काल-दूत की भांति अमीर की सेना का उछल-उछलकर संहार कर रहे थे। घोड़ों को भी वे सैनिकों के समान ही हलका करने लगे। अमीर ने क्रोध से पागल हो इन जंगली मेरों का इसी दिन आमूल नाश करने की ठान ली। उसने बलूची घुड़सवारों को ललकारा। ये खूंखार बलूची चारों ओर से मेरों की टुकड़ियों को घेरकर बड़े-बड़े भालों से उन्हें छेदने और अपने सधे हुए घोड़ों से उन्हें रुंधने लगे। मेरों की सैन्य में त्रास प्रकट हुआ, उनके पास घोड़े न थे, वे पैदल थे। महाराज धर्मगजदेव ने यह देख प्रबल पराक्रमी चौहान घुड़सवारों को शत्रु पर पेल दिया। अब बराबरी का युद्ध था। चौहान-खून जगत्प्रसिद्ध बलूची पठानों से जूझ रहा था। राजपूतों को मनचाहा अवसर मिल रहा था। यह तलवार का हाथोहाथ युद्ध दोपहर होते-होते ऐसा घातक रूप धारण कर बैठा कि दोनों ओर के सरदारों ने समझा कि कदाचित आज का युद्ध ही निर्णायक युद्ध हो रहा है। मरे हुए सवारों और घोड़ों से योद्धाओं के मार्ग रुक गए। अपराह्न होते-होते अमीर की सेना में अव्यवस्था दीखने लगी। बलूची-पठान जगह-जगह पीछे हटने लगे। महाराज धर्मगजदेव ने यह देख अपने सुरक्षित अश्वारोहियों को धावा बोल देने की आज्ञा दी। इस नई सेना के धक्के को पठान सहन न कर पीठ दिखाकर भागने लगे। अमीर ने विपत्ति को सम्मुख देख भागते बलूचियों के सम्मुख अपना अश्व दौड़ाया। और हरा झंडा ऊंचा करके ललकारकर कहा, "खुदा और इस्लाम के नाम पर मरो और मारो। भागने की गुंजाइश नहीं है। गज़नी बहुत दूर है।"

बलूची जैसे-तैसे संगठित हुए। एक बार फिर घमासान युद्ध हुआ। लाशों-पर-लाश गिरने लगीं। दोनों ओर की सेना में थकान और क्लान्ति दीखने लगी। अमीर ने सूर्यास्त से प्रथम ही युद्ध बन्द करने का संकेत किया। इस दिन भी बिना किसी निर्णय के दोनों सेनाएं पीछे फिरीं। परन्तु राजपूत सेना उत्साह में थी और अमीर की सेना घबराहट में। यद्यपि राजपूतों की सेना का भी आज भारी संहार हुआ था। परन्तु अमीर की सेना की क्षति साधारण न थी। अमीर चिन्तित हुआ।

तीसरे दिन अमीर की इच्छा युद्ध बन्द करने की थी। परन्तु महाराज धर्मगजदेव ने नहीं माना। उन्होंने अमीर की सेना पर आक्रमण कर दिया। अमीर को युद्ध करना पड़ा। युद्ध प्रारम्भ करने से पूर्व महाराज ने अमीर को सन्देश भेजा कि वह चाहे तो उसे सुरक्षित लौटने दिया जा सकता है। अमीर की सारी सेना में निराशा व्याप गई। उसने उस दिन खेत सारी सेना के बीच प्रातःकालीन नमाज़ पढ़ी। नमाज़ के बाद उसने संक्षिप्त भाषण दिया। भाषण में उसने कहा, "बहादुर पठानो, तुमने अब से पहले सोलह बार अपने घोड़ों की टापों से काफिरों के इस मुल्क को रौंदा है। और सदैव तुम अपने सिरों पर फतह का सेहरा बांधकर और अपने घोड़ों की ज़ीनों को मुहरों और जवाहरातों

से भरकर, और गुलामों को घोड़ों की जीन से रस्सियों से बांधकर गज़नी लौटे हो। तुम्हारी औरतें इस बार भी तुम्हारे उसी तरह लौटने का इन्तज़ार कर रही हैं। सो क्या तुम इस बार लड़ाई में हारकर लौटोगे? अपनी तलवार और इस्लाम के नाम पर आओ, फतह हासिल करो। भागने की राह बन्द है। खुदा तुम्हारे साथ है। काफिर पामाल है।''

सेना में एक बार अल्लाहो-अकबर का जयनाद हुआ। बर्बर तातार और पठान नए आवेश के जुनून में भरकर घोड़ों पर सवार हुए।

देखते-ही-देखते घमासान युद्ध होने लगा। यह चौमुखी युद्ध था। कहीं पर तलवारें झनझना रही थीं, कहीं बर्छियां कलेजों के आर-पार हो रही थीं। आकाश तीरों से भरा था। दोनों ओर के भट एक-दूसरे के खून के प्यासे होकर मारा-मारकर रहे थे। अमीर विद्युत-वेग से घोड़े पर सवार कभी यहां और कभी वहां अपनी सेना को उत्साहित करता फिर रहा था। मध्याह्न में अभी देर थी कि अमीर की सेना में चंचलता प्रकट होने लगी। महाराज धर्मगजदेव का दबाव बढ़ता जा रहा था। अमीर अपने सैनिकों को हाथ उठाकर कुछ कहना चाह रहा था। इतने में एक बाण आकर अमीर की भुजा में घुस गया। उससे बेसुध होकर अमीर घोड़े पर से नीचे आ पड़ा।

तत्क्षण अफगान सरदारों ने अमीर को चारों ओर से घेर लिया। एक सरदार ने खींचकर तीर निकाल लिया और घाव पर पट्टी बांध दी। कुछ ही देर में अमीर होश में आया, और तुरन्त घोड़े पर सवार होकर सैनिकों को उत्तेजित करने लगा। वह अपनी सेना के दक्षिण कक्ष से थोड़ा पीछे हटा। तत्क्षण ही दक्षिण कक्ष हटने लगा और उसके सैनिक बिखरने लगे। इसी समय उस कक्ष के दो प्रधान सेनानायक मारे गए। महाराज धर्मगजदेव ने यह संयोग पा स्वयं कक्ष को भारी दबाव में डाल दिया। अमीर यह देखकर तीर की भांति उधर दौड़ा। उसने वामकक्ष की दो टुकड़ियों को बुलाकर इस कक्ष को मज़बूत किया। परन्तु इसी समय दक्षिण कक्ष के एक सरदार ने आकर कहा, ''हुजूर, फौज पस्त-हिम्मत हो रही है। बहुत नुकसान हो रहा है। किसी तरह लड़ाई रोकिए।''

अमीर ने कहा, ''लड़ाई रोकने का कोई चारा नहीं है। हमें शाम तक जैसे बने लड़ना ही होगा।'' अमीर ने अभी कठिनता से यह वाक्य कहा था कि गोफ से छूटा एक पत्थर उसकी छाती में आ लगा। इसी क्षण उसके घोड़े की आंख में एक तीर घुस गया। घोड़ा चारों पैरों से उछला। अमीर घोड़े से फिर गिर पड़ा और मुंह से रक्त-वमन करने लगा।

अफ़गान सरदार अमीर को घेरकर खड़े हो गए। उनके चारों ओर मार-काट मच रही थी। सरदार घबराए हुए थे। किन्तु अमीर कुछ क्षणों में स्वयं उठ खड़ा हुआ। उसने कहा, ''कुछ फिक्र नहीं, दूसरा घोड़ा लाओ।'' घोड़ा आते ही वह उछलकर घोड़े पर सवार हो गया।

तीसरा पहर होते-होते मुसलमानों की सेना पीछे हटने लगी। राजपूतों ने अवसर देखकर शत्रु-सैन्य में घुसकर हाथोहाथ युद्ध करने की ठान ली। अमीर के सरदारों ने तत्क्षण युद्ध बन्द करने की अमीर को सलाह दी, परन्तु अमीर ने नहीं माना। उसने

कहा, "जैसे भी हो हमें सूर्यास्त तक लड़ना होगा।"

हिन्दू-सेना हर-हर महादेव करके यवन-सेना में घुस गई। यवन-सेना की टुकड़ियां तितर-बितर होती गईं। उसकी व्यवस्था बिगड़ गई। राजपूत और मेर दोनों ने तीर-कमान छोड़ बर्छी, कटार और तलवारें चमकानी प्रारम्भ कर दीं। अन्ततः अमीर एक भाला हाथ में लेकर शत्रुओं को ललकारता हुआ आगे बढ़ा। उसके साथ जूझ मरनेवाले खूंखार बलूची पठानों का एक ज़बरदस्त दस्ता था। महाराज धर्मगजदेव ने यह देखा। वे सिंह की भांति घोड़ा उड़ाते अमीर के सम्मुख जा धमके।

उनके चारों ओर चौहान सरदारों और मांडलिक राजाओं का दल था। दोनों दलों में मुहूर्त-भर के लिए तुमुल संग्राम छिड़ गया। इसी बीच अमीर और दो घाव खा गया। महाराज धर्मगजदेव भी घायल हो गए।

सन्ध्याकाल हो गया। पर इस युद्ध का विराम नहीं हुआ। इसी केन्द्र पर दोनों ओर के योद्धा सिमट-सिमटकर एकत्र होने और कट-कटकर गिरने लगे। पश्चिम दिशा लाल हुई। फिर अन्धकार व्याप्त हुआ, पर मारा-मार चलती ही रही। पठानों का दल घिर गया। अमीर को सरदारों ने फिर समझाया कि पीछे हटे, पर अमीर ने नहीं सुना। वह मदमत्त हाथी की भांति लड़ रहा था।

महाराज धर्मगजदेव ने देखा कि यही समय है। उन्होंने संकेत किया, और सांभर के ढुंढिराज अपनी बीस सहस्र नवीन सैन्य लेकर बाज़ की भांति अमीर की सेना पर बगल से टूट पड़े। यह देख अमीर हताश हो घोड़े पर ही मूर्च्छित हो गया।

उसके सरदारों ने तत्क्षण उसे हाथोहाथ उठा लिया। भारी मारकाट से निकालकर तलवारों की छाया में उसे पीछे हटा ले गए। अब निरुपाय उन्होंने सुलह का सफेद झंडा खड़ा कर दिया। युद्ध बन्द हो गया। चुने हुए सरदार अमीर को पालकी में डालकर शिविर में ले भागे। शेष सैनिक और सरदार राजपूतों के बन्दी हुए। महाराज धर्मगजदेव विजय-वैजयन्ती फहराते हुए वापस फिरे।

कपट-सन्धि

महाराज धर्मगजदेव ने उसी समय कुलदेवी शाकम्भरी के मन्दिर में जाकर बलिपूजा-अर्चना की। नारियल फोड़ा। सभी सामन्त, मांडलिक और सरदारों ने महाराज की जय-जयकार की। तदनन्तर घायलों की सेवा और मृत सैनिकों एवं बन्दियों की समुचित व्यवस्था करके महाराज ने रात्रि के पिछले पहर शस्त्र खोलकर विश्राम किया। घावों पर उपचार कराया।

दूसरे दिन पहर, दिन चढ़े श्वेत पताका उड़ाते हुए अमीर के सन्धि-दूतों ने, महाराज धर्मगजदेव के दरबार में अति विनम्र भाषा में अमीर का सन्धि-प्रस्ताव उपस्थित किया। महाराज ने प्रेम और कृपापूर्वक दूतों का भरी सभा में स्वागत किया एवं सब सरदारों

से परामर्श करके कहा, "यदि अमीर स्वेच्छा से भारत-वर्ष छोड़कर स्वदेश लौट जाए और फिर कभी भारत में आने की चेष्टा न करे, तो हम बिना किसी बाधा के उसे चला जाने देंगे। सब बन्दियों को भी मुक्त कर देंगे। हमारी अमीर से कोई शत्रुता नहीं है। अतः हम अकारण उससे युद्ध नहीं करना चाहते।"

सन्धि-दूतों ने अमीर की ओर से अत्यन्त कृतज्ञता और प्रसन्नता से यह प्रस्ताव स्वीकार किया। और वचन दिया कि यद्यपि अमीर बहुत घायल हैं, चलने-फिरने और यात्रा करने के योग्य नहीं हैं, परन्तु हम आज ही यहां से कूच कर देंगे।

सन्धि स्थापित हो गई। सन्धि-दूत वापस अमीर की सेवा में लौट गए। दोपहर दिन व्यतीत होते-होते अमीर का लश्कर पीछे हटने लगा। खेमे उखड़ने लगे। ऊंट लदने लगे। सारे लश्कर में लदा-लदी होने लगी। यह देख सन्तुष्ट हो महाराज धर्मगजदेव ने थोड़ी सेना साथ में रख, शेष सब सैन्य अजमेर को वापस भेज दी। विजयिनी सेना ने बाजे-गाजे से अजमेर में प्रवेश किया। यद्यपि राजपूतों के बीस हज़ार सैनिक खेत रहे थे, फिर भी विजय के मद में राजपूत सेना अत्यन्त उत्साहित थी। नगरवासियों ने सेना का हर्षनाद से स्वागत किया। नगर सजाया गया, रंग-बिरंगी पताकाएं राजमार्ग पर फहराने लगीं। लोग आनन्द-उत्सव मनाने लगे। किले, राजमहलों में गान, वाद्य, रोशनी, दीपावली की व्यवस्था हुई। राजकुल की स्त्रियों ने महारानी को बधाइयां दीं। महारानी ने मुक्त-हस्त से स्वर्ण-रत्न दान करके अपनी उदारता का परिचय दिया। नगर के सभी देव-मन्दिरों में जय-घंट बजने लगे। राजपुरोहित कृपाशंकर आर्य ने राजमहल में आकर यज्ञानुष्ठान किया। नगर-सेठ पानाचन्द शाह ने आकर बधाइयां दीं। सम्पूर्ण नगर ने उस दिन दीपावली मनाई।

शाह मदार

एक प्रहर रात्रि बीत चुकी थी। सारा नगर रास-रंग में मस्त था। ऐसे ही समय में दो व्यक्ति छिपी नज़रों से यह सब समारोह देखते अत्यन्त सावधानी से नगर के मुख्य बाजारों में होते हुए, बीच-बीच में गली-कूचों को पार करते चुपचाप चले जा रहे थे। उन्होंने साधारण नागरिक का वेश धारण किया था।

इस समय अजमेर नगर के पूर्वी कोण में जो शाह मदार की टेकरी है, उसी टेकरी की तलहटी में एक पुराना शिवालय था। शिवालय के चारों ओर बहुत छोटे-बड़े मन्दिर थे। मन्दिर का प्रवेश-द्वार पूर्व दिशा में था और उत्तर में पुजारियों के घर थे। पुजारियों में अनेक वहां पुत्र-परिजन के साथ रहते थे। इन्हीं पुजारियों के मकानों से तनिक हटकर टेकरी के ऊपर एक छोटी-सी खानकाह थी जिसमें प्रसिद्ध सूफी सन्त शाह मदार रहते थे। शाह मदार मस्त और दौला-मौला आदमी थे। वे बेलौस और फक्कड़ प्रसिद्ध थे। खुशमिज़ाज और मिलनसार थे। अजमेर के आस-पास उनकी बहुत मान्यता थी। वे

गंडे-तावीज़, मन्त्र-दुआ देते, लोगों की खैर मनाते और टिक्कड़ मांगकर खाते थे। खानकाह के पास एक पुराना मठ था, पर वह सूना ही रहता था। कोई भूला-भटका साधु वहां ठहर जाता था। शाह मदार बहुधा किसी वृक्ष के नीचे चुपचाप बैठे रहते थे।

घूमते-फिरते ये दोनों व्यक्ति टेकरी के पास जा पहुंचे। शाह साहेब इस समय ध्यान-मुद्रा में वृक्ष के नीचे बैठे थे। दो भक्तगण सम्मुख बैठे उनकी मुख-मुद्रा निहार रहे थे। दोनों व्यक्तियों ने हिन्दू पद्धति से धरती पर माथा टेककर उन्हें प्रणाम किया। परन्तु फकीर ने उनकी तरफ आंख उठाकर भी नहीं देखा। दोनों व्यक्ति चुपचाप दूसरे मनुष्यों के बीच में जा बैठे। बहुत देर तक कोई बातचीत नहीं हुई। बैठे हुए जनों में अनेक उठकर चले गए। एकाएक साधु ने नेत्र उघारकर इन आगन्तुकों को देखा और आप-ही-आप कुछ गुनगुनाते हुए कहा, "अय नादान, खुदा की बन्दगी कर, और उसके जलाल का ज़हूर देख।"

दोनों आगन्तुकों ने पृथ्वी पर फिर माथा टेका। इसी समय एक पुरुष ने उनका कन्धा छूकर अपने पीछे आने का संकेत किया। दोनों व्यक्ति उठकर उसके पीछे-पीछे चल दिए। वह आदमी मठ के द्वार पर खड़ा हो गया और उन्हें भीतर जाने का संकेत किया। दोनों व्यक्ति मठ में घुस गए और वह व्यक्ति मठ के द्वार पर इस तरह खड़ा हो गया कि एक मक्खी भी द्वार में प्रविष्ट न हो सके।

भीतर एक युवक बेचैनी से टहल रहा था। युवक के वस्त्र बहुमूल्य, तलवार कीमती और मुख-मुद्रा सुन्दर थी। उसकी आयु छब्बीस वर्ष के लगभग थी। रंग उसका गौर था और मस्तक की पगड़ी में एक मूल्यवान हीरा भी चमक रहा था।

दोनों व्यक्तियों ने हाथ जोड़कर युवक को प्रणाम किया और करबद्ध खड़े हो गए।

युवक ने उन्हें घूरकर देखा, फिर कहा, "संकेत?"

"सोमनाथ।"

"ठीक है। कहो, क्या कहना है?"

"सुलतान को लाचार सुलह करनी पड़ी। वे ज़ख्मी हुए और फौज बिलकुल बर्बाद हो गई।"

"फिर?"

"सुलह की शर्त के अनुसार हमें आज ही छावनी उठाकर लौटना आवश्यक हो गया है, अमीर के सारे मनसूबे धूल में मिल गए।"

"तो मैं क्या करूं?"

"यदि वादे के अनुसार आपकी मदद मिलती तो ऐसा न होता।"

"क्या छावनी उठा दी गई?"

"जी हां।"

"अमीर क्या घोड़े पर सवार होने योग्य हैं?"

"सवार हो सकते हैं, लड़ नहीं सकते।"

"अमीर की सेना मे कोई जीवट का सेनापति है?"

"है।"

"और अमीर का वादा?"

"पक्का है।"

"ज़ामिन?"

"शाह मदार।"

"उनके मुंह से सुनना चाहता हूं।"

"चलिए।"

"ठहरो, एक पहर रात रहते महाराज पर हमला कर दो। सिर्फ एक हज़ार पक्के सवार काफी हैं।"

"वह हो जाएगा, लेकिन..."

"राजपूतों की सब सेना अजमेर आ चुकी है। मैंने उन्हें तीन दिन मौज-मज़ा करने की छुट्टी दे दी है। वे सब अपने-अपने गांवों को चले गए हैं। पुष्कर में महाराज के केवल अंगरक्षक ही उनके साथ हैं। ब्राह्म मुहूर्त में महाराज सन्ध्या-वन्दन करते हैं, वही समय ठीक होगा। उन्हें घेरकर कैद कर लो, फिर जैसा जी चाहे, उनके साथ बर्ताव करो।"

"लेकिन अजमेर से मदद मिलते कितनी देर लगेगी?"

"अजमेर की सेना मेरे अधीन है। यदि अमीर का वादा पक्का है तो अजमेर से सहायता नहीं मिलेगी।"

"वादा पक्का है, शाह ज़ामिन हैं, चलिए।"

"चलो।" तीनों व्यक्ति शाह के पास आए। आकर चुपचाप बैठ गए। इस समय शाह साहेब अकेले चुपचाप बैठे थे। युवक ने कहा, "शाह ज़ामिन हैं?"

शाह ने धीरे-से कहा, "खुदा भी ज़ामिन है।"

"तब ठीक है।"

युवक शाह को प्रणाम कर चल दिया। उसके पीछे दोनों पुरुष भी। बाहर अश्व बंधे थे। अश्व पर सवार हो उन्होंने तेज़ी से पुष्कर की घाटी में अपने अश्व फेंक दिए।

शाह ने आंखें उठाकर आसमान की ओर देखा और अंगड़ाई ली।

विश्वासघात

रात बहुत देर तक सैनिक खान-पान और रास-रंग में मस्त रहे थे। इससे इस समय वे सब पड़े सो रहे थे। एक-दो प्रहरी अपने स्थानों पर सजग हो पहरा दे रहे थे। महाराज धर्मगजदेव प्रहर रात रहे पुष्कर-तट पर स्नान कर आह्निक पूजन कर रहे थे। पूजन करते-करते उन्हें कुछ असाधारण आहट सुनाई पड़ी, जैसे चुपचाप बहुत-से आदमी रेंगते हुए आ रहे हों। अभी चारों दिशाओं में अन्धकार था। उन्होंने

पूजा के आसन से बिना उठे ही आंख उठाकर चारों ओर देखा। ऐसा प्रतीत हुआ, बहुत-सी काली-काली मूर्तियां चारों ओर से उनके निकट चली आ रही हैं। क्षण-भर बाद ही उन्हें प्रतीत हुआ कि विश्वासघात हुआ है। वे तत्क्षण ही आसन छोड़कर उठ खड़े हुए। इसी समय प्रहरी ने भयसूचक भेरी-नाद किया। और उसके साथ ही 'अल्ला-हो-अकबर' के गगनभेदी नाद के साथ अमीर के बलोची पठानों ने सोते-बैठे-उनींदे सभी राजपूतों को काटना प्रारम्भ कर दिया। साथ ही छावनी में भी आग लगा दी। छावनी धांय-धांय जलने लगी। महाराज उसी असज्जित अवस्था में पुकार-पुकारकर तलवार घुमाते हुए अपनी सेना की व्यवस्था करने लगे। उन्होंने तत्क्षण एक सवार अजमेर को सेना की सहायता के लिए दौड़ा दिया। राजपूत, जो जहां जिस अवस्था में थे, उनके हाथ जो शस्त्र लगा, उसी को लेकर वे शत्रुओं से मोर्चा लेने लगे। परन्तु एक तो वे बहुत कम थे, दूसरे किसी के पास शस्त्र था ही नहीं, किसी ने कवच पहना था, कोई नंग-धड़ंग था। परन्तु थोड़ी ही देर में कुछ सैनिक सज्जित होकर महाराज के चारों ओर आ जुटे। शत्रुओं ने महाराज को ग्रास लिया था, और उन पर हज़ारों तलवारें छा रही थीं। राजपूत प्राणप्रण से महाराज तक पहुंचकर उनकी रक्षा करने का भगीरथ प्रयत्न करने लगे। महाराज धर्मगजदेव नंगे बदन, पीताम्बर धारण किए दोनों हाथों से तलवार चला रहे थे और उनके शरीर से झर-झर रक्त बह रहा था। उनका वीर-दर्प देख शत्रु स्तम्भित रह गए। तलवार-से-तलवार भिड़ गईं। बर्छियां अंतड़ियों को चीरने लगीं। महाराज क्षण-क्षण पर अजमेर से सहायता की प्रतीक्षा कर रहे थे। हर क्षण पर चर सूचना दे रहा था, सेना नहीं आ रही है। इसी समय जंगल में छिपे हुए एक हज़ार बलोची घुड़सवार बाज़ की तरह महाराज पर टूट पड़े। महाराज ने मस्तक ऊंचा करके देखा, मृत्यु उनका आलिंगन करने को हाथ पसार रही है। 'जय शाकम्भरी' कहकर वे अन्धाधुन्ध तलवार चलाने लगे। देखते-ही-देखते उनके मुट्ठी-भर राजपूत कटने लगे। महाराज की तलवार भी एक पठान की तलवार से टकराकर दो टूक हो गई। उनके तीर उनके अंगों में अटक रहे थे। उन्होंने निरुपाय इधर-उधर देखा। एक दुर्दान्त पठान ने कमान गले में डालकर उन्हें खींच लिया। साथ ही तलवार का एक भरपूर हाथ उनके मोढ़े पर पड़ा। महाराज आकाश से टूटे नक्षत्र की भांति पृथ्वी पर गिर पड़े। शत्रुओं ने अल्ला-हो-अकबर का नारा बुलन्द किया; जो राजपूत बचे थे, वहीं आ जूझे, वे सब तिल-तिल कटकर खेत रहे।

महाराज धर्मगजदेव के रणस्थली में काम आने का समाचार शीघ्र ही अजमेर पहुंच गया। महाराज के अंगरक्षकों ने महाराज का शव मुर्दों के ढेर से निकालकर बड़े यत्न से किले में पहुंचा दिया। किले और नगर का उल्लास गहरे शोक की घनघोर घटाओं में छिप गया। चारों तरफ रोना-पीटना मच गया। मरे हुए पुत्रों की माताएं छाती कूटने लगीं। विधवा युवतियों के करुण-क्रन्दन से आकाश भर गया, अनगिनत कोमल कलाइयों की सुहाग-चूड़ियां चटापट पत्थरों पर टूटने लगीं। पिता अपने पुत्रों के लिए सिर धुनते पागल की भांति रुदन करने लगे। युवती अबलाएं और अबोध बालक अनाथ होकर सिसकने लगे। लोग हज़ार-हज़ार मुख से गज़नी के दैत्य को गालियां देने और कोसने

लगे। लाखों मनुष्यों का धरती-आकाश पर कोई रक्षक न रह गया।

महाराज धर्मगजदेव के शव के किले में पहुंचते ही महारानी तुरन्त सती होने को तैयार हो गई। उनके साथ महल की अन्य सैकड़ों राज-परिवार की स्त्रियों, दासियों और सखियों ने भी चितारोहण कर भस्म होने का निश्चय कर लिया। रानी ने शोक-सन्तप्त वाणी से कहा, "अरी सखियों, सुख-दुःख का साथी, लाड़-प्यार करनेवाला, इस देह का आधार जब नहीं रहा, तो फिर जीकर, जीवन की ख्वारी करने से क्या? जब शरीर से जीव ही चला गया तो निर्जीव शरीर का शृंगार ही क्या? क्या हम प्रिय पति का वियोग सहकर, विधवा-वेश धारण करके जीवित रहेंगी? क्यों न हम स्वर्ग का अक्षय सुख भोगें, जहां हमारे प्राण-प्यारे वीर पति प्रथम ही पहुंच चुके हैं। चलो सखियो, हम वीर पति का सहगमन करें, जितना विलम्ब होता है उतना ही अन्तर पड़ता है। शोक त्यागो, अग्नि-रथ पर बैठकर पतिलोक को चलो।"

रानी ने इतना कह आंसू पोंछ डाले। माथे पर ईंगुर का टीका किया, कुंकुम की आड़ लगाई, कंठ में सुगन्धित फूलों के हार पहने। काले चिकने बालों की लटें मुक्त कर दीं, हाथों में मेंहदी रचा दी। पचरंगी चूनरी शरीर पर धारण की। अन्य स्त्रियों ने भी ऐसा ही शृंगार किया। आगे-आगे रानी और पीछे अन्य स्त्रियां चलीं। पीछे हज़ारों दास-परिजन रोते हुए। जय शाकम्भरी, जय अम्बे, जय सती माता की पुकार ने आकाश को चल-विचलित कर दिया।

चौक में चबूतरे पर विशाल चिता सजी थी। उसमें महाराज का चन्दन-चर्चित शरीर स्थापित किया गया। चिता के निकट आकर रानी ने सूर्य को अर्घ्य दिया और स्थिर चरणों से चितारोहण कर पति का सिर गोद में लिया तथा ध्यान में स्थिर होकर बैठ गईं। ढोल, शहनाई बजने लगे। उनका ऐसा नाद हुआ कि कानोकान शब्द नहीं सुनाई देता था। सहस्रों कंठों से 'जय माता सती, जय अम्बे' की ध्वनि निकली। रानी दोनों नेत्र बन्द कर पति का सिर गोद में लिए ध्यानस्थ बैठी थीं। अन्य स्त्रियां भी उनके पीछे चिता पर उसी भांति बैठी थीं। राज पुरोहित आचार्य कृपाशंकर ने रुदन करते हुए बालक कुमार वीसलदेव को आगे कर कहा, "माता सती, अजमेर और अजमेर के भावी अधिपति को आशीर्वाद दीजिए!" रानी ने स्थिर कंठ से हाथ उठाकर कहा, "अजमेर के निवासियों और भावी अजमेर के अधिपति की जय हो!" रानी ने अब चिता में अग्नि देने का संकेत किया। ब्राह्मणों ने चिता में घृत और कपूर रख मन्त्रपाठ करते हुए अग्नि दी। बाजे ज़ोरों से बज उठे। सैकड़ों शंख और घड़ियाल गर्जने लगे। सूखा चन्दन, काष्ठ, घी और ज्वलनशील पदार्थों की सहायता से यह चिता देखते-देखते धधकने लगी। ज्वाला का वेग इतना बढ़ा कि चिता के पास से लोग हटने लगे। परन्तु अनेक राजभक्त सेवक और दासियां भी दौड़-दौड़कर चिता में कूद पड़ीं। सहस्रों जनों के जय-जयकार, रुदन, क्रन्दन और बाजों के घोर शब्दों के कारण कानों के पर्दे फटे जा रहे थे। बहुत जन मूर्च्छित होकर गिर गए। देखते-ही-देखते वे सैकड़ों जीवित सत्व जलकर राख का ढेर हो गए। चिता के लाल-लाल दहकते हुए अंगारे मानो क्षात्र तेज से सूर्य के तेज की

स्पर्धा-सी करने लगे। ज़ार-ज़ार रोते, दाढ़ी नोंचते, सिर पर धूल-राख बखेरते, गिरते-पड़ते नगर-निवासी पीछे लौटे। नगर के कोटपाल ने शोकसूचक झंडा किले पर चढ़ा दिया। उस दिन सम्पूर्ण नगरी में चूल्हा नहीं जला। रात में किसी ने दियाबत्ती भी नहीं किया। सारा नगर गहरे अन्धकार में डूबा रह गया। अजमेर के आबाल-वृद्ध भूखे-प्यासे धरती में लोट-लोटकर शोक-रुदन करते रहे।

राजपुरुष कुमार वीसलदेव, अवशिष्ट राज परिवार को ले वीटली दुर्ग में चले गए। अजमेर में सती माताओं की ऊर्ध्व दैहिक-क्रिया करने को केवल राज-पुरोहित कृपाशंकर आचार्य और कुछ सेवक रह गए।

अजमेर की तबाही

अमीर की सेना ने चढ़ी रकाब अजमेर पर धसारा किया। बलोची पठान और दुर्दान्त तुर्क सवार धड़धड़ाते हुए नगर में घुस गए। सूर्योदय के साथ ही नगर में कत्लआम, लूटमार और बलात्कार का नग्न तांडव होने लगा। दुःख, शोक और विनाश की चपेट में अजमेर के नागरिक स्त्री-पुरुष, बालक-वृद्ध, रोगी सब जिधर जिसका सींग समाया, गिरते-पड़ते प्राण लेकर भागने लगे। यह देख मसऊद एक सैनिक टुकड़ी लेकर किले और राजमहल पर जा धमका। महल के रक्षकों ने महल में आग लगा दी। आग-आग-आग चारों तरफ आग-ही-आग धांय-धांय जलने लगी। राजमहल के बड़े-बड़े धरन कड़ककर टूटने और राजकक्ष जलकर धराशायी होने लगे। करोड़ों रुपयों की मूल्यवान सामग्री जलकर राख हो गई। सब धन-रत्न स्वाहा हो गया। माल और मालिक की राख एक हो गई।

खीझकर मसऊद नगर की ओर फिरा। वहां बलोची सवारों ने नरक का दृश्य उपस्थित कर रखा था। मसऊद ने प्रत्येक नागरिक से धन लूटना प्रारम्भ किया। बलोची दैत्य मार-मारकर धन कहां छिपा है, पूछने लगे। न बताने पर नर-नारियों पर अकथ्य अत्याचार होने लगे। किसी की आबरू सलामत न रही। अन्त में मसऊद ने सम्पूर्ण नगर को आग की भेंट कर दिया। धांय-धांय जलते अजमेर नगर को लूटकर मसऊद ने सेना को नगर खाली करने की आज्ञा दी और स्वयं शाह मदार की खानकाह में जाकर शाह को सिजदा किया। शाह नीरव, स्तब्ध, चुपचाप बैठा था। आज उसके पास एक भी व्यक्ति न था। वह अकेला था। उसने आंख उठाकर मसऊद की ओर नहीं देखा। मसऊद ने उसके सामने दुजान बैठकर कहा, "हज़रत, अमीर गज़नी शाह की दुआ चाहते हैं और हुक्म भी।"

"दुआ देता हूं, लेकिन हुक्म खुदा का, जाओ।"

मसऊद ने अधिक बात करने का साहस नहीं किया। वह वहां से चल दिया।

राह-बाट में एक भी पुरुष जीवित न था। नगर चारों ओर धांय-धांय जल रहा था। लाशों पर लाशें पटी पड़ी थीं, घरों से चीत्कार और क्रन्दन-ध्वनि आ रही थी। मसऊद

अपने बहुमूल्य अरबी घोड़े पर सवार चुपचाप बढ़ा चला जा रहा था। उसकी जड़ाऊ तलवार के रत्न धूप में चमक रहे थे।

पुरस्कार

अजमेर को लूट और आग की भेंट कर अमीर ने वीटली दुर्ग पर धावा करने का इरादा किया। उसे सूचना मिली थी कि वीटली दुर्ग में राजा का शेष परिवार, राजपुत्र, अटूट राजकोष तथा बहुत-सी धन-सामग्री है। परन्तु वीटली दुर्ग साधारण दुर्ग न था। वह एक दुर्गम और ऊंची पहाड़ी पर था। उसकी तीन दिशाओं में सीधी दुरूह पर्वत की चट्टानें और एक दिशा में अगम खंड था। दुर्ग की प्राचीर बाईस हाथ ऊंची और ग्यारह हाथ चौड़ी थी। दुर्ग में रक्षा और खान-पान के प्रभूत साधन एकत्र थे। दुर्ग भंग करना असम्भव था और दस वर्ष घेरा डालने पर भी दुर्ग तबाह हो, यह सम्भव न था।

उधर अमीर की सेना को भी इस युद्ध में कम क्षति नहीं हुई थी। गज़नी से चलकर उसे यह पहली ही बड़ी लड़ाई लड़नी पड़ी थी। इसमें वह स्वयं घायल हो गया था। साथ ही उसके बहुत से साहसी सैनिक खेत रहे थे। बहुत से घोड़े मारे गए थे। उसकी सेना ही खंडित हो गई थी। इससे वह खीझ रहा था। उसे विश्राम की अत्यन्त आवश्यकता थी। पर उसे सोमनाथ पहुंचने की जल्दी थी। उसे यह भी भय था कि कदाचित ढुंढिराज सांभरपति उस पर पीछे से न टूट पड़े। दूतों के द्वारा उसे मालूम हो गया था कि अजमेरपति की बहुत सेना अभी भी है। वीटली दुर्ग में भी यथेष्ट सेना थी। चारों ओर से सैनिक एकत्र होते चले आ रहे थे। लोगों में क्रोध और जूझ मरने के भाव भरे हुए थे। इससे उसने अपने सरदारों और सेनापतियों का एक छोटा-सा दरबार किया। सब विषयों पर विचार-परामर्श कर तुरन्त गुजरात की ओर कूच करने का विचार स्थिर किया। तुरन्त अभी उसे एक महत्त्वपूर्ण काम और करना था, वह था उस विश्वासघाती को पुरस्कृत करना जिसकी सहायता से उसकी विजय पराजय में बदल गई थी। यह अजमेरपति का मन्त्रिपुत्र सोढल था, जिस पर राजा का पुत्रवत प्यार और विश्वास था, और जिसे राजा ने आठ हज़ार सवार और पन्द्रह हज़ार पैदल देकर अजमेर की रक्षा सौंपी थी। अमीर ने उसे अपने सम्मुख उपस्थित करने की आज्ञा दी। सामने आकर युवक ने अमीर को कोर्निश की। अमीर ने पूछा, "तुम्हीं वह आदमी हो, जिसने हमें अजमेर के वीर महाराज के सब भेद दिए?"

"मैं ही वह आदमी हूं।"

"तुम अजमेर के महाराज के मन्त्रीपुत्र और उपसेनापति हो?"

"जी हां।"

"अजमेर के महाराज ने तुम्हारे साथ कभी कोई बदी की थी?"

"नहीं।"

"अजमेर के महाराज से उनकी रिआया क्या खुश नहीं थी?"

"खुश थी।"

"तुम्हारे पिता अजमेर के वज़ीर क्या यह जानते हैं कि तुमने अपने मालिक से दगा की है?"

"नहीं।"

"और कोई जानता है?"

"नहीं।"

"तुमने यह काम क्या इसलिए किया था कि तुम अजमेर की गद्दी पाओगे?"

"इसीलिए।"

"और तो कोई कारण नहीं था?"

"और भी कारण था।"

"वह कहो!"

"महाराज की एक पुत्री थी।"

"फिर?"

"मैं उसे प्यार करता था।"

"समझा।"

"उसने मेरा प्रेम अस्वीकार किया था।"

"क्यों?"

"उसने कहा था कि तुम न कहीं के राजा हो, न तुम्हारी वीरता ही देखी गई है।"

"ठीक है, तो तुमने वीरता दिखाकर नहीं, सिर्फ राजा होकर उसे पाना चाहा?"

"जी हां।"

"हम जानते हैं कि तुम्हारी मदद न मिलने पर हम इस लड़ाई को नहीं जीत सकते थे।"

"अब मुझे वादे के अनुसार अजमेर की गद्दी मिलनी चाहिए।"

"अजमेर के महाराज का कोई वारिस है?"

"है।"

"क्या उसके पास काफी फौज है?"

"है।"

"राजा होने पर वह यदि तुमसे लड़े?"

"तो आप अपनी सेना से मेरी मदद करें, मैं आपको खिराज दूंगा।"

"यह तो हमने वादा नहीं किया था।"

"यशस्वी अमीर ने वादा किया था कि यदि मेरी मदद से अमीर जीत जाएंगे, तो मुझे अजमेर की गद्दी देंगे!"

"लेकिन यह वादा नहीं किया था कि इसके लिए अजमेर के राजा के उत्तराधिकारी

से भी लड़ेंगे।"

"मैंने अपना वादा पूरा कर दिया।"

"अब वह लड़की तुम्हारे राजा होने पर तुमसे शादी कर लेगी?"

"अफसोस! नहीं।"

"क्यों?"

"वह रानी मां के साथ जल मरी।"

"क्या वह जानती थी कि तुम इस प्रकार राजा होने की तैयारी कर रहे हो?"

"नहीं, पर मैंने कहा था कि मैं राजा होकर तुम्हें दिखाऊंगा।"

"वह क्या तुम्हें प्यार करती थी?"

"नहीं।"

"किसी और को प्यार करती थी?"

"ढुंढिराज सांभरपति के पाटवी कुंवर को।"

"पाटवी कुंवर कहां हैं?"

"लड़ाई में काम आए।"

कुछ देर तक अमीर गम्भीर मुद्रा में सोचता रहा। फिर उसने आहिस्ते से कहा "तो अपने वायदे के मुताबिक हम तुम्हें अजमेर का राजा मंजूर करते हैं।"

"खुदाबन्द अमीर की जय हो।"

"लेकिन तुमने अपने मालिक से दगा की है, इसलिए हम तुम्हें अजमेर के राजा के उत्तराधिकारी के सुपुर्द करते हैं और तुम्हारी कारगुज़ारी से भी उसे आगाह किए देते हैं।"

"यह कैसी बात?"

"यह बादशाहों और राजाओं की बात है। गुलाम, दगाखोर और कमीने लोग उसे नहीं समझ सकते हैं।"

अमीर ने मीर मुंशी को हुक्म दिया, "इस आदमी की तमाम हकीकत लिखकर, इसे हथकड़ियों और बेड़ियों से जकड़कर राजपूतों के सुपुर्द कर दो।" मीर मुंशी ने अदब से अमीर का हुक्म स्वीकार किया। सोढल का मुंह काला पड़ गया। एक बार साहस करके उसने फिर अमीर को उसके वायदे की याद दिलाई। दया की प्रार्थना की। पर अमीर ने घृणा से मुंह सिकोड़कर कहा, "अजमेर के नए महाराज, हमने अपना वचन पूरा कर दिया। तुम्हें राजा मंजूर कर लिया। इसी से तुम्हें कत्ल करने का हुक्म न देकर राजपूतों के सुपुर्द करते हैं। हमारी मदद का इनाम तुम्हें मिल गया। अब अपने मालिक से दगा करने की सज़ा तुम्हें उनसे पानी है।"

इतना कहकर अमीर ने उसे अपने सामने से हटाने का संकेत किया और तत्काल वहां से कूच करने की आज्ञा दी।

दुर्लभराय का अभियान

आमेर का युवक राजा दुर्लभराय सपादलक्ष के वीर महाराज का आदेश पा भीलों, मीनों और राजपूतों की संयुक्त सैन्य ले नान्दोल की ओर बढ़ा। उसके साथ देवगढ़ और सोजत के ठाकुर सरदार भी थे। यद्यपि दुर्लभराय की इच्छा महाराज धर्मगजदेव के साथ-साथ पुष्कर क्षेत्र में अमीर से लोहा लेने की थी, परन्तु वह जैसा वीर था वैसा ही मेधावी और विचारशील भी था। उसने तुरन्त समझ लिया कि मुद्दे की बात युद्ध नहीं है, अमीर की राह रोकनी है। इसलिए वह दूरदर्शी महाराज से तुरन्त ही न केवल सहमत हो गया, प्रत्युत उसने साथी सरदारों को सब बात समझा-बुझाकर अपनी मौलिक योजना भी बना ली। उसने सोच लिया कि युद्ध में शौर्य दिखाने की आवश्यकता नहीं है। कौशल से शत्रु-सेना की प्रगति में बाधा पहुंचाना और कम-से-कम अपनी हानि करके अधिक-से-अधिक शत्रु को क्षति पहुंचाना ही उसका ध्येय है।

अभी यह वीर देवगढ़ ही पहुंचा था कि उसे महाराज धर्मगजदेव के पतन का समाचार मिला। महाराज की दूरदर्शिता का महत्त्व उसने अब समझा। उसने झटपट सब अश्वारोही राजपूतों को दो दलों में विभक्त कर उन्हें देवगढ़ और सोजत के सरदारों को सौंपकर कहा, "आप तमाम इलाके में फैल जाएं। सब गांव-बस्तियों को उजाड़ दें। प्रजा को पर्वतों में भेज दें। खेत, कुएं, जलाशय नष्ट कर दें; राह, घाट, पुलों को तोड़-फोड़ दें। धीरे-धीरे यह सब व्यवस्था करते हुए आगे बढ़कर नान्दोल में मुझसे मिल जाएं।"

यह व्यवस्था करके वह अपनी भील और मीनाओं की पैदल सेना ले दुहरा कूच करता हुआ तेज़ी से नान्दोल जा पहुंचा।

नान्दोल का राजा अनहिल्लराय एक महत्त्वाकांक्षी और तेजस्वी युवक था। उसके हौसले बढ़े हुए थे। वह अभी तक यद्यपि गुजरात का एक सामन्त था। पर उसने गुर्जरेश्वर चामुंडराय की ढिलमिल नीति और खराब परिस्थिति से लाभ उठाकर वहां वर्षों से वार्षिक कर भेजना बन्द कर दिया था। उधर वह अवन्तीराज भोज से मुठभेड़ करने को तैयार बैठा था, इधर गुजरात का सामना करने की भी उसने तैयारी कर ली थी। पाठक जानते ही हैं कि वह गुजरात की महारानी दुर्लभदेवी के षड्यन्त्र में सम्मिलित होकर अपने पुत्र को गुजरात का स्वामी बनाकर सम्पूर्ण गुजरात, सौराष्ट्र, लाट और मालव का एकछत्र स्वामी होने का स्वप्न देख रहा था।

मालवराज भोज की उस पर दृष्टि थी। वह महत्त्वाकांक्षी विद्वान राजा, सिन्धनद के मुहाने तक समुद्र को छूता हुआ अपना साम्राज्य स्थापित करना चाह रहा था। उसने अर्बुदेश्वर धुन्धुराज को अपने अनुकूल कर लिया था। अब नान्दोल का अनहिल्लराय ही उसकी सबसे बड़ी बाधा थी। उसे नर्म करने ही को धुन्धुराज का पुत्र बालाप्रसाद नान्दोल में युवराज का मित्र बनकर उसे अनुकूल करने की खटपट में व्यस्त था। नान्दोल

में धड़ाधड़ नई सेनाएं भरती हो रही थीं। अश्व, गज खरीदे जा रहे थे। कच्छ, भरुच और सिंधु के व्यापारी घोड़ों और शस्त्रास्त्रों को लेकर आ रहे थे।

ऐसे ही समय दुर्लभराय ने नान्दोल पहुंचकर नगर से बाहर अपनी छावनी डाली और फिर वह राजा से मिला। राजा अपनी भीतरी खटपटों में इतना व्यस्त था कि उसे अमीर के इस अभियान में बिलकुल रस नहीं मिला। परन्तु रस न मिलने से क्या होना था? अमीर तो दल-बादल सैन्य को लिए बढ़ा चला आ रहा था। उसके लिए दो ही मार्ग थे कि या तो मुलतान और लोहकोट के राजाओं की भांति कायर-वृत्ति ग्रहण करे, अमीर से उत्कोच ले और उसे मार्ग दे; या फिर घोघाबापा और धर्मगजदेव की भांति अपने कर्तव्य पर दृढ़ रहकर लोहू बहा दे।

अनहिल्लराय यद्यपि इस समय गुर्जरेश्वर के अनुकूल न था, पर वह स्वयं यह आशा रखता था कि एक दिन गुजरात की गद्दी उसी के पुत्र को मिलेगी। इससे वह उसके विरुद्ध इस म्लेच्छ की सहायता नहीं कर सकता था। वह यद्यपि जैन धर्म पर आस्था रखता था और नान्दोल के राजदरबार में जैन धर्म का बोलबाला भी था, फिर भी वह जन्मजात शैव था तथा भगवान सोमनाथ का भक्त भी। वह घोघाबापा और महाराज धर्मगजदेव के पतन से भी थर्रा उठा। सब बातों पर विचार करके वह ग़ज़नी के सुलतान का अवरोध करने को सन्नद्ध तो हो गया, परन्तु उसे इस बात का बहुत दुःख था कि उसने जिस उद्देश्य की पूर्ति के लिए सैन्य का संग्रह किया था, वह तो रह ही जाएगा। उसकी सब शक्ति इस दैत्य का सामना करने में ही नष्ट हो जाएगी। फिर यह भी कौन कह सकता है कि उसकी दशा धर्मगजदेव और घोघाबापा के समान ही न हो जाए। धर्मगजदेव के सम्मुख तो उसका सैन्य बल कुछ था ही नहीं।

इन सब विचारों ने उसे बड़ी भारी उलझन में डाल दिया और वह कुछ भी निर्णय न कर सका कि क्या करना चाहिए।

उन दिनों नान्दोल एक समृद्ध नगर था। उसमें सात सौ लखपतियों के बसेरे थे, यह प्रसिद्ध था। फिर यह नगर मारवाड़, राजपूताना और गुजरात के मुंह पर होने से व्यापार का बड़ा भारी केन्द्र हो गया था। नगर में बड़ी-बड़ी अट्टालिकाएं, बाग, उपवन और राजमार्ग तथा बाज़ार थे। राजा भी खूब सम्पन्न था। उसके खज़ाने में भी काफी स्वर्ण-कोष था। उसे अपनी बुद्धि और वीरता का घमंड भी था।

उसकी गहरी उलझन को दुर्लभराय ने अपने वाक्-चातुर्य से दूर कर दिया। दुर्लभराय आयु में कम होने पर भी दिल्ली के दरबार में रहने के कारण काफी राजनीति-पटु हो गया था। उसने कहा, "महाराज, हमें म्लेच्छ से युद्ध तो करना ही नहीं है, वह कोई हमारे राज्य पर तो चढ़ नहीं रहा। वह तो जा रहा है गुजरात। हमसे राह मांगता है, पर अधर्मी को हम राह नहीं देंगे। इसलिए मैंने जो योजना बनाई है, वह ऐसी है कि उससे हमारी धन-जन की कुछ भी हानि नहीं होगी और इस दैत्य को हम नाकों चने चबा देंगे। आप जानते हैं प्रकृति हमारी सहायक है, नान्दोल से आगे गहन वन हैं। उसके आगे विकट तंग घाटी है। बस, वहीं हम अपनी करामात दिखाएंगे। अभी हमें नगर खाली कर देना

चाहिए। धन-रत्न, प्रजा-परिवार सबको सुरक्षित दुर्गम पर्वतों पर भेज देना चाहिए। दैत्य को चारा, जल, अन्न न मिले, ऐसी व्यवस्था कर देनी चाहिए।"

दुर्लभराय की सम्मति से अनहिल्लराय सहमत हो गया।

अब सब बातों पर पूर्वापर विचार करके उसने योजना बना ली।

देवगढ़, सोजत, बदनौर और टोडागढ़ के सरदार भी अपनी-अपनी सेनाएं लेकर आ पहुंचे। इन सबको अपने-अपने कार्य करने के गुप्त आदेश दे दुर्लभराय ने आगे चलता कर दिया। ये सब सरदार छोटी-छोटी टुकड़ियों में सारे जंगल में बिखरकर शत्रु की घात में जमकर बैठ गए।

भीलों और मीनाओ को भी तीर-कमान ले घाटी के दोनों ओर दुर्गम गिरि-शृंग पर चढ़-छिपकर बैठने का आदेश दे विदा किया।

इस कार्य से निपटकर उसने राजधानी को खाली करना प्रारम्भ किया। नगर में ढिंढोरा फिरवा दिया गया। नगर-निवासियों को बारह प्रहर के भीतर-भीतर अपना-अपना सब धन-जन लेकर अरावली की दुर्गम उपत्यका में जा बैठने का आदेश दे दिया गया। देखते-ही-देखते चहल-पहल और धन-धान्य से भरा-पूरा नगर नान्दोल जन-शून्य होने लगा। लोग विविध वाहनों पर अपनी गांठ-गठरी लादे पंक्ति बांध पर्वत-श्रेणियों की ओर जाने लगे। राज सेना व्यवस्था और प्रबन्ध में व्यस्त हुई। राजकोष, परिवार और सब धन भी राजमहलों से हटा दिया गया। बारह प्रहर में नगर जन-शून्य हो गया। अब राजा ने सब घाट, कुएं, मार्ग तोड़-फोड़ डाले और स्वयं सुरक्षित स्थान में अपनी सेना की छावनी डालकर बैठ गया।

दुर्लभराय ने महाराज अनहिल्लराय को यह सम्मति दी कि ज्यों ही अमीर यहां से पार हो जाए, आप अपने नगर में आ जाएं तथा वहां की व्यवस्था करें। उसने उसकी सैन्य की सहायता भी नहीं ली, तथा अपनी योजना पूरी करने को गहन वन में प्रवेश किया।

नान्दोल के बाहर निकलते ही घना जंगल था और इसके बाद वह पहाड़ी घाटी जो मीलों लम्बी थी। कहीं-कहीं तो यह इतनी तंग थी कि इसकी दोनों ओर के पर्वत-शृंग परस्पर मिले हुए प्रतीत होते थे। इसके बाद ही एक हरा-भरा समतल मैदान था, जहां मीठे पानी की एक छोटी-सी पहाड़ी नदी बहती थी, जो वर्षा ऋतु में तो भयानक हो जाती थी, परन्तु और ऋतुओं में उसमें थोड़ा पानी भरा रहता था। दुर्लभराय ने अपनी विलक्षण योजना से व्यवस्था ठीक करके, सेना को आवश्यक आदेश देने प्रारम्भ कर दिए।

अमीर अजमेर से आगे बढ़ा। रास्ता साफ और हरा-भरा देख उसका चित्त शान्त हुआ। अब तक उसने भयानक रेगिस्तान और भारी-भारी नदियों की बाधाएं झेली थीं। अब यह सुखद हरा-भरा जंगल देखकर वह प्रसन्न हो गया। यद्यपि उसे अनहिल्ल पट्टन पहुंचने की जल्दी थी। पर वह और उसकी सेना इस मनोरम प्रदेश को देखकर मस्त हो गई। चारों ओर हरे-हरे खेत लहरा रहे थे। परन्तु गांव में उसे कोई मनुष्य नहीं दीख

पड़ता था, इस पर उसने अधिक विचार नहीं किया। वह आगे बढ़ता ही गया। ज्यों-ज्यों वह आगे बढ़ता गया, बाधाएं सामने आती गईं। गांव नगर सब उजाड़ थे, राह-घाट टूटे हुए, खेत जले हुए और निर्जन। उसकी सारी प्रसन्नता हवा हो गई।

नान्दोल पहुंचकर उसने नगर को उजाड़ शून्य पाया। एक चिड़िया का पूत भी वहां न था। यह देखकर क्रोध से उसकी आंखें जल उठीं। उसने यह सुन रखा था कि यह नगर अजमेर राज्य का मित्र है, अतः उसने क्रोध में आकर नगर को फूंककर छार करने का आदेश दे दिया।

नगर धांय-धांय जलने लगा और देखते-ही-देखते वह छार हो गया। पहले उसकी इच्छा वहीं पर पड़ाव डालने की थी, पर अब उसने कूच करना ही ठीक समझा। वह और आगे बढ़ा। उस गहन और सघन वन में घुसता चला गया। परन्तु ज्यों-ज्यों वह आगे बढ़ता था, राह-बाट नहीं मिलती थी। उसकी सेना की गति मन्द पड़ गई। व्यवस्था भी गड़बड़ हो गई। क्योंकि सूर्यास्त में अब विलम्ब न था। उसने उसी वन में एक समुचित स्थान देख छावनी डाल दी। परन्तु स्थान इतना सघन और असम था कि इतनी भारी सेना की छावनी वहां नहीं पड़ सकती थी। परन्तु लाचारी थी इसमें। सेना की सारी व्यवस्था ही असम्बद्ध हो गई।

राह में और यहां भी उसे एक भी मनुष्य देखने को नहीं मिला था। सैनिक थके हुए थे। जैसे-तैसे छावनी डालकर वे अपने खान-पान और आराम में लगे। रात्रि हो गई। वह गम्भीर होती गई। धीरे-धीरे छावनी की धूमधाम सन्नाटे में बदलने लगी। थके हुए सैनिक मीठी नींद के झोंके लेने लगे।

इसी समय जंगल में चारों ओर प्रकाश फैलता-सा दीखने लगा। प्रकाश फैलता ही गया। प्रहरियों ने कुछ भी ठीक-ठीक नहीं समझा। परन्तु दो प्रहर रात्रि व्यतीत होते-होते वन में चारों ओर आग की लपटें लहर मार रही थीं। अमीर जाग उठा। पल-भर ही में वह परिस्थिति को भांप गया। भय से उसका चेहरा पीला पड़ गया। उसने वन में आग लगने के बहुत किस्से सुने थे। वन में चारों ओर आग-ही-आग लगी थी। आग ने उसके लश्कर को इस भांति घेर रखा था जैसे सांप कुंडली मारकर मेंढक को घेर लेता है। अब बड़े-बड़े वृक्ष अर्राकर गिरने लगे। धुएं के बादल आकाश तक छा गए। अमीर ने देखा कि उसका सारा लश्कर आग के समुद्र में डूब रहा है। शोक से अधीर होकर वह अपना माथा कूटने और दाढ़ी नोंचने लगा। सिपाही और सेनापति, जो जहां जिस दशा में थे, भाग निकलने की चेष्टा करने लगे। सेना में कोई व्यवस्था ही न रही। हाथी चिंघाड़ते और घोड़े बेकाबू होकर उछलते हुए इधर-उधर दौड़ने और सेना को कुचलने लगे। चलती हुई सेना के ऊपर भारी-भारी जलते हुए वृक्ष गिरकर सेना को चकनाचूर करने और झुलसाने लगे। पृथ्वी पर जैसे आग का समुद्र बह रहा हो, ऐसा प्रतीत हो रहा था। उस पर होकर चलना घोड़ों और पैदलों, दोनों ही के लिए असम्भव था। परन्तु रुकना या अटकना बिना मौत मरना था। अमीर पागल की भांति उन्मत्त और हताश हो रहा था। कौन कहां है, यह किसी को पता न था। प्रत्येक व्यक्ति किसी तरह इस अग्नि के समुद्र से जान

लेकर पार होने की चिन्ता में था। पहाड़ी हवा गज़ब ढा रही थी। न मार्ग का पता चलता था, न दिशा का। दम घोंटनेवाला धुआं हवा में भरा था। अनगिनत सिपाही-घोड़े उस धुएं में दम घुटकर और आग में झुलसकर, गिरते हुए पेड़ों से कुचलकर मरे-अधमरे होकर वहीं रह गए। भागनेवालों ने उन्हें कुचलकर चटनी कर दिया। उषा का उदय हुआ। सूर्य निकला, परन्तु इस आग के समुद्र का तो कहीं पार ही न था। अमीर घायल और कमज़ोर पहले ही से था। अब जीवन से निराश होकर मूर्च्छित हो घोड़े से गिर पड़ा।

उसके जां-निसार सरदारों और गुलामों ने उसे हाथोहाथ उठाया। वे उसे सब आपदाओं से बचाते हुए प्राणों के मोल पर ले दौड़े। दो प्रहर दिन चढ़ते-चढ़ते लश्कर आग के इस समुद्र से बाहर हुआ। परन्तु इस आग से अमीर का बहुत लश्कर नष्ट हो गया। सेना की सारी व्यवस्था बिगड़ गई। डेरे-तम्बू सब जलकर खाक हो गए। हाथी-घोड़े-प्यादे सब अधमरे हो गए। सारी ही खाद्य सामग्री और पीने का पानी नष्ट हो गया।

जंगल पार करके लश्कर ने जैसे-तैसे एक छोटे-से मैदान में छावनी डाली। छावनी क्या थी, ऐसा प्रतीत होता था, बहुत से खानाबदोश आदमियों का रेवड़ पड़ा हो। सबके कपड़े-लत्ते झुलस गए थे। अनेकों की दाढ़ियां आधी जलकर उनकी विचित्र सूरत बना गई थीं। रसद और खाने-पीने का कुछ भी सामान पास न था। फिर भी आगे बढ़ना सम्भव न था। उस दिन भूखी-प्यासी, थकी और अव्यवस्थित अमीर की सेना अत्यन्त हतोत्साहित हो वहीं पड़ी रही।

दूसरे दिन सूर्योदय से प्रथम ही अमीर ने वहां से कूच कर दिया। उसने सोचा कि राह में जो कोई समृद्ध नगर-गांव मिले, उसी को लूटपाट कर सेना के भोजन-वस्त्र की व्यवस्था की जाए। परन्तु कुछ चलने के बाद ही उसे उस तंग घाटी में घुसना पड़ा। जल्दी ही उस मुसीबत को पार करने के विचार से अमीर सेना लेकर बिना ही आगा-पीछा सोचे उस दर्रे में घुस गया। आधा दर्रा पार करने पर उसे अपनी नई विपत्ति का आभास मिला। उसने देखा, दुर्गम पर्वत-शृंग पर चींटियों की भांति रेंगते हुए अनगिनत धनुर्धारी फिर रहे हैं। उसका मन शंका और भय से कांप उठा। अमीर के सेनापतियों ने भी इस भयानक परिस्थिति का अनुभव किया। परन्तु पीछे लौटने का तो कुछ अर्थ ही न था। प्राणों की बाज़ी लगाकर अमीर और आगे बढ़ा। अब उस पर दोनों ओर से तीरों की वर्षा प्रारम्भ हो गई। बड़े-बड़े पत्थर लुढ़ककर अमीर के बलोची सवारों को घोड़ों-सहित चकनाचूर करने लगे। अमीर ने जल्द-से-जल्द घाटी को पार करने की जैसे सम्भव हो, ताकीद की। सेना भारी हानि सहकर भी इस विपत्ति से बच निकलने को अपने ही सिपाहियों, घोड़ों, हाथियों आदि को कुचलती हुई आगे बढ़ चली। तीसरे प्रहर तक अमीर ने घाटी के बाहर मुंह किया। दुर्लभराय के कौशल ने बिना एक आदमी का घात कराए, अमीर की सेना को एक प्रकार से तहस-नहस कर दिया था। अब उसने सम्मुख युद्ध करना व्यर्थ समझ अमीर को आगे भागने का मार्ग तो दे दिया, पर पश्चात भाग में व्यवस्थित उसका सब धन-रत्न-खज़ाना लूट लिया। अमीर धन-खज़ाना-कोष छिनाकर,

बेंत से पिटे हुए कुत्ते की भांति दर्रे से निकलकर ताबड़-तोड़ भागा। नदी को पार कर उसने खुले मैदान में छावनी डाली। और ईश्वर को धन्यवाद देने को नमाज़ पढ़ी। दुर्लभराय अपने सफल अभियान पर प्रसन्न हो पीछे लौटा।

सिद्धपुर में

श्रीस्थल की पवित्र भूमि में आज भी सिद्धपुर एक समृद्ध नगर है। गुजरात में वह पवित्र तीर्थ माना जाता है। अत्यन्त प्राचीन काल में यहां महर्षि कपिल ने अपनी माता को तत्त्वज्ञान का उपदेश दिया था। जिस काल की कथा हम कहते हैं, उस काल में सिद्धपुर की आबादी खूब बढ़ी-चढ़ी थी। यद्यपि अनहिल्लवाड़ पाटन गुजरात की राजधानी थी, परन्तु सिद्धपुर की शोभा और समृद्धि उस समय पाटन से कम न थी। सिद्धपुर का इलाका महाराज चामुंडराय ने अपने मंझले पुत्र दुर्लभदेव को दे दिया था। दुर्लभदेव राजधानी में न रहकर सिद्धपुर में ही रहते थे।

दुर्लभदेव बड़े खटपटी पुरुष थे। उन्हें साहूकार चोर कहना ठीक होगा। वह ईर्ष्यालु, लोभी, दम्भी और महत्त्वाकांक्षी पुरुष थे। ज़बर्दस्त के आगे झुककर काम निकालने में वे बड़े निपुण थे। अपनी कार्य-सिद्धि के लिए वह सब-कुछ कर सकते थे। वह कभी किसी का विश्वास नहीं करते थे, सदा सबको सन्देह की दृष्टि से देखते थे। लुच्चे-लफंगे, जी-हुजूरिए सदैव उन्हें घेरे रहते, जिनसे वह अपने सारे उल्टे-सीधे काम लेते रहते थे। अपने काम सिद्ध कर लानेवालों को दुर्लभदेव दिल खोलकर इनाम-इकराम देते थे। वह निरन्तर कोई-न-कोई षड्यन्त्र करते ही रहते थे। मन का भेद कभी किसी पर प्रकट नहीं करते थे। स्वभाव के वह पूरे निर्दयी थे।

सिद्धपुर का इलाका और पूरी आय उनके आधीन न होने पर भी लोग उन्हें सिद्धपुर का राजा ही मानते थे। पाटन की राजनीति की ढील और अव्यवस्था से उन्होंने काफी लाभ उठाया था। महाराज चामुंडराय की तो वह कुछ परवाह ही नहीं करते थे। वर्षों से उन्होंने राजस्व न राजकोष में जमा कराया था, न उसका हिसाब-किताब ही किसी को दिया था। और अब तो वह इस खटपट में पड़े थे कि अपने पिता महाराज चामुंडराय और बड़े भाई वल्लभदेव को मारकर या बन्दी करके गुजरात की गद्दी हथिया लें। महारानी दुर्लभदेवी और मन्त्रीश्वर वीकणशाह उनके षड्यन्त्र में सम्मिलित थे। उधर नान्दोल का अनहिल्लराय भी महत्त्वाकांक्षी था। गुजरात की गद्दी पर उसकी गृद्ध-दृष्टि थी। अतः वह भी अपने ताने-बाने बुन रहा था। पाठक जानते ही हैं कि उनके खटपटी दूत जैन यति ने किस प्रकार पाटन का राजपाट विद्रोह और षड्यन्त्र से दूषित कर दिया था। परन्तु मुद्दे की बात यह थी कि दुर्लभदेव एक तो अपने भतीजे भीमदेव से भय खाता था, और अपने भाई वल्लभदेव से उनके प्रेम और सहयोग को नहीं सह सकता था; दूसरे वह अनहिल्लराय की महत्त्वाकांक्षा को भी विष-दृष्टि से देखता था। वह तो उन्हें अपना

हथियार बनाना चाहता था और कुछ नहीं।

पाठक जानते ही हैं कि दामोदर महता की जाग्रत कूटनीति ने, उसका पाटन का विद्रोह विफल कर दिया था। परन्तु वह हार माननेवाला पुरुष नहीं था। इसी समय उसके लिए यह एक प्रकार का सुयोग ही हाथ आ लगा कि गज़नी के सुलतान की गुजरात पर अभियान की सूचना उसे मिली। उसने इस दुर्लभ संयोग से दुर्लभ लाभ उठाने की ठान ली।

वह ढोंगी तो था ही। इन दिनों वह अपनी महत्त्वाकांक्षाओं पर परदा डालने के लिए साधु-वेश धारण करता रहा था। वह चांदी की खूंटी की खड़ाऊ पहनता, भगवा वस्त्र धारण करता, और मृग-चर्म पर बैठकर धर्म-कार्य और राज्य-कार्य करता था। इतना होने पर भी वह राज-छत्र, चंवर और मशाल का मान अवश्य धारण किए रहता था। लोग उसे साधु, त्यागी और धर्मात्मा राजकुमार समझकर उसका मान करते थे।

सिद्धपुर का किला गुजरात के प्रसिद्ध किलों में से एक था। वहां उसने बहुत-सी सेना, सेवक और शस्त्रास्त्र संग्रह कर लिया था। परन्तु उसने किले के राज महालय का निवास त्याग दिया था। किले के कोटे से संलग्न ही प्रसिद्ध रुद्र महालय था। यह महालय महाराज मूलदेव राज ने बनवाया था। उसकी विशालता और स्थापत्य-कला ऐसी थी कि वैसा दूसरा देवस्थान गुजरात में न था। सोमनाथ के बाद इसी का स्थान था। यह ढोंगी राजकुमार साधु-वेश में परम माहेश्वर का पद धारण करके इसी रुद्र महालय में निवास करता था।

वह निरभिमान होने का प्रदर्शन भी करता था। वह सब छोटे-बड़े व्यक्तियों के घर चला जाता, उनके सुख-दुःख का हाल-चाल पूछता। उनकी सम्पत्ति-विपत्ति में सहायता करता। इन सब कारणों से वह खूब लोकप्रिय हो गया था।

गज़नी के सुलतान की खबर खूब रंग-रंगाकर आ रही थी। सारे ही गुजरात में उन खबरों से आतंक फैल रहा था। लोग घबराकर अपना माल-मत्ता छिपा रहे थे। कुछ इधर-उधर भाग रहे थे। अजमेर और नान्दोल की तबाही और घोघागढ़ के पतन की खबरों ने, लोगों के रक्त का पानी बना दिया था। देश का सारा कारोबार, यातायात, कृषि आदि उद्योग ठप्प पड़ गए थे। समूचे देश में भय, आतंक, निराशा और अनिश्चितता का वातावरण भर गया था। परन्तु दुर्लभदेव अत्यन्त सावधानी और दक्षता से अपनी योजना बना रहा था। उसने यह योजना स्थिर की थी कि इस म्लेच्छ को यथासम्भव गुप्त सहायता पहुंचा कर देश को उजड़वा डाला जाए। इसी से सब विरोधिनी शक्तियों का नाश कर डाला जाए। पीछे, जब वह लौट जाए तो गुजरात पर अपना अधिकार सुदृढ़ कर लिया जाए। इसके अतिरिक्त इस आड़ में खूब सैन्य भरती करके तथा शस्त्रास्त्र संग्रह करके दूर से जो हो रहा है देखा जाए। पीछे इसी शक्ति की सहायता से गुजरात की गद्दी हथिया ली जाए।

इस प्रकार योजना स्थिर करके वह जी-जान से उसकी पूर्ति में जुट गया। उसने बहुत-से चर, देश-भर में फैलाकर घर-घर यह प्रचार कराया कि म्लेच्छ देश पर चढ़ा चला आ

रहा है, उसका सामना करने के लिए सब कोई सिद्धपुर में एकत्र हों। अनेक स्थानों पर उसने स्वयं जाकर राजपूतों, गरासदारों और सर्वसाधारण को उत्तेजित किया। उसकी प्रभावशाली मुख-मुद्रा, साधु-वेश, धर्म-प्रेम और देश-प्रेम की उत्तेजना-मूलक बातें सुन-सुनकर भावुक और धर्मप्राण पुरुष हज़ारों की संख्या में उसके झंडे के नीचे आ पहुंचे और देखते-ही-देखते एक अच्छा लश्कर उसने संग्रह कर लिया।

सोरठ में मिहिर लोगों की बहुत बस्ती थी। ये सोरठ के प्रसिद्ध लड़ाकू वीर थे, पर चोरी-डकैती या छोटे-मोटे काम करके खानाबदोशों की भांति रहते थे। इस चालाक राजकुमार का उनकी ओर ध्यान गया। उसने अपने साधुत्व के प्रभाव से इन्हें अपनी ओर आकर्षित किया, भगवान सोमनाथ के नाम पर उसने ऐसी उत्तेजना उनमें भरी कि वे प्राणपण से मुसलमानों से लोहा लेने को सन्नद्ध हो गए और देखते-ही-देखते पच्चीस हज़ार मिहिर योद्धा उसके झंडे के नीचे आ खड़े हुए।

अब उसने अपने लश्कर को युद्ध-कला सिखाने के लिए चतुर सेनानायक नियुक्त किए। उत्तम शस्त्रास्त्रों का संचय और निर्माण किया। भिन्न-भिन्न सरदारों की आधीनता में सेना की टुकड़ियां बांटीं। प्रतिदिन उनकी कवायद करने का उपक्रम जारी किया। इस काम में ग़फलत न हो इसलिए वह नित्य प्रातःकाल स्वयं सेना की कवायद देखता। इस प्रकार उसने चाहे जिस भी परिस्थिति का सामना करने का सब बन्दोबस्त कर लिया और पूरी सावधानी से अमीर की गतिविधि देखने लगा।

उधर राजधानी में गम्भीर उलट-फेर हो चुके थे। महारानी दुर्लभदेवी और पाटन का प्रधानमन्त्री वीकणशाह, जो उसका सहायक था, राजवध के अपराध में बन्दी हो गए थे और प्रधानमन्त्री का पद उसके शत्रु और शत्रुओं के समर्थक विमलदेव शाह को मिल चुका था। प्रधान सेनापति बालुकाराय और दामोदर महता पहले ही वल्लभदेव के गुट के व्यक्ति थे। सो एक प्रकार से राज्य इस समय वल्लभदेव का था। महाराज चामुंडराय अब नाममात्र के पुतले की भांति गद्दी पर बैठे थे। उनकी कोई बात अब कोई सुनता ही न था। पाठक जानते ही हैं कि विमलदेव शाह एक ऐसा जुनूनी और तेजस्वी व्यक्ति था जो किसी की, यहां तक कि राजा की भी परवाह न करता था। उसने राजा की मर्ज़ी के बिना ही वल्लभदेव और भीमदेव को लाखों दम्म सेना की भरती के लिए भेज दिए थे। अब तो वह खुल्लमखुल्ला प्रधानमन्त्री था। और दामोदर महता तथा बालुकाराय की सलाह से उसकी सवारी राज-गज पर नगर में धूमधाम से निकल चुकी थी, जिससे सब छोटे-बड़े जनों ने महामन्त्री के रूप में उसका अभिनन्दन किया था।

परन्तु इन सब विपरीत परिस्थितियों से दुर्लभदेव नहीं घबराया। सेना की व्यवस्था और कोषागार का प्रबन्ध ठीक करके उसने तीन काम किए।

महारानी दुर्लभदेवी, जो नान्दोल के राजकुमार को गोद लेना स्वीकार कर नान्दोल की सहायता प्राप्त करना चाहती थी, वह उसे बिलकुल पसन्द न था। इस गोद लेने की योजना का वह पूरा विरोधी था। यद्यपि अभी उसका कोई पुत्र उत्पन्न नहीं हुआ था। फिर भी उसे आशा थी। परन्तु अपने विरोध को उसने कभी किसी पर प्रकट नहीं

किया। वह रानी की हां-में-हां मिलाता रहा। अनहिल्लराय को भी प्रेम और आदर से भरे पत्र लिखता रहा तथा भेंट भेजता रहा। जब गज़नी का अमीर अजमेर से आगे बढ़ा और नान्दोल में आमेर के दुर्लभराय ने आकर अपनी योजना अनहिल्लराय से कही तो अनहिल्लराय ने सांढ़नी-सवार भेजकर दुर्लभदेव से राय पूछी थी। दुर्लभदेव तो यह चाहता था कि इस अवसर पर अमीर से टकराकर अनहिल्लराय पिस मरे। उसने खूब उत्तेजित भाषा में अनहिल्लराय को इस धर्म-शत्रु से लोहा लेने को उकसाया और दो हाथी सोने के दम्म भरकर सहायतार्थ भेज दिए। पत्र और दम्म पाकर अनहिल्लराय प्रसन्न हो गया। और जब दुर्लभराय कछवाहे ने उसे ऐसी योजना बताई जिसमें न तो उसके एक सैनिक पर आंच आती थी, न एक पाई खर्च होती थी, वह धर्म के शत्रु से मिल जाने के अपवाद से भी बच जाता था और दुर्लभराय का भी प्रेम-भाजन बनता था, इन सब बातों पर विचार करके, उसने दुर्लभराय कछवाहे की योजना स्वीकार कर ली थी। अतः इस मामले में दुर्लभदेव की आशा कुछ भी फलवती न हुई। अनहिल्लराय का कुछ भी नुकसान नहीं हुआ, जो हुआ उसकी पूर्ति उसने आनन-फानन कर डाली।

दूसरा काम उसने यह किया कि अत्यन्त गुप्त रूप से उसने अमीर के पास अपना दूत भेजकर इस शर्त पर उसका मार्ग-विरोध न करने तथा सब सम्भव सहायता देने की स्वीकृति भेज दी कि वह सोमनाथ-अभियान के सफल होने पर वापसी में उसे ही गुजरात का अधीश्वर स्वीकार कर ले। दुर्लभदेव का यह सन्देश वास्तव में अमीर के लिए एक वरदान था। यदि इस समय दुर्लभदेव अपनी सेना लेकर अमीर पर पिल पड़ता तो इसमें तनिक भी सन्देह न था कि अमीर का एक-एक घोड़ा और एक-एक सवार इसके तीरों से बिन्ध जाता। और अमीर को गुजरात की दहलीज़ में ही अपनी समाधि लगानी पड़ती। दुर्लभदेव ने इतना ही नहीं किया, उसने ऐसी भी व्यवस्था कर दी कि आबू और झालौर के परमार भी अमीर का अवरोध न करें। उन्हें इस खटपटी राजपुत्र ने विश्वास दिला दिया कि वे अपने धन-जन को खतरे में न डालें—गज़नी के दैत्य को सीधा गुजरात की सीमा में धंसा चला आने दें। यहां आने पर वह उसे पीस डालेगा। पीछे आवश्यक हुआ तो वह उनसे अमीर के पृष्ठ भाग पर आक्रमण करने का अनुरोध करेगा। यह योजना यदि अमल में सचमुच आती, तो अमीर का यहां से निस्तार नहीं था। पर भारत के भाग्य ऐसे कहां थे; भारत को तो अपनी लाज खोनी थी। दुर्लभदेव ही के समान आबू के परमार अपनी स्वार्थमयी महत्त्वाकांक्षा की खिचड़ी पका रहे थे। वह न केवल अवन्तीपति भोज का पराभव करने पर तुले थे अपितु गुर्जरेश्वर की अधीनता का इस सुअवसर पर जुआ उतार फेंकने को भी उतावले हो रहे थे। यदि इस सुयोग में अमीर दुर्लभदेव और गुर्जरेश्वर का दलन कर डाले और उनका सैन्य-बल तथा कोष अक्षुण्ण बना रहे तो इससे उत्तम बात और हो क्या सकती थी। उन्होंने दुर्लभदेव की योजना का हर्ष से स्वागत किया तथा कपट-भाव से आश्वासन दिया कि आवश्यकता पड़ने पर पीछे से आक्रमण करके उसे सहायता पहुंचाएंगे। परन्तु उन्होंने यह ठान ली थी कि यह कोरा आश्वासन ही रहेगा। गुप्त रूप से उन्होंने भी अमीर को दूत भेजकर

कहला भेजा था कि यदि अमीर उनके राज्य की सीमा में कोई उपद्रव न करे तो वे उसे निर्वाध रूप से आबू की राह गुजरात में प्रविष्ट होने से रोकेंगे नहीं।

हाय रे भारत के भाग्य, हाय रे राजपूतों की कलंकित स्वार्थ-नीति! इसी ने तो राजपूतों को संगठित न होने दिया, इसी से तो वे महावीर होते हुए इस मार-काट के युग में बड़े-बड़े सुयोग पाकर भी कोई अपना साम्राज्य स्थापित न कर सके। वे अपने ही स्वार्थों में, अपनी ही योजना में मरते-कटते रहे। अमीर से न केवल परस्पर के इस आश्वासन का स्वागत किया–अपितु उसने परमार को बहुत-सी भेंट-भलाई भेजकर बारम्बार अपनी मित्रता का वचन दिया। यहां गुजरात के द्वार पर आकर उसे नए अनुभव हो रहे थे। जहां उसे अन्यत्र मैत्री की भीख मांगनी पड़ी थी, यहां मैत्री की भीख उससे मांगी जा रही थी। जबकि वह अत्यन्त जीर्ण-शीर्ण और विपन्नावस्था में था और उसे सोमनाथ-विजय तो एक ओर, सही-सलामत गज़नी लौट जाने की भी आशा न रही थी।

झालौर का रावल वाक्पति राज परमार चौहानों का सम्बन्धी था। वह एक बूढ़ा, सनकी और घमंडी आदमी था। उसे अपनी वीरता पर बड़ा अभिमान था। अपने को वह घोघाबापा से तनिक भी कम न समझता था। इनमें सन्देह नहीं कि वह एक साहसी योद्धा था। पर एक राजा को क्या योद्धा होना ही यथेष्ट है! उसके मन्त्री भी ऐसे ही थे। राजा की आयु सत्तर को पार कर चुकी थी, वह अफीम घोलने और रनवासों की नई-नई डेवडनियों से मठोली मारने में अपने बुढ़ापे के दिन व्यतीत कर रहा था। उसका राज-काज आप-ही-आप चल रहा था। भूखे-प्यासे किसान अपना खून-पसीना एक करके जो अन्न उपजाते थे, उनकी गाढ़ी कमाई का अधिकांश भाग उसके अत्याचारी कर्मचारी उनसे वसूल कर अपनी भी जेब भरते थे और राजकोष भी भरते थे, जिसे मनमानी रीति पर खर्च करने से इस बूढ़े, कामुक और सनकी राजा को रोकनेवाला कोई भी न था। दुर्लभदेव ने उसे लिखा, "काकाजू, चिन्ता मत कीजिए, गज़नी के इस दैत्य को सीधा पाटन की ओर तक चला आने दीजिए। यहां मैं उसे तलवार के घाट उतारूंगा। आपको अपनी यशस्विनी तलवार को म्यान से खींचने की मुझ दास के रहते आवश्यकता नहीं है।"

और सुन्दरी तरुणी डेवडनियों से पगचप्पी कराता हुआ यह राजा हंस-हंसकर दुर्लभदेव का यह पत्र पढ़ता और कहता, "रंग है, अरे! मेरी तलवार देखनी हो तो देख, पर छोकरा अच्छा है, परमार को जानता है। यह बेटा अमीर गुजरात जाता है तो जाए। झालौर पर उसने नजर करी तो जीता छोड़ूंगा नहीं। हा–हा–हा–हा।" और इसके बाद जब अमीर ने उसकी सेवा में अमूल्य जवाहरात से भरा थाल भेजकर मैत्री-याचना की, तो यह लालची बूढ़ा बड़ी देर तक उन रत्नों में कौन कितनी कीमत का है, इसी बात पर अपने रत्नों के पारखीपन की डींग हांकता और गोली-बान्दियों पर यह प्रकट करता रहा कि यह अमीर वास्तव में उसके भय से थर-थर कांपता है।

इस प्रकार अपनी दोनों योजनाओं को कार्यान्वित कर तथा अमीर को निष्कंटक करके दुर्लभदेव ने अपना तीसरा नेत्र अब पाटन की ओर फेरा। उसके लिए जिन लोगों

ने विपत्ति मोल ली थी, उनकी उस स्वार्थी ने चिन्ता नहीं की। उसे केवल अपनी माता महारानी दुर्लभदेवी को जैसे बने, महाराज का मन फेरकर सिद्धपुर ले आने और मन्त्री विमलशाह को समझा-बुझाकर जैसे बने, अपने पक्ष में करने की व्यग्रता थी।

सिद्धपुर के रुद्र महालय के मठपति शुक्लबोध तीर्थ, संस्कृत और वेदान्त के पंडित, वयोवृद्ध संन्यासी थे। राजपुत्र के भक्ति-भाव से वह प्रसन्न थे। दुर्लभ ने उन्हें बहुत-सी जागीर दे रखी थी। उसकी कृपा से यह बूढ़े संन्यासी राजशाही रीति पर रहते थे। दुर्लभदेव देवाराधन की अपेक्षा मठपति की ही अधिक आराधन करता था। इसमें मठपति उसकी भूरि-भूरि प्रशंसा करते अघाते न थे। दुर्लभदेव ने और अन्य जनों ने भी पाटन की राज-व्यवस्था की दुरावस्था के उल्टे-सीधे जो चित्र इस वेदान्ती संन्यासी के सम्मुख खींचे थे--उस पर इसने यह पक्की राय बना ली थी कि यदि दुर्लभदेव पाटन का अधिपति हो जाए तो गुजरात का बहुत भला हो सकता है। कुछ सच्चे भाव से भी और कुछ दुर्लभदेव की आराधना से द्रवित होकर वे दुर्लभदेव के समर्थक बन गए थे। इन्हीं को अब दुर्लभदेव ने पाटन जाकर राजा को नर्म करके जैसे बने, महारानी दुर्लभदेवी को मुक्त कराने और मन्त्रीप्रवर विमलदेव शाह को अपना अनुगत बनाने के लिए बहुत ऊंच-नीच समझाकर भेजा। राजनीति को तनिक भी न समझनेवाला यह बूढ़ा संन्यासी, बिना इस बात की गुरुता का विचार किए कि वह कहां किस कार्य के लिए जा रहा है, पाटन की ओर चल दिया। दुर्लभदेव उत्कंठा से परिणाम की प्रतीक्षा करने लगा।

विफल प्रयास

पाटन में महामन्त्री की सत्ता एकबारगी ही व्याप गई। वह शूरवीर, तेजस्वी, मिलनसार और कुलीन जैन वणिक था। इससे नगर के सभी महाजनों में उसका पहले ही बहुत मान था। उसके मन्त्री होने पर सबने उसे आनन्द बधाइयां दीं। महामन्त्री के महालय के आगे हाथी झूम रहे थे, नौकर-चाकर, दास-दासी, दूत, व्यापारी, मांडलिक, मन्त्री, योद्धा और अनेक पुरुष भांति-भांति के अभिप्राय और काम-काज के लिए आ-जा रहे थे।

मठपति महामन्त्री का यह वैभव देखकर विमूढ़ हो गए। सन्ध्याकाल में वे महामन्त्री से मिलने गए।

विमलदेव ने उनका उत्थानपूर्वक सत्कार किया। साधारण शिष्टाचार के बाद वार्तालाप प्रारम्भ हुआ। मन्त्री ने कहा, "कहिए, कैसे-कब पाटन में पधारना हुआ?"

"आज ही मन्त्रीश्वर।"

"आज? और तुरन्त ही इस सेवक को दर्शन से कृतार्थ किया–बड़ी कृपा हुई। महाराजकुमार दुर्लभदेव प्रसन्न तो हैं?"

"प्रसन्न हैं। उन पर दुहरा भार है मन्त्रीश्वर, देवता का भी और राज्य का भी।"

"अच्छा!" मन्त्री विमलदेव शाह ने मन्द स्मित करके सम्मुख पड़े बहुत से कागज़ों पर दृष्टि डाली। मठपति नहीं समझ पाए कि इस एक 'अच्छा' शब्द में कितना अंश व्यंग्य का है और कितना अविश्वास और तिरस्कार का। वे कोई राज-दरबारी पुरुष न थे। वे इसी एक शब्द से हतप्रभ हो गए। कुछ ठहरकर उन्होंने कहा, "राज्य पर संकट-काल है। महाराज कर्तव्य से बेसुध हैं, अब आप हैं तो गुजरात का सब-कुछ है।"

"यह क्या महाराज कुमार का सन्देश है?"

"नहीं मन्त्रीश्वर, परन्तु गुजरात का रक्षण होना चाहिए।"

"उसकी समुचित व्यवस्था हो रही है।"

"किस प्रकार मन्त्रीश्वर?"

"यह काम राज-पुरुषों का है, आपका नहीं। आप मुझसे क्या कहना चाहते हैं, वह कहिए।"

मन्त्री के प्रताप और तेज से मठपति की सारी ज्ञान-गरिमा लुप्त हो गई। उन्होंने देखा, चापलूसी और भय इस पुरुष को स्पर्श ही नहीं करते। उन्होंने धीरे-से कहा, "मैं यही कहने आया था मन्त्रीश्वर।"

"तो यह बात तो खत्म हुई।"

"मेरा एक अनुरोध भी है।"

"आपका?"

"महाराज दुर्लभदेव की ओर से।"

"महाराज दुर्लभदेव कौन हैं?"

"महाराज..."

"हां-हां, किन्तु महाराज तो चामुंडराय अभी पाटन में विराजमान हैं।"

"मैं महाराज कुमार की बात कह रहा हूं।"

"कहिए।"

"देश पर म्लेच्छ आ रहा है। महाराज..."

"फिर महाराज! कौन महाराज?"

"नहीं, नहीं, कुमार दुर्लभदेव उसके दमन में कृतोद्यम हैं, आप उनकी सहायता कीजिए।"

"आपको क्या कुमार दुर्लभदेव ने यहां भेजा है?"

"नहीं मन्त्रीश्वर, मैं तो आपसे एक अनुरोध कर रहा हूं।"

"तो देखिए, आप मठपति हैं। इसलिए रुद्र महालय के सम्बन्ध में यदि कुछ त्रुटि हो तो कहिए। मैं उस पर विचार करूंगा। राज-काज में अनुरोध मानकर शासन करने की मेरी आदत नहीं। रही कुमार दुर्लभदेव की बात, वे राज-विद्रोह के एक अभियुक्त हैं, इस सम्बन्ध में ज़ाब्ते की कार्रवाई की जा रही है जो शीघ्र उन्हें ज्ञात हो जाएगी।"

"परन्तु मन्त्रीश्वर, वे राजपुत्र हैं।"

"राजपुत्र या राजमाता, जो भी हों, पाटन का न्याय-विधान सबके लिए एक-सा ही है।"

"किन्तु..."

"सुनिए महाराज, यदि राज-दरबारी मामलों में रुचि रखेंगे तो यह समझा जाएगा कि आप भी षड्यन्त्र में सम्मिलित हैं। आप विद्वान पुरुष हैं, संन्यासी हैं, इसी से मैं आपकी भलाई की बात कहता हूं। आप अपना काम कीजिए। कुमार दुर्लभदेव सैन्य-सन्धान कर रहे हैं, वह हमारी दृष्टि से ओझल नहीं है तथा राज्य और शत्रु पर उनकी जैसी दृष्टि है, वह भी पाटन का मन्त्री जानता है। परन्तु आपको उचित प्रतीत हो तो आप उनके हितैशी के रूप में उन्हें समझा दीजिए कि जब वे विरक्त होकर साधु ही हो गए हैं तो इस प्रकार की खटपट में माथा-पच्ची न करें, यही उत्तम है। नमस्कार!"

मठपति को और कुछ कहने की हिम्मत नहीं हुई। वे आशीर्वाद दे वहां से उठकर चले आए।

विमलशाह ने एक कुटिल हास्य उन पर डाला, और एक पार्श्वद को कुछ संकेत किया। पार्श्वद तनिक झुककर चुपचाप मठाधीश के पीछे रवाना हो गया।

पाटन में हड़कम्प

घोघाबापा और महाराज धर्मगजदेव के रणांगण में गिरने के समाचार हवा में तैरते हुए पाटन पर छा गए। अमीर दबादब गुजरात की ओर बढ़ा चला आ रहा है, इसकी भांति-भांति की विकृत और कल्पित कहानियां लोग कहने-सुनने लगे। कोई कहता, उसके साथ दैत्यों की सेना है; कोई कहता, उसके पास उड़नेवाली सांढ़नियां हैं; कोई कहता, वह मरकर भी जी उठता है, उसका सिर कटकर फिर जुड़ जाता है। जितने मुंह, उतनी बात। पाटन के उद्वेग का ठिकाना न रहा। लोगों के चेहरों पर हवाइयां उड़ने लगीं। सेठ, साहूकार, गृहस्थ अपना धन-रत्न धरती में या तहखानों में छिपाने लगे। जिससे जो लेकर भाग जाते बना, ले भागा। जिसका जिधर मुंह उठा, वह उधर ही भाग निकला। किसी को किसी की सुध न रही। अमीर के चमत्कारों और अत्याचारों के अतिरंजित किस्से अनेक रूप धारण करके लोगों में आतंक उत्पन्न करने लगे। पाटन में भगदड़ मच गई।

इस समय पाटन में दो ही ऐसे पुरुष थे, जिन पर पाटन का सारा दायित्व था। एक वैदेशिक मन्त्री दामोदर महता, दूसरा मन्त्रीश्वर विमलदेव शाह। दोनों ने परस्पर विचार-विनिमय किया। परिस्थिति को परखा और आगे-पीछे की योजना बनाई। महाराज वल्लभदेव और भीमदेव इस समय राधनपुर में सैन्य तथा युद्ध-सामग्री का संग्रह कर रहे थे। दामोदर महता ने तुरन्त नगर, राज्य और राज्यकोष की सुरक्षा की व्यवस्था की।

नगर की भगदड़ रोक दी गई और ढिंढोरा फिराकर नगर-निवासियों को राज्य-व्यवस्था के अनुसार काम करने का आदेश दिया गया। कन्नौज, उज्जयिनी, श्रीमाल और भृगुकच्छ के ब्राह्मण परिवारों को तथा राजकोष, राजपरिवार एवं उच्चवर्गीय परिवारों को खम्भात और भरुच भेज दिया गया। अवांछनीय जनों को दूर देशान्तर में रवाना कर दिया, गांव-देहात के लोगों को सुरक्षित स्थानों में स्थानान्तरित कर दिया। राहघाट, पुलों और जलाशयों पर पहरे बिठा दिए। खम्भात की खाड़ी में समुचित जहाज़ों को, सब साधनों से सम्पन्न करके समय के लिए तैयार रखा गया। पाटन और आस-पास के नगर-ग्रामों की सारी खाद्य-सामग्री पर राज्य ने अधिकार कर उसे तथा धन से भरे छकड़ों को महाराज वल्लभदेव के पास राधनपुर भेज दिया गया।

अब रह गए गुजरात के प्रतापी महाराजाधिराज—पाटन नगर और पाटन के राजमन्दिर और देवालय। इनके सम्बन्ध में देर तक दोनों चतुर राजनीति-विशारदों ने विचार-विनिमय कर अपनी गुप्त योजनाएं बनाईं। विमलदेव शाह ने महाराज को स्थानान्तरित करने का बीड़ा अपने हाथ में लिया और दामोदर महता ने नगर की रक्षा का।

दोनों राजपुरुष अपनी-अपनी योजना को सफल करने में जुट गए।

जूनागढ़ का राव

जूनागढ़ के राव नवधन बिना ही किसी पूर्व-सूचना के इसी समय पाटन में आ धमके। उनके साथ दो हज़ार कच्छी सवार थे। उन्होंने नगर से बाहर सहस्र-लिंग सरोवर के तट पर डेरा डाला।

राव नवधन एक तेजवान, वीर, सरल किन्तु निष्ठावान पुरुष थे। वे बात के धनी भी थे। गुजरात में उनकी बहुत धाक थी। लोग उनसे भयभीत रहते थे। वे राजकुमार भीमदेव के श्वसुर थे। उनकी इकलौती बेटी उदयमती भीमदेव को ब्याही थी। रानी उदयमती यद्यपि अभी नवोढ़ा ही थी, परन्तु पिता के समान ही तेजस्विनी और स्वाभिमानी थी। मिज़ाज भी उसका तीखा था। चाल-ढाल, रहन-सहन गर्वीला था। अपने पिता पर उसे बहुत घमंड था। बिना माता की इकलौती पुत्री को राव प्राणों से बढ़कर प्यार करते थे। राव नवधन एक कठोर, दृढ़प्रतिज्ञ और कड़े स्वभाव के योद्धा अवश्य थे, परन्तु हृदय उनका शुद्ध था।

पाटन की अधोगति, अन्तःपुर का विद्रोह, और गुजरेश्वर की अकर्मण्यता एवं अमीर की अवाई सुनकर ही राव बिना निमन्त्रण, पाटन में अपना कर्तव्यपालन करने आए थे। परन्तु इस टेढ़े अवसर पर राव का ससैन्य आना सुनकर लोग आश्चर्य और भय से परस्पर कानाफूसी करने लगे। बिना बुलाए ससैन्य राजधानी में आना मर्यादित न था। राजपुरुष चिन्ता में पड़े। परन्तु दामोदर महता तुरन्त राज्य की ओर से राव का सत्कार करने उनके डेरे पर पहुंचे।

राव अपने पट-मंडप में बहुमूल्य रेशमी गद्दी पर बैठे थे। उनकी बड़ी-बड़ी मूंछें, भारी डील, लाल डोरेवाली आंखें, घनश्याम शरीर और घन-गर्जन-सा कंठ-स्वर अति भव्य था। उनके आगे गद्दी पर जड़ाऊ मूठ की नंगी तलवार रखी थी, तथा राव के हाथ में रुद्राक्ष की माला थी। दामोदर को देखकर राव नवघन ने ऊंचे स्वर से हाथ ऊंचा करके कहा, "आओ महता, बैठो, बैठो!"

दामोदर ने निकट जा हाथ जोड़कर कहा, "महाराज, सूचना भी नहीं भेजी, चुपचाप पधारे।"

"घर आने के लिए सूचना कैसी? कहो, पाटन पर कैसी बीत रही है भाया?"

"सब ठीक-ठाक है महाराज।"

"यही देखने तो आया हूं। गुजरेश्वर तो अपनी बावड़ी और ताल बनवाने में संलग्न हैं, क्यों?"

"महाराज देखेंगे तो प्रसन्न होंगे, धवल-गृह तो बनकर तैयार हो चुका है।"

"देखूंगा भाया। पर पहले गुजरात की प्रतिष्ठा की बात देखनी है। गज़नी का अमीर आ रहा है, सो गुजरेश्वर क्या धवल-गृह में ही इस म्लेच्छ का स्वागत करेंगे?"

"यह कैसी बात दरबार! जब तक जूनागढ़ की तलवार है, तब तक..."

"अब यह बात रहने दो महता, तुम्हें तो अपनी शक्ति पर बड़ा भरोसा है, फिर अपनों को क्यों बुलाने लगे। पर भाया, मुझसे तो रहा नहीं गया। चला आया। समय आया है ; अब मानापमान क्या। अब सच-सच जो बात है, वह कहो।"

महता ने हाथ जोड़ और आधीनता जताकर कहा, "अब आपका विराजना हुआ है तो सब ठीक हो जाएगा। सब निवेदन करूंगा। किन्तु क्या कुमार को सूचना दे दूं?"

"अभी नहीं, महाराज से मिलने के बाद।"

"तो मैं महाराज को निवेदन करता हूं।"

"निवेदन हो चुका है महता, अभी महाराज नशे-पानी की झोंक में हैं। जब सावधान होंगे तब..." राव नवघन इतना कह व्यंग्य से मुस्कुरा दिए। फिर कुछ सोचकर बोले, "महता, महाराज गुजरेश्वर हैं, पर मैं भी सोरठ का धनी हूं! गज़नी का अमीर जो सोमनाथ पर आए, तो राव के जन्म को ही धिक्कार है।"

"परन्तु महाराज, वह आए तो, सोरठ की तलवार के साथ-साथ गुजरात की तलवार भी तैयार है।"

"और कुमार भीमदेव?"

"महाराज, गुजरात की तलवार तो कुमार ही के हाथ में है।" फिर उसने इधर-उधर देखकर मंद स्वर मे कहा, "यशस्वी मूलदेव की गद्दी पर तो एक दिन कुमार ही की प्रतिष्ठा होगी। और महारानी उदयमती गुजरात के भावी अधिपति की माता।"

राव नवघन प्रसन्न हो गए। उन्होंने सन्तुष्ट होकर कहा, "किन्तु महता, क्या कुमार भीमदेव पाटन में आते ही नहीं?"

"क्यों नहीं महाराज, परन्तु इधर तो वह अमीर की अवाई की खटपट में लगे हैं।"

"तो भाया, कुमार को सूचना भेज दो, और घर-बाहर के सब सगे-सम्बन्धियों को भी बुलाओ। केसरदेव मकवाना पर अभी एक सांढ़नी रवाना कर दो। अरे भाई, यह तो धर्म पर तलवार है! हां राजपुत्र दुर्लभदेव का क्या समाचार है? सुना है, उन्होंने संन्यास लिया है।"

"राज-संन्यास महाराज," महता ने हंसकर कहा, "महाराज कुमार योग और भोग, दोनों ही का आनन्द-लाभ कर रहे हैं।"

"और तो कुछ बात नहीं है महता?"

सोरठ का राव गुजरात की धरू राजनीति में उतरे, यह दामोदर की रुचा नहीं। उसने बात को उड़ाकर कहा, "महाराज जब पाटन में पधारे ही हैं तो सब स्वयं देखभाल लेंगे।"

"पर सुनता हूं, दुर्लभदेव ने खूब सैनिक तैयारी की है!"

"सिद्धपुर की रक्षा का भार भी तो उन पर है। आखिर सिद्धपुर गुजरात का मुख है।"

"ठीक है महता।"

दामोदर प्रणाम करके उठ खड़ा हुआ। उसने पुनः हाथ जोड़कर कहा, "तो मैं सांढ़नी-सवार रवाना करता हूं।"

राव ने सत्कार से दामोदर को विदाई दी और गद्दी पर बैठकर माला फेरने लगे।

परम परमेश्वर

परम परमेश्वर परम माहेश्वर गुजरेश्वर प्रबल प्रताप मार्तंड महाराजाधिराज चामुंडराय बेचैनी और घबराहट में उन्मत्त की भांति बड़बड़ा रहे थे। राजा के सब खुशामदी, जी-हुजूरिए, खवास, गोले, दास-दासी, राजा को छोड़कर जिसके हाथ जो लगा, लेकर भाग गए थे। गुजरेश्वर अपने महलों में अकेले पड़ गए थे। जबसे उन्हें मार डालने के षड्यन्त्र का भंडाफोड़ हुआ था, वह प्रत्येक आदमी को सन्देह और भय की नज़र से देखते, अपने ही पैर की आहट से चौंक उठते, हर समय हाथ में नंगी तलवार लिए रहते और नौकर-चाकर, गुलाम-गोले सभी से भयभीत और सशंकित रहते थे। अपनी परछाईं से भी डर जाते थे। भोजन और जल, सभी में उन्हें विष का भय रहता था। भोजन को वे दूर फेंक देते, चीखते-चिल्लाते, और बहुधा भूखे-प्यासे पड़े क्रोध और जुनून में बड़बड़ाया करते थे।

आज उनकी नित्यक्रिया में भी बाधा आ उपस्थित हुई। बारम्बार पुकारने पर भी कोई गोला-गाली, खवास-चाकर उपस्थित नहीं हुआ। वे ज़ोर-ज़ोर से गालियां बकने लगे, उनके मुंह से फेन निकलने लगा। बहुत देर बाद एक दासी हाथ बांधे आकर खड़ी हुई। राजा उसे देखते ही चौंक पड़े। उन्होंने तलवार का हाथ ऊंचा करके कहा, "तू क्यों आई, बोल?"

"मैं अन्नदाता की सेवा में हाज़िर हूं।"

"कैसी सेवा?"

"जैसी हुजूर की मर्ज़ी।"

"और सब चाकर-गुलाम कहां गए?"

"सब भाग गए महाराज।"

"क्यों भाग गए?"

"सारा पाटन ही भाग रहा है, अन्नदाता। नगर में भगदड़ मची है।"

महाराज यह सुनकर एकदम गद्दी पर गिर गए। उन्होंने कहा, "पाटन भाग रहा है और मुझे खबर ही नहीं।"

दासी ने जवाब नहीं दिया। नीचा सिर किए खड़ी रही।

राजा ने कहा, "बोलती क्यों नहीं, बोल," फिर राजा ने गुस्से में भरकर कहा, "मैं समझ गया। तुम सब अपने राजा को मार डालना चाहते हो।"

"अन्नदाता, मैं तो बचपन ही से हुजूर की खिदमत में हूं, महाराज ने तो सदा ही मुझ पर विश्वास किया है।"

"पर अब..." महाराज ने दासी की ओर देखा।

दासी ने निकट आकर महाराज की मसनद ठीक की। फिर हाथ बांधकर कहा, "अन्नदाता, बाहर मन्त्रीश्वर विमलदेव शाह, ड्यौढ़ियों पर हाज़िर हैं, वे हुजूर को सब बात बता सकते हैं।"

"तो विमल को यहां ले आ।"

विमलदेव शाह राजा के निकट आ खड़े हुए। राजा ने पूछा, "विमल, यह सब क्या हो रहा है? सुनता हूं, पाटन के सब नगर-जन घर-बार छोड़कर भाग रहे हैं।"

"महाराज ने सत्य ही सुना है।"

"परन्तु क्यों?"

"गज़नी का म्लेच्छ गुजरात पर आ रहा है महाराज।"

"तो बालुकाराय क्या कर रहा है, उसने उसे मारकर भगाया नहीं?"

"नहीं महाराज।"

"क्यों नहीं?"

"म्लेच्छा की सेना अपार है। पाटन में सेना नहीं है, सेना के पास शस्त्र नहीं हैं।"

"क्यों नहीं हैं विमल?"

"राजकोष का सब धन महाराज ने धवल-गृह और सरोवर के निर्माण में खर्च कर दिया है।"

"अरे, किन्तु प्रजा की रक्षा कैसे होगी?"

"नहीं होगी महाराज।"

"यह कैसी बात?"

"यह बात प्रजा जानती है। परम परमेश्वर गुर्जराधिपति महाराज चामुंडराय अपनी प्रजा की रक्षा करने में असमर्थ हैं, इसी से वह भाग रही है।"

"बहुत खराब बात है...अब क्या होगा?"

"पहले पाटन का और फिर सोमनाथ का विध्वंस होगा।"

"नहीं, नहीं रे विमल, ऐसा नहीं होना चाहिए, तू नहीं जानता कि अनहिल्ल पट्टन पश्चिमी भारत का मुख है और भगवान सोमनाथ सोलंकियों के कुल-देवता हैं।"

"जानता हूं महाराज।"

"तो फिर?"

"तो फिर महाराज, उठाइए तलवार, घोघाबापा रण में जैसे जूझ गए, महाराज धर्मगजदेव जैसे कट मरे, उसी प्रकार रण में एक-दो हाथ मार-मूरकर आप भी वीर-गति प्राप्त कीजिए। पीछे पाटन का जो हो सो हो।"

राजा भय और आतंक से पीला पड़ गया। उसे जीवन का बहुत मोह था। उसने मन्त्री की ओर भीत मुद्रा से देखा। मन्त्री अविचल भाव से खड़ा था। राजा ने भर्राए स्वर मे कहा, "विमल, पाटन की लाज रख।"

"किस प्रकार महाराज?"

"जैसे तू ठीक समझे। मेरी ओर से तुझे छूट है, समझा!"

"बहुत अच्छा महाराज, तो आप तैयार हो जाइए।"

"किसलिए?"

"शुक्ल तीर्थ पधारने के लिए। वहां महाराज विराज कर शान्ति से परलोक-चिन्तन करें।"

"और पाटन?"

"अब राज्य की खटपट में पड़ने का महाराज का काम नहीं। उसकी समुचित व्यवस्था हो जाएगी।"

"तो विमल, तू मुझे गद्दी से उतारता है?"

"महाराज को गद्दी पर विराजने में बहुत कष्ट उठाना पड़ रहा है।"

"और जो मैं गद्दी नहीं छोड़ूं?"

"तो और अच्छा है। उठाइए तलवार।"

"तलवार?"

"हां महाराज, यदि आप किसी म्लेच्छ की तलवार का भोग होना ही चाहते हैं तो फिर जैसी महाराज की इच्छा!"

राजा की आंखों से झरझर आंसू झरने लगे। उसने कहा, "अरे विमल, यह क्या मेरा तलवार उठाने का काल है?"

"नहीं है महाराज, इसी से मैंने निवेदन किया कि अब महाराज शुक्ल तीर्थ पधारें।"

"वहां क्या है?"

"देवस्थान हैं, राजस्थली है, सुपर्णा नदी है, वन-विहंगम है, शीतल-मन्द पवन है।"

"और गज़नी का यह दैत्य?"

"वहां न जाने पाएगा महाराज।"

"और यदि जाए तो?"

"विमल के जीते-जी नहीं महाराज।"

"यह...यह क्या यथेष्ट है?"

"एक भी गुर्जर जब तक जीवित है, तब तक नहीं।"

"हां, अब ठीक है। किन्तु ये हत्यारे, जो अपने राजा को विष देकर मार डालना चाहते हैं?"

"सब दंड पाएंगे महाराज, वहां उनका कुछ भय नहीं है।"

"तो तू जान विमल।"

"महाराज निश्चिन्त रहें।"

"अच्छा, तो तैयारी कर।"

"महाराज का गजराज द्वार पर उपस्थित है। रनवास रवाना हो चुका है। सेवक, खवास और सब विश्वासी-जन रवाना हो चुके हैं महाराज।"

"तो फिर मैं चला।"

राजा कांपता हुआ गद्दी से उठ खड़ा हुआ। जीवन के पचास वर्ष जहां बैठकर उसने कच्छ, लाट, झालौर, मारवाड़, स्थानक और सिंध के छत्रपति राजाओं का छत्र भंग किया था, उज्जयिनी के मालवराज जिससे सदा स्पर्द्धा करते तथा भयभीत रहते थे, वही सोलंकी गुर्जरेश्वर चामुंडराय आज थर-थर कांपता हुआ, बुढ़ापे में धुंधली आंखों से अविरल अश्रु-धारा बहाता हुआ गद्दी से नीचे लड़खड़ाते पैर रख रहा था।

वीरों का दल-बादल

देखते-ही-देखते वीरों के दल-बादल पाटन में आने लगे। भृगुकच्छ के दद्दा चौलुक्य, कच्छ के कमा लाखाणी, कीर्तिगढ़ के केसर मकवाणा आदि सामन्त भायात अपनी-अपनी सैन्य लेकर पाटन में आ जुटे। जूनागढ़ के राव तो पहले ही से जमे थे। द्वारिका, बांसवाड़ा और दमन से आबू-पर्यन्त छोटे-बड़े सरदार योद्धा सैनिक तथा कच्छ, लाट, सोरठ, श्रीमाल, गुजरात और कोंकण के धर्म-वीर अपनी-अपनी तलवार धर्म को अर्पण करने आ जुटे। इस समय पाटन में अनोखा दृश्य था। एक ओर पाटन के नगर-जन घर-बार छोड़कर बाहर जा रहे थे, दूसरी ओर देश-देश के योद्धा शस्त्र बांध युद्ध-उमंग में हुंकार भरते पाटन आ रहे थे।

अब अधिक समय नष्ट करना ठीक न समझ दामोदर महता ने राजगढ़ में दरबार की घोषणा कर दी। छोटे-बड़े सबने इस दरबार में भाग लिया। दरबार में सर्वसम्मति से वल्लभदेव को गुजरात के अधीश्वर की पाग बंधाई गई तथा उनके नाम की प्रशस्ति गाई गई। राज्य के प्रमुख जनों को एवं राज-कारबारियों को एवं नगर-जनों को दान-मान से सत्कृत करके दरबार की औपचारिक कार्रवाई समाप्त कर डाली गई। बूढ़े सनकी

महाराज चामुंडराय को किसी ने याद भी नहीं किया। दरबार की समाप्ति पर उसी रात गुप्त मन्त्रणा-सभा बैठी, जिसमें सभी प्रमुख राजपुरुष और राजातिथि उपस्थित हुए।

दामोदर महता ने वार्ता प्रारम्भ की। उसने एक बार चारों ओर दृष्टि डाली और कहा, "आज हमारे सम्मुख महत्त्वपूर्ण कठिनाइयां हैं। हम चारों ओर शत्रुओं से घिरे हैं। हमारे घर में छिद्र हैं, और एक प्रबल शत्रु हमारे धर्म और हमारी संस्कृति को विध्वंस करने आ पहुंचा है। पाटन की एक निष्ठा है, पहले धर्म और पीछे राज-सत्ता। अब हमें एक पथ निर्धारित करना है, जिससे राजनीति घरू-शत्रुओं पर और तलवार धर्म-शत्रुओं पर प्रयुक्त हो। इसी पर हमारी विजय निर्भर है।"

"निस्सन्देह ऐसा ही है!" भस्मांकदेव ने गम्भीर मुद्रा से कहा, "तो प्रथम मालव पर विचार करना चाहिए।"

"उसके सम्बन्ध में आप क्या कहते हैं, देव? आपने वहां क्या देखा?"

"केवल एक बात, मालव की सामर्थ्य अपार है और अशक्ति निस्सीम।"

"इसका क्या अर्थ है?" राव नवधन ने आश्चर्य-मुद्रा से कहा।

भस्मांकदेव ने कहा, "महाराज, पाटन मालव के सामने नगण्य है। पाटन की महत्ता महाराज मूलराजदेव तक ही सीमित है। परन्तु मालव में परम्परा की महत्ता है। महाराज मुंज, उनके पिता, भाई सिन्धुराज, और आज के मालवपति भोजराज इन सबकी अपनी महती निष्ठा है। मालव में वीर हैं, विद्वान हैं, वीरांगना हैं, विशाल गज-सैन्य है।"

"यह हुई अपार सामर्थ्य; अब निस्सीम अशक्ति कैसी है, वह भी कहिए।" दामोदर ने गम्भीर मुद्रा में कहा।

"कहता हूं, विद्या, वीर और वारांगना—इन तीनों का संगम ही मालव की निस्सीम शक्ति है। जब भी उसका पतन होगा, इसी त्रिपुटी के द्वारा।"

"यह कैसी बात?" राव ने भौंहें सिकोड़कर कहा। वह योद्धा इस चाणक्य की गहरी राजनीति नहीं समझा।

"महाराज, मालवा में वारांगनाओं का प्रामुख्य है। वीर और विद्वान, दोनों ही उनके दासक हैं, इसी में मालवराज का पतन है।"

"और पाटन?" भीमदेव ने प्रश्न किया।

"पाटन का प्रश्न तो एक स्वप्न है, जिसे सच्चा किया जा सकता है।"

"परन्तु उसके लिए भी तो सामर्थ्य चाहिए।"

"कुमार, तुम्हारा गौरव ही पाटन की सामर्थ्य है। वह अभी तक प्रच्छन्न है। अब उसके प्रकट होने का काल है।" भस्मांकदेव ने स्नेह-प्रेरित स्वर में ये शब्द कहे और फिर मन्द मुस्कान करते हुए उनकी ओर देखा। सोरठ का राव यह सुनकर प्रसन्न हो गया। उसने अपनी तलवार ऊंची करके कहा, "उसके लिए तो यह तलवार भी है।"

"ठीक है, तलवार धर्म-शत्रु के लिए और केवल राजनीति घरू-शत्रुओं के लिए—हमें यह सूत्र नहीं भूलना है।" महता ने कहा।

"हां, हां," भस्मांकदेव ने मग्न भाव से कहा, "महता, मालव से तुम निश्चिन्त

रहो। मालव पाटन पर दृष्टि नहीं डालेगा।"

"सो कैसे?" राव ने आश्चर्य से कहा।

"यह ब्राह्मण उसका पक्का बन्दोबस्त कर आया है।"

"बड़ा काम हुआ देव, परन्तु किस प्रकार?" महता ने प्रशंसा की दृष्टि भस्मांकदेव पर डाली। भस्मांकदेव ने हंसकर कहा, "मुझे कुछ अधिक परिश्रम नहीं करना पड़ा। मालवराज तो राजधानी में थे ही नहीं, मेदपाट में थे। मुझे केवल नाटिका का आयोजन करना पड़ा। उसमें मालव के सब नामांकित विद्वान और साहूकार आमन्त्रित किए गए। मुंज की विधवा महारानी कुसुमावती भी पधारीं। नाटिका में तैलपराज का एक अभिनय हुआ उसमें तैलपराज ने मालवराज मुंज के सिर काटने का गर्वपूर्ण प्रदर्शन किया। इस पर कुछ पात्रों ने मालव की घर्षणा की। बस, इतने ही से काम हो गया।"

महारानी ने क्रोध में आकर उसी क्षण कहा, "नाटिका तुरन्त बन्द कर दी जाए और मालव की गज-सेना इसी क्षण तैलप पर चढ़ाई करे। महारानी के स्वभाव से मैं परिचित था, मैंने यही आशा कर रखी थी और ऐसी व्यवस्था कर रखी थी कि मालव के सब पंडितगण और नागरिक इसका अभिनन्दन करें, सो ऐसा ही हुआ। अब मालवराज ने भी अनुमति दे दी है। मालव गजसैन्य को, मैं तैलपराज पर अभियान करता छोड़ आया हूं।"

सोरठ का राव प्रसन्नता का हास्य हंसा। दामोदर ने सन्तोष की सांस ली। कुमार भीमदेव ने कहा, "अब नान्दोल?"

"वहां की सूचना स्थान-पुरुष ने मुझे दी है। महाराज धर्मगजदेव और सपादलक्ष के अतर्कित पतन से वह विमूढ़ हो गया है। आमेर के दुर्लभराय की नीति पर चलकर उसने अमीर से युद्ध करने का खतरा नहीं उठाया, इससे उसकी सैन्य-शक्ति तो वैसी ही है, परन्तु अमीर ने नान्दोल को भूमिसात कर दिया है। और अब उसे इसी को बसाने में दस वर्ष लग जाएंगे। धन भी अपार खर्च होगा। फिर, अभी उसे वापसी में अमीर का भय है। इसलिए अभी उधर से हम निश्चिन्त रह सकते हैं।" दामोदर महता ने विवेचना की। महाराज वल्लभदेव ने कहा, "लेकिन आबू चन्द्रावती पर तो हमें तुरन्त ही अधिकार कर लेना चाहिए।"

"निस्सन्देह, राजा और युवराज राजधानी में नहीं हैं। राजा मालवराज के पास है, और युवराज नान्दोल के राजकुमार के पास। अमीर से वे आश्वस्त हैं ही। इससे वे अभी मालवराज और अनहिल्लराय का सान्निध्य छोड़ इधर नहीं आएंगे। परमार ने ह-ें न राजस्व दिया है, न सहायता। इसलिए मेरा प्रस्ताव है कि चन्द्रावती पर तुरन्त अधिकार कर लिया जाए और मन्त्रीश्वर वहां के दंडनायक होकर जाएं।"

"परन्तु विमल के बिना हमारा दाहिना हाथ ही भंग हो जाएगा।" भीमदेव ने कहा।

"नहीं महाराज, हमारी दाहिनी भुजा तो चन्द्रावती ही है, बिना मन्त्रीश्वर के वहां गए निस्तार नहीं है।" महता ने बल देकर कहा।

"क्या अमीर से वहीं लोहा लेना होगा?" राव ने पूछा।

"न, अमीर को छेड़ने का कोई काम नहीं है। मन्त्रीश्वर परमार की सन्धि की आन रख उसे चला आने दें। अमीर ऐसी अवस्था में है कि इस भीतरी परिवर्तन पर उसका ध्यान न जाएगा। दुर्लभराय ने अरावली की उपत्यका में अमीर को दुर्गम घाटियों में फंसा रखा है, अब तक की मिली सूचनाओं के आधार पर वह गहरी विपत्ति में दुर्गम वन में फंसा है।" महता ने जवाब दिया।

इस पर महाराज वल्लभदेव ने कहा, "किन्तु वहां उसकी समाप्ति तो होगी नहीं। हमें ढीला नहीं पड़ना चाहिए।"

"यह तो है ही। इसी से मैंने कहा। मन्त्रीश्वर आबू में बैठकर परमार और अमीर, दोनों पर गृद्ध दृष्टि रखें। क्या जाने, अमीर की वापसी पर चन्द्रावती में ही निर्णायक युद्ध हो।" दामोदर ने गम्भीरता से कहा।

"यह बहुत सम्भव है, यह तो ठीक ही कहा है।" भस्मांकदेव ने समर्थन किया।

दामोदर के प्रस्ताव का सबने समर्थन किया। विमलशाह का आबू जाना निश्चित हो गया।

"अब सिन्धुपति हुम्मकदेव?" महाराज वल्लभदेव ने कहा।

"तुमने कहा था महता, वह तो सीधी तलवार से बात करता है, है न?" भीमदेव ने कहा।

"हां महाराज।"

"तो उस पर मेरी यह तलवार है," कीर्तिनगर के केसर मकवाणा ने जोश में आकर कहा, "गज़नी के दैत्य के आने से पहले ही मैं हुम्मकदेव की तलवार दो टूक करके सोमनाथ पट्टन में आपकी सेवा में आ उपस्थित होऊंगा।"

जूनागढ़ के राव ने हुंकृति की, "अब ठीक हुआ।" दामोदर ने सन्तोष की सांस ली–"अब पाटन।"

"पाटन और उसकी राजनीति को मेरे ऊपर छोड़िए। मैं वचन देता हूं, पाटन की एक ईंट की भी क्षति नहीं होगी, एक दम्म भी खर्च नहीं होगा, एक मनुष्य की भी प्राण-हानि नहीं होगी। मुझे केवल भस्मांक को दे दीजिए।" अब तक चुप बैठे महासन्धि-वैग्रहिक चंड शर्मा ने स्थिर स्वर से कहा। महता ने कहा, "मैं भी आप ही के साथ हूं।"

"न, तुम परछाईं की भांति कुमार भीमदेव के साथ रहो। और कुमार को प्रभास पट्टन की सम्मिलित धर्म-सैन्य का सेनापति नियत करो। उनका रक्षण और नीति-सन्तुलन महता, तुम्हें करना है।" चंड शर्मा ने क़हा।

"ऐसा ही हो, अब मैं क्या करूं?" महाराज वल्लभदेव ने कहा।

"महाराज, आप प्रच्छन्न रूप से राधनपुर में विराजिए। आपकी सुरक्षा की मैं व्यवस्था करूंगा।"

"क्या पाटन के सम्बन्ध में और कुछ विचार यहां होगा?"

'नहीं।" चंड शर्मा ने संक्षेप में कहा।

"तो उन राजबन्दी और अपराधियों की बात ही रह गई, राजवध की चेष्टा और राज-विद्रोह के दो भारी-भारी अभियोग इन पर हैं।"

महारानी दुर्लभदेवी को बन्दी करके दामोदर किसी गुप्त स्थान पर भेज दें, अन्य अपराधियों को प्राण-दंड दे दिया जाए। कुमार दुर्लभदेव के सम्बन्ध में फिर निर्णय होगा। अभी उन्हें मेरी निगरानी में छोड़ दिया जाए।" चंड शर्मा ने कहा।

"क्या राह, घाट, पुल सब नष्ट कर दिए जाएं? अमीर का अवरोध कैसे किया जाएगा?"

"यह सब पाटन की राजनीति पर छोड़िए। मैं समुचित व्यवस्था कर लूंगा। कुमार समूची सम्मिलित सैन्य लेकर कल भोर ही में कूच कर दें। अमीर का विरोध-अवरोध जो होना है, प्रभास में ही हो। महाराज वल्लभदेव भी इसी क्षण पधार जाएं, और मन्त्रीश्वर विमलदेव भी। समूची सुरक्षित सैन्य वे साथ ले जाएं।" चंड शर्मा ने दृढ़ विश्वास के साथ कहा।

"और पाटन?"

"पाटन की रक्षा के लिए पचास सैनिक यथेष्ट हैं। नागरिकों का निष्कासन अब बन्द कर दिया जाए। यातायात के सारे साधनों पर इसी क्षण कुमार भीमदेव अधिकार कर लें। पाटन से प्रभास तक समूचे मार्ग पर सैनिक नियन्त्रण कायम कर लिया जाए। एक प्रहर दिन चढ़े बाद पाटन पर मेरी सत्ता स्थापित होगी। उस समय मेरे पचास सैनिकों के अतिरिक्त और सब कोई पाटन छोड़ दें।" चंड शर्मा ने स्थिर स्वर में कहा।

चंड शर्मा की बात किसी ने नहीं काटी। दामोदर ने कहा, "अब सब-कुछ निर्णय हो गया। सभा भंग हो।"

एक प्रहर रात रहते सभा भंग हुई। परन्तु इन राजपुरुषों में से विश्राम किसी ने नहीं किया। सभी अपनी-अपनी योजना में जुट गए। सूर्योदय से प्रथम ही पाटन में कूच का नगारा बज उठा।

ब्राह्मण की कूटनीति

सूर्योदय होते-होते तो सारा पाटन ही सूना हो गया। जिन गली और राजमार्गों पर सैनिकों, घोड़ों, हाथियों का जमघट जमा रहता था, वे सब सूने हो गए। जिन हाट-बाज़ारों में भांति-भांति का क्रय-विक्रय होता था, वहां सन्नाटा छा गया। दरबार गढ़ की सारी चहल-पहल खत्म हो गई। केवल पांच सैनिक दरबार गढ़ की ड्योढ़ियों में बैठे और दो-चार भीतर-बाहर आते-जाते दीख पड़ते थे। घरों के द्वार बन्द, दुकानों के द्वार बन्द, देवालयों के पट बन्द और विद्यालयों के द्वार बन्द। पनघट सूने, ताल-सरोवर-नदी-कूप-बावड़ी सब सूने। जैसे आज सूर्य व्यर्थ ही पाटन पर प्रकाश बखेर रहा था, वायु व्यर्थ ही चल रही थी। इस प्रकार आज पाटन जीवित श्मशान हो

रहा था।

चंड शर्मा ने नगर में ड्योढ़ी फिरवा दी—कोई जन नगर से बाहर न जाए। नगर के फाटक बन्द करा दिए गए और अपने आदेशों और कूटनीति का प्रभाव देखने वह स्वयं घोड़े पर सवार होकर नगर में निकले। उनके अकेले अश्व की टापों की आवाज़ उन्हीं के कानों में आघात करने लगी।

दोपहर दिन चढ़े दोनों ब्राह्मणों की मन्त्रणा-सभा बैठी। मन्त्रणा-सभा में कुल जमा दो ही आदमी थे। चंड शर्मा और भस्मांकदेव। भस्मांकदेव ने कहा, "यहां तक तो हुआ, अब?"

"अब यह, कि आप इसी क्षण सिद्धपुर चले जाइए और दुर्लभदेव के सम्मुख भली-भांति रोना-गाना करके कहिए कि राजा, प्रजा, सेठ, साहूकार सब कोई पाटन को सूना छोड़कर भाग गए हैं, बाणबली भीमदेव सोमनाथ में अमीर से युद्ध करने सारी सेना ले गए हैं। सारा राजकोष राजा ले गए हैं। पाटन अरक्षित है—आप धीर-वीर, प्रतापी, धर्मात्मा और सब भांति योग्य पुरुष हैं, जैसे सम्भव हो, पाटन की रक्षा कीजिए। जो नगर-जन वहां हैं, उन्हें अभय दीजिए। आप देश के राजा हैं, राजधर्म पालिए। प्रजा के जान-माल की रक्षा कीजिए—इस प्रकार की बातें आप कहिए, परन्तु चेष्टा ऐसी कीजिए कि वह न तो पाटन आए, न अपनी सेना लाए। उसकी समूची ही सैन्य-शक्ति को हमें समय-कुसमय के लिए सुरक्षित और अक्षुण्ण रखना है। कदाचित अमीर से निर्णायक युद्ध आबू में ही करने का अवसर आए, तो यही सैन्य हमारे पृष्ठ का बल होगी, यह हमें न भूलना चाहिए। आप ऐसा कीजिए कि वह अमीर को ठंडा करके पाटन ले आए और अमीर पाटन की बिना कोई हानि किए आगे को सरक जाए। इतना हो कि बस। फिर वापसी में दैव-विपाक से वह बच आया भी—तो हम उसे समझ लेंगे। यदि आप ही दुर्लभ के प्रतिनिधि बनकर अमीर से मिल लें और पाटन में हमीं अमीर का स्वागत करें और पाटन की तनिक भी क्षति बिना किए उसे प्रभास की राह पर धकेल दें, तो और भी अच्छा है।...

"समय बहुत कम है और काम अधिक है। इसलिए देव, आप अभी, इसी क्षण सिद्धपुर की ओर कूच कर जाएं, मैं गुप्त राजकोष आदि की सुरक्षा-व्यवस्था करके नागरिकों की सहायता से तब तक अमीर के स्वागत की तैयारियां कर रखूंगा।" देव सहमत हुए। तथा आवश्यक परामर्श कर तत्क्षण सिद्धपुर की ओर कूच कर गए।

अब चंड शर्मा ने नगर के अवशिष्ट नागरिकों के प्रमुखों को दरबार गढ़ में बुलाया। और उनसे कहा, "भाइयो, यह भारी विपत्काल आया है, ऐसा करो जिससे सांप मरे, लाठी न टूटे। राजा सब राजकोष और सेना लेकर भाग गया है, हमारे पास न लड़ने के शस्त्र हैं, न सिपाही। हम किसी भांति गज़नी के सुलतान का मुकाबला कर ही नहीं सकते। इसलिए मेरी राय तो यह है कि हम लोग चलकर अमीर की खातिर-खुशामद करके किसी तरह उससे यह आश्वासन ले लें कि पाटन पर वह आक्रमण न करे, सीधी राह सोमनाथ चला जाए। हम उसका कोई विरोध नहीं करते। सोमनाथ पट्टन में उसका

जो हो सो हो।"

कुछ लोगों ने इसका विरोध किया। कहा, "ऐसे कायर प्रस्ताव से तो मर मिटना ही अच्छा है, ऐसा हम करेंगे तो पाटन की प्रतिष्ठा कहां रहेगी?" परन्तु चंड शर्मा ने कहा, "भाइयो, जान-बूझकर अपना सत्यानाश करना बुद्धिमानी की बात नहीं है। अमीर तुम्हारे घर-बार लूट-लाटकर, तुम्हारी बहू-बेटियों की आबरू धूल में मिलाकर, पाटन को राख का ढेर बनाकर आगे जाए, वह अच्छा, या वह बाहर-ही-बाहर खिसक जाए, यह अच्छा है? आखिर बाणबली भीमदेव उसके दांत तोड़ने को प्रभास में बैठे ही हैं। यह तो एक राजनीति की बात है, इसमें कायरता क्या है। केवल नष्ट होने के लिए साहस करना तो आत्मघात कहाता है, और आत्मघात सदैव ही पाप है।"

अछता-पछताकर पाटन के नागरिकों ने चंड शर्मा की युक्ति को स्वीकार किया, और तब चंड शर्मा ने उन्हें समझा-बुझाकर तथा शान्त कर विदा किया। इसके बाद वे अपनी योजना-पूर्ति की सब गोपनीय व्यवस्था करने लगे।

शत्रु निमन्त्रण

जैसा सोचा था वही हुआ। दुर्लभदेव इस ब्राह्मण की राजनीति को न समझ सका। भस्मांकदेव जनेऊ-नारियल राजकुमार को अर्पण करके अधोमुख हो बैठे रहे। राजकुमार ने ही वार्तालाप शुरू किया।

"कहिए देव जी, पाटन में कुशल तो है।"

"अब कुशल कहां महाराज, यशस्वी मूलदेव राज का संचित पुण्य क्षय हो गया, पाटन आज श्मशान हो गया। महाराज गुजरेश्वर और उनके खुशामदिए राजधानी छोड़ न जाने कहां भाग गए। बाणबली भीमदेव अपने नए रक्त के आवेश में अमीर से दो-दो हाथ करने प्रभास में जा बैठे हैं, नगरनिवासी अपनी जान-माल को लेकर जहां जिसका सींग समाता है, भाग रहे हैं। पाटन को महाराज, अब आपका ही आसरा है।"

"और राजकोष?"

"राजकोष में एक फूटी कौड़ी भी नहीं, महाराज ने सब धवलगृह और सरोवर बनवाने तथा भांड़-भंड़ेतों में खर्च कर दी।"

"और सेना?"

"सेना पाटन में कहां है, कुछ बिगड़े-दिल अवश्य भीमदेव के साथ गए हैं, शेष सब हल जोत रहे हैं। उन्हें न वेतन, न शस्त्र, न उनके पास अश्व, न उनका कोई नायक।"

"और बालुकाराय?"

"बालुकाराय क्या और दामोदर महता क्या—सब बाणबली के गीत गाते हैं। सुना है, वे सब भी उन्हीं के साथ हैं।"

"आपको किसने मेरे पास भेजा है?"

"नगरजनों ने, उनके घर-द्वार अरक्षित हैं। मैंने बड़ी ही कठिनाई से उन्हें रोका है, अब सबकी आशा-दृष्टि आप ही पर है।"

"मैं क्या कर सकता हूं, यह तो राजा का काम है।"

"अब आप ही हमारे राजा हैं महाराजाधिराज।"

"और वल्लभ?"

"उनका तो कहीं पता ही नहीं है, सुना है, वे साधु होकर मरुस्थली में रणाथम्मी माता के थान पर तपने चले गए हैं।"

"तो यों कहो, गुजरात का कोई धनी-धोरी ही नहीं है।"

"ऐसा मैं कैसे कहूं, जबकि अभी चालुक्य कुलकमल दिवाकर महाराज महामाहेश्वर श्री दुर्लभदेव की अजेय तलवार उपस्थित है?"

"देव, मुझे खटपट में न डालिए, पाटन जाने और अमीर।"

"वाह, यह कैसी बात महाराज, पाटन गया तो सिद्धपुर कहां रहेगा? कुछ तो सोचिए!"

"तो आप मुझे क्या करने को कहते हैं?"

"मैं कुछ नहीं कहता, पाटन के नागरिक कहते हैं।"

"वे क्या कहते हैं?"

"वे कहते हैं, हमारे महाराज दुर्लभदेव हैं, वे हमारी रक्षा करें, हम उनकी धन-जन से सहायता करेंगे।"

"क्या पाटन के सेठिया मुझे दम्म देंगे?"

"अन्नदाता, उनका धन ही नहीं, जीवन भी आपका है, जब आप उनकी रक्षा के लिए प्राण न्योछावर करेंगे, तो वे आपको धन क्यों नहीं देंगे?" इसके बाद उसने अभिप्रायपूर्ण दृष्टि से इस ढोंगी और लालची राजकुमार के कान के पास मुंह ले जाकर कहा, "गुप्त राजकोष कहां है, यह मैं जानता हूं।"

दुर्लभ बड़ी देर तक सोचते रहे। फिर बोले, "तो क्या आप मुझे अमीर के सामने पड़ने को कहते हैं?"

"नहीं महाराज, इससे क्या लाभ? हमें घोघाबापा और धर्मगजदेव का अनुसरण नहीं करना है।"

"तो फिर?"

"बस, सांप तो मरे, किन्तु लाठी न टूटे।"

"किन्तु कैसे?"

"अमीर कुछ हमारे राज्य को तो लूटना चाहता नहीं। न यहां का राजा ही बनना चाहता है। वह जाना चाहता है सोमनाथ पट्टन। सो जाए। वहां कुमार भीमदेव का लोहा खाकर वह खेत रहा तो जय गंगा। वापस आया तो सीधा अपनी राह लेगा। इस समय हम लड़ते हैं तो उसका बल बहुत है। सोमनाथ से लौटने पर, जय पाकर भी वह आपकी विशाल सेना का मुकाबला नहीं कर सकेगा। इसके अतिरिक्त भीमदेव भी वहां लोहा

लेकर जल्द नहीं पनपेंगे। इससे अमीर का यह आगमन आपके लिए वरदान है। इस सुयोग से लाभ उठाइए महाराज, पाटन ने आपका आह्वान किया है!"

दुर्लभदेव सोच में पड़ गए। मन की बात कैसे कहें, यही सोचने लगे। उनके मन की बात ताड़कर भस्मांक ने कहा, "क्या अमीर ने अभी तक आपके पास सन्देशा नहीं भेजा? वह तो अब सुना है, आबू की उपत्यका में पड़ा हुआ है।"

"अमीर का सन्देश मुझे मिला है। अमीर के सामने पड़ना मैं भी नहीं चाहता हूं।"

"बस, बस, वह पाटन और सिद्धपुर की सलामती का वचन दे, तो इतना ही बस है।"

"अच्छा तो देव, आप ही अमीर के पास मेरे दूत बनकर जाएं।"

"अच्छा, कहिए, क्या कहना होगा?"

"अब यह भी आप ही बताइए कि उससे हमें क्या कहना चाहिए।" भस्मांक हंस दिए। उन्होंने कहा, "महाराज, 'वचने का दरिद्रता' यह नीति का वाक्य है। राजनीति भी कहती है कि मन में चाहे जो हो, पर वाणी तो मीठी ही रहे। विशेषकर शत्रु के सम्मुख, तो उसके अनुकूल बोलना ही ठीक है।"

"तो समय पर जैसा सूझे, वही कहिए। मैं पाटन का निमन्त्रण स्वीकार करता हूं। परन्तु आप ही को प्रधानमन्त्री बनना होगा।"

"नहीं महाराज, इस कार्य के लिए योग्य पुरुष को मैंने पाटन में ही रोक रखा है।"

"वह कौन है?"

"चंड शर्मा।"

"वह तो दामोदर के गुट का आदमी है।"

"कभी था। अब तो वह आपका अनुगत है, मेरी सम्मति है कि आप स्वयं चाहे पाटन में अभी न जाएं, अपनी आन फेर दें। मैं नहीं चाहता कि लोग यह कहें कि आप ही डरकर अमीर को पाटन में ले आए हैं। इसकी बदनामी को तो हम अपने सिर ले लेंगे। ब्राह्मण हूं, सो पाप नहीं लगेगा।" भस्मांक हंस दिए। दुर्लभदेव भी हंसे।

"अच्छी बात है, तो आप अमीर से मिलिए। मैं पत्र और मुद्रा देता हूं।"

भस्मांकदेव दुर्लभ का विश्वास-पत्र और मुद्रा लेकर आबू की उपत्यका में अमीर की छावनी में जा पहुंचे। अमीर ने खूब ठसक से इस ब्राह्मण का स्वागत किया। उसके लिए गुजरात की भूमि में बराबर सुयोग मिलते जा रहे थे। अमीर ने कहा, "हमारे दोस्त गुजरात के महाराज दुर्लभदेव अमीर से क्या चाहते हैं?"

"नामदार अमीर हमारे महाराज के ऐसे ही दोस्त हमेशा बने रहें, यही उनकी इच्छा है।"

"यकीनन, हम गुजरात के महाराज के दोस्त हैं।"

"तो महाराज चाहते हैं कि सिद्धपुर और पाटन को कोई नुकसान न पहुंचाया जाए। महाराज की आज्ञा से हम पाटन में अमीर का शाही स्वागत करेंगे। अब अमीर नामदार भी पाटन की रियाया को अपनी रियाया समझकर उसकी जान-माल की सलामती का

वचन दें।"

"अल्हम्दुलिल्लाह, ऐसा ही होगा।"

"हमारे महाराज, यह भी चाहते हैं कि महाराज के साथ अमीर नामदार के जो कौल-करार हुए हैं, वे अभी पोशीदा ही रहें। जिससे रिआया बदगुमान न हो। फिर प्रभास की वापसी में अमीर खुले दरबार में हमारे महाराज को गुजरात का राजा स्वीकार कर लें।"

"हमको मंजूर है।"

"तो जहांपनाह, कम्बल जैसे-जैसे भीगता है, भारी होता है।"

"यह क्या महाराज की बात है?"

"नहीं, इस ब्राह्मण की।"

अमीर ने हंसकर कहा, "आप हमारे बुजुर्ग हैं, आपकी बात की हम कद्र करते हैं और समझ गए हैं।"

इसके बाद अमीर ने खूब भारी भेंट देकर भस्मांकदेव को विदा किया। सब तरह कृतकृत्य होकर भस्मांकदेव पाटन लौटे।

गुजरात की राजधानी में

अमीर भस्मांकदेव का संकेत समझ गया। उसने तुरन्त छावनी तोड़ दी और गुजरात की शस्य-श्यामल भूमि को उजाड़ता, राह-बाट के गांवों को लूटता, जलाता और निरीह स्त्री-पुरुषों को तलवार के घाट उतारता, झपाटे बन्द अनहिल्ल पट्टन की पौर पर जा खड़ा हुआ। सिद्धपुर को उसने बगल में छोड़ दिया, आबू-चन्द्रावती से भी कतरा गया। दुर्लभदेव ने उसके मार्ग में बाधा नहीं दी। और विमलदेव शाह भी जैसे कान में तेल डालकर सो गए। दुर्लभदेव की तैयारियों से भयभीत पड़ा हुआ अमीर आगे बढ़ने में हिचक रहा था, वह उसकी तैयारियों से उसका आश्वासन पाने पर भी भयभीत हो रहा था। अब जैसे भस्मांकदेव ने उसके दिल का कांटा ही निकाल दिया, दुर्लभदेव की अयाचित मैत्री और पाटन का निर्विरोध समर्पण उसके लिए दैवी वरदान बन गए। अब उसने एक क्षण भी खोना घातक समझा और वह ताबड़तोड़ कूच-दर-कूच करता चला गया।

अमीर की अबाई सुनकर पाटन के तथाकथित थानेदार चंड शर्मा नगर के अवशिष्ट जनों का एक प्रतिनिधि-मंडल बनाकर अमीर की सेवा में पहुंचे। और अत्यन्त अधीनताई जताकर कहा, "पाटन में आपका अवरोध करनेवाला एक भी पुरुष नहीं है, इसलिए आप नामदार से हमारी यह अर्ज़दाश्त है कि हमें अपनी अनुगत प्रजा समझकर हमारी जान-माल की रक्षा करें। नगर में लूटमार न हो। हम सब नगर-निवासी आपकी शरण हैं।"

सुलतान यह सुनकर प्रसन्न हो गया। वास्तव में गुजरात की जगत्प्रसिद्ध यह समृद्ध राजधानी इस प्रकार निर्विरोध बिना प्रयास उसके हाथ लग जाएगी, इसकी उसने कल्पना भी नहीं की थी। उसे सब-कुछ स्वप्नवत भान हो रहा था। वह नहीं चाहता था कि सोमनाथ पट्टन पहुंचने से पहले उसके एक भी योद्धा, एक भी घोड़े को क्षति पहुंचे। यह उसका दुर्धर्ष प्रभाव, रण-चातुर्य तथा असीम धैर्य ही था कि वह नान्दोल वन के विनाश को सहकर भी अपनी सेना को सुगठित कर सका। फिर भी वह अपनी उस क्षति को जानता था, और अब उसे अपनी विजय में घोर सन्देह था। इस समय यदि अकेला दुर्लभदेव ही सिद्धपुर में उसकी राह रोक लेता, या विमलदेव शाह और भीमदेव की संयुक्त सेना अर्बुदगिरि में ही उससे मोर्चा लेती तो अमीर का निस्तार नहीं था। उसे गुजरात की ओर एक कदम उठाना मौत के मुंह में प्रविष्ट होना जान पड़ रहा था। इन सब कारणों से–इन सब अनागत भयों से मुक्त होने से अमीर के आनन्द का पार न रहा। उसने नागरिकों की अर्ज़दाश्त स्वीकार की और खड़ी रकाब पाटन में प्रवेश कर दरबार गढ़ दखल कर अपने नाम का डंका बजवा दिया। फिर शुक्राने की नमाज पढ़ी। अपने नाम का अमल नगर में फेरकर नगर-निवासियों को अभयदान दिया। और उन्हें तथा सेना को तीन दिन जश्न मनाने का हुक्म दिया।

नगर-निवासियों को मन की गहरी उदासी मन में छिपाकर, घरों में रोशनी करनी पड़ी। अमीर के दरबार में हाजरी बजाकर भेंट-नज़र देनी पड़ी। अमीर ने यद्यपि नगर को न लूटने की आज्ञा दे दी थी, पर विजयोन्मत्त पठान और तुर्क सिपाही जहां जो वस्तु पाते, उठाकर ले जाते। उन्हें रोकने, या उनसे दाम मांगने का साहस नगर-जन नहीं कर सकते थे। सैनिक यह सुयोग पाकर नान्दोल वन के सर्वनाश की यथासम्भव क्षति-पूर्ति कर चाक-चौबन्द होने लगे।

परन्तु अमीर को जश्न मनाने का अवकाश न था। वह अत्यन्त व्यस्त हो अपने जीवन की सबसे बड़ी मुहिम का सामना करने की तैयारी कर रहा था। उसका अदम्य उत्साह, असीम साहस और रणपांडित्य भी उसके मन से भय, शंका और द्विविधा को दूर नहीं कर सके थे। उसने बार-बार अपने सरदारों और सेनापतियों से गूढ़ परामर्श किए। कच्छ और प्रभास के चारों ओर फैले हुए अपने जासूसों को गुप्त आदेश भेजे। सब बातों पर विचार करके उसने इस समय अपने सैनिक और प्रतिनिधि पाटन में छोड़ना निरर्थक समझा। उसकी सारी ही सफलता अब सोमनाथ पट्टन की विजय पर निर्भर थी। सोमनाथ की विजय से समूचे गुजरात पर उसी की विजय थी। पाटन भी उसी के चरणतल में था। उसे सूचना मिल गई थी कि प्रभास में सारे कच्छ, गुजरात, काठियावाड़ की तलवारें उसके स्वागत के लिए तैयार हैं। इसलिए वह अब इधर-उधर देख ही न सकता था। उसने एक ही ठान ठानी–पहले प्रभास और पीछे और कुछ। उसने पाटन में और समय व्यर्थ खोना ठीक नहीं समझा। उसे जो कुछ उपयोगी भेंट पाटन में मिली, उसे ले, चंड शर्मा को ही अपना प्रतिनिधि बनाकर और उन्हें ही नगर सौंप–उसने तीसरे ही दिन सूर्योदय से पूर्व सोमनाथ पट्टन की ओर सवारी बढ़ाई। पाटन

में एक भी म्लेच्छ नहीं रहा।

चंड शर्मा और भस्मांकदेव ने सन्तोष की सांस ली। अब वे इस दुर्धर्ष शत्रु का वापसी में सत्कार करने और नगर की कठिन-से-कठिन समय में रक्षा करने के सब सम्भव प्रयत्न करने में जुट गए। उन्होंने विमलदेव शाह और दुर्लभदेव से अपने सम्बन्ध कायम किए। नगर के प्रत्येक घर को इस भांति सन्नद्ध किया कि आवश्यकता होने पर प्रत्येक घर एक दुर्ग का रूप धारण कर ले। इस प्रकार दुधारी मीठी तलवार की राजनीति पर दोनों ब्राह्मण अपनी योजना के ताने-बाने बुनने लगे।

पाटन में इस समय कुल तीन हज़ार पुरुष और केवल पांच सौ स्त्रियां शेष थीं। इन सबको चंड शर्मा ने सैनिक रूप में संगठित कर दिया। आवश्यकता पड़ने पर प्रत्येक को, शत्रु से मोर्चा किस भांति लेना पड़ेगा—यह सब उन्हें समझाया। घरेलू पदार्थों को युद्ध-साधन कैसे बनाया जाए यह बताया। योजना बनाकर व्यवस्थित रूप से पीछे हटना और आगे बढ़ना सिखाया। उनके हौसले बढ़ाए और भय, निराशा के भाव उनके मन से दूर किए। महाराज वल्लभदेव और विमलदेव शाह से यातायात-साधन तथा समाचार-वाहन सम्बन्धित रहें, ऐसी व्यवस्था की। दुर्लभदेव की एक-एक गतिविधि पर दृष्टि रखी। वे प्रत्येक बात की मनचाही सूचना दुर्लभदेव को देते, उन्हें अपना राजा समझने का अभिनय करते और उनके आदेशों को मनमानी रीति पर पूरा करते।

दुर्लभदेव अब अपने को सोलहों आना गुजरात का राजा समझने लगे थे। वह प्रच्छन्न रूप से एक-दो बार पाटन भी आ चुके थे। चंड शर्मा की व्यवस्था से वे सन्तुष्ट थे। उन पर उन्हें तनिक भी सन्देह नहीं था। चंड शर्मा की वह सीख—कि जब तक अमीर खुल्लमखुल्ला उन्हें गुजरात का राजा घोषित न करे—वे चुप ही बैठे रहें, उन्होंने मान ली थी।

महाराज वल्लभदेव भी उसी भांति पाटन में प्रच्छन्न-भाव से समय-समय पर आकर इस कुटिल ब्राह्मण से परामर्श कर जाते थे तथा राजकोष की गुप्त सहायता ले जाते थे। इस प्रकार पाटन में अमीर की वापसी के स्वागत की तैयारियां हो रही थीं। यह नहीं कहा जा सकता था कि पाटन अमीर का स्वागत करेगा या भीमदेव अथवा दुर्लभदेव का। सब-कुछ सोमनाथ पट्टन के परिणाम पर ही निर्भर था।

किमाश्चर्यमतः परम्

जिस समय गज़नी का यह आततायी, उत्तर भारत को इस प्रकार रौंदता हुआ, नगर-जनपद सबको आग की भेंट करता हुआ—सोमनाथ पाटन को भूमिसात करने बढ़ा चला जा रहा था, उस समय दक्षिण का चोल राजा छह लाख अश्वों का अधिपति था। परन्तु उसने आंख उठाकर भी इस आततायी की ओर नहीं देखा। वह बर्मा और बंगाल को जीतने ही में लगा रहा। यद्यपि राजा जयपाल की सहायता,

दिल्ली, अजमेर, कालिंजर और कन्नौज के राजाओं ने की थी, पर फिर भी उनकी पराजय ही हुई। महमूद के ये आक्रमण तो भारत के लिए भावी खतरे की एक विज्ञप्ति थे। महमूद से पराजित होना उतना निन्दनीय नहीं था, जितना उसके निर्बल और पराजित उत्तराधिकारियों से राज्य को न फेर लेना। सन् 1175 तक पंजाब में महमूद का उत्तराधिकारी शासन करता रहा, जबकि उसका गज़नी का साम्राज्य इससे बहुत पहले ही ध्वस्त कर दिया गया था। सिकन्दर ने भी पंजाब को आक्रान्त किया था, पर उस समय भारत छह साल ही में स्वतन्त्र हो गया था। यह चाणक्य और चन्द्रगुप्त जैसे महापुरुषों का चमत्कार था। अन्त में यह खतरा भारत पर वज्र की भांति टूट पड़ा। अमीर महमूद के बाद शहाबुद्दीन ने भारत पर करारे आघात किए। और अन्ततः उत्तर भारत के हिन्दू राज्यों की लाशों पर मुस्लिम साम्राज्य की स्थापना होकर रही। इससे देश में जो राजनीतिक और सामाजिक अस्थिरता उत्पन्न हुई, वह बड़ी ही कष्टकर थी। केवल देश का शासन ही मुसलमानों के हाथ में नहीं चला गया—सामाजिक संस्थाओं, धार्मिक क्रियाओं, आर्थिक व्यवहारों, तथा कला, व्यापार, स्थापत्य, विज्ञान और अन्यान्य राष्ट्रीय-जीवन सम्बन्धी बातों में भी बड़ा उलटफेर हो गया। हिन्दुओं की सैनिक-वृत्ति नष्ट कर दी गई। क्योंकि उन्हें इन मुस्लिम विजेताओं ने अपने राज्य में कोई स्थान नहीं दिया। अरबी-फारसी की शिक्षा प्रचलित कर दी गई। यद्यपि सारा भारत कभी भी मुस्लिम सत्ता के आधीन नहीं हुआ, परन्तु सारा देश मुस्लिम शासन से प्रभावित अवश्य हो गया।

मुस्लिम राज्य में हिन्दू, नागरिकता के अधिकारों से वंचित हो गए और उन्हें सामूहिक रूप में अर्धदास के रूप में रहना पड़ा। जिन बौद्धों की धर्मपताका नील महानद से ब्रह्मपुत्र तक फहरा चुकी थी, इस्लाम ने उन्हें उनकी जन्मभूमि से एकबारगी ही निकाल बाहर किया। ब्राह्मणों के हाथ से राजनीति, शिक्षा और न्याय-शासन छीन लिए गए। और वे गर्वीले राजपूत, जिन्होंने केसरिया बाना पहनकर आततायियों से लोहा लिया, जिनकी बेटियां और वधुएं जौहर की आग में भस्म होकर छार हो गईं, अपनी टूटी तलवारें फेंक हल जोतने लगे।

'नल बावड़ी' की राह उसने कूच किया। चतुर और विश्वस्त पथप्रदर्शक उसे राह दिखा रहे थे। कूच करते-करते ही वह सब व्यवस्था करता जाता था। किसी ने उसकी राह में बाधा न दी। ऋतु सुहावनी थी और मार्ग आरामदेह। चारों ओर हरियाली फैली थी। मार्ग में उसे खारे पानी के सरोवर मिले, जिनमें भांति-भांति के दरियाई पक्षी आनन्द से कलरव कर रहे थे। उन्हें इस आततायी के आगमन का कुछ गुमान भी न था। अमीर और उसके बर्बर सैनिकों के लिए ये सब दृश्य नवीन और अपूर्व थे। उसके गोइन्दे, अन्वेषक तथा रक्षक टोलियां चौगिर्द फैलकर चल रही थीं। इस भूमि में खुदरौ (बिना बोए) वीड पैदा होते हैं, जिन्हें खोद-खोदकर वहां के निवासी लोधी आनन्द से खा रहे थे। अमीर ने लोगों से पूछा तो उसने जाना, दुष्काल में हज़ारों गरीब जनों के प्राणों की रक्षा इसी से होती है। अर्धनग्न, कृष्णवर्ण लोधियों को उसने बड़े कौतूहल से देखा।

जंगलों में सुअरों के झुंड, मोथे की जड़ अपनी थुथनी से खोद-खोदकर खा रहे थे। यह सब देखता और चारों ओर से चौकन्ना हुआ अमीर, झपाटेबन्द आगे बढ़ा जा रहा था। उसकी आशाएं प्रतिक्षण बदलती जा रही थीं।

राजपूत राजाओं ने यद्यपि गुजरात और गुजरात की राजधानी के रक्षण का कोई प्रयत्न नहीं किया था, परन्तु सोमनाथ के रक्षण के लिए उन्होंने अपनी पूरी सामर्थ्य लगा दी थी। अनेक छत्रधारी राजा, महाराजा, उमराव, राव, योद्धा, ठाकुर और मंडलेश्वर अपनी-अपनी सामर्थ्य से सैन्य ले-लेकर आए थे। सोरठ के छोटे-मोटे सरदार, जमींदार तथा आस-पास के प्रजापाल, भूपाल और जागीरदार बड़े उत्साह से तलवार बांधकर भगवान सोमनाथ के लिए अपना रक्तदान करने आए थे। सहस्रों कुल-वधुओं, गुर्जरबालाओं ने अपने स्वर्ण-रत्न-आभरण उतारकर इस धर्म-युद्ध में सहायता भेजी थी, और अपने पति-पुत्रों को उत्साहित करके युद्ध-क्षेत्र में भेजा था। नंग-धड़ंग, भीमकाय, उघाड़े पैर भटकनेवाले कोली ठाकुर गंड़ासे लेकर आए थे। गुजरात के वनों, उपत्यकाओं और ग्रामों में रहनेवाले भील, मोटे-मोटे चांदी के कड़ों से सुशोभित हाथों में तीर-कमान लेकर आए थे। सोरठ, गुजरात के पहाड़ी इलाकों के कद्दावर और निर्भय काठी भी उपस्थित हुए थे। इस प्रकार अपनी ही अन्तःप्रेरणा से गुजरात के एक लाख तरुण अपने-अपने शस्त्र ले भगवान सोमनाथ के लिए रक्तदान देने, अपने-अपने दल बनाकर आए थे।

यह एक महत्वपूर्ण बात थी कि ये हिन्दू अपने राजनैतिक जीवन में तो असम्बद्ध थे, किन्तु धार्मिक और सामाजिक जीवन में सम्बद्ध थे। इसी से जिस मुस्लिम शक्ति ने इतनी सरलता से हिन्दुओं की राजशक्ति को धूल में मिला दिया, जिसके छूते ही हिन्दू राज्य बिखरते चले गए, उसका समूचा बल भी हिन्दू धर्म को ध्वस्त न कर सका। जब-जब मुसलमानों ने हिन्दुओं की धर्म-भावना और सामाजिक जीवन पर बलात् प्रभाव डालना चाहा, तब-तब उन्हें अजेय सामर्थ्य से टक्कर लेनी पड़ी और इसी का यह परिणाम हुआ कि मुसलमानों से सब प्रकार का असहयोग हिन्दुओं में एक धार्मिक रूप धारण कर गया।

राजस्थान, सोरठ, गुजरात और आसपास के राजा-महाराजा, छत्रधारी महीपति, ठाकुर, मंडलेश्वर जो अपनी-अपनी सैन्य लेकर इस धर्मशत्रु से लोहा लेने धर्मक्षेत्र प्रभास में आ-आकर एकत्र हो रहे थे, उनके हाथियों, घोड़ों और सैनिकों की धमाचौकड़ी, शोर-गुल तथा शस्त्रों की झनझनाहट से प्रभास धर्म-क्षेत्र मुखरित हो उठा। भीड़-भाड़ और धूमधाम इतनी बढ़ गई कि निवास और भोजन की नगर में अव्यवस्था हो गई।

देलवाड़े का मार्ग आनेवाले सैनिकों तथा रसद के भरे हुए सैकड़ों छकड़ों से पटा पड़ा था। जितना अधिक रसद, खाद्य सामग्री और शस्त्रास्त्र जुटाए जा सकते थे, जुटाने का प्रत्येक सम्भव उद्योग किया जा रहा था। युवराज भीमदेव ने अनहिल्ल पट्टन खाली कराते समय यह व्यवस्था की थी—कि लोग अपना मालमता लेकर तो सुरक्षित स्थानों में चले जाएं, किन्तु अस्त्र-शस्त्र सब राजधानी ही में छोड़ जाएं। वह सब अन्न-भंडार और शस्त्रास्त्र चंड शर्मा ने अमीर के आने से प्रथम ही शीघ्रतापूर्वक प्रभास में भेज दिया

था। उधर महाराज वल्लभदेव अब खम्भात पहुंच गए थे और उन्होंने सूचित किया था कि आठ जहाज़ भरकर अन्न वहां से जलमार्ग द्वारा प्रभास को भेजा जा रहा है।

युवराज भीमदेव बाणबली—अपने कूट मन्त्री दामोदर महता के साथ, अठारह हज़ार सज्जित रणबांकुरे गुर्जर योद्धाओं को लेकर प्रभास आ पहुंचे थे। उनकी अवाई सुन आबाल-वृद्ध हर्षोन्मत्त हो उच्च स्वर से अपनी-अपनी अटारियों पर चढ़कर गुर्जर वीर का आगमन चाव से देखने लगे। आशा और उत्साह की एक अभूतपूर्व उमंग प्रभास में लहराने लगी।

ज्योंही घोड़ों की टापों से उड़ाई हुई धूल, नगर-जनों को दिखाई दी कि नगर और मन्दिर में ढोल-दमामे बज उठे। मन्दिर के ऊंचे कंगूरों पर चढ़कर लोगों ने देखा—गगनस्पर्शी धूल के समुद्र में शस्त्रों को चमकाते गुर्जर योद्धा धीर-मंथर गति से आगे बढ़े आ रहे हैं। उनके शस्त्र सूर्य की किरणों में चमक रहे थे।

निकट आने पर लोगों ने देखा—बाणबली का गजराज अपने सेनापतियों, मंत्रियों और शरीर-रक्षकों से घिरा हुआ, छत्र-चंवर सहित आगे बढ़ रहा है। उनकी सतेज श्यामल मुख-छवि और गठीले शरीर तथा तेजस्वी आंखों में जो वीरत्व और पौरुष का आभास चमक रहा था, उसे देख हज़ारों कंठ एकबारगी ही हर्ष-विह्वल होकर 'जय-जय' चिल्ला उठे।

बाणबली का नगर में धूमधाम से स्वागत हुआ। नगर-जनों ने राजपथ को ध्वजा-पताकाओं से सजाया। गंग सर्वज्ञ ने पुकारकर कहा, "धर्म के शत्रुओं का संहारक आ रहा है, उसका सब कोई यथोचित सत्कार करे।" सर्वज्ञ ने सब प्रधान पौरजनों, सेठ-साहूकारों, समागत धर्माधिकारी महीपतियों, ठाकुरों तथा नेताओं सहित नगर-द्वार पर बाणबली का सत्कार किया। उन्होंने अक्षत, रोली, गन्ध एवं माला से वीर की अभ्यर्थना की। ज्योंही बाणबली ने तोरण में प्रवेश किया, वैसे ही डंकों की गड़गड़ाहट ने उसका जय-जयनाद किया। उस क्षण जैसे प्रभास का धर्म-क्षेत्र वीररस में डूब गया—जैसे साक्षात भगवान सोमनाथ शिव-रूप तजकर रौद्र रूप में अवस्थित हो गए।

अन्तिम नृत्य

उसी दिन ज्योतिर्लिंग का एक सहस्र घड़े गंगाजल से रुद्राभिषेक हुआ। एक सहस्र घृत के दीप महालय में जलाए गए। एक सहस्र शुभ्र माला और बिल्व-पत्र ज्योतिर्लिंग को समर्पित किए गए। देवार्चन के बाद रत्न-मंडप में नृत्य हुआ। नृत्य केवल चौला ने ही किया।

पहले ही दिन जब चौला ने कुमार भीमदेव को देखा था, तभी वह प्यार का घाव खा गई थी। भीमदेव की सलौनी मूर्ति को वह चुपचाप हृदय में रख प्यार की पीर को छिपाती रही। बाणबली आएंगे, इसकी वह प्रतिक्षण प्रतीक्षा ही कर रही थी। जब बाणबली

की अवाई की धूम मची, तो वह सबकी दृष्टि बचाकर स्त्रियों के झुरमुट में, सबसे पीछे खड़ी हो धड़कते हृदय से, मन्दिर के कोट के एक कंगूरे पर से नेत्रों की प्यास बुझा रही थी। उस श्याम-सलोनी मूर्ति को राज-गज पर देख, उसके शरीर की एक-एक बूंद नृत्य करने लगी।

और अब, जब वह देवता के सम्मुख नृत्य करने आई, तो उसकी सुषमा ही कुछ और थी। उसने आचूड़ शुभ्र शृंगार किया था। उस शृंगार में वह शरद-पूर्णिमा की चांदनी की प्रतिमूर्ति-सी लग रही थी। उसके कंठ और कटिप्रदेश में बड़े-बड़े मोतियों की माला और मेखला थी। मस्तक पर उज्ज्वल हीरों से जड़ा मुकुट था, इन सब आभरणों में वह स्वयं हीरे की कनियों की एक दीप्तिवान राशि-सी लग रही थी। उस दिन उसकी सम्मोहिनी मुद्रा को देख उपस्थित राजा-महाराजा, छत्रधारी, ठाकुर, सरदार सैनिक सब कोई मन्त्र-मुग्ध से हो गए। कोई 'वाह' भी न कह सका।

युवराज भीमदेव की भी ऐसी ही स्थिति थी, वे भी प्रथम दर्शन में ही उसकी मधुर मूर्ति को हृदय में धारण करके जो ले गए सो आज उसे सम्मुख देख उन्होंने अपने नेत्रों का फल प्राप्त कर लिया। वे नेत्रों के द्वारा जैसे उस शोभा-सुषमा, सुख और शोभा की अजस्र-धारा को पीने लगे। उसी रस-पान में वे आत्म-विस्मृत हो गए।

उन्हें होश तब हुआ जब गंग सर्वज्ञ ने नृत्य बन्द करने का आदेश दिया। सर्वज्ञ का आदेश पाते ही चौला नत-वदन देव-वन्दनकर वहीं भूमि पर लोट गई। उसने मन-ही-मन प्रार्थना की, "हे देव, मेरे इस आराध्य की रक्षा करना।"

इसी क्षण गंग सर्वज्ञ ने जलद-गम्भीर स्वर में कहा, "आज आप सब अन्तिम बार भगवान सोमनाथ का दर्शन कर लीजिए। अब से जब तक गज़नी के अमीर का आतंक दूर न हो, देव-पट बन्द रहेंगे। आप दर्शन न कर सकेंगे। केवल मैं देव दास एकमात्र देवार्चन करूंगा, आज मैं इस देवधाम और देवनगर के सब अधिकार गुर्जर युवराज भीमदेव को सौंपता हूं। आज से नगर और महालय पर उन्हीं का अबाध शासन चलेगा। आप सब लोग पूर्ण अनुशासन से इस विपत्ति-काल में उनके आदेशों का पालन करेंगे। युवराज भीमदेव को मैं आज देवाविष्ट करता हूं। अब से भूतपावन भगवान सोमनाथ का निवास युवराज के शरीर में रहेगा। युवराज भीमदेव ही अब से इस संयुक्त धर्म-सेना के एकछत्र महासेनापति हैं। सो इनकी प्रत्येक आज्ञा का पालन आप भगवान सोमनाथ की आज्ञा समझकर कीजिए!"

गंग सर्वज्ञ की इस घोषणा के उत्तर में उपस्थित जनता ने गगनभेदी जयनाद किया, "महाराज भीमदेव की जय," "महा धर्म-सेनापति की जय," "भगवान सोमनाथ की जय!"

इसी जय-जयकार के बीच खड़े होकर भीमदेव ने एक संक्षिप्त भाषण दिया, "सद्गृहस्थो, महाप्रभु सर्वज्ञ ने जो भार मुझे दिया है वह मैं प्राणान्त उद्योग करके वहन करना अपना धर्म समझूंगा। हम सब पर घोर धर्म-संकट आया है। यह गज़नी का दैत्य जो अपने घोड़ों की टापों से हमारे धर्म और देश को हर बार रौंदता हुआ हमारी स्वर्ण-मणि

और प्रतिष्ठा के साथ हमारी देव-सम्पदा का हरण करता है सो यह उसका दोष नहीं, हमारा ही दोष है। हमारी ही कायरता, फूट और स्वार्थ ने उस धर्मद्वेषी को सफल अभियान-वाला बनाया है। आज मैं चालुक्य भीमदेव अपने प्राणों की शपथ करके कहता हूं कि जब तक मेरे रक्त की एक भी बूंद मेरे शरीर में रहेगी, मैं इस दैत्य का दलन करूंगा। और यह मैं आप ही के सहयोग और सहायता के बल पर कह रहा हूं।"

एक बार फिर गगनभेदी जय-जयकार हुआ। सर्वज्ञ ने हाथ के संकेत से सबको निवारण किया। भीमदेव ने कुछ क्षण शान्त रहकर कहा, "अब आज से यह प्रभास-तीर्थ–प्रभास दुर्गाधिष्ठान हुआ। सोमनाथ महालय और प्रभास पट्टन नगर, दोनों ही की व्यवस्था सैनिक नियमों के आधार पर दुर्ग की भांति की जाएगी। मैं आशा करता हूं कि सोमनाथ महालय की रक्षा और सैनिक व्यवस्था के लिए जैसा आदेश आप लोगों को दिया जाएगा, उसे आप यथावत मान्य करके हमारी शक्ति की वृद्धि करेंगे।...

"हमारी सबसे पहली आज्ञा है कि भगवान सोमनाथ की रक्षा के लिए रक्तदान देने का सामर्थ्य जिस तरुण में हो, वही शस्त्र धारण करके प्रभास दुर्गाधिष्ठान में रहे। जो कोई समय-समय पर दिए गए आदेशों का उल्लंघन करेगा, वह प्राण-दंड का भोग भोगेगा। अब आप सब कोई शान्त भाव से अपने-अपने आवास को चले जाएं।

इस बार जनता ने जयनाद नहीं किया। सब लोग गम्भीर मुद्रा से उठकर चुपचाप चले गए। मन्दिर का जनाकीर्ण रत्न-मंडप देखते-देखते जन-शून्य हो गया।

धर्मसूत्र

सभा-मंडप में रह गए गंग सर्वज्ञ, जो इस समय शान्त, निर्वाक, निश्चल, समाधिस्थ, निमीलित नेत्र बैठे थे और रह गए बाणबली भीमदेव, जो वीरासन से उनके सम्मुख बैठे थे। चौला गंग सर्वज्ञ के चरणतल में बैठी रह गई, गंगा गर्भद्वार के बीचोबीच प्रस्तर मूर्ति-सी खड़ी थी। रत्न-मंडप में ये चारों ही प्राणी उस समय निर्वाक-निस्पन्द, मूक-मौन कुछ क्षण बैठे रहे।

कुछ देर में सर्वज्ञ ने निमीलित नेत्र खोले। व्याघ्र-चर्म से वे उठ खड़े हुए। उन्होंने भीमदेव से मन्द स्वर में कहा, "आ पुत्र," और वे उन्हें गर्भगृह में ले गए। भीमदेव ने चुपचाप उनका अनुसरण किया, उनके पीछे चौला ने। गंगा ने उन्हें मार्ग दिया, पीछे वह भी गर्भगृह में चली गई। सर्वज्ञ ने पीछे लौटकर कहा, "गंगा, तू गगनराशि को यहीं ले आ और फिर गर्भगृह का द्वार बन्द कर दे।"

गंगा ने ऐसा ही किया। ठीक ज्योतिर्लिंग के नीचे एक व्यासासन पर सर्वज्ञ बैठे। उन्होंने सम्मुख भीमदेव को बैठने का आदेश दिया। चौला निस्पन्द खड़ी रही। सर्वज्ञ फिर समाधिस्थ हो गए।

इसी प्रकार दो घड़ी समय बीत गया। सर्वज्ञ ने प्रकृतिस्थ हो नेत्र खोले। उनके

हाठों पर हास्य की एक रेखा आई, उन्होंने मृदु स्वर में कहा, "केवल इस गर्भगृह और देवता पर तेरा अधिकार नहीं रहेगा महासेनापति। यहां केवल मैं देवनिमित्त रहूंगा। इस क्षण जो गर्भगृह के द्वार बन्द हुए, सो ऐसे ही रहेंगे।"

भीमदेव ने बद्धांजलि कहा, "गुरुदेव, देव-रक्षण तो करना होगा।"

"नहीं, तुम केवल देवस्थान की रक्षा करो पुत्र!"

"देव-रक्षा भी होनी चाहिए।"

"देवता तो नित्य-रक्षित हैं पुत्र।"

"फिर भी सुरक्षा के विचार से देवता का स्थानान्तरित होना आवश्यक है।"

"सर्वदिशस्थ—सर्वव्यापी देवता का कैसे स्थानान्तर करोगे पुत्र?"

"मेरा अभिप्राय ज्योतिर्लिंग से है प्रभु।"

"पार्थिव लिंग शरीर से जब ज्योति अन्तर्धान हुई, तब देवाधिष्ठान वहां कहां रहा? देवप्रस्थान तो हो चुका।"

"कब?"

"आज—अभी।"

"तो अब यह लिंग, देवता नहीं?"

"नहीं, देवता का पार्थिव शरीर है—जैसे मृत पुरुष का निष्प्राण शरीर रह जाता है।"

"देवता कहां गए?"

"अन्तर्धान हो गए।"

"किसलिए?"

"धर्मद्वेषी शत्रु के विनाश के लिए।"

"कहां?"

"किसी पुण्य शरीर में।"

"किस प्रकार?"

"तेरे ही शरीर में देव का वास हुआ है पुत्र। तू अब शिवरूप है, जा, देवद्वेषी का संहार कर।"

"किन्तु लिंग-शरीर?"

"वह अचल है, यहीं रहेगा।"

"यदि म्लेच्छ उसकी मर्यादा भंग करे तो?"

"उसका रक्षक मैं हूं, मैं अपना कर्तव्य-पालन करूंगा।"

"लेकिन आप यहां न रह सकेंगे!"

"भलीभांति रह सकूंगा," गंग सर्वज्ञ ने हंसकर कहा, "महासेनापति क्या देव-सेवक पर भी अनुशासन चलाएंगे?"

भीमदेव भी हंस दिए, उन्होंने कहा, "क्यों नहीं, अब तो यह शरीर देवाधिष्ठित हो गया। अब यह आपका चिर-किंकर भीमदेव नहीं, देवदेव महादेव बोल रहे हैं।"

"तो देव जानते हैं कि ऐसी स्थिति में देवता के इस पार्थिव शरीर की रक्षा के सम्बन्ध

में मेरा क्या कर्तव्य है। तुम सेनापति, इतना भी नहीं जानते कि नगण्य पुरुष का भी निष्प्राण शरीर, जीवित शरीर की अपेक्षा अधिक सम्मानीय होता है, फिर यह तो देवता का लिंग-शरीर है।"

"किन्तु प्रभु, उसने अनेक देवस्थानों को भंग किया है, अनेक देवमूर्तियों को अपमानित किया है।"

"तो पुत्र, यह उसका अपना पुण्य-पाप, निष्ठा और आचार है। इसका लेखा-जोखा हम कहां तक करेंगे?"

"तब हमें क्या करना होगा?"

"केवल कर्तव्य-पालन।"

"किसके प्रति?"

"तुम्हारा देवस्थान के प्रति, तुम प्राण रहते इसकी रक्षा करो! और मेरा देवलिंग के प्रति, प्राण रहते मैं इसकी प्रतिष्ठा रखूंगा।"

"इसके बाद?"

"इसके बाद जो दैवेच्छा!"

"किन्तु...।"

"नहीं पुत्र, दैवेच्छा में किन्तु-परन्तु नहीं।"

"तो लिंग-शरीर यहीं रहेगा?"

"निश्चय।"

"और आप?"

"जहां देवमूर्ति, वहां देव-सेवक।"

"यदि दैव-विपाक से म्लेच्छ हमें पराभूत करें?"

"तो यह भी दैवेच्छा!"

"तब हम?"

"जैसे अब तैसे तब, प्राणान्त अपना कर्तव्य-पालन करेंगे।"

"जैसी प्रभु की आज्ञा!"

गंग नेत्र बन्द कर समाधिस्थ हो गए। इसी समय गगन को संग ले गंगा गर्भगृह में आई। सर्वज्ञ ने नेत्र खोले, उन्होंने देखा, गगन ने सम्मुख आ साष्टांग दंडवत किया। "गगन," सर्वज्ञ ने अकम्पित वाणी से कहा।

गगन बद्धांजलि सर्वज्ञ के सम्मुख बैठा। सर्वज्ञ ने कहा, "मैं आज इसी क्षण तेरा पाट्टाभिषेक करता हूं।" और उन्होंने देवस्नात गंगोदक की धार उसके मस्तक पर डालकर उसका अभिषेक किया। बड़ी देर तक वे मन्त्रोच्चारण करते रहे। फिर उन्होंने लकुलेशदेव की पादुका और लिंग उसे सौंपकर कहा, "गगन, अब तू अभी, इसी क्षण भरुकच्छ को प्रस्थान कर। अब से तू ही पाशुपत आम्नाय का अधिष्ठाता है, देवता और सेनापति के सम्मुख मैंने तेरा यह पट्टाभिषेक किया।" फिर कुछ ठहरकर उन्होंने भीमदेव की ओर देखा और कहा, "तुम पाशुपत आम्नाय के अधिष्ठाता के संरक्षक और साक्षी हो—वत्स!"

"हां महाराज," भीमदेव ने बद्धांजलि कहा।

"और चौला, तू भी!"

चौला ने यह सुनकर हाथ जोड़े।

गंगा ने कहा, "मैं नहीं प्रभु?"

"नहीं।" गंग ने फिर नेत्र बन्द कर लिए। गगन के विदा करने का संकेत कर गंग ने भी नेत्र पोंछे और कहा, "जा पुत्र, शुभास्ते पन्थानः स्युः।"

गगन भूप्रणिपात कर आंसू बहाते देर तक सर्वज्ञ के चरणों में पड़े रहे।

इसके बाद फिर गंग सर्वज्ञ बहुत देर तक नेत्र बन्द किए निश्चल-निर्वाक बैठे रहे। फिर उन्होंने मन्द स्वर से भीमदेव से कहा, "अब पुत्र, कह, तूने क्या योजना स्थिर की है?"

"प्रभु, राजधानी का सम्पूर्ण अस्त्र और अन्न-भण्डार प्रभास में आ गया है। महाराज वल्लभदेव खम्भात पहुंच गए हैं। वे यथासाध्य अन्न और शस्त्र एवं सैनिक वहां से भेजने की व्यवस्था कर रहे हैं। आठ भारवाहक और तीन यात्री जहाजों की व्यवस्था हमारे पास है। अब हमें प्रभास से अनावश्यक स्त्री-पुरुषों को सुरक्षित खम्भात पहुंचा देना है। सो उसकी व्यवस्था में महता संलग्न हैं। वे पहले वणिक-व्यापारियों को उनके धन और मालमत्ता सहित कल प्रातःकाल रवाना कर देंगे। वापसी में वही यान उधर से आवश्यक सामग्री ले आएंगे। पीछे स्त्री, बालक, वृद्ध और अनावश्यक व्यक्ति भी भेज दिए जाएंगे। सम्भवतः परसों तक इस निष्कासन और सैनिक और सन्निवेश की प्रस्थापना हो जाएगी।"

"साधु!"

"किन्तु मन्दिर का धन-रत्न भी सुरक्षित होना चाहिए।"

"वह सम्पूर्ण रूपेण सम्भव नहीं है, परन्तु आंशिक रूप से जो-जो ले जाने योग्य है, उसे यथास्थान ले जाओ।" यह कहते-कहते गंग सर्वज्ञ गहरी चिन्ता में मग्न हो गए। भीमदेव भी कुछ सोचने लगे।

"किन्तु महालय की स्त्रियां?" एक छिपी दृष्टि चौला पर डालते हुए भीमदेव ने कहा। चौला अभी तक निश्चल भाव से सारा वार्तालाप सुन रही थी। अब सांस रोककर भीमदेव के उत्तर की प्रतीक्षा करने लगी।

सर्वज्ञ ने कहा, "उन्हें भी खम्भात जाना होगा पुत्र।" फिर उन्होंने गंगा की ओर देखकर कहा, "गंगा, यह व्यवस्था तू कर।"

"किन्तु गंगा का स्थान तो यहीं है प्रभु।" गंगा अभी तक एक खम्भे के सहारे खड़ी सारी वार्तालाप सुन रही थी। अब उसने स्थिर कंठ से ये शब्द कहे—और आगे बढ़कर गंग सर्वज्ञ के दोनों चरण गोद में लेकर उन पर अपने होंठ स्थापित कर दिए।

बड़ी देर तक सन्नाटा छाया रहा। धीरे-धीरे प्रकृतिस्थ होकर सर्वज्ञ ने गंगा के सिर पर हाथ रखकर कहा, "गंगा, यह तू क्या कर रही है, सावधान हो!"

"मैं सावधान हूं, आपका स्थान देवता के चरणों में है तो मेरा स्थान आपके चरणों में। आप देवता के सेवक हैं और मैं आपकी किंकरी हूं। अब मैं इस काल कौन-सी

लाज करूं, बहुत हुआ, जन्म-भर जलती रही, अब मेरी सद्गति का समय सन्निकट है, सो मैं अब उस सुयोग को छोड़ूंगी नहीं।"

गंग निरुत्तर हुए। उनके होंठों पर हास्य और आंखों में जल फैल गया। उन्होंने कहा, "गंगा, मैं तेरी किसी भी इच्छा में बाधक नहीं होऊंगा, जैसा तू चाहे, वही कर।"

बड़ी देर तक सर्वज्ञ निस्पन्द बैठे रहे। उनकी कूटस्थ दृष्टि दूर तक अतीत के चित्रों को देखती रही। और गंगा अपनी आंखों से अविरल अश्रु बहाती रही। युवराज भीमदेव की आंखें भी सजल हुईं। हल्की सिसकी सुनकर भीमदेव और सर्वज्ञ, दोनों ही ने आंखें उठाकर देखा, एक खम्भे से चिपकी चौला सिसक-सिसककर रो रही थी। एक प्रश्न भीमदेव के होंठों पर आया, परन्तु वाणी जड़ हो गई। उनके नेत्र भी इधर-उधर डोलायमान होकर पृथ्वी पर झुक गए।

गंग ने स्नेहार्द्र स्वर में आसन से उठकर कहा, "भीमदेव पुत्र, यहां आ और पुत्री चौला, तू भी। दोनों आओ।"

वे दोनों को ज्योतिर्लिंग के सान्निध्य में ले गए। कम्पित चरणों से चलकर चौला भीमदेव के पार्श्व में खड़ी हो गई। उसका सर्वांग कांप रहा था। बड़ी देर तक सर्वज्ञ ध्यानस्थ हो देवता के सम्मुख खड़े रहे। फिर स्थिर कंठ से कहा, "आगे बढ़ो युवराज, और तुम भी चौला।"

दोनों ज्योतिर्लिंग के निकट अन्तरायण में जा खड़े हुए। वहां एकाएक चौला का हाथ भीमदेव के हाथ में देकर उस पर मन्त्रपूत जल और बिल्व-फल रख सर्वज्ञ ने कहा, "पुत्र भीमदेव, आज तुम देवाविष्ट सत्व हो—तुम्हारी सेवा के लिए यह देवदासी चौला मैं तुम्हें अर्पण करता हूं। यह तुम्हारे ही समान उच्च वंशोद्भव राजकुल की कन्या है। इसकी रक्षा और सम्मान करना। और पुत्री चौला, यह साक्षात शिव-रूप सत्व भीमदेव तेरी श्रद्धा, पूजा और सेवा का पात्र है, इसी के माध्यम से तू अब से अपनी श्रद्धा, पूजा और देवार्पण करना। अब तुम अभिन्न हो—धर्मसूत्र में बद्ध हो।"

चौला पीपल के पत्ते की भांति कांपने लगी। भीमदेव अवाक रह गए। एक अनिवर्चनीय सुख से अभिभूत होकर वे गंग के चरणों में झुक गए। चौला अर्द्धमूर्च्छित हो पृथ्वी पर वहीं देव-सान्निध्य में गिर गई।

प्रभास दुर्गाधिष्ठान

भीमदेव ने नगर का भार बालुकाराय को सौंपा। मन्दिर की रक्षा का भार जूनागढ़ के राव को दिया गया। मन्दिर का धन-रत्न, कोष और भीतरी व्यवस्था मकवाणा के सुपुर्द हुई। दामोदर महता को गुप्तचर विभाग और सूचना विभाग सौंपा गया। रसद और व्यवस्था पतरी के ठाकुर को और प्रभास पट्टन के जल-तट की रक्षा कमा लाखाणी के सुपुर्द की गई। सम्पूर्ण संयुक्त धर्म-सैन्य का भार बाणबली ने

स्वयं लिया।

बालुकाराय ने तुरन्त नगर में सैनिक व्यवस्था घोषित कर दी। और तुरन्त ही निष्कासन कार्य आरम्भ हो गया। नगर के व्यापारी, सेठ-साहूकार अपना-अपना मालमता धन-रत्न लेकर पुत्र-परिजन सहित ठठ-के-ठठ खम्भात जाने के जहाज पर आने लगे। तीन प्रहर बीतते-बीतते यह कार्य समाप्त हो गया। उसी दिन रात को पट्टन के सम्पूर्ण ब्राह्मण-परिवार भी रवाना कर दिए गए। उन्हीं के साथ सब बालक और स्त्रियां भी। बहुत नगर-जन स्थल-मार्ग से इसी दिन चले आए।

आठ प्रहर में नगर का रूप ही बदल गया। सभी सूने घरों में सैनिकों ने अपने अड्डे जमा लिए। स्थान-स्थान पर मोर्चेबन्दी होने लगी। प्राचीर, तट, पुल, खाई, परकोट सभी का संस्कार हुआ। सर्वत्र ही प्रहरियों की नियुक्ति हुई। नगर में एक भी स्त्री, एक भी बालक दृष्टिगोचर नहीं होता था। हाट-बाट में शस्त्रों के बनाने के कारखाने देखते-देखते खड़े हो गए। स्थान-स्थान पर योद्धा अपनी-अपनी तलवारों की धार सान पर चढ़ाने लगे। वातावरण में वीर-रस का प्रादुर्भाव हो गया। लोग बेसब्री से देवभजक गज़नी के दैत्य की प्रतीक्षा करने लगे।

यह सारी व्यवस्था करके महा सेनापति ने सम्पूर्ण संयुक्त सैन्य की परेड कराई। सारी सेना को एकत्र किया गया। उसमें बारह हज़ार काठियावाड़ के अडिग योद्धा अपने गठीले टट्टुओं पर सवार थे। सात हज़ार गुजरात की विकट पहाड़ियों की गुफाओं में नंगे रहनेवाले भील हाथ में भाला और तीर-कमान लिए आए थे। तीन हज़ार कोली ठाकुरों की ग्रामीण सैन्य गंडासों और फरसों से लैस थी। दस हज़ार राजपूत क्षत्री मारवाड़, सिन्ध और आस-पास के इलाके से आए थे, एवं अठारह हज़ार गुर्जर सेना बाणबली की कमान में थी। इस प्रकार प्रभास के प्रांगण में पचास सहस्र दल का जमाव था।

जरीन जीनवाले सफेद घोड़े पर सेनापति के ठाठ में बाणबली भीमदेव छत्र-चमर धारण कर उपस्थित हुए। उनका चपल अश्व हवा में उछल रहा था। उसके मुकुट-कान-कंठ और जीन पर जड़े मणि सूर्य की धूप में चमक रहे थे। महा सेनापति भीमदेव ने झिलमिल कवच धारण किया था। उनके तेजस्वी श्यामल चेहरे पर तेज झलक रहा था। सम्मुख खड़े हिन्दू बल को देखकर उन्होंने तलवार म्यान से निकालकर जय-घोष किया, "जय ज्योतिर्लिंग! जय सोमनाथ! जय सोमनाथ!" एक साथ ही सहस्रों कंठों से जय ज्योतिर्लिंग का गगनभेदी स्वर निकला, जैसे समुद्र में तूफान आ गया हो।

विप्रलब्ध

महालय के अन्तरायण में दूसरे खंड पर एक एकान्त प्रकोष्ठ था। उसके सामने खुली छत थी। छत पर से सम्पूर्ण महालय का, महालय के उस ओर लहराते समुद्र का तथा क्षीण-कलेवरा हिरण्य नदी का सब दृश्य दीख पड़ता था।

बाणबली भीमदेव ने इसी प्रकोष्ठ में अपना डेरा डाला था।

अभी सन्ध्या होने में देर थी। सेना की परेड से निवृत्त हो, धूप और थकान से क्लान्त, शिथिल गात भीमदेव अपने आवास में लौटे। उनका बूढ़ा विश्वासी सेवक भीमा उपस्थित हुआ, उसने युवराज के शस्त्र-वस्त्र उतारने में सहायता दी। एक गिलास शीतल जल पीकर भीमदेव ने कहा, "भीमा, अब मैं थोड़ा सोना चाहता हूं, देख–कोई मुझे दिक न करे।" बूढ़े सेवक ने सिर झुकाया और द्वार बन्द करता हुआ बाहर चला आया। थोड़ी ही देर में महाराज भीमदेव शीतल पवन के झकोरों की थपकियां खाकर मीठी नींद सो गए। बहुत देर वह सोते रहे। एकाएक एक मृदुल सुखद स्पर्श से उनकी नींद टूट गई। उन्होंने आंखें खोल और अचकचाकर देखा, जैसे उनके चरण-तल में फूलों का ढेर पड़ा हो। चौला उनके दोनों चरणों को आलिंगन में भरे, निमीलित नेत्र और अपने दोनों गर्म होंठ उनके चरण-नख पर स्थापित किए अधोमुखी पड़ी थी।

उन्होंने हड़बड़ाकर दोनों हाथ पसार दिए। उनके चरण-तल का तल्प भाग आंसुओं से भीग गया है, यह उन्होंने देखा। प्रेम, आवेश और आनन्द से अभिभूत होकर उन्होंने चौला को अंक में भरकर उसका चुम्बन किया और कहा, "प्राण सखि, रोती क्यों हो?"

परन्तु चौला की वाणी जड़ हो गई। स्वर उसके कंठ से नहीं फूटा। भीमदेव ने अनेकविध उसका आलिंगन कर विविध चुम्बन लिए, बारम्बार कहा, "कह, कह, रोने का कारण क्या है?"

चौला के होंठ खुले। उसने कहा, "म म मैं–मैं नहीं जाऊंगी, मुझे यहीं चरण-तल में आश्रय दीजिए।"

"पर तुम्हें भेज कौन रहा है?"

"सर्वज्ञ प्रभु की आज्ञा है। वे मुझे खम्भात जाने का आदेश दे चुके हैं।"

"किन्तु..." भीमदेव विचार में पड़ गए।

चौला ने कहा, "आप उनसे कहिए, उन्हें रोकिए!" उसकी हिचकियां बंध गईं।

"तो गंगा से कहो, वह सर्वज्ञ से निवेदन कर देगी।"

"कहा था।"

"फिर? गंगा ने सर्वज्ञ से कहा?"

"नहीं।"

"क्यों?"

"सर्वज्ञ प्रभु समाधिस्थ हैं, निवेदन असम्भव है।"

"तब?"

"आप आज्ञा दीजिए। सेनापति ने मुझे ले जाने को चर भेजे हैं, उन्हें निवारण कीजिए।"

"किन्तु..." वे फिर विचार में पड़ गए। चौला चुपचाप आंसू बहाती रही। भीमदेव ने कहा, "देखूं, यदि सर्वज्ञ..." वे उठकर कक्ष से बाहर चले, द्वार पर गंगा खड़ी थी। गंगा को देखकर उन्होंने हंसकर कहा,

"देखा, चौला रो रही है।"

"क्यों?"

"वह जाना नहीं चाहती।"

"उसे जाना होगा, महाराज।"

"किन्तु..."

"सर्वज्ञ का आदेश है।"

"उनसे कहो, उसे रहने दें।"

"कहना असम्भव है।"

"क्यों?"

"वे समाधिस्थ हैं।"

"समाधि भंग होने पर?"

"समाधि अभी भंग नहीं होगी। उनका आदेश टाला भी नहीं जा सकता है। चौला को जाना ही होगा।"

भीमदेव असमंजस में पड़ गए। फिर उन्होंने हंसकर कहा, "मैं सर्वाधिप सेनापति हूं, यदि मैं आदेश दूं?"

"सर्वज्ञ के आदेश को रद्द करके?"

"नहीं, नहीं, परन्तु..." वे फिर विचार में पड़ गए। गंगा भीतर गई और सूखी वाणी में कहा, "उठ चौला, विलम्ब न कर, यान जाने में अब विलम्ब नहीं है, सेनापति प्रतीक्षा कर रहे हैं।"

चौला ने कातर दृष्टि से भीमदेव की ओर देखा। भीमदेव असंयत हुए, उन्होंने कहा, "गंगा, चौला को रहने दे, कुछ हर्ज नहीं। मैं समाधि भंग होने पर सर्वज्ञ से निवेदन कर दूंगा।"

"यह असम्भव है महाराज, सर्वज्ञ का आदेश टाला नहीं जा सकता।"

"तो सर्वज्ञ की समाधि भंग होने तक यान को रोका जाए, मैं बालुकाराय से कहता हूं।"

इसी समय बालुकाराय ने प्रविष्ट होकर चौला को लक्ष्य करके कहा, "बहुत विलम्ब हो रहा है।"

भीमदेव ने कहा, "उसे रहने दो बालुक, मेरा आदेश है।"

बालुकाराय ने सिर झुकाया। इसी समय दामोदर महता ने बालुकाराय के पीछे से निकलकर कहा, "नहीं महाराज, उन्हें जाना ही होगा।"

"किन्तु सर्वज्ञ की समाधि भंग होने तक..."

"मैंने सर्वज्ञ से निवेदन किया था महाराज, परन्तु उन्होंने फिर आदेश दिया कि उसे निश्चय जाना होगा।"

भीमदेव ने देखा, चौला स्थिर चरणों से उठी, उनके चरण छुए और गंगा की छाती से जा लगी। फिर बिना पीछे देखे सेनापति के पास जाकर कहा, "चलिए।"

आगे-आगे सेनापति बालुकाराय, उसके पीछे चौला और उसके पीछे दामोदर महता कक्ष से बाहर हो गए।

भीमदेव का एक-एक रक्त-बिन्दु चीत्कार कर उठा। "नहीं, नहीं, ठहरो, मत जाओ! ओ प्राण सखी, प्राणाधिक, कुसुम-कोमल, चौला, चौला," वे उन्मत्त की भांति हाथ पसारकर द्वार की ओर दौड़े।

परन्तु गंगा ने उन्हें रोककर कहा, "मेरे महाराज, आपकी एक मर्यादा है, फिर महाप्रभु सर्वदर्शी हैं, उसकी सुरक्षा सर्वोपरि है, विचार कीजिए।"

भीमदेव आहत पशु की भांति शय्या पर गिरकर छटपटाने लगे। छद्मवेशी सुलतान का वह असियुद्ध, चौला पर उसकी आसक्ति, उनकी दृष्टि में घूम गया। सर्वज्ञ ने जो उसका समर्पण उन्हें किया है, उसे स्मरण कर उन्हें रोमांच हो आया, उनके मुंह से अस्फुट स्वर निकला, "वह मेरी है, वह मेरी है, परन्तु यह ठीक है, उसे सुरक्षित होना ही चाहिए।"

गंगा के निकट आकर कहा, "हां, महाराज वहां उसकी सुरक्षा और सुख-सुविधा के लिए सर्वज्ञ ने विशेष आदेश दे दिए हैं। आप निश्चिन्त होकर आराम कीजिए।"

उसने अपनी कोमल बांह का सहारा देकर महाराज भीमदेव को शय्या पर लिटा दिया और दुकूल उनके अंग पर डालकर चुपचाप कक्ष से चली गई।

अभिसार

अभी सूर्योदय नहीं हुआ था। आकाश के तारे टिमटिमा रहे थे, मार्ग जन-शून्य थे। शोभना को परिचित संकेत-ध्वनि सुनाई दी। उसने चुपके से पीछे की खिड़की खोलकर देखा—एक छाया-मूर्ति दीवार से सटी खड़ी थी। वह हल्के पैरों सीढ़ी उतरकर नीचे आई और धीरे-से द्वार खोल दिया। दोनों प्रेमी गाढ़ालिंगन में बद्ध हुए। शोभना ने प्रेमी के गले में बांह डालकर कहा, "आज इतने दिन बाद आकर सुध ली।"

"यह बात नहीं शोभना, मैं दूर चला गया था।"

"दूर कहां?"

"अभी मत पूछो, भेद की बात है।"

"नहीं, बता दो।"

"मैं अमीर के पास गया था।"

"क्या अमीर के पास?" शोभना का मुंह भय और आश्चर्य से फैल गया। उसके मुंह पर हाथ रखते हुए फ़तह मुहम्मद ने कहा, "हां शोभना, पीर ने मुझे भेजा था।"

"तुमने अमीर को देखा?"

"अमीर ने मुझे प्यार से थपथपाया और कहा, "बरखुरदार, तुम तो जैसे मेरे एक होनहार सिपहसालार हो।"

"अमीर ने यह कहा?" शोभना की आंखों में आनन्द नाचने लगा।

"यही नहीं, उसने मुझे एक टुकड़ी फौज का सरदार भी बनाया है।"

"सच?"

"देखना अब मेरी तलवार के जौहर।"

"किन्तु, देव, क्या तुम धर्म के विरुद्ध तलवार उठाओगे?"

"धर्म, प्यारी शोभना, वह धर्म जिसने तुम जैसे कुसुम-कोमल अमल-धवल रमणी-रत्न को वैधव्य के दुर्भाग्य से बांध रखा है, और मेरे उछलते हृदय को लातों से दलित किया है? देखा नहीं था जब तुम्हारे पिता मेरे मन्त्रपाठ करने पर तलवार लेकर मारने दौड़े थे, तब किसी ने मुझ पर दया की? सभी ने कहा, मारो साले शूद्र को, वेद पढ़ता है नीच-अधर्मी! और उसी धर्म की तुम अभी तक दुहाई देती हो?"

"किन्तु देव, वह हमारे बाप-दादों का धर्म है।"

"किन्तु हमारे बेटे-पोतों का धर्म ऐसा होगा, जहां सब समान होंगे, कोई छोटा-बड़ा न होगा। जहां तुम रानी और मैं राजा होऊंगा, तुम्हें क्या कुछ एतराज है?"

"नहीं, मैं तुम्हें प्यार करती हूं, तुम्हारे बिना रह नहीं सकती। मैं कोई दूसरी बात सोच ही नहीं सकती। तुम जैसे ठीक समझो करो, मैं तुम्हारी हूं।"

"तो प्यारी शोभना, तुम निश्चिन्त रहो, हम दोनों ही इस धर्म की गुलामी से मुक्त होकर जीवन का फल लाभ करेंगे। खैर, अब यह कहो, यहां का क्या हाल-चाल है, देखता हूं सारा पट्टन ही खाली हो रहा है। सब सेठिए, व्यापारी पट्टन से बाहर चले गए हैं, चारों ओर राह-बाट सैनिकों ही से पटे पड़े हैं।"

"तुम्हें नहीं मालूम, बाणबली भीमदेव सर्वाधिपति हुए हैं। पाटन में इस समय एक लाख तलवार अमीर का स्वागत करने को तैयार खड़ी हैं।"

"तो क्या परवाह, इन तलवारों के पीछे दासता, घमंड, स्वार्थ, दुराचार, पाखंड जो छिपा हुआ है। ये एक लाख तलवार अमीर की उस अकेली तलवार का भी मुकाबला नहीं कर सकतीं जो केवल एक ईश्वर को मानता है, जिसका एक धर्म, एक जाति, एक ईश्वर और एक ईमान है—जहां छोटे-बड़े सब बराबर हैं।"

"यह तुम क्या कह रहे हो, देव! क्या सचमुच अमीर सोमनाथ को भंग करेगा?"

"नहीं तो क्या? उस दिन जब मैंने सोमनाथ की पौर में खड़े होकर दर्शन करने चाहे थे, तब मुझ शुद्र को धक्के देकर खदेड़ दिया गया था। अब मैं ही अपनी तलवार से इस सोमनाथ के दो टुकड़े न कर डालूं तो तुम्हारे प्रेम का दम न भरूं।"

"नहीं, नहीं देव! ऐसी भयानक बात मत कहो। पैरों पड़ती हूं। भगवान सोमनाथ देवाधिदेव हैं, संसार के स्वामी हैं।"

"देखा जाएगा, अभी तो मैं तुम से एक खास मामले में सहायता लेने आया हूं।"

"कहो।"

"मेरा काम तुम्हें करना होगा।"

"करूंगी।"

"पर काम मेरा नहीं, अमीर का है।"

"अमीर का क्या काम है?"

"उसे पूरा करने पर ही हमारा भाग्योदय निर्भर है।"

"तुम कहते हो तो करूंगी।"

"जरूर करो।"

"कहो।"

"महालय की सब स्त्रियां खम्भात जा रही हैं?"

"हां आं।"

"चौला भी?"

"वह भी। पिताजी कह रहे थे।"

"और तुम?"

"मैं भी।"

"ठीक है, तो सुनो। जैसे बने, छाया की भांति चौला के साथ रहो। उसकी विश्वास-भाजन बनो। एक क्षण को भी अपनी आंखों से उसे ओझल मत होने दो।"

"क्यों?"

"अमीर का हुक्म।"

"किन्तु क्यों?" शोभना ने भयभीत होकर पूछा।

"क्यों का उत्तर नहीं। जब मैं खम्भात में तुमसे पूछूं कि चौला कहां है, तब मुझे बताना।"

"खम्भात तुम कब आओगे?"

"सोमनाथ को जलाकर छार करने के बाद।"

"ऐसी बात मत कहो।"

"खैर, कहो, कर सकोगी?"

"करूंगी।"

"तुम कब जा रही हो?"

"आज ही रात को यान जा रहा है, उसी में।"

"चौला उसी में जा रही है न?"

"सुना है।"

"और भी कुछ सुना है?"

"सुना नहीं, देखा है।"

"क्या देखा?"

"चौला रो रही थी।"

"क्यों?"

"वह खम्भात जाना नहीं चाहती।"

"किसलिए?"

"वह बाणबली को प्यार करती है।"

"सच?"

"जैसे मैं तुम्हें।"

"झूठ!"

"नहीं।"

"तो फिर?"

"वह गंगा से कह रही थी।"

"तब?"

"गंगा ने कहा, जाना होगा। सर्वज्ञ की आज्ञा है।"

"चौला ने सर्वज्ञ से नहीं कहा?"

"न, सर्वज्ञ समाधिस्थ हैं।"

"ढोंग!"

"चौला न जाए तो?"

"तुम भी मत जाना।"

"कैसे?"

"चौला की सेवा में रहने की आज्ञा लेकर।"

"आज्ञा कौन देगा?"

"तुम्हारे पिता आसानी से यह व्यवस्था कर देंगे, उनसे कहना।"

"ऐसा ही करूंगी।"

"बस तो एक प्यार।"

"यहां नहीं, खम्भात में।"

"तो यही सही।"

युवक तीर की भांति द्वार से बाहर जाकर मकानों की छाया में लोप हो गया। शोभना सकते की हालत में खड़ी देखती रही। आंखें उसकी जलधार से गीली और धुंधली हो रही थीं।

पतिव्रता रमा

कृष्णस्वामी के अनुरोध से शोभना को चौला की सखी बनकर उसी के साथ रहने में कोई कठिनाई नहीं हुई। कृष्णस्वामी को भी इससे एक प्रकार की निश्चिन्तता हो गई। बालुकाराय ने प्रसन्नता से कृष्णस्वामी का अनुरोध मान लिया और शोभना को चौला के पास पहुंचा दिया। शोभना की आयु यद्यपि चौला से कुछ अधिक ही थी परन्तु दोनों को एक प्रकार से समवयस्का ही कहा जा सकता था। शोभना जैसी आनन्दी, चतुर और तत्पर सहेली पाकर चौला भी बहुत प्रसन्न हुई। राह

में ही दोनों हिलमिल गईं। खम्भात पहुंचते-पहुंचते दोनों चिर सखी हो गईं। महाराज महासेनापति भीमदेव का संकेत पाकर खम्भात में चौला को सब सम्भव सुख-साधन जुटा दिए गए और वहां महारानी की भांति मर्यादा से रहने लगी। शोभना उसकी परछाईं की भांति रात-दिन साथ रहने तथा उसका मनोरंजन एवं सेवा करने लगी। अपनी सेवा-प्रेम-तत्परता और आनन्दी स्वभाव से शोभना ने शीघ्र ही चौला का मन मोह लिया।

परन्तु रमाबाई किसी तरह खम्भात जाने को राजी न हुई। भाषा और भाव उसके चाहे जैसे रहे हों, अभिप्राय उसका यही था कि पति ही उसका लोक-परलोक में शरण है, पति ही परमेश्वर है, पति ही प्राण है, पति ही धर्म है, उसके चरणों का अभिप्राय छोड़कर वह जीते-जी कहीं नहीं जाएगी। जो पति की गति सो उसकी गति। वह जीवन-मरण, सुख-दुःख, लाभ-हानि, सम्पत्ति-विपत्ति में पति की अखंड संगिनी, सहधर्मिणी और भार्या है।

परन्तु यह हुआ अभिप्राय। भाव-भाषा भी देखिए। इसमें किसी का वश भी क्या है। मनुष्य अपने स्वभाव ही के अनुसार मनोभाव प्रकट करता है। सो जब रमाबाई से खम्भात जाने को कहा गया तो उसने अच्छा-खासा महाभारत खड़ा कर दिया। वह गुस्से से मुंह फुलाकर अपनी गोल-गोल आंखें घुमाती हुई बेलन लेकर कृष्णस्वामी के सामने तनकर खड़ी हो गई और सर्पिणी की भांति फुफकार मारकर बोली, "देखती हूं, तुम मुझ जीती-जागती को कैसे घर से निकालते हो, चार फेरे डाल अग्नि की साक्षी करके लाए हो, भागकर बाप के घर से नहीं निकली हूं। अब इस घर की देहरी के बाहर मेरी लाश ही निकलेगी, समझे!" किन्तु कृष्णस्वामी ने खूब नर्म होकर समझाते हुए कहा, "यह बात नहीं है शोभना की मां, वह गजनी का राक्षस आ रहा है। उसी के भय से सब लोग घरबार छोड़कर भाग रहे हैं। तुम्हें घर से निकालता कौन है! घर-बार तो सब तुम्हारा ही है। तुम्हीं न घर की मालकिन हो।" इस पर ज़िद करके रमा ने कहा, "तो जिसे डर हो, वह भागे। आए वह गजनी का राक्षस, इसी बेलन से उसका सिर न फोड़ूं तो मेरा नाम रमा नहीं।" वह गेंद की तरह लुढ़कती हुई सारे घर में घूम गई। फिर फफक-फफककर रोने लगी। रोते-रोते बड़बड़ाने लगी, "तुमने जन्म-भर जलाया है, और अब डर के मारे औरत को घर से बाहर भेज रहे हो, बड़े बांके बहादुर हो। अरे नामर्द, औरत की रक्षा नहीं कर सकते थे, तो उसका हाथ चार पंचों में क्यों पकड़ा था? फिर डर है तो तुम भी चलो। तुम यहां कहां के तीर-तमंचे चलाओगे। देखी है तुम्हारी जवांमर्दी, बस अधिक न कहलाओ।"

कृष्णस्वामी ने फिर साहस किया। समझाते हुए बोले, "शोभना की मां, महाराज सेनापति की आज्ञा है। वह तो माननी ही पड़ेगी।"

रमा ने खीझकर कहा, "क्यों माननी पड़ेगी, मैंने महासेनापति से ब्याह नहीं किया, न उनकी दबैल हूं। महासेनापति मेरे सामने तो आएं। कौन से शास्त्र-वचन से वह पत्नी को पति के चरणों से दूर करते हैं? घरनी को घर से निकालते हैं? सुने तो! बड़े आए तीस-मार खां।"

कृष्णस्वामी ने खीझकर कहा, "तो तुम नहीं जाओगी?"

"नहीं, नहीं जाऊंगी, नहीं जाऊंगी, नहीं जाऊंगी—जहां तुम वहां मैं।" वह रोती-रोती कृष्णस्वामी के पैरों से लिपट गई। रोती-रोती बोली, "इस बुढ़ापे में अधर्म में मत घसीटो, इन चरणों से दूर न करो, दया करो, दया करो!"

बालुकाराय ने आकर समझाया। शोभना ने भी दम-दिलासा दिया। फुसलाया-बहलाया। पर रमाबाई एक से दो न हुई। विवश हो, शोभना माता से अंक-भर मिल रोती हुई विदा हुई। रमाबाई ने कृष्णस्वामी को घर के भीतर खींच, द्वारकी सांकल भीतर से चढ़ा ली।

अलबरूनी

शेख़ अलबरूनी बहुत भारी विद्वान थे। इनकी अवस्था सत्तर से भी ऊपर थी। रंग एकदम काला, बहुत ऊंची उठान, लम्बी सफेद दाढ़ी, गृद्ध के समान तेज और भेदिनी दृष्टि। सम्पुटित ओष्ठ, अल्प भाषी।

शेख़ नदी-तीर की अपनी एकान्त झोंपड़ी में बैठे कुछ ज्योतिष की रेखाएं खींच रहे थे। उनके सम्मुख दिग्विजयी अमीर छद्म-वेश में बैठा चुपचाप उनके मस्तिष्क पर बनने-बिगड़नेवाली रेखाओं को ध्यान और अधैर्य से देख रहा था। दोनों मौन थे। वृद्ध शेख कुछ उलझन में थे, ऐसा प्रतीत होता था कि वे कुछ निर्णय नहीं कर पा रहे हैं। अन्त में अधीर होकर अमीर ने कहा—

"जैसा कुछ आपने समझा है, कहिए।"

"अभी कुछ नहीं कह सकता सुलतान!"

"अब नहीं तो फिर कब? जो कुछ कहना है, अभी कहिए।"

"तो बेहतर हो कि आप चुपचाप अभी सिन्ध की राह वापस गज़नी चले जाएं।"

"खूब, यह आप महमूद को सलाह दे रहे हैं हजरत?"

"हुजूर, मैं लाचार हूं, आपके सितारे मुझे उलझन में डाल रहे हैं।"

"काफिरों का यह इल्म नजूम भी कुफ्र है। आप इस पर क्यों यकीन करते हैं?"

बूढ़े शेख़ ने भौंहों में बल डालकर एक बार अमीर की ओर देखा, फिर शान्त स्वर से कहा, "सुलतान, इल्म की कोई जात-बिरादरी नहीं। वह सदा सच्चा है, सूरज की तरह चमकदार हीरा, गलाज़त से उठाया हुआ भी हीरा ही है। बस, आपको अगर इल्म-नजमू कुफ्र दीख पड़ता है तो शेख़ को माथा-पच्ची करने की आवश्यकता नहीं है। विस्मिल्लाह कीजिए।"

उसने तख्ती उठाकर रख दी और मौन हो बैठा। अमीर ने नरम होकर कहा, "ख़ैर, आपने जो कुछ समझा हो, वही कहिए।"

"आपका एक सितारा बहुत ख़राब है, लेकिन उसका असर आज की तारीख से ठीक चौथे माह होगा।"

"उसका क्या असर है?"

"आपकी जिन्दगी, फ़तह और इज्ज़त पर खतरा।"

"कैसा खतरा?" अमीर के होंठ गुस्से से चिपक गए।

"लड़ाई में शिकस्त भी हो सकती है, आपके दुश्मनों की जान को भी जोखिम है।"

"तो क्या परवाह, महमूद ने तो ऐसे बहुत-से खतरे उठाए हैं हज़रत!"

"सुलतान, हर उरूज़ का एक ज़वाल है; सूरज उगता है, उठता है, तपता है, फिर आखिर ग़रूब होता है।"

"तो इससे क्या? दूसरे दिन सुबह फिर उगता है।"

"हज़ूर, इल्म में बहस बेकार है।"

"जाने दीजिए, आपने कहा, वह सितारा आज से चौथे महीने असर करेगा?"

"जी हां।" शेख ने फिर अपनी तख्ती पर नज़र फैलाई।

"ख़ैर, तो तब तक मैं गज़नी पहुंच जाऊंगा।"

"यह नामुमकिन है।"

"क्यों?"

"आपने यदि लड़ाई छेड़ दी तो वह लम्बी मुहिम होगी। सोमनाथ की फ़तह आसान नही है।"

"यह तो इत्तफ़ाक पर मौक़ूफ़ है।"

"जी नहीं। हां, अगर आपको कोई ग़ैबी मदद मिल जाए, तो बात जुदा है।"

"मसलन?"

"जैसे वही ख़तरनाक गुसाई सच्चा उतरे।"

"उस पर आपको शक है?"

"जो खबर मिली है, उससे तो वह आपकी मदद करेगा। मगर काफ़िर का भरोसा क्या? फिर वह जो मालिक से दगा कर रहा हो, अपने दीनो-ईमां से बग़ावत कर रहा हो।"

"लेकिन वह तो अपने देवता जिन्नात के हुक्म की तामील कर रहा है जिसके हम शाही मेहमान बन चुके हैं और अब फिर उसने मुझे बुलाया है।"

"ठीक है, पर कौन जाने, इसमें क्या भेद है?"

"क्या आपने उससे मुलाक़ात की थी?"

"मुलाक़ात नहीं हुई। मगर मेरे-उसके बीच बातचीत तो है ही।"

"उसी नौजवान की मार्फत, जिसे आपने अपना सन्देश लेकर मेरे पास भेजा था?"

"जी हां।"

"वह लड़का कहां है?"

"मेरे ही काम से पट्टन गया है।"

"जिन्नात के बादशाह से कल वहीं मुलाक़ात होगी न?"

"यही उसने कहलाया था, लेकिन उसने इस बार मुझे अकेला बुलाया है। मैं ज़रूर

जाऊंगा।"

"ख़ैर, मेरी सुलतान से एक इल्तजा है।"

"क्या?"

"अगर सुलतान इस मुहिम को सर करने पर तुले ही हुए हैं तो ऐसी कोशिश कीजिए कि जल्द-से-जल्द मुहिम खत्म हो जाए, और आप चौथे चांद से पेश्तर ही गज़नी लौट जाएं।"

"अलहम्दुलिल्लाह, ऐसा ही करूंगा, हां, वह नाज़नीं?"

"सब लोगों के साथ खम्भात भेजी जा रही है। मैंने बन्दोबस्त किया है कि एक भरोसे की औरत उसके साथ रहे।"

"कौन है वह?"

"फ़तह की होनेवाली जोरू।"

"फ़तह कौन है?"

"वही नौजवान। हज़रत, उसे मैंने एक टुकड़ी फौज का सरदार बनाया है, अगर वह यह- खिदमत ठीक-ठाक बजा लाया तो उसे सिपहसालारों में रखूंगा।"

"वह जी-जान से हुज़ूर के काम में लगा है?"

"लेकिन हज़रत, सिर्फ एक चीज़ लेकर भी मैं सोमनाथ को छोड़ सकता हूं।"

"वह क्या?"

"वही नाज़नीं।"

"क्या नाम है उसका?"

"चौला।"

"यह शायद नामुमकिन है सुलतान, एक लाख नंगी तलवारें उसकी हिफाज़त कर रही हैं।"

"उस लौंडी की?"

"वह देवदासी है हुजूर, देवता की जोरू।"

"पत्थर के देवता की जोरू जिन्दा औरत?" अमीर हंसा।

"इसी से सोमनाथ और लौंडी की इ़ज्ज़त बराबर ही है।"

"तो मैं सोमनाथ के इसी गुर्ज़ से चार टुकड़े करके उस लौंडी को अपनी खिदमत में रखूंगा।"

"अब सुलतान किस बात का इन्तजार कर रहे हैं?"

"किसी बात का नहीं, मेरी सब बिखरी फ़ौज इकट्ठी हो गई है। कल उस ग़ैबी शै से मुलाक़ात होने के बाद खुले मैदान में छावनी डालूंगा।"

"मुझे कोई हुक्म?"

"उस छोकरे को मेरे पास भेज दीजिए।"

"बेहतर!"

अमीर ने वृद्ध शेख के दोनों हाथ अपनी आंखों से लगाए, चूमे और चुपचाप घोड़े

पर चढ़कर रवाना हुआ। अभी भी दिन निकलने में देर थी। पूर्व दिशा में सफेदी छा रही थी।

सहस्राग्नि-सन्निधान

परन्तु रुद्रभद्र ने धर्म-सेनापति की आन नहीं मानी। वह एक सहस्र धधकती धूनियों के बीच वहीं कूटस्थ मुद्रा में बैठा रहा। उसका विशाल कृष्णकाय शरीर, लाल भस्म-भूषित जटाएं, मद्य से लाल-चोट नेत्र, भयानक काली सघन भौहें, मोटे निरन्तर हिलते होंठ और बीच-बीच में 'ला विनाश' का चीत्कार, यह सब मिलकर दर्शकों के मन पर एक ऐसा बीभत्स, रौद्र और भयानक प्रभाव छोड़ते थे कि जिसका वर्णन ही दुर्लभ है। उसे न सेना का भय था, न शस्त्रों का, न उसे गुरु के आदेश की परवा थी, न सेनापति की। त्रिपुरसुन्दरी के मन्दिर के बाहर विशाल मैदान में उसने अब सहस्राग्नि तपना प्रारम्भ किया था। उसके साथ उसके तीन सहस्र संगी-साथी अघोरी, वामपन्थी और कलमुंहे भी वैसी ही मायाविनी आकृति बनाए उन धधकती हुई एक हज़ार धूनियों के चारों ओर मिथुन-मुद्रा में बैठे मन्त्र-जप कर रहे थे। उनके सैकड़ों चेली-चांटे उन जलती सहस्र महाचिताओं में निरन्तर वृक्ष-वनस्पति काट-काटकर ईंधन झोंक रहे थे। केवल यही नहीं, नगर में जो कुछ भी जहां कहीं जलने-योग्य अच्छा-बुरा पदार्थ मिल जाता, वे उसी को उठा लाकर धूनियों में झोंक रहे थे। वे लोग कोई भी विधि-निषेध नहीं सुनते थे, किसी से नहीं डरते थे, रोकने पर लड़ने-मरने को उद्यत हो जाते थे, वे छूटते ही घातक आक्रमण करते थे।

नगर में नागरिक तो कम ही रह गए थे, अधिकांश बाहर से आए सैनिक थे, वे उनके इस व्यवहार से बड़े आंतकित हो रहे थे। उनसे उनके सम्मुख विरोध करते ही न बन पड़ता था। अन्धविश्वास ने उन्हें कायर बना दिया था। उन्हें देखते ही बड़े-बड़े वीर भाग खड़े होते थे, निकट आते ही ये अघोरपन्थी छूटते ही अपने विकराल चीमटों का प्रहार ऐसे वेग से करते थे कि अच्छे-से-अच्छे बलिष्ठ पुरुष की भी खोपड़ी फट जाती। अपने नेता रुद्रभद्र के साथ वे—हूं फट, ह्रीं, क्लीं का उच्चारण करते, उनके होंठ निरन्तर हिलते रहते और बीच-बीच में वे सब सहस्र-सहस्र कंठ से 'ला विनाश', 'ला विनाश' चिल्लाते।

महा मेधावी प्रतापवान सेनापति बालुकाराय इन दुर्घट हठीले अघोरियों के सम्मुख निरुपाय हो गए। उन्होंने महासेनापति भीमदेव और दामोदर महता से परामर्श किया।

बालुकाराय ने कहा, "क्या उन पर बल-प्रयोग किया जाए?"

"यह शायद ठीक न होगा," भीमदेव ने कहा, "किन्तु क्यों न सर्वज्ञ से निवेदन किया जाए?"

"सर्वज्ञ अन्तःस्थ हैं। उनसे मिलना अशक्य है। बात करना भी सम्भव नहीं।"

बहुत विचार-परामर्श के बाद दामोदर महता ने कहा, "उन्हें मुझ पर छोड़ दीजिए। मैं उन सबसे निपट लूंगा। ये मूर्ख हमारा कुछ भी न बिगाड़ पाएंगे और इनका आप ही विनाश हो जाएगा।"

यही बात तय रही। दामोदर महता ने उनकी गतिविधि की देख-रेख अपने पट्ट-शिष्य गजानन के सुपुर्द की। उसकी आधीनता में पचास सशस्त्र सैनिक भी दे दिए। उसे आदेश दे दिया गया कि उन्हें छेड़ने का कोई काम नहीं है। वे दूसरों का अनिष्ट न करें, केवल यही देखना चाहिए। इसके अतिरिक्त इस धूर्त रुद्रभद्र की कोई कहीं गहरी चाल तो इस ढोंग-धतूरे की ओट में नहीं चल रही है, यह भी देखने का आदेश महता ने अपने शिष्य को दे दिया।

गजानन ने अपने पचास सैनिकों को उन्हीं कलमुंहों के छद्म वेष में उनमें प्रविष्ट कर दिया। वे उनमें घुल-मिलकर ईंधन लाने, चिल्लाने तथा ओठ हिलाने लगे। महत्त्वपूर्ण और आवश्यक सन्दिग्ध सन्देश गजानन के द्वारा महता दामोदर के पास पहुंचने लगे।

दैत्य आया

गज़नी का दैत्य नल वावणी होता हुआ प्रभास की सीमा में धंसा चला आ रहा है। अन्ततः इसकी सूचना भीमदेव को मिली। भीमदेव ने तत्काल ही एक युद्ध-समिति की बैठक की। इस समिति में भीमदेव चालुक्य, सेनापति, बालुकाराय, जूनागढ़ के राव, केसर मकवाणा, राय रत्नादित्य, कमा लाखाणी, दद्दा सोलंकी, सामन्तसिंह और सज्जनसिंह आदि प्रमुख भट सेनानायक उपस्थित थे।

प्रश्न था कि क्या अमीर को प्रभास तक आने का अवसर दिया जाए, या उसे राह ही में अटकाया जाए? यदि राह में अटकाया जाता है तो दुर्गाधिष्ठान का महत्त्व जाता रहता है, बल बिखर जाता है, अतः सर्वसम्मति से यही निर्णय हुआ कि अमीर को आगे बढ़ने दिया जाए तथा उसके वापस जीवित लौटने के सब मार्ग बन्द कर दिए जाएं।

मकवाणा ने वीर दर्प से मूंछों पर ताव देकर कहा, "मैं इस तलवार से उसके दो खंड करूं तो मेरा नाम मकवाणा। इसी धर्म-क्षेत्र में राक्षस की मुक्ति हो।"

जूनागढ़ के राव ने कहा, "जब तक शरीर में प्राण है, हम लोहा बजाएंगे। आगे जैसी शंकर की इच्छा।"

सज्जन चौहान ने कहा, "अब मेरा तो जीवन ही उस दैत्य का सर्वनाश करने के लिए है।"

और भी बहुतों ने बहुत बातें कहीं। सभी ने वीर-दर्प की हुंकृतियां भरीं। सबके अन्त में जलद-गम्भीर स्वर में भीमदेव ने कहा, "यह तो हुआ। अब यह कहो, अमीर का बल कैसा है, उसकी सैन्य कितनी है, उसका संगठन कैसा है?"

"उसके पास चालीस हज़ार मंजे हुए घुड़सवार हैं, इसके अतिरिक्त दो हज़ार सांढ़नियां और पांच सौ हाथी हैं। बारह हज़ार अचूक तीरन्दाज हैं जिनके तीर में पांच टंक की अनी पड़ती है महाराज।"

भीमदेव ने कहा, "तो पहले तीरन्दाजों ही को लो। हमारे पास कुल सात हज़ार तीरन्दाज हैं। वे सब उतने होशियार और अचूक तो नहीं हैं, परन्तु हमारे पास गढ़ हैं, खाई हैं, दुर्ग हैं, प्राचीर हैं तथा भरपूर रसद और रण के साधन हैं। सबसे प्रथम उन्हीं की मुठभेड़ हो। इन सात हज़ार धनुर्धरों का अधिकार मैं लेता हूं।" किन्तु बालुकाराय ने बाधा देकर कहा, "नहीं महाराज, उनका अधिकार मैं लेता हूं। आप सम्पूर्ण धर्म-सैन्य के नेता और सेनापति हैं। आपको सम्मुख युद्ध में आने का कोई काम नहीं है। महाराज बाणबली प्रसिद्ध हैं, परन्तु मैं एक ही बाण से उसका हृदय विदीर्ण न करूं तो बालुकाराय नाम न धराऊं।"

भीमदेव ने हंसकर कहा, "बालुक, तुम्हारे हस्त-लाघव और शौर्य पर तो मैं ईर्ष्या करता हूं, परन्तु तुम्हारे आधीन नगर-रक्षा भी है, इसी से..."

परन्तु बालुक ने बात काटकर कहा, "नगर अब कहां है महाराज, यह प्रभास तो अब सैनिक-सन्निवेश है। फिर भी तो मैं स्वेच्छा से दायित्व ले रहा हूं। आपको मैं किसी भी हालत में कोई जोखिम सिर न लेने दूंगा..."

भीमदेव ने कहा, "तब ऐसा ही हो। अपने धनुर्धारियों को तुम संभालो। अब हमें कुल तीन मोर्चे स्थापित करने हैं। प्रथम होगा मुख्य तोरण—उसका रक्षक कौन होगा?"

जूनागढ़ के राव ने अपनी तलवार ऊंची करके कहा, "यह लोहा। इसके रहते दैत्य महालय के मुख्य तोरण पर पदाघात न कर सकेगा।"

"ठीक है। आप दो सहस्र घुड़सवार और दस सहस्र सैन्य सहित मुख्य तोरण की रक्षा करेंगे।"

"अब दूसरा मोर्चा जूनागढ़-द्वार सागर-तट है, उसे कौन संभालेगा?"

"मैं," कमा लाखाणी ने मेघ-गर्जन की भांति कहा, "सागर-तट पर मेरा जन्मसिद्ध अधिकार है।"

"अच्छा, तो तट पर इस समय तीन सौ नावें हैं तथा छह भारवाहक और तीन शस्त्र-सज्जित जहाज हैं। शत्रु के पास जल-युद्ध का कुछ भी सरंजाम नहीं है। ये आपके अधिकार में हुए। आपको अश्वारोही सेना की तो दरकार ही नहीं। पांच हज़ार तलवार और बर्छे के धनी योद्धा और बालुकाराय के तीरन्दाज भी आपके साथ रहेंगे।"

"तो महाराज, तट-भाग अभंग है, सो अभंग रहेगा।"

"अब रहा नगर-द्वार," भीमदेव ने कुछ चिन्तित होकर कहा।

"उसके लिए केवल पांच सौ अश्वारोही मुझे दे दीजिए।" मकवाणा ने हंसकर कहा। भीमदेव हंस पड़े। उन्होंने कहा, "पांच सौ नहीं, दो हज़ार अश्वारोही और पांच हज़ार पदातिक, साथ ही दामो महता भी।"

"तब तो अधिकस्याधिकं फलम्।"

सज्जनसिंह चौहान ने कहा, "किन्तु मुझे क्या काम सौंपा जाता है?"

भीमदेव ने गम्भीर मुद्रा से कहा, "हां, अब आपकी बारी है, सज्जनसिंह जी। आपको मैं सबसे कठिन कार्य सौंप रहा हूं।"

"यही मेरी अभिलाषा भी है।"

"तो देखिए, यदि दैव-दुर्विपाक ते हमें दलित करके यहां से सुलतान वापस लौटे तो मरुस्थली में ही उसको समाधि तुम देना। यही कार्य मैं तुम्हारे सुपुर्द करता हूं। प्रातःस्मरणीय घोघाबापा का तर्पण तुम्हें ही करना होगा वीरवर! और अब तो तुम्हीं मरुस्थली के रक्षक भी हो।"

"ऐसा ही होगा महाराज, मैं प्रतिज्ञा करता हूं।"

"तब कहो, तुम्हें कितने सैनिक चाहिए? यह देख लो, हमारे पास योद्धाओं की बहुत कमी है।"

"यह मैं देख रहा हूं महाराज!"

"तुम्हें कम-से-कम योद्धा दूंगा।"

"ठीक है महाराज!"

"कहो, फिर कितने?"

सज्जनसिंह ने फीकी हंसी हंसकर कहा, "एक भी नहीं महाराज, वह सामने नीम की छाया में मेरी सांढ़नी बंधी है। बस, वह और मैं, दो ही यथेष्ट हैं।"

सज्जनसिंह की बात सुनकर सब कोई आश्चर्य से उसका मुंह ताकने लगे। सज्जन ने कहा, "महाराज, बिना कुछ खाए-पिए मेरी सांढ़नी ने पांच बार इस मरुस्थली को पार किया है। वह मरु समुद्र का जहाज है। वह चालीस दिन तक बिना खाए-पिए धावा कर सकती है। परन्तु एक बात है।"

"वह क्या?"

"यदि अमीर पीछे मरुस्थली की ओर न लौटे।"

"सम्भवतः वह राजस्थान की ओर मुंह न कर सकेगा।"

"किन्तु अर्बुदाचल के मार्ग जाए तो?"

"उसकी चिन्ता नहीं। विमलदेव शाह तीस हज़ार गुर्जर-सैन्य सहित उसका मार्ग रोकने को आबू में सन्नद्ध हैं। फिर काका दुर्लभदेव की गज-सैन्य भी है, और अभी तो यहां हम हैं। यदि भगवान् सोमनाथ की ऐसी ही इच्छा हुई, तो सुलतान के भाग्य का अन्तिम निबटारा या तो तुम्हारी मरुस्थली में होगा या अर्बुदाचल में। मरुस्थल सज्जन का और अर्बुदाचल मेरा।"

"तो महाराज, मरुस्थल की ओर यदि दुर्भाग्य अमीर को ले गया, तो वहां से एक भी म्लेच्छ जीता ने लौटेगा।"

"अब रहा सामन्त। सामन्त को मैं यहां न रहने दूंगा। यह इसी समय घोघागढ़ जाए।"

"मेरा अपराध महाराज?" सामन्त ने भरे कंठ से कहा।

"अपराध नहीं भाई, घोघाबापा का वंश जीवित रखना होगा। घोघाबापा के चौरासी पुत्र-पौत्रों में एक तुम और सज्जन बस दो बचे हो। सज्जन को तो मैं उत्सर्ग के मार्ग पर भेज रहा हूं। पर सामन्त, तुम्हें अपने वंश की रक्षा करनी होगी।" महासेनापति भीमदेव की वाणी कम्पित हो गई। आंखें मेह बरसाने लगीं।

"तो सामन्त, महाराज की बात रख।" सज्जन ने आंखों में आंसू भरकर कहा।

सामन्त ने अवरुद्ध कंठ से कहा, "बापू, मैं यहां धर्मयुद्ध से विमुख होकर चला जाऊं तो मेरा क्षत्रिय धर्म जाए।"

"ऐसा नहीं सामन्त।" भीमदेव ने कहा।

"मैं नहीं जाऊंगा महाराज। मैं सेनापति की आज्ञा को अस्वीकार करता हूं, मुझे अनुशासन भंग करने का दंड दीजिए।"

महाराज भीमदेव ने हंसकर स्नेह से उस तरुण को छाती से लगा लिया। दामोदर महता ने कहा, "महाराज, सामन्तसिंह जी के लिए एक महत्त्वपूर्ण कार्य है।"

"क्या?"

"उन्हें खम्भात की रक्षा का भार दीजिए। अन्ततः खम्भात का सामुद्रिक महत्त्व सबसे अधिक बढ़ता जाएगा।"

"ठीक है, तो सामन्त, तुम्हें खम्भात सौंपता हूं। वहां गुजरेश्वर श्री वल्लभदेव हैं, सुश्री चौला है, पाटन के हज़ारों आबाल-वृद्ध हैं; गुजरात की सभी प्रतिष्ठा और सम्पदा इस समय खम्भात में है, इन सबका रक्षक मैं तुम्हें बनाता हूं, वीर!"

सामन्त ने सिर झुकाकर कहा, "जैसी महाराज की आज्ञा!"

अन्य आवश्यक व्यवस्था के बाद यह युद्ध-मन्त्रणा भंग हुई। बीस सहस्र सुरक्षित सैन्य की कमान महाराज भीमदेव के अधीन रही।

शत्रु-मित्र

देलवाड़े का राजमार्ग आबाल-वृद्ध नर-नारियों से पटा पड़ा था। कोई ऊंट, घोड़ा, बैलगाड़ी पर, कोई पैदल, कोई असमर्थ-रोगी-अपाहिज साथी को पीठ पर लादे हुए प्रभास की ओर आ रहे थे। उनमें बहुत घायल थे, मुमूर्ष थे, अनेक विलाप करती सद्यःविधवाएं थीं, जिनका एक ही रात में चिर सुहाग लुट चुका था। अनेक सिसकते भूखे-प्यासे अनाथ बालक थे, जो रात को माता की सुखद गोद में सोए थे। एक ही रात में उन पर वज्रपात हुआ था। उनके घर-बार लूट-पाट और जलाकर खाक कर दिए गए थे। स्त्री-पुरुष सभी को तलवार के घाट उतार दिया गया था। देलवाड़े की सम्पन्न और खुशहाल बस्ती एक ही रात में उजाड़कर ऐसी कर दी गई थी कि उसे भूतों का वास कह सकते थे। बचे-खुचे लोग जैसे-तैसे प्रभास की शरण में आ रहे थे।

गज़नी का दैत्य देलवाड़े तक आ पहुंचा है और उसने देलवाड़े को भंग कर दिया है, यह बात बिजली की भांति प्रभास में फैल गई। ठठ-के-ठठ लोग देलवाड़े के राजमार्ग पर आ जुटे। सिसकती हुई अबलाओं, लूटे हुए वृद्धों और आहत युवकों ने देलवाड़े की रक्तरंजित कहानी—चौधारे आंसू बहा-बहाकर कह सुनाई। सैनिक और नगर के अगणित जनों ने उन्हें धैर्य दिया, नगर के भीतर लिया। उनके भोजन और विश्राम की व्यवस्था की। घायलों तथा रोगियों की शुश्रूषा होने लगी। नगरपाल ने तुरन्त ही इन शरणार्थियों को भी खम्भात भेजने की व्यवस्था कर दी। उन्होंने यह भी समझ लिया कि अब युद्ध में विलम्ब नहीं है। तत्काल नगरकोट और दुर्ग के सब द्वार बन्द कर दिए गए। खाई-समुद्र जल से भर दी गई। बुर्जियों पर धनुर्धारी तैनात कर दिए गए। नगर से बाहर जाना निषेध कर दिया गया।

नगरपाल जब शरणार्थियों, नागरिकों और सैनिकों की व्यवस्था तथा रक्षा एवं प्रथम मुठभेड़ की तैयारियों में व्यस्त थे और महासेनापति भीमदेव व्यग्र भाव से युद्ध मोर्चों की देख-भाल कर रहे थे, तभी दामोदर महता ने एक दुस्साहसिक कार्य किया। वे शस्त्र-सज्जित घोड़े पर सवार होकर चुपचाप परकोटे से बाहर निकल गए। बाहरी परकोटे के बाहर, खाई के उस पार दक्षिण-पश्चिम कोण पर, परकोटे से सटा जो महाकाल भैरव का मन्दिर था, वे वहां तक चले गए। बड़ी देर तक वे मन्दिर से दूर-दूर उसके चारों ओर घूम-घूमकर कुछ निरीक्षण करते रहे। फिर वे हिरण्या नदी के किनारे-किनारे अघोरवन के अभिमुख चलते चले गए। दो प्रहर दिन चढ़ आया था और सूरज की धूप खूब साफ चमक रही थी। उसमें बल खाती हुई हिरण्या का जल पिघलते हुए स्वर्ग की भांति चमक रहा था। किनारे की बालू चांदी की भांति चमक रही थी।

चारों तरफ सन्नाटा था। दूर तक मनुष्य का नामो-निशान न था। दूरी पर प्रभास का नगरकोट और उसके ऊपर महालय का स्वर्ग-कलश चमक रहा था। दामो महता चौकन्ने हो चारों ओर राह-बाट ताकते नदी के उस पार अघोरवन की काली-काली पहाड़ियों की चोटियों को और कभी दूर तक टेढ़ी-मेढ़ी बहती हुई क्षीण हिरण्या नदी की धार को देखते चल रहे थे। एकाएक उन्हें ऐसा प्रतीत हुआ कि हिरण्या नदी के उस पार अघोरवन के तट पर कोई वस्तु हिलती और इधर-उधर घूमती फिर रही है। उन्हें बड़ा कौतूहल और भय भी हुआ। वह तो अगम्य स्थल है, पिशाचों का वास है, मनुष्य का वहां जाना-रहना अशक्य है, तब यह क्या कोई पिशाच या प्रेत है?

सम्मुख ही महाश्मशान था। परन्तु इस समय वहां भी सन्नाटा था। उन्होंने एक बार उधर देखकर फिर अपनी दृष्टि उसी हिलती हुई वस्तु पर स्थिर की। उन्होंने अब स्पष्ट देखा। वह मनुष्य मूर्ति है, और अश्व पर सवार है। वह बड़े ध्यान से उस मनुष्य मूर्ति की गतिविधि देखने लगे। उन्होंने देखा—उस मूर्ति ने अपना अश्व हिरण्या में डाल दिया है, और वह इस पार आ रहा है। ज्यों-ज्यों वह निकट आता जाता है, उसकी आकृति स्पष्ट होती जाती थी। उसके सिर पर हरे रंग की पगड़ी थी और ऐसा ही एक चोगा उसके शरीर पर था। उसकी लम्बी नंगी तलवार धूप में चमक रही थी और वह

घोड़े पर आसीन बड़ी दक्षता से नदी पार हो रहा था। कुछ निकट आने पर उन्होंने देखा–सवार कोई तुर्क म्लेच्छ है, उसकी लाल डाढ़ी हवा में फरफरा रही है। देखते-ही-देखते वह इस पार भूमि पर आ गया। आते ही उसका बलिष्ठ अश्व हवा में उछला और छलांगें मारने लगा।

अब दामोदर महता को अपनी एकाकी तथा असहाय अवस्था का ध्यान आया। दामो जैसे कूटनीतिज्ञ थे, वैसे ही युद्ध-विशारद भी थे। उन्होंने तत्काल खतरे को समझ लिया। नदी-तट से हटकर सामने कुछ वृक्षों का एक झुरमुट था, वे तेज़ी से उधर ही चल दिए।

परन्तु तुर्क सवार ने उन्हें देख लिया। तीर की भांति अपना अश्व उड़ाता और हवा में अपनी तलवार घुमाता हुआ वह उन पर दौड़ा।

महता ने अपना अश्व दो भारी वृक्षों के बीचोबीच व्यवस्थित किया। और स्थिर होकर शत्रु के आक्रमण के वेग को रोकने के लिए सन्नद्ध हो गए। अपने अश्व को व्यर्थ थकाना उन्होंने ठीक नहीं समझा। शत्रु जब एक तीर के अन्तर पर रह गया, तब तुर्क ने घोड़े को दाहिनी ओर मोड़ा और तेज़ी से महता की बगली देकर वह पृष्ठ भाग में जा पहुंचा। फिर एकबारगी ही उन पर टूट पड़ा। महता सावधान थे। उन्होंने द्रुतगति से उसी ओर अश्व को घुमाकर तिरछा खड़ा किया। तलवार उन्होंने हाथ में ले ली।

शत्रु को वार करने का अवसर नहीं मिला। इस पर खीझकर वह एक तीर के फासले पर चला गया और फुर्ती से तलवार खींचकर वहां से बाज़ की भांति झपटा। महता के निकट आकर ज्यों-ही वह हाथ ऊंचा करके तलवार के एक वार में शत्रु के दो टुकड़े करना चाह रहा था कि महता ने फुर्ती से घोड़े को एड़ देकर उस पर धकेल दिया। फिर अत्यन्त कौशल से उसकी कमर में हाथ डालकर उसे घोड़े से नीचे गिरा लिया, और बड़े ही हस्त-लाघव से उसकी गर्दन अपने धनुष की डोरी में फंसा ली। धनुष की डोरी में गर्दन फंसने से तुर्क शत्रु छटपटाने लगा। तलवार उसके हाथ से छूट गई। दोनों योद्धा पूरा बल लगाकर पृथ्वी पर द्वन्द्व-युद्ध करने लगे। परन्तु गर्दन डोरी में फंसी रहने से तुर्क के हाथ-पैर ढीले पड़ गए। दामो महता ने दो-तीन करारे झटके दिए और अनायास ही उसकी छाती पर चढ़ बैठे। और तलवार की धार उसकी गर्दन पर रखकर कहा, "अब तू मर।"

किन्तु पराभूत तुर्क ने मृत्यु की विभीषिका से तनिक भी भयभीत न होकर कहा, "शबाश बहादुर, तुम सिपाही तो नहीं हो, मगर बड़े बहादुर हो, मरने से पहले मैं तुमसे दोस्ती करना चाहता हूं।"

"तुम कौन हो?"

"दुश्मन।"

"तब तुम समझते हो कि तुम्हारी दोस्ती में फंसकर मैं तुम्हारी जान बख्श दूंगा?"

"अगर तुम अपनी बहादुरी के सिले में सिर्फ मेरी दोस्ती कबूल कर लो, तो मैं तुम्हारे हाथ से मरना हज़ार ज़िन्दगियों से भी बहतर समझूंगा। फिर मरने से पहले मैं तुम्हें कुछ सौगात भी दूंगा।"

"क्या?"

"यह तलवार, जिसे तुमने फ़तह कर लिया।"

"देखता हूं, तुम एक बहादुर दुश्मन हो।"

"और बहादुरी की कद्र करके मैं तुमसे दोस्ती मांग रहा हूं।"

"फिर तो मुझे तुम्हारी जान बख़्शनी होगी।"

"जान दुश्मन की है, दोस्तमन। मगर अपना हाथ दो।"

महता ने अपना हाथ आगे बढ़ाया। तुर्क ने अपनी तलवार उसके हाथ में थमाकर कहा, "इसे नाचीज़ न समझना बहादुर।" फिर कुछ ठहरकर उसने धीरे-से कहा, "अब तुम अपना काम करो, ख़ुदा हाफ़िज।"

वह आंख बन्द करके निढाल गिर गया। दामो महता उसकी छाती से उतर गए। उसके कंठ से धनुष की डोरी निकाल ली और सहारा देकर उसे उठाते हुए उन्होंने कहा,

"तुम आज़ाद हो दोस्त।"

"इस आज़ादी की कोई कीमत तुम नहीं लोगे?"

"दोस्त को कोई चीज़ कीमत लेकर नहीं दी जाती।"

"सच है, सच है।" उसने अपने कपड़ों को ठीक किया। फिर कहा, "तो तुमने मेरी दोस्ती कबूल कर ली?"

"तुम अगर इसके लिए पछता रहे हो, तो मैं तुम्हारी दर्खास्त नामंजूर भी कर सकता हूं।"

"नहीं, मगर हमें कसम खानी होगी। मैं ख़ुदा और पैगम्बर की कसम खाता हूं कि तुम्हारी दोस्ती को दुनिया की सबसे बड़ी नियामत समझूंगा।"

"और मैं भी भगवान सोमनाथ की कसम खाकर कहता हूं कि जब तक तुम्हारा मित्र-भाव कायम है, मैं सदैव तुम्हारा मित्र रहूंगा।"

"तुम कहां तक मेरा यकीन कर सकते हो, दोस्त?"

"जहां तक एक दोस्त का किया जा सकता है।"

"तो तुम्हें मेरे साथ चलना होगा।"

"कहां?"

"अमीर गज़नी के लश्कर में।"

"किसलिए?"

"उनके रूबरू हम अपनी दोस्ती का सनद देंगे। मैं अमीर का एक ख़ास उमरा हूं, मेरे लिए यह ज़रूरी है।"

महता ने मर्म-भेदनी दृष्टि से तुर्क की ओर देखा। उसकी काली चमकीली आंखें निर्भय आनन्द की धारा बहा रही थीं। उसने कहा—

"क्या तुम्हें डर है?"

"नहीं, मुझे तुम्हारी बात मंजूर है।"

दोनों वीरों ने अपने-अपने घोड़े ठीक किए और उन पर सवार हुए। वे धीरे-धीरे प्रभास की विपरीत दिशा की ओर चलने लगे। ये क्षण दामो महता के लिए अत्यन्त

महत्वपूर्ण थे। वे स्पष्ट ही एक ऐसे खतरे की ओर बढ़ रहे थे, जिसका साहस बहुत कम लोग कर सकते थे।

तुर्क सैनिक कद्दावर और बलवान था। उसका घोड़ा बहुत उत्तम था। अपने बहुमूल्य वस्त्राभरणों से वह उच्च कुल का भी प्रतीत होता था। यह स्पष्ट था कि वह गज़नी के अमीर का कोई उमराव है और महता अमीर के सैन्य-बल की सही झलक अपनी आंखों से देखने के लिए यह भारी खतरा उठा रहे थे। उन्होंने अभी-अभी उस यवन शत्रु की आंखों में एक गहरे विश्वास की चमक देखी थी। तथा अभी उसे प्राणदान भी दिया था। इसी से वह सत्साहस करके उसके साथ शत्रुपुरी में निर्भय घुसे चले जा रहे थे।

कुछ दूर दोनों अद्‌भुत मित्र चुपचाप साथ-साथ चलते रहे। तुर्क ने अपने घोड़े की रास खींचकर कहा, "क्या मैं अपने नए दोस्त का नाम जान सकता हूं।"

"मैं गुजरेश्वर का एक सेवक हूं, और सब लोग मुझे महता के नाम से पुकारते हैं।"

"अगर गुजरात के राजा के पास ऐसे ही सेवक हैं, जैसे कि तुम हो, जो शत्रु के सामने पहाड़-सा अडिग और दोस्त के सामने पहाड़-सा महान है, तो मैं गुजरात के महाराज के भाग्य पर ईर्ष्या करूंगा।"

"क्या तुम्हारा ऐसा रुतबा है कि तुम प्रतापी गुजरेश्वर के भाग्य से स्पर्धा कर सको?"

"यह मैं नहीं कह सकता दोस्त। लेकिन मैंने जो कहा है, उसे फिर दुहराता हूं।"

"तो मेरा नाम तुमने पूछ लिया तुर्क सरदार, क्या तुम भी मुझे अपना नाम बताओगे?"

"क्यों नहीं, मगर थोड़ा सब्र करने के बाद। अभी तुम मुझे सिर्फ एक दोस्त ही समझ लो।"

"यदि इसमें कोई भेद है तो ऐसा ही सही, लेकिन तुम यह जानते हो कि मैं इस तलवार की दोस्ती के नाम पर कितना खतरा मोल ले रहा हूं।"

"लेकिन रसूल और ख़ुदा के नाम पर जो तुम्हारा दोस्त बना है, उसके ज़िन्दा रहते तुम्हें खतरे से क्या डर?"

"लेकिन तुम क्या मुझे अमीर के सामने ले जाओगे?"

"मेरा बिलकुल यही इरादा है।"

"क्या अमीर एक काफिर का अपने लश्कर में आना पसन्द करेगा?"

"क्यों नहीं, जबकि वह उसके एक इ़ज़्ज़तदार सरदार का जीवनदाता है।"

"यह बात अमीर से कहेगा कौन?"

"मैं कहूंगा।"

"क्या सचमुच गज़नी का अमीर अपने सरदारों की इतनी इज़्ज़त करता है कि वह तुम जैसे एक अदना दरबारी सरदार के दोस्त का स्वागत करे, जो एकदम अजनबी है?"

"दोस्तमन, अमीर बहादुरों का कद्रदान है, और तुम देखोगे कि वह उस आदमी को उठकर गले लगाएगा, जिसमें बहादुरी और बड़प्पन, दोनों ही बहुत हैं।"

"खैर, यह मैं देख लूंगा।" महता चुप हो गए। कुछ देर दोनों चलते चले गए। धीर-धीरे मार्ग के घुमाव के उस ओर घने जंगल में अमीर की छावनी दृष्टिगोचर हुई। मीलों तक छावनी का फैलाव था। हाथी, घोड़े, पैदल, सिपाही, नौकर-चाकर सब अपना-अपना काम कर रहे थे।

प्रभावशाली तुर्क ने निरन्तर एक विशेष संकेत-शब्द करते हुए छावनी में प्रविष्ट होना प्रारम्भ किया और वे दोनों निर्विघ्न छावनी की मरुस्थली में पहुंच गए।

महता उस विराट सैन्य की व्यवस्था और प्रचंड सत्ता को देखते हुए तुर्क सवार के साथ-साथ चलते चले गए।

अब उनमें कभी-कभी बहुत धीरे-धीरे बातचीत होती थी। तुर्क सवार कुछ महत्त्वपूर्ण बात कहना चाह रहा था। परन्तु महता चुपचाप नेत्रों से जो देख रहा था, उस पर विवेचन कर रहा था। इसलिए वह बातचीत में अन्यमनस्क हो रहा था।

इसी समय वे एक लाल रंग के बहुमूल्य खेमे के सम्मुख जा खड़े हुए। उसके सम्मुख कोई पचास तीरन्दाज पहरा लगा रहे थे। उन्होंने अदब से तुर्क सरदार का अभिनन्दन किया। तुर्क फुर्ती से घोड़े से कूद पड़ा। उसने संकेत से महता को घोड़े से उतरने के लिए कहा और बताया वह अमीर से निवेदन करके उसे अभी भीतर बुला लेगा।

वह भीतर चला गया। दो हब्शी गुलामों ने आगे बढ़कर अश्व थाम लिए, सैनिक घूर-घूरकर महता को देखने लगे। महता अपने विचारों मे डूब-उतरा रहे थे। परन्तु उन्हें अधिक सोचने-विचारने का अवसर नहीं मिला। एक सम्भ्रान्त दरबारी पुरुष ने अत्यन्त आदर-मान से उसका अभिवादन किया और अमीर के खेमे में चलने का विनम्र अनुरोध किया। महता धड़कते कलेजे से अमीर के खेमे में घुस गए।

प्रथम तो वह वहां की महार्घता देख, सकते की हालत में रह गए। खेमे में जो सजावट थी, वह अकल्पनीय थी। उसमें कीमती कालीन बिछे थे। खेमे के मध्यभाग में मसनद के निकट अमीर सुलतान महमूद प्रसन्न-वदन खड़ा था। उसने कहा, "खुश-आमदन दोस्तमन, मेरे पास मसनद पर बैठकर मुझे ममनून करो, और बताओ कि गज़नी का सुलतान अपने दोस्त को किस तरह खुश कर सकता है?"

दामोदर महता ने दरबारी कायदे से सुलतान का अभिवादन किया और कहा, "आलीजाह, यद्यपि यह गुलाम आपको पहचानता न था, फिर भी उसे कुछ भान हो गया था कि उसे, हो-न-हो, हुजूर की ही दोस्ती का रुतबा मिला है। हम लोग दुर्भाग्य से दो अलग-अलग उद्देश्यों में सन्नद्ध हैं, परन्तु नामवर अमीर दामोदर महता को जब चाहेंगे, दोस्त की तरह काम में ले सकेंगे।"

अमीर ने कहा, "दोस्तमन, मैं चाहता हूं कि तुम्हें निहाल कर दूं, मगर मैं देखता हूं कि तुम वह बशर हो जिसे शहनशाह ममनून नहीं कर सकते।"

"फिर भी नामवर सुलतान नाजुक मौकों पर जब चाहें, दामोदर महता को अपना

दोस्त पाएंगे।"

"मुझे यकीन है, लेकिन मैं चाहता हूं कि तुम मुझसे कुछ मांगकर मुझे ममनून करो।"

"आलीजाह ने इस साधारण राजसेवक को दोस्त कहकर सब-कुछ दे दिया। अब और कुछ मांगने को रहा नहीं।"

"क्या इस जंग की बाबत मेरे दोस्त गज़नी के सुलतान से कुछ कहना चाहेंगे?"

"आलीजाह, मैं महा धर्म-सेनापति महाराज भीमदेव का सन्देशवाहक नहीं हूं।"

"ठीक है मैं समझता हूं। तो दोस्त, गज़नी के अमीर की जान तुम्हारी अमानत है। बस जाओ, खुदा हाफिज!"

अमीर उठकर महता के गले मिला। खेमे के द्वार तक साथ आया। खेमे के बाहर अमीर के साथ मनसबदारों ने उसे विदाई की सलामी दी। और राहदारी का सवार देकर उसे विदा किया।

जय शंकर

पौष की पूर्णिमा की प्रभात-बेला में ज्योंही उषा की प्रथम किरण फूटी, मन्दिर के शिखर पर आरूढ़ प्रहरी ने शंख फूंका। क्षण-भर ही में चारों ओर शंख और भेरी-नाद से दिशाएं गूंज उठीं। डंकों और नक्कारों की धमक से प्रभास गरज उठा। सहस्रों सैनिकों ने जयघोष किया—"जय शंकर!"

महासेनापति युवराज भीमदेव हड़बड़ाकर उठ बैठे। पार्श्वद ने घबराए हुए आकर कहा, "आक्रमण हुआ, अन्नदाता।"

"तो मेरे शस्त्र और वस्त्र ला," भीमदेव तुरन्त ही सज्जित होकर कोट पर चढ़ गए। वहां गंग सर्वज्ञ, जूनागढ़ के राव, कमा लाखाणी, केसर मकवाणा और दामोदर महता आदि सावन्त सचिव उपस्थित थे। बहुत लोग भाग-दौड़ रहे थे। सैनिक कंगूरों पर चढ़ रहे थे। धुनर्धर धनुष ताने आज्ञा की प्रतीक्षा में थे। घुड़सवार भाले-बरदार प्रांगणों में बद्ध-परिकर खड़े थे।

दूर नदी के किनारे-किनारे अर्धोदित सूर्य के चरण तल में धूल-गर्द के बादल उड़ रहे थे। और उसमें से काली-काली मूर्तियां प्रकट होती-सी दीख रही थीं—पहले दो-चार और पीछे शत-सहस्र। ये अमीर के अश्वारोही थे।

झपटते हुए बालुकाराय ने बुर्ज़ में प्रवेश किया। उन्होंने महाराज भीमदेव के हाथ में धनुष-बाण देकर कहा "देखिए तो महाराज, यह प्रथम बाण है, इसी से आप शत्रु का इस धर्मनगरी में सत्कार कीजिए।"

"अभी ठहरो बालुक," महासेनापति ने सुदूर उड़ती हुई धूल पर दृष्टि गड़ाकर कहा। सबने देखा, एक दुर्धर्ष योद्धा काले अरबी घोड़े पर सवार हो सेना से बाहर आया। उसके

साथ कुछ और चुने हुए सवार थे। सबके सुनहरी तारकशी के वस्त्र उस प्रभात-कालीन सूर्य की पीत किरणों में चमक रहे थे। जो सबसे आगे था, वह पगड़ी पर एक मूल्यवान पन्ने का तुर्रा बांधे था। उसकी दाढ़ी लाल रंग की थी। वह क्षण भर शान्त भाव से खड़ा महालय की फहराती ध्वजा को देखता रहा, फिर उसने साथी से धनुष लेकर एक बाण सन्धान किया। तीर खाई में आकर गिरा।

बालुकराव ने कहा, "महाराज, अब आपकी बारी है," बाणबली ने कहा, "क्या यही गज़नी का अमीर है?" महता ने आगे आकर कहा, "यही है महाराज!"

बाणबली ने बारह टंक की अनी बाण में लगाकर धनुष को कान तक खींचा। और फिर बाण छोड़ दिया। बाण तुर्रे-सहित अमीर की हरी पगड़ी को लेकर भूमि पर जा गिरा।

सैनिक गर्जना कर उठे, "जय शंकर! जय सोमनाथ! हर-हर महादेव, बम्भोला।"

वह लाल दाढ़ीवाला सरदार घोड़े को घुमाकर तीर की भांति पीछे को फिरा। और एक चक्कर काटकर फिर सेना के मध्य भाग में आ खड़ा हुआ। उसने संकेत किया और तीरों की एक बौछार मन्दिर पर पड़ी। साथ ही अल्लाहो-अकबर का गगनभेद नाद भी उठा। परन्तु उसके उत्तर में इधर से कोई उत्तर नहीं दिया गया। तुर्क सवार आगे बढ़कर खाई के किनारे तक चले आए। बहुत से सवारों ने घोड़े पानी में डाल दिए। बहुत सवार तट पर खड़े होकर ही तीर फेंकने लगे।

इसी समय बालुकराय ने संकेत किया और मन्दिर के कंगूरों से तीरों की वर्षा प्रारम्भ हुई। इस भीषण बाण-वर्षा से घबराकर तुर्क सैन्य की गति रुक गई। अनेक सवार मुंह मोड़कर लौट चले। अनेक खाई के जल में ही डूबने-उतराने लगे। परन्तु कुछ खाई के इस पार आकर ऊपर चढ़ने की चेष्टा भी करने लगे। इस पर राव के कच्छी योद्धाओं ने तलवार की भारी मार करनी प्रारम्भ की। देखते-ही-देखते वह सारा रणक्षेत्र भयानक मार-काट, चिल्लाहट और बीभत्स दृश्यों से भर गया।

सूर्य का प्रखर तेज बढ़ने लगा और युद्ध भी घमासान होने लगा। बाणों से आकाश छा गया। घायलों की कराह और चीत्कार से वातावरण गूंज उठा। अपराह्न में सूर्यास्त से पहले ही अमीर ने युद्धावसान का संकेत किया। तुर्क और अरबी अपने योद्धा मृत शवों को छोड़ भग्नोत्साह पीछे शिविर में लौटे। हिन्दू सैन्य में जयजयकार का बोल-बाला हुआ।

दामो महता की चौकी

प्रथम दिन के युद्ध में विफल-मनोरथ होकर अमीर के लौट जाने पर हर्ष और उमंग की जो बाढ़ राजपूत सैनिकों में आई, उसे अपनी आंखों देखते, शाबासी देते तथा दूसरे दिन के युद्ध के लिए ठीक-ठीक व्यवस्था करते, जत्थेदारों को आदेश देते महाराज महा सेनापति भीमदेव बहुत रात गए तक सारे मोर्चों पर घूमते रहे।

आज के युद्ध में हिन्दू सैन्य की कुछ भी हानि नहीं हुई थी। एक भी आदमी व्यापक रूप से आहत नहीं हुआ था। एक भी मोर्चा भंग नहीं हुआ था। प्रथम बाण से जो अमीर की पगड़ी गिरा दी गई थी, उसकी हंस-हंसकर चर्चा हो रही थी। सिपाही अपने-अपने कौशल की डींगें मार रहे थे।

बहुत रात बीतने पर महाराज भीमदेव अपने शयन-कक्ष में गए। वहां उन्हें सूचना मिली कि सर्वज्ञ अभी तक समाधिस्थ ही हैं। सब सेनापति और मंडलेश्वर एक-एक करके महासेनापति से विदा हुए। गंगा ने आकर महासेनापति को देव-प्रसाद दिया और कहा, सर्वज्ञ तथा देवता के कल भी दर्शन नहीं होंगे।

धीरे-धीरे सारा सोमपट्टन नींद में ऊंघने लगा। दिशाओं में शान्ति एवं नीरवता छा गई। केवल एक व्यक्ति जो अब भी विश्राम नहीं कर पाया, वह था दामो महता। वह चुपचाप सारे मोर्चों को बारीकी से देखता हुआ, और बीच-बीच में अमीर की छावनी में जलती और धूकती हुई हज़ारों मशालों को देख रहा था। उसी के पीछे चुपचाप उसके दो चर उसी की भांति छाया-मूर्ति बने चल रहे थे।

द्वारिका-द्वार पर आकर महता खड़ा हो गया। उसने बड़े ध्यान से द्वार के सब मोर्चों को देखा। फिर उसने पीछे मुंह कर मन्द स्वर से कहा, "यहां किसकी चौकी है आनन्द?"

"दद्दा सोलंकी की।"

"हां, हां, परन्तु इस समय दद्दा कहां हैं? दीख नहीं रहे।"

"उधर बुर्ज़ पर वे बैठते हैं, बैठे तो हैं सामने।"

"ठीक है, किन्तु तुम कहते हो, वह युवक इसी घाट पर आता है।"

"जी।"

"दद्दा ने क्या उसे एक बार भी नहीं देखा?"

"मालूम तो ऐसा ही होता है। मैंने दद्दा से पूछा था कि चौकी-पहरा सब ठीक है, तो उन्होंने हंसकर यही कहा, सब ठीक-ठाक है भाया, जब तक यह तलवार है।"

"हां, आं, उन्हें तलवार ही का तो भरोसा है, अरे आनन्द, ये योद्धा तलवार ही को काम में लेना जानते हैं, बुद्धि को नहीं, लेकिन तूने कहा था कि वह आज भी आएगा।"

"जी, हां।"

"कब?"

"दो पहर रात-बीते।"

"इसमें तो अब देर नहीं है, लेकिन तूने तो कहा था, वह कृष्णस्वामी की लड़की से प्रेम करता है, वह तो अब है नहीं, फिर अब क्यों आता है?"

"सिद्धेश्वर से मिलने।"

"सिद्धेश्वर कौन है?"

"अमीर और रुद्रभद्र का मध्यदूत।"

"ठीक कह सकते हो?"

"जी, मैंने स्वयं उनकी बात सुनी है, निश्चय ही कुछ गहरी चालें चली जा रही हैं।"

"तो तुम इस निर्णय पर पहुंच चुके हो कि रुद्रभद्र सहस्राग्नि तप का जो ढोंग कर रहा है, उसका कुछ और ही उद्देश्य है?"

"सन्देह तो मेरा यही है, अब आज आप स्वयं देख लें।"

"क्या वह योद्धा है।"

"खूब तरुण है।"

"पर शायद बुद्धिमान नहीं!"

"कम-से-कम सावधान नहीं है, पर साहसी है।"

"तो आनन्द, तू उसका विश्वास-भाजन बन।"

"इसी के लिए तो मैं यह चीज़ लाया हूं"—आनन्द ने हंसकर कहा।

"क्या?"

"द्वारिका-द्वार की चाबी।"

"किन्तु...।"

"नकली है, इसे सिर्फ दिखाऊंगा, दूंगा नहीं। उसी से काम हो जाएगा।" आनन्द हंसा। इसी समय पानी में कुछ शब्द हुआ। आनन्द ने कहा, "वह शायद आया है, आप इसी वृक्ष की आड़ में छिप जाएं, उसका कौशल देखिए, किस युक्ति से आता है कि दद्दा का चौकी-पहरा ही व्यर्थ जाता है।"

"ऐसा वह क्यों न करे, यहीं का खेला-खाया है, सब घर-घाट जानता है, दद्दा की आंखों में धूल झोंकना उसके लिए कठिन क्या है!"

"क्या दद्दा को सावधान कर दिया जाए?"

"तब तो शिकार हाथ से निकल जाएगा, किसी से कुछ कहने की आवश्यकता नहीं है, देखो वह छाया-मूर्ति।"

"वही है, आप उस वृक्ष की ओट में हो जाएं।"

"ठीक है, देवसेन, तुम अवसर पाकर पानी में पैठना, और अन्ततः सावधानी से उसका पीछा करना। तथा सूर्योदय होने से पहले ही मुझे उसका सब विवरण देना।"

देवसेन क्षण-भर में दृष्टि से ओझल हो गया। दामो महता पीछे हटकर वृक्ष की ओट में छिप गए। आनन्द छाया में छिपता हुआ तट की ओर बढ़ा। तट पर एक बहुत बड़ा प्राचीन वट-वृक्ष था, उसकी अनगिनत जटाएं जल तक लटकी हुई थीं। ऐसी ही एक जटा को पकड़कर कमर तक जल में घुसकर उसने एक शब्द किया, शब्द सुनकर जल से एक सिर बाहर निकला।

आनन्द ने कहा, "निर्भय रहो मित्र, और निकट आ जाओ, कोई खटका नहीं है।"

छाया-मूर्ति ने पास आकर कहा, "दम्म मैं ले आया हूं, यह लो!" उसने सोने से भरी एक भारी थैली आनन्द के हाथ में दे दी, और इधर-उधर सिर हिलाकर बालों का जल झाड़ा। स्वर्ण-दम्म से भरी थैली लेकर आनन्द ने कहा, "ठीक है, मैं भी तुम्हारी चीज़ ले आया हूं, देखो!" उसने वस्त्र से निकालकर बड़ी-सी चाबी दिखाई।

युवक ने प्रसन्न होकर कहा, "लाओ, दो, बाकी इनाम कल मिल जाएगा। आनन्द

ने चाबी वस्त्र में छिपाकर कहा, "अभी नहीं मित्र, सब काम खूब होशियारी से आगा-पीछा देखकर होना चाहिए। अभी दे दूंगा, तो हम पकड़े जाएंगे। प्रातःकाल चाबी मांगी जाएगी, न देने पर मुझ पर विपत्ति आएगी। तथा द्वार पर पहरा-चौकी बढ़ जाएगा। हमारी सारी योजना व्यर्थ जाएगी।"

"तब?"

"मैंने एक युक्ति सोची है। इसी प्रकार की दूसरी चाबी बनवाई है, वह कल मिल जाएगी। उसे लेकर तुम अपना काम करना। किसी को सन्देह भी न होगा।"

"यही सही, पर अब नित्य आने में जोखिम है।"

"बस, एक बार और। परन्तु मैं तुम्हारी एक सहायता करना चाहता हूं।"

"क्या?"

"एक पुरुष से मुलाकात।"

"कौन है वह?"

"काम का आदमी है।"

"कहां?"

"जल के बाहर आओ।"

"वह क्या सहायता करेगा?"

"सब-कुछ।"

"तुमसे भी अधिक?"

"सबसे अधिक।"

"क्या उस पर विश्वास कर सकता हूं?"

"प्राणों का इतना मोह है तो ऐसा दुस्साहस न करो। जाओ, यह लो अपने दम्म।"

"नाराज़ न हो दोस्त।"

"फिर विश्वास क्यों नहीं करते?"

"करता हूं।"

"तो मेरे साथ आओ।"

दोनों व्यक्ति वट की लम्बी शाखाओं के सहारे तट पर आए। और पेट के बल रेंग-कर उस वृक्ष के निकट पहुंचे। दामो महता भी वहां पेट के बल औंधे पड़े थे।

दामो ने कहा, "यही वह युवक है?"

"जी हां।"

"तो ज़रा खिसककर मेरे पास आओ।" युवक दामो महता से सट गया।

महता ने छाती के नीचे से तलवार निकालकर कहा, "इसे भली-भांति देखकर बताओ कि पहचान सकते हो, यह किसकी तलवार है?"

युवक ने घने पत्तों के झुरमुट से छनकर आती हुई चन्द्र की क्षीण छाया में तलवार को भली-भांति परखकर कहा, "पहचान गया।"

"तो जिसकी यह तलवार है, उसके पास जाकर कहो, कि जिसके पास यह तलवार

है, उसके साथ तुम्हें कैसा व्यवहार करना चाहिए। फिर यदि वह तुम्हें यहां भेजे तो कल इसी समय यहीं भेंट होगी—और बात फिर।"

यह कहकर दामो महता खिसककर तेज़ी से निकट की एक अन्धेरी गली में घुस गए।

युवक सकते की हालत में रह गया। आनन्द ने कहा, "क्या तुम जानते हो, यह किसकी तलवार है?"

"तुम जानते हो?"

"नहीं।"

"मैं भी नहीं जानता," युवक के चेहरे पर गहरी घबराहट के चिह्न थे। संयत होकर उसने कहा, "कल मुझे आना होगा दोस्त।"

"इस तलवार को देखने?"

"बेशक!"

"इसी समय?"

"इसी समय।"

"तो तब तक के लिए विदा।"

युवक ने आनन्द से हाथ मिलाया। और उसी भांति रेंगकर पेट के बल पानी में पैठ गया। आनन्द ने मन्द स्वर से कहा, "मेरे दम्म मत भूलना।"

युवक ने कहा, "अच्छा।"

दूसरा दिन

सूर्योदय से पूर्व ही अमीर की सेना में नक्कारे बज उठे। नक्कारों की गड़गड़ाहट से हड़बड़ाकर राजपूत योद्धा भी सन्नद्ध होकर अपने-अपने मोर्चों पर जा जमे। सोरठी सरदार और मुकुटधारी राजा लोग अपनी-अपनी टुकड़ियां ले-लेकर निर्धारित मोर्चों पर जा डटे। ब्राह्मणों ने महालय में वेद-पाठ किया। देवद्वार बन्द होने पर सबने देवद्वार ही की वन्दना की। पट्टनी सेना में भी डंके-दमामे बज उठे और रणसिंहे फूंके गए।

महाराज सेनापति भीमदेव ने प्रातःकृत्य से झटपट निवृत्त होकर गोदान-स्वर्णदान दिया। ब्राह्मणों ने देवध्वनि करके आशीर्वाद दिया। राजा ने तलवार से मौत मांगी। और घोड़े पर सवार होकर, मोर्चों के निरीक्षण को चल दिए। महमूद की सेना से चुने हुए तुर्क-सवारों की टुकड़ियां मोर्चे बनाकर बाण-वर्षा करती हुई खाई की ओर अग्रसर हुईं। धीरे-धीरे अमीर की सेना का सारा भार मध्यद्वार पर आ जमा।

यह देख अपने-अपने सेनापतियों के आदेशानुसार हज़ारों राजपूत योद्धा मोर्चेबन्दी करके बाण वर्षा करने लगे। खाई के दोनों तटों पर दोनों ओर के शूरवीर दूर तक डटे

बाण-वर्षा करने लगे। परन्तु अमीर निरुपाय था। उसके बाण व्यर्थ जा रहे थे। उधर खाई के इस पार तथा कोट से जो बाण-वर्षा हो रही थी, वह आगे बढ़ती हुई अमीर की सेना की भारी क्षति कर रही थी। अमीर ने दुर्धर्ष साहस करके हाथियों को खाई में धकेल दिया, उसी के साथ अल्लाहो-अकबर का नाद करते सहस्रों तुर्क सिपाही भी पानी में कूद पड़े। बालुकाराय ने कोटों पर तेज़ी के साथ धनुर्धरों को अवस्थित कर तलवार के धनी कच्छी सवारों को मुख्य द्वार पर सन्नद्ध किया। खाई में आधी दूर तक शत्रु के हाथी घुस आए। तो राजपूत योद्धा भी 'जय-जय महादेव सोमनाथ' का नाद करते हुए जल में कूद पड़े। उन्होंने सिमटकर अमीर की मध्य सेना पर वार करने प्रारम्भ कर दिए। परन्तु अमीर के हाथी धंसे ही चले आ रहे थे। ऊपर से दोनों ओर से जो बाण-वर्षा हो रही थी, उससे आकाश भरा पड़ा था। महासेनापति भीमदेव एक ऊंचे बुर्ज़ पर खड़े युद्ध देख रहे थे। बालुकाराय प्रबल पराक्रम से शत्रु की सेना का गतिरोध कर रहे थे, यद्यपि कच्छी योद्धाओं की मार से अमीर के हाथियों ही पंक्ति दो भागों में विभक्त हो गई थी, और राजपूतों ने तलवार से उनके बीच दरार बना ली थी। वे कन्धे पर ढाल रखे जल में तलवार चला रहे थे। पर अमीर के सिपाहियों का तांता ही नहीं टूट रहा था। वह दबादब सेना को खाई में धकेल रहा था। हाथियों की ओट में असंख्य बर्बर योद्धा खाई पार कर रहे थे। उन पर न तीरों की मार थी, न तलवार की। महाराज भीमदेव ने इस कठिनाई को देखा। उन्होंने तत्काल कमा लाखाणी को आदेश भेजा कि अपने कछुओं से अमीर की गज-सेना में धंसार करो। संकेत पाते ही दो सौ कछुए तिरछी छोटी-छोटी तलवारें लेकर पानी में पैठ गए। जल के भीतर-ही-भीतर वे अमीर के हाथियों के चारों ओर फैलकर अपनी तिरछी तलवारों से हाथियों की सूंड़ों और पैरों में करारे घाव करने लगे। अपने काम में वे बड़े उस्ताद थे। कच्छी योद्धा उन्हें घेरकर उनकी रक्षा करने लगे। देखते-ही-देखते खाई का जल रक्त से लाल हो गया। हाथी, कछुओं से सूंड़ और पैरों में घाव खाकर चिंघाड़ते हुए सूंड़ उठा-उठाकर पीछे की ओर अपनी ही सेना को कुचलते हुए भागे। अमीर इस भगदड़ का कुछ भी अभिप्राय न समझ सका। उसने भागते सैनिकों को बहुत उत्साहित किया, पर हाथी भाग रहे थे, सैनिक नहीं, अतः भगदड़ बढ़ती ही गई। अमीर ने क्रोध में आकर अपना घोड़ा खाई में छोड़ दिया। यह देख 'अल्लाहो-अकबर' का वज्र-नाद करके दस हज़ार बलूची सवार भी खाई में पैठ गए। वे छातियों की दीवार बनाकर आगे बढ़ने लगे। उन्की सुरक्षा में दो हज़ार कारीगर अपने औज़ारों को लेकर बढ़ चले। हाथियों पर रस्सी और लकड़ी के तख़्तों से बना पुल था। खाई के उस ओर पुल खूंटों से जमा दिया गया था—अब अमीर की खास तलवार राह बनाती दस हज़ार तलवारों की छत्र-छाया में खाई पर पुल को फैला रही थी।

बालुकाराय ने यह देख, अधीर होकर अपनी समूची गज-सैन्य को मुख्य द्वार पर फैला दिया। और वे अपने चुने हुए तीन सहस्र सोरठी अश्वारोहियों को ले पानी में पैठ गए। खाई में घनघोर युद्ध होने लगा। हाथियों, घोड़ों और मनुष्यों की लाशें पानी

पर तैरने और समुद्र की ओर बहने लगीं। लाशों को पैरों से रूंदते हुए अमीर की सेना खाई पर पुल को फैलाती आगे बढ़ी। नीचे तलवार के हाथ चल रहे थे, ऊपर बाण-वर्षा हो रही थी।

महाराज भीमदेव ने युद्ध की गतिविधि को देखकर सैनिकों को बाण के स्थान पर पत्थर वर्षाने का आदेश दिया। उधर मुख्य द्वार को पत्थरों से भरवा देने का प्रबन्ध किया। चबूतरों, मन्दिरों और मकानों से बड़े-बड़े पत्थर उखाड़कर मुख्य द्वार को पत्थरों से ऊपर तक पाट दिया गया। परन्तु अमीर की गति में बाधा नहीं पहुंची। वह अपने दुर्धर्ष बलूची सरदारों को लिए बढ़ता ही चला आ रहा था। और अब वह पुल खाई के इस पार तक आ पहुंचा था। महाराज भीमदेव ने यह विपत्ति देखी। वे फुर्ती से कोट से उतरकर गज-सैन्य में घुस गए। उन्होंने चुपचाप कुछ मस्त हाथी ले पीछे हटकर पार्श्व से खाई में प्रवेश किया। उन्हें घेरकर लाट योद्धा जल में पैठे। महाराज भीमदेव बिना बाधा के खाई के मध्य भाग में पहुंच गए। इस बीच अमीर के बहुत से योद्धा इस पार पहुंच जल से बाहर आ तलवारों की छाया में पुल को जंजीरों से बांधने लगे। भय और आशंका की लहर फैल गई। इसी समय महाराज के मस्त हाथियों ने बीच धार में पुल को टक्कर दी। पुल एक बार हिला। महावतों ने वेग से हाथियों को हूला। मत्त हाथी चिंघाड़ते हुए पुल को धकेलने लगे। अमीर यह देख घबराकर अपनी बलूची सेना ले उधर को पलटा। बालुकाराय ने भी यह देखकर अपने कच्छी योद्धाओं को महाराज के चारों ओर फैला दिया। इधर अमीर के सैनिक मुख्य द्वार पर झटपट पुल को जंज़ीरों से बांध देने में प्राण खो रहे थे। सौ-सौ, हज़ार-हज़ार, बलूची सैनिक लाशों को रौंदते हुए जल से बाहर आ रहे थे। उधर जल के मध्य भाग में अमीर तड़पकर जी-जान से महाराज के हाथियों पर पिल रहा था। बालुकाराय के कच्छी योद्धा बेढब तलवार फेंक रहे थे। खाई के इस पार टिड्डी दल के समान बर्बर पठान और तुर्क पुल के सहारे-सहारे बढ़े चले आ रहे थे। ये दोनों ही पक्षों के लिए शंका और सन्देह के क्षण थे। इसी समय महावतों ने हाथियों को एक साथ हूल दिया। तलवारों और भालों की चोट से वे बौखला उठे, उनकी सम्मिलित टक्कर को पुल न झेल सका। वह आखिर टूट गया। पुल के सहारे हज़ारों तुर्क-सैनिक सवार जल में डूबने-उतराने लगे। राजपूतों ने हर्षनाद किया, 'हर-हर महादेव!' और चारों ओर से घेरकर मार करनी प्रारम्भ की। बड़ी ही कठिनाई से अमीर अपने प्राण बचाकर खाई के उस पार पहुंचा। उसकी सारी सेना छिन्न-भिन्न हो गई। इधर जो योद्धा पहुंच चुके थे, सब काट डाले गए। जो प्राण-भय से जल में कूदे, उनमें अधिकांश डूब गए। कुछ तलवार के घाट उतार दिए गए, कुछ किसी तरह मार खाकर उस पार पहुंचे। राजपूतों ने पुल में आग लगा दी।

अमीर रणक्षेत्र से एक कोस पीछे हट गया। अभी सूर्य मध्याह्न तप रहा था। मन्दिर में विजय-दुन्दुभी बज उठी—भेरी, शंख, घड़ियाल से दिशाएं गूंजने लगीं। सूर्य की उज्ज्वल धूप में महालय के सुनहरी कंगूरों को अमीर हताश भाव से खड़ा देख रहा था और उसके सैनिक अस्त-व्यस्त भाग रहे थे।

आधे दिन के इस महा घनघोर युद्ध में यद्यपि हिन्दुओं की भी बहुत हानि हुई थी, परन्तु अमीर की तो सारी सेना की व्यवस्था ही बिगड़ गई थी। सबसे बड़ी बात तो यह थी कि उसकी समूची ही गज-सैन्य का सत्यानाश हो गया था। उसके पास अब सौ हाथी भी शेष नहीं बचे थे–जो घायल न हों। कछुओं ने सबकी सूंड़ें काट डाली थीं, पैरों में गहरे घाव कर दिए थे।

अमीर शोक और निराशा में अभिभूत हो घोड़े से उतर वहीं भूमि में दोनों हाथों से मुंह ढांपकर बैठ गया। उसने शोक-सन्तप्त होकर कहा, "या अल्लाह, ऐसा दिन तो कभी जिन्दगी में देखा ही न था।" मन्दिर में नक्कारे बज रहे थे। प्रसादी की तैयारियां हो रही थीं। ज्यों ही घायल और थकित भीमदेव अपने कक्ष के द्वार पर पहुंचे, उन्होंने देखा–गंग सर्वज्ञ शान्त मुद्रा में खड़े हैं। भीमदेव ने उन्हें साष्टांग दंडवत किया। सर्वज्ञ ने कहा, "हे धर्म-रक्षक, तेरी सदा जय हो!"

फ़तह मुहम्मद

परिचित शब्द-संकेत से आश्वस्त होकर फ़तह मुहम्मद ने पानी से सिर निकाला। आनन्द ने वट-वृक्ष की डाल से झूलकर कहा, "कोई डर नहीं है दोस्त, बाहर आ जाओ," जब युवक ने जल से बाहर निकलकर कहा, "वह बुजुर्ग कहां हैं, मैं उनसे मिलूंगा।"

"तब मेरे पीछे आओ।"

दोनों व्यक्ति चुपचाप खिसककर एक अन्धेरी गली में घुस गए और टेढ़े-तिरछे रास्ते पार करते एक छोटे-से मकान के द्वार पर जा खड़े हुए। द्वार पर पहुंचकर आनन्द ने संकेत किया। संकेत होते ही द्वार खुल गया। दोनों ने भीतर जाकर देखा–एक प्रशस्त कक्ष में दामोदर महता गद्दी पर बैठे हैं। युवक ने आगे बढ़कर अदब से उनका अभिवादन किया।

अभिवादन का जवाब देकर महता ने हंसकर कहा, "इत्मीनान से बैठ जाओ। और कहो, जिसकी वह तलवार थी, उससे मुलाकात हुई?"

"हुई।"

"उसने क्या कहा?"

उसने कहा, "जिसके पास यह तलवार है, उसका हर हुक्म बजा लाना लाज़िम है।"

"तो तुम उस आदमी की मर्यादा भी समझ गए न?"

"जी हां, मैं हुज़ूर को रुतबे में अमीर से क़िसी हालत में कम नहीं समझता।"

"ठीक है, अब अपनी बात कहो।"

"मुझे सुलतान ने आपकी खिदमत में भेजा है।"

"किसलिए?"

"सुलतान का पैग़ाम लेकर।"

"पैग़ाम क्या है?"

"सुलह! सिर्फ़ एक चीज़ पाकर वे इस मुहिम से लौट जाएंगे।"

"कौन चीज़?"

"जांबख़्शी हो तो अर्ज़ करूं?"

"कहो।"

"वह नाज़नीं।"

"कौन?"

"चौला नर्तकी।"

दामोदर महता गम्भीर मुद्रा में क्षण-भर बैठे रहे। फिर कहा, "कल भी क्या इसी बात को कहने आए थे?"

"जी नहीं।"

"वह बात क्या थी?"

"अब उस बात को रहने दीजिए।"

"तुम्हारा नाम क्या है?"

"फ़तह मुहम्मद।"

"यह तो नया नाम है, पुराना नाम क्या था?"

"उस नाम से अब क्या?"

"फिर भी, मैं जानना चाहता हूं।"

"देवा, देवस्वामी।" कहकर युवक उदास हो गया।

"तुमने कृष्णस्वामी के पास बहुत-कुछ पढ़ा-लिखा है।"

"जी हां, लेकिन उनके पास नहीं, पीर के पास।"

"तुम तो संस्कृत भी जानते हो, फिर म्लेच्छ भाषा क्यों बोलते हो?"

"पर शूद्र हूं, दासी-पुत्र हूं, संस्कृत पढ़ना मुझे निषिद्ध है, इसकी सजा मौत है, मैं म्लेच्छ भाषा नहीं, शाही ज़बान बोलता हूं, जो मेरे पीर ने मुझे सिखाई है।"

"लेकिन मैं तुम्हें यदि तुम्हारे पुराने नाम से पुकारूं?"

"बेकार है।"

"उस नाम से भी तुम्हें नफरत है?"

"उसकी याद से भी।"

"तुमने सिर्फ शोभना के लिए ही धर्म त्यागा न?"

"जी नहीं, मैंने धर्म कबूल किया।"

"मेरा मतलब हिन्दू धर्म से है।"

"वह धर्म नहीं, कुफ्र है, धर्म तो सिर्फ इस्लाम है।"

"इस्लाम में तुम्हें कुछ मिला?"

"जी हां—समानता, उदारता, जीवन, आशा, आनन्द और दौलत।"

"और शोभना।"

"वह भी।"

"लेकिन वह तो अब मेरे कब्ज़े में है, यदि मैं तुम्हें न दूं।"

"तो मैं आपसे लड़ूंगा।"

"मेरा हुक्म नहीं मानोगे?"

"नहीं जनाब।"

"अमीर का जो हुक्म है।"

"वह सुलतान के काम के लिए है, यह मेरा काम है। शोभना के लिए तो मैं सुलतान नामदार से भी लड़ूंगा।"

"क्या तुम्हारी ऐसी हैसियत है?"

"हैसियत का सवाल नहीं है, जनाब। तबियत का सवाल है।"

"क्या मतलब?"

"एक तरफ शोभना और एक तरफ सारी दुनिया, यही मतलब!"

"तुम्हारी बातों से मुझे तुम पर प्यार हो गया, यदि मैं तुम्हें शोभना दे दूं, और वह तलवार भी, जिसकी कीमत तुम्हें मालूम है, तो क्या तुम फिर देवस्वामी बन सकते हो?"

"नहीं हज़रत, मैं मुर्दे का मांस नहीं खाता।"

"मुर्दे का मांस कैसा?"

"कमीना हिन्दू धर्म, ऐसा मुर्दा है कि इसकी सड़ी हुई बू से दूर ही रहना चाहिए।"

"तुम शोभना के लिए इतना नहीं कर सकते?"

"ज़रूरत नहीं है, शोभना के लिए मेरे पास यह तलवार है, लेकिन हम लोग वक्त बर्बाद कर रहे हैं।"

"ख़ैर, तो तुम क्या कहना चाहते हो?"

"सुलतान की जो ख्वाहिश है, वह तो अर्ज़ कर चुका।"

"लेकिन वह तो मेरे बूते की बात नहीं है भाई।"

"आप क्या अपने देवता को बचाने के लिए एक अदना औरत की कुर्बानी नहीं कर सकते?"

"एक अदना औरत के लिए तुमने अपना धर्म, ईमान, कर्तव्य, देशभक्ति, सबको लात मार दी, विदेशी-विधर्मी तुर्क के दास बन गए, अपने ही घर को बर्बाद करने पर तुले बैठे हो, इसके सिवा, गज़नी का अमीर जिसे लेकर सारी मुहिम से ही मुंह फेरने को तैयार है, उसे तुम 'अदना औरत' कहकर पुकारते हो? अभी तुम बच्चे हो, देवस्वामी, तुम्हारा सिर फिर ग्रया है, और प्रतिहिंसा और स्वार्थ ने तुम्हें पागल कर दिया है, फिर भी तुम्हें यह भूलना न चाहिए कि तुम किसके दूत हो और किससे बात कर रहे हो--तुम्हें मर्यादा से बात करनी चाहिए।"

फ़तह मुहम्मद का सिर झुक गया। उसने आगे झुककर दामो महता के दोनों हाथ

छूकर आंखों से लगाएं। फिर कहा, "मुझे माफ कीजिए, आपकी जो भी मर्यादा हो—मगर आप मेरे लिए रुतबे में अमीर से कम नहीं हैं। मैंने सिर्फ साफगोई की है, अब हुज़ूर का क्या हुक्म है?"

"खेद है कि अमीर का यह सन्देश मैं महाधर्म सेनापति तक नहीं ले जा सकता।"

"तो हुज़ूर, मुझे ही महाराज महासेनापति तक पहुंचा दें।"

"तब तो तुरन्त तुम्हारा सिर काट लिया जाएगा, क्योंकि तुम सैनिक नियम के विरुद्ध चोरी से पाटन में आए हो।"

"हुज़ूर क्या मेरी रक्षा न करेंगे?"

"नहीं कर सकता, फिर तुम यदि अमीर का सन्देश महा धर्म-सेनापति तक ले जाना ही चाहते हो तो खुले रूप में अमीर के दूत का अधिकार-पत्र लेकर महाराज के पास जा सकते हो, बाधा नहीं होगी।"

"सुलतान के लिए क्या आप कुछ भी नहीं कर सकते?"

"सुलतान पर यदि कोई गहरी विपत्ति आ पड़े और वह मेरा आश्रय चाहे तो मैं उसकी मदद इस तलवार की मैत्री के नाम पर करूंगा और तुम जो इस समय चोरी से आए हो, तुम्हें प्राण-दंड से बचाकर जीता चला जाने दूंगा, यह काफी नहीं है?"

"काफी है हुज़ूर, मैं सुलतान नामदार से हुज़ूर की मेहरबानी की बात कहूंगा।"

"तुम्हें और कुछ कहना है?"

"जी नहीं।"

"तो अब तुम जा सकते हो और कभी किसी मुसीबत में तुम्हें एक शुभचिन्तक की आवश्यकता हो तो मेरे पास आना देवस्वामी, यह मत भूलना कि मैं तुम्हें प्यार करता हूं। और तुम्हें फ़तह मुहम्मद नहीं—देवस्वामी ही समझता हूं।"

फ़तह मुहम्मद ने दोनों हाथ जोड़कर हिन्दू रीति से महता का अभिवादन किया और कक्ष से बाहर हो गया। आनन्द भी उसके साथ-साथ पीछे चला। पानी में पैठकर फ़तह मुहम्मद ने कहा, "मेरी चीज़?"

"यह है, लेकिन दम्म?"

"यह लो" युवक ने मुहरों का तोड़ा आनन्द को पकड़ा दिया। फिर कहा, "वह चीज़ मुझे दो।"

"अभी मेरे पास ही रहने दो, इससे मैं तुम्हारी मदद करूंगा।"

फ़तह मुहम्मद ने कुछ सोचकर कहा, "अच्छा, तो अब मैं चला।"

"कल।"

"ठीक है" युवक ने पानी में गोता लगाया, परन्तु वह गया नहीं। दम साधकर कुछ देर पानी के भीतर-ही-भीतर बहाव से ऊपर को चला, और फिर किनारे पर आकर एक सीढ़ी के सहारे थोड़ा ऊपर आकर उसने सांस ली, फिर इधर-उधर देखा।

आनन्द भी तट से गया नहीं। दो-चार कदम जाने का अभिनय करके वह लोमड़ी की भांति घूमकर पेट के बल रेंगता हुआ किनारे-किनारे बहाव के ऊपर चलने लगा। उसे

यह समझते देर न लगी कि फ़तह मुहम्मद गया नहीं, पानी में यहीं है। जब उसने पानी से सिर निकाला तो आनन्द ने देख लिया। वह भी धीरे-से जल में पैठ गया। तलवार नंगी कर उसने हाथ में ले ली। फ़तह मुहम्मद ने डुबकी लगाई और आनन्द ने ध्यान से उसकी गतिविधि देखी। फिर उसने भी डुबकी लगाई।

दोनों साहसी युवक अपने-अपने कार्य में तत्पर थे। जल-ही-जल में वे मुख्य द्वार तक पहुंच गए। यहां काफी प्रकाश था। पहरा भी बहुत था। फ़तह मुहम्मद थोड़ा हटकर गहरे जल में पैठ गया। आनन्द ने देखा, वह केवल छिपकर आगे बढ़ना चाहता है, वह भी सावधानी से जल के भीतर-ही-भीतर आगे बढ़ने लगा। त्रिपुर सुन्दरी के मन्दिर के पार्श्वभाग में जल के ऊपर ही एक बहुत भारी शमी का वृक्ष था। उस वृक्ष से आनन्द को कुछ संकेत-शब्द सुनाई दिया। उस शब्द को सुनकर फ़तह मुहम्मद ने पानी से सिर निकालकर संकेत किया और फिर किनारे की ओर बढ़ा। आनन्द एक सीढ़ी से चिपक गया।

सिद्धेश्वर ही था। वह वृक्ष से उतरकर सीढ़ी तक चला गया। फ़तह मुहम्मद ने उनके कान के पास मुंह ले जाकर केवल इतना ही कहा, "मंजूर है" और वह पानी में पैठ गया। आनन्द ने स्पष्ट यह शब्द सुना। उसने देखा, फ़तह मुहम्मद तीर की भांति लौटा जा रहा है। सिद्धेश्वर ने अपने चारों ओर देखा और मन्दिर के पिछवाड़े की ओर चला गया। आनन्द भी पानी से निकलकर उसके पीछे-पीछे हो लिया। नंगी तलवार उसके पास थी। सिद्धेश्वर चोर दरवाज़े से घुसकर जहां छोटे-छोटे बहुत से मन्दिर थे, उनमें चक्कर काटता हुआ जाने लगा। आनन्द ने भी निश्शब्द उसका पीछा किया। घूमते-फिरते वह संकटेश्वर की बावड़ी के निकट आकर एकाएक आनन्द की दृष्टि से ओझल हो गया। आनन्द ने बहुत खोजा, पर सिद्धेश्वर का पता न लगा, जैसे उसे धरती निगल गई हो। इस समय प्रभात की सफेदी आकाश पर फैल रही थी। आनन्द पीछे लौटा।

रात के अन्धेरे में

कृष्ण पक्ष की प्रतिपदा का क्षीण चन्द्र आकाश में बांकी छटा दिखा रहा था। सागर स्तब्ध था। आधी रात बीत चुकी थी। इस समय सर्वत्र सन्नाटा था। यत्र-तत्र प्रहरियों की पदचाप सुन पड़ती थी। समुद्र की लहरें तटवर्ती चट्टानों से टकरा रही थीं। सुदूर शत्रु की छावनी की मशालें धुंधली-सी प्रतीत हो रही थीं। कमा लाखाणी अपने मोर्चे पर मुस्तैद थे। उनके कान चौकन्ने थे। वे अमीर की चुप्पी से सन्देह में थे। इससे वे बड़ी उत्सुकता और बारीकी से अमीर की गतिविधि पर अपनी गृध्र-दृष्टि जमाए थे। उन्होंने अपने दो सौ कुशल कछुओं को किसी भी क्षण तैयार रहने का आदेश दिया हुआ था।

उनके कानों में कुछ असाधारण शब्द सुन पड़े। दूर कहीं बड़ी सावधानी से ठोक-पीट हो रही थी। बीच-बीच में छपाक से किसी के पानी में गिरने का धमाका तथा तैरने का भी सन्देह हो रहा था। उस क्षीण चन्द्र-प्रकाश में साफ-साफ कुछ भी दीख नहीं रहा था। पर उधर किनारे पर कुछ नौकाएं जमा हो रही हैं ऐसा उन्हें अनुमान हुआ। उनकी दृष्टि एक अन्धकारपूर्ण वृत्त पर केन्द्रित हुई। तब उन्होंने समझा कि वहां चुपचाप कुछ काली-काली मूर्तियां एकत्र हो रही हैं।

उन्होंने अपने विश्वस्त नायक जीवन को बुलाकर कहा, "भाया, ऐसा चल कि पैरों की आहट न हो। और जितनी जल्द हो सके सारी बुर्ज़ियों पर तैनात प्रहरियों को सचेत कर दे और सेनापति से कह कि जितने धनुर्धर सम्भव हों, उन सबको जितनी जल्दी हो सके यहां भेज दें। सावधान रह, ज़रा भी शब्द न हो, ज़रा भी हलचल न हो। योद्धा मशाल साथ न लावें तथा प्रकाश से बचकर, खाई से सटकर कोट की आड़ में यथास्थान छिपकर मेरे संकेत की प्रतीक्षा करें।

नायक ने तत्क्षण राव की आज्ञा का पालन किया। उसके जाने पर राव ने अपने निकट खड़े एक योद्धा से कहा, "उधर, जहां समुद्र खाई में मिलता है, उस आम्रकुंज के अन्धकार-वृत्त में तुझे कुछ दिखाई देता है भाया?"

"बापू, वहां तो बहुत से आदमी इकट्ठे हो रहे हैं, तो क्या कोट पर कोई आक्रमण होगा?"

"शत्रु की सेना तो खाई से बहुत दूर है, यह आक्रमण की तो नहीं, किसी दूसरी ही प्रवृत्ति का उद्देश्य दीख पड़ रहा है।"

राव सोच में पड़ गए।

"बापू!" योद्धा ने चिन्तित होकर कहा।

"क्या?"

"वे जहाज़!"

दूर क्षितिज पर कुछ प्रवहण धीरे-धीरे प्रभास की ओर बढ़ रहे थे। राव ने आंखों पर हाथ रखकर देखा और कहा, "भाया, वह तो अपने ही प्रवहण हैं, अमीर क्या उन्हें पकड़ने का प्रयत्न कर रहा है?"

"उन्हें क्या सावधान नहीं किया जा सकता बापू?"

"कैसे?"

"संकेत से?"

"मशाल से संकेत देना जोखिम का काम है।"

"और यदि मैं संकेत-शब्द करूं तो? प्रवहण के नायक मेरा संकेत-स्वर पहचानते हैं।"

"ठीक नहीं है भाया, शत्रु का ध्यान उधर है भी या नहीं, कहा नहीं जा सकता। तेरे शब्द-संकेत से या मशाल के संकेत से शत्रु का उधर ध्यान जा सकता है।"

"पर बापू, नौका को आने देना भी तो खतरे की बात है।"

"यह तो है भाया, क्या तू भोला को पहचानता है?"

"हां बापू।"

"उसे इसी क्षण ला सकता है?"

"देखता हूं।"

"तो जा, और तट की सारी मशालें बुझाता जा, पर तेरी परछाईं भी न दीखने पावे, हां।"

योद्धा ने जवाब नहीं दिया। वह तेज़ी से एक ओर चल दिया। राव फिर उधर ही देखने लगे। उन्होंने दूसरे एक योद्धा को बुलाकर कहा, "भाया, तू कुछ रस्से जितनी जल्द हो सके, जुटा ले। दो-चार आदमी और संग ले। पर देख, आहट न हो और इधर की हलचल उधर शत्रु की दृष्टि में न पड़ जाए, तू पृथ्वी पर रेंगकर जा।"

सैनिक ने तत्काल ही आज्ञा का पालन किया।

इसी समय एक तट-प्रहरी ने आकर निवेदन किया, "महाराज, शत्रु चुपचाप नावों का एक बेड़ा बना रहे हैं।"

राव ने व्याकुल होकर प्रहरी को देखा। पर उसने संयत स्वर में कहा, "कैसा बेड़ा भाया?"

"उन्होंने सैकड़ों नावों को जोड़कर एक भारी बेड़ा बना लिया है और वे उसे खाई के मुहाने से कुछ हटकर खूंटों से बांध रहे हैं।"

प्रहरी सांस रोककर राव का मुंह ताकने लगा। उन्होंने फिर कहा, "बापू, उधर हमारे प्रवहण पड़े हैं, शत्रु कहीं उन पर संकट तो लाने की तैयारी नहीं कर रहा है?"

किन्तु राव ने फिर भी कुछ उत्तर नहीं दिया। वे गहरे विचार में पड़ गए।

"महाराज, कुछ योद्धा भी बाहर निकालिए।"

"भाया, वे तो उन तरणियों के पास पहुंचने से पहले ही तीरों में बींध दिए जाएंगे।"

सैनिक विचार में पड़कर राव का मुंह ताकने लगा। राव ने कहा, "भाया, तू अपनी जगह पर सावधान रह और कोई नई बात हो तो मुझे कहना। परन्तु चुपचाप मेरे पास नायक को भेज दे।"

सैनिक चला गया। और कुछ क्षण बाद नायक ने आकर राव को मुजरा किया।

राव ने शत्रु की हलचल समझते हुए कहा, "देखा तुमने?"

"बापू, महाराज को सूचना देनी होगी।"

"उन्हें क्या इस समय कष्ट देना ठीक होगा? यह क्या हमारे बूते के बाहर की बात है?"

इसी समय भोला ने आकर मुजरा किया। राव ने कहा, "भाया, मुझे तेरी अभी आवश्यकता है।"

"तो अन्नदाता, यह दास हाज़िर है।"

"तू साहस करेगा?"

"क्यों नहीं अन्नदाता।"

राव ने इधर-उधर देखकर कहा, "रस्से?"

सैनिक ने कहा, "ये हैं।"

"इन्हें कोट से नीचे लटका दो।" फिर पलटकर भोला से कहा, "भाया, दुश्मन वहां बेड़ा बना रहे हैं, वहां उस आम की अमराई की ओर देख।"

"देख चुका हूं बापू।"

"तो जाकर मेरे वीरदेव को सावधान कर दे। ऐसा न हो, वह शत्रु के चंगुल में फंस जाए।"

"मैं अभी चला महाराज।" उसने रस्से पर हाथ डाला।

"परन्तु शब्द न हो, संकट के समय मुझे सूचना कैसे देगा?"

"अन्नदाता मेरा संकेत तो पहचानते हैं।"

"हां-हां वीर, वैसा ही कर, बन पड़े तो देख आ, बेड़े की रक्षा कैसे हो रही है।"

भोला ने पानी में डुबकी लगाई।

राव ने कुछ देर उसे देखा, फिर नायक की ओर मुड़कर कहा, "शत्रु गहरी चाल चल रहा है।"

"कैसी बापू?"

"देखते नहीं हो, वह बेड़ा!"

नायक पूरी बात सुनने के लिए राव की ओर ताकता रहा। राव ने कहा, "सूर्योदय होते ही अमीर आक्रमण करेगा। आक्रमण के प्रारम्भ में ही वह इसे खाई में खींच लाएगा और कोट पर चढ़ने की चेष्टा की जाएगी।"

"यह तो बड़ी भयानक विपत्ति है बापू।"

"इसे दूर करना होगा, भाया।"

"बापू, महाराज को सूचना देनी चाहिए।"

"नहीं, यह हमारा काम है। तुम जितने तैराक इसी क्षण इकट्ठे कर सकते हो, उन्हें लेकर खाई के मुहाने पर मेरी प्रतीक्षा करो। परन्तु सावधान रहो। शत्रु को तुम्हारी हलचल का तनिक भी पता न लगने पाए।"

नायक चला गया। राव ने देखा--धनुर्धर योद्धा दो-दो, चार-चार की संख्या में, दल-बादल की भांति आ-आकर बुर्ज़ियों पर, मोर्चों पर, ठीओं पर आसीन होते जा रहे हैं।

राव आश्वस्त हुए। परन्तु इसी समय उन्हें ऐसा भास हुआ कि वह विराट बेड़ा हिला। उन्होंने आश्चर्य से देखा, वे नावें बिखरकर भिन्न-भिन्न दिशा में बह चलीं। राव को आंखों पर विश्वास नहीं हुआ। क्या यह भगवान भूतनाथ सोमनाथ का दैवी चमत्कार तो नहीं है?"

इतने में कोट के नीचे से संकेत हुआ। राव ने रस्सी लटका दी। भोला चढ़ रहा था।

राव हर्ष से नाच उठे। उन्होंने कहा, "आ वीर, क्या यह तेरी ही कारिस्तानी है?"

भोला हंसते-हंसते अपने भीगे वस्त्र निचोड़ने लगा। उसने कहा, "बड़ा मज़ा हुआ

बापू, जाते-जाते मैंने सोचा कि चुपचाप बेड़े को देखता ही चलूं। जाकर देखा, वहां कोई नहीं है। बेड़ा खूंटे से बांधकर मेरे बेटे सब चले गए थे। प्रहरी कुछ दूर आग ताप रहे थे। मैंने डुबकी लगाई और बेड़े की तली में पहुंच दांतों से बेड़े की सब रस्सियां काट डालीं। किसी को पता नहीं लगा। बेड़ा लहरों के थपेड़ों में घूमता हुआ गहरे समुद्र में यह जा, वह जा।"

भोला दांत निकालकर हंसने लगा।

"बड़ी बात हुई भाया, तैने प्रभास को भी बचा लिया और मेरी इज़्ज़त को भी।" उन्होंने आगे बढ़कर भोला को छाती से लगा लिया। फिर कहा, "परन्तु अभी तुझे फिर जाना पड़ेगा।"

"समझ गया बापू, मुझे वीरसिंह जी को सावधान करना है।"

"हां-आं, कहीं हमारे प्रवहण शत्रु की दृष्टि में न पड़ जाएं।"

"तो मैं अभी चला।" भोला ने रस्से पर हाथ डालते हुए कहा और वह चुपचाप गहरे पानी में पैठ गया।

दद्दा चौलुक्य

जिस समय मुहाने की चौकी पर वृद्ध शार्दूल कमा लाखाणी अपनी जाग्रत सत्ता से प्रभास का संकट टालने का यह प्रयत्न कर रहे थे, उसी समय उसी अर्द्ध निशा में द्वारिका-द्वार पर कुछ दूसरा ही दृश्य समुपस्थित था। भरुच के दद्दा चौलुक्य की चौकी द्वारिका-द्वार पर थी। आधी रात बीत चुकी थी। और चौलुक्य एक सैनिक के साथ कोट की देखभाल कर रहे थे। उनकी आयु अभी तरुण थी। शरीर सुकुमार और सुन्दर था। वे कर्मठ पुरुष न थे। मूलराजदेव ने जब दक्षिण के सेनापति वारप को परास्त कर भृगुकच्छ ले लिया, तब उन्होंने चौलुक्यों के पुराने राजा के वंशधरों में से एक को लाट की गद्दी पर बैठा दिया था। किन्तु उस पर शासन पाटन के दंडनायक का रहता था। चामुंडराय के शासनकाल में दद्दा के पिता ने विद्रोह किया था, सो उसे पदच्युत करके चामुंडराय ने दद्दा को गद्दी पर बैठा दिया था। अब राजा बने दद्दा भरुकच्छ में चैन की बंसी बजा रहे थे। पाटन के दंडनायक का फरमान पाने पर उन्हें यहां आना पड़ा। पौष की शिशिर रजनी में उन्हें अपनी नव-परिणीता तृतीया रानी को सूनी सेज पर छोड़कर आना पड़ा था। सो वे पल-पल में भरुच भागने की सोच रहे थे। लड़ाई-झगड़ा उन्हें पसन्द नहीं आ रहा था। युद्ध में उन्हें तनिक भी रस न था।

फिर भी दद्दा चौलुक्य एक विचारवान तरुण थे। यद्यपि भीरु थे, सुकुमार थे, परन्तु सहृदय थे। जब उन्हें महाराज भीमदेव ने द्वारिका-द्वार की चौकी सुपुर्द की, तो उन्होंने निष्ठापूर्वक वह सेवा ग्रहण की। वे पूरे धर्मभीरु थे। वे वाम शैव थे और भगवती त्रिपुरसुन्दरी के सेवक थे। रुद्रभद्र पर उनकी अपार श्रद्धा थी। उसके आशीर्वाद से उन्हें

पुत्र-लाभ हुआ था। उसी के रक्षा-कवच से उन्हें भरुच की गद्दी मिली थी। उसी के तप के प्रभाव से वे जीते-जागते हैं, ऐसा वे मानते थे। उन्होंने अपनी प्रथम पुत्री चौला को उन्हीं के कहने से त्रिपुरसुन्दरी को भेंट कर दिया था, जो गंग सर्वज्ञ के हस्तक्षेप से भगवान सोमनाथ को अर्पित की गई थी। जिससे रुद्रभद्र का क्रोध भड़ककर सीमा को पार कर गया था।

प्रभास में आते ही उन्होंने सुना कि रुद्रभद्र सहस्राग्नि-सन्निधान तप कर रहे हैं। उन्होंने यह भी सुना कि उसका भेजा निर्माल्य त्रिपुरसुन्दरी को भेंट नहीं हुआ, इसी से क्रुद्ध होकर रुद्रभद्र विनाश का आह्वान कर रहे हैं। उन्हें यह भी विश्वास हो गया कि गज़नी का दैत्य ही यह विनाश बनकर आया है और इसमें रुद्रभद्र की तपःप्रेरणा है। और भी बहुतों की यही राय थी। इसकी चर्चा भी बहुत थी। सर्वज्ञ तक यह चर्चा पहुंच चुकी थी, पर उन्होंने उस पर कान नहीं दिया था।

दद्दा जब रुद्रभद्र को प्रणाम करने धूनी पर गए, तो रुद्रभद्र ने उनका प्रणाम स्वीकार नहीं किया। उन्होंने लाल-लाल आंखें करके होंठों-ही-होंठों में 'विनाश-विनाश' कहकर उन्हें देखा और दूर चले जाने का संकेत किया। भय से कांपते हुए चौलुक्य चले आए। तब से वे अत्यन्त चिन्तित, अपमान और अमंगल-आशंका से आतंकित रहने लगे। उन्हें फिर रुद्रभद्र के सम्मुख जाने का साहस न हुआ। चौला से मिलने का सर्वज्ञ ने उन्हें निषेध कर दिया था। तथा बलपूर्वक यह व्यवस्था कर दी थी कि चौला पिता से मिलने न पाए।

परन्तु उस अर्ध निशा में कोट का निरीक्षण करते हुए उन्होंने एक छाया-मूर्ति को अपनी ओर आते देखा। उन्होंने नंगी तलवार हाथ में ली। निकट आने पर पहचाना, वह रुद्रभद्र है। कमर में केवल एक रक्ताम्बर है। शरीर नंग-धड़ंग। भयंकर जटाजूट के नीचे आग के अंगारे के समान जलते नेत्र हैं। भस्म-भूषित विशाल कृष्ण काय है। विकराल दाढ़ी में सम्पुटित मोटे-मोटे काले होंठ हैं। कंठ, भुजा और कमर में रुद्राक्ष हैं। हाथ में एक भारी चिमटा है। उस भीमकाय कृष्ण-वर्ण भयानक आकृति को देखकर दद्दा चौलुक्य का खून सूख गया। जैसे साक्षात काल-भैरव ही उनके सम्मुख आ खड़ा हुआ। उन्होंने हाथ की तलवार पृथ्वी पर फेंक दी और भूमि पर गिरकर साष्टांग दंडवत किया।

वज्रगर्जन की भांति एक शब्द उनके कान में पड़ा, "उठ चौलुक्य!"

दद्दा खड़े होकर कांपने लगे, वे बद्धांजलि चुपचाप खड़े रहे। अपनी बड़ी-बड़ी घनी काली भौंहों पर जलती हुई दृष्टि को स्थिर करके रुद्रभद्र ने एक उंगली उठाकर कहा, "इस बाद आशीर्वाद नहीं दूंगा। विनाश दूंगा।" दद्दा थर-थर कांपने लगे।

रुद्रभद्र ने अट्टहास करके कहा, "अरे धर्मद्रोही, नहीं जानता, विनाश आ रहा है, सावधान हो जा। यहां रोने के लिए कुत्ते और स्यार आ रहे हैं।" उसने अपना विकराल चीमटा हवा में घुमाया और आकाश की ओर देखकर कहा, "ला विनाश, ला विनाश!"

आसपास के सैनिक सहमकर पीछे हट गए।

रुद्रभद्र ने वज्र-गर्जन करके कहा, "त्रिपुरसुन्दरी का निर्माल्य भ्रष्ट हुआ।"

चौलुक्य होंठ हिलाकर रह गए।

रुद्रभद्र ने फिर हवा में चीमटा ऊंचा करके कहा, "ला विनाश, ला विनाश!" उसने ऐसी मुद्रा बनाई जैसे भगवान रुद्र ही प्रलय का तांडव नृत्य कर रहे हों। दद्दा ने कांपते-कांपते कहा, "रक्षा करो, प्रभु, रक्षा करो।"

परन्तु रुद्रभद्र का उन्माद कम नहीं हुआ, उसने अग्निमय नेत्रों से घूरते हुए कहा, "नहीं, नहीं, यह दासपुरी भस्म होगी। महाकाल का कोप है।" फिर कुछ ठहरकर कहा, "आ मेरे साथ..." इतना कह वह द्वारिका-द्वार की ओर बढ़ा।

पर दद्दा चौलुक्य पत्थर की मूर्ति की भांति वहीं खड़े रहे।

रुद्रभद्र ने पीछे घूमकर कहा, "आदेश सुना नहीं रे?"

"प्रभु, यहां मेरी चौकी है।"

"पर यह देवता की आज्ञा है।"

"देवता की क्या आज्ञा है?"

"मेरे साथ आ," रुद्रभद्र ने वज्र-गर्जना की।

पर दद्दा फिर भी उसी भांति निस्पन्द खड़े रहे। रुद्रभद्र ने चीमटा हवा में ऊंचा करके कहा, "पातकी, तू देवाज्ञा को स्वीकार नहीं करता। तो मेरा दिया पुत्र फेर दे। महाकाल अभी उसका भक्षण करेंगे। ला दे।" उसने उसी क्षण पृथ्वी में पद्मासन में बैठ सिन्दूर से भैरवी-चक्र रचा और अघोर मन्त्रों का उच्चारण कर फट्-फट् करने लगा।

दद्दा ने कहा, "प्रभु, रक्षा करो, मेरा एक ही पुत्र है।"

"वह मैंने तुझे दिया था रे। अब मैं उसे लूंगा।" उसने जल्दी-जल्दी मन्त्रोच्चारण करते हुए गीली मिट्टी का एक पुतला बनाया।

दद्दा ने कहा, "नहीं, नहीं, प्रभु, मैं आज्ञाधीन हूं, चलिए।"

"तो आ," पुतले को वहीं मिट्टी में दबाकर वह द्वारिका-द्वार की ओर चल दिया।

दद्दा चौकी छोड़ नीचे उतरे।

द्वारिका-द्वार पर आकर रुद्रभद्र ने कहा, "खोल दे द्वार।"

दद्दा ने रुद्रभद्र को साष्टांग दंडवत करके कहा, "नहीं-नहीं, गुरुदेव, महाराज की आज्ञा नहीं है। ऐसा मैं करूंगा तो मेरा सिर धड़ पर नहीं रहेगा।"

"मैं कहता हूं, चाबी दे!"

"नहीं, गुरुदेव, नहीं।"

"तेरे पुत्र को महाकाल भक्षण कर लेगा रे!" उसने मिट्टी का पुतला दिखलाकर कहा।

"सो कर ले।"

"तेरा नाश होगा!"

"सौ बार हो। मैं चला।" दद्दा मुट्ठी में कसकर तलवार पकड़े पीछे को भागे। परन्तु रुद्रभद्र ने दौड़कर एक भरपूर चीमटे का हाथ कसकर उनके सिर पर दे मारा।

दद्दा घूमकर गिर पड़े।

रुद्रभद्र ने उनके वस्त्रों से चाभी निकालकर द्वार की खिड़की खोली। प्रेत की भांति सिद्धेश्वर कहीं से आकर खिड़की की राह बाहर हो गया। खिड़की बन्दकर और चाभी को यत्न से अपनी जटा में रख रुद्रभद्र तेज़ी से एक ओर को चल दिया।

संकटेश्वर की बावड़ी

रात-भर के जागरण से थका हुआ आनन्द, खिन्न होकर अपने डेरे पर आया। नित्यकर्म से निवृत्त होकर उसने विश्राम की परवाह न कर दामो महता से मिलना चाहा, पर दामो महता अपने आवास में न थे। आनन्द ने उनकी खोज में समय नष्ट करना ठीक नहीं समझा। वह द्वारिका-द्वार की तरफ चला। उसकी दृष्टि खाई के उस पार श्मशान के उस छोर पर पड़ी और अमीर की छावनी पर घूमने लगी। सूर्य काफी ऊपर उठ गया था, धूप की तिरछी किरणें अब सुहावनी लग रही थीं। उसकी उज्ज्वल आभा में रत्नाकर की फेन-राशि बड़ी शोभायमान दीख रही थी। वह कुछ देर तक खूब ध्यान से अमीर की छावनी को देखता रहा। वहां इस समय इतना दिन चढ़ने पर भी कोई नई हलचल न थी। आज अमीर क्या युद्ध नहीं करेगा? आनन्द कुछ देर यही सोचता रहा। परन्तु फिर उसकी विचारधारा सिद्धेश्वर की ओर गई। आखिर सिद्धेश्वर एकाएक उसकी आंखों से ओट होकर गायब कैसे हो गया?

सोचते-सोचते आनन्द तेजी से संकटेश्वर की बावड़ी की ओर चला। इस समय भी वहां सन्नाटा था। महालय में सब लोग युद्ध-सज्जा में दौड़-धूपकर रहे थे। कोई शस्त्र सजा रहा था, कई सैनिक-टुकड़ियां इधर-से-उधर आ-जा रही थीं। अकेले-दुकेले सिपाही, सवार, प्यादे अपने रास्ते आ-जा रहे थे। आनन्द का ध्यान इन सबसे हटकर संकटेश्वर की बावड़ी में लगा था।

बावड़ी पर आकर वह चुपचाप एक सीढ़ी पर बैठकर जल की हिलती हुई लहरों को देखने लगा। बहुत से विचार उसके मस्तिष्क में आए। आज अमीर युद्ध नहीं कर रहा है, सिद्धेश्वर उस युवक से संकेत पाकर यहां आकर लोप हो गया है। इन दोनों बातों में कोई सम्बन्ध है या नहीं। आनन्द यही सोच रहा था। दोपहर हो गई। सूर्य का प्रखर तेज बढ़ गया। भूख-प्यास, थकान उसे सता रही थीं। उसे विश्राम की अत्यन्त आवश्यकता थी। इसी समय उसे जल में कुछ हलचल प्रतीत हुई। क्षण-भर ही में जल में से एक सिर निकला। यह देख आनन्द बिजली की भांति फुर्ती से भूमि पर एक पत्थर के ढोके की आड़ में लेट गया। लेटे-ही-लेटे वह खिसककर एक वृक्ष की आड़ में छिप गया। यह देखकर उसके आश्चर्य का ठिकाना न रहा कि सिद्धेश्वर जल से बाहर आ रहा है। वह जल से बाहर आकर भारी-भारी डग रखता हुआ एक ओर को चला गया। आनन्द का मन एक बार उसका पीछा करने का हुआ, पर कुछ सोचकर

वह ठिठक गया। वह बड़े ध्यान से बावड़ी के जल को देखने लगा। एकाएक उसने एक संकल्प मन में दृढ़बद्ध किया और वह वस्त्रों सहित जल में पैठ गया।

उसने चारों ओर दृष्टि डाली, कोई न था, वह बावड़ी के मध्य भाग में पहुंच गया, जहां कंठ तक जल था। साहस करके उसने पानी में गोता लगाया और बावड़ी के चारों ओर घूम गया। सांस फूल जाने से वह फिर बाहर आया। दूसरी बार और फिर तीसरी बार उसने गोता लगाया। इस बार उसे दीवार में एक छिद्र नज़र आया। छिद्र बहुत बड़ा था, चारों ओर टटोलकर वह उस छिद्र में घुस गया। घोर अन्धकार था। परन्तु उसे तुरन्त ही मालूम हो गया कि वह एक सुरंग का द्वार है। तथा सुरंग में ऊपर जाने के लिए सीढ़ियां बनी हुई हैं। 5-6 सीढ़ियां चढ़ने पर ही वह जल से ऊपर हो गया। जल से ऊपर आकर वह एक सीढ़ी पर बैठकर सुस्ताने लगा। उसने देखा, सामने आगे सुरंग में कहीं से प्रकाश आ रहा है। वह आगे बढ़ा। दस-बारह सीढ़ियां और चढ़ने पर उसने देखा, ऊपर एक बड़ा छिद्र है, छिद्र में होकर एक भारी वट वृक्ष उसे दीख रहा था। वह समझ गया, यह वही विशाल वट वृक्ष है जो काल भैरव के मन्दिर के पार्श्व में है, यहीं से ऊपर को सीढ़ियां उस छिद्र तक जा रही थीं। पर सम्मुख सीधी सुरंग थी। अब उसने अपने गीले वस्त्रों को निचोड़ कर नंगी तलवार हाथ में ले ली और सुरंग में आगे बढ़ गया। सुरंग में घोर अन्धकार था। उसके अंग में कंपकंपी होने लगी। परन्तु उसने अन्त तक जाने का निश्चय कर लिया, और अन्धकार में तैरता हुआ-सा आगे बढ़ने लगा। उसने दोनों हाथ आगे पसार दिए। और अनुमान किया कि सुरंग जंगल और मैदान पार कर रही है। बीच में उसे एक-दो छिद्र मिले, जहां किंचित् प्रकाश मोटे-मोटे छिद्रों से आ रहा था।

वह आगे बढ़ा। यहां सुरंग दो तीन दिशाओं में फट गई थी। सोच-विचारकर वह एक दिशा में आगे बढ़ा। कोई वस्तु उसके सिर को छूती हुई उड़ गई, वह सिहर उठा, एक तरफ उसने मन्द-मन्द किसी के धसकने का शब्द अनुभव किया। भय से उसके समूचे अंग में पसीना छा गया। वह और भी आगे बढ़ा। अब उसे प्रत्यक्ष दीख पड़ा कि सुरंग में सर्प और चिमगादड़ बहुत हैं। परन्तु अब साहस ही उसका आसरा था। वह बड़ी देर तक चलता गया। धीरे-धीरे सुरंग ऊंची होती गई और उसका सिर ऊपर छत पर जा टकराया। टटोलकर देखा। सख़्त पत्थर की चट्टान थी। अब वह भूमि पर बैठकर दोनों हाथ-पैरों से पशु की भांति चल रहा था। उसने तलवार मुंह में दबा ली थी। धीरे-धीरे सुरंग तंग होती गई। और अब उसे बिलकुल लेटकर खिसकना पड़ा। पर थोड़ा और चलने पर प्रकाश की झलक उसे दिखाई दी, प्रकाश बढ़ता गया। अन्त में एक चौकोर-सा समतल स्थान आया जहां से ऊपर को सीढ़ियां बनी थीं। सीढ़ी चढ़कर उसने सुरंग से बाहर मुंह निकाला। और उसने देखा कि वह पापमोचन के खंडहरों में आ पहुंचा है। उचककर वह बाहर आया। उसके हाथ-पैर, मुख और शरीर से धूल, मकड़ी के जाले और गन्दगी लग गई थी। उसने झटककर वस्त्र साफ किए और चारों ओर दृष्टि फेरी।

पापमोचन एक तीर्थ था। परन्तु चिरकाल से वह खंडहर और वीरान पड़ा था। इधर लोगों का आना-जाना नहीं था। दूर तक मोटे-मोटे पत्थरों के टूटे-फूटे मन्दिर और मठ फैले पड़े थे। यह स्थान सोमनाथ पट्टन से बारह मील पर था। आनन्द ने इसके सम्बन्ध में सुना तो था, परन्तु उसने कभी यह स्थान देखा नहीं था। वह सावधानी से खंडहर में घूमने और यह देखने लगा कि वहां किसी मनुष्य का कोई गुप्त वास तो नहीं है। खंडहर में घूमते-घूमते वह जब उसके नैर्ऋत्य कोण की दिशा में पहुंचा तो यह देखकर उसके भय और आश्चर्य का ठिकाना न रहा कि सामने ही गज़नी के अमीर का लश्कर पड़ा है। उसे अपनी एकाकी स्थिति का भान हुआ और अब उसे यह समझने में देर न लगी कि सिद्धेश्वर इस गुप्त मार्ग से अमीर के पास मिलने आया है। उसकी मेधा-शक्ति ने यह भी समझ लिया कि यदि इस गुप्त मार्ग का उपयोग अमीर सोम-पट्टन में प्रविष्ट होने के लिए करे, तो फिर पट्टन का निस्तार नहीं है। अब उसके मस्तिष्क में दो विचार आए, एक यह कि वह उसी मार्ग से जल्द-से-जल्द कोट में लौट जाए, महता को सूचना दे दे और इस मार्ग पर चौकी-पहरा रखवा दे; दूसरा यह कि थोड़ा और साहस करके अमीर की गतिविधि का अनुसन्धान करे। बहुत सोच-विचारकर उसने अमीर की छावनी की ओर रुख किया। परन्तु इसी समय तुर्क सवारों ने उसे घेर लिया। आनन्द ने हौसला बनाए रखा। उसने तलवार म्यान में रख ली और कहा, "मैं शत्रु नहीं, मित्र हूं, मुझे सुलतान नामदार की सेवा में ले चलो।" तुर्क सवार उसे बांधकर छावनी में ले गए।

राज-बन्दी

आनन्द को तुरन्त ही अमीर के सम्मुख पेश किया गया। आनन्द अमीर के तेज, प्रताप और प्रदीप्त व्यक्तित्व से डगमगा गया। उसने तलवार की मैत्री की भी याद दिलाई, फ़तह मुहम्मद के प्रति मैत्री-भाव भी प्रकट किया, परन्तु इससे उसका अनिष्ट ही हुआ। अमीर जैसे राजनीति के महापंडित को यह समझते देर न लगी कि सुरंग के रास्ते एकाएक नए अनपेक्षित व्यक्ति का आना युक्तिसंगत नहीं है। उसने फ़तह मुहम्मद और सिद्धेश्वर, दोनों से परामर्श करके विश्वस्त रूप से उसे शत्रु मानकर कड़े पहरे में बन्दी कर लिया। परन्तु उसके खान-पान और रहन-सहन की अच्छी व्यवस्था कर दी। सिद्धेश्वर ने स्पष्ट कह दिया था कि यह हमारे भेद को जान गया है। यदि इसे छोड़ दिया गया तो इसका घातक परिणाम होगा। और हमारी सारी योजना ही निष्फल हो जाएगी।

बन्दी आनन्द की खूब खातिर-तवाज़े की गई। कोई काम की बात उससे उगलवाने के पूरे प्रयत्न किए गए। पहले उसने पागल होने का स्वांग भरा, पर वह भी निभा नहीं। अन्त में वह शान्त और मौन हो बैठा! बहुत कहने-सुनने पर भी फ़तह मुहम्मद से उसे

नहीं मिलने दिया गया। आनंद अमीर के शिविर में बन्दी है, यह बात अत्यन्त गोपनीय रखी गई।

अन्ततः सब बातों पर खूब आगा-पीछा सोचकर आनन्द स्थिर हो गया। वह ऊपर से प्रसन्न और निश्चिन्त रहने लगा। छूटने की उसने कोई चेष्टा नहीं की। एक-दो बार अमीर ने उससे बात भी की, कुछ मामले की बात निकलवाने की बड़ी चेष्टा की, परन्तु उसने हंसकर टाल दिया। कहा, "अभी तो मैं अमीर नामदार की सेवा में हूं ही, समय आने पर अमीर के लाभ की बात निवेदन करूंगा।" अमीर ने और भी यत्न से इस गूढ़ पुरुष पर पहरे-चौकी की व्यवस्था कर दी।

रुद्रभद्र से अमीर की और एक बार मुलाकात हुई। सिद्धेश्वर का दूतत्व तो जारी ही रहा। अमीर अब यह भेद भी जान गया कि अघोर वन का वह पिशाचराज और कोई नहीं, वही धूर्त रुद्रभद्र है। अमीर उसे महालय की सारी सम्पदा सौंपकर उसे महालय का अधिष्ठाता स्वीकार कर ले, इस शर्त पर उसने अमीर को सुरंग की राह महालय में ले आने का वचन दिया। बीच में बहुत से आदान-प्रदान हुए और अन्त में सब योजना स्थिर कर ली गई। योजना अत्यन्त गुप्त रखी गई। अमीर अपना शिविर और पीछे हटा ले गया। और योजना की पूर्ति में लग गया।

दामोदर महता को आनन्द के इस प्रकार एकाएक गायब हो जाने का बहुत आश्चर्य हुआ। और जब पूरा दिन और रात्रि भरी बीत गई, तो उनका आश्चर्य चिन्ता में बदल गया। एक विशेष बात यह भी चिन्ता की थी कि अमीर ने कोट पर आक्रमण करने की चेष्टा नहीं की। उलटे वह अपना लश्कर पीछे हटा ले गया। राजपूत योद्धा हथियार बांधे अपने-अपने मोर्चों पर मुस्तैदी से डटे हुए आक्रमण की प्रतीक्षा करते रहे। सदैव ही हिन्दू रण-नीति यही रही है, आगे बढ़कर शत्रु का दलन करने की नहीं। जब दूसरा भी दिन यों ही बीत गया और अमीर ने युद्ध करने का कोई लक्षण प्रकट नहीं किया अथवा अमीर का कोई सैनिक भी दृष्टिगोचर नहीं हुआ, तो दामो महता अत्यन्त गम्भीर हो गए। वे सोचने लगे, 'क्या आनन्द के इस प्रकार एकाएक गायब हो जाने और अमीर के पीछे हटने में कोई तारतम्य है?' उनका यह विश्वास इसलिए और भी बढ़ गया कि फिर फ़तह मुहम्मद नहीं आया।

रुद्रभद्र और सिद्धेश्वर के प्रति उनके सन्देह के भाव अवश्य थे। रुद्रभद्र के समूचे पाखंड में वे किसी गहरी कार्रवाई का अनुमान कर रहे थे। धीरे-धीरे इसी लक्ष्य बिन्दु पर उनका सारा सन्देह केन्द्रित हो गया। उन्होंने चुपचाप रुद्रभद्र और सिद्धेश्वर पर अपनी सैकड़ों आंखें स्थापित कर दीं। परन्तु दो दिन यों ही बीत गए कोई नई बात उन्हें नहीं दीख पड़ी। दैव-दुर्विपाक से संकटेश्वर की बावड़ी का भेद उनसे अज्ञात ही रह गया।

कठिन उलझन को सुलझाने में दामो महता दूसरों को साझी नहीं बनाते थे। स्वयं ही उलझ-सुलझकर निपट लेते थे। परन्तु अब, जब उन्हें कोई कोर-किनारा न मिला, तो उन्होंने बात का महत्त्व समझकर सब बातें महासेनापति से कह डालना ही ठीक समझा। महता ने महाराज महासेनापति भीमदेव से एकान्त मुलाकात कर सारा विवरण

उन्हें अथ से इति तक जा सुनाया। महता की अमीर से मुठभेड़, तलवार की मैत्री, फ़तह मुहम्मद और सिद्धेश्वर का षड्यन्त्र और आनन्द के एकाएक गायब हो जाने के समाचार सुनकर महाराज भीमदेव बहुत चिन्तित हुए। उन्होंने कहा, "महता, क्या मन्त्रणा-सभा बुलाई जाए।" महता ने कहा, "महाराज, इन विषयों को प्रकाश में लाना ठीक न होगा। आनन्द के सम्बन्ध में जब तक यह न ज्ञात हो जाए कि वह कहां है, कोई कदम आगे बढ़ाना हितकर न होगा। इस सम्बन्ध में अपनी गुप्त कार्रवाई जारी रखूंगा। आवश्यकता होगी तो प्रच्छन्न रूप से अमीर की छावनी में भी जाऊंगा। उसकी गतिविधि समझनी होगी। तथा अमीर के आक्रमण से विरत होने का कारण क्या है, इसका पता लगाना होगा। उसके बाद यदि आवश्यक हुआ तो फिर मन्त्रणा-सभा बुला ली जाएगी।"

परन्तु महता का सारा ही चातुर्य बेकार गया। धूर्त रुद्रभद्र और उसके चरों को ज्यों-ही इस बात का पता लग गया कि उनका मन्त्र फूट गया है, तथा उन पर दृष्टि रखी जा रही है, तो वे भी चौकन्ने और सावधान हो गए। इसी प्रकार और तीन दिन व्यतीत हो गए। कहां क्या हो रहा है, इस बात का मर्म कोई न जान सका।

दो घड़ी की प्राण-भिक्षा

आकाश में बदली छाई हुई थी और उनके बीच तृतीया का अस्तंगत चन्द्र क्षीण प्रकाश डाल रहा था। एकाध तारे बादलों में झांक रहे थे। इसी समय दद्दा सोलंकी की मूर्च्छा टूटी। कुछ देर वे सिर पकड़कर बैठे रहे, परन्तु शीघ्र ही उन्हें घटना का स्मरण हो आया। उन्होंने भयभीत होकर अपनी कमर टटोली, द्वारिका-द्वार की चाभी वहां न थी। भय से उनका मुंह पीला हो गया। उन्होंने आंख उठाकर खाई के उस पार बिखरे हुए अन्धकार पर दृष्टि डाली। उन्होंने देखा, असंख्य काली-काली मूर्तियां चीऊंटियों की भांति किसी माया से प्रेरित-सी खाई के इस पार धंसी चली आ रही हैं और अवरुद्ध द्वारिका-द्वार से महालय के परकोट में प्रविष्ट हो रही हैं। कहीं भी एक शब्द नहीं हो रहा है। उनका सिर घूमने लगा और आंखों के आगे अंधेरा छा गया। सिर के घाव से अभी भी खून बह रहा था और सिर दर्द से फटा जा रहा था। परन्तु वह दौड़कर दो-दो, चार-चार सीढ़ियां फलांगते हुए द्वारिका-द्वार की ओर दौड़े। राह में एक बुर्ज़ था, वहां सैनिकों की एक टुकड़ी पहरा बदल रही थी। बुर्ज़ द्वारिका-द्वार से तनिक आड़े पड़ता था। दद्दा के सिर से खून बहता देख टुकड़ी के नायक ने कहा, "बापू, यह क्या? रक्त कैसा?" पर दद्दा ने पागल की भांति कहा, "प्रलय हो गया रे, प्रलय, उधर देख!"

दलपति ने देखा तो सन्नाटा छा गया। उसने तुरन्त नरसिंहा में फूंक दी। वह नरसिंहा-निनाद उस क्षीयमात्र रात्रि के सन्नाटे में गूंज उठा। सहसा सभी बुर्ज़ों से नरसिंहे बज उठे और सैनिकों की टुकड़ियों में भाग-दौड़ मच गई। दद्दा नंगी तलवार हाथ में लिए

पागल की भांति 'सावधान-सावधान' चिल्लाते द्वारिका-द्वार की ओर दौड़े। जहां के वे रक्षक थे और जहां चीऊंटियों की पंक्ति की भांति शत्रु धंसे चले आ रहे थे।

इसी बीच में सैकड़ों मशालों का प्रकाश हो गया था। और टिड्डी-दल की भांति राजपूत योद्धा नंगी तलवार ले-लेकर द्वारिका की ओर बरसाती नदी की भांति बढ़े चले आ रहे थे। धनुर्धर अपने-अपने नाकों पर जमकर तीर बरसाने लगे। बर्छेवाले बांके वीर बर्छा फेंकने लगे। हज़ारों वीर खाई में कूदकर बढ़े आते हाथियों पर करारा वार करने लगे। देखते-ही-देखते टूटती हुई वह रात प्रलय-रात्रि हो गई।

शीघ्र ही दोनों दल जुट गए। हर-हर महादेव और अल्लाहो-अकबर का निनाद एक- दूसरे से टकरा गया। योद्धा छाती-से-छाती भिड़ाकर घातक प्रहार करने लगे। तीरों से आकाश पट गया। घायलों की चीत्कार, मरतों का आर्तनाद, हाथियों की चिंघाड़, घोड़ों की हिनहिनाहट, शस्त्रों की झंकार सब मिलकर रक्त में अवसाद उत्पन्न करने लगे।

महाराज महासेनापति भीमदेव झटपट कवच धारण कर शस्त्रास्त्र ले घोड़े पर सवार विद्युत-गति से सारे मोर्चों की व्यवस्था का निरीक्षण करने और समुचित आदेश देने लगे। बालुकाराय और दामो महता उनकी रकाब के साथ थे। महासेनापति ने द्वारिका-द्वार पर आकर गम्भीर स्थिति देखी। दद्दा चौलुक्य मुट्ठी में तलवार थाम, खून से सराबोर, महाराज महासेनापति भीमदेव के सम्मुख आ चिल्लाकर बोले, "मैं कर्तव्यच्युत हुआ हू महाराज, मेरा शिरच्छेद करने की आज्ञा दीजिए।"

महाराज ने पूछा, "क्या बात है चौलुक्य?"

"मैं द्वार की रक्षा न कर सका।"

"अवश्य ही आपने शक्ति-भर कर्तव्य-पालन किया होगा।"

"नहीं महाराज, मैंने कर्तव्य-पालन नहीं किया। मैंने चौकी त्याग दी।"

"क्या?" महाराज ने क्रोध से नथुने फुलाकर कहा।

हठात् उन्हें याद आया कि चौलुक्य चौला के पिता हैं। उन्होंने नर्म होकर कहा, "हुआ क्या चौलुक्य?"

चौलुक्य ने सब घटना जल्दी-जल्दी उन्हें सुना दी। महाराज की आंखों से आग निकलने लगी।

उन्होंने पूछा, "तुम रुद्रभद्र के साथ चौकी छोड़कर द्वारिका-द्वार पर गए।"

"गया-गया, मैं गया।"

"तुमने द्वार की चाभी रुद्रभद्र को दी?"

"नहीं महाराज। मेरे सिर पर उस ब्रह्म राक्षस न चिमटे से प्रहार किया। मैं बेसुध होकर गिर गया, फिर होश में आया तो अनर्थ हो चुका था।"

"तुम्हें मरना होगा।" महासेनापति ने गम्भीर होकर बालुकाराय को पुकारा। बालुकाराय सम्मुख आए तो महाराज ने आज्ञा दी, "चौलुक्य को ले जाकर अभी शिरच्छेद करो।"

"दुहाई महाराज!" चौलुक्य ने दांत से तृण दाबकर कहा।

"क्या प्राण-भिक्षा मांगते हो?"

"नहीं महाराज, केवल थोड़ा समय मुझे भिक्षा में मिले।"

"किसलिए?"

"प्रायश्चित्त के लिए।"

"कितना समय?"

"केवल दो घड़ी।"

"तो बालुक, चौलुक्य को बांध लो, उसकी तलवार छीन लो।"

"यह नहीं महाराज, मृत्यु-दंड तक मुझे और मेरी तलवार को स्वतन्त्रता दीजिए।"

"तुम चाहते क्या हो?"

"पृथ्वीनाथ, समय कम है, विवाद में बहुमूल्य क्षण नष्ट हो रहे हैं। मुझे दो घड़ी को मेरी तलवार बख्श दीजिए।"

दामो महता ने कहा, "महाराज, समय टेढ़ा है, चौलुक्य का जिम्मा मैं लेता हूं।"

"तो दामो, दो घड़ी बाद, तुम्हीं इसका सिर काट लेना। शायद मुझे फिर आज्ञा देंने का अवसर न मिले।" उन्होंने अपना अश्व आगे बढ़ाया और दद्दा तलवार ऊंची किए, छलांगें भरते द्वारिका-द्वार की ओर दौड़े।

उन्होंने अपने कच्छी योद्धाओं को ललकारकर कहा, "भाइयो, यह प्राण और तलवार मुझे दो घड़ी को मिले हैं। इसी बीच हमें यह कलंक धो बहाना है। आगे बढ़ो, द्वार हमारा है" और इस कोमल भावुक तरुण क्षत्रिय का मोह छोड़ छातियों की दीवार बनाकर द्वार पर अड़ गए। अमीर ने अपनी गति को अवरुद्ध देख द्वार पर उन्मत्त हाथी हूल दिए। पर दद्दा चौलुक्य की तलवार उनसे भी नहीं झुकी। लोथों पर लोथ पाटकर दद्दा ने दो घड़ी बीतते-न बीतते द्वार पर अधिकार कर लिया। द्वार बन्द होने पर वह घूमे और भीतर घुस आए शत्रुओं को गाजर-मूली की भांति काटने लगे। दद्दा पर जो रण-रंग चढ़ा, उसके प्रभाव से शत्रु आतंक से भयाक्रान्त हो पटापट मरकर गिरने लगे। एक बार फिर भीषण नाद हुआ—"हर-हर महादेव!"

समर्पित तलवार

इसी समय जूनागढ़-द्वार पर तुमुल कोलाहल हुआ। महाराज महासेनापति का ध्यान उधर गया। मामला गम्भीर होता जा रहा था। कमा लाखाणी की तनिक भी आन न मानकर, शत्रु कोट में घुस आए थे। हजारों कछुए धातु की बड़ी-बड़ी ढालों में सिर छिपाए, निसैनियां पीठ पर लादे तैरते हुए कोट तक आ रहे थे। पीछे बलूची घुड़सवार उन पर बाणों की छांह कर रहे थे। उनकी अगल-बगल अमीर के हाथी दीवार बनाकर चल रहे थे। देखते-ही-देखते सैकड़ों सीढ़ियां कोट पर लग गईं

और जीवट के तुर्क लम्बी-लम्बी दाढ़ी के बीच बड़ी-बड़ी तलवारों को दांतों में पकड़ सीढ़ियों पर चढ़ने लगे। कोट के राजपूतों ने ऊपर से तीर, पत्थर ओर गर्म तेल उलीचना आरम्भ किया। वृद्ध कमा लाखाणी अकथ पराक्रम दिखा रहे थे। उनके पांच हज़ार तलवार और बर्छे के धनी योद्धाओं की लोथों से कोट और तट पट गया था। अब उनकी आशा अपने जहाज़ों पर थी जो तेजी से बढ़े चले आ रहे थे। जहाजों के बीच में तीन सो नावें थीं जिनमें से प्रत्येक पर इक्कीस-इक्कीस धनुर्धारी थे। मार के भीतर आते ही जहाज़ों और नौकाओं से बाण-वर्षा होने लगी। नौकाएं आगे बढ़कर अमीर के तैरते हुए हाथी-घोड़ों और पदातिकों का कचूमर निकालने लगीं। इस पर अमीर ने अपने सम्पूर्ण मस्त हाथियों को कोट में ठेल दिया। घुड़सवार बलूची भी पानी में पैठ गए। इस काली बला से उलझ-उलझकर नावें उलटने लगीं। अमीर ने जहाज़ों में आग लगाने को अग्नि-बाण छोड़ने आरम्भ किए।

अब मुख्य युद्ध जल में हो रहा था। देखते-ही-देखते एक जहाज़ में आग लग गई। शीघ्र ही वह जहाज़ धांय-धांय करके जलने लगा। इसी समय वीरवर दद्दा चौलुक्य ने द्वारिका-दुर्ग को अधिकृत किया। द्वारिका के दुर्ग से हर-हर महादेव का निनाद ऊंचा हुआ और खाई में आग की लपटों को लहराता देख, शत्रुओं ने हर्ष से उल्लसित हो अल्लाहो-अकबर का नाद किया। हर्ष और भय, दोनों के नाद आपस में टकरा गए।

महाराज महासेनापति भीमदेव मुग्ध नेत्रों से दद्दा का असह विक्रम देख रहे थे। इस दुर्धर्ष कोलाहल से उनका ध्यान जूनागढ़-द्वार की तरफ गया। वे अश्व को और ऊंचाई पर ले जाकर वहां की गतिविधि ध्यान से देखने लगे। देखते-देखते उनकी भृकुटी में बल पड़ गए। उन्होंने इधर-उधर चिन्ता-ग्रस्त नेत्रों से देखा। इसी समय रक्त से सराबोर, अंग से झर-झर खून झरते हुए दद्दा हांफते हुए आए और अपनी तलवार महाराज महासेनापति के सम्मुख बढ़ाते हुए उन्होंने वीर-दर्प से कहा, "अपने पाप का प्रायश्चित्त और अपराध का परिहार मैंने कर लिया है, महासेनापति, देखिए वह द्वार अब हमारे अधिकार में है, दो घड़ी पूरी हुई। अब महाराज, यह मेरी तलवार और यह मेरा प्राण।" महाराज भीमदेव ने तुरन्त घोड़े से कूदकर दद्दा को छाती से लगा लिया। प्रेम के आंसू बहाते हुए उन्होंने कहा, "चौलुक्य, क्षत्रिय धर्म बड़ा कठोर है! अभी यह तलवार अपने वीर हाथों में मजबूती से पकड़े रहो। उधर देखो, जूनागढ़-द्वार पर दबाव बढ़ रहा है। कमा लाखाणी संकट में हैं, जाओ वीर, यह मेरा अश्व है, अपना जौहर दिखाओ, जिससे चौलुक्यों का रक्त उज्ज्वल हो।"

चौलुक्य ने तलवार मस्तक से लगाई। महाराज महासेनापति ने रकाब थामकर वीर को अपने अश्व पर चढ़ाया और रक्त की होली खेलने में मस्त तरुण चौलुक्य अपने शूरों को ललकारता हुआ जूनागढ़-द्वार पर लपका।

उसके साथ अब केवल पांच सौ ही योद्धा थे। सभी के अंग लोहू से रंग चुके थे। पर यह आन पर खेलने की बात थी। बात की ही तो बात है। इन वीरों ने शत्रुओं के छक्के छुड़ा दिए। वीर चौलुक्य शत्रुओं में धंसे चले गए। उनके चुने हुए वीरों ने उन्हें

चारों ओर से घेरकर वह मार मारी कि आतंक छा गया। पर इसी समय अमीर के बलूची दैत्य लम्बी-लम्बी खमदार तलवार ले-लेकर दद्दा के छोटे-से दल पर टूट पड़े। कमा उनकी मदद नहीं कर सकते थे। वे अपने जहाज़ों की सुरक्षा में व्यस्त थे। महाराज महासेनापति ने देखा तो क्रोध से थर-थर कांपते हुए महाराज भीमदेव पांव-प्यादे ही तलवार हाथ में ले दौड़ चले। यह देख बालुकाराय ने दौड़कर उन्हें अपना अश्व दे दिया। महाराज चौलुक्य के पीछे शत्रुओं में धंसते ही चले गए। उन्होंने किसी की आन नहीं मानी। विकट संकट देख बालुकाराय ने महाराज के हज़ारों शरीर-रक्षकों को ललकारा। परन्तु इतने आदमियों के एक साथ बढ़ने की वहां गुंजाइश न थी। बढ़ती हुई सेना की प्रगति धीमी पड़ गई। उधर महाराज और दद्दा एकबारगी शत्रु के दबाव में पड़ गए। बालुकाराय चिन्ता से अधीर हो गए।

इसी समय एक अत्यन्त भयानक अघट घटना घटी। लड़ते-लड़ते एक बलिष्ठ तुर्क से दद्दा की भिड़न्त हो गई। तुर्क का एक पैर सीढ़ी पर था दूसरा कोट पर। उसके एक हाथ में विकराल टेढ़ी तलवार थी, दूसरे से वह सीढ़ी थामे था। दद्दा ने लात मारकर उसे पीछे धकेलना चाहा। लात सीढ़ी में उलझ गई। सीढ़ी उलट गई, एक क्षण के लिए दोनों हवा में निराधार लटके और तुर्क के साथ दद्दा भी खाई में जा गिरे। उस स्थान पर खाई में तुर्क-ही-तुर्क दीख रहे थे। पानी में गिरकर तुर्क दद्दा से भिड़ गए। दद्दा-जैसे सुकुमार तरुण का, जबकि वे पहले ही घायल हो चुके थे, इस भयानक मुठभेड़ में जुट जाना जीवट का ही काम था। सैकड़ों तलवारें उन पर पड़ रही थीं। और इसमें तनिक भी सन्देह न था कि दद्दा के टुकड़े-टुकड़े हो जाते। महाराज भीमदेव उस समय उनके निकट पहुंच चुके थे, पर उन्हें गिरने से बचा न सके। अब इस प्रकार इस वीर का निधन देखना भी उनके लिए सम्भव न था। महाराज भीमदेव हाथ में तलवार लिए घोड़े समेत ही खाई में कूद पड़े। भय और विस्मय से राजपूत हाहाकार कर उठे। चारों ओर कुहराम मच गया। महाराज महासेनापति भीमदेव को खाई में घोड़े-सहित कूदते हज़ारों आदमियों ने देखा। महाराज का प्राण-संकट और ऐसा दुस्साहस देखकर ललकारते हुए सैकड़ों योद्धा सत्तर हाथ ऊपर कोट से मोट में कूद पड़े। ऊपर कोट पर अनगिनत योद्धा आ जुटे, और बाण-वर्षा करने लगे। महाराज भीमदेव तैरते हुए प्रबल पराक्रम से शत्रुओं का दलन करते हुए दद्दा के निकट आ पहुंचे और चौलुक्य से गुंथे हुए दैत्य का सिर काट लिया। दैत्य से मुक्त होकर चौलुक्य पास ही तैरते हुए एक घोड़े पर चढ़ गए। पल-पल में योद्धा कोट पर से मोट में कूद रहे थे। उस समय पानी में वह खंजर और तलवार चली कि मोट का जल लाल हो गया। उस पार से शत्रु टिड्डी दल की भांति बढ़े चले आ रहे थे। महाराज और दद्दा पर हज़ारों तलवारें छा रही थीं। बाणों की बौछारों ने उन्हें ढांप लिया था।

बालुकाराय ने दद्दा को मोट में गिरते और महाराज को उनके पीछे छलांग मारते देखा। इस समय वे द्वारिका-द्वार पर मोर्चा ले रहे थे। वहां बड़े वेग का धंसारा हो रहा था तथा द्वार 'अब टूटा, अब टूटा' हो चला था। अब वे क्या करें? सोचने-विचारने

का समय न था। संकट भारी था। बालुकाराय ने चरम साहस किया, अपने पांच सहस्र सुरक्षित लाट योद्धाओं को ललकारा और द्वार खोल दिया। एक ओर हर-हर महादेव का नाद करते हुए लाट-योद्धा द्वार से शत्रुओं को धकेलकर अपने महाराज के प्राणों की रक्षा के लिए बाहर आ-आकर जल में कूदने लगे। दूसरी ओर तुर्क सवार अल्लाहो-अकबर कहते हुए, एक बार दुर्धर्ष वेग से फिर द्वार में धंस गए। बालुकाराय का सारा ध्यान महाराज पर था। और वे जल में कूदकर दोनों हाथों से तलवार चलाते हुए अपने योद्धाओं को बढ़े आने को ललकार रहे थे और गुर्जर-योद्धा आकाश से टूटते नक्षत्रों की भांति जल में कूदकर तलवार चला रहे थे। बड़ा ही दुर्घट समय था। अन्त में गुर्जर योद्धा महाराज के निकट पहुंच पाए। कठिन मार में उन्होंने महाराज और दद्दा का सैकड़ों घावों से भरा मूर्च्छित शरीर अपने कब्ज़े में किया और हाथोहाथ लेकर द्वारिका-द्वार की ओर लौटे। पर इस बीच अरक्षित द्वार पर फिर तुर्कों ने अधिकार कर लिया था और उनके दल-बादल कोट में घुसे चले आ रहे थे। मकवाणा ने दूर से यह संकट-भरा दृश्य देखा। उन्होंने यह भी देखा कि महाराज, दद्दा और बालुकाराय तीनों की खैर नहीं है। उनका कोट में प्रविष्ट होना तथा जीवित रहना कठिन है। वह दुर्धर्ष वेग से अपने योद्धाओं को लेकर द्वारिका-द्वार पर दौड़े और लोहे की जीवित दीवार बनकर द्वार पर अड़ गए। एक बार शत्रु की गति फिर रुक गई। अब इस वीर ने प्रबल सामर्थ्य से शत्रु को चीरकर राह बनाई। बालुकाराय और महाराज को भीतर लिया तथा एक बार फिर द्वार को अधिकृत करने में सफल हुए। राजपूतों ने उमंग में भरकर तुमुल हर्षनाद किया–'हर-हर महादेव!'

विनाश का अग्रदूत

धूर्त और महान रणपंडित अमीर समूचे युद्ध-क्षेत्र पर अपनी गृद्ध-दृष्टि दिए सैन्य-संचालन कर रहा था। अभी उसकी सेना का मुख्य भाग तथा वह स्वयं, खाई के उस पार ही था। इधर राजपूत सभी मोर्चों में दबाव में पड़ गए थे। राजपूतों के मोर्चे जर्जर और अरक्षित हो रहे थे, पर सबसे भयानक बात तो महासेनापति का मूर्छित हो जाना था। कुटिल और प्रत्येक मूल्य पर विजय, केवल विजय ही प्राप्त करने का हौसला मन में रखनेवाले अमीर को यह भास हो गया कि निर्णायक युद्ध का क्षण अब दूर नहीं है और उसने अविलम्ब अपनी योजना कार्यान्वित की।

फ़तह मुहम्मद और सिद्धेश्वर उसकी रकाब के साथ थे। उसने फ़तह मुहम्मद की ओर भेदभरी दृष्टि से देखा और अपनी दाढ़ी पर हाथ फेरते हुए कहा, "अय नेकबख़्त, यही वक्त है कि तू अपनी मुराद को पहुंच सकता है, क्या तू सबसे ज़बर्दस्त नाज़ुक मुहिम का सरदार बनकर इस बड़ी फ़तह का सेहरा अपने सिर पर बांधने को तैयार है?"

फ़तह मुहम्मद ने आगे बढ़कर अमीर की रकाब चूमी। उसने कहा, "आलीजाह, मेरे खून की प्रत्येक बूंद सब-कुछ कर गुज़रने पर आमादा है। मैं ज़िन्दगी को एक तिनके के समान समझता हूं, हुज़ूर हुक्म दें।" उसने तलवार सूंत ली।

"तो जा, सिर्फ दो सौ मर-मिटानेवालों को छांट ले। यह गुसाईं तुझे राह दिखाएगा। अब से दो घड़ी के भीतर उस बुलन्द दरवाज़े की पौर पर गज़नी के सुलतान का इस्तकबाल कर। मैं खुदा का बन्दा महमूद, वही कहूंगा जो मुझे कहना चाहिए। और मैं कहता हूं कि वह दरवाजा आज से फ़तह-दरवाज़ा कहलाएगा। यह ले वह तलवार, जिसने सोलह बार फ़तह का पानी पिया है, पाक-परवर-दिगार और पैगम्बर इसे सत्रहवीं फतह तेरे हाथ से दे। जा, राह के हर रोड़े को रौंद डाल और अपनी राह साफ कर। तुझे इस तलवार के साथ वे सब हकूक मैंने दिए, जो अमीर महमूद को प्राप्त हैं। जा-जा, अलहम्दुलिल्लाह! राज़ की बात से तू अनजान नहीं।"

युवक ने तलवार को दोनों हाथों में लेकर चूमा। एक नज़र उसने अमीर के चुने हुए योद्धाओं पर डाली। दो सौ जीवट के वीरों को अपने पीछे आने का संकेत कर, सिद्धेश्वर के अश्व की लगाम अपने घोड़े के चारजामे से बांध, तलवार की नोंक उसकी छाती पर रखकर कहा, "चलो गुसाईं।"

सिद्धेश्वर इस दासी-पुत्र की स्पर्द्धा और दबंगता से कुद्ध गया। उसने घृणा से उसकी ओर देखा। फिर सुलतान से कुछ कहना चाहा। मगर सुलतान ने अपना रुख फेरकर पास खड़े मसऊद से कहा, "मसऊद, अब हमारी बारी है।" और ऐसा प्रतीत हुआ जैसे एकबारगी ही समूचा अचल हिमालय चल-विचल हो गया। ज्यों-ही अमीर ने घोड़ा पानी में डाला, उसके साथ ही तीस हज़ार योद्धा पानी में पैठ गए। अल्लाहो-अकबर के तुमुल नाद से महालय प्रकम्पित हो गया। महालय के सभी मोर्चों पर जूझते हुए राजपूतों के हाथ एक क्षण को रुक गए। शत्रु दल नया बल पाकर विद्युत-गति से आगे बढ़ा।

फ़तह मुहम्मद अपनी छोटी-सी टुकड़ी को लिए द्रुत-गति से लश्कर के पीछे हटकर पापमोचन की ओर बढ़ा और कुछ ही क्षणों में सुरंग के द्वार पर आकर घोड़े से उतर पड़ा। सभी योद्धा घोड़ों से उतर पड़े। फ़तह मुहम्मद ने सिद्धेश्वर की पीठ में तलवार की नोंक छुआकर कहा, "आगे चलो गुसाईं।"

परन्तु सिद्धेश्वर इस दासी-पुत्र का यह अपमानजनक व्यवहार न सह सका। उसने कहा, "क्या तेरे कहने से?"

परन्तु फ़तह मुहम्मद ने तर्क नहीं किया। फुर्ती से रस्सी उसकी कमर में डालकर उसके दोनों हाथ पीछे कसकर बांध लिए। और दो तुर्क सैनिकों के हाथ में रस्सी थमाकर कहा, "इस आदमी को तनिक भी दरेग करते देखो, तो तुरन्त सिर उड़ा दो।" इसके बाद उसने मशाल जलवाई और सिद्धेश्वर को धकेलता हुआ सुरंग में घुस गया। उसके पीछे उन दो सौ दैत्यों की सेना भी। सिद्धेश्वर रस्सियों से जकड़ा हुआ, तलवार की नोंक से धकेला जाकर सुरंग में बदहवास की भांति चलने लगा। विश्वासघात करने के पश्चात्ताप

से उसका मन ग्लानि और दुःख से भर गया। पर अब क्या हो सकता था। अपमान और क्रोधाग्नि की ज्वाला से जलता-भुनता, शोक और अनुताप में डूबता-उतराता, तलवार की नोंक से धकेला जाता हुआ वह विश्वासघाती ब्रह्म-राक्षस विनाश की उस अंधेरी सुरंग में राह दिखाता, मन-ही-मन अघता-पछताता, बढ़ा चला जा रहा था।

निर्णायक क्षण

डंका बजाते और नरसिंहा फूंकते हुए, प्रधान तुर्क सेनापति मसऊद हाथियों पर पुल बनाने की सामग्री लेकर खाई में घुसा। दो सौ हाथियों पर मोटी-मोटी लोहे की जंजीरें, भारी-भारी रस्से, छोटे-बड़े तख्ते और पुल बनाने की आवश्यक सामग्री थी। हाथियों की आड़ लेकर हज़ारों बढ़ई अपने-अपने औज़ार पीठ पर बांध, बड़ी-बड़ी लोहे की ढालों के नीचे सिर छिपाए चल रहे थे। उनके पीछे अपने बलूची घुड़सवारों के बीच कसा हुआ अमीर अपनी हरी पगड़ी पर पन्ने का तुर्रा पहने, अपनी लाल दाढ़ी को फर्राता हुआ आगे बढ़ा। उसके पीछे बाणों का मेह बरसाते असंख्य योद्धा मशकों पर, हाथियों पर और घोड़ों पर तैरते हुए ऐसे बढ़े चले आ रहे थे, जैसे वे भूमि पर ही हों।

अभी सूरज ढलने लगा था। उसकी तिरछी पीली किरणें अमीर की तलवारों में पीली चमक उत्पन्न कर रही थीं। सेना गगनभेदी 'अल्लाहो-अकबर' के नारे बुलन्द करती हुई बरसाती नदी के प्रवाह की भांति बढ़ी चली आ रही थी। मृत्यु और विपत्तियों को खेल समझने के अभ्यस्त पार्वत्य-प्रदेश के ये बर्बर तुर्किस्तानी सैनिक किसी भी बाधा को बाधा न समझ, दुर्धर्ष तेज से दौड़ते चले आ रहे थे। उनके आगे विजयी महमूद था, जिसे अपनी सतर्कता, साहस, योजना और युद्ध-नेतृत्व पर पूरा भरोसा था।

सिंहद्वार पर जूनागढ़ के राव की चौकी थी। वे अपने दस हज़ार सैनिकों के साथ इस आती हुई विपत्ति का सामना करने को अग्रसर हुए। अभी तक युद्ध में इनका मोर्चा अक्षुण्ण बचा था। उन्होंने झटपट दूसरे मोर्चों पर सावधानी से रहने के सन्देश भेजे और कठिन युद्ध के लिए तैयार हो गए। संकट के क्षण को उन्होंने समझ लिया था। क्षण-क्षण में अन्य मोर्चों के समाचार उन्हें मिल रहे थे। आधे दिन से भी अधिक काल तक जो उनके नेत्रों के सम्मुख खून की होली खेली गई थी, उसे देखते हुए भी वे अब तक अचल-अभंग रहे थे। अब उनकी बारी आ गई थी। सोरठी योद्धाओं ने तलवार खींच ली। राव ने सैनिकों को सम्बोधन करके कहा, "भाया, यह जीवन का अमर साखा है। याद रखना, जहां तुम्हारे पैर हैं, वहां से आगे तुम्हारे जीते-जी शत्रु के पांव इस देवधाम को अपवित्र न करने पाएं।"

सोरठी योद्धा गरज उठे और अब उन्होंने एक बारगी ही कोट से बाणों का मेह बरसाना शुरू किया। देखते-ही-देखते मध्य द्वार के सम्मुख शत्रु उतरने लगे। वे तीरों से

बिन्ध-बिन्धकर घायल चीत्कार कर और घूम-घूमकर गिरने लगे। परन्तु उनके चीत्कार 'अल्लाहो-अकबर' और 'हर हर महादेव' के घोर नाद में व्याप्त होने लगे। मरे हुए सैनिकों का स्थान दूसरे सैनिक तुरन्त लेते। एक घोड़ा गिरता तो दूसरा घोड़ा आता। मुर्दों से खाई पट गई। पर मुर्दों और अधमरों को पैरों से रूंधते हुए दूसरे बर्बर सैनिक धंसे ही चले आ रहे थे। अब पुल बनानेवाले इस तट पर आकर पुल के रस्से कोट की दीवारों में जमाने का प्रयत्न कर रहे थे। उन पर ऊपर से बड़े-बड़े पत्थर लुढ़काए जा रहे थे। सिंहद्वार पर शत्रुओं के दल-बादल एकत्र हो रहे थे। यह देखकर राव ने अपने हज़ारों योद्धाओं को बड़े-बड़े पत्थरों से द्वार को भीतर से पाट देने का आदेश दिया था। बड़े-बड़े पत्थर इधर-उधर के मकानों, मन्दिरों और चबूतरों से उखाड़-उखाड़कर द्वार पर ढेर किए जा रहे थे। खाई में मरे हुए तुर्कों के तीरों से कोट पर के राजपूत विद्ध हो-होकर खाई में गिर रहे थे। इधर भारी-भारी पत्थरों से चटनी होकर महमूद के योद्धा मर रहे थे।

परन्तु आज जैसे प्राणों का किसी को मोह नहीं रहा था। खाई और खाई के बाहर मुर्दों का टीला लग रहा था, फिर भी शत्रु-दल टिड्डी-दल की भांति बढ़ता ही आ रहा था।

अब द्वार पर हाथियों की टक्कर लगने लगी। आठ मस्त हाथी सूंड़ से भारी-भारी शहतीर ले द्वार को ठेलने लगे। उनके कन्धे पर बैठे महावत निर्दयता से उनके कान की जड़ में अंकुश बीन्ध रहे थे। और हाथी चिंघाड़ते हुए बड़े-बड़े शहतीरों से सिंहद्वार के लौह-जटित फाटक पर आघात कर रहे थे।

उधर पुल भी खाई पर फैल गया। और इधर-उधर तैरते हुए योद्धा उस पर चढ़कर दौड़ने लगे। अब ऊपर से उन पर खौलता हुआ तेल और जलती हुई लकड़ियां फेंकी जाने लगीं। बड़े-बड़े लकड़ी के कुन्दों में तेल और गन्धक से तर कपड़ा लपेटकर आग लगाकर उन्हें हाथियों पर फेंका गया। गन्धक की गन्ध से घबराकर हाथी चिंघाड़ते हुए, पीछे हटकर खाई में जा गिरे। इसी समय शत्रुओं ने सिंहद्वार में आग लगा दी।

कोट में भय की लहर व्याप गई। इसी क्षण कोट के अन्तरायण से एक वज्रनिनाद सुन पड़ा, "अल्लाहो-अकबर!" राजपूत योद्धा आश्चर्यचकित हो भीतर की ओर देखने लगे। जो कुछ देखा, उसे देख वे भय से चिल्ला उठे। न जाने कहां से कैसे धरती फोड़कर अन्तरायण में शत्रु घुस आए थे। कोई कुछ न समझ सका।

महता की दृष्टि

दामोदर महता युद्ध नहीं कर रहे थे, परन्तु वे सारे ही मोर्चों पर बारीक दृष्टि रख रहे थे, किन्तु उनके मस्तिष्क को आनन्द का एकाएक गायब हो जाना ही मथ रहा था। यद्यपि इसका स्पष्ट कारण वे नहीं समझ पाए थे, परन्तु यह वे निश्चित रूप से समझ गए थे, कि वह शत्रु का बन्दी हो गया है। यह भी उनके जानने से शेष न रह गया था कि रुद्रभद्र शत्रु को सहायता दे रहा है। परन्तु कैसी?

यह वे भी न समझ पाए थे। फिर भी किसी अतर्कित और अकल्पित भयानक घटना की वे प्रतीक्षा कर रहे थे; परन्तु वह क्या हो सकती है, समझ नहीं पा रहे थे। एक बात और थी, आनन्द के साथ सिद्धेश्वर भी गायब था। आखिर ये दोनों कहां गए? क्या सिद्धेश्वर भी बन्दी है! तब तो बात ही दूसरी हो जाती है, यही उलझन थी जिसे दामो महता इस समय नहीं सुलझा सके थे।

गत रात से इस क्षण तक उन्होंने पीठ नहीं खोली थी। सारे आक्रमणों की स्थिति पर उन्होंने दृष्टि रक्खी थी। और अब इस क्षण संकट के लक्षण वे प्रत्यक्ष देख रहे थे। उन्हें अपना निर्णय करने में देर नहीं लगी। ज्योंही उन्होंने जहाज़ में आग लगी देखी, वे शेष दो जहाज़ों को कौशल से बचाकर खाड़ी के एक सुरक्षित स्थान में ले गए। नौकाओं के धनुर्धरों को शत्रुओं पर बाण-वर्षा करते हुए पीछे हटकर जहां तक सम्भव हो सुरक्षित रहने के उन्होंने आदेश दिए। कमा लाखानी को योजना का सारा रूप समझा दिया। उनका खयाल था कि शत्रु का ध्यान शीघ्र ही जूनागढ़-द्वार से हट जाएगा और वह सिंहद्वार पर ही मुख्य आक्रमण करेगा। वही हुआ भी। दामो महता की इस योजना और कौशल को शत्रु ने नहीं समझा। इधर से निवृत्त हो उन्होंने द्वारिका-द्वार की गम्भीर स्थिति पर विचार किया। द्वार की स्थिति बहुत ही खराब हो गई थी—परन्तु इस समय बड़े-बड़े पत्थरों और मलबे के पहाड़ से वह पट चुका था। तथा अमीर के सिंहद्वार पर धंसारा करते ही वहां भी दबाव कम पड़ गया था। यद्यपि इस समय वह द्वार एक प्रकार से अरक्षित ही था और कोई भी सेनापति वहां न था, परन्तु अब उसके लिए और कुछ किया भी नहीं जा सकता था। दलपति और नायक जो कुछ कर सकते थे, कर रहे थे।

जिस समय वह भयानक घटना घटी—चौलुक्य खाई में गिरे और महाराज भी मोट में कूदे—उस समय दामो वहां से काफी फासले पर गणपति-मन्दिर के इधर-उधर गहरी चिन्ता में सोचते-विचारते चक्कर लगा रहे थे। इधर शत्रु थे ही नहीं। अपितु यह भाग एक प्रकार से शून्य हो रहा था। त्रिपुरसुन्दरी के बाहरी मैदान में रुद्रभद्र और उसके पाखंडी संगी-साथी धूनियां तप रहे थे। जैसे इनके लिए यह महा-विपद काल कोई मूल्य ही नहीं रखता था। इन धूर्तों को इस प्रकार निश्चिन्त देख, दामो महता को अब इस बात में तनिक भी सन्देह नहीं रह गया था, कि ये लोग अवश्य ही किसी गहरी अभिसन्धि में लिप्त हैं। रुद्रभद्र के ऊपर उनकी तीव्र दृष्टि थी। यद्यपि वे उसकी दृष्टि से सर्वथा बचे हुए थे। उनके दूत क्षण-क्षण पर इधर-उधर के समाचार ला और उनके आदेश ले जा रहे थे। वे प्रत्येक क्षण किसी अप्रत्याशित घटना की प्रतीक्षा कर रहे थे, कि इसी क्षण महाराज महासेनापति के मोट में छलांग मारने से हुए तुमुल नाद ने उनका ध्यान उधर खींचा। और वे घोड़ा दौड़ाते उधर दौड़ पड़े। हवा में उछलते महाराज के अश्व की एक झलक उन्होंने देखी थी। वे जब तक मोर्चे पर पहुंचे, बालुकाराय साहस का परिचय दे चुके थे। उन्होंने द्वार खोल दिया था और उनकी विकटवाहिनी द्वार के बाहर जा रही थी। कोट से योद्धा तलवार ऊंची किए दबादब मोट में महासेनापति के चारों ओर कूद

रहे थे।

दामो महता ने कोट के कंगूरे पर चढकर इस विकट युद्ध को देखा। उनके देखते-देखते ही महाराज और दद्दा का मूर्च्छित क्षत-विक्षत शरीर बालुकाराय ने अधिकृत करके कोट की ओर मुंह मोड़ा। यद्यपि उन पर महान संकट था। परन्तु दामो महता उसे देखने रुके नहीं।

वे पीछे लौटे। वे जूनागढ़-द्वार के निकट तक आ गए। यहां अब, मरे और अधमरे शत्रु-मित्रों के ढेर पड़े थे। युद्ध का दबाव यहां बहुत कम हो गया था। कमा लाखानी बहुत घायल हो गए थे, पर वे बराबर मोर्चे पर डटे हुए थे। दामो ने उनके निकट पहुंचकर कहा, "वीरवर, जितने धनुर्धर योद्धा सम्भव हों, मोर्चे के पीछे जहाज़ पर भेजना प्रारम्भ कर दो!" लाखानी ने मर्मभेदी दृष्टि से महता को देखकर कहा, "जैसी भगवान सोमनाथ की इच्छा। महता, महासेनापति को मेरा जुहार कहना।"

दोनों धीर पुरुषों ने गीली आंखों से एक-दूसरे को देखा, और अपने-अपने काम में लगे। महता अब सिंहद्वार की ओर फिरे। यहां भारी घमासान युद्ध हो रहा था। धीर-वीर जूनागढ़ के राव बढ़-बढ़कर हाथ मार रहे थे। महता को देखकर उन्होंने चिल्लाकर कहा, "महता, महाराज का ध्यान रख भाया।"

"महाराज के साथ बालुकाराय हैं अन्नदाता, उनकी चिन्ता न करें। यह भारी लोहा लेना तो आप ही का भाग है।"

"महता, तुम भी जाओ, यहां तो मैं ही बहुत हूं। आज म्लेच्छ से दिल खोलकर दो-दो हाथ करूंगा। अभी तो वह दूर है, वह हरी पगड़ी देखते हो न?" राव ने हंसकर तलवार की नोक उधर उठाई।

"हां, बापू देख रहा हूं। आप देवासुर-संग्राम कर रहे हैं। महाराज के लिए आपका कोई सन्देश है बापू?"

"वे जिएं, म्लेच्छ का सत्यानाश देखने के लिए, और यह आज यदि मेरे हाथ से ज़िन्दा बच निकले तो अपने हाथ से इस धर्मद्रोही का शिरच्छेदन करें। भाया, मेरा यही सन्देश है। और सबको प्यार।"

राव उधर से मुंह फेरकर युद्ध में लग गए, जैसे महता का माया-मोह सभी वे भूल गए।

इस समय अमीर के सैनिक बड़ी-बड़ी जंज़ीरों से पुल को, सिंह-द्वार के प्रस्तर-स्तम्भों में अटका रहे थे। राव ने अपने योद्धाओं को ललकारा, "अरे, हमारे रहते यह क्या हो रहा है, वीरो, कूद पड़ो और पुल को तोड़ दो।" हज़ारों योद्धा कोट में कूद पड़े। ऊपर से जलते हुए तेल और भारी-भारी पत्थरों की बौछार की भरमार हो गई। अमीर के योद्धा पुल पर चढ़ आए, दोनों पक्षों ने बाणों से आकाश को पाट दिया। कच्छी योद्धा बड़ी-बड़ी रेतियां लेकर जंज़ीरों से चिमटकर जंज़ीरों को काटने लगे। ऊपर तलवारों के वार हो रहे थे, और वे अपनी कसी हुई मुट्ठी में रेतियां लिए लुढ़क रहे थे।

पुल पर हज़ारों मनुष्य, घोड़े और पदातिक चढ़ गए थे। उस पर बोझ बहुत पड़

गया था। इसी समय तड़तड़ा कर जंजीरें टूट गईं। उधर पुल में आग लग गई। पुल टूट गया। राजपूत हर्ष से चिल्ला उठे, "हर-हर महादेव!"

परन्तु इसी क्षण अन्तर्कोट के भीतर से दिल को थर्रा देनेवाला निनाद उठा, "अल्लाहो-अकबर!" क्षण-भर के लिए राजपूत योद्धा थम गए। दामोदर जो मुग्ध होकर सोरठ के राव का पराक्रम निहार रहे थे, अब तलवार ऊंची करके अन्तर्कोट की ओर दौड़ पड़े।

दो तलवारें

न जाने किस अचिन्त्य विधि से संकटेश्वर की बावड़ी का जल एकाएक सूख गया। बावड़ी में कीचड़-ही-कीचड़ रह गई। उसी कीचड़ में से प्रथम एक, फिर दूसरा, इसके बाद तीसरा, इस प्रकार एक के बाद एक अनगिनत सिर निकलने लगे—मानो दैत्य पाताल फोड़कर जन्म ले रहे हों। सबसे आगे रस्सों से बंधा सिद्धेश्वर था और उसके पीछे नंगी तलवार हाथ में लिए फ़तह मुहम्मद। उसके पीछे अन्य तुर्क योद्धा। उनके विकराल शरीर कीचड़ और गन्दगी में लथपथ, बीभत्स और भयानक प्रेतों के समान दीख रहे थे।

भूमि पर पैर रखते ही बिना एक क्षण का विलम्ब किए फ़तह मुहम्मद ने तलवार का एक भरपूर हाथ सिद्धेश्वर की गर्दन पर मारा। उसका सिर भुट्टे के समान कटकर दूर जा गिरा। उसे सांस लेने का भी अवसर नहीं मिला। फ़तह मुहम्मद ने तलवार ऊंची करके कहा, "यह हमारी पहली किश्त है।" उसकी तड़पती हुई लाश को वहीं छोड़ वे सब प्रेत-मूर्तियां वृक्षों और दीवारों की आड़ में निःशब्द गणपति-मन्दिर की ओर बढ़ीं। गणपति-मन्दिर के प्रांगण को बगल में छोड़, वे सब चुपचाप महाकाल भैरव के विशाल चौक तक आ गईं। युद्ध का शोर यहां तक सुनाई पड़ रहा था, परन्तु युद्ध का यहां और कुछ भी प्रभाव न था। सामने ही रुद्रभद्र और उसके सैकड़ों वामाचारी चेले-चांटे ओर कलमुंहे लोग सहस्राग्नि-सन्निधान तप रहे थे। जहां तक दृष्टि जाती थी, धूनियां धधक रही थीं, उनमें बड़े-बड़े लक्कड़ जल रहे थे। सबके बीच में दैत्याकार रुद्रभद्र का काजल-सा काला शरीर अचल-स्थिर आसीन था।

फ़तह मुहम्मद बाज़ की भांति इन पाखंडियों पर टूट पड़ा। देखते-ही-देखते उसके बर्बर तुर्क-सैनिक उन पाखंडी तपस्वियों को गाजर-मूली की भांति काटने और धूनियों में झोंकने लगे। बाबा लोगों में भगदड़ मच गई। सब कलमुंहे, अघोरी वामाचारी अपनी-अपनी धूनी छोड़ जान ले-लेकर इधर-उधर, जहां जिसका सींग समाया, भाग निकले। पर फ़तह मुहम्मद ने ललकारकर कहा, "देखना, एक आदमी भी इन शैतानों में से जिन्दा यहां से न निकलने पाए।" कद्दावर तुर्क उन पर पिल पड़े और देखते-ही-देखते उन सबके टुकड़े कर डाले।

रुद्रभद्र की सारी सिद्धियां और दिव्य शक्तियां हवा हो गईं। वह सूक्तों के पाठ भूल गया। और भय से डरता, कांपता, गिड़गिड़ाता हुआ फ़तह मुहम्मद के पैरों पर गिरकर कहने लगा, "अरे देवस्वामी, मुझे पहिचान, मैं अमीर का दोस्त हूं, अमीर का दोस्त। तू मुझे अमीर के पास ले चल, वह तुझसे प्रसन्न होगा। उसका मुझसे कौल-करार हो चुका है, मैं अमीर का दोस्त..."

"तो ले, यह अमीर की तलवार है, इसका पानी पी!" उसने तलवार का एक भरपूर हाथ मारा और उस दैत्य का सिर भूमि पर लुढ़कने लगा। काजल के ढेर के समान उसके शरीर से खून की नदी बह चली। फ़तह मुहम्मद ने खून टपकाती हुई तलवार को हवा में घुमाते हुए कहा, "बहादुरो, यह दूसरी किश्त है। आओ, अब अमीर नामदार का इस्तकबाल करने हम फतह दरवाजे की ओर बढ़ें। याद रखो, हमारा एक-एक पल कीमती है, हमें सिर्फ दो घड़ी का वक्त है।"

और वे अल्लाहो-अकबर का सिंहनाद करते हुए सिंहद्वार की ओर बढ़े, जिसे फ़तह मुहम्मद ने अभी से फतह दरवाज़ा कहना प्रारम्भ कर दिया था। यह उस गहरे आत्मविश्वास का फल था जो मुस्लिम सत्ता की सफलता का मूल कारण था। वह अन्तर्कोट की ओर गली-कूचों को पार करता हुआ तेज़ी से बढ़ रहा था। राह में जो मिला, उसी के उसने दो टुकड़े कर दिए। वह मुख्य मन्दिर के परकोटे के द्वार पर पहुंचा, जहां कभी पहर-पहर पर चौघड़ियां बजती थीं, वहां इस समय सन्नाटा था। वह दीपस्तम्भों पर तिरस्कार की दृष्टि फेंकता हुआ सीढ़ी पर चढ़कर सभा-मंडप में जा पहुंचा, जहां एक शूद्र के चरण कभी नहीं पहुंचे थे और जहां खड़े होकर देव-दर्शन करने की चेष्टा में एक बार उसे धक्के देकर निकाल दिया गया था। सभा-मंडप के पास ही रत्न-मंडप था और उसके मूल में वह गर्भगृह था, जहां भगवान भूतपावन महाकाल सोमनाथ का ज्योतिर्लिंग था। कदाचित् वह इस समय अपना कर्तव्य भूलकर ज्योतिर्लिंग के दर्शन करने की इच्छा से रत्न-मंडप की ओर बढ़ा। उसने सोचा, एक बार उस पत्थर के देवता को देखूं तो, जिसे देखने का अधिकार सिर्फ इन ब्राह्मणों को ही है।

परन्तु उसकी गति रुक गई। रत्न-मंडप के द्वार पर नंगी तलवार हाथ में लिए अचल भाव से दामोदर महता निर्भय खड़े थे।

दोनों तलवारें ऊंची हुईं और भिड़ गईं। बर्बर तुर्क अल्लाहो-अकबर का निनाद करते हुए तलवारें ले-लेकर दामोदर पर टूटे। वहां इस समय एक चिड़िया का पूत भी न था। दामोदर ने दो सीढ़ियां उतरकर मुस्कुराते हुए कहा, "देवस्वामी, इस तलवार को पहचानते हो?"

फ़तह मुहम्मद सहम कर दो कदम पीछे हट गया। उसके योद्धा भी किसी जादू से जड़ हो गए। जिसकी तलवार जहां थी, वहीं रही। फ़तह मुहम्मद ने अदब से सिर झुकाकर कहा, "पहचान गया जनाब, लेकिन ऐसी ही तलवार यह मेरे पास भी है। आप भी पहचान लीजिए।"

दामोदर ने अपनी मुस्कान को और विस्तृत करके कहा, "ठीक है देव, तो ये दोनों

तलवारें लड़ तो नहीं सकतीं?"

"जी नहीं।"

"और जिसके हाथ में यह तलवार है, उसके साथ तुम कैसा सलूक करोगे?"

"जी, जहां तक तलवार का सवाल है, मुझे भी हक हासिल है कि मैं उससे बराबरी का सुलूक करूं। क्योंकि ऐसी ही दूसरी तलवार मेरे पास भी है। मगर आप बुजुर्ग और मुरब्बी हैं, मेरा फर्ज है कि मैं आपकी इज़्ज़त करूं। मैं अमीर का हुक्म ज़रूर बजा लाऊंगा, मगर अमीर नामदार के बाद मुझ पर आपका हुक्म बजा लाना फर्ज हो जाता है।"

"और यदि ऐसा करने में तुम्हें खतरा उठाना पड़े?"

"तो क्या हर्ज है, खतरे के डर से फ़तह मुहम्मद क्या फर्ज़ को तर्क करेगा?"

"शाबास बहादुर, तो क्या अमीर ने तुम्हें रत्न-मंडप तक आने का हुक्म दिया है?"

"नहीं जनाब।"

"तो मित्र, अमीर का हुक्म बजा लाओ। अभी यहां मेरी चौकी है। यहां आने की वह आदमी हिम्मत करे जिसे इस तलवार की वह आन न हो।"

फ़तह मुहम्मद ने एक बार दामोदर को सिर झुकाकर प्रणाम किया और चुपचाप पीछे लौट चला।

छत्र-भंग

द्वारिका-द्वार को पार कर जो तुर्कों के दल-बादल कोट में घुस आए थे, वे प्राचीरों पर चढ़कर बुर्जों पर दखल करने लगे। कमा लाखानी की तनिक-भी आन न मानकर अमीर के कछुए इस पार आ रहे थे और नसैनी लगा-लगाकर कोट पर चढ़ रहे थे। जो कोट पर पहुंच चुके थे, वे एक हाथ से तलवार चला रहे थे, दूसरे से आनेवालों को सहायता दे रहे थे। लड़ाई चौमुखी हो रही थी। लाशों से जल-थल पट गए थे।

सिंहद्वार पर जूनागढ़ के राव अपने काठियावाड़ी योद्धाओं के अडिग दीवार बनाए लोथों का पहाड़ बना रहे थे। बड़े-बड़े कद्दावर तुर्क अपनी दाढ़ी दांतों में भींच दुहरी तलवार फेंक रहे थे। उधर बलोची सवारों के दस्ते गहरा धंसारा कर रहे थे। द्वार की बहुत ही दुर्दशा हो चुकी थी और अब वह किसी भी क्षण गिर सकता था। ऊपर-नीचे चारों ओर हज़ारों तलवारें छा रही थीं। नीचे चींटियों की कतार की भांति हठी तुर्क योद्धा पल-पल पर बढ़े आ रहे थे। राजपूत उन्हें पीछे धकेल रहे थे। वृद्ध राव नवधन शत्रुओं से गस गए थे। उन्होंने आंख उठाकर चारों ओर देखा, मन में समझा, आज ही प्रलय का क्षण उपस्थित हो गया प्रतीत होता है। गुर्जर योद्धा असीम पराक्रम दिखाने लगे। अब बाण, तलवार, गदा और कुश्ती का हाथोहाथ युद्ध हो रहा था। मध्य एशिया के प्रचंड योद्धाओं की अजेय सेना लिए अमीर, सिंहद्वार पर तलवार ऊंची किए खड़ा था। राव ने अमीर

को देखा, उन्होंने सोचा, क्यों न दो-दो हाथ इस गज़नी के दैत्य से कर लिए जाएं। फिर कैलास-वास तो होना ही है। उन्होंने तलवार संभाली और अमीर को ललकारते हुए कोट से कूदने को तैयार हुए। कच्छी योद्धा 'बापू-बापू' कर-करके दौड़ पड़े। परन्तु इसी समय अन्तरायण से अल्लाहो-अकबर का विकट नाद उठा, और मायामूर्ति की भांति भीतर कोट से तुर्क योद्धा निकलकर पीछे से मार करने लगे। जब तक कि राजपूत संभलें कि फ़तह मुहम्मद ने उनके सिरों पर छलांग मारी और बिल्ली की भांति उछलकर द्वार खोल दिया। नदी के प्रवाह की भांति शत्रु जय-निनाद करते हुए भीतर घुस चले।

राव ने देखा तो असंयत हो उधर दौड़ पड़े। परन्तु जैसे तिनका भंवर में पड़कर टुकड़े-टुकड़े हो जाता है, उसी प्रकार तिल-तिल कर वे खेत रहे।

राजपूतों में हाहाकार मच गया। अब युद्ध की कुछ व्यवस्था न रही। दो-दो चार-चार योद्धा दल बांधकर लड़ने लगे। चारों ओर पुकार मच गई, 'अन्तर्कोट! अन्तर्कोट!' और बचे-खुचे योद्धा सिमटकर अन्तर्कोट की ओर दौड़ चले। राह-बाट सब लाशों से भर गए। मरते हुओं के आर्तनाद, योद्धाओं के चीत्कार और घोड़ों तथा हाथियों की चिल्लाहट से वातावरण अशान्त हो उठा। फ़तह मुहम्मद ने अमीर की रकाब चूमकर अमीर का स्वागत किया। फिर वह उछलकर घोड़े पर चढ़ा और अमीर के आगे-आगे तलवार की धार से राह बनाता चला। अमीर अपने विशाल काले घोड़े पर सवार अपनी अप्रतिहत वीर वाहिनी के दल-बादल लिए महालय की सिंह-पौर में धंसा।

धर्मानुशासन

रत्न-मंडप की पौर पर दामोदर महता उसी प्रकार अचल-भाव से निस्पन्द खड़े रहे। वे सोच रहे थे, दासी-पुत्र के शौर्य-पराक्रम, विनय और उच्चाशयता की बात। कुछ ही क्षणों में उन्हें प्रतीत हो गया कि सिंह-द्वार का पतन हो गया और अमीर की सेना अन्तरायण में धंसी चली आ रही है। क्या करना चाहिए, इसका कुछ भी निर्णय वह कर्मठ राजपुरुष इस समय न कर सका। वह देख रहा था, आज उसी के नेत्रों के सम्मुख गुजरात के उस विश्रुत देव-स्थान के भंग होने का क्षण आ लगा। कैसे वह उसे देखे, कैसे वह उसे रोके? उसके हाथ में अमीर की दी हुई तलवार थी, क्या वह उसके नाम पर अमीर से याचना करे, उस अमीर से, जिसे उसने एक बार प्राण-दान दिया था। नहीं, नहीं। उसने वह तलवार म्यान में कर ली और गुर्जर तलवार सूंत ली। उस साहसी पुरुष ने इस पुण्य पर्व पर प्राणोत्सर्ग का निर्णय कर लिया। उसने अपने ही आपसे कहा, 'नहीं-नहीं, इस पौर पर मेरे रहते म्लेच्छ का पांव नहीं पड़ेगा।'

शोर और अल्लाहो-अकबर का नाद निकट आ रहा था। शस्त्रों की झनझनाहट और मरनेवालों के आर्तनाद बढ़ रहे थे। परन्तु इस स्थान पर एक भी पुरुष न था। सामने गर्द उड़ती आ रही थी। और कुछ ही क्षणों में शत्रु इस भूमि की रजकण को रक्त-रंजित

करने आ पहुंचेंगे, यह वह जानता था।

दामो महता और एक पौर नीचे उतरे। इसी समय किसी ने पीछे से उन्हें छुआ। उलटकर देखा, तो गंग सर्वज्ञ। वही शान्त मुद्रा, वही अचल धैर्य। सर्वज्ञ ने करुण नेत्रों से गुजरात के मन्त्री को देखा और स्थिर स्वर से कहा, "आ पुत्र!"

उस वाचाल राजपुरुष के मुंह से एक शब्द भी न निकला। उसने आंखों में आंसू भरकर गंग की गम्भीर मुद्रा देखी और चुपचाप बालक की भांति उनके पीछे-पीछे हो लिया। गर्भगृह में जाकर सर्वज्ञ ने गर्भगृह के द्वार बन्द कर लिए। फिर ज्योतिर्लिंग के ठीक पीछे जा एक गुप्त द्वार उन्होंने खोला और कुछ दूर तक अन्धकारपूर्ण सुरंग में चलकर एक छोटे कक्ष में जा पहुंचे।

कक्ष में महाराज भीमदेव और चौलुक्य के शरीर भूमि पर पड़े थे। बालुकाराय शोक-सन्तप्त चुपचाप खड़े थे। नंगी तलवार उनके हाथ में थी, उनकी तलवार और शरीर पर लगा रक्त सूख गया था। पास ही में गंगा स्तब्ध-निश्चल खड़ी थी।

गंग ने शान्त वाणी से कहा, "पुत्र, चौलुक्य तो कैलास-वासी हुए। परन्तु महाराज सेनापति केवल मूर्च्छित हैं। उनकी रक्षा का भार मैं तुम्हें सौंपता हूं। पुत्र, गुजरात के गौरव की रक्षा करने को भी भीमदेव जीवित रहें, ऐसा ही देवादेश है। अब समय कम और काम बहुत है, एक-एक क्षण मूल्यवान है। आओ मेरे साथ!"—यह कहकर सर्वज्ञ ने अनायास ही महाराज भीमदेव का शरीर अपने बलिष्ठ हाथों से कन्धे पर उठा लिया।

बालुक ने बाधा देकर कहा, "गुरुदेव, यह क्या? यदि ऐसा ही है तो वह भार मुझे दीजिए।"

"नहीं पुत्र, तुम्हारी भुजाओं पर तलवार का भार है, वही रहे। यह मेरा धर्मानुशासन है, बाधा मत दो। अपनी तलवार ले सावधानी से मेरे पीछे आओ। फिर गंगा की ओर घूमकर कहा, "गंगा, अब तू?"

"जहां आपके श्रीचरण।"

"गंगा, जा, चौला को देख।"

"जिसे देखना मेरा व्रत है, उसे ही देखूंगी, इसके लिए मैंने महासेनापति का राज्यानुशासन भी नहीं माना, आपका धर्मानुशासन भी नहीं मानूंगी।"

"तो घड़ी-भर यहीं ठहर, मैं अभी आता हूं। तब चौलुक्य के शरीर की व्यवस्था करेंगे।"

गुरुदेव रुके नहीं। मूर्च्छित महाराज भीमदेव का अंग कन्धे पर लादकर उस अंधेरी गुहा में बढ़ चले, पीछे नंगी तलवार हाथ में लिए दामोदर महता और बालुकाराय चले।

वे चलते चले गए। धीरे-धीरे अन्धकार कम होने लगा और वे उन्मुक्त आकाश के नीचे आ खड़े हुए। सामने समुद्र हिलोरें ले रहा था। नौका तैयार थी। महाराज भीमदेव का शरीर नौका पर रख, उन्होंने बालुकाराय और महता को भी नौका पर चढ़ाकर कहा, "पुत्रो, आशीर्वाद देता हूं। सुखी होओ। यह प्रवाहण खड़ा है, जितना शीघ्र हो, गंदावा दुर्ग पहुंच जाओ। महाराज की रक्षा करना। जाओ, तुम्हारा कल्याण हो।"

सर्वज्ञ एकबारगी ही पीछे लौटकर तेज़ी से उस अन्ध-गुहा में घुस गए। दोनों राजपुरुषों ने उन्हें हाथ जोड़कर प्रणाम किया और उनकी नाव प्रवहण की ओर बह चली।

आत्म-यज्ञ

कक्ष में आकर सर्वज्ञ ने देखा, गंगा जल्दी-जल्दी चिता बनाने में जुटी है। उसने पास-पास दो चिताएं बनाई थीं। वह फुर्ती से जलने योग्य जो सामान वहां जुटा सकती थी जुटा रही थी। सर्वज्ञ ने देखा तो कहा, "यह क्या?"

"चौलुक्य के लिए अग्नि-रथ।"

"और दूसरी?"

"गंगा के लिए," वह हंस दी। परन्तु गंग रो दिए। उनका वीतराग हृदय जैसे बालक की भांति अधीर हो गया। गंगा ने उनके अत्यन्त निकट आकर उनके वक्ष पर अपना सिर रखकर कहा, "आप भी रोते हैं?"

"गंगे, हिमालय की हिम धवल चट्टानें भी पिघलती हैं, परन्तु अब तो तुझे जाना ही होगा। आ, मैं तुझे विदा कर दूं।" उन्होंने उसके मस्तक पर हाथ फेरा। और बड़ी देर तक उसे वक्ष से लगाए निस्पन्द खड़े रहे।

इसी समय उनके एक अन्तरंग शिष्य ने आकर कहा, "देव, अन्तर्कोट गिर गया, अब अन्तर्कोट पर शत्रु धावा कर रहे हैं। कुछ ही क्षण में वे रत्न-मंडप तक पहुंच जाएंगे।"

"एक क्षण ठहर पुत्र, तू जा, और कृष्णस्वामी से कह कि रत्न-कोष की समुचित सुरक्षा-व्यवस्था करें। मैं गंगा को मोक्ष देकर अभी आता हूं।" शिष्य मस्तक नवाकर चला गया। सर्वज्ञ ने कहा, "आ गंगी।" उन्होंने अपने हाथ से उसका केश-विन्यास किया। अंग-प्रत्यंग चन्दन-चर्चित किया, फिर हाथ पकड़कर चिता पर बैठाया, कुछ क्षण मौन रह, कम्पित वाणी से कहा, "जा कल्याणी, कैलासवासिनी हो।"

गंगा ने सर्वज्ञ की चरण-रज को मस्तक पर चढ़ाया, और आंखें बन्द करके ध्यानस्थ बैठ गई। सर्वज्ञ ने घी और कपूर के बड़े-बड़े डले चिता पर रख अग्नि-स्थापना कर दी।

दोनों चिताएं शीघ्र ही धधकने लगीं। धुआं कक्ष में फैल गया। किन्तु वह दृश्य देखने सर्वज्ञ वहां रुके नहीं, तेज़ी से गर्भगृह की ओर लपक चले।

शत्रु रत्न-मंडप में घुस आए थे। सबसे आगे अमीर महमूद था। उसकी हरी पगड़ी पर पन्ने पर तुर्रा झलक रहा था। और लाल दाढ़ी हवा में फहरा रही थी। उसके हाथ में नंगी तलवार थी। उसके एक पार्श्व में एक भारी गुर्ज हाथ में लिए फ़तह मुहम्मद था, और दूसरे पार्श्व में श्वेत श्मश्रुधारी प्रसिद्ध अरबी विद्वान अलबरूनी था। उसके हाथ में एक लम्बी तलवार थी।

अमीर ने संकेत से सबको आगे बढ़ने से रोक दिया। तीनों व्यक्ति आगे बढ़े।

रत्न-मंडप के मणिजटित खम्भों पर अस्तंगत सूर्य की रंगीन किरणें झिलमिला रही थीं। उस अप्रतिम मणिमय प्रासाद को देखकर अमीर आश्चर्य से जड़ हो गया। सहमते हुए, वह गर्भगृह में घुसा। उसने देखा, घृत के दीपक अपनी पीली आभा और सुगन्ध बखेर रहे थे। और नितान्त शान्त वातावरण में गंग सर्वज्ञ स्वर्ण-थाल हाथ में लिए देवाधिदेव सोमनाथ की आरती उतार रहे थे।

क्षण-भर अमीर भाव-विमोहित-सा मुग्ध खड़ा रहा। कुछ देर बाद उसने सतेज स्वर में कहा, "यहां कौन है?"

"मैं और मेरा देवता," गंग ने शान्त स्वर में कहा। फिर बिना ही अमीर की ओर मुंह फेरे उन्होंने कहा, "वत्स महमूद, कुछ क्षण ठहर जा।"

वे अपनी अर्चना सम्पन्न करने लगे, मानो कुछ हुआ ही न हो। महमूद और उसके दोनों साथी इस अप्रतिम देव और उस देव के सेवापुरुष को अनिमेष देखते खड़े रहे।

शीघ्र ही सर्वज्ञ ने अर्चना-विधि समाप्त की। भूमि में गिरकर देवता को प्रणाम किया। फिर बिलकुल ज्योतिर्लिंग से सटकर बैठ गए। बैठकर वैसी ही शान्त-स्निग्ध वाणी से उन्होंने कहा, "अब तू अपना काम कर महमूद।"

उन्होंने नेत्र बन्द कर लिए। देखते-ही-देखते उनका शरीर निस्पन्द हो गया। अमीर ने साथियों से दृष्टि-विनिमय किया। फिर वह फ़तह मुहम्मद के हाथ से गुर्ज लेकर आगे बढ़ा।

ज्योतिर्लिंग के निकट जाकर उसने कहा, "मैं, खुदा का बन्दा महमूद वही कहूंगा जो मुझे कहना चाहिए। अय बुजुर्ग, दूर हट जा और बुत-शिकन को कुफ़्र तोड़ने दे।"

परन्तु गंग सर्वज्ञ ने और भी ज्योतिर्लिंग को अपने अंक में लपेट लिया। उन्होंने आंख खोलकर करुण दृष्टि से महमूद की ओर देखा, और धीर स्वर से कहा, "पहले सेवक और पीछे देवता।"

उन्होंने ज्योतिर्लिंग पर अपना हिमधौत सिर रख दिया। अमीर ने गुर्ज का भरपूर वार किया। सर्वज्ञ का भेजा फट गया। और उनके गर्म रक्त से ज्योतिर्लिंग लाल हो गया। उनके मुंह से ध्वनि निकली, "ओउम्," और प्राण-पखेरू ब्रह्मरन्ध्र को भेद कर उड़ गए। अमीर ने गुर्ज का दूसरा वार और फिर तीसरा वार किया। ज्योतिर्लिंग के तीन टुकड़े हो गए।

दूज का क्षीण चन्द्र आकाश में चढ़ रहा था। इधर-उधर तारे टिमटिमा रहे थे।

मगरिब की नमाज़

रत्न-मंडप में आकर अमीर ने मगरिब की नमाज अदा करने को घुटने टेक दिए। सहस्रों नर-मुंड जो जहां थे झुक गए। हजरत अलबरूनी ने अमीर के नाम का खुतबा पढ़ा। उन्होंने कहा, "गाज़ी अमीर महमूद शहंशाहे-गज़नी,

जिन पर परमात्मा की असीम कृपा है और रहेगी, दुनिया में खुदा के प्रतिनिधि हैं।" इसके बाद उन्होंने महालय से कंगूरे पर चढ़कर बांग लगाई, "ला इलाइलिलाह—मुहम्मद रसूल अल्लाह।"

सबने 'आमीन! आमीन!' कहा। अमीर ने जलद-गम्भीर स्वर में कहा, "मैं अमीर महमूद, खुदा का बन्दा, वहीं कहूंगा जो मुझे कहना चाहिए। और वही करूंगा जो करना चाहिए। खुदा के हुक्म से कुफ्र तोड़ना सबसे बड़ा सवाब है। और मैं खुदा का बन्दा महमूद, धर्म की इस तलवार को कुफ्र तोड़ने के काम में लाता हूं और आप सब इस सवाब के हिस्सेदार हैं।"

फिर सबने आमीन कहा। ज्योतिर्लिंग के रुद्राभिषेक के लिए जो गंगोत्री का पवित्र गंगाजल चांदी के घड़ों में गर्भगृह में भरा रखा था, उसी से उसने वजू किया और मगरिब की नमाज अदा की—उसी रत्न-मंडप में, जहां कभी देव-सान्निध्य में शत-सहस्र नेत्रों के सम्मुख रूपसी देवदासियां नृत्य-लास करती थीं। इसके बाद उसने रत्न-मंडप की पौर में कुर्बानी की। फ़तह मुहम्मद ने महालय के शिखर पर चढ़ गगनचुम्बी भगवा-ध्वज भंग कर महमूद का हरा झंडा फहरा दिया।

इस प्रकार अपने लाशरीक खुदा को प्रसन्न कर, उसके प्रति अपनी कृतज्ञता जता, वह अपने अश्व पर सवार हुआ। उसने महालय और देवपट्टन में अपनी आन फेरी, युद्ध बन्द करने का आदेश दिया। आदेश न माननेवालों को कैद करने या कत्ल करने का हुक्म दिया। सब प्रमुख नाकों, आगारों, महालयों पर पहरे-चौकी का प्रबन्ध किया। और सिंहद्वार के फाटक उखाड़ कर उन्हें साथ ले, सब ओर से निश्चिन्त होकर वह तुरही, नफीरी, शहनाई और नक्कारे बजाता हुआ, जिहाद का हरा विजयी झंडा फहराता अपनी छावनी में लौटा। जब उसने घोड़े की पीठ छोड़ी, एक पहर रात बीत रही थी।

हजारों घायल, बे-घायल राजपूत बन्दी कर लिए गए। लाशों को उठाने का उस रात कोई बन्दोबस्त नहीं हुआ। जिस कक्ष में गंगा ने अग्निरथ-अभियान किया था, उसके आसपास के सब कक्ष जलकर राख हो गए थे। रात-भर वहां आग धधकती रही। किसी ने भी उसे बुझाने की चेष्टा नहीं की।

वृद्ध वीरवर कमा लाखानी इस समय सैकड़ों घावों से लदे-फदे अपने प्रवहण में एक ओर खड़े महालय के अंचल की उठती हुई लपटों के प्रकाश में भग्न भगवा-ध्वज को आंसू-भरी आंखों से देख रहे थे। प्रवहण में अचेत महाराज भीमदेव को चेत में लाने के लिए दामोदर महता और बालुकाराय अथक प्रयत्न कर रहे थे। संसार अन्धकार में डूबता जा रहा था और इस अन्धकार में एक गहरा काला धब्बा-सा, वह प्रवहण लहरों पर हिलता-डोलता-सा समुद्र-वक्ष पर बढ़ता हुआ, कच्छ की खाड़ी में सुरक्षित गंदावा दुर्ग की ओर बढ़ रहा था।

नष्ट प्रभात

रात ही में देवपट्टन में भगदड़ मच गई थी। हिन्दू योद्धा और पुजारी प्राण ले-लेकर जल-थल की राह भाग चले थे। प्रभात होते ही तुर्कों के ही दल-बादल नगर-महालय लूटने को अल्लाहो-अकबर का नाद करते टूट पडे। शत्रु के भय से हिन्दू मछुए होड़ी आदि जो जिसके हाथ लगा, उसी पर बैठकर समुद्र में तैरने लगे। पर इस समय समुद्र भी अभागे हिन्दुओं का शत्रु हो गया था। उसमें बड़ी-बड़ी पहाड़ की चट्टान के समान लहरें उठने लगीं। अनेक अभागे उन लहरों की चपेट में आकर समुद्र-गर्भ में विलीन हो गए। अनेक लोग शत्रुओं के हाथ बन्दी हुए या कट मरे।

देखते-ही-देखते देवनगर धांय-धांय कर जलने लगा। महमूद अपने काले घोड़े पर सवार हो विजयोल्लास से भरा हुआ दल-बल सहित महालय की पौर में धंसा। इस विजय का महमूद को बड़ा गर्व था। हर्ष से उसका हृदय उछल रहा था। महमूद और उसके मन्त्रीगण आश्चर्यचकित होकर महालय की भव्य शोभा निरखने लगे। उस अगम्य देवस्थली में उनके भ्रष्ट पैरों के पड़ने से देवस्थान मलिन होने लगा। आंखों से कभी न देखी और कानों से कभी न सुनी हुई शोभा और ऐश्वर्य की राशि देख महमूद और उनके मन्त्रीगण विमूढ़ हो गए। उसे अपनी गज़नी के राजमहल के ऐश्वर्य का बड़ा गर्व था। परन्तु सोमनाथ महालय के ऐश्वर्य को देखकर उसका गर्व खंडित हो गया। वह आगे बढ़कर गर्भगृह में घुसा। ज्योतिर्लिंग के तीन टुकड़े बिखरे हुए पड़े थे। गंग सर्वज्ञ का छिन्न शरीर भी उसी भांति देव-सान्निध्य में पड़ा था। उनका रक्त बहकर सूख गया था। उसने मन्दिर के पुजारियों और अधिकारियों को सम्मुख आने की आज्ञा दी। बहुत पुजारी भाग गए थे। जो शेष थे, वे कृष्णस्वामी को आगे करके डरते-कांपते अमीर के सम्मुख करबद्ध आ खड़े हुए।

कृष्णस्वामी ने हाथ जोड़कर कहा, "पृथ्वीनाथ, जितना धन आपको चाहिए, हम दंड देने को तैयार हैं, परन्तु महालय को भंग मत कीजिए। यह हमारा हिन्दुओं का अति प्राचीन देवस्थान है। हम दीन जन आपसे अब यही भिक्षा मांगते हैं।"

महमूद ने कहा, "जर-जवाहर के लालच से इस्लाम के बन्दों का खून बहाने मैं यहां नहीं आया हूं। मैं मूर्तिपूजकों के धर्म का तिरस्कर्ता, मूतिभंजक महमूद हूं, बुतपरस्ती के कुफ्र को दूर करना मेरा धर्म है। मैं मूर्ति बेचता नहीं, मूर्तियों को तोड़कर अल्लाताला खुदा के पैगम्बर मुहम्मद की आन कायम करता हूं।" इतना कहकर उसने अपने हाथ की रत्नजटित सुनहरी छड़ी मे तीन बार उस भग्न ज्योतिर्लिंग पर आघात किया और सब मूर्तियों तथा महालय को तोड़ने-फोड़ने का हुक्म दिया। देखते-ही-देखते उसके हजारों बर्बर सैनिक महालय की मूर्तियों, महराबों और तोरणों को तोड़ने-फोड़ने और ढाने लगे।

अब महमूद ने कृष्णस्वामी से धन-रत्न-कोष की चाबियां तलब कीं। अछता-पछताकर कृष्णस्वामी ने देवकोष महमूद के समर्पण कर दिया। उस देवकोष की सम्पदा को देखकर महमूद की आंखें फैल गईं। भू-गर्भ स्थित चहबच्चों में स्वर्ण, रत्न, हीरा, मोती, माणिक आदि भरे थे। उस दौलत का अन्त न था। उस अटूट सम्पदा को देखकर महमूद हर्ष से अपनी दाढ़ी नोचने लगा। उसने तुरन्त ही सब रत्नकोष उठाकर मंजूषाओं में भर-भरकर शिविर को रवाना कर दिया। अस्सी मन वजनी ठोस सोने की जंजीर, जिसमें महाघंट लटकता था, तोड़ डाली। किवाड़ों, चौखटों और छत से चांदी के पत्तर छुड़ा लिए। कंगूरों के स्वर्णपत्र उखाड़ दिए। मणिमय स्तम्भों पर जड़े हुए रत्न उखाड़ने में उसके हजारों बर्बर जुट गए। सोने-चांदी के सब पात्र ढेर कर उसने ऊंटों पर लाद लिए।

फिर भी उसे सन्तोष न हुआ। उसके गोइन्दों ने गुप्तकोष की तलाश में समूचे गर्भगृह को खोद डाला। ज्योतिर्लिंग के मूल स्थान में बहुमूल्य मणि-माणिक्य का एक महा-भंडार उसे और मिल गया। इससे उत्साहित होकर उसने समूचे महालय के गोख, फर्श, अलिन्दों को खोद-खोदकर गुप्तकोष ढूंढ़ना प्रारम्भ किया। कृष्णस्वामी से उसने बहुत प्रश्न किया। अन्त में उसे बांधने की आज्ञा दी। सैनिक कृष्णस्वामी को बांधने लगे। कृष्णस्वामी गिड़गिड़ाने लगे और प्राणों की भिक्षा मांगने लगे। चारों ओर तुमुल कोलाहल मच रहा था। उस कोलाहल के बीच जैसे हृदय को विदीर्ण करती हुई एक तीव्र हुंकृति ने सभी को चौंका दिया। उस पागल क्षण में चीखती-चिल्लाती, न जाने कहां से रमादेवी, एक मोटी लकड़ी हाथ में लिए भीड़ को चीरती हुई धंस आई। उसके वस्त्र फटे, नेत्र फैले हुए, बाल बिखरे हुए और मुंह विकराल था। उसने सैनिकों को पीछे धकेलकर कृष्णस्वामी को अपने आंचल में छिपाते हुए ललकारकर कहा, "कहां है वह मुंडी काटा गज़नी का अमीर, आए मेरे सामने! देखूं कैसे वह मेरे आदमी को बन्दी करता है!"

सैनिकों ने झपटकर रमाबाई को पकड़ लिया। धकापेल में उसके वस्त्र तार-तार हो गए। वह गिर गई। परन्तु सिंहिनी के समान गरजकर उसने उछाल भरकर कई सैनिकों को गिरा दिया। सैनिकों ने तलवारें खींच लीं। सैकड़ों तलवारें रमाबाई पर छा गईं।

फ़तह मुहम्मद अब तक चुपचाप अमीर की बगल में खड़ा था। अब वह तलवार सूंत एकदम रमाबाई के आगे छाती तानकर खड़ा हो गया। उसने ललकारकर कहा, "खबरदार, जो कोई इस औरत के छुएगा, उसके धड़ पर सिर नहीं रहेगा।"

नामदार अमीर महमूद की उपस्थिति में यह घटना असाध्य थी। महमूद अविचलत भाव से यह सब देख रहा था। अब उसने आगे बढ़कर कहा, "उस औरत को छोड़ दो।"

सिपाहियों ने रमाबाई को छोड़ दिया। छूटते ही उसने कृष्णस्वामी के बन्धन खोल दिए और फिर वह अपने हाथ की लकड़ी मजबूती से पकड़कर अमीर की ओर फिरी। उसने अपनी गोल-गोल आंखें घुमाते हुए कहा, "तू ही वह अमीर है?"

"हां औरत, मैं ही अमीर महमूद हूं।"

"तूने सर्वज्ञ को मारा, देवलिंग भंग किया?"

"हां, मैं विजयी मूर्तिभंजक महमूद हूं। लेकिन औरत, तू क्या चाहती है?"

"मैं तुझसे यह पूछती हूं कि क्या तुझसे किसी ने यह नहीं कहा कि तू मृत्यु का दूत, जीवन का शत्रु और मनुष्यों में कलंक रूप है?"

"अय औरत, मैं तेरी सब बात सुनूंगा, कहती जा।"

"तूने विजय प्राप्त की, पर किसी की भलाई नहीं की।"

"मैं खुदा का बन्दा, खुदा के हुक्म से कुफ्र तोड़ता हूं।"

"तू भगवान के पुत्रों को मारता है, जिन्होंने तेरा कुछ नहीं बिगाड़ा। उन्हें लूटता है और उनके घर-बार जलाता है। तू कंकड़-पत्थरों का लालची है, और आदमी का दुश्मन है। तेरा खुदा यदि तेरी इन काली करतूतों से खुश है, तो वह खुदा नहीं, शैतान है।"

महमूद की भवों में बल पड़ गए। किन्तु वह चुपचाप अपने होंठों को दबाता हुआ इस दबंग औरत को देखता रहा, जिसके साहस और शक्ति का अन्त न था। वह इस औरत की बात का मर्म समझ गया। उसने फ़तह मुहम्मद की ओर देखा—वह उसी भांति तलवार नंगी किए रमादेवी के आगे छाती तानकर खड़ा था। महमूद ने कहा, "अय बहादुर, क्या इस औरत को तू जानता है?"

"जानता हूं जहांपनाह।"

"कौन है यह?"

"मेरी मां,"

महमूद बड़ी देर तक उस औरत की ओर ताकता रहा, एक हल्की मुस्कान और करुणा की झलक उसके नेत्रों में आई। उसने जलद-गम्भीर स्वर में कहा, "औरत, तलवार के विजेता महमूद के सामने तूने जो सच कहा, वह बादशाहों के लिए इज्जत की चीज़ है। दुनिया में दो चीजें लोगों को जिन्दगी बख्शती हैं—एक सूरज की किरनें और दूसरा मां का दूध। तूने जिन्दगी से प्यार करने की ओर मेरा ध्यान दिलाया है। ठीक कहा तूने औरत। और तू मां है, मां के बिना महमूद पैदा ही न हो सकता था। फिरदौसी, अलबरूनी, अरस्तू, शेख सादी, ये सब मां के बच्चे हैं। अय मां, आगे बढ़, और इस बच्चे के सिर पर हाथ रखकर इसे दुआ बख्श, जिसने तीस वर्ष तक धरती को अपने पैरों से कुचलकर उसे लोहू से लाल किया है।"

दो कदम आगे बढ़कर महमूद सिर झुकाकर एक बालक की भांति रमाबाई के आगे आ खड़ा हुआ।

रमाबाई का रुद्र-भाव एकबारगी ही जाता रहा। उसने हाथ की लकड़ी फेंककर आगे बढ़कर महमूद के मस्तक पर हाथ रखा और आंखों में आंसू भरकर कहा, "कैसे तू जिन्दा आदमी को मार सकता है, उनका घर-बार लूट सकता है! अरे महमूद, उनकी भी तेरी-सी जान है, उन्हें कितना दुःख होता होगा, बोल तो?" रमाबाई की आंखों से झर-झार आंसू बह चले।

महमूद ने सिर ऊंचा किया। उसने कहा, "बहुत लोग मुझसे अपने राज्य और दौलत के लिए लड़े। लेकिन इंसान के लिए आज तक मुझसे कोई नहीं लड़ा। मैं खुदा का

बन्दा, महमूद वही कहूंगा जो मुझे कहना चाहिए। यह औरत, जो मेरे सामने खड़ी है, उसने मुझे एक नई बात बताई है, जिसे मैं नहीं जानता था। इसके हाथ में तलवार नहीं है, तलवार का डर भी इसे नहीं है। यह रोती और गिड़गिड़ाती भी नहीं। बादशाहों के बादशाह महमूद को फटकारती है, इंसाफ के प्यार ने इसे इस कदर मजबूत बनाया है। इसके आंसुओं का मोल तमाम दुनिया के हीरे-मोतियों से भी नहीं चुकाया जा सकता। इसने महमूद को मां की तरह नसीहत दी है और अब मैं, महमूद खुदा का बन्दा, वही कहूंगा जो मुझे कहना चाहिए। दो सौ घुड़सवार जिनकी सरदारी फ़तह मुहम्मद करेगा, इज्जत के साथ इस बादशाहों के बादशाह की मां को इसके घर तक पहुंचा दें और उसका हर एक हुक्म बजा लाएं। महमूद इस औरत का बेटा है। वह कहता है, वह जितनी दौलत चाहे, ले जाए और जो चाहे वही उसे हुक्म दे।"

लेकिन रमादेवी ने कहा, "महमूद, मुझे कुछ नहीं चाहिए। मैं केवल यही चाहती हूं कि तू अभी, इस देवपट्टन से चला जा और अब अधिक विनाश न कर! और जान रख, कि तू जैसे खुदा का बन्दा है वैसे ही और सब लोग भी हैं। वे सब तेरे भाई हैं महमूद, उन्हें प्यार कर, तेरी नामवर तलवार उनकी रक्षा के लिए है, उनकी गर्दन काटने के लिए नहीं।"

महमूद ने तलवार ऊंची करके कहा, "महमूद खुदा का बन्दा, इस औरत का हुक्म मानकर इसी क्षण इस देवपट्टन को छोड़कर कूच का हुक्म देता है।"

महमूद ने तलवार को म्यान में किया और अपना घोड़ा मंगाया। उसके सब सैनिक चुपचाप अपनी तलवारें नीची किए उसके पीछे-पीछे चले। केवल फ़तह मुहम्मद अपने दो सौ सवारों के साथ रह गया।

"अब तू, देवा, तू भी जा," रमादेवी ने उसे देखकर कहा।

"मां, क्या तुम मुझसे नाराज हो?"

"जो कुछ तूने किया, वह होनहार था। पर अब तू जा और इस अपने संगी-साथियों को भी ले जा। तेरी आंखों के आगे सर्वज्ञ का हनन हुआ। यह महापाप तेरे ही ऊपर है। पर मैं तुझे दोष नहीं दूंगी, सर्वनाश का क्षण ही आ लगा था।"

कुछ देर फ़तह मुम्मद सिर नीचा किए खड़ा रहा। वह शोभना के सम्बन्ध में कुछ कहना चाहता था, पर कुछ सोचकर चुप रह गया। फिर उसने कहा, 'मां, और कुछ कहना है?"

"ना, तू जा अब!"

फ़तह मुहम्मद चुपचाप चला गया। उसने आंख उठाकर एक बार भी कृष्णस्वामी की ओर नहीं देखा। उसके पीछे उसके दो सौ सवार भी गए।

कृष्णस्वामी नीचा सिर किए खड़े थे। अब कृष्णस्वामी और रमाबाई को छोड़कर और कोई वहां उपस्थित न था। रमाबाई ने भरे हुए बादलों के स्वर में कहा, "अब इस तरह खड़े रहने से क्या होगा, चलकर पहले सर्व का ऊर्ध्व दैहिक करो, पीछे और कुछ।"

और वे दोनों प्राणी उस नष्ट प्रभात में अपनी ही पग-ध्वनि से चौंकते हुए खंडहरों,

मलवों और भग्न मूर्तियों के सूने ढेरों से उलझते, भय-आतंक और भूख-प्यास से जर्जर, उस भग्नगृह में घुस रहे थे, जहां अब केवल सर्वज्ञ का छिन्न-भिन्न शरीर भूमि पर पड़ा था। ज्योतिर्लिंग के भग्न खंड, धन-रत्न भंडार के साथ ही अमीर के आदमी ले गए थे।

गंदावा दुर्ग

महमूद को देवपट्टन की यह विजय बहुत महंगी पड़ी। यद्यपि यहां से उसे अथाह सम्पदा मिली, परन्तु उसका सैनिक बल छिन्न-भिन्न हो गया। अब उसे यह भय होने लगा कि वह इस अतोल सम्पदा को लेकर सही-सलामत गज़नी पहुंच सकेगा भी या नहीं। उसकी सेना के प्रायः सारे ही हाथी इस युद्ध में नष्ट हो चुके थे। बहुत से मर चुके थे, जो बचे थे वे अंग-भंग, कमजोर और घायल थे। उनमें से अच्छे ऊंट और हाथी चुनकर उसने उन पर सोना, रत्न और लूटा हुआ धन-माल लादा। पचास हाथी और दो सौ ऊंटों पर यह सब सम्पदा लादी गई। सबके बीच एक गजराज पर सिंह-द्वार के चन्दन के फाटक और ज्योतिर्लिंग के तीन टुकड़े थे। चुने हुए दस हजार उत्कृष्ट सवार इस खज़ाने की रक्षा के लिए देकर और सेनापति मसऊद को उसका नायक बनाकर अनहिल्ल पट्टन की ओर सीधा रवाना कर दिया। बन्दी, घायल, रोगी तथा अनावश्यक सामग्री भी उसने उनके साथ ही भेज दी।

महासेनानी महमूद को पता लग चुका था कि उसका परम शत्रु भीमदेव घायल अवस्था में गंदावा दुर्ग में जा छिपा है तथा उसके साथ बहुत-से राजपूत भी हैं। निश्चय ही वह पीछे से आक्रमण कर सकता है। भला महमूद-जैसा अनुभवी योद्धा कैसे शत्रु को बगल में छोड़कर आगे बढ़ सकता था! वह भीमदेव को सांस लेने का अवसर भी नहीं देना चाहता था। उसका दल क्षीण हो गया था और सहायता मिलने की उसे आशा न थी। अतः वह नहीं चाहता था कि शत्रु संगठित हो या उसे शक्ति-संचय का समय मिले। अभी गुजरात में बहुत बल था और लौटना निरापद न था, इसलिए उसने अपने प्रबलतम किन्तु घायल, विपन्न शत्रु भीमदेव की ओर अपनी दृष्टि की और निर्णय किया कि जैसे भी हो, उसे आमूल नष्ट करना ही श्रेयस्कर है। इन सब बातों पर विचार करके उसने चुने हुए तीन सहस्र धनुर्धर देकर फ़तह मुहम्मद को आगे गंदावा दुर्ग भेज दिया। फ़तह मुहम्मद यहीं का निवासी तथा सब घर-घाट से परिचित था। उसे जहां जितनी नौका मिलीं, उन्हें लेकर तथा बांसों के बेड़े बनाकर कच्छ की खाड़ी में घुसा और शीघ्र-से-शीघ्र बढ़कर गंदावा दुर्ग के उपकूल पर जा धमका।

अमीर शेष सत्रह हजार सुगठित वीरों को लेकर स्थल-मार्ग से दुर्ग की ओर बढ़ा।

यह किला कच्छ के किनारे पर महासागर के खड्ड में था। किला बहुत मजबूत और सुरक्षित था। एकाएक उस पर किसी शत्रु का आक्रमण सम्भव नहीं था। दुर्ग का तीन भाग सागर-गर्भ में था। बहुत बार गुर्जरपतियों ने विपत्ति-काल में इस दुर्ग का आश्रय

लेकर धन, मान और प्राण बचाए थे।

फ़तह मुहम्मद की सेना ने सूर्य छिपते-छिपते दुर्ग के जल-मार्ग को घेर लिया। इस समय दुर्ग कमा लाखाणी की कमान में था। दामोदर महता और बालुकाराय महाराज भीमदेव की रोग-शय्या पर बैठे उन्हें होश में लाने की तथा उनके घाव पूरे करने की चेष्टा कर रहे थे। महाराज भीमदेव यद्यपि अब मूर्च्छित न थे, परन्तु उनकी चेतना शक्ति जाती रही थी। वे बारम्बार उठ-उठकर प्रलाप करते हुए भाग रहे थे और किसी को पहचानते भी न थे। उनके शरीर में से बहुत-सा रक्त निकल गया था। अभी उनके जीवन की आशंका बनी थी। राजवैद्य उपचार कर रहे थे, तथा भरुकच्छ और खम्भात से चिकित्सक बुलाए गए थे, जिनकी प्रतीक्षा हो रही थी। इसी समय फ़तह मुहम्मद के नेतृत्व में अमीर की सेना ने दुर्ग पर आक्रमण कर दिया।

संकट-काल समुपस्थित देखकर दुर्ग के अधिवासियों ने एक छोटी-सी युद्ध-मन्त्रणा की। उस मन्त्रणा सभा में केवल तीन व्यक्ति थे। घायल और वृद्ध कमा लाखाणी, बालुकाराय और दामोदर महता। कुछ परामर्श हुआ। अन्तिम निर्णय के अनुसार दुर्ग कमा लाखानी को सौंप दिया गया। आहत भीमदेव तथा दूसरे घायलों को लेकर महता और बालुकाराय अत्यन्त प्रच्छन्न भाव से खम्भात को रवाना हो गए। यह कार्य ऐसे तुर्त-फुर्त और सावधानी से हुआ कि किसी को भी कानोकान पता न लगा। लाखाणी ने आग्रहपूर्वक प्रायः सब लड़ने योग्य योद्धा महासेनापति भीमदेव के साथ खम्भात भेज दिए थे। अब शेष दोनों प्रवहण भी खम्भात रवाना कर दिए गए। दुर्ग में अब छोटी जाति के सौ-पचास मनुष्य और सौ योद्धा बच रहे थे। भोजन-सामग्री की भी दुर्ग में कमी थी। इससे कम-से-कम मनुष्यों को ही वहां रहने की व्यवस्था की गई। उन्हीं सौ योद्धाओं को लेकर वीरवर कमा लाखाणी सब बुर्ज़ों पर चौकी-पहरे की व्यवस्था करके तथा दुर्ग-द्वार भली-भांति बन्द करके बैठ गए। उनकी गृद्ध-दृष्टि अब शत्रु की गतिविधि पर थी।

दुर्ग अत्यन्त दृढ़ और अजेय था। समुद्र से घिरी तीन ओर की ढालू फिसलती हुई चट्टानों पर किसी भी तरह मनुष्य का चढ़ना सम्भव नहीं था। दुर्ग का मुख्य तोरण बहुत ऊंचा था और वहां तक पहुंचने के लिए तीन मील टेढ़ी-मेढ़ी पेंचीली पहाड़ी पगडंडी पर चढ़ना पड़ता था। जहां कठिनाई से केवल एक आदमी चल सकता था। घोड़ा-हाथी तो वहां जा ही न सकते थे। सारा पर्वत जंगली लता-पुष्पों-गुल्मों एवं कंटीली झाड़ियों से भरा था। किले के कंगूरों पर सौ धनुर्धर आक्रमणकारियों के विफल प्रयास का तमाशा देख रहे थे।

इस समय समुद्र में ज्वार आ रहा था और अमीर की जल-युद्ध से अनभिज्ञ सेना समुद्र की तूफानी पर्वत-सी तरंगों की चपेट में उछल रही थी। उसकी नौकाएं उलट रही थीं· या दूर-दूर लहरों पर बिखर गई थीं। उसके साथ साहसी और कुशल मल्लाह भी नहीं थे। फ़तह मुहम्मद बहुत साहसी योद्धा था, परन्तु यहां उसे सफलता नहीं मिल रही थी। किसी तरह वह लहरों पर काबू नहीं पा रहा था। तीर तक नावों का पहुंचना

सम्भव नहीं था। लहरें उन्हें पीछे फेंक देती थीं। अनेक नावें लहरों से उठाई जाकर चट्टानों से टकराकर चूर-चूर हो रही थीं। कुछ साहसी योद्धा नावों पर से तीर चला रहे थे, पर वे दुर्ग के इस ओर ही प्राचीर से टकराकर गिर रहे थे। दुर्गस्थ वीर उनका प्रयास देख-देखकर हंस रहे थे।

सारी रात फ़तह मुहम्मद विफल प्रयास करता रहा। भोर होते-होते अमीर अपनी वीर वाहिनी लेकर दुर्ग के सामने आ डटा। समुद्र भी शान्त हुआ और गुस्से से उबलता हुआ फ़तह मुहम्मद खीझ भरा-सा अमीर के सामने जा खड़ा हुआ। अमीर ने देखा, उसका सारा सैन्य-बल निरर्थक है। किले के फाटक पर पहुंचना सम्भव नहीं है और घेरा डालकर महीनों-वर्षों में भी किले का कुछ नहीं बिगाड़ा जा सकता। उधर अमीर के लिए एक-एक क्षण भारी हो रहा था। नीचे से कोई तीर किले तक नहीं पहुंच रहा था। एक-एक, दो-दो आदमी, जो उन बीहड़ पगडंडियों के रास्ते से दुर्ग-द्वार पर पहुंच रहे थे, वह दुर्ग से बरसते हुए तीरों से बिन्ध-बिन्धकर और लुढ़क-लुढ़ककर अमीर के सम्मुख ढेर हो रहे थे। अमीर की घुड़सवार सेना भी बेकार प्रमाणित हो रही थी। क्योंकि वहां घोड़ा दौड़ाने का स्थान ही नहीं था। क्रोध और खीझ से पागल होकर अमीर दुर्ग के बाहर बसे छोटे लोगों, खेड़ूतों की बस्ती पर टूट पड़ा। स्त्री-बच्चों और निरीह बूढ़ों तक को उसने काट डाला। अभी एक औरत के सामने सिर झुकाकर इस खुदा के बन्दे ने जो वचन दिया था उसे भूल गया। पर यह हत्याकांड करके भी उसे कुछ लाभ नहीं हुआ। उसे न दुर्ग को छोड़ते बनता था, न आक्रमण करते। वह सोच ही न पा रहा था कि क्या करे। भीमदेव-जैसे शत्रु को वह अछूता नहीं छोड़ सकता था, और दुर्ग भंग करना उसके बूते से बाहर की बात थी।

निरुपाय उसने दुर्ग पर घेरा डाल दिया और स्थिर होकर सोचने लगा कि अब क्या करना चाहिए। फिर कुछ सोच-समझकर उसने फ़तह मुहम्मद को दूत बनाकर किलेदार के पास सुलह की शर्तें लेकर भेजा। सुलह की शर्तें सिर्फ यही थीं कि यदि किलेदार महाराज भीमदेव को उनके सुपुर्द कर दे, तो वह किला छोड़ सकता है।

फ़तह मुहम्मद सफेद झंडा फहराता हुआ किले की पौर पर पहुंचा। पौर की बुर्ज पर चढ़कर वृद्ध कमा लाखाणी ने अमीर का सुलह सन्देह सुन। सुनकर हंसा, हंसकर कहा, "अमीर नामदार से हमारा सलाम कहना, और कहना, अभी नहीं, परन्तु उपयुक्त काल में मैं महाराज को लेकर अमीर की सेवा में हाज़िर हूंगा। अभी महाराज भीमदेव बीमार हैं, अमीर की अभ्यर्थन के योग्य नहीं।"

सन्देश में कितना व्यंग और कितना तथ्य था, यह अमीर नहीं समझ सका। उसने दुर्ग में घुसने योग्य कोई गुप्त मार्ग हो, तो उसे ढूंढ़ निकालने, या कोई दरार चट्टानों में बनाने, तथा किसी तरह दुर्ग में घुसने की कोई-न-कोई तदबीर निकालने को, चारों ओर अपने जासूस रवाना कर दिए।

अट्ठासी तलवारें

दिन बीतते चले गए, पर कुछ लाभ नहीं हुआ। एक-एक करके सात दिन बीत गए। दुर्ग में अन्न-जल केवल एक ही दिन का शेष रह गय। वृद्ध कमा लाखाणी ने वीरों को एकत्रित करके कहा, "भाइयो, खेद है कि समय ने हमारी सहायता नहीं की। हमने कितनी भूल की है कि दुर्ग में यथेष्ट अन्न-जल का प्रबन्ध नहीं किया। परन्तु अब भूख-प्यास से तड़पकर मरने का क्या लाभ है? और दो दिन बाद यदि हमने साहस किया तो हमारा बल आधा रह जाएगा। भूख-प्यास से हम जर्जर हो जाएंगे। इससे चलो, अपने हिस्से का शेष कार्य आज ही, अभी पूरा कर दें। शत्रु की सेना पर प्रबल पराक्रम से टूट पड़ें, और वीरगति प्राप्त करें।" उसने गिनगिनाकर कहा, "हम अट्ठासी वीर हैं। सब स्वस्थ हैं, सबके पास शस्त्र हैं, फिर विलम्ब काहे का? चलो, अपने-अपने प्राणों का मूल्य चुकाएं। वीरवर सोरठ के राव धर्मक्षेत्र में तिल-तिल कट मरे, अब आज हम भी उनकी राह चलें।"

वीरों ने दर्प से हुंकार भरी। सभी ने अपना अन्तिम भोजन डटकर किया। जो खाद्य-सामग्री बची, उसे नष्ट कर दिया। जल भी सुखा दिया। कुआं पाट दिया और अपने-अपने घोड़ों पर सवार हो दुर्ग-द्वार खोल दिया। एक-एक वीर बाहर निकला। सबसे आगे वीरवर कमा लाखाणी अपनी सफेद दाढ़ी फहराते चले। उनके पीछे अन्य योद्धा।

अमीर ने सोचा, क्या सचमुच वे आत्म-समर्पण कर रहे हैं। उसने सेना को सज्जित होने की आज्ञा दी। घोड़े पर सवार होकर वह सेना के आगे खड़ा हुआ। राजपूत नीरव और निःस्तब्ध नीचे आ रहे थे। उनकी तलवारें नीची थीं। अमीर ने एक भी तीर न छोड़ा। दोनों सेनाएं केवल एक तीर के फासले पर आमने-सामने खड़ी हो गईं। परन्तु एक तरफ बीस हजार सज्जित सेना थी और दूसरी ओर केवल अट्ठासी नर-व्याघ्र।

अमीर ने ललकारकर कहा, "क्या गुजरात का राजा हमारे ताबे हुआ?" उत्तर में वीर कमा लाखाणी ने अपनी तलवार छाती से लगाई। घोड़े को जरा आगे बढ़ाया और हवा में फहराती हुई अपनी घायल दाढ़ी की छटा दिखाते हुए कहा, "यदि तू ही गज़नी का अमीर है तो हमारे पास अट्ठासी तलवारें हैं, ले, एक-एक गिन!"

उन्होंने तलवार ऊंची की। घोड़े को एड़ मारी। काठियावाड़ी पानीदार घोड़ा हवा में उछला और सीधा अमीर पर टूट पड़ा। अमीर फुर्ती से बगल में दब गया, और कमा लाखाणी की तलवार, जो अमीर के सिर को लक्ष्य कर चुकी थी, उसके घोड़े के मोढ़े पर पड़ी। अट्ठासी तलवारें उन बीस हजारों पर बाज की भांति टूट पड़ीं। अमीर अवाक रह गया। वीर धुरन्धर कमा और उसके अट्ठासी योद्धा इस तरह उस महासैन्य को चीरते चले गए, जैसे खरबूजे को चाकू चीरता है। वे सेना के मध्य भाग तक पहुंच गए। चारों ओर मुंह करके वृद्ध कमा लाखाणी को केन्द्र में रखकर वे चौमुखी तलवार चला रहे थे। क्षण-क्षण पर तेजी से उनकी संख्या कम होती जा रही थी, पर उससे अधिक

तेजी से वे अपनी राह निकाल रहे थे। सेना के समुद्र को वे अट्ठासी वीर इस प्रकार पार कर रहे थे जैसे मगरमच्छ पानी को चीरता जा रहा हो।

शत्रु हैरान थे और अमीर विमूढ़ बना इन वीरों के शौर्य को देख रहा था। अन्त में वे शत्रुदल को भेदने में सफल हुए। परन्तु अट्ठासी में से कुल दो योद्धा अब जीवित थे। एक उनमें कमा लाखाणी थे। वे रक्त से सराबोर थे। शत्रु-सैन्य से बाहर होते ही दूसरा योद्धा घोड़े से गिर पड़ा। कमा लाखाणी ने रास मोड़ी और घोड़े से कूदकर अपने दुर्धर्ष योद्धा का सिर अपनी जांघों पर रख लिया। योद्धा ने एक बार सूखे होंठों पर जीभ फेरी और आंखें पलट दीं। कमा लाखाणी ने वहीं थोड़ी मिट्टी ऊंची कर उसका सिर टेक दिया। वे उठकर खड़े हुए, तब तक हजारों शत्रुओं ने उन्हें घेर लिया था। अमीर ने ललकारकर कहा, "खबरदार, इस बुजुर्ग का बाल भी बांका न होने पाए।" योद्धा हट गए और कमा लाखाणी अपनी तलवार हाथ में लिए खड़े रहे। घावों से उनके शरीर पर रक्त बह रहा था।

अमीर घोड़े से कूद पड़ा। उसने कहा, "अय बुजुर्ग, तुझ पर आफरीं, तू कौन है? अपना नाम बताकर महमूद को ममनून कर।"

"मैं कच्छ का धनी कमा लाखाणी हूं, परन्तु अमीर महमूद, अब मैं खड़ा नहीं रह सकता। दो घड़ी पहले, जब मैं तेरे सामने आया था, मेरे पास अट्ठासी तलवारें थीं, परन्तु अब केवल एक है। यह मैं सिर्फ तुझे देना चाहता हूं। जल्दी कर, मेरी आंखें भी जवाब दे रही हैं। तलवार उठा।" वृद्ध कमा लाखाणी ने हवा में तलवार घुमाई, पर उनका शरीर झूल गया। अमीर ने लपककर उन्हें आंचल में भर लिया। उसकी आंखों में आंसू भर आए। उसने कहा, "कच्छ के विजयी महाराज, आपकी इस अकेली तलवार ने दिग्विजयी महमूद को जेर किया है, महमूद की क्या ताब कि इसे छुए!"

वीरवर कमा लाखाणी ने कान में महमूद के पूरे शब्द नहीं पड़े। अमीर की गोद में उनका सिर ढुलक गया। उनको गोद में लेकर अमीर महमूद वहीं भूमि पर बैठ गया। एक बार वीरवर ने आंखें खोलीं, होंठ हिले और सदा के लिए निःस्पन्द हो गए।

अमीर ने आंख उठाकर देखा तो उसके योद्धा चुपचाप खड़े-खड़े यह तमाशा देख रहे थे। अमीर ने हुक्म दिया, "अय बहादुरो, घोड़ों से उतर पड़ो, हथियार जमीन पर रख दो और बहादुरों के बादशाह इस बुजुर्ग की इस तलवार के सामने सिर झुकाओ।" बीस हजार बर्बर दुर्दान्त खूनी डाकुओं ने भूमि पर घुटने टेककर अपने-अपने हथियार जमीन पर रख सिर झुका दिया।

अमीर की आंखों से झर-झर आंसू बह चले। उसने दोनों हाथों से वृद्ध व्याघ्र की तलवार लेकर आंखों से लगाई। उसे चूमा और उसे वीरवर के वक्षःस्थल पर स्थापित कर अपना सिर भी उस निःस्पन्द वक्ष पर झुका दिया।

रक्त-गन्ध

अमीर ने बहुत खोज की, पर दुर्ग में एक भी जीवित क्षत्रिय न मिला जो वीरवर कमा लाखाणी की ऊर्ध्वदैहिक क्रिया करता। अमीर ने तब अपने उमराव क्षत्रिय सरदारों को आदरपूर्वक वीर की अन्तिम क्रिया धर्मानुसार करने की आज्ञा दी। वह स्वयं भी नंगे पैर पांव-प्यादा कुछ दूर तक अर्थी के साथ चला तथा इस वृद्ध के सम्मान में अपनी सारी सेना की तलवार नीचे झुकी रखने का आदेश दिया। लूटमार करने योग्य वहां कुछ भी शेष न बचा था। दुर्ग सूना था, वहां न एक प्राणी था, न एक दाना अन्न, न एक बूंद पानी। दुर्ग के तल भाग में बसी बस्ती प्रथम ही जलाकर छार कर डाली गई थी। सब लोग कट-पिट चुके थे; जो बच सके थे, वे प्राण लेकर भाग गए थे। लाशें सड़ रही थीं, गीध मंडरा रहे थे; वायु का सांय-सांय शब्द और समुद्र की उत्ताल तरंगें भयानक दीख रही थीं। अमीर की सारी सेना त्रस्त, थकित, भूखी-प्यासी और अशान्त थी। वहां न उनके घोड़ों को घास और दाना-चारा था, न सिपाहियों के लिए अन्न-जल।

वीर का सत्कार कर चुकने पर इस सिंह-व्याघ्र का ध्यान फिर अपने प्रमुख शत्रु भीमदेव की ओर गया। क्या भीमदेव बचकर भाग निकला था, या इसी युद्ध में मर-कट गया? परन्तु ऐसा होता तो उसका पता अवश्य लग जाता। अमीर ने बहुत से गोइन्दे इसकी टोह में लगा दिए थे। स्वयं फ़तह मुहम्मद अपने सवारों सहित खोज में निकला था।

तीसरे पहर फ़तह मुहम्मद समाचार लाया कि भीमदेव बचकर खम्भात को रवाना हो गया है। अमीर के पाषाण-सम कठोर हृदय पर जो मूर्ति अंकित थी, वह भी खम्भात में थी। अब तक अमीर अपने रण-रंग में उसे भूला था, अब एकबारगी ही वह मूर्ति उसके रक्त-बिन्दुओं में ऊधम मचाने लगी। उसने मन-ही-मन याद करके उसका नाम दुहराया—चौला, चौला। और वह लम्बी-लम्बी सांसें लेने लगा। उसके नथुने जलने लगे। इसी समय उसे खयाल हुआ कि उसका शत्रु भीमदेव भी खम्भात में है। और वह उसकी माशूका नाज़नीं भी। एक अज्ञात ईर्ष्या से उसका रोम-रोम जल उठा। एक प्रच्छन्न भावना से अभिभूत होकर उसने अपने मन में कहा—नहीं-नहीं, ये दोनों कभी नहीं मिलने पाएंगे। कभी नहीं। उसे स्मरण हुआ, वह प्रथम दर्शन, भीमदेव का अकस्मात आकर तलवार उठाना और फिर गंग के आने से निरुपाय लौटना। उसने धरती पर पैर पटककर कहा, "हुंह, जब तक यह तलवार है, उसे दूसरा कोई न छू सकेगा। वह महमूद की दौलत है। उसकी संचित सारी दौलत से भी अधिक। उसकी सत्रह बड़ी-बड़ी दिग्विजयों से भी अधिक मूल्यवान!"

परन्तु गर्व और गौरव ने किसी के सामने उसे अपने हृदय की इस भूख को प्रकट

नहीं करने दिया। वह मन-ही-मन ताव-पेच खाता रहा। अन्त में उसने फ़तह मुहम्मद को एकान्त में बुलाकर कहा, "क्या तू खम्भात की राह-बाट जानता है?"

"जानता हूं।"

"राह में दाना-घास-पानी है?"

"बहुत है।"

"खम्भात देखा है?"

"देखा है हज़रत।"

"वहां की गली-कूचों से वाकिफ है?"

"अच्छी तरह। मैं वहां रह चुका हूं।"

"और वह नाज़नीं?"

"मेरी एक आंख उस पर है हुजूर।"

"क्या तुझे उसकी कुछ खबर है?"

"वहां जाते ही मिल जाएगी।"

"किस तरह?"

"मेरा आदमी उसके साथ है।"

"वह क्या भरोसे का है?"

"मेरी बीवी है।"

"तो चल, अभी कूच कर। अपने तीन हज़ार सवार चुन ले और उन्हें तीन टुकड़ियों में बांटकर मुझसे तीन कोस आगे चल। हर एक टुकड़ी का आधे कोस का फासला रख।"

"जो हुक्म!"

'और तुझे मैं सिर्फ उस नाज़नीं के ऊपर छोड़ता हूं, लड़ाई से दूर रहकर, सिर्फ उसी पर आंख रख!"

"जो हुक्म हुजूर!"

और तेरी बीवी, यदि सिपहसालार की बीवी बनने की फख्र हासिल करना चाहती है, तो उसी नाज़नीं की साया में रहे, यह बात उसे कह देना।"

"कह दिया है हुजूर।"

"तू एक दानिशमन्द खुशगवार बहादुर है। मैं तुझसे खुश हूं।"

फ़तह मुहम्मद ने अमीर का दामन चूमा और सिर झुकाकर तेजी से चल दिया।

और कुछ ही क्षणों के बाद अमीर का लश्कर खम्भात की राह-बाट जा रहा था, जैसे कोई रक्त-पिपासु हिंस्र पशु अपने मारे हुए शिकार की रक्त-गन्ध लेता हुआ उसके पीछे जाता है।

खम्भात

खम्भात गुजरात का वैकुंठ कहलाता था। वहां की प्रकृति-शोभा अपूर्व थी। प्रकृति और कला, दोनों के ही संयोग ने इस कल्याण-नगरी को गुजरात का शिरोभूषण नगर बना रखा था। नगर का बहुत बड़ा विस्तार था। महत्त्वपूर्ण समुद्र-तट पर होने के कारण उसकी व्यापार-महत्ता और बढ़ गई थी। अरब और रोम के व्यापारी जहाज खम्भात ही के द्वार पर भूस्पर्श करते थे। देश-विदेश के वणिक-व्यापारी यहां सदैव बने ही रहते थे। समुद्र-तट की तर-गरम वायु, तरंगित समुद्र की सुषमा, और जल-थल के पक्षियों का कलरव एवं पुष्पों की गन्ध, केला, नारियल, आम आदि वृक्षों की सघन घन-छटा देखते ही बनती थी। सान्ध्य बेला में अस्तंगत सूर्य-किरणों की लालिमा अकथ शोभा-विस्तार करती थी। नगर में अनेक उपवन, ताल, बावड़ी और रमणीय स्थान थे। वहां के लोग भी अत्यन्त सम्पन्न, सुरुचिपूर्ण, स्वच्छ और सभ्य थे। नगर की समृद्धि इतनी थी कि वहां के व्यापारियों की हाट में हीरा, मानिक, मोती और मुहरों के ढेर लगे रहते थे। अरब समुद्र से निकलनेवाले गजमुक्ताओं की उन दिनों खम्भात ही सबसे बड़ी मंडी थी। इस समय नगर का क्षेत्रफल पन्द्रह गांव की सीमा में तीस मील तक फैला था।

नगर के प्रान्त में समुद्र-तट पर भूरे रंग के पत्थर का एक दुर्ग था। दुर्ग बहुत विशाल और ऊंचा था। उसके चारों ओर की खाई साठ हाथ चौड़ी और इतनी ही गहरी थी, जो सदा समुद्र के जल से भरपूर रहती थी। धनी जनों की हवेलियां पत्थर की तथा सर्वसाधारण के मकान दो फीट की लम्बाईवाली पैंतीस-पैंतीस सेर की वज़नी, भट्टी में पकाई हुई समचौरस या लम्बचौरस ईंटों के बने हुए थे। परन्तु इस समय खम्भात का गौरव-स्वरूप देवाधिष्ठान अचलेश्वर महादेवालय था, जो समुद्र के मस्तक पर एक अति भव्य उत्तम शृंग पर भूरे रंग के पत्थर का बना सुशोभित हो रहा था। जिसके स्वर्ण-कलश मध्याह्न के सूर्य में जगमग करते दस-दस गांव के लोगों को दीख सकते थे। मन्दिर में सैकड़ों ब्राह्मण निरन्तर शिवस्तोत्र का पाठ करते थे। मन्दिर का विशाल मंडप स्फटिक के खम्भों पर आधारित था। जहां जगह-जगह वेद, पुराण आदि के वाक्य तथा देवमूर्तियां खुदी हुई थीं, इसे कैलास मंडप कहा जाता था। मन्दिर में प्रतिष्ठित शिवलिंग की प्रतिष्ठा, सोमनाथ के बाद अग्रगण्य थी। लिंग के सम्मुख स्फटिक ही का विशाल नन्दी था। देवता ही नहीं, देवता के पुजारी नृसिंह स्वामी की कीर्ति भी गुजरात में दिगन्त व्याप्त थी। राजा और प्रजा, दोनों ही उन्हें एकनिष्ठ ब्रह्मचारी और महापुरुष की भांति पूजते थे। नृसिंह स्वामी गत तीस वर्षों से देव-सेवा कर रहे थे। उनके उन्नत ललाट और प्रसन्न मुद्रा देखते ही छोटे-बड़े सब मोहित हो जाते थे। वे सभी की श्रद्धा और भक्ति के पात्र थे। इसके अतिरिक्त और भी अनेक भव्य देवालय थे। जहां के प्रत्येक प्रभात, मध्याह्न

और सन्ध्याकाल के स्तवन से समस्त खम्भात नगर मुखरित हो उठता था।

खम्भात उद्योग-शिल्प में भी वाणिज्य की भांति ही प्रख्यात था। हर एक वस्तु के पृथक-पृथक बाजार थे। नगर का राजमार्ग बड़ा विशाल था। नगर दृढ़ प्राचीर से घिरा था। इसमें इतने बड़े-बड़े बुर्ज़ व बड़े-बड़े द्वार थे, जहां अम्बारीवाले हाथी अनायास ही निकल सकते थे।

समुद्र-तट नगर से कोई पौन मील के अन्तर पर था। वह अति विशाल और भव्य था। मार्ग के दोनों ओर विशाल वन, उपवन, बावड़ी, धर्मशाला, अतिथिगृह और वाटिकाएं बनी थीं। जहां विविध फल-फूल लदे हुए थे तथा भांति-भांति के पक्षी कलरव करते थे। वसन्तघोषी कोयल आम्र-मंजरी पर बैठी कुहू की ध्वनि करती और आम चम्पा, तमाल, अशोक वृक्षों की सघन छाया में स्त्री-पुरुष स्वछन्द विहार करते तथा उन्मुक्त नैरोग्य समुद्री वायु का सेवन करते थे।

इन दिनों खम्भात में बहुत भीड़ हो गई थी। देवपट्टन के सब ब्राह्मण-परिवार, सेठ, उनके परिजन और इधर-उधर के भागे हुए लोग वहां भर गए थे। सैनिक भी बहुत थे। सोमनाथ और गंदावा दुर्ग के पतन के समाचार सुनकर सावन्तसिंह चौहान को दुर्ग सौंप, महाराज वल्लभदेव अपना सदर मुकाम यहां से उठाकर बहुत से धनी परिवारों तथा ब्राह्मणों सहित अपनी सैन्य ले आबू को रवाना हो गए थे। इससे सर्वत्र उदासी, बेचैनी और चिन्ता की लहर फैल रही थी। कारबार ढीले हो रहे थे। लोग आशंका से भरे थे।

वियोग-संयोग

खम्भात के दुर्ग का पश्चिमी भाग समुद्र की ओर था। उसी दिशा में एक छोटा-सा महल भूरे पत्थर का अति प्राचीन बना हुआ था। कहते हैं कि उस महल को वल्लभीपुर के महाराज शिलादित्य ने निर्माण कराया था। महल सुन्दर और कलापूर्ण था। और उसमें आठवीं-नवमी शताब्दी की भव्य स्थापत्य-कला का प्रदर्शन था। इसी महल में चौला को रखा गया था। शोभना उसकी प्रधान सहचरी के रूप में उपस्थित थी। पाठक भूले न होंगे कि उसे फ़तह मुहम्मद ने चौला पर जासूसी के लिए नियत किया था। परन्तु शोभना वास्तव में बड़े ही स्वच्छ हृदय की युवती थी। उसका मन बहुत ही भावुक और कोमल एवं सरल था। चौला के सौन्दर्य, उदारता और कोमल भावुकता से शोभना का मन मेल खा गया और वह सच्चे मन से उसे प्यार करने लगी थी। वह उसकी उदास, आंसुओं से भरी आंखें, बेचैनी से करवटें बदलती हुई रातें आंखों से देख चुकी थी। वह देखती थी, चौला घंटों निःस्पन्द बैठी सुदूर समुद्र की तरंगों के उस ओर देवपट्टन को अनिमेष भाव से देखती रहती है। फिर लम्बी सांस खींचकर सिक्त आंखें पोंछ लेती है। वह बहुत कम बोलती, बहुत कम खाती, बहुत कम सोती और बहुत कम अपनी आवश्यकताएं दूसरों को बताती है।

परन्तु शोभना छाया की तरह उसके साथ रहती। कभी-कभी वह नाच-गाकर उसे खुश करने की चेष्टा करती, हंसती-हंसाती। उसके सरल व्यवहार और आनन्दी स्वभाव को देख, कभी-कभी चौला मुस्कुरा देती। कभी कहती, बहिन, इतना कष्ट क्यों करती हो। कभी-कभी जब वह बरजोरी शोभना को बरजती तो वह मुंह फुलाकर रूठ जाती। चौला को उसे मनुहार करके मनाना पड़ता, तो वह खिलखिलाकर हंस पड़ती।

कभी वह विचारती, 'क्यों देवा ने उस पर दृष्टि रखने को कहा है, क्यों गज़नी का अमीर उस पर नजर रखता है। अवश्य ही उसकी नजर अच्छी नहीं है।' देव-स्वामी को वह प्यार करती थी, और उस प्यार की झोंक में उसे उसका मुसलमान होना भी नहीं खला था। धर्म-शत्रु गज़नी के अमीर का अनुवर्ती होना भी उसे बुरा न लगा था। परन्तु वह किसी रूप में चौला का अनिष्ट करे, यह वह नहीं सह सकती थी। उसने मन-ही-मन चौला की प्रत्येक मूल्य पर संकट-काल में रक्षा करने की ठान ली। सोमनाथ के पतन के समाचार दुर्ग में पहुंच चुके थे। वह सोच रही थी, 'क्यों उस सर्वग्रासी अमीर की सेवा देवा करता है।' वह निश्चय कर चुकी थी कि यदि इस बार देवा से मुलाकात हुई तो वह कहेगी, कि वह उस धर्मद्रोही का साथ छोड़ दे, और महाराज भीमदेव की सेवा में रहकर आततायी का सामना करे! महाराज भीमदेव के साथ चौला का धर्म-विवाह देव-सान्निध्य में हो चुका है, यह बात अभी उसे नहीं मालूम थी। परन्तु महाराज भीमदेव के प्रति चौला के विरह-वैकल्य को वह ठीक-ठीक समझ गई थी। वह भुक्त-भोगिनी थी। इससे उसके मन में चौला के प्रति यथेष्ट सहानुभूति थी।

खम्भात का किलेदार सामन्तसिंह नियत किया गया था। और उसने चौला को महारानी की भांति रहने की सब सम्भव व्यवस्था कर दी थी। वह नित्य सुबह-शाम उपस्थित होकर चौला की आवश्यकताओं को पूछ लेता। दासियों तथा शोभना को आवश्यक हिदायतें, तथा देवपट्टन के समाचार देता था। देवपट्टन के पतन से वह चिन्तित था, और शोभना की विपत्ति की आशंका से सावधान।

और एक दिन जब सन्ध्या-काल में शोभना और चौला समुद्र की उज्ज्वल फेन-राशियों के साथ अस्तंगत सूर्य की अरुण किरणों को क्रीड़ा-विलास करते देखने में मग्न थीं, तभी व्यस्त भाव से चौहान ने वहां पहुंचकर सूचना दी कि महाराज सख्त घायल हुए हैं, एवं महाराज की सवारी खम्भात आ रही है। चौला एकबारगी ही उन्मत्त की भांति बाहर को दौड़ पड़ी, उसने देखा, सेना की एक छोटी-सी टुकड़ी दुर्ग में प्रविष्ट हो रही है। सबके आगे घोड़े पर सवार नंगी तलवार हाथ में लिए सेनापति बालुकाराय हैं।

महाराज के मूर्च्छित घायल शरीर को चौला के ही कक्ष में लाकर रखा गया। चौला सब लाज-संकोच भूल महाराज का सिर गोद में ले ज़ार-ज़ार दो आंसू बहाती और महाराज के सूखे बालों में अपनी कोमल अंगुलियां फेरती रही। भाव-विमोहित हो शोभना भी महाराज के चरणों को गोद में ले बैठी। राजवैद्यों का उपचार जारी था। दुर्ग में हलचल फैल रही थी। सामन्तसिंह दौड़-दौड़कर सब बुर्जों पर सुरक्षा की व्यवस्था कर रहे थे, अब किसी

भी क्षण अमीर के खम्भात पर आ धमकने की सम्भावना थी। निराश और उद्वेग का वातावरण सर्वत्र छा रहा था। धीरे-धीरे रात गम्भीर होने लगी। निःस्तब्ध रात्रि में चौला के सान्निध्य में चौला का सुख-स्पर्श पाकर महाराज भीमदेव को चेतना हुई। महाराज ने आंखें फाड़कर चारों ओर देखा, उनकी दृष्टि चौला के सूखे और मुरझाए मुंह पर अटक गई। उन्होंने क्षीण स्वर में पूछा, "मैं कहां हूं?"

परन्तु चौला के मुंह में स्वर अटक गया। वह बोल न सकी। उसकी आंखों से झर-झर आंसू बह निकले।

शोभना ने कहा, "घणी खम्मा, अन्नदाता खम्भात में हैं।"

"और तुम?"

शोभना उत्तर न दे सकी। महाराज की दृष्टि चौला पर अटक गई। उसे पहचानकर महाराज ने कहा, "तुम हो चौला," उन्होंने हाथ ऊंचा करके अपने बालों में घूमती हुई चौला की अंगुलियां छुईं।

चौला ने आंसू पोंछे।

"रोती हो, क्या अशुभ हो चुका ? यही सम्भव था। किन्तु और सब?"

"महाराज..." चौला की हिचकियां बंध गईं।

"बालुकाराय है?"

चौला ने धीरे-से कहा, "हां, हैं, क्या बुलाऊं?"

"नहीं, और महता दामो?"

"वह भी हैं महाराज।"

"क्या मैं यहां कई दिन मूर्च्छित रहा?"

"महाराज को आज ही बालुकाराय लेकर आए हैं।"

"देवपट्टन से?"

"नहीं, गंदावा दुर्ग से।"

"तो गंदावा दुर्ग का भी पतन हो गया?"

चौला ने सिर झुका लिया। महाराज ने जल मांगा। चौला ने चांदी की झारी से जल महाराज के मुंह में डाला। कुछ देर महाराज चुप रहे, फिर उन्होंने एक प्रकार से आर्तनाद-सा करते हुए कहा—

"तो गुजरात की तलवार टूट चुकी? कौन-कौन खेत रहे, कौन-कौन बचे?"

"सब ब्यौरा सेनापति शायद बता सकें, उन्हें बुलाऊं?"

'अभी नहीं!" उन्होंने फिर शोभना को देखकर कहा, "तुम कौन हो?"

"मैं शोभना हूं, देवी की चिरकिंकरी।"

महाराज ने चौला की ओर देखा। चौला ने साभिप्राय दृष्टि से शोभना की ओर देखा, शोभना धीरे-से उठकर बाहर चली गई। कक्ष में एकान्त हो गया। महाराज एकटक बहुत देर तक दीपक के धीमे पीले प्रकाश में चौला के पीले मुंह को देखते रहे। फिर आहिस्ता से उसे खींचकर अपने वक्ष पर डाल लिया। पुष्प के ढेर की भांति चौला महाराज के

वक्ष पर गिरकर भारी-भारी सांस लेने लगी। जीवन और मृत्यु के मध्यस्थ उस संयोग-वियोग के उद्वेग से उसका वक्ष लुहार की धौंकनी के समान उठने-बैठने लगा। दोनों ही आकुल-व्याकुल हृदय परस्पर आलिंगित धड़क रहे थे, और उनके साक्षी थे, दोनों के प्रेम-पिपासु सूखे, विरह-विदग्ध सम्पुटित प्रचुम्बित ओष्ठ।

महामन्त्र

महाराज भीमदेव की रुग्णशय्या पर मन्त्रणा-सभा जुड़ी। सभा में केवल तीन पुरुष थे : बालुकाराय, दामो महता और महाराज भीमदेव।

महाराज भीमदेव ने पूछा—

"तो देवपट्टन का पतन हो गया, गुजरात की मर्यादा भंग हो गई?"

"गुजरात की मर्यादा भंग नहीं होगी महाराज, जब तक बाणबली भीमदेव खंग-हस्त हैं," महता दामोदर ने स्थिर स्वर में कहा।

"सर्वज्ञ गंग की कुछ सूचना मिली है?"

"नहीं महाराज।"

"देवता की रक्षा हुई?"

"कुछ कहा नहीं जा सकता।"

"राब रायधन?"

'वे सम्भवतः खेत रहे।"

"और कमा लाखाणी?"

"गंदावा दुर्ग हमने उन्हें ही सौंपा था। उन्होंने हमें सब युद्ध-साधन समेत विदा कर दिया था। दुर्ग में कुल सौ योद्धा भी नहीं थे। पर दुर्ग दृढ़ था, कौन जाने, उन पर क्या बीती, सूचना अभी नहीं मिली है।"

"दुर्ग में क्या यथेष्ट अन्न-जल था?"

"नहीं।"

"तब तो..." महाराज के नेत्र सजल हो गए। उन्होंने कहा, "राजवैद्य कहां हैं?"

"उपस्थित हैं महाराज।"

"उन्हें अभी बुलाओ।"

राजवैद्य ने आकर महाराज को जुहार कहा। महाराज ने कहा, "वैद्यराज, मेरे घाव कितनी देर में भर जाएंगे?"

"अन्नदाता, अभी एक मास न अश्व की पीठ ले सकते हैं, न तलवार ग्रहण कर सकते हैं।"

"यह तो असम्भव है वैद्यराज।"

"असम्भव तो महाराज के प्राणों का इस क्षत-विक्षत शरीर में शेष रह जाना था।"

वैद्यराज ने आंखों में आंसू भरकर कहा।

"वह तो सम्भव हुआ वैद्यराज।" महाराज ने सूखी हंसी हंसकर कहा।

"महाराज के पुण्य-प्रताप और देव-सहाय से महाराज।"

"तो वैद्यराज, प्रत्येक मूल्य पर यह भी सम्भव करो कि मैं एक सप्ताह में शस्त्र ग्रहण कर सकूं।"

"अपराध क्षमा हो अन्नदाता, मैं किसी तरह श्रीमानों के प्राणों पर खतरा नहीं आने दूंगा।"

"परन्तु गुजरात की प्रतिष्ठा का प्रश्न है।"

"गुजरात के धनी के प्राणों का मूल्य उससे बहुत अधिक है अन्नदाता।"

"नहीं वैद्यराज, मैं अधिक काल तक शय्या पर नहीं रह सकता।"

वैद्यराज ने सिर झुका लिया। महता ने कहा, "महाराज, हम जैसे भी सम्भव होगा, आपको स्वास्थ्य-लाभ कराने की शीघ्रता करेंगे, परन्तु अभी अगत्य की बात है।"

संकेत पाकर वैद्यराज चले गए। महाराज ने कहा, "हां, परन्तु मेरी तो एक ही बात है, कि गज़नी का यह दैत्य और उसके संगी-साथियों में कोई यहां से जीवित लौटने न पाए।"

"यही हमें निर्णय करना है महाराज, मेरी एक योजना है," महता ने कहा।

"कहो महता।" महाराज ने आकुल दृष्टि से महता को देखकर कहा।

"महमूद के लौटने के दो मार्ग हैं, एक आबू को होकर राजस्थान को भंग करके—दूसरा कच्छ के रन में होकर।"

"तब?"

"हमें राजस्थान का मार्ग अवरुद्ध करना होगा। और यह मोर्चा आबू-चन्द्रावती की उपत्यका में होगा। विमलदेव शाह साठ सहस्र संगठित योद्धा लिए वहां तैयार बैठे हैं। महाराज वल्लभदेव भी सब सैन्य और साधन ले उनसे जा मिले हैं। मैंने देवपट्टन से चलते ही यह व्यवस्था कर दी थी। विमलदेव को सूचना भी भेज दी थी। चन्द्रावती के परमार और अनहिल्लराय, नान्दोल से सैन्य समेत आबू को चल पड़े हैं। उनकी आंखें खुल गई हैं। दोनों की संयुक्त सेना चालीस हजार है—परन्तु एक बाधा है।"

"वह क्या?"

"कुमार दुर्लभदेव। उन्होंने अमीर से गुप्त सैन्य सन्धि कर ली है। और वे गुर्जराधीश बनने को तैयार बैठे हैं। उनके पास पचास सहस्र सज्जित सेना है। युद्ध में वे निश्चय ही अमीर का पक्ष लेंगे।"

'क्या उनके सब सेनापति और योद्धा भी उन्हीं की भांति शत्रु के दास और देशद्रोही हैं?"

"नहीं महाराज, वे सब हमारे साथ हैं।"

"तो क्यों न दुर्लभदेव को बन्दी कर लिया जाए?"

'वह तो ठीक न होगा महाराज, मैंने एक बात सोची है।" महता ने कहा।

"क्या?"

"अमीर पाटन पहुंचकर उनका अभिषेक करेगा, यह मुझे ज्ञात है। हम ऐसा उपाय करेंगे कि पाटन जाते समय दुर्लभदेव के साथ अधिक सैन्य न हो। यह कुछ भी कठिन नहीं होगा। क्योंकि सेनानायकों से सबकुछ निर्णय किया जा चुका है। अमीर सम्भवतः जल्द-से-जल्द पाटन से पलायन करने की सोचेगा। उसका बल भंग हो गया है। और उनके सैनिक भी अशान्त हैं। हम उसे और भयभीत करेंगे। वह हमारी आबू की तैयारी से बेखबर भी न रहेगा। बेखबर हम रहने भी न देंगे। बस, वह पाटन में अधिक न ठहरेगा। दुर्लभदेव को राज्य दे, लूट का माल ले सीधा गज़नी भागेगा। उस समय अरक्षित दुर्लभ को कैद कर लेना कुछ भी कठिन न होगा।"

"किन्तु अमीर?"

"वह आबू की ओर बढ़कर आत्मघात न करेगा।"

"और यदि करे?"

"तो महाराज की रकाब में, वहां डेढ़ लाख तलवारें उसका ऐसा स्वागत करेंगी जिसकी उसने कभी कल्पना भी न की होगी।"

"और यदि वह कच्छ के अथाह रन में घुसे?"

" तो चौहान सज्जनसिंह वहां उसका ऐसा स्वागत करेंगे कि जिसका नाम नहीं।"

"क्या सज्जन को हम कोई सहायता नहीं पहुंचा सकते?"

"असम्भव है महाराज, फिर उसकी आवश्यकता भी नहीं है। वह रणथम्मी माता के स्थान पर चौकी लिए बैठे हैं, जहां से आगे तीन सौ मील के भीतर न एक बूंद जल है, न एक झाड़। न घास-फूंस। केवल रेत-ही-रेत है। रेत के अन्धड़ हैं। तूफानी वायु के थपेड़े हैं। ये सब इन दैत्यों की जीवित समाधि के लिए उत्सुक हैं।"

'तो अब?"

"अब खम्भात का कोई भरोसा नहीं है। गज़नी का दैत्य आपकी गन्ध सूंघता हुआ चाहे जब आ धमकेगा। इसलिए आप चौला रानी तथा बालुकाराय को लेकर अभी-इसी क्षण आबू को कूच कर दें, और मैं सब ब्राह्मणों, सेठियों, स्त्रियों और आवश्यक जनों को भरुकच्छ रवाना करता हूं। धन, सम्पत्ति और अन्न आदि को बचाने का समय नहीं है, आवश्यक होगा तो हम सब-कुछ आग लगाकर भस्म कर डालेंगे।"

"परन्तु यह कदापि न हो सकेगा, महता मैं इन सब ब्राह्मणों और भद्र नागरिकों को अरक्षित छोड़कर नहीं जाऊंगा।"

"किन्तु महाराज..."

"चुप महता, मैं इसी अपनी तलवार की शपथ खाकर कहता हूं, कि नहीं जाऊंगा। अरे, जीवन क्या बारम्बार मिलता है। क्या भीमदेव अब प्राणों का भार लेकर इधर-उधर भटकता फिरेगा? नहीं-नहीं, कभी नहीं। हां, तुम चौला रानी को सुरक्षित पहुंचाने की व्यवस्था कर दो।"

परन्तु इस बार चौला, जो जालीदार गवाक्ष में बैठी मन्त्रणा सुन रही थी, लोक-लाज

छोड़ उन्मत्त की भांति दौड़कर महाराज के पैरों से लिपट गई। उसने कहा, "चाहे जो भी हो, पर मैं आपको छोड़कर कहीं नहीं जाऊंगी, नहीं जाऊंगी—प्राण रहते नहीं जाऊंगी।"

"किन्तु प्रिय, समय कठिन है, हमें कठिनाई होगी।"

"नहीं होगी महाराज, मैं भी राजा की पुत्री हूं। जैसे मेरे चरण नृत्य-निपुण हैं, वैसे ही मेरे हाथ तलवार चलाने में भी पटु हैं। अब शत्रु क्षत्राणी की तलवार का पानी भी पीकर देखे।"

महाराज भीमदेव ने चौला की ओर देखा। हाथ बढ़ाकर उसका हाथ थाम लिया। फिर बालुकाराय से कहा, "तो बालुक, ऐसी ही व्यवस्था करो। सामन्त की सहायता से नगर-दुर्ग की रक्षा की व्यवस्था कर लो। नगर सामन्त के हाथ रहे और दुर्ग तुम्हारी रक्षा में। और महता, तुम जितनी शीघ्र जितने परिवारों को बाहर भेज सको, भेज दो। पर ध्यान रक्खो, कम-से-कम भार लेकर लोग जाएं। तथा युद्ध के योग्य व्यक्ति और अश्व बाहर न निकलने पाएं। चौहान से कहो, जी-जान से खम्भात की रक्षा का प्रबन्ध किया जाए। तथा कमा लाखाणी और अमीर की गतिविधि जानने के लिए जासूस भेजो।"

गनगौर

उस दिन गनगौर का पर्व था। इस पर्व पर खम्भात में बड़ा भारी मेला लगता है। गौरी की मूर्ति का समुद्र में विसर्जन होता है। क्षण-भर के लिए आबाल-वृद्ध सब चिन्ता भूलकर, उत्तम-उत्तम वस्त्राभूषण पहनकर अपने-अपने वाहनों में सजे-धजे गनगौर पूजने को घर से निकले थे। घुड़सवार सैनिक सुरक्षा और व्यवस्था कर रहे थे। नगर के चौक में गौरी की प्रतिमा लाकर रखी गई थी। समुद्र-तीर पर प्रतिमा को ले जाने की तैयारी होने लगी। घुड़सवार सैनिक पंक्तिबद्ध खड़े हो गए। नाना प्रकार के वाद्य बजने लगे। विविध रंग-बिरंगी पताकाएं लिए बालक-बालिकाएं आनन्द से किलकारी भरने लगे।

अभी सूर्योदय हुए एक प्रहर भी नहीं हुआ था। फिर भी सूर्य की किरणें तेज हो गई थीं। गौरी की प्रतिमा एक स्वर्ण-निर्मित शिविका में रखी गई थी। उसको सेठों के युवक पुत्रों ने उठा लिया और हर्ष से उछलते हुए हृदयों से देवी-प्रतिमा को ले चले। गौरी की प्रतिमा पीले रंग के रेशमी वस्त्रों से अलंकृत थी। अनेक प्रकार के रत्न, मोती और स्वर्णालंकारों से उसका शृंगार किया गया था। शिविका के आगे-आगे नगर के शिष्ट नागरिक और प्रतिष्ठित सेठ-साहूकार चल रहे थे। और पीछे के भाग में नगर की कुमारिकाओं को आगे करके सब सुहागिनें, विविध अलंकारों से अलंकृत हो चल रही थीं। इनकी केश-राशि नाना प्रकार के फूलों से शृंगारित थीं। ऐसा प्रतीत होता था कि मानो वसन्त-श्री मूर्तिमती होकर उस दिन खम्भात में शोभा-विस्तार कर रही थी। अनेक

कुमारियां हाथ में चांदी के डंडे लिए शिविका के पीछे चल रही थीं, अनेक सोने के डंडेवाले चन्दन के पंखों से प्रतिमा की सेवा करती या चंवर डुलाती चल रही थीं। कुछ कुमारिकाएं और सुहागिनें अपने वीणा-विनिन्दित स्वर से गौरी का स्तवन करती जा रही थीं।

इस प्रकार गौरी की प्रतिमा का यह समारोह समुद्र-तट पर जा पहुंचा। वहां एक ऊंचे मंच पर प्रतिमा का डोला रखा गया। समुद्र में सैकड़ों छोटी-बड़ी तरणियां तैर रही थीं। भव्य समारोह से सब नर-नारी देवी-प्रतिमा का दर्शन कर, गाते-बजाते, प्रतिमा को एक सज्जित तरणी में बैठाकर, और स्वयं भी तरणियों में बैठ-बैठकर जल-विहार करने लगे। स्नान-पूजन के बाद समुद्र की सुनहरी रेती में मेला जमा। बालिकाएं, ठौर-ठौर गरबा गाने, हंसने-खेलने-उछलने लगीं। लोग अपने साथ लाए पकवानों का भोग लगाने लगे। सारा ही दिन खम्भात-निवासियों ने समुद्र-तट के विहार में लगाया, सान्ध्य-वेला में देवी की सवारी धूमधाम से पीछे फिरी। कुलांगनाएं गाती-बजातीं और युवकगण विविध खेल-क्रीड़ा करते पीछे लौटे। आकाश में चन्द्रोदय हुआ। नगर-द्वार पर दीपावली और अग्नि-क्रीड़ा का भव्य दृश्य था। धीरे-धीरे सारा ही जन-जमाव नगर-द्वार पर आकर आनन्द-मग्न हो अग्नि-क्रीड़ा देखने लगा। नर-नारी अपने-अपने यूथ बांधकर गाने-बजाने और नृत्य करने लगे। ढोल, दमामे, तुरही, शंख और घंटों का तुमुल नाद होने लगा।

इतने ही में दैत्य के समान काली-काली मूर्तियां न जाने कहां से घोड़े दौड़ातीं और तलवारें घुमातीं इन आनन्द-मग्न निरीह नर-नारियों पर टूट पड़ीं। पहले एक, फिर अनेक, फिर अनगिनत। देखते-ही-देखते कुहराम मच गया। अभी कुछ क्षण पूर्व जहां का वातावरण स्वच्छन्द आनन्द और कोलाहल से परिपूर्ण था, वहां अब वह भय, वेदना और हाय-हाय के भयानक चीत्कारों से भर गया। हंसते-बोलते, खेलते-कूदते आबाल-वृद्ध नर-नारी कटने-मरने, चीखने-चिल्लाने और प्राण लेकर जहां जिसका सींग समाया भागने लगे। किसी को किसी की सुध न रही। सैकड़ों अबोध बालक घोड़ों की टापों से कुचलकर चटनी हो गए। अनेक कुल-बालाओं को इन दैत्यों ने जीवित ही पकड़कर अपने घोड़ों से बांध लिया। कुछ साहसी जनों ने जो हाथ लगा, उसी से सामना किया, तो उन्हें तत्क्षण टुकड़े-टुकड़े होकर मृत्यु की शरण लेनी पड़ी। इस प्रकार वह सम्पूर्ण आनन्दोत्सव मृत्यु, विनाश और रक्तपात में डूब गया।

आसकरण सेठ का देसावर

आसकरण सेठ खम्भात के नगर-सेठ थे। उनका कारबार, प्रतिष्ठा और धन-वैभव बहुत चढ़ा-बढ़ा था। देश-देशान्तरों में उनके नाम की हुंडी चलती थी। आयु पूरी होने पर अस्सी वर्ष की आयु में उनकी मृत्यु हुई। परिवार में उनके छोटे

भाई मदनजी महता और पुत्र-पौत्र-परिजन सब मिलकर पचासों व्यक्ति थे।

मदनजी महता ने बड़े भाई की मृत्यु पर देसावर करने का मनोरथ किया था। अंजार, मांडवी, मुद्रा, लखपत, बेराजा, सुथरी, तेरा, रोहा, पतरी आदि बारह गांवों के महाजन खम्भात में एकत्रित हुए थे। बहुत वर्षों से किसी धनी ने देसावर नहीं किया था, अतः इस अवसर पर दूर-दूर से जिन्हें आना था, वे भी जाति-गंगा में स्थान करने आए थे। एकत्रित होनेवालों की भिन्न-भिन्न भावनाएं भी थीं। बहुत लोग सगे-सम्बन्धियों से मिलने आए थे, बहुत जन कारबार, बहीवट, लेखा-जोखा देखने आए थे। कितने लोग जिज्ञासा की भावना से, कितने सैर-सपाटे के लिए और माल-मलीदे उड़ाने के विचार से आए थे। इस प्रकार आसकरण की मृत्यु के ग्यारहवें दिन खम्भात के बाजारों में बड़े-बड़े नगरों के सेठ, श्रीमन्त व्यापारियों, पटेल-वाणियों की भीड़-की-भीड़ घूम रही थी। अनेक पिता अपने पुत्रों को सजा-धजाकर उनकी सगाई कराने के विचार से बेटीवालों की नज़र में चढ़ाने लाए थे। ये गांव-गांव के सेठ-महाजन कसकसे अंगरखे पहने, केस कन्धों पर डाले, पान चबाते बाजार में घूमकर परस्पर मिल-भेंटकर एक-दूसरे का कुशल-मंगल पूछते फिर रहे थे। घिरावदार अंगरखों पर चुस्त चुन्नट पड़ी आस्तीन, मलमल की इज़ारबन्द की फैंट और चमकता लाल सोरठी जूता ठाट बता रहा था।

नगर-सेठ के घर धूम मची थी। विविध पकवान बन रहे थे। मिठाइयों के थाल-पर-थाल सजाए जा रहे थे। सैकड़ों जन काम-काज में व्यस्त थे। मदनजी सेठ और उनका पुत्र देवचन्द्र हाथ बांधे नम्रता से सब आगत-अभ्यागतों का स्वागत-सत्कार कर रहे थे।

अभी सन्ध्या नहीं हुई थी। भोजन की पांत बैठी। बाहर के तथा नगर के महाजन जीमने के पाटों पर आ बैठे। परोसगारी प्रारम्भ हुई। किसी का हाथ लड्डू पर गया, किसी का पूरी पर, परन्तु मुंह तक किसी का हाथ नहीं पहुंच पाया। इसी समय भयानक कोलाहल सुनकर सब कोई चौकन्ने हो गए। एक युवक लोहू-लुहान गिरता-पड़ता सेठ की देहरी में गिर गया। उसने हांफते-टूटे स्वर में कहा, 'अनर्थ, अनर्थ! ब्राह्मण-वध, देव-भंग!"

सब कोई हाथ का कौर छोड़ उठ खड़े हुए। मदनजी सेठ ने आगे बढ़कर कहा, "अरे रामदेव महाराज, क्या हुआ? कहो तो सही!"

रामदेव ने टूटते स्वर में कहा, "गज़नी का अमीर आया है, उसने गुरुदेव नृसिंह स्वामी को बांध लिया है। महालय भंग किया जा रहा है। ब्राह्मण वध किए जा रहे हैं।"

उसने फटी-फटी आंखों से चारों ओर देखा और निर्जीव होकर भूमि पर गिर गया।

"हरे राम, हे गोविन्द, शिव-शिव, ब्राह्मण-हत्या!" कहकर सब महाजन विमूढ़ हो एक-दूसरे को देखने लगे। सभी पत्तलें छोड़ उठ खड़े हुए।

मदनजी सेठ और देवचन्द्र जैसे थे, वैसे ही नंगे-पैर मन्दिर की ओर दौड़ चले।

महाजनों ने बाहर आकर देखा—सैकड़ों ब्राह्मण भागते-चिल्लाते दौड़े चले आ रहे हैं। उनमें से बहुतों के वस्त्र लोहू में तर हैं। उनके पीछे घुड़सवार पठान सैनिक घोड़े दौड़ाते, भागते ब्राह्मणों की नंगी पीठ पर तलवारों और बर्छियों से घाव करते, दबाए चले आ रहे हैं। सबके आगे कीमती घोड़े पर सवार फ़तह मुहम्मद हाथ में रक्त-भरी नंगी तलवार हवा में उछालता आ रहा है।

देखते-ही-देखते इन बर्बर सैनिकों ने महाजनों को घेर लिया। सैकड़ों लपलपाती खूनी तलवारें हवा में ऊंची हुईं।

तिलक हज्जाम भी रक्त-वस्त्र पहने फ़तह मुहम्मद के साथ एक अच्छे घोड़े पर सवार था। उससे फ़तह मुहम्मद ने कहा, "ये सब अमीरज़ादे सेठिया हैं, सब लखपति-करोड़पति हैं, इन्हें मारने की अपेक्षा कैद करना अच्छा है। इनके छुटकारे की भारी रकम अमीर को मिलेगी।"

इतना कहकर उसने सवारों को रक्तपात करने से रोक दिया। और सबको बन्दी करने की आज्ञा दे दी। देखते-ही-देखते देश-देश के सब सुकुमार, श्रीमन्त, सेठ बन्दी हो गए। भागते हुए ब्राह्मण भी घेर लिए गए। इसी समय देवचन्द्र वहां आ गया। उधर बलूची सवारों ने सेठ के घर को राई-रत्ती लूट लिया। और सबको बांधकर ले गए। सेठ की नवकिसलय सुकुमारी कुमारी कंचनलता को भी घर में से घसीटकर उन्होंने बांध लिया। सेठ-पत्नी मूर्च्छित हो भूमि पर पड़ी रह गई।

वज्रपात

धर्म-प्राण मदनजी सेठ और उनका पुत्र देवचन्द्र, दोनों ही प्राणों का मोह छोड़ नृसिंह स्वामी और देव-रक्षण के विचार से समय और बलाबल का बिना ही विचार किए, पागल की भांति मन्दिर की ओर दौड़े जा रहे थे। वे दौड़ते हुए घुड़सवार पठानों की झपट से बचते हुए, कभी गली-कूचों और कभी किसी मकान या वृक्ष की आड़ में होते हुए दौड़ रहे थे। कितनी ही बार उन्हें भागती हुई भीड़ में धक्के खाकर गिरना पड़ा। घोड़ों की टापें उन्हें रौंदती चली गईं। इस संघर्ष में पिता-पुत्र का साथ भी छूट गया। परन्तु इस समय मदनजी सेठ को न प्राणों की परवाह थी, न पुत्र की। वह जैसे भी सम्भव हो, देवता और उसके पुजारी नृसिंह स्वामी की रक्षा करना चाह रहे थे। वह सोच रहे थे—अमीर यदि उसकी करोड़ों की सम्पत्ति लेकर भी देव-भंग न करे, स्वामी जी को छोड़ दे, तो उसे सब सम्पत्ति दे देंगे।

मदनजी सेठ ने मन्दिर के निकट पहुंचकर देखा—मन्दिर की ध्वजा टूट चुकी है, सैकड़ों बर्बर सैनिक मन्दिर के कंगूरों पर चढ़े मन्दिर को ढहा रहे हैं। ब्राह्मणों और पुरजनों की लाशें जहां-तहां पड़ी हैं। बहुत-से बर्बर सिपाही लूट का माल लाद-लादकर ले जा रहे हैं।

सेठ का सिर घूमने लगा। उसी समय कोई वस्तु लुढ़कती हुई उसके पैरों में आकर गिरी। सेठ ने झुककर उसे उठा लिया। रक्त से उसका हाथ-भर गया, उसने देखा और उसका शरीर थर-थर कांपने लगा। हे ईश्वर! वह नृसिंह स्वामी का कटा हुआ सिर था। सेठ में खड़े होने की सामर्थ्य न रही। सिर को गोद में लिए वह वहीं भूमि पर गिर गया। सैकड़ों आततायी घुड़सवार, पैदल उसे मुर्दा समझकर कुचलते हुए चले गए। सेठ मूर्च्छित पड़ा रहा।

परन्तु उसके प्राण नहीं निकले। रात आई और चली गई। सेठ की मूर्च्छा टूटी। उसने देखा—आकाश में शुक्र नक्षत्र पूर्व दिशा में अकेला टिमटिमा रहा है। सामने भग्न देवस्थान विशाल दैत्य की भांति खड़ा है। मनुष्य का नाम-निशान भी वहां नहीं है।

वह उठा। मुर्दों और अधमरों को रूंधता नगर-द्वार पर पहुंचा। वहां दूर तक गनगौर से लौटे हुए नर-नारियों के छिन्न-भिन्न शरीर भूमि पर पड़े थे। उनके रंग-बिरंगे वस्त्र समुद्री हवा में फड़फड़ा रहे थे। गीध और चीलें आकाश में मंडरा रही थीं। सूर्य लाल-लाल आंखें किए ऊपर उठ रहा था। सेठ अपने घर लौटा। घर के द्वार पर सन्नाटा था, द्वार खुला था, पर भीतर किसी जीवित व्यक्ति के चिह्न न थे। सब घर अस्त-व्यस्त लुटा-पिटा था। हे ईश्वर, क्या मेरे कुटुम्ब में एक भी पुरुष जीवित नहीं रहा! उसे अब अपने पुत्र देवचन्द्र की याद आई। उसने जोर-जोर से चिल्लाकर देवचन्द्र को पुकारा। धीरे-धीरे एक स्त्री-मूर्ति आकर उसके ऊपर गिर गई। यह सेठ की पत्नी थी। उसने रोते-रोते कहा—

"वे सब कुछ लूट ले गए। वे कंचनलता को भी..." आगे वह बोल न सकी, और मूच्छित हो भूमि पर गिर गई।

मदनजी सेठ भूमि पर बैठ गए। पत्नी को यत्न करके उन्होंने सावधान किया। फिर कहा, "सब-कुछ सुना दो, सब-कुछ सुना दो।"

सेठ की पत्नी ने कहा, "हंगामा सुनकर हम सब भुंहरा में छिप गए थे। वे सब सेठियों को पकड़-पकड़ ले गए। फिर घर में घुसकर लूट मचाने लगे। इसी समय देवचन्द्र आ गया। उसे वे सब मारने दौड़े—कंचन से न रहा गया। मेरे रोकने पर भी वह भोंहरे से बाहर आ देवचन्द्र को भीतर खींचने लगी। पर उनकी दृष्टि उस पर पड़ गई। उन्होंने उसे घसीटकर घोड़े से बांध लिया, उसे बचाने में देवचन्द्र घायल होकर गिर गया। पता नहीं जीवित है या मृत। वे उन दोनों को ले गए—दोनों को!"

सेठ ने एक ठंडी सांस ली। पत्नी को वह ढारस न दे सका। बहुत देर चुप बैठे रहकर उसने अपना कर्तव्य स्थिर किया। फिर अति कोमल भाव से पत्नी को उठाकर कहा, "अब चलो प्रिये, हम भी अपना धर्म पूरा करें।" और दोनों भीतर गए।

तेल देखो, तेल की धार देखो!

महाराज भीमदेव का घायल और अरक्षित अवस्था में खम्भात में रहना दामोदर महता को असंगत लगा। कूटनीति का यह पंडित महाराज और महारानी चौला देवी, दोनों ही को खतरे में डालना पसन्द नहीं करता था। पर प्रश्न निष्ठा और प्रतिष्ठा का था। न तो महाराज भीमदेव ही प्राणों के मोह से खम्भात को अरक्षित छोड़ने को राजी हो सकते थे, न चौला रानी ही उन्हें छोड़कर जा सकती थी। दामोदर महता की दृष्टि में खम्भात की रक्षा से अधिक महत्त्व का प्रश्न राजा और रानी की रक्षा का हो उठा। दुर्ग, नगर और राजा-रानी, तीनों की रक्षा का प्रश्न था। प्रश्न अत्यन्त गम्भीर था। योद्धा और युद्ध-सामग्री की तो कमी थी ही, निरन्तर पराजित होने के कारण उनमें साहस की भी बहुत कमी हो गई थी। दामोदर महता भग्न-हृदय सेना की कठिनाई से असावधान न थे। अतः अब उन्होंने ही सबसे अधिक साहस करने की ठान ली। परन्तु न तो महता को, न बालुकाराय ही को यह विश्वास था कि शत्रु इतनी शीघ्रता से उनके सिर पर आ टूटेगा। जिस दिन यह मन्त्रणा हुई, उसके दूसरे दिन ही गनगौर का त्योहार था। त्योहार में हंसते-खेलते नर-नारियों पर दैत्य टूट पड़ा। राजपूत सेना के सावधान होने तक वह तीन करारी मार कर चुका था। नगर-द्वार पर गनगौर के मेले में बिखरे हुए नर-नारियों को उसने काट डाला। अचलेश्वर देवालय भंग कर नृसिंह स्वामी और सब पुजारियों को भी मार डाला, तथा आसकरण सेठ के देसावर में आए सेठियों को भी बन्दी कर लिया।

विद्युतवेग की भांति यह खबर दुर्ग में पहुंची। जल्दी-जल्दी आवश्यक आदेश देकर, सामन्त को सेना-सहित दुर्ग से बाहर नगर-कोट पर भेज दिया गया। फिर बालुकाराय से आवश्यक परामर्श करके दामो महता घोड़ा दौड़ाते स्वयं एकाकी ही नगर की ओर दौड़े। दुर्ग-द्वार बन्द हो गया। खाई का पुल तोड़ दिया गया।

सामन्त को अधिक-से-अधिक सहायता पहुंचाना ही दामो महता का उद्देश्य था। सामन्त को उसने समझा दिया था कि सम्मुख जमकर युद्ध न करे। गली-कूचों में मार-काट करते बलूची सवारों पर बगल से टूटकर आक्रमण करे। दबाव होने पर भाग जाए। मकानों और वृक्षों की आड़ में, मौके की ताक में दस-दस, पांच-पांच आदमियों की टोलियां छिपा दे। साहस की प्रेरणा करके नगर-निवासियों को भी भागने से रोककर शत्रु पर आक्रमण में सहायता करने की चेष्टा करे। सामन्त ने यही युद्ध-नैपुण्य अपनाया। जगह-जगह सारे नगर में उसके योद्धा बिखर-बिखरकर नगर-जनों से सहयोग लेकर बगल से शत्रुओं पर आक्रमण करने लगे। इसका फल भी उत्तम हुआ। शत्रुओं की गति रुक गई। वे चौकन्ने होकर चलने लगे। नगर-जनों में साहस बढ़ा।

दामो महता अब गली-कूचे पार करते हुए किसी तरह बन्दी सेठियों में मिल गए।

सेठ लोग दंड देने की चर्चा चला रहे थे, दामोदर ने बातचीत शुरू की।

एक सेठ ने कहा, "पांच करोड़ कोरी बहुत हैं, इतना दंड दे कहां से सकते हैं?"

दूसरे ने कहा, "देना चाहें तो भी नहीं दे सकते। कोरी क्या हमारे पास यहां परदेश में है!"

तीसरे ने कहा, "हुंडी कर सकते हैं, पर वह राक्षस मानेगा क्यों! उसे तो नकद ही चाहिए। बिना नकद दिए छुटकारा नहीं है।"

शुभकरण सेठ खम्भात के सेठों का चौधरी था। उसने कहा, "एक करोड़ कोरी मैं दे सकता हूं।"

त्रिलोकचन्द ने कहा, "दस लाख मैं।"

लखपत के एक सेठ ने कहा, "मुझे समय म्लेि तो दस लाख कोरी मैं दूंगा। पर यहां नहीं, लखपत से मंगाकर दे सकता हूं।"

दामो महता चुपचाप सुनते रहे। फिर उन्होंने आकर कहा, "सेठियाओ, आज्ञा हो तो मैं भी कुछ कहूं। मैं भी आपकी इस विपत का साथी हूं। आप भले ही पांच करोड़ कोरी उस दैत्य के मुंह में डाल दें, परन्तु कोरी लेकर भी वह विश्वासघात करे, आपको न छोड़े तो? भला उस म्लेच्छ शत्रु की जमानत कौन देगा?" दामो की बात सुनकर सब सेठों के कान खड़े हो गए। सबने कहा, "ठीक तो है। दुष्ट विश्वासघात न करेगा, इसका क्या ठिकाना है। तब आप ही बताइए, क्या किया जाए?"

'सीधी बात है, शत्रु को दंड नहीं दिया जाएगा, परिणाम चाहे जो कुछ हो। अभी तो हमें आत्म-रक्षा के जो उपाय सम्भव हों, अपनाने चाहिए। आप यदि सब-कुछ मेरे ऊपर छोड़ दें, तो मैं आपकी रक्षा का जिम्मा अपने ऊपर लेता हूं।"

दामोदर की इस बात से सबको ढाढ़स बंधा। सबने कहा, "आप जो कहेंगे, हम वही करेंगे।"

"तब ठीक है, अब सब बातों का जवाब आपका प्रतिनिधि होकर मैं ही शत्रु को दूंगा। आप शान्त होकर बैठिए।"

अभी यह सलाह हो ही रही थी कि अमीर के बलूची सेनानायकों ने आकर कहा, "सेठियो, अब तुम क्या चाहते हो? दाम देते हो, या फिर तुम्हारी सबकी गर्दन मारी जाए?"

दामोदर ने कहा, "हमें रात-भर सोचने का समय मिले।" वह सोच रहे थे बालुकाराय और सामन्त के युद्ध-कौशल का क्या परिणाम होता है, यह देख लिया जाए। परन्तु उद्दंड बलूची सरदार ने कहा, "नहीं, नहीं इतना समय नहीं दिया जा सकता, जो कुछ कहना है, अभी कहो—नहीं तो अभी तुम सबकी गर्दन मारी जाएगी।"

"अभी कहां से रुपया आएगा? रुपया क्या हमारी जेब में है? फिर, गर्दन मारने से ही तुम्हें काम है तो वही करो। पर हमें जो कुछ देना-लेना है, रात-भर में सोचेंगे, बन्दोबस्त करेंगे, तब होगा।"

सरदार कुछ सोच-समझकर चला गया। सेठियों ने कहा, "इससे क्या लाभ, जो सुबह कहना था, वह अभी क्यों न कह दिया गया?"

महता ने कहा, 'तेल देखो, तेल की धार देखो!"

मृत्युंजय महमूद

अमीर ने अविलम्ब दुर्ग पर धंसारा बोल दिया। उसका परम शत्रु भीमदेव और चाहना की बहुमूल्य वस्तु चौला देवी इस समय इसी दुर्ग में हैं, यह सूचना उसे मिल चुकी थी। और दोनों प्राप्यों को वह प्रत्येक मूल्य पर प्राप्त करने पर तुल गया था। जिस साहसिक प्रवृत्ति ने इस दुर्दान्त योद्धा को अजेय बनाया था, वह प्रवृत्ति आज उसके हृदय की लिप्सा और वासना से मिलकर अपरिसीम बन गई थी। आज तक अपने जीवन में वह हीरे-मोती की भूख तृप्त करता रहा था। परन्तु जबसे उसने चौला को देखा था—एक दूसरी ही भूख उसके रक्त में जाग उठी थी। आज रक्त के नद में सराबोर हो चुकने पर, महा-संग्राम को जय करने पर, वह भूख अपना भोजन प्राप्त करे—यह क्षण आ लगा था। इसके लिए अमीर अपने हजारों प्राणों को भी विसर्जन कर सकता था। इसलिए उसने एक क्षण को भी व्यर्थ न खोकर अपना प्राप्तव्य पा लेने या प्राण देने का संकल्प कर लिया। दुर्ग का भंग होना असम्भव था। वह चारों ओर से अत्यन्त दृढ़ और अजेय था। परन्तु महमूद भी दुर्जय योद्धा था। उसने अपने योद्धाओं को ललकारकर कहा, "बहादुरो! इन पत्थरों के उस पार गज़नी के अमीर की इज्ज़त, ग़ैरत और ज़िन्दगी क़ैद है, जो कोई सबसे पहले फसील पर चढ़कर पहला बुर्ज दखल करेगा—उसे गज़नी का अमीर अपनी आधी दौलत देगा।"

अमीर का यह वक्तव्य साधारण न था। दुर्दान्त दुर्जय तुर्क और बलूची योद्धा प्राणों की होड़ लगाकर सीधी फिसलनेवाली चट्टानों पर चढ़ने लगे। पर अमीर इतने ही से सन्तुष्ट न हुआ। वह स्वयं भी अपनी सब गरिमा भूल चट्टानों पर साधारण सिपाहियों की भांति चढ़ने लगा। कहीं रस्सियां पत्थरों में फंसाकर, कहीं आदमियों की पीठ का ज़ीना बनाकर, कहीं बन्दर की भांति खतरनाक उछाल मारकर, असंख्य योद्धा प्राणों का मोह छोड़ दुर्ग पर चढ़ने लगे। दुर्ग-द्वार भी भारी दबाव में पड़ा। ढेर-के-ढेर ज्वलनशील पदार्थों को द्वार पर लाकर जला दिया गया। चन्द्रमा के क्षीयमान प्रकाश में असंख्य टिड्डियों के दल की भांति शत्रुओं को दुर्ग पर आक्रमण करते देख बालुकाराय बहुत व्यस्त हो गए। चौहान सामन्तसिंह नगर में घिर गए थे। और उनकी कोई सूचना नहीं मिली थी। वे जीवित हैं या मृत, इसका भी कोई निश्चय नहीं था। बहुत-से सैनिक उनकी सहायता को दुर्ग के बाहर भेज दिए गए थे। दुर्ग में बहुत कम सैनिक थे। उन्हीं को लेकर बालुकाराय दुर्ग-रक्षा की व्यवस्था करने लगे।

परन्तु क्षण-क्षण पर दुर्ग के पतन की आशंका हो रही थी। प्रश्न दुर्ग के पतन का

नहीं था–चौला रानी और महाराज भीमदेव की सुरक्षा का था। महता भी दुर्ग से बाहर थे। उनकी भी कोई सूचना नहीं मिल रही थी। अतः सारा भार इस नाजुक मौके पर अकेले बालुकाराय पर ही था। बालुकाराय भी प्राणों के मूल्य पर दुर्ग-रक्षा की आन ठान चुके थे। सच पूछा जाए, तो आज उनके जीवन का यह सबसे भयानक और कठिन संग्राम था।

सारे ही योद्धाओं को पीछे धकेलकर अमीर और फ़तह मुहम्मद सबसे आगे पहुंच गए। दोनों में पहले कौन बुर्ज को आक्रान्त करता है–इसकी होड़ लग गई। ऊपर से तीर बरस रहे थे और भारी-भारी पत्थर भी दुलकाए जा रहे थे। परन्तु ये दोनों जीवट के पुरुष किसी भी बाधा को न मानकर, उन अगम चट्टानों पर ऊपर खसक रहे थे। बुर्ज़ कुछ हाथ रह गया था। अमीर का वज़नी शरीर सिर्फ उंगलियों की पोरों पर लटक रहा था और फ़तह मुहम्मद बन्दर की भांति पंजों के सहारे दीवार से चिपका था। अमीर का दम फूल रहा था। उसने युवक से हांफते हुए कहा–

"बहादुर, क्या तुममें अब भी दम है?"

"अब देर क्या है आलीजाह।"

"तो तू हिम्मत कर।"

"आलीजाह गुस्ताखी माफ फरमाएं," उसने इतना कहा और उछलकर अमीर के कन्धे पर जा चढ़ा। अमीर लड़खड़ाया, उसकी उंगलियां चट्टान से खिसकने लगीं, परन्तु इसी क्षण फ़तह मुहम्मद चीते की भांति उछाल मारकर बुर्ज़ पर जा पहुंचा। बुर्ज़ पर पहुंचते ही राजपूत 'मारो-मारो!' कहके उस पर टूट पड़े। पर उसने एक हाथ से तलवार घुमाते हुए कमर में बंधी रस्सी नीचे लटका दी तथा एक गोख में पैर अड़ाकर पीठ के बल गिर गया। गिरे-गिरे ही वह अपने सिर के चारों ओर तलवार घुमाने लगा।

अमीर की उंगलियां चट्टान से खिसक चुकी थीं, और यह सम्भव था कि वह फ़तह मुहम्मद के असह भार से डगमगाकर अतल तल में गिरकर चूर-चूर हो जाए, पर इसी समय रस्सी उसके हाथ में आ गई। उसने लपककर रस्सी पकड़ ली और दूसरे ही क्षण अमीर भी बुर्ज़ पर था।

बुर्ज़ पर पहुंचकर उसने तलवार हवा में ऊंची करके 'अल्लाहो-अकबर!' का नारा बुलन्द किया। उसने कहा, "फ़तह, तेरी ही फ़तह रही!" और उसने फुर्ती से रस्सी एक गोख में बांध दी। देखते-ही-देखते अनेक साहसी तुर्क योद्धा बुर्ज़ पर चढ़ आए।

राजपूत वहां बहुत कम थे। उनमें दस-पांच तो इसी क्षण कट मरे, बाद में नरसिंहा फूंककर उन्होंने दुर्ग में चेतावनी दी, तो चारों ओर से 'हर-हर महादेव!' करते बहुत से राजपूत उधर दौड़ चले।

कोमल कृपाण

अब संकट-काल समुपस्थित देख बालुकाराय ने महाराज की सुरक्षा का सबसे प्रथम विचार किया। वह महाराज के कक्ष में गए। महाराज की सेवा में चौला देवी और शोभना थी। दो-एक सेवक भी उपस्थित थे। बालुकाराय ने कहा, "महाराज, शत्रु दुर्ग में घुस आए हैं। हमारे पास सेना बहुत कम है। अब आप अविलम्ब यहां से प्रस्थान कीजिए।"

परन्तु महाराज भीमदेव असंयत होकर शय्या से उठकर खड़े हो गए और अपने शस्त्र मांगने लगे। इससे उनके अनेक घावों के टांके टूट गए और उनसे खून बहने लगा।

चौलादेवी ने त्रस्त-भाव से उन्हें शय्या पर लिटाकर कहा, "महाराज, मेरी एक विनती है!"

"कहो प्रिये।"

"इसी क्षण दुर्ग मुझे प्रदान कीजिए।"

"तुमको?"

"हां महाराज, विचार मत कीजिए।"

"किन्तु बालुक..."

"महाराज, तुरन्त दुर्ग मुझे दीजिए, या मेरा प्राण जाएगा।"

"देवी, तुम्हें तुरन्त रक्षा-स्थान में जाना चाहिए।"

किन्तु चौला ने तत्काल महाराज भीमदेव की तलवार उठा ली। और कहा, "महाराज, इसी तलवार की आपको आन है, दुर्ग मुझे दीजिए। मैंने कहा, मेरे चरणों में जैसा नृत्य-कौशल है, हाथों में वैसा ही युद्ध-कौशल भी है। महाराज, मेरा वह कौशल देखें।"

"तो फिर जैसी चौला महारानी की इच्छा!"

चौला तुरन्त बालुकाराय की ओर मुड़ी। उसने कहा, "सेनापति, इसी क्षण महाराज को सुरक्षित दुर्ग से बाहर ले जाओ, और आबू की राह लो। दुर्ग में मुझे एक भी योद्धा की आवश्कता नहीं है—सभी योद्धा महाराज की रक्षा में जाएं।"

महाराज ने असंयत होकर कहा, "यह क्या? भला मैं तुम्हें यहां अरक्षित छोड़कर जाऊंगा?"

"अरक्षित नहीं महाराज, गुजरात के धनी की तलवार मेरे हाथ में है, फिर यह खम्भात की दुर्गाधिष्ठात्री की आज्ञा है, इसका तुरन्त पालन होना चाहिए।"

"नहीं, नहीं रानी, यह असम्भव है, मैं युद्ध करूंगा। बालुक, मेरा घोड़ा लाओ।"

महाराज भीमदेव एकबारगी ही उठ खड़े हुए, परन्तु दूसरे ही क्षण कटे वृक्ष की भांति भूमि पर गिर गए। उनके घावों से रक्त बहने लगा। वे मूर्च्छित हो गए।

इसी समय एक सैनिक ने आकर सूचना दी—दुर्ग में बहुत शत्रु घुस आए हैं। वे इधर ही चले आ रहे हैं। रह-रहकर 'अल्लाहो अकबर' का नाद निकट आ रहा था। चौला ने व्याकुल होकर कहा, "सेनापति, प्रत्येक क्षण बहुमूल्य है। गुजरात के स्वामी की रक्षा कीजिए, वह गुप्त राह है।"

"किन्तु आप?"

"मैं अपनी रक्षा में समर्थ हूं।"

"फिर भी?"

चौला ने एकबारगी ही क्रोधावेशित होकर कहा, "क्या तुम दुर्गाधिष्ठात्री की आज्ञा नहीं सुन रहे सेनापति?"

"सुन रहा हूं," बालुक ने आंखों में आंसू भरकर कहा।

"तो तुम इन क्षणों का मूल्य नहीं आंक रहे, एक क्षण का विलम्ब भी घातक है। गुजरात को अनाथ करने का जोखिम तुम उठा रहे हो।"

बालुकाराय ने महाराज का मूर्च्छित शरीर कन्धे पर उठा लिया और भूमि गर्भ में प्रवेश करते हुए कहा, "आपको मैं भगवान सोमनाथ की रक्षा में छोड़ रहा हूं महारानी।" और वह अन्धकार में विलीन हो गया। चौला ने जितने सैनिक वहां थे, सभी को भू-गर्भ में उतार दिया। और भली-भांति भू-गर्भ का द्वार बन्द करके छिपा दिया। फिर शोभना से कहा, "सखी, अब हम तुम दो हैं।"

"हम एक हैं महारानी।"

"रानी नहीं—बहिन।"

"महारानी जी, आप आज्ञा दीजिए।"

"तो बहिन, द्वार बन्द कर ले, और एक तलवार हाथ में ले ले, जिससे एक मुहूर्त-भर किसी भांति इस भूगर्भ की रक्षा कर सकें। फिर गुजरात का अधिपति सुरक्षित है। इसके बाद हमारा जो हो, सो हो।"

"जो आज्ञा!" कहकर शोभना ने द्वार बन्द कर लिए और नंगी तलवार ले द्वार से सटकर बैठ गई।

शोभना का सख्य

अभी गुप्तगृह में गए महाराज भीमदेव को कुछ क्षण ही व्यतीत हुए थे कि सोलह हाथ ऊंची दीवार को फांद, हाथ में रक्त-भरी नंगी तलवार लिए फ़तह मुहम्मद आंगन में कूद गया। सामने शोभना को देखकर उसने हाथ की तलवार ऊंची कर कहा, "शोभना, मैं आ गया।"

हर्ष से वह फूल रहा था। यद्यपि शोभना को क्षण-क्षण में उसके आने की सम्भावना थी, परन्तु इस समय इस रूप में उसे वहां देखकर उसकी चीख निकल गई। क्षण-भर

तो वह सक्ते की हालत में खड़ी रही। फिर दूसरे ही क्षण वह सब परिस्थिति भांप गई। उसने आंखों ही के संकेत से चौला को भीतर जाकर भीतर से कक्ष का द्वार बन्द करने को कहा, और आप हाथ की तलवार वहीं फेंक बाहर आ द्वार से अड़कर खड़ी हो गई। फ़तह मुहम्मद ने कहा–

"मैं आ गया शोभना।"

"मैं तुम्हारी प्रतीक्षा ही कर रही थी।"

"अब प्रतीक्षा की बेला समाप्त हुई, शोभना, अब तो मिलन का क्षण आ गया, अब मुझसे तुम्हें कौन छीन सकता है?"

"परन्तु गज़नी का वह दैत्य?"

"अमीर, अमीर ने मुझे अपना सेनापति बनाया है शोभना, और आज मैं अमीर से सबसे बड़ा इनाम लूंगा।"

"किन्तु वह धर्म, देश और मनुष्यों का शत्रु है?"

"परन्तु हमारा मित्र है। अब विलम्ब न करो, मेरी चीज मेरे हवाले करो।"

"कैसी चीज़?"

"जिसकी देखभाल का काम मैंने तुम्हें सौंपा था।"

"चौला रानी?"

"हां, वह यहीं हैं, मैं उसकी झलक देख चुका हूं।"

"तुम्हें बड़े लोगों के सम्बन्ध में मर्यादा से बात करनी चाहिए।"

"ओह, वह अभी तो मेरी बन्दिनी है। अलबत्ता, जब अमीर की बेगम बन जाएगी, तब मर्यादा से बात करूंगा।" वह हंसा। और तलवार हवा में ऊंची की।

"देवा, यह तुम अमीर के दास के समान बोल रहे हो।"

"दास क्यों? मैं अमीर का सबसे बड़ा सिपहसालार हूं। आज की यह कठिन मुहिम मैंने सर की है। सोमनाथ मैंने सर किया, और अमीर जिसे सबसे बड़ी दौलत समझता है, वह क्या है, जानती हो?"

"क्या है?"

"चौला! वह दौलत उसकी गोद में डालकर मैं आज आधी दुनिया की बादशाहत अमीर से लूंगा। शोभना, अब तुम अपने को किसी महारानी से कम न समझना।"

"देवा, तुम तो बड़े-बड़े सौदे करने लगे।"

"यह इस तलवार की बदौलत शोभना, और तेरी इन आंखों के जादू की बदौलत–जिनमें मुझे मारने और जिन्दा करने की ताकत है।"

"लेकिन देवा, देखती हूं, तुमने सबसे बड़ा सौदा भी कर लिया!"

"कैसा?"

"तुम अपने को भी बेच चुके!"

"तो इससे क्या, उसकी कीमत कितनी मिली–जानती हो? शोभना, मेरी प्राणों से भी अधिक प्यारी चीज़–और एक बादशाहत।"

"परन्तु देवा, एक दिन न शोभना रहेगी, न यह भीख में मिली बादशाहत। केवल तुम्हारे ये काले कारनामे रह जाएंगे।"

"क्या कहा—भीख में?"

"नहीं गद्दारी, विश्वासघात, देश और धर्म के द्रोह के सिले में मिली बादशाहत।"

"शोभना, यह तुम क्या कह रही हो, जानती हो—यह सब तुम्हारे ही लिए।"

"इसी से तो, मैं शर्म से मरी जाती हूं।"

"तुम्हारी स्त्री-बुद्धि है न।"

"स्त्री हूं, तो मर्द की बुद्धि कहां से लाऊं?"

"खैर, अब देर हो रही है, बाहर मेरे सिपाही खड़े हैं, मेरी चीज़ मेरे हवाले करो।"

"कौन चीज़?"

"वही चौला देवी।"

"किसलिए?"

"उसे मैं अमीर नामदार को भेंट करूंगा।"

"अमीर कहां है?"

"पास ही है, इसी किले में।"

"मेरी बात मानो देवा, तुम इतने बड़े बहादुर हो—मेरी खुशी का एक काम कर दो।"

"शोभना की खुशी के लिए तो मैं अपना दाहिना हाथ भी काटकर दे सकता हूं। कहो, क्या चाहती हो।"

"उस दैत्य अमीर का सिर काटकर मुझे ला दो।"

फतह मुहम्मद चमककर दो कदम पीछे हट गया। उसने कहा, "हैं, यह कैसी बात!"

"क्या नहीं कर सकते? जिसका पेशा लूट-हत्या, धर्मद्रोह, अत्याचार और अन्याय है, जो लाखों मनुष्यों की तबाही का कारण है, जो मृत्युदूत की भांति सत्रह बार भारत को तलवार और आग की भेंट कर चुका, वह इस क्षण तुम्हारे हाथ में है, चंगुल में है, जाओ, अभी उसका सिर काट लाओ—शोभना देवी की यही तुमसे आरजू है।"

"नहीं, नहीं शोभना, यह नहीं हो सकता। मैं दास, अनाथ, अपमानित, बहिष्कृत देवा, उसकी कृपा से ही आज इस रुतबे को पहुंचा हूं। भला मैं उसके साथ धोखा कर सकता हूं।"

'क्या शोभना के लिए भी नहीं?"

"भगवान के लिए भी नहीं, किसी तरह नहीं। चलो—जल्दी करो, अमीर प्रतीक्षा में है। अब देर हो रही है, चौला को मेरे हवाले करो।"

"तुम किस अधिकार से उन्हें मुझसे मांगते हो?"

"मैंने तुम्हें उनकी निगरानी पर नियत किया था।"

"सो मैंने उनकी निगरानी की है।"

"वह यहीं है?"

"यहीं हैं।"

"और महाराज भीमदेव?"

"वे नहीं हैं।"

"कहां हैं?"

"मैं नहीं जानती।"

"खैर, उन्हें ढूंढ़ लिया जाएगा, कहां है चौला?"

"भीतर इसी महल में।"

"तो द्वार खोलो, उसे मेरे हवाले करो।"

"तो तुम क्या इस बात पर तुल ही गए हो?"

"शोभना, हमारे जीवन का हेस-नेस अब इसी बात पर है।"

"पर याद रखना, तुमने शोभना की बात नहीं रखी।"

"अब इसके बाद, मैं शोभना का ही दास हूं। शोभना की बात रखना ही मेरा काम होगा।"

"वाह, तुमने तो दासता का धन्धा ही खोल दिया है, अमीर के दास बने, फिर शोभना के बनोगे।"

"शोभना का दास बनने के ही लिए मैं अमीर का दास बना हूं, यह बात न भूलना शोभना।"

"अच्छी बात है, न भूलूंगी।"

"तो अब द्वार खोलो।"

शोभना कुछ देर सोच में पड़ गई। उसने मर्म-भेदिनी दृष्टि से फ़तह मुहम्मद को देखा, फिर कहा, "जरा सोच लो देवा।"

"देर न करो शोभना।"

"तो शोर न करो। चुपचाप मेरे पीछे आओ।"

"लेकिन भीतर और कौन है?"

"अकेली देवी हैं।"

"तब चलो।"

शोभना दीवार की छाया में दीवार से सटकर निश्शब्द चलने लगी। फ़तह मुहम्मद उसके पीछे-पीछे उसी भांति चला। महल के पिछवाड़े पहुंचकर एक छोटे-से द्वार में घुसकर उसने कहा, "जूता बाहर उतार दो और निश्शब्द भीतर आ जाओ।" फ़तह मुहम्मद ने ऐसा ही किया। द्वार के भीतर उसे करके शोभना ने भीतर से द्वार बन्द कर लिया। अब वह उसे एक अंधेरी गली में हाथ पकड़कर ले चली।

फतह मुहम्मद ने फुसफुसाकर कहा, "कहां लिए जा रही हो शोभना?" पर शोभना ने अपनी नर्म-नर्म हथेलियां उसके मुंह पर रख दीं। वे एक शून्य अलिन्द में पहुंचे। सामने एक बन्द द्वार था। शोभना ने उसकी दरारों को झांककर देखा। फिर फ़तह मुहम्मद के पास जाकर कहा, जरा मुझे अपनी तलवार तो दो! उसने उसे सोचने-विचारने का

अवसर नहीं दिया, उसके हाथ से तलवार लेकर उसकी नोंक दीवार की दरार में घुसाई, द्वार खुल गया। तलवार हाथ ही में लिये वह द्वार में घुस गई और फ़तह मुहम्मद को पीछे आने का संकेत किया। क्षण-भर को वह झिझका और फिर लपककर भीतर घुस गया। भीतर अन्धकार था। घुसने के बाद द्वार अपने आप ही बन्द हो गया। द्वार बन्द होने की आहट पाकर उसने पीछे की ओर देखा, एक भीति की भावना उसके मन में व्याप गई, उसने पुकारा, "शोभना।"

परन्तु शोभना ने कोई उत्तर नहीं दिया। वह उस घने अंधकार में दोनों हाथ फैला-फैलाकर शोभना-शोभना चिल्लाने लगा और इधर-उधर दौड़ने लगा। परन्तु शीघ्र ही दीवार से उसका सिर टकरा गया। उसने उलटकर द्वार खोलने की चेष्टा की परन्तु सफलता नहीं मिली। अब क्रोध और अधैर्य से पागल होकर उसने जोर-जोर से चिल्लाकर कहा, "दगा-दगा! तुमने मुझसे दगा की, शोभना!"

एक छोटा-सा मोखा खुला। उसमें से थोड़ा प्रकाश उस कक्ष में आया। शोभना ने मोखे में झांककर कहा—

"निस्सन्देह देवा, मैंने तुमसे दगा की। क्योंकि मैं औरत हूं। मेरे पास और उपाय नहीं था।"

"लेकिन शोभना, मैंने तुझे प्यार किया था।"

"प्यार तो मैंने भी तुझे किया था देवा।"

"पर तेरा प्यार मेरे-जैसा नहीं था।"

"शायद, प्यार कभी किसी ने तराजू पर तो तोला नहीं। तेरा कैसा प्यार था, यह तू जान, मैं तो अपने प्यार को जानती हूं।"

"उसी प्यार का यह नतीजा? विश्वासघात!"

"निस्सन्देह, प्यार तूने भी किया, और मैंने भी। पर प्यार होता है अन्धा। वह यह न देख सका, कि तू क्रीत दासी का दास बेटा है, और मैं ब्राह्मण की बेटी हूं।"

"इससे क्या शोभना, हम दोनों एक-दूसरे से प्यार करते थे।"

"पर दास और ब्राह्मण के रक्त में तो अन्तर है न? दास के रक्त ने प्यार को दासता के दांव पर लगाया। धर्म, ईमान, मनुष्यता सब पर लात मारकर उसने स्वार्थ-लिप्सा ही को देखा। पर ब्राह्मण के रक्त ने मनुष्यता पर प्यार को न्यौछावर कर दिया। आज मेरी आंखें खुल गईं। मैंने तुम्हारा असली रूप देख लिया।"

"क्या देखा?"

"कि तुम मनुष्य नहीं, कुत्ते हो। तुम्हारे प्यार का मूल्य एक जूठी रोटी का टुकड़ा है।"

"शोभना," फ़तह मुहम्मद क्रोध से उन्मत्त होकर चिल्लाया। उसने कहा, "शोभना, जैसा मेरा प्यार अन्धा है वैसा ही गुस्सा भी है।"

"बहुत कुत्तों का गुस्से में गुर्राना देखा है मैंने।"

अधीर होकर फ़तह मुहम्मद ने उछलकर गोख को पकड़ लिया। शोभना चुपचाप

खड़ी रही। फ़तह मुहम्मद की खूनी तलवार उसके हाथ में थी। फ़तह मुहम्मद ने गोख में सिर डाला, वह उसी राह बाहर आने की चेष्टा करने लगा। शोभना चुपचाप देखती रही। ज्योंही उसकी पूरी गर्दन गोख से बाहर हुई, शोभना ने एक भरपूर तलवार का हाथ मारा, फ़तह मुहम्मद की आधी गर्दन कट गई। वह आहत सांड़ की भांति चीख उठा। उसका धड़ लटक गया। उसी समय शोभना ने होंठों को दांतों में भींचकर दो-तीन हाथ और मारे, सिर कटकर उसके चरणों में आ गिरा। अब वह रक्त-भरी तलवार लेकर तेजी से एक ओर को भाग चली।

शरणापन्न

प्राणों से प्यारे देवा के खून से भरी तलवार से गर्म और ताजा खून की बूंदें टपकाती हुई शोभना उन्मादिनी की भांति गिरती-पड़ती, दालान-अलिन्द पार करती हुई, उस कक्ष में पहुंची, जहां अकेली चौला, तलवार हाथ में लिए, भय, आशंका और उद्वेग से भरी बेचैनी से एक-एक क्षण काट रही थी। किले में बाहर जो मार-काट मची थी और शोर मच रहा था, उसकी जो आवाज दीवारों से छन-छनकर आ रही थी, वह उसे अधीर बनाए हुए थी। किस क्षण क्या होगा, नहीं कहा जा सकता था। शोभना को इस प्रकार भयानक वेश में आते देख चौला दौड़कर उसके पास आई। शोभना के बाल बिखर रहे थे, होंठ सूख रहे थे और चेहरा सफेद मुर्दे के समान हो रहा था, आंखें भय से फट रही थीं। शोभना तलवार फेंक चौला के पैरों में गिर फफक-फफककर रोने लगी। चौला देवी ने उसे अंक में भरकर अनेक भांति सान्त्वना दी। वह यह तो समझ गई कि कोई अघट घटना घटी है, पर हुआ क्या, यह जानने को बारम्बार उसे प्रबोध करने लगी। शोभना अर्ध-मूर्च्छित अवस्था में उसकी गोद में पड़ी बड़बड़ाने लगी। चौला ने झारी से शीतल पानी लेकर उसके कंठ में डाला और आंखों पर छींटे दिए, फिर कहा, "कह बहिन, हुआ क्या?"

शोभना ने होंठों-ही-होंठों में फुसफुसाकर कहा—

"मैंने उसे मार डाला देवी, उसका सिर काट लिया, उसी की तलवार से।"

"किसका? किसका?"

पर शोभना ने सुना नहीं। वह मूर्च्छित हो गई। चौला देवी बहुत व्यग्र हो गई। सहायता के लिए किसे पुकारा जाए। कक्ष में एक भी आदमी न था। परन्तु समय पर साहस का आप ही उदय हो जाता है। चौला देवी ने किसी तरह शोभना को प्रबोध किया। होश में आकर शोभना आंखें फाड़-फाड़कर चारों ओर देखने लगी, फिर रोते-रोते चौला की गोद में गिर गई। धीरे-धीरे उसने अपने हृदय की गुत्थी खोली। देवा का परिचय, उससे प्रेम-भावना और उसका घर से भागना, मुसलमान होना, छिपकर मिलना, सब-कुछ बता दिया। अपने मन की आसक्ति भी न छिपाई। उसे उसी ने चौला देवी

पर अमीर की ओर से जासूसी करने पर नियत किया था—यह भी कहा। और अन्त में यह भी कह दिया कि किस प्रकार उसे देवी से प्रेम हुआ, और उसी प्रेम और कर्तव्य पर उसने आज निरुपाय हो अपने प्यारे का सिर काट डाला।

सब सुनकर चौला जड़ हो गई। बहुत देर तक वह निःस्पन्द शोभना को वक्ष से लगाए बैठी रही। फिर कहा, "सखी, तूने तो वह किया, जिसका उदाहरण नहीं। मेरे लिए तूने अपना ही घात कर डाला।"

"आपके लिए नहीं देवी, अपने प्यार के लिए, जो मेरे मन में देवा के लिए था। अभी भी जो वैसा ही है। उस दासी-पुत्र ने उसी का सौदा कर डाला था, उसे मैंने आज कलंकित होने से बचा लिया। और अब मैं आपकी शरणापन्न हूं।"

उसने अपने को चौला की गोद में डाल दिया। चौला ने उसे उठाकर हृदय से लगा लिया।

प्राणों का मूल्य

इसी समय महल के फाटक पर आघात होने लगा—जैसे द्वार तोड़ा जा रहा हो। शस्त्रों की झनकारें और घायलों की चीत्कारें निकट आने लगीं। शोभना ने कहा, "देवी, हमें सावधान हो जाना चाहिए, शत्रु शायद महल पर धावा बोल रहे हैं।"

दोनों स्त्रियों ने तलवारें हाथ में ले लीं और उठ खड़ी हुईं। शोभना ने कहा, "देवी, समय कठिन है, हमें सहायता मिलना सम्भव नहीं है। आप भूगर्भ में चली जाएं और जैसे भी सम्भव हो, सुरंग पारकर महाराज के दल से मिलकर आबू पहुंच जाएं। महाराज घायल हैं, वे धीरे-धीरे जाएंगे, उन्हें पा लेना आपके लिए कठिन नहीं है, आप शीघ्रता कीजिए।"

परन्तु चौला देवी ने शोभना के प्रस्ताव को अस्वीकार कर दिया। कहा, "नहीं सखी, हम साथ ही मरेंगी।'

'परन्तु मरना तो हमारा ध्रुव ध्येय नहीं है देवी।"

"पर मरने का क्षण आ गया तो क्या किया जाए?"

"अवशिष्ट कर्तव्य को पूरा करने की राह रहते बच रहना चाहिए।"

"तो तुम भी मेरे साथ चलो।"

"तब तो दोनों ही की निश्चय मृत्यु होगी, या इससे भी भयंकर दशा। हम लोग शीघ्र ही पकड़ ली जाएंगी। आप जानती हैं, वह दैत्य आप पर दृष्टि रखता है। यदि आपका शरीर उस पाजी के हाथ पड़ा तो क्या होगा?"

"मैं प्राण दे दूंगी।"

"और महाराज? गुजरात? भगवान सोमनाथ?"

"अब उनके लिए मैं क्या करूं?"

"बहिन, यह युद्धकाल है, और हमारी स्थिति सिपाही की है। भावुकता को छोड़िए, आप गुप्त राह जाकर महाराज से मिल जाइए। और उन्हें अपने प्यार का बल देकर गुजरात की प्रतिष्ठा, धर्म और देवता की रक्षा कीजिए। जिस तरह भी हो, यह दैत्य जीवित न जाने पाए।"

"और तुम?"

"मैं देवी का अभिनय करके जितनी देर तक सम्भव होगा, दैत्य को यहां अटकाऊंगी। फिर अधिक-से-अधिक मूल्य पर प्राण दूंगी। तुम तो जानती ही हो सखी, कि इन प्राणों का स्वामी, वही क्रीत-दासी का पुत्र था, जिसके प्राणों का मूल्य चुकाकर मैंने गुजरात के रक्षक की शक्ति, आपकी रक्षा कर ली। अब अपने प्राणों के मूल्य में गुजरात, उसके देवता और धर्म की रक्षा करूंगी। विश्वास करो बहिन, मेरे प्राण सस्ते नहीं हैं। मुझे मुझ पर छोड़ दो, और तुम इन बहुमूल्य क्षणों को नष्ट न करो।

"तो सखी, मैं गुजरात को जीवन देने चली।"

"जाओ बहिन, भगवान तुम्हारी रक्षा करेंगे। समय हुआ तो फिर मिलेंगे। न मिले तो भी...।"

"सखी, तुम सदैव मेरे हृदय में रहोगी।" चौला ने उसे छाती से लगाया, तलवार हाथ में ली और गर्भगृह में उतर गई।

गर्भगृह का द्वार भली-भांति बन्द करके शोभना ने अपने वस्त्र बदल डाले। देवी चौला के वस्त्र पहने, आभरणों से अपने को अलंकृत किया। रानी की-सी गरिमा धारणकर, वह एक चौकी पर आगे आनेवाले क्षण का सामना करने को बैठ गई।

इसी क्षण फाटक टूट गया और अनेक सैनिक कक्ष में घुस आए। शोभना ने कड़ककर कहा, "खबरदार, एक कदम भी भीतर न रखना। केवल तुम्हारा जो सेनापति हो, वह भीतर आए।"

एक प्रौढ़ तुर्क सेनानायक आगे बढ़ा। शोभना, रानी के समान चौकी पर बैठी रही, उसने नायक को घूरकर कहा, "मूर्ख, शस्त्र बाहर रख दे, और तब सम्मुख आ।"

नायक ने देखा, यह रानी के समान गुण-गरिमावती स्त्री कदाचित वही रानी है, जिसकी अमीर ने मांग की है। वह स्त्री है, निश्शस्त्र है। उसने अपने शस्त्र खोलकर रख दिए। और डरता-डरता आगे बढ़कर शोभना के सम्मुख आ खड़ा हुआ। शोभना ने कहा–

"अमीर नामदार का तुम्हें क्या हुक्म है?"

"आलीजाह, उस नाजनी को अपने रूबरू देखना चाहते हैं, जो इस महल में रहती है।"

"तो अमीर नामदार को हमारा हुक्म पहुंचा दो, कि वह दो घड़ी बाद यहां तशरीफ लाएं। और इस महल पर तुम सिर्फ पचास जवानों के साथ अपना पहरा रखो। तुम्हारे जवान महल से दो तीर के फासले पर रहें। और तुम अकेले ड्योढ़ी पर हाजिर रहो।"

"यह हुक्म किसका है?"

"उनका, जिन्हें अमीर नामदार रूबरू देखना चाहते हैं।"

नायक ने सिर झुकाकर शोभना को प्रणाम किया। और, "अभी हुक्म बजा लाता हूं" कहकर चला गया।

शोभना आसन से उठकर उस सूने आंगन में टहलने लगी। एक भी प्राणी उसका सहायक न था। वह अकेली स्त्री, गज़नी के अतिरथ विजेता महमूद से जूझने को तैयार खड़ी थी।

अतिरथ का साम्मुख्य

उस दो घड़ी शोभना ने गजनी के अप्रतिरथ महारथी के सम्मुख होने की सब तैयारियां कर लीं। शारीरिक भी और मानसिक भी। कक्ष में चौला देवी के लिए यथेष्ट राजसी सामग्री प्रस्तुत की गई थी। शोभना ने वस्त्र, अलंकार और शृंगार की पराकाष्ठा कर दी। उसी पराकाष्ठा में उसे अपने प्यारे के घात का हाहाकार छिपाना था।

उसी से उस अप्रतिरथ विजेता को परास्त करना था। समय और परिस्थिति ने, प्राणोत्सर्ग की कल्पना ने उसमें असीम साहस का सृजन कर दिया था। उसी साहस ने उसके प्रत्येक जीवन-कण में प्रगल्भ सत्ता को आपूर्ण कर दिया। जिस प्रकार शत्रु का हनन करने के लिए तलवार पर शान रखकर तीखी धार तैयार की जाती है, उसी प्रकार उसने अपना शृंगार उल्वण बनाया। कक्ष को भी सब सम्भव साधनों से सुसज्जित कर आसन के नीचे, वही प्यारे के रक्त से भरा खड्ग छिपाकर वह महारानी की सज्जा से बैठ गई। उस सिंहिनी की भांति, जो हिरण की ताक में बैठी हो। इस समय भय, चिन्ता और शोक का उसके मन में लेश भी न था। केवल सत्साहस से उसका प्रत्येक रक्त-बिन्दु परिपूर्ण था।

शौर्य को प्यास की शाश्वत भूख रहती है। वास्तव में रस की दृष्टि से देखा जाए तो वीर और शृंगार, जिस एक ही स्थान पर संघात खाता है, वह केन्द्र है 'पौरुष'। महमूद में समर्थ पौरुष था। वह जिस कुल और वातावरण में जन्मा और बढ़ा था, उसमें सम्भवतः प्यार की पीर का कोई महत्त्व ही न था। जहां स्त्री-शरीर पुरुष-शरीर की दासता करते हैं, जहां इच्छा होते ही क्रीत दासियां वासना और कामना की निर्जीव पूर्ति करती हैं, जहां प्यार की प्रतिष्ठा नहीं हैं, जहां केवल वासना-ही-वासना है, वहां प्यार की पीड़ा के मिठास की अनुभूति कैसे हो सकती है। परन्तु चौला के प्रति प्रथम दर्शन ही में, अमीर महमूद के मन में प्यार की पीर का उदय हुआ था। चौला उसे प्राप्य न थी। इसी से उस पीर ने उसके सम्पूर्ण शौर्य को आहत किया था। और जो दुर्दान्त मूर्तिभंजक और दुर्धर्ष विजेता सोलह बार सम्पूर्ण भारत को आग और तलवार की भेंट कर चुका

था, इस वार्धक्य में चौला के प्यार से तड़पता हुआ सोमतीर्थ आ पहुंचा था। परन्तु इस मांग में प्यार कितना था और वासना कितनी, इसका शायद उसे ज्ञान न था। प्यार और वासना का भेद वह कदाचित जानता भी न था। अभी तक उसके मन का पशुत्व ही जीवित था, उस पशुत्व को स्त्री-शरीर ही की भूख थी। उसे आधीन करके ही चिरकृतार्थ होना वह समझ रहा था, स्त्री-मन की तो उसने कभी कल्पना भी न की थी। इसीलिए वह अपनी रक्तरंजित तलवार की धार से ही प्यार की इस राह को साफ करता यहां तक आ पहुंचा था।

शोभना का सन्देश पाकर उसके प्राण हरे हो गए। अज्ञात ही में उसके मन में प्रेम के सात्विक भावों का उदय हुआ। वह अपने भीतर एक कम्प, एक वैकल्प अनुभव करने लगा, जीवन में पहली ही बार वह समझा कि कुछ ऐसी वस्तु भी संसार में है, जिसके सम्मुख उस-जैसा दुर्दान्त विजेता भी दीन भिक्षुक है।

फिर भी वह प्रसन्न था। उसने तुरन्त आज्ञा दी, कि युद्ध, मार-काट, लूट-पाट तुरन्त बन्द कर दी जाए। और चौला की सब आज्ञाएं पालन की जाएं। वह यह कल्पना भी न कर सका कि चौला देवी के स्थान पर शोभना देवी उसके साथ खेल, खेल रही है।

नियत समय पर अमीर ने महल के अन्तरंग में एकाकी प्रवेश किया। उसने अपने विश्वस्त गुलाम अब्बास को भी ड्योढ़ी पर ही छोड़ दिया। भीतर प्रांगण में सन्नाटा था। एक भी व्यक्ति वहां न था। वह सहमता हुआ धीरे-धीरे आगे बढ़ा। दालान में पहुंचकर वह खड़ा हो गया। उसने ताली बजाई।

भीतर से जवाब दिया शोभना ने, "यदि आप गज़नी के यशस्वी अमीर हैं, तो आप भीतर आ सकते हैं। खेद है कि इस समय मेरे पास कोई दास-दासी आपकी अभ्यर्थना के लिए नहीं है—केवल मैं अकेली हूं।"

कोमल कंठ से अत्यन्त स्निग्ध वाक्य सुनकर अमीर की हत्तन्त्री बज उठी। उसने कहा, "आप ही यदि मन्दिर की महारानी हैं, जिनका दर्शन मुझे एक बार हो चुका है, तो मैं स्वीकार करता हूं कि मैं गज़नी का अमीर, खुदा का बन्दा और आपका गुलाम महमूद यहां हाजिर हूं।"

"लेकिन मैंने सुना था कि गज़नी का यशस्वी अमीर बादशाहों-का-बादशाह है, तब यह गुलाम महमूद कौन है?"

"वही, जो बादशाहों-का-बादशाह है, आपका गुलाम है।"

"यह जानकर भी कि मैं एक तुच्छ दासी, देवदासी हूं?"

"लेकिन महमूद की मलिका हैं।"

"मेरा खयाल है कि अमीर महमूद तो मलिका के भी गुलाम नहीं है।"

"सच है, लेकिन आपका गुलाम हूं।"

"सच! इसीलिए अमीर नामदार इस खूनी तलवार से राह बनाते यहां तक आ पहुंचे हैं?"

"मुझे अफसोस है मलिका, पर अब मैं यह तलवार तुम्हारे कदमों में सदके करता हूं।"

यह कहकर महमूद ने तलवार कमर से खोलकर शोभना जिस जाली के भीतर बैठी बात कर रही थी, उसके निकट भूमि पर रख दी। शोभना का रानी के समान देदीप्यमान मुख तेज से परिपूर्ण हो उठा। उसने कहा—

"अमीर नामदार की सारी जिन्दगी की बरकत इसी तलवार की धार पर है, अमीर को उचित नहीं कि इस कीमती तलवार को एक अदना औरत के कदमों में रखने की बेवकूफी करे।"

"आज अमीर अपनी बेवकूफी पर खुश है मलिका।"

"यह बिलकुल नई बात है हुजूर, आपको शायद हिन्दुस्तान की हवा लग गई है। यहां कुछ लोग ऐसे ही जोरू के गुलाम होते हैं लेकिन अमीर नामदार को तो ऐसा नहीं होना चाहिए।"

"यह क्यों? क्या महमूद के दिल नहीं है?"

"दिल शायद हो। लेकिन दिल तो प्यार को तलवार की धार पर चलने की इजाजत नहीं दे सकता।"

"इसी से, मैं महमूद अमीर, खुदा का बन्दा, वही कहूंगा, जो मुझे कहना चाहिए। मैंने यह तलवार आपके कदमों में सदके की है।"

"किसलिए?"

"इसलिए कि अमीर महमूद खुदा का बन्दा, आपको प्यार करता है।"

"लेकिन नामदार अमीर जिसे प्यार करते हैं, वह यदि उन्हें प्यार न करे तो?"

"तो?"

"तो शायद अमीर महमूद, खुदा का बन्दा, उसे इसी तलवार से टुकड़े-टुकड़े करके उसका गोश्त कुत्तों को खिला देगा।"

"नहीं, मैं अमीर महमूद, खुदा का बन्दा, वही कहूंगा जो मुझे कहना चाहिए। वह, जिसे मैं प्यार करता हूं, यदि मुझे प्यार न करे, तो मैं अमीर, खुदा का बन्दा, इसी क्षण इसी तलवार से अपने टुकड़े-टुकड़े कर डालूंगा।"

"ओह, प्यार की इतनी कीमत? और वह सब जर-जवाहर? जो हुजूर ने अपनी जिन्दगी में खून की नदी बहाकर जमा किए हैं?"

"आज महमूद, खुदा के बन्दे की नजर में कंकड़-पत्थर के ढेर हैं!"

"बहुत खूब। लेकिन हजरत, यह क्या धमकी नहीं है?"

"धमकी कैसी?"

"कि वह आदमी, जिसे खुदा का बन्दा अमीर प्यार करता है, वह भी उसे प्यार करे, वरना वह अपने को हलाक कर डालेगा। क्या नामदार अमीर यह नहीं जानते कि प्यार न धमकी से, न कीमत से, न मांगने से मिलता है, वह तो अर्पित किया जाता है।"

"किस तरह?"

"जिस तरह हम देवता को फूल अर्पित करते हैं, और जिस तरह यशस्वी अमीर अपना प्यार अर्पण कर रहे हैं।"

"खुदा का शुक्र है, तुमने उसे समझा।"

"समझा भी, देखा भी और सुना भी। अमीर नामदार इस नाचीज को पाने के लिए बड़ी-से-बड़ी कुर्बानी, बड़ी-से-बड़ी कीमत देने को तैयार हैं।"

"यह सच है मलिका।"

"लेकिन यह खुदा के बन्दे अमीर महमूद के लिए शर्म की बात है।"

"ओह, यह कैसी बात!"

'सुलतान, मैं तो यह सुनती आ रही थी कि खुदा का बन्दा अमीर महमूद बादशाहों का बादशाह है, दीनो-दुनिया का मालिक है, वह दुनिया को नियामते बख्शता है। वह दाता है। लेकिन आज मैं अपनी आंखों के सामने उसे एक दीन-हीन भूखे भिखारी की भांति पाती हूं, क्या यह शर्म की बात नहीं है?"

"ओफ, लेकिन नाजनीं, मैं सिर्फ तुम्हारे दर का भिखारी हूं।"

"लेकिन मैं देवता की दासी हूं, मेरा रुतबा दुनिया की औरतों से अलग है। मैं भिखारी को प्यार नहीं दे सकती। मैंने जब अपने देवता को प्यार दिया तो मेरे देवता ने उस ओर आंख उठाकर भी नहीं देखा, जैसे मेरे-जैसी करोड़ों नारियों के प्यारों से वे सम्पन्न थे। मैंने अपना प्यार उन्हें अर्पण किया, मैं धन्य हुई। अब क्या मैं एक भिखारी को प्यार दूं? नहीं-नहीं, ऐसा नहीं हो सकता।"

"इतनी जालिम न बनो मलिका।"

"खुदा के बन्दे महमूद को नाउम्मीद होने की जरूरत नहीं, तलवार उठा लीजिए। और इस बेअदब औरत का सिर धड़ से अलग कर दीजिए। और यदि आप एक गरीब औरत को मारकर अपनी यशस्विनी तलवार को कलंकित करना नहीं चाहते, तो जल्लादों को बुलवाइए, वे अपना काम करें। और दुनिया देखे कि खुदा के बन्दे अमीर महमूद के प्यार को ठुकराने की सजा क्या है।"

महमूद के मुंह से जवाब नहीं निकला। वह घुटनों के बल झरोखे के सामने भूमि पर बैठ गया। उसकी आंखों से आंसू बहने लगे। वह दोनों हाथों से मुंह ढांपकर जार-जार रोने लगा। शोभना का हृदय पसीजा। वह आसन छोड़कर खड़ी हुई। उसने कहा, "उठिए, शहनशाह, मैं कुछ निवेदन करना चाहती हूं।"

अमीर ने मुंह उठाया गर्म आंसुओं से उसकी दाढ़ी भीग रही थी। आहत पशु की भांति उसने झरोखे से उस लावण्य-सुधा को देखकर अस्पष्ट ध्वनि की।

"सुलतान गजनी को ऐसा कातर नहीं होना चाहिए।"

इस पर महमूद ने लड़खड़ाती भाषा में कहा, "जानेमन, प्यार की इस चोट से मैं अब तक बेखबर था। आज देखता हूं, जैसे मैंने अपनी सारी जिन्दगी ही बरबाद की। अब अगर तुम्हारा प्यार निहाल न करेगा, तो खुदा का बन्दा महमूद जिन्दा नहीं रह

सकता है।"

"लेकिन खुदा के बन्दे महमूद ने कभी मेरा प्यार नहीं चाहा। मुझे चाहा। वह भी फतह करके, तलवार और जोर-जुल्म से। अब जितना जोर-जुल्म किया जा सकता था, हो चुका। गुजरात की हरी-भरी भूमि खून से लाल हो चुकी। गुजरात के प्रभु सोमनाथ का दरबार भंग हो गया। न जाने कितने हौसलेवाले प्राणों का संहार हुआ। न जाने कितनी कुल-वधुएं विधवा हुईं। खुदा के बन्दे अमीर महमूद ने जो आग गुजरात के घर, गांव, नगरों में लगाई है, उसे बुझाने को आज गुजरात की लाखों अबलाएं, जार-जार आंसू बहा रही हैं। परन्तु यह नहीं कहा जा सकता कि इन आंसुओं को उस आग को बुझाने में कितने दिन लगेंगे। अब हुजूर से इस अभागिनी दासी का यही निवेदन है, कि प्यार के सौदे की बात तो रहने दीजिए। आप देखते ही हैं कि मैं अकेली हूं, मेरे पास दास-दासी कोई नहीं। रक्षक भी कोई नहीं। गुजरात के वीर आपकी तलवार की धार का पानी पी खेत रहे। और गुजरात का देवता भी आपने भंग किया। अब गुजरात की एक अबला का रक्षक कौन है...

"मैं अबला स्त्री हूं। तुच्छ दासी हूं। परन्तु खुदा के बन्दे अमीरेगजनी की भाति कातर होना पसन्द नहीं करती। इसलिए मेरी प्रार्थना है कि प्यार के कारबार की बात अभी रहे। आपने मेरे प्यार को न सही, मुझे तो प्राप्त कर ही लिया। मुझे बन्दिनी कीजिए। और फिर जैसी हुजूर की मर्जी हो, इस धृष्टा बन्दिनी के साथ व्यवहार कीजिए।"

अमीर ने भर्राए हुए कंठ से कहा, "अय नाजनीं, तूने महमूद की तरह प्यार का घाव नहीं खाया, इसी से ऐसा कहती है। लेकिन मैं, खुदा का बन्दा महमूद, वही कहूंगा जो मुझे कहना चाहिए। मैं हुक्म देता हूं, कि इस नाजनीं के साथ एक मलिका की भांति सलूक किया जाए। और वह समझ ले कि गज़नी का सुलतान उसके प्रत्येक हुक्म को बजा लाने के लिए उसकी रकाब के साथ है।"

अमीर लौटा। पर तुरन्त ही घूमकर उसने कहा, "एक औरत आपकी खिदमत में थी..."

"जी, थी, लेकिन आपके पधारने के पहले आपका एक तरुण सेनापति उसे लेकर कहीं चला गया।"

"कहीं चला गया?" अमीर की त्यौरियों में बल पड़ गए। उसने आप-ही-आप भुनभुना कर कहा, "फ़तह मुहम्मद कहां गया?" फिर अब्बास से कहा, कि 500 सवारों के दस्ते के साथ मलिका के हमराह रहे और जल्द कुछ हिन्दू लौंडियों का इन्तजाम कर दे, और मलिका का हर हुक्म तुरन्त बजा लाया जाए।"

अमीर महमूद चला गया। उसकी तलवार वहीं पड़ी रही।

प्रियतम के पास

शोभना ने दुर्दान्त महमूद को परास्त कर दिया था। और वह सकरुण भाव से उसकी आहत-वेदना की चिन्तना में मग्न थी। इसी समय ख्वाजा अब्बास ने आकर जमीन चूमकर उसे प्रणाम किया और हाथ बांध कर अर्ज की, "कि हुजूर का गुलाम अब्बास ख्वाजा खिदमत में हाजिर है, लौंडियां जल्द हाजिर हो रही हैं। और जो हुक्म हो, बजा लाया जाए।"

शोभना एकाएक ध्यान से चमक पड़ी। सावधान होकर उसने कहा, "किसी लौंडी की मुझे जरूरत नहीं है, तुम खुद ड्यौढ़ियों पर हाजिर रहो। और जब तक मैं न बुलाऊं, मेरे आराम में बखल न दो। मैं बहुत थक गई हूं और अब आराम करना चाहती हूं।"

अब्बास हाथ बांधे पीछे हट गया। शोभना ने महल के दालान को भीतर से बन्द कर लिया और वह अब पागल की भांति दालानों और अलिन्दों को पार करती हुई सीधी वहां पहुंची जहां अभागे फ़तह मुहम्मद की लाश पड़ी हुई थी वह दौड़कर लाश से लिपट गई। आर्तनाद करते हुए वह विलाप करने लगी—हे प्राणनाथ! अब मैं तुम्हारे पास आई हूं। बोलो, बोलो, अपनी शोभना से तुम क्या कहते हो, उसे तुम्हारी आज्ञा क्या है। अरे, मैंने तुम्हारी कितनी प्रतीक्षा की है, कितनी रातें जागते बित.ई हैं, तड़पती रही हूं तुम्हारी याद में। अब, अरे निठुर, तुम मिले तो बोलते भी नहीं। वे सब प्यार की बातें एक बार फिर कहो, जो तुमने बहुत बार कहीं हैं। वे सब वादे पूरे करो। हाय, कितने सुन्दर थे तुम। यह क्या हो गया। किसने तुम्हारी यह गत कर दी। कौन मेरी मौत, मेरी जन्म बैरिन निकल आई। किसने तुम्हारा मुंह मेरी ओर से फेर दिया। अरे, मैं तुम्हारी शोभना हूं। शोभना, तुम्हारी शोभना। अरे देवा, तुम तो कभी भी ऐसे निठुर नहीं थे। कितने भी रूठे रहते थे, पर मुझे देखते ही हंस पड़ते थे, आज क्या हो गया तुम्हें। हंसते क्यों नहीं। इतने क्यों रूठे हो। बोलो, बोलो, अजी बोलो। हाय-हाय बोलो देवा, मैं पुकार रही हूं। तुम्हारी शोभना, अजी, शोभना। ओ, शोभना के छैला, और छलिया, ओ प्रियतम!!!

शोभना मूर्च्छित हो गई। मूर्च्छित होकर लाश से लिपटी पड़ी रही। बहुत देर बाद उसे होश हुआ। उसने आंख फाड़-फाड़कर चारों ओर देखा। लाश को उठाकर वह दालान में ले गई। वहां फ़तह मुहम्मद का कटा सिर पड़ा था। उसे उठाकर उसने उसे घूर-घूर कर देखना शुरू कर किया। फिर एक उन्माद का आवेश उसे हुआ, बड़बड़ाते हुए उसने जैसे फुसफुसाकर कहा, "वही हो, वही हो वही आंखें है, पर नजर वह नहीं। वहीं होंठ हैं, पर रंग वह नहीं, वही तुम हो पर—फिर उसने जोर से सिर को छाती से लगाया। फिर सिर को धड़ से जोड़कर उसे घूर-घूरकर देखने लगी।

सूर्य पश्चिम से नीचे को झुक रहा था। धूप पीली पड़ रही थी। वह उठी, सिर को झरने पर ले जाकर धोया। सूखा खून आंचल से पोंछा। फिर उसे लाकर धड़ पर

जमाकर रख दिया। वह बड़ी देर तक उसे देखती रही। अब उसके आंसू सूख गए थे। कुछ विचार उसके मस्तिष्क में आए। उसने सोचा, अब इस जीवन से क्या काम। क्यों न अभी इस जीवन को समाप्त कर दूं। पर तुरन्त ही उसने सोचा—यह तो ठीक नहीं। महल में खोज होगी, यहां हम दोनों की लोथ मिलेगी। भेद खुल जाएगा। और चौला देवी की तलाश होगी। सम्भवतः वह पकड़ ली जाए तो मेरी सारी ही साधना व्यर्थ होगी। नहीं, नहीं। इस लाश को छिपाना होगा। और अन्ततः मुझे वही अभिनय करना होगा। उसने इधर-उधर देखा। वह उठकर झाड़ी के पास गई। वहां की मिट्टी कुछ गीली थी। तलवार की नोक से उसने बहुत-सी मिट्टी खोद ली। खोदकर गढ़ा किया। फिर उसने अपनी बहुमूल्य साड़ी उतारकर लाश से लपेट दी। लाश को उठाकर उसने कन्धे पर रखा और लाकर गढ़े में उतार दिया। दोनों नन्हीं मुट्ठियों में मिट्टी लेकर कहा, मेरे प्रियतम! अपना काम तुमने किया और अपना मैंने। तुमने धर्म, ईमान का प्यार के नाम पर सौदा किया, और मैंने प्यार का धर्म और ईमान के नाम पर। अन्ततः तुमने अपनी राह पकड़ी और मैंने अपनी। मिलन हुआ और उसी क्षण विदाई भी हो गई—"मिलन के ही क्षणिक क्षण में हो गई मेरी विदाई।" अच्छा प्रियतम विदा, चिर विदा। खूब मिले और खूब चले। वाह।" उसने अपनी दोनों मुट्ठियों की मिट्टी धीरे-धीरे गढ़े में डाली। इसी समय दो आंसू ढरक गए। पर उसने अधिक आंसू न बहने दिए। जल्दी-जल्दी उसने गढ़ा भर दिया। वह तलवार भी उसने लाश के साथ ही दफना दी। फिर उसने रक्त के सब दाग पोंछ डाले और सावधानी से चारों ओर देखती हुई, वह उसी कक्ष में लौट आई। भूख, प्यास, थकान, नींद, दुःख-दर्द और पीड़ा से वह अर्धमूर्च्छित-सी भूमि पर पड़ रही।

पाटन की ओर

फ़तह मुहम्मद का अपनी प्रेयसी को लेकर इस प्रकार एकाएक गायब हो जाना अमीर मुहमूद की समझ ही में न आया। शोभना के कौशल की उसने कल्पना भी न की थी। अमीर फ़तह मुहम्मद पर बहुत खुश था। उसी की सहायता से उसे यह महत्त्वपूर्ण विजय प्राप्त हुई थी। अब, इस समय जब कि उसे बड़े-से-बड़े इनाम की आशा थी, वह क्यों और कैसे वहां से गायब हो गया। बहुत-सी कल्पनाएं अमीर ने कीं। गोइन्दे छोड़े, परन्तु फ़तह मुहम्मद का सुराग न लगना था, न लगा।

अब व्यर्थ खम्भात में समय नष्ट न कर उसने सब लश्कर लेकर पाटन की ओर कूच किया। उसे लूटे हुए उस अटूट धन की बहुत चिन्ता थी, जिसे वह सेनापति मसऊद और अपने उस्ताद अलबरूनी की देख-रेख में पाटन भेज चुका था। वह अपनी मूल सेना से भी देर तक पृथक रहना नहीं चाहता था। वहां यद्यपि उसे विजय मिली थी और उसकी समझ से उसकी प्राणों से प्रिय चौला देवी भी उसके हाथ आई थी, परन्तु उसने पहली बार ही अपनी सत्रह विजय-यात्राओं में निरीह नागरिकों का जमकर मुकाबला

करने का सत्साहस देखा था। इससे वह भयभीत हो गया था। उसकी प्रधान मुहिम फतह हो चुकी थी, उसके प्रत्येक सिपाही के जीनों में सोना-चांदी, और जर-जवाहर भर चुके थे। अब किसी का मन लड़ने में नहीं, अपने घर लौटकर मौज-मजा करने में था। अपने बर्बर सिपाहियों की मनोवृत्ति वह खूब समझता था, तथा इन भेड़ियों को पालने का ढंग भी वह जानता था। इससे उसने लौटने में देर करना ठीक नहीं समझा।

शोभना ने जिस शान और शालीनता से उससे वार्तालाप किया था, उसने उसकी हृतन्त्री के तारों को झंकृत कर दिया था। जीवन में पहली ही बार उसने समझा कि किसी औरत पर काबू पाना और चीज है, पर उसका प्यार पाना बिलकुल जुदा चीज है। महमूद पढ़ा-लिखा अधिक न था। पर कवित्व के मर्म को जानता था। भावुकता उसमें थी। फिर उसका यह वार्धक्य था, जब हृदय स्वभावतः कोमल और भावुक हो उठता है। जीवन में पहली बार उसने एक औरत के सामने आत्मार्पण करने के स्वाद का अनुभव किया था। उसका मन प्यार की पीड़ा से कोमल और भावुक हो रहा था। इस समय फ़तह मुहम्मद को निकट पाने के लिए वह बेचैन हो उठा था। वही उसका इस समय सबसे बड़ा समर्थ सलाहकार और सेनानायक था। दूसरा समय होता तो वह उसके इस प्रकार गायब होने पर अनेक सन्देह करता, परन्तु इस समय वह अधिक सोच-विचार नहीं कर सकता था।

उसने ख्वाजा अब्बास अहमद को बुलाकर अपनी चहेती मलिका की सवारी के सम्बन्ध में सब आवश्यक आदेश दिए, और कैदियों के काफले को आगे कर कूच बोल दिया। लश्कर में सबसे आगे बाजा–गाजा–धौंसा और निशान का हाथी था। उसके पीछे ऊंटनियों पर तुर्क तीरन्दाज थे। इसके पीछे अब्बास अपने पांच सौ सवारों के बीच शोभना रानी को ले जा रहा था। शोभना की सवारी एक दिग्गज हाथी पर थी, जिस पर सुनहरी अम्बारी कसी थी।

शोभना की सवारी के पीछे हाथियों पर खजाना था। और उसके पीछे अमीर अपने बलूची सवारों से घिरा ऊंचे काले घोड़े पर सवार चल रहा था। सबसे पीछे रसद, डेरे तम्बू, राशन और बावर्ची, तोशाखाना, साईस आदि थे। अमीर का यह लश्कर मीलों लम्बा था। और राह में जो खेत-गांव-बस्ती आती थीं, सब उजड़ जाती थीं। गांव के निवासी गांव छोड़-छोड़कर भाग जाते थे। बहुधा बर्बर सैनिक अकारण ही जिसे भी पाते मार डालते, लूट लेते, आग लगा देते। कहीं किसी की कोई सुनवाई नहीं थी।

सामन्त चौहान

पाठकों को ज्ञात है कि सामन्त चौहान को अन्तिम समय में खम्भात का नगर सौंपा गया था। और जब गनगौर के मेले पर आक्रमण हुआ, तो वह अपनी सेना की एक टुकड़ी लेकर वहां लड़ने गया था। उसके साथ बहुत कम सिपाही

थे। तथा मेले में अनगिनत स्त्री-बच्चे और निरीह नागरिक एकत्र थे। अमीर के बर्बर पशु, भेड़ियों की भांति उन पर टूट पड़े थे। यह कोई युद्ध न था, निर्दय हत्याकांड था। इस समय सामन्त ने वेग से शत्रुओं पर धावा बोल दिया। उसने बड़ा कठिन युद्ध किया। और उसका फल यह हुआ कि वह घावों से जर्जर होकर भूमि पर गिर गया। उसके ऊपर भी शत्रु, मित्रों की लोथें पड़ गईं। सामन्त की किसी ने सुध नहीं ली। वह वहीं अर्धमृत अवस्था में लोथों के नीचे दबा पड़ा रहा। रात्रि आई और गई। दिन निकला तब सामन्त को होश आया। परन्तु उसमें उठने की सामर्थ्य नहीं थी। उसने किसी प्रकार अपने ऊपर पड़े हुए मुर्दों को हटाया और सिर ऊंचा किया। प्यास से उसका कंठ सूख रहा था। पर जल वहां कहां था। थोड़ी ही देर में वह फिर मूर्च्छित हो गया। बहुत देर वह मूर्च्छित पड़ा रहा। और इस बार जब उसकी मूर्च्छा टूटी तो दो पहर दिन चढ़ चुका था। किले में मार-काट का शोर मच रहा था। स्पष्ट था कि शत्रु ने किला दखल कर लिया है। वह नहीं जानता था कि घायल महाराज, चौला देवी और शोभना का क्या परिणाम हुआ होगा। चौला देवी और महाराज भीमदेव के लिए उसके प्राण छटपटा उठे। पर बहुत चेष्टा करने पर भी वह उठकर खड़ा न हो सका। सिर पर प्रखर सूर्य तप रहा था। चारों ओर लोथें सड़ रही थीं। चील और गृद्ध मंडरा रहे थे। एक भी जीवित प्राणी न था। भूख और प्यास से उसके प्राण कंठगत हो रहे थे और सिर दर्द से फटा जा रहा था। घावों का रक्त अंग पर सूख गया था। घाव गन्दे होकर कसक रहे थे उसने पूरा जोर लगाकर अपना कन्धा उकसाया। उसने दूर एक स्त्री को लोथों के बीच फिरती पाया। कई बार पुकारने की चेष्टा करने पर ही उसके कंठ से आवाज निकली। स्त्री ने सुनकर मुंह उठाकर उधर देखा। वह आई। एक वृद्धा स्त्री थी, रोते-रोते आंखें सूज गई थीं। उसने सहारा देकर सामन्त को उठाकर खड़ा किया, सामन्त ने कहा—

"मां, किसे ढूंढ़ रही हो?"

"मेरा बेटा, तेरे जैसा था वीर।"

"तो मां, मुझे एक घूंट पानी कहीं से पिला दे, तो मैं भी तेरे पुत्र को ढूंढ़ने में मदद करूं।"

वृद्धा का छोटा-सा फूंस का घर पास ही था। वह ब्राह्मणी थी, उसका पुत्र महालय का पुजारी था। गनगौर का मेला देखने गया था। घर लाकर वृद्धा ने सामन्त को पानी पिलाया। फिर थोड़ा दूध भी दिया। उसके अंग साफ किए। घावों पर पट्टी बांधी।

इससे आश्वस्त होकर सामन्त ने कहा, "मां, चलो, तुम्हारे लाल को ढूंढ़े, एकाध लाठी या बांस का टुकड़ा हो तो मुझे दे दो।"

"नहीं बेटा, तू बहुत कमजोर है, यहीं आराम कर, मैं जाती हूं।"

"नहीं मां, मैं साथ चलता हूं, आज न जाने कितनी मां बिना पुत्र की हुईं, तेरा पुत्र मिल जाए तो मेरा फिर जीना भी सार्थक हो।"

दोनों ने फिर लोथों का उलटना-पलटना प्रारम्भ किया। इस काम में सन्ध्या हो गई। परन्तु ब्राह्मणी का बेटा न मिलना था, न मिला। वृद्धा ने ठंडी सांस-भरकर कहा,

"ब्राह्मणी हूं, बेटा, ब्राह्मण का धन सन्तोष है। अब सन्तोष ही करूंगी। चल, घर चलें।"

सामन्त थकावट से चूर-चूर हो रहा था। अब और घूमना शक्य न था। वह बूढ़ी ब्राह्मणी की लाठी का सहारा ले फिर उसकी कुटिया में लौट आया। बूढ़ी ने कहा, "तू तनिक लेट पुत्र, देखूं, गाय हाथ लग जाए तो दूध दुहकर गर्म करूं।" वह व्यस्त भाव से बाहर की ओर चली। सामन्त बेदम होकर भूमि पर पड़ रहा। उसे गहरी नींद ने धर दबाया।

जब वृद्धा ने उसे जगाकर लोटा-भर दूध दिया तो उसको पीने से बहुत बल मिला। उसने कहा, "मां, आपने जीवन-दान दिया। क्षत्रिय का बालक हूं, पर तेरा ही पुत्र हूं। मेरा नाम सामन्त है। समय पर मैं फिर मिलूंगा—अभी मैं चला।'

पर ब्राह्मणी ने उसे बहुत बाधा दी। इस रात्रि में जाने देना स्वीकार नहीं किया। परन्तु सामन्त ने कहा, "मां, रुक नहीं सकता, एक बार किले में अवश्य जाऊंगा।"

और वह लड़खड़ाते कदम रखता वहां से चला। दुर्ग निकट आने लगा। वहां किसी आदमी के होने का कुछ भी चिह्न न था। पद-पद पर वह हांफ रहा था, पर रुक नहीं सकता था। दुर्ग का फाटक टूटा हुआ था। वह किसी तरह पार करके भीतर पहुंचा। चारों ओर उसने देखा, किसी जीवित व्यक्ति का वहां कोई चिह्न भी न था। वह जितनी जल्दी सम्भव हो सकता था, पैरों को घसीटता हुआ महल की पौर पर बढ़ा। पौर का दरवाजा भी टूटा पड़ा था। उसे देखते ही उसका मन भय और आतंक से कांप गया। हे भगवान! महाराज भीमदेव और चौला देवी क्या उस दैत्य के भोग हो चुके। वह आर्तनाद-सा करता हुआ एक कक्ष से दूसरे कक्ष में, अंधेरे में अन्धे की भांति हाथ फैलाए, 'देवी, देवी! महाराज, महाराज!' चिल्लाता हुआ उन्मत्त होकर दौड़ने लगा। उसे एक ठोकर लगी और वह दीवार से टकराकर, गिरकर मूर्च्छित हो गया।

रात-भर वह उस शून्य दुर्ग में मूर्च्छित पड़ा रहा। जब मूर्च्छा भंग हुई, तब प्रभात का आलोक गवाक्ष में झांक रहा था। वह फिर अधीर होकर उठा। एक-एक कक्ष-गवाक्ष उसने देखे। आवास लूटा नहीं गया था। चौला देवी के बहुत-से वस्त्र-सामग्री वहीं थे। वह सबको उलट-पलटकर देखने और हाहाकार करने लगा। अब उसे इस बात का तनिक भी सन्देह न रहा कि महाराज भीमदेव और चौला देवी उस दैत्य के भोग हुए।

परन्तु इसी समय उसकी दृष्टि दीवार पर कोयले से लिखे एक लेख पर पड़ी, लेख शोभना का लिखा था। जल्दी-जल्दी उसने लिखा था, "महाराज सुरक्षित आबू की राह हैं। बालुक साथ हैं। देवी एकाकी भूमार्ग से गई हैं। उनका अनुगमन और रक्षा होनी चाहिए। शोभना।"

सामन्त की बाछें खिल गईं। जैसे जन्म-दरिद्री को निधि मिल गई। उसने इस बात पर विचार भी नहीं किया कि इस लेख को लिखनेवाली शोभना कहां रही, उसकी क्या दशा बनी होगी। वह तेजी से भूगर्भ-मार्ग की ओर जाकर उसमें घुस गया। उस मार्ग से वह परिचित था। दुर्ग में आते ही उसे मार्ग का पता लग गया था, वह दूरदर्शिता के विचार से उसमें दूर तक हो आया था। अब वह भूख-प्यास और थकान सब भूलकर

उस अन्धकारपूर्ण मार्ग पर भरसक दौड़ लगाने लगा। वह बहुत बार ठोकर खाकर गिरा। बहुत बार उठकर भागा। बहुत बार सिर दीवार से टकराया। पर जैसे उसे इन सब बातों की सुध ही न थी। वह भागा जा रहा था। अन्त में उस अन्ध गुफा का अन्त हुआ। प्रकाश कण आया और जब वह नदी-तीर के एक पार्वत्य प्रदेश में बाहर निकला, तो सूर्य मध्याकाश में प्रखर तेज बिखेर रहा था। उसने दौड़कर कल-कल बहती नदी के निर्मल जल पर अपने प्यासे होंठ लगा दिए।

नगर-सेठ की समाधि

खम्भात नगर निर्जीव-सा हो गया था। बहुत लोग अमीर के सम्मुख युद्ध में कट मरे थे। बहुत नगर छोड़कर भाग गए थे, बहुतों को अमीर बन्दी बनाकर ले गया था। खम्भात में ऐसा एक भी घर न था जो इस समय श्मशान रूप न हो गया हो। कितने ही घर तो लुट-पिटकर बिलकुल ही बरबाद हो गए थे। आज उनमें दिया जलानेवाला भी कोई नहीं बचा था। बहुतों में से रोने-पीटने तथा हाय-हाय की आवाज आ रही थी। किसी का पुत्र, किसी का पति, किसी का भाई, किसी की पत्नी, किसी की पुत्री, किसी की पुत्रवधू महमूद बन्दी बनाकर ले गया था। ऐसा प्रतीत होता था, मानो सारे नगर पर मृत्यु और अवसाद की काली छाया छा गई हो।

नगर-सेठ मदनजी महता एक प्रतिष्ठित और करोड़पति व्यापारी थे। उनकी युवती पुत्री कंचनलता को किस प्रकार अमीर के बर्बर सिपाही सेठानी की आंखों के सामने ही उठा ले गए थे, यह पाठकों को ज्ञात है।

आज प्रभात ही से लोगों की भीड़ नगर-सेठ की हवेली के सामने एकत्र होने लगी थी। जो लोग नगर छोड़कर भाग गए थे, उनमें बहुत-से लौटे आ रहे थे। नगर में बिजली की भांति यह खबर फैल गई थी कि नगर-सेठ मदनजी महता अपनी प्रतिष्ठा और कुल-मर्यादा भंग होने से खिन्न हो आज जीवित समाधि ले रहे हैं। जो लोग कभी घर से बाहर न निकलते थे, वे भी आज यह अतर्कित-अकल्पित बात सुनकर सेठ के घर की ओर दौड़े आ रहे थे। ठठ-के-ठठ लोग घर के सामने जुट गए थे। परन्तु सेठ की विशाल अट्टालिका में पूर्ण शान्ति और नीरवता विराज रही थी। आज वहां नित्य काम करनेवाले दर्जनों मुनीम, गुमाश्ते, सिपाही, नौकर-चाकर और व्यापारियों की चहल-पहल न थी। न आज तराजू पर रुपये और अशर्फियां तोली जाकर थैलियों में भरी जा रही थीं। न गुमाश्ते खोटे-खरे रुपये परख रहे थे। इस समय ऐसा प्रतीत हो रहा था, मानो घर में कोई जीवित पुरुष है ही नहीं।

सेठ के मकान का द्वार उन्मुक्त था। द्वार पर कोई द्वारपाल या मनुष्य न था। फिर भी उपस्थित जनों में से किसी का साहस भीतर जाने का नहीं होता था। द्वार पर लाल कुंकुम की थाप दी हुई थी। आंगन में एक गहरा गढ़ा खुदा हुआ था।

उपस्थित भीड़ में भी सन्नाटा था। सबकी आंखें आंसुओं से तर तथा जिह्वा जड़ थी। किसी को किसी बात की जिज्ञासा न थी। सब कोई सब-कुछ जानते थे। जैसे सबके हाथ किसी दैत्य ने सी दिए हों। जैसे सबको लकवा मार गया हो। प्रत्येक व्यक्ति की आंसुओं से भरी आंखें चौक में खुदे हुए गढ़े पर जमी हुई थीं। प्रतीकार, जिज्ञासा और कौतूहल की भावना जैसे प्रथम ही उस गढ़े में दफना दी गई थी।

धीरे-धीरे एक वृद्ध ब्राह्मण को आता देख सब लोग उत्सुकता से उधर ही देखने लगे। ब्राह्मण का सब शरीर उघाड़ा था, उस पर साफ़ जनेऊ चमक रहा था, कमर में उज्ज्वल धोती थी। उनकी उम्र बहुत थी। आंखें धुंधली हो गई थीं। सिर और मूंछों के बाल रुई के पहल की भांति सफेद थे। ब्राह्मण का सिर और पैर भी नंगे थे। पैर में जूता और सिर पर पगड़ी नहीं थी। शोक और वृद्धावस्था के बोझ को, मानो न सहकर ब्राह्मण सोमदेव लाठी टेकते हुए थकित भाव से चले आ रहे थे। ऐसा प्रतीत होता था, मानो ब्राह्मण जिधर आ रहे हैं, उससे विपरीत दिशा की ओर उनका मन मचल रहा है। ब्राह्मण का मुख बर्फ के समान ठंडा और सफेद हो गया था। धीरे-धीरे लाठी टेकते हुए ब्राह्मण भीड़ के निकट आए। सबने उनको चुपचाप मार्ग दे दिया, किसी ने भी उनसे कुछ कहने का साहस नहीं किया। वृद्ध ब्राह्मण ने पौर पर पहुंच द्वारा पर लाल कुंकुम की थाप देखी, उनकी आंखों से आंसू बहने लगे। आंसू पोंछ वे कुछ देर द्वार पर खड़े रहे। उंन्होंने अपने कांपते हुए दोनों हाथ आकाश की ओर उठाए, आंसुओं से धुंधली आंखों को सूर्य की ओर फिराया, और कुछ होंठों-ही-होंठों में कहा। उनका कंठ-स्वर फूटा नहीं, केवल होंठ फड़ककर रह गए।

भीड़ में दो-चार गणमान्य नागरिक थे। उनमें कुछ सेठ के सम्बन्धी और.मित्र भी थे। उन्होंने आगे बढ़कर ब्राह्मण से धीमे और अवरुद्ध स्वर से कहा, "उन्हें रोकिए।"

ब्राह्मण ठिठक गए। उनकी आंखों के आंसू सूख गए। उन्होंने धीमे किन्तु स्थिर स्वर से कहा–

"नहीं।"

और उन्होंने स्थिर कदम से घर में प्रवेश किया। कुछ देर तक सन्नाटा रहा। इस समय अनगिनत मनुष्य वहां एकत्रित हो सांस रोके खड़े थे।

सबने देखा, नगर-सेठ धीरगति से बाहर आए। उन्होंने सफेद पोशाक धारण की थी। मस्तक पर केसर का तिलक था। उनका मुख भावहीन, दृष्टि पृथ्वी पर झुकी हुई और दोनों हाथ नीचे लटके हुए थे। आगे कुल-पुरोहित वृद्ध ब्राह्मण, पीछे सेठ क्रमबद्ध–सब नीरव, सब शान्त।

प्रमुख नागरिक, सेठ, सम्बन्धी सब पौर चढ़कर भीतर गए। नगर-सेठ ने कहा–

"भाइयो, कहा-सुना माफ! अपनी लाज अपनी आंखों में लेकर आज मैं जा रहा हूं। ईश्वर आप लोगों को सुखी रखे!"

इतना कहकर सेठ गढ़े में उतर गए। वह बीच में रक्खे एक आसन पर पलौथी मारकर बैठ गए। फिर उन्होंने उच्च स्वर में कहा, "भाइयो, जो पुरुष अपनी पुत्री की

रक्षा नहीं कर सका, उसके सिर पर एक-एक मुट्ठी धूल डालने की कृपा करो।"

सबसे प्रथम वृद्ध ब्राह्मण ने दोनों मुट्ठियों में मिट्टी उठा, मन्त्र-पाठ कर मिट्टी डाली, उन्होंने सब मनुष्यों को भी मिट्टी डालने को प्रेरित किया। आंखों से चौधार आंसू बहाते और–'हे देव, हे प्रभु' का अस्फुट उच्चारण करते उन सैकड़ों मनुष्यों ने मिट्टी भरनी प्रारम्भ कर दी। देखते-ही-देखते नगर-सेठ मदनजी महता ने जीवित समाधि ले ली। इस भयानक कृत्य को देख उपस्थित जनता मूढ़ बनी एक-दूसरे की देखती रह गई।

इसी समय आग-आग का शोर उठा। लोगों ने देखा, नगर-सेठ की विशाल अट्टालिका भीतर-ही-भीतर सुलग उठी है। उसमें से चारों ओर अग्नि की लपटें निकल रही हैं। लोग बाहर-भीतर दौड़ने लगे। इसी समय ऊपर के खंड का द्वार खुला और उसमें एक स्त्री-मूर्ति आ खड़ी हुई। उसके सम्पूर्ण वस्त्र घी में तर थे। और वस्त्रों से आग की लपटें निकल रही थीं। मानो उसने अग्नि का ही परिधान पहना हो। उसका मुख तेज से दैदीप्यमान था। लटें बिखरी थीं। अचल वाणी से उसने कहा–

"जो कोई आग बुझाने का प्रयत्न करे, उसे भगवान सोमनाथ की आन है। मेरे पति ने अपना मार्ग चुना और मैंने अपना। अप्रतिष्ठा की असह्य ज्वाला में जलने की अपेक्षा इस आग में जीते-जी जल मरना हमारा आज का सबसे बड़ा सुख है।"

एकाएक शत-सहस्र कंठ-स्वर खुल गए। वज्र-गर्जना की भांति एक स्वर से सब बोल उठे, "जय अम्बे, जय सती मां, जय जय!"

आग की लपटों ने घर को चारों ओर से घेर लिया। लोग दूर हटकर खड़े हो यह अद्भुत अघटित दृश्य देखने लगे। केवल वृद्ध ब्राह्मण वहीं अडिग खड़े रहे। बहुत भारी कड़ाके के साथ छत गिरी और लोगों ने उसी के साथ एक स्वर सुना, 'जय देव!'

सारी हवेली धांय-धांय जल रही थी, उसी के साथ घर की गृहलक्ष्मी, वधुएं और बालाएं चुपचाप जल रही थीं, साथ में कुलगुरु भी। कहीं हाहाकार न था, कहीं रुदन न था।

एक धीमी आवाज बीच-बीच में कुछ देर सुनाई देती रही, "जय देव, जय-जय देव!" और फिर वह भी बन्द।

कैदियों का काफला

खम्भात, प्रभास और सौराष्ट्र से एक लाख बीस हजार कैदियों के काफले को साथ लेकर महमूद पाटन की ओर लौटा था। इस काफले में सबसे आगे साहसिक और ऐसे कैदी थे, जिन्होंने जमकर अमीर की सेना का मुकाबला किया था या वे जो कोई खास विरोध करते हुए पकड़े गए थे, या जिन्होंने अमीर के बहुत से आदमियों को मार डाला था और उनके विरुद्ध खास रिपोर्ट दर्ज थी। इन सबकी कमर में एक लम्बी रस्सी बंधी हुई थी, और उस रस्सी से ये सब एक-दूसरे से जुड़े थे। इनके पीछे हाथ-बंधे साधारण सिपाही, नागरिक, धुना-जुलाहे, ऐरे-गैरे सब पचमेल

कैदी थे, जो बहुत से हथियारबन्द सिपाहियों से घिरे चल रहे थे। इनके पीछे रोगी, घायल और स्त्री कैदी थे, जो बांधे हुए तो न थे पर हथियारबन्द पैदल और घुड़सवार सिपाहियों से घिरे चल रहे थे।

सबके पीछे बड़े-बड़े प्रसिद्ध सेनापति, सरदार, धनी, सेठ-साहूकार और गिरासदार व्यक्ति थे। ऐसे दो-दो या तीन-तीन कैदी एक-एक सवार के सुपुर्द थे। वे उनकी कमर में रस्सी बांध, उनको मजबूती से घोड़े की काठी में अटका, नंगी तलवार उनके सिर पर घुमाते हुए बढ़े चले जा रहे थे।

मीलों तक लम्बाई में इन अभागे कैदियों की कतार बनी हुई थी। उनमें बहुत-से जार-जार रोते, आंसू बहाते, छाती कूटते, गिरते-पड़ते साथियों के साथ घिसटते बढ़े चले जा रहे थे। रोगी और घायलों की दशा और भी खराब थी। उनमें बहुत-से चलने-फिरने के योग्य भी न थे। फिर भी उन्हें सवारों के साथ घिसटना पड़ता था। उनके घावों की मरहम-पट्टी भी नहीं की गई थी। बहुतों के घाव सड़ गए थे। बहुतों के घावों से लोहू बह रहा था। परन्तु वहां कोई किसी का मिजाजपुर्सा न था।

स्त्रियों की दशा और भी दर्दनाक थी। इनमें अनेक गर्भिणी, आसन्न-प्रसवा एवं प्रसूताएं थीं। बहुत-सी स्त्रियों की गोद में बच्चों का बोझ था, जो भूख, प्यास और गर्द-गुबार से व्याकुल होकर रो-पीट रहे थे। उनकी अभागिनी माताएं भी रोकर उनका साथ दे रही थीं। बहुत-सी कुल-वधू, नववधू और कुमारिकाएं ऐसी थीं, जिन्होंने घर की दहलीज से बाहर कभी पैर भी न रक्खा था, पर पुरुष की कभी सूरत भी न देखी थी। परन्तु दैव-दुर्विपाक से उन्हें इन दुर्दान्त निर्दय डाकुओं के साथ चलना पड़ रहा था। उनके पैर लोहू-लुहान हो गए थे और चलने की शक्ति न रही थी, परन्तु बिना चले कोई चारा न था।

कोई घायल, रोगी या स्त्री कैदी यदि चलते-चलते गिर जाता, तो उसके लिए रुकने की किसी को आवश्यकता न थी। लाखों मनुष्य और घोड़े उन्हें कुचलते-रौंदते उनके ऊपर से गुजर जाते थे और उन्हें वहीं, मृत्यु उस वेदना से छुटकारा दे देती थी।

जो कोई चलने में ढील करता, अटकता, उस पर ऊपर से चाबुक बरसते थे। जो भागने की चेष्टा करता उसका तुरन्त सिर काट लिया जाता था।

आसमान धूल से भर गया था। आगे वाले कैदियों की धूल पीछे वालों के सिर पर पड़ती थी।

दस मील चलने के बाद लश्कर का पड़ाव पड़ता। तब इन अभागे कैदियों को भी भोजन-विश्राम मिलता। विश्राम को न बिस्तरा, न बिछौना, न छाया। सारी ही सुविधा के स्थान सिपाही घेर लेते—इन भाग्यहीनों को खुली धूप या खुले आकाश के नीचे नंगी जमीन पर, कंकड़-पत्थरों पर पड़े रहना पड़ता था।

भोजन की दशा बहुत खराब थी। बहुत कम लोगों को भोजन मिलता था। वह भी कदन्न। बहुत से बिना भोजन के रह जाते। जो भोजन मिलता वह अति निकृष्ट होता था। यदि पास-पड़ोस में कोई गांव होता, तो इन कैदियों को रस्सियों से बांधकर वहां

सिपाही ले जाते—जहां वे गांववालों से भीख मांगते। गांववाले तो इस दल-बल से डरकर बहुधा भाग जाते थे। कुछ दृढ़ श्रद्धालु, सिपाहियों का भय त्याग अपने आंसुओं से अभिषिक्त अन्न जैसे बनता, इन्हें दे देते थे। कोई-कोई फटा-पुराना वस्त्र देकर अबलाओं की लाज ढंकते थे।

बहुत कैदी राह में मर जाते। बहुत-सी माताओं की गोद के बालक सिसकते, प्राण त्यागते रह जाते। उन्हें उसी हालत में छोड़कर आगे चल देना पड़ता। चलते-चलते अनेक स्त्रियों को प्रसव-वेदना उठती, प्रसव हो जाता, पर उनके लिए कोई रुकता न था। या तो उस हतभागिनी को वहीं असहाय छोड़ सब चल देते, या वह रस्सियों से बंधी हाय-हायकर घिसटती हुई गिर पड़ती, और फिर घोड़ों, हाथियों-पदातिकों से रूंधी जाकर वहीं ढेर हो जाती थी।

भोजन के बांटने के समय और भी हृदय-द्रावक दृश्य होता। विपत्ति और प्राणों के भार ने उन सबको मनुष्य से भेड़िया बना दिया था। भोजन बंटने के समय वे हंटरों और डंडों की मार की तनिक भी परवा न कर एक बारगी ही टूट पड़ते। सबमें खूब गाली-गलौज और धक्का-मुक्की होती। वे प्रत्येक आपस में खून के प्यासे हो गए थे।

पड़ाव पर पहुंचते ही सब कोई अच्छी जगह पर आराम करने को कब्जा करने के लिए झपटते, इस समय भी उनमें लड़ाई होती। इससे भी अधिक दर्दनाक दृश्य यह होता कि वे रोटियों और मुट्ठी-भर चावलों पर, जो उन्हें खाने को मिलता था, जुए का दाव लगाते। जो जीतते वे झपटकर साथी का हिस्सा छीन पशु की भांति बेसब्री से खा जाते। और उनका साथी भूखा-प्यासा टुकुर-टुकुर उनकी ओर देखता रह जाता।

शोर, हाहाकार, क्रन्दन और अव्यवस्था का अन्त न था। राह में और पड़ाव में भी बहुत स्त्री-पुरुष कैदी मर जाते थे। उन्हें यों ही शेष कैदियों को संग लेकर सिपाही चल देते थे। ऐसा प्रतीत होता था, मानवता पृथ्वी से उठ गई है और सारा संसार नरक की आग में जल रहा है।

विशिष्ट कैदियों को सबसे प्रथम ठहराया जाता था। पड़ाव पर पहुंचते ही उनका यह काम होता, कि स्थान को झाड़-बुहारकर साफ करें। फिर उन्हें आगे रवाना कर दिया जाता था। वे बहुधा अपना भोजन रोगियों, स्त्रियों और घायलों को दे देते थे तथा स्वयं अनाहार रह जाते थे। स्त्रियों पर अत्याचार रोकने में वे कभी-कभी जान पर खेलकर सिपाहियों से लड़ पड़ते थे। परन्तु सिपाहियों को दया-माया छू तक नहीं गई थी। मनुष्य के जीवन का उनके लिए कोई मूल्य न था। वे कठोरता और क्रूरता की साक्षात मूर्ति थे।

इस प्रकार ग्यारह दिन कूच करने के बाद जो कैदी जीवित पाटन पहुंचे, उनकी दशा मृतकों से बढ़कर थी। जिस घर को बांसों और बल्लियों से घेरकर जेल बनाया गया था, वह यद्यपि बहुत बड़ा था परन्तु इतने कैदियों के रहने के योग्य न था। कमरे अंधेरे, सील और गन्दगी से भरे थे। मुद्दत से उनकी सफाई नहीं हुई थी। जहां तक दृष्टि काम करती थी, वहां आदमी-ही-आदमी दीख पड़ते थे। कैदियों के पास

ओढ़ने-बिछाने का कोई वस्त्र न था। वे वैसी ही नंगी और गीली भूमि पर रोग, भूख और थकान से अधमरे-से होकर आ पड़े थे। प्रत्येक अपनी मृत्यु चाह रहा था। हाहाकार, कराहना और रोने की आवाजों के मारे कानों के पर्दे फटे जाते थे। स्त्री-पुरुषों की कोई वहां मर्यादा न थी। वे सब नंगी जमीन पर ऐसे पड़े थे जैसे किसी ने मनुष्यों का फर्श बिछा दिया हो। पैर तो क्या, तिल धरने की कहीं जगह न थी। यदि कोई टट्टी-पिशाब को जाना चाहता तो उसे मनुष्यों की छाती या पीठ पर पांव रखकर जाना होता था। ऐसा करने पर प्रतिरोध करने की किसी में ताब न रह गई थी, इस प्रकार पैरों से कुचले जाने पर वे केवल तिलमिलाकर कराह उठते थे।

लाखों मनुष्यों के मलमूत्र-त्याग के लिए कोई व्यवस्था ही न थी। जहां जिसे सुविधा होती, बैठ जाता। लज्जा और सभ्यता का कोई प्रश्न ही न था। रोगी और अपाहिज जो अपने स्थान से हिल भी न सकते थे, वहीं पड़े-पड़े मल-मूत्र त्यागकर गन्दगी बढ़ा रहे थे। जिससे भयानक असह्य दुर्गन्ध और मृत्यु से भी अधिक दुखदायी हाहाकार की ध्वनि उस वातावरण में भरी हुई थी। रात से अधिक दिन और दिन से अधिक रात वहां जीवन के लिए असह्य हो रही थी। प्रत्येक को अपने प्राण भारी थे। माताओं ने पुत्रों को फेंक दिया था। पतियों ने पत्नी से मुंह फेर लिया था और प्रत्येक व्यक्ति यह चाह रहा था कि उनका साथी उनका गला घोंटकर उन पर अनुग्रह करे।

मध्याह्न में एक बार उन्हें नगर में भिक्षा मांगने को बाहर निकाला जाता। और वे लम्बी-लम्बी रस्सियों से बंधे हुए, घुड़सवार बलोचियों से घिरे हुए नगर की गली-गली, हाट-बाजार में भीख मांगने निकलते। इन कैदियों में लखपति, करोड़पति, सेठ-साहूकार, विद्वान, कवि, पंडित और व्यापारी, सिपाही, जागीरदार-उमराव, सिपाही सभी थे। बहुतों के सगे-सम्बन्धी रिश्तेदार पाटन में थे। वे अपने सम्बन्धियों को रस्सियों में बांधा हुआ देख, जार-जार आंसू बहाते, दौड़-दौड़कर उन्हें भोजन-वस्त्र देते, तसल्ली देते। दैत्य के समान सिपाही किसी कैदी को नागरिकों से बात करता देखते ही मार-पीट करने लगते। तनिक-तनिक-सी बात के लिए, अपने सम्बन्धियों को कोई वस्तु देने के लिए नागरिकों को बड़ी-बड़ी रिश्वतें इन बर्बर सिपाहियों को देनी पड़तीं। उन्हें यह भी भय था कि जैसे ये निरपराध नागरिक आज इस दुर्दशा में पड़े हैं, वैसे ही कल हम भी पड़ सकते हैं। हमारी रक्षा करनेवाला पृथ्वी पर कौन है?

दरबारगढ़ में

ग्यारह दिन की मंजिल पूरी कर, अमीर अपने लाव-लश्कर सहित अनहिल्ल पट्टन आ पहुंचा। जहां उसका सेनापति मसऊद गुरु अलबरूनी और वजीर अब्बास के साथ उपस्थित था। पाटन से नगरपाल चंड शर्मा ने नगर-द्वार पर उसकी अभ्यर्थना की और आदर-सत्कार से उसे दरबारगढ़ में ले आए। दरबारगढ़ में आकर

अमीर ने एक दरबार किया और नगर में अपने नाम की आन फेरकर ढिंढोरा फिराया, कि प्रजा की जान-माल का हिन्दू-राज्य की भांति रक्षण होगा, सब लोग हाट-बाजार खोलें, और अपने-अपने काम-रोजगार में लगें।

यद्यपि यह ढिंढोरा चंड शर्मा के उद्योग का परिणाम था, और इससे नगर-जनों की घबराहट कुछ कम हुई। परन्तु अमीर के बर्बर सैनिकों ने बाजार में अन्धेरगर्दी मचा दी। वे चाहे जिसकी जो वस्तु उठा ले जाते थे। मोल का पैसा नहीं देते थे, गृहस्थियों के घरों से गाय-बकरी-भेड़ खोल ले जाते और काट-पीटकर हंडिया चढ़ाते। कोई बहू-बेटी अपना द्वार नहीं खोल सकती थी। लोगों ने अपना धन-रत्न भुंहरों में दबाकर छिपा दिया था। बहुत कम दुकानें खुलतीं, बहुत कम कारोबार होता था। चंड शर्मा उधर अमीर का मिजाज सन्तुलित रखते, इधर नगर-जनों को शान्त रखते। उनकी नीति नगर की कम-से-कम हानि उठाकर अमीर को पाटन से बिना लड़े-भिड़े निकाल बाहर करने की थी।

अमीर अब लड़ने के मूड में न था। उसकी सेना थक गई थी और बल बिखर गया था। अपनी मुहिम वह पूरी कर चुका था और अब केवल अपनी थकान उतार रहा था। फिर प्यार के घाव से भी वह पीड़ित था।

जिस शोभना को वह चौला देवी समझे हुआ था, वह अभी तक अपना भेद छिपाए हुए थी। उसको डेरा राजमहलों में ही दिया गया था, और दर्जनों दास-दासी उसकी सेवा में नियत किए गए थे। वह उससे मिलने को छटपटा रहा था। पर शोभना ने कहला भेजा था, "आप यदि तलवार हाथ में लेकर आते हैं, तो आप अपने और मेरे मालिक हैं, जब चाहे आइए, परन्तु यदि मेरी धर्म-मर्यादा कायम रखना चाहते हैं, तो मैं देवानुष्ठान कर रही हूं। मेरी इच्छा है, जब तक भारत भूमि पर आप हैं, मेरे निकट न आइए। आपके मुल्क में मैं आपका दिल से स्वागत करूंगी।" महमूद गर्म खून का युवक न था, प्रौढ़ पुरुष था। शोभना का अनुरोध उसने सादर स्वीकार कर लिया और वह विरह की मीठी अनुभूति करता रहा। फिर भी वह प्रतिदिन दो बार सुबह-शाम अपना खास गुलाम उसके पास भेजकर उसकी खैराफियत मंगा लेता था।

चंड शर्मा अत्यन्त प्रच्छन्न भाव से आबू से अपना सम्बन्ध स्थापित किए हुए थे। वे सिद्ध-स्थल में दुर्लभदेव की एक-एक गतिविधि को देख-भालकर उसका रत्ती-रत्ती हाल विमलदेव शाह को भेज रहे थे। उन्हें यहां अमीर के आते ही पता लग चुका था कि सोमनाथ की देवदासी चौला देवी अमीर के साथ हैं, और अमीर ने उसे एक राजरानी की भांति पाटन के राजमहलों में रख छोड़ा है। यद्यपि उन्हें चौला देवी का विस्तृत हाल ज्ञात नहीं था और यह भी वह नहीं जानते थे कि महाराज भीमदेव के साथ उसका गुप्त-विवाह हो गया है। परन्तु गुप्तचरों से उन्हें इतना ज्ञात हो गया था कि चौला देवी खम्भात में थीं, और वहां के दुर्ग से अमीर ने उसे प्राप्त किया है। महाराज भीमदेव सकुशल आबू पहुंच चुके थे, परन्तु उन्होंने भी चौला देवी के सम्बन्ध में चंड शर्मा को कुछ न लिखा था, इसलिए अधिक तो नहीं, पर आंशिक रूप से वह चौला देवी के सम्बन्ध

में कुछ जिज्ञासा अवश्य रखते थे। और उन्होंने अपनी एक गुप्त आंख निश्चित रूप से उस नकली चौला देवी पर स्थापित कर रखी थी। जो हिन्दू दासियां यहां शोभना की सेवा में रखी गई थीं, वे सब चंड शर्मा द्वारा ही भेजी गई थीं। अमीर चंड शर्मा को अपना अनुगत कर्मचारी समझकर, पाटन में अपनी सब आवश्यकताओं को चंड शर्मा के द्वारा ही पूर्ण कराता था। और इसी कारण एक दर्जन से भी अधिक दासियां चंड शर्मा को चौला रानी के पास पहुंचानी पड़ी थीं, परन्तु शोभना ने इन दासियों के सम्मुख भी अपना भेद खोला नहीं था। और वे नहीं जानती थीं कि उनकी स्वामिनी कौन है। वे यही जान पाई थीं कि वह सोमनाथ महालय की नर्तकी है, जो अमीर की प्रतिष्ठित बन्दिनी है। चंड शर्मा भी इतनी ही बात जान पाए थे। अलबत्ता उन्होंने उसका नाम भी जान लिया था और अपने गुप्त सन्देश में यह सन्देश भी आबू भेज दिया था कि अमीर के साथ चौला नाम की सोम-महालय की एक नर्तकी भी बन्दिनी है, जिसे उसने रानी की भांति दरबारगढ़ के जनाने राजमहल में ठाठ-बाट से रखा हुआ है।

इस प्रकार पाटन में अमीर की सवारी को आए केवल तीन ही दिन व्यतीत हुए थे, कि इतने ही काल में पाटन नई-नई हलचलों से भर गया था। चंड शर्मा बहुत व्यस्त हो उठे थे। उन पर दुहरा भार था। वही पाटन की कूटनीति के एक मात्र संचालक थे। उनका बहुत समय अमीर की सेवा में व्यतीत होता था, उन्होंने अमीर क सब सुख-साधन जुटाकर उसे प्रसन्न कर लिया था, और अब वह नगर-व्यवस्था सम्बन्धी सारी ही बातें चंड शर्मा ही की अनुमति से करता था। एक प्रकार से वह चंड शर्मा पर निर्भर था।

दो दंड रात्रि जा चुकी थी। चंड शर्मा गढ़ से अमीर को आखिरी सलाम करके लौटे थे। उन्होंने देखा, एक सवार उनके पीछे घोड़ा दौड़ाता चला आ रहा है। उन्होंने अपना घोड़ा रोक दिया, पास आने पर देखा, वह एक तुर्क सवार है।

चंड शर्मा ने कहा–

"तुम क्या चाहते हो?"

"मुझे अमीर नामदार ने हुक्म दिया है, कि मैं आपकी हमराह रहकर हिफाजत से आपको आपके घर पहुंचा दूं, इससे सेवा में हाजिर हो रहा हूं।"

"मुझे डर क्या है, मुझे तो तुम्हारी कुछ भी जरूरत नहीं है।"

"बहुत जरूरत है, आप दुहरी चाल चल रहे हैं और खतरे से बेखबर हैं।"

चंड शर्मा सिपाही के मर्मभेदी वाक्य सुनकर घबराए। उन्होंने कहा–

"दुहरी चाल से तुम्हारा क्या मतलब है?"

"आप घर चलिए, वहीं कहूंगा।"

"यहीं कहो।" चंड शर्मा ने म्यान से तलवार निकाल ली।

पर तुर्क सरदार ने हंसकर कहा, "इसकी क्या आवश्यकता है शर्मा जी, चलिए, घर चलिए। मुझे आपसे कुछ खानगी बातचीत करनी है।"

शर्मा जी अपनी उत्तेजना पर लज्जित हुए। तलवार म्यान में रखकर बोले, "देखता

हूं, तुम कोरे सिपाही ही नहीं हो।"

"सच पूछिए तो मैं भी दुरंगी चाल का शौकीन हूं।" सवार ने एकदम अपना घोड़ा शर्माजी के घोड़े से सटा दिया। फिर सिर का कुल्लेदार साफा हटाकर खिलखिलाकर हंस पड़ा। चंड शर्मा ने चमत्कृत होकर कहा, "अरे महता, तुम कहां?"

"चुप रहिए, और बातचीत घर में होगी।"

और वे दोनों तेज चाल चलकर घर पहुंचे। चंड शर्मा ने घर का द्वार बन्द करना चाहा, महता ने कहा, "तुर्की सवार को घर में घुसाकर द्वार बन्द करना ठीक नहीं है। मेरा घोड़ा पकड़ने को किसी को बुलाइए, वही द्वार की देखभाल कर लेगा। इस बीच हम बात कर लेंगे।"

चंड शर्मा ने ऐसा ही किया। दामो महता ने संक्षेप में सारा हाल सोमनाथ के पतन तथा गंदावा दुर्ग और खम्भात का सुनाया। चंड शर्मा ने सुनकर एक बूंद आंसू गिराकर कहा, "अब इस स्वांग का क्या अभिप्राय है?"

'बन्दियों की रक्षा। इस समय बन्दियों की मुक्ति ही सबसे महत्त्व की बात है। एक लाख से ऊपर निरीह नर-नारी नारकीय वेदना भोग रहे हैं।" उन्होंने अपनी तलवार की कहानी चंड शर्मा को सुनाकर कहा, "इसकी बदौलत मैं नाना भेष धारण करके बाहर-भीतर सर्वत्र जा सकता हूं। और अमीर से सबसे बड़ा अनुरोध भी कर सकता हूं। परन्तु मेरा आत्मसम्मान इसमें बाधक है। मैंने कभी उससे अनुरोध किया भी नहीं, करूंगा भी नहीं। अपनी बुद्धि-बल पर ही इस दैत्य का सर्वनाश करने की चेष्टा करूंगा।"

"तो महता, अब हम-तुम एक और एक ग्यारह हैं। चिन्ता न करो। इस गजनी के दैत्य का गुजरात से निस्तार नहीं है। यहां वह चूहेदानी में चूहे की भांति फंसा है।"

"परन्तु चौला रानी?" महता ने शोकपूर्ण स्वर में कहा, "उसका क्या होगा?"

"कौन, वह देवदासी?"

"आप नहीं जानते, चौला रानी की दुर्भाग्य-कथा।" फिर संक्षेप में महता ने सब कथा कहकर कहा, "वह गुजरात की महारानी है। अमीर के हाथ उसका पड़ना बड़ा भारी दुर्भाग्य है, शर्मा जी।"

"पर मुझे जो सूचना मिली है, उसके आधार पर वह अपनी वर्तमान स्थिति में बहुत खुश है। क्या उसने महाराज भीमदेव को एकबारगी ही भूला दिया?"

"कैसे विश्वास करूं? चौला रानी की भावुक प्रेम-भावना मैंने देखी है। महाराज के लिए उसका वैकल्पय भी मैंने देखा है। मैं जानता हूं, महाराज जब सुनेंगे, सहन न कर सकेंगे। पर यह हो क्या गया?" महता ने बेचैनी से कहा।

परन्तु शोभना रानी के समर्थ-चक्र का वे दोनों गुजरात के कूटनीतिज्ञ चक्कर काटकर भी पार न पा सके। चंड शर्मा ने सखेद वाणी से कहा, "अब मैं इस सम्बन्ध में और भी छान-बीन करूंगा महता, वहां सभी दासियां मेरी विश्वास भाजन हैं। चौला रानी को प्रत्येक मूल्य पर अमीर के पंजे से निकालना होगा। और यदि वह धर्म-भ्रष्ट हुई है तो उसे दंड पाना होगा। यह गुजरात की रानी की मर्यादा का प्रश्न है, इसे यों ही नहीं

जाने दिया जाएगा।"

"निस्सन्देह!" महता ने कहा। फिर दोनों ने आवश्यक परामर्श किया और महता उसी वेश में बाहर आकर धीरे-धीरे अमीर की छावनी की ओर चल दिए।

बंदियों का सत्साहस

विपत्ति से सत्साहस की उत्पत्ति होती है। इस घोर विपत्ति से सबसे प्रथम स्त्रियों में सत्साहस का उदय हुआ। बर्बर सिपाही उनसे सब प्रकार का कुत्सित हंसी-मजाक और दुर्व्यवहार करते रहते थे। उन्होंने सबसे प्रथम उन सिपाहियों को डाट-डपटकर सीधा किया। एक स्त्री ने अवसर पाकर अपने भोजन करने का एक पात्र उठाकर एक सिपाही के सिर पर दे मारा। इससे प्रथम तो सिपाहियों में उत्तेजना फैल गई, परन्तु तुरन्त ही एक भीति ने उनके मन में घर कर लिया। वे यह भली-भांति जानते थे कि यदि अमीर के कान में ऐसी बातें पहुंच गईं तो फिर खैर नहीं है।

इसके बाद ही कैदियों ने दूसरा कदम यह उठाया कि नगर में भीख मांगने से इनकार कर दिया। प्रथम स्त्रियों ने ही दृढ़तापूर्वक यह निश्चय किया, उसके बाद ही पुरुष कैदियों ने भी इनकार कर दिया। अब जरा-जरा-सी बात पर सारी स्त्रियां सामूहिक रूप से सिपाहियों का हिंसक विरोध करने लगीं। यह सब देखकर सिपाही डर गए। उन्होंने सालार महमूद से सब बातें कहीं, जो कैदियों का इंचार्ज आफिसर था।

सालार ने बन्दीगृह में आकर सब कैदियों का मुआइना किया। सिपाहियों ने बहुत-सी शिकायतें कीं। इस समय सब स्त्री-कैदियों का नेतृत्व कंचनलता कर रही थी और पुरुष कैदियों के नेता देवचन्द्र थे।

मसऊद ने कैदियों के बाड़े में जाकर कंचनलता को तलब किया। परन्तु मसऊद की आज्ञा पाकर भी वह उठकर उसके पास नहीं गई। जहां बैठी थी वहीं बैठी रही। क्रोध में भरा हुआ मसऊद स्वयं उसके निकट गया। वह चाहता था कि उसे दंड दे। परन्तु उसकी रूप-माधुरी, मृदुल देहयष्टि, बड़ी-बड़ी कमल-सी आंखें और उज्ज्वल मोती के समान रंग देखकर वह दंग रह गया। अपने जीवन में रूप-माधुर्य और सौकुमार्य का ऐसा मिश्रण उसने देखा न था। उसका सैनिक जीवन कठोर और बर्बर कृत्यों से भरपूर था। फिर भी वह एक उच्चवंशीय कुलीन तुर्क था। वह स्वयं एक सुन्दर सजीला जवान था और एक स्वस्थ युवक की भांति उसके मन में भी कोमल भावनाएं थीं, जो व्यस्त सैनिक जीवन में सुप्त हो गई थीं। अब इस रूपसी बाला को देखते ही उसकी सब भावनाएं एक बारगी ही जाग्रत होकर भड़क उठीं।

वह देर तक एकटक प्यासी आंखों से उसे देखता रहा। फिर उसने उससे कहा, "खड़ी हो जाओ।"

परन्तु कंचनलता खड़ी नहीं हुई। मसऊद ने कहा, "तुमने मेरा हुक्म नहीं सुना?"

कंचनलता ने इसका भी कुछ जवाब नहीं दिया। मसऊद क्रोध नहीं कर सका। वह उसके निकट धरती पर बैठ गया। और मृदुल कंठ से कहा, "तुम्हारे खिलाफ बहुत बातें हैं। मैं सालार मसऊद अमीर का सिपहसालार हूं, सफाई में तुम्हें जो कहना हो, कहो।"

मसऊद कंचनलता के बिलकुल निकट सरक आया। वह मुंह उठाकर अपने प्रश्न के उत्तर की प्रतीक्षा करने लगा। इसी समय अकस्मात अतर्कित रीति से कंचनलता ने तीन-चार तमाचे उसके मुंह पर कसकर जड़ दिए। फिर कहा, "यह मेरा तुझे और तेरे अमीर को जवाब है।"

देवचन्द्र खिलखिलाकर हंस पड़ा। और कैदी भी हंसने लगे। स्त्रियों ने जोश में आकर मसऊद को घेर लिया।

क्रोध और अपमान से अन्धा होकर मसऊद ने आज्ञा दी, "इस औरत को नंगा करके पचास कोड़े मारे जाएं।"

क्षण-भर के लिए सर्वत्र सन्नाटा छा गया। रस्सियों में जकड़े हुए कैदियों ने लानत और धिक्कार की बौछार मसऊद पर करके उसकी ओर थूका। स्त्रियों ने कंचनलता को चारों ओर से घेर लिया। मसऊद अब यहां अधिक न ठहर तेजी से बाहर चला गया।

शीघ्र ही आठ हथियारबन्द पठान सिपाही और दो कद्दावर जल्लाद हाथ में चमड़े के कोड़े लिए आ उपस्थित हुए।

सब पुरुष कैदी क्रोध से थर-थर कांपने लगे। बहुतों ने रस्सियां तुड़ाने की चेष्टा की। स्त्री कैदियों ने कंचनलता पर अपने शरीर झुका दिए।

सिपाही आगे बढ़े। कंचनलता ने कहा, "खबरदार, वहीं रहो। सिपाहियों की आवश्यकता नहीं है। जल्लाद ही काफी हैं। मैं कोड़े खाने को तैयार हूं।" सिपाही ठिठक रहे। वह उठी और हंसिनी की चाल से चलकर जल्लादों के निकट आई और कहा, "तुम अपना काम करो।"

जल्लाद, सिपाही और कैदी सब अवाक थे। जल्लादों ने उसे दंड-स्थल पर जाने का संकेत किया। वहां जाने पर उन्होंने उसके हाथ बांधे। उसका वस्त्र फाड़ डाला। शुभ्र मर्मर की प्रतिमा-सा उसका वक्ष और पीठ नंगी हो गई। देवचन्द्र ने पत्थर पर सिर दे मारा, कैदियों ने लानतों और अपशब्दों की झड़ी लगा दी। सबने अपनी आंखें बन्द कर लीं। स्त्रियां पछाड़ खाने लगीं। देखते-ही-देखते उस कुसुम-कोमल अबला बाला का वक्ष और पीठ लोहू से भर गई। वह मूर्च्छित होकर दंड-स्थल पर गिर गई।

जल्लाद और सिपाही अपना काम पूरा करके चले गए। स्त्री कैदियों ने उसके लोहू-लुहान मूर्च्छित देह को हाथोहाथ उठा लिया। अभी उसके शरीर में प्राण था। उन्होंने उसे वस्त्र से ढंका। औषध उपचार और मरहम-पट्टी का कोई प्रश्न ही न था। वे धीरे-धीरे जल की बूंदें उसके मुख और आंखों में टपकाती रहीं, कुछ देर के उपचार के बाद उसने आंखें खोल दीं। अपने को स्त्रियों से घिरी देखकर वह मुस्कुराई। पर तुरन्त ही वेदना ने उसकी मुखाकृति बिगाड़ दी।

इसी समय एक सिपाही ने एक पुड़िया और कुछ गर्म दूध उसे लाकर दिया। दूध पीने से उसे कुछ बल आया। पुड़िया में एक प्रकार का चूर्ण था। जिस कागज में पुड़िया बंधी थी, उसमें लिखा था, "हौसला रखो, सहायता निकट है, चूर्ण जख्म पर छिड़क दो।"

ऐसा ही किया गया। उस दिन कैदियों को यह तसल्ली हुई कि बाहर से सहायता का उद्योग हो रहा है और वे निरे असहाय-निरीह नहीं हैं। वह रात कंचनलता को गोद में लिए रहकर स्त्री कैदियों ने व्यतीत की। इसी एक घटना से कैदियों में एक संगठन और सहयोग की भावना का उदय हो गया।

दूसरे दिन ही से सब स्त्री कैदियों ने भोजन करना त्याग दिया। उनकी सहानुभूति में पुरुष कैदियों ने भी ऐसा ही किया। तीन दिन तक इस विषय पर कोई विचार नहीं किया था। परन्तु इसके बाद मसऊद चिन्तित हो गया। उसने चाहा कि अमीर से कुछ कहे, पर उसका साहस न हुआ। कैदियों के निकट जाने का भी अब उसे साहस न होता था। यद्यपि उसने कंचनलता पर कोड़े बरसवाए थे, पर सच पूछिए तो वे कोड़े उसी की पीठ पर पड़े थे। उसकी भूख-प्यास-नींद सब उड़ गई थीं। पर उस कोमल कुसुम-कली के प्रति किए हुए अपने निर्मम व्यवहार के लिए अपने को धिक्कार दे रहा था। वह उसे देखना चाहता था, परन्तु निकट जाने का साहस नहीं करता था। जब उसने सुना कि कोड़े खाकर वह मरी नहीं, जीवित है, उसने उसकी मरहम-पट्टी और खाने-पीने की समुचित व्यवस्था कर दी। परन्तु कैदियों ने भोजन करना स्वीकार नहीं किया।

मसऊद इससे डर गया। पुरुष कैदियों में निर्भयता, उद्दंडता और क्रोध की भावना बढ़ती जाती थी। बहुत यत्न करने पर भी कैदियों की भीतरी दशा बाहर अनेक रूप धारण करके फैलती जा रही थी, जिससे नगर में अशान्ति का वातावरण बढ़ रहा था। स्त्रियों ने अब एक जोरदार कदम उठाया। उन्होंने निर्णय किया कि इस प्रकार की नंगी होकर कोड़े खाने से मर जाना अधिक उत्तम है। कंचनलता अभी तक बहुत कमजोर थी। परन्तु अब सब स्त्रियों का नेतृत्व रुक्मिणी नामक एक सोरठ महिला कर रही थी। उसने कहा, "बहिनो, कंचन बहिन की प्रतिष्ठा पर हमें बलि होना होगा। कहो, कौन अपने प्राण देने को उद्यत है?" तत्काल सैकड़ों हाथ उठ गए। उनमें से बीस स्त्रियों को चुना गया। अनेक युक्तियों से बहुत-सी अफीम मंगाई गई और बीसों स्त्रियां शान्तिपूर्वक अफीम खाकर चिरनिद्रा में सो गईं।

इस प्रकार बीस कैदी स्त्रियों का एक ही रात में आत्मघात करने का समाचार सुनकर मसऊद की पिंडलियां कांप गईं। वह भागा हुआ बन्दीगृह में आया। वह नहीं चाहता था कि बाहर यह बात फैले और अमीर तक पहुंचे। उसने उनके शवों को बन्दीगृह में गाड़ दिया। तथा स्त्रियों को बहुत भांति तसल्ली दे भोजन करने का आग्रह किया। परन्तु स्त्रियों ने स्वीकार नहीं किया।

अब इस आत्म-यज्ञ में स्त्रियों का साथ देना पुरुषों ने भी आवश्यक समझा। तत्काल ही स्वेच्छा से मरनेवालों की सूची बनाई जाने लगी। सूची आवश्यकता से बहुत अधिक

लम्बी हो गई। परन्तु उनमें से केवल अस्सी व्यक्ति उस दिन मरने के लिए चुने गए। शेष लोगों ने उनके निकट बैठकर भोजन न करने की ठान ली। इस बार भी बहुत-सी अफीम मंगा ली गई। और अस्सी जनों ने धैर्यपूर्वक अफीम खा ली। वे चुपचाप बिस्तर पर लेट गए। बाकी लोग उन्हें घेरकर भजन-कीर्तन करने लगे। हजारों कंठों के सम्मिलित स्वरों ने बन्दीगृह की दीवारों को कम्पायमान कर दिया। बन्दियों के इस आत्मोत्सर्ग के उदाहरण से दूसरे बन्दियों पर बड़ा भारी प्रभाव पड़ा। उनमें प्रेम, भक्ति और सहानुभूति तथा आत्मसम्मान का जोश हिलोरें मारने लगा। वे भी जोर-जोर से कीर्तन करने लगे।

थोड़ी ही देर में जिन्होंने अफीम खाई थी, उनके सिर दर्द से फटने लगे। उस विकट वेदना को किसी भांति सहन न कर वे छटपटाने लगे। उनकी नसें खिंचने लगीं। देह अकड़ने लगी और आंखों की कौड़ियां बाहर निकल आईं।

सब लोग अपने साथियों का यह घोर उत्सर्ग पत्थर की छाती करके देख रहे थे। बहुत जन आंखों से चौधार आंसू बहाते जाते थे और भजन गाते जाते थे।

इतना अधिक विष खा लेने पर भी उनमें से सत्ताईस व्यक्तियों के प्राण नहीं निकले, अतः उन्हें दुबारा अफीम दी गई। जो मृत्यु के निकट पहुंच जाते थे, उनका कष्ट कम हो जाता था। यह देख दूसरे कैदी हर्षित हो उनके कान के पास मुंह करके जोर-जोर से हरिनाम-कीर्तन करते थे।

अन्त में दो व्यक्ति अब भी न मरे। उन्हें तीसरी बार फिर अफीम घोलकर पिला दी गई। रात टूट रही थी और वीरात्माओं के शव भूमि पर चुपचाप पड़े थे। उन्हें घेरकर सैकड़ों जन भगवान का वज्र कीर्तन कर रहे थे। जिन दो व्यक्तियों को तीसरी बार विष दिया गया था, उनमें से एक उठ बैठा। उसने अपने साथी के कंठ की घुरघुराहट सुनी। अपने साथी की अन्तिम अवस्था निकट जानकर बड़े यत्न और कष्ट से खिसककर उसके पास पहुंचा, उसे अपनी छाती से लगाकर उसका ललाट चूमा, और इस बार बहुत-सी अफीम और खाकर अपने साथी की बगल में सदा के लिए सो गया।

लाल नज़र

बहुत छिपाने पर भी बन्दीगृह का यह भीषण समाचार अनेक रूप धारण कर, नगर और लश्कर में फैल गया। नगर में हाहाकार मच गया। लोगों ने कारोबार हाट-बाजार सब बन्द कर दिया। अमीर के कानों में भी यह समाचार इस ढंग पर पहुंचा दिया गया कि वह गुस्से से लाल चोट हो गया।

अमीर महमूद एक विजेता, साहसिक योद्धा और उच्च मन का बादशाह था। वह विद्या-व्यसनी और तेजस्वी भी था। अपनी महान आकांक्षाओं की पूर्ति करने में उसे बड़े-बड़े नरमेध करने पड़े, लाखों मनुष्यों का वध करना पड़ा। परन्तु ऐसे अत्याचार और निर्मम हत्याकांड का कलंक वह नहीं सह सका।

उस काल में अभागे बन्दियों की सर्वत्र ऐसी ही दुर्दशा होती थी। इसलिए जो भयानक अवस्था इन कैदियों की थी, उसका दोष केवल सुलतान पर ही नहीं लादा जा सकता था। एक बार जो बन्दी हुआ, उसे तो उन दिनों जीते जन्म नारकीय दुःख भोगना ही पड़ता था। न करने योग्य काम उन्हें करने पड़ते थे, और उन पर कोई दया की कोर करता भी न था।

महमूद के सलाहकारों ने कहा था कि इन कैदियों में जो भयानक अपराधी हों, हरीफ हों, जिन्होंने मुसलमान पर तलवार उठाई हो, उन्हें कत्ल कर दिया जाए। शेष को बाजारों में ऊंचे दामों की बोली बोलकर बेच दिया जाए।

इस सम्बन्ध में महमूद के विचार कुछ और ही थे। वह जानता था कि इन कैदियों को गुलाम की भांति बेचने से अधिक दाम मिलते हैं, अतः मनुष्य को पशु की भांति बेचने में कुछ दोष है, इस पर उसने कभी विचार ही नहीं किया। अब तक कैदी भी उसकी आमदनी का एक जबर्दस्त जरिया बनते रहे थे। लोभी मनुष्य के हृदय में दया-माया कहां? उस काल में बहुत लोग गुलामों को बेचने का धन्धा करते थे। उन्हें कोई अधर्म नहीं समझता था। ऐसे मनुष्य टोली बांधकर, हथियारबन्द हो, अरक्षित गांवों पर टूट पड़ते, और जो सामना करता, उसे निर्दयता से मार-काटकर युवकों, युवतियों और रूपवती स्त्रियों को पकड़ चलते बनते, और उन्हें विदेशों में बेचकर खूब धन कमाते थे। इस कुकर्म को करते उन्हें तनिक भी दया-माया नहीं उपजती थी।

महमूद भी इसका अभ्यस्त था। कैदियों पर के अत्याचार उसे अत्याचार नहीं प्रतीत होते थे। परन्तु इस बार जो घटना उसके कानों में पड़ी, उससे वह क्रोध से अधीर हो गया। उसने स्वयं बन्दीगृह में जाकर अत्याचारों की जांच की। किस परिस्थिति में गिरकर इतने आदमी विष खाकर मर गए, और दूसरे मरने को तैयार हैं, इस बात ने उसका ध्यान आकर्षित किया।

इस सामूहिक आत्मघात के भीतर मसऊद का अनौचित्य, अविचार और लम्पटता देख वह क्रोध से आगबबूला हो गया। उसे ऐसा प्रतीत हुआ कि जैसे आज उसका वंश कलंकित हो गया। उसने खुला दरबार किया।

मसऊद अमीर का बहुत मुंहलगा, ढीठ और प्रधान सहचर था। वह साहसिक योद्धा और अमीर का सम्बन्धी भी था। उसकी मर्यादा राजकुमार के रुतबे की थी। फिर भी अमीर ने मसऊद को क्षमा नहीं किया। उसने सब सेनापतियों, मन्त्रियों, दरबारियों और सिपाहियों के सम्मुख उस पर अभियोग उपस्थित किया। अमीर ने पूछा–

"मसऊद, क्या यह सच है कि तूने उस औरत को बिना कसूर कोड़े लगवाए?"

"हुजूर, उसने मेरी हुक्म-उदूली की।"

"क्या तूने उसे छुआ? उस पर बदनजर डाली।"

"खुदाबन्द, वह एक काफिर कैदी औरत है।"

"क्या अस्मतफरोश? क्या तूने उसके खानदान का पता लगाया?"

"जी हां, वह खम्भात के बड़े सेठ की बेटी है।"

"क्या उसकी शादी हो चुकी थी?"

"जी।"

"और उसका शौहर?"

"वह शायद इसी पाटन का वशिन्दा है।"

"तो तूने यह जानकर भी, कि वह दूसरे की औरत है, तूने उस पर बदनजर डाली और उस पर हददर्जे की बेरहमी की।"

मसऊद नीची नजर किए थर-थर कांपता रहा। अमीर ने कहा, "जंग-जंग है—लेकिन बुग्ज की वहां गुंजायश नहीं, न बदनीयती की। खासकर जब एक जिम्मेदार सिपहसालार, बुग्ज रक्खे, पराई औरत पर बदनीयत रक्खे, उस पर जालिमाना हमला करे, तो उसका कसूर बहुत बढ़ जाता है। पर, मैं अमीर महमूद, खुदा का बन्दा—वही कहूंगा, जो मुझे कहना चाहिए। और मैं हुक्म देता हूं कि वह औरत अपने हाथ से इस बदबख्त मसऊद को नंगा करके सब सिपाहियों के रूबरू पचास दुर्रे लगाए और यह खोटा और बेईमान मसऊद अब से सिपहसालार नहीं, अदला सिपाही रहे।"

अब अमीर ने कैदियों के सम्बन्ध की और बातों पर भी विचार किया। इतने बड़े कैदियों के काफले को इस बार विदेश ले जाकर बेचना उसे संगत नहीं प्रतीत हो रहा था। इस बार लौटने में उसे एक अतर्कित भीति की भावना का भान हो रहा था। फिर कैदियों में विद्रोह की, सामना करने की जो भावना उत्पन्न हो रही थी, और नगर में जो असन्तोष उत्पन्न हो रहा था—इन सब बातों से उसके मस्तिष्क का सन्तुलन जाता रहा। इसी समय अवसर पाकर उसके वजीर अब्बास ने कहा, "हुजूर खुदाबन्द, इसमें सन्देह नहीं कि विदेश ले जाकर कैदियों को बेचने में अधिक कीमत मिलेगी, परन्तु यह वक्त ऐसा नहीं है कि सवा लाख कैदियों को इतनी दूर ले जाने की जोखिम उठाई जाए। फिर कैदी बगावत करने पर आमादा हैं, शहर में भी हवा खराब हो रही है, इससे इन कमबख्त कैदियों में जो हरीफ हैं, उन्हें कत्ल कर दिया जाए—और बाकी सबको उनके भाई-बन्दों में बेआबरू करके अपमानपूर्वक बेच डाला जाए।"

इस पर महमूद ने कहा, "मैं महमूद खुदा का बन्दा वही कहूंगा जो मुझे कहना चाहिए। मैं हुक्म देता हूं कि वे सब बदबख्त कैदी, जो फसाद पर आमादा हैं, और जिन्होंने शाही-हुक्म-उदूली की है, और जिन्होंने इस्लाम के बन्दों पर तलवार उठाई है, उनका कल सरेआम कत्ल कर डाला जाए। और बाकी सब गुलाम बोली की डाक पर बेच डाले जाएं। जो बिकने से बच रहें, उन्हें ग़जनी की ओर बेचने के लिए रवाना का दिया जाए।"

अमीर के इस हुक्म से लोगों के दिल दहल गए। चंड शर्मा ने आंखों-ही-आंखों में छद्‌मवेशी महता को संकेत किया। और महता सिपाहियों की तरफ से हटकर एक ओर को चल दिए। बहुत-सी बातों पर विचार करके चंड शर्मा ने इस सम्बम्ध में अमीर से एक शब्द भी नहीं कहा।

अमीर तख्त से उठकर महल में चला गया। आज उसका मुंह भरे बादलों के समान भारी हो रहा था।

स्वेच्छा बन्दी

बन्दीवाड़े में एक ओर सिमटकर, प्राणदंड पाए हुए कैदी बैठे अपने जीवन की घड़ियां गिन रहे थे। कोई रो रहा था, कोई हंस रहा था, कोई पागल की भांति अंट-संट बड़बड़ा रहा था। कोई गम्भीर मुद्रा में गुमसुम बैठा था।

कंचनलता और देवचन्द्र सबसे पृथक एक कोने में बैठे अपने दुर्भाग्य का सामना करने को तैयार बैठे थे। ठंड काफी थी। कंचनलता कुछ कांपने लगी, उसके दांत कटकटाने लगे। देवचन्द्र ने कहा, "ठंड लग रही है कंचनलता, परन्तु कोई वस्त्र तो है नहीं, आग भी नहीं जलाई जा सकती।" वह खिसककर अपने शरीर की गर्मी पहुंचाने को उससे सटकर बैठ गया। और कोई सहायता प्राप्त की जा सकती है या नहीं, इसके लिए वह इधर-उधर देखने लगा। इसी समय उसने झपटते हुए अपने बहनोई पूनमचन्द को अपनी ओर आते देखा। उसके मुंह से निकल गया, "अरे, तो क्या तुम भी पकड़े गए। परन्तु यहां तो केवल प्राणदंड...।" उसने सन्देह और विषाद से भरी दृष्टि से बहनोई की तप्त कंचन जैसी मुखमुद्रा की ओर देखा। वह उठकर पूनमचन्द से लिपट गया। कंचनलता के अंग-अंग में पसीना आ गया। वह मूर्च्छित-सी होकर धरती पर झुक गई।

दोनों ने यत्नपूर्वक उसे संभाला। फिर पूनमचन्द्र ने अपने कन्धे का शाल उतारकर कंचन का लगभग अर्धनग्न शरीर अच्छी तरह ढांप दिया। फिर फीकी हंसी हंसकर कहा, "देवचन्द्र, कैसा अद्भुत संयोग है। याद है, हम आज से प्रथम कब मिले थे? जब मैं तुम्हारी बहन को विदा कराने गया था, उस दिन की सुखद स्मृति आज भी कितना सुख देती है।"

देवचन्द्र ने विषाद-भरे स्वर में कहा, "भाई, किया क्या जाए। प्रारब्ध में जो होता है, वही होकर रहता है। तब यदि बहन को विदा कर दिया गया होता, तो आज उसे यह दिन नहीं देखना पड़ता। पर, तुम कैसे पकड़े गए? क्या यहां भी पकड़-धकड़ शुरू हो गई?"

"नहीं, वहां पाटन में चालीस गांव के महाजन एकत्र होकर सारे बन्दियों को छुड़ाने का प्रयत्न कर रहे हैं। मैं उसी खटपट में तुमसे अब तक न मिल सका, आज मैंने सुना कि तुम्हें आज ही प्राणदंड दिया जानेवाला है, सो फिर न रह सका, चला आया।"

"क्या स्वेच्छा से?" देवचन्द्र ने भय से पीला पड़कर कहा।

"हां भाई, मुझे एक चीज मिल गई थी, उसी की मदद से। यह देखो।" उसने एक शाही मुद्रा दिखाई। "अब सुनो, समय कम है, अधिक बातचीत का भी अवसर नहीं। यह मुद्रा लो और प्रहरी को दिखाकर बाहर चले जाओ। मैं यहां कंचनलता के साथ हूं।" यह कहकर मुद्रा उसने देवचन्द्र के हाथों में थमा दी।

देवचन्द्र ने कहा, "यह कैसी बेवकूफी की बात है, तुम जान-बूझकर मृत्यु के मुख

में घुस आए। नहीं, नहीं हमारे भाग्य में जो हो सो हो, तुम अभी, इसी समय बाहर चले जाओ, जल्लादों के आने में देर नहीं है।"

"फजूल बात है। तुम्हें शायद अभी यह नहीं मालूम कि तुम्हारे पिता ने जीवित समाधि ले ली, और माता सब कुल स्त्रियों तथा परिवार के इक्कीस व्यक्तियों सहित जल मरीं। हवेली जलकर खाक हो गई। खम्भात के नगर-सेठ का पुराना घराना बरबाद हो गया। अब तुम्हीं एकमात्र जीवित चिह्न हो। जाओ, जाओ, इतना उत्सर्ग मत करो, खम्भात के नगर-सेठ का खानदान युग-युग तक अमर हो गया—उसके वंश को जीवित रहना होगा।"

"सुनकर सन्तोष हुआ। मेरे पूज्य पिता ने और माता ने जो कुछ किया, वह उनका धर्म था। अब उनकी चिन्ता मिटी। अब हमारी बारी है, हमें अपना कर्तव्य करने दो। भाई, तुम चले जाओ, विनती करता हूं। हा-हा खाता हूं, तुम चले जाओ—तुम अपने कुल के अकेले सूर्य हो, जाओ-जाओ।"

"यह असम्भव है। कंचन के साथ मरने का तुम्हारा कोई हक नहीं है, मेरा है। मेरा उसका जीव-जीवन का सम्बन्ध है; वह मेरी पत्नी है, मेरे साथ वह, उसके साथ मैं मरने-जीने के साझीदार हैं। तुम पागलपन मत करो भाई, चले जाओ।"

"मैं ऐसा कायर नहीं हूं कि तुम्हें और कंचन को, जिन्हें सदैव मैंने प्राण से भी प्यारा समझा है, मौत के मुंह में छोड़कर भाग जाऊं, ऐसा ही है तो तीनों ही मरेंगे।"

पूनमचन्द अब कंचनलता की ओर बढ़ा। कंचन चौधारे आंसू बहा रही थी और उसका मुंह एकदम सफेद हो गया था। पूनमचन्द ने उसके निकट पहुंचकर कहा, "कंचन प्रिये, लिहाज-शर्म का तो यह समय नहीं है, तुम देवचन्द्र को समझाओ, वह चला जाए।"

कंचन ने अपना कंठ-स्वर संयत किया। उसने कहा, "भैया, ये ठीक कहते हैं, तुम चले जाओ। पिताजी का वंश लोप नहीं होना चाहिए।"

देवचन्द ने उसके मस्तक पर हाथ रखा, फिर कहा, "बहिन, बेसमझी की बात मत करो। तुम अच्छी तरह जानती हो कि संसार में मेरा तुम्हारे सिवा अब और कोई नहीं है।" फिर उसने एकाएक कुछ सोचकर कहा, "पूनम भाई, एक काम क्यों न किया जाए। कंचनलता बाहर जाए।" फिर उसने कंचन की ओर मुड़कर कहा, "सुनो बहिन, तुम जाकर अपने वृद्ध और दुखी ससुर की सेवा करना, और..."

देवचन्द्र आगे न कह सके। उनका कंठ रुक गया।

कंचनलता ने कहा, "मेरा स्थान तो इनके चरणों में है भाई, तुम जानते ही हो। तुम चले जाओ भाई, पैर पड़ती हूं।"

परन्तु देवचन्द्र ने कहा, "तुम सब मुझे कायर बनाने पर तुले हो, पर यह नहीं हो सकता।"

उसका दृढ़ शब्द सुनकर कंचनलता सोच में पड़ गई। पूनमचन्द आंखों में आंसू भरे उसे ताकता रह गया। कंचनलता ने अब प्रिय पति की ओर देखा, और संसार-भर की करुणा और अनुनय आंखों में भर कहा, "तुम्हीं मान जाओ, जीवित रहोगे तो दोनों

घरों का उजाला होगा। मैंने तुम्हारी कभी भी सेवा नहीं की, सिर्फ फेरों पर ही पल्ला पकड़ा था। तुम विवाह कर लेना, सुखी रहना।" इतना कहकर वह सब लोक-लाज छोड़ आगे बढ़ पूनमचन्द के वक्ष पर गिर फफक-फफककर रोने लगी।

पूनमचन्द ने कहा, "यह समय तो साहस और दृढ़ता का है, और तुम रोती हो?"

"मैं पिताजी की बात सोच रही हूं, वे बूढ़े और रोगी हैं, यह घाव वे कैसे सहेंगे।"

"मैं उनकी आज्ञा से आया हूं।"

तीनों ने एक-दूसरे को पानी ढरते नेत्रों से देखा। प्रेम-त्याग-साहस और उत्सर्ग की वहां गंगा बह रही थी। फिर वे तीनों, कंचनलता को बीच में करके, एक-दूसरे से सटकर, जो कुछ आगे होनेवाला था, उसका-सामना करने को चुपचाप बैठ गए।

बहुत देर बाद देवचन्द्र ने कहा, "एक मलाल मन में रह गया पूनम भाई?"

"क्या?"

"उस मसऊद कुत्ते को मैं अपने हाथ से न मार सका।"

"उसके तो सातों कर्म पूरे हो गए?"

"अरे, यह कैसे?"

पूनमचन्द ने वस्त्र हटाकर अपनी छाती दिखाई। छाती खून से भरी हुई थी। देखते ही कंचन के मुंह से चीख निकल गई। देवचन्द ने आकुल स्वर से कहा, "अरे, तुम तो घायल हो, देखूं।"

पूनमचन्द ने घाव को वस्त्र से ढंकते हुए कहा, "यानी मरते-मरते घाव दे गया। मुद्रा उसी के पास तो मिली।" फिर उसने सब हाल सुनाते हुए कहा, "सरस्वती तीर पर उसकी लोथ पड़ी है, इस समय तो देखनेवालों की वहां भीड़ लग रही होगी।"

पूनम मुस्कुराया।

कंचन ने व्यग्र हो साड़ी फाड़ डाली। वह घाव पर पट्टी बांधने उसकी ओर मुड़ी।

पूनम ने लापरवाही से कहा, "कुछ ऐसा भारी घाव नहीं है, रहने दो।"

परन्तु देवचन्द्र ने आग्रह किया, कहा, "घाव गहरा है। छिपाते क्यों हो—पट्टी बांधने दो।" उसने बहिन का हाथ बंटाने को हाथ बढ़ाया।

उसके हाथ को नर्मी से अपने हाथ में लेकर पूनम ने कहा, "यार, अब यह सब खटपट कितनी देर के लिए? कुछ घड़ी की तो बात ही है, कि सब बेड़ा पार।"

परन्तु कंचन का मूल आग्रह टाला नहीं जा सका। उसने अपने हाथ से वस्त्र हटा, घाव पर पट्टी बांध दी। पूनमचन्द ने और विरोध नहीं किया।

इसी समय द्वार पर कुछ शोर सुनाई दिया, और कुछ देर बाद जल्लादों सहित बहुत-से हथियारबन्द सिपाही वहां आ पहुंचे। उन्हें देखते ही बन्दीगृह हाहाकार और क्रन्दन से भर गया। केवल ये तीनों बन्दी मूक-निस्पन्द एक-दूसरे का हाथ दृढ़ता से पकड़े पृथ्वी पर दृष्टि दिए बैठे थे। उनकी आंखों में आंसू न थे।

जल्लादों के मुखिया ने कैदियों को गिनना प्रारम्भ किया। और कहा, "सब तिरसठ हैं।'

"तिरसठ? गलत, बासठ होने चाहिए।" जल्लादों के मुखिया ने अपनी बुद्धिमत्ता दिखाते हुए कहा, "फिर गिनो!"

इस बार भी तिरसठ ही रहे। सहायक ने मुखिया जल्लाद से कहा, "अब तुम गिन लो।"

उसने गिनकर देखा, तिरसठ थे। परन्तु उसने कहा, "मुझे बासठ बताए गए हैं। अरे भाई कैदियों, क्या तुममें कोई गलती से आ गया है?"

कइयों के होंठ एक साथ ही खुले। परन्तु स्वर नहीं निकला। होंठ वहीं चिपक गए। मुखिया जल्लाद ने कहा, "तब एक ज्यादा ही सही। क्या किया जाए। पर मेहनताना तो मिलेगा बासठ ही का। एक का सिर फोकट में काटना पड़ेगा।"

इसके बाद उसने अपने सहायकों की मदद से दो-दो के हाथ रस्सियों से पीठ पर बांधने प्रारम्भ किए।

सबको बांध चुकने पर जब वह इन तीनों के निकट आया तो, पूनमचन्द ने चुपचाप अपनी हीरे की अंगूठी उसके हाथ में थमाकर कहा, "दोस्त, हम तीनों को एक ही साथ बांधना।"

जल्लाद ने खुशी से मंजूर किया। वे तीनों एक साथ बांध दिए गए।

अब कैदियों का यह जलूस पंक्तिबद्ध वध-स्थल की ओर चला।

नगर-ढिंढोरा

अनहिल्ल पट्टन में ढिंढोरा फिर गया कि कल एक प्रहर दिन-चढ़े, गुनहगार कैदियों को मानिक चौक में कत्ल किया जाएगा। बाकी सबको गुलाम की भांति नीलाम कर दिया जाएगा।

यह भयंकर ढिंढोरा सुनकर अनहिल्ल पट्टन में हाहाकार मच गया। लोग खाना-पीना भूल इस महा-विपत्ति की बात सोचने लगे। निरुपाय सब नगर-निवासी, नगर-सेठ मानिकचन्द शाह की ड्योढ़ियों में पहुंचे और पुकार लगाई कि राजा हमें छोड़ चला। हम बिना राजा की प्रजा हैं। प्राचीन काल से नगर-सेठ इस देश का दूसरा राजा होता है। जब-जब प्रजा पर विपत्ति आती है, वह उसका प्रतिनिधि होकर राजा के पास जा पुकार करता है और प्रजा के दुःख-दर्द की दाद देता है।

नगर-सेठ मानिकचन्द शाह के पास चंड शर्मा का गुप्त सन्देश पहले ही पहुंच चुका था। उसने सब महाजनों और नगर के प्रमुख जनों को एकत्रित करके कहा, "यह बड़ी अनहोनी बात है कि हिन्दुओं की राजधानी में एक विदेशी राजा इस प्रकार आकर निरीह निर्दोष-जनों को बिना विघ्न-बाधा के हनन करे। कैसे हम हिन्दू यह सब बैठे देखें? फिर आज उनके लिए है, कल हमारी बारी है। भाइयों, जन्म-जन्म से हमने धन-संचय किया है। धन ही के कारण हमारी आवश्यकता है। इस समय चाहे हमारा सर्वस्व लुट

जाए, लाख-करोड़ रुपया खर्च करना पड़े, परन्तु कसाई के हाथ से इन गरीब मनुष्यों के प्राणों की रक्षा तो करनी ही होगी। हमारे राजा यदि कर्मण्य होते तो हमारी यह दुर्दशा न होती। बिना स्वामी के प्रभु की भांति आज यह गुजरात की स्वर्ग-सम राजधानी सूनी और शोभाहीन हो रही है। बिना राजा के प्रजा की रक्षा कौन करे?"

सभा में कुछ लोग बोल उठे, "हमें अपने प्राणों की परवाह न करके महमूद की सेना पर टूट पड़ना चाहिए। जहां तक प्राण हैं, हम कैदियों पर आंच न आने देंगे।"

मानिकचन्द शाह ने कहा, "आपका यह जोश-उबाल व्यर्थ है, आप ठाकुर हैं, आपको तलवार का आसरा है। पर जब राजा ही प्रजा को अरक्षित छोड़कर भाग निकला, तो आपकी दो-चार तलवारें हजारों राक्षसों का क्या कर सकती हैं। तलवार में पानी होता तो भला कहीं सोमनाथ पट्टन भंग होता? इन बातों को छोड़िए, जैसा समय है उसके अनुसार काम कीजिए। महमूद लोभी है, इसीसे काम बन जाएगा। झुकने के समय झुकना और अकड़ने के समय अकड़ना राजनीति है। हमारी शक्ति नष्ट हो गई है, अतः अब हमें साम-दाम से इन राक्षसों से काम निकालना है। वह मनमाना दंड लेगा। यही न, सो रुपया हमारे हाथ का मैल है, आबरू गई सो गई। इसलिए, हमें सुलतान का मुंह रुपयों से भरना होगा। दूसरा कोई चारा नहीं है। यह देखो, चालीस गांव के महाजन सब बन्दियों को छुड़ाने के लिए तन-मन-धन से तैयार हैं।"

नगरसेठ की इस बात में सबने सहमति दिखाई। नगरसेठ मानिकचन्द शाह साथ में पाटन के सब नगर-महाजनों को तथा चालीस गांव के महाजनों को संग ले सुलतान के पास गया।

सुलतान के वजीर अब्दुल अब्बास ने महाजनों का स्वागत किया और आने का कारण पूछा।

मानिकचन्द शाह सेठ ने आने का अभिप्राय वजीर को कह सुनाया। सुनकर वजीर सुलतान के पास गया। अब्दुल अब्बास एक बुद्धिमान और विद्वान वजीर था। उसने सुलतान से कहा, "हुजूर, शहर के महाजन-सेठ ड्योढ़ी पर यह अर्ज करने हाजिर हुए हैं कि सब कैदियों को रिहाई मिले।"

सुलतान की आंखों में अभी भी गुस्सा भरा था। उसने कहा, "यह कैसे हो सकता है! जिन कैदियों ने इरादतन मुसलमानों को मारा है, उन्हें कत्ल कर दो, बाकी सबको ऊंची बोली में नीलाम कर दो। यह तो हुक्म हो चुका है।"

"जरूर हो चुका है खुदाबन्द, और इससे कुछ रुपया खजाने में आ जाएगा। मगर हुजूर, रुपये से नेकनामी बड़ी चीज है। ये महाजन एक अच्छी रकम देने को यदि राजी हों, तो रुपया भी मिल जाए और हुजूर खुदाबन्द की नेकनामी भी सलामत रहेगी।"

"तब उन महाजनों को हाजिर करो।" सुलतान ने हुक्म दिया। महाजनों ने सुलतान के सम्मुख आ सलाम किया। फिर मानिकचन्द शाह ने तनिक आगे बढ़कर कहा, "हुजूर, आप विजयी बादशाह हैं, आपकी ताकत का अन्त नहीं। हम महाजन लोग आपसे अर्ज

करने आए हैं, मानना-न-मानना हुजूर के हाथ में है, हम लोग तो मालिक के सामने अर्ज ही कर सकते हैं।"

सुलतान ने कहा, "तुम्हारी अर्ज क्या है महाजनो।"

मानिकचन्द शाह ने सिर झुकाकर कहा, "खुदाबन्द, आप अच्छी तरह जानते हैं कि इन अभागे कैदियों का कोई कसूर नहीं है। यदि इनमें से किसी ने अपने बचाव के लिए कोई हरकत की हो, तो वह न्याय, इंसाफ की दृष्टि से क्षमा के योग्य है। फिर इनमें गरीब-बेबस औरतें, लड़कियां, नगर-निवासी लोग हैं। इन्होंने तो आपका सामना किया नहीं। फिर, उन्होंने बहुत बेआबरूई और कष्ट उठाए हैं, ये लोग सब गरीब प्रजाजन हैं, वे न शूरवीर हैं, न सिपाही। इसलिए नेकनाम सुलतान, आप उन्हें माफ करके उन्हें छोड़ दीजिए।"

अमीर ने कहा, "महाजनो, ये गुनहगार कैदी काफिर हैं, इन्हें मारने में सवाब होता है, फिर इन्होंने हमारी फौज का सामना किया है। हमारे आदमियों को इजा पहुंचाई है। इसलिए हमने शरह की रू से इन्हें कत्ल करने और बेच डालने का हुक्म दिया है।"

सेठ ने नम्रता से कहा, "आलीजाह, मालिक यदि रैयत को मारे तो फिर उसका बचाने-वाला कौन है? आपके एक वचन से हजारों के प्राण बचेंगे, यह भी बड़ा भारी लाभ है।"

"लेकिन बिना जुर्माना कैदी नहीं छोड़े जा सकते।"

"खुदाबन्द, गरीब कैदी कहां से जुर्माना अदा करेंगे? उनके पास खाने-पीने का भी ठिकाना नहीं। वे तो पहले ही लुटे-पिटे बैठे हैं। फिर हुजूर, उनका अपराध भी तो कुछ नहीं है। तो भी आपका इरादा दंड लेने ही का है, तो दिए बिना छुटकारा नहीं है, तब कृपाकर नाममात्र का दंड लेकर उन्हें छोड़ दीजिए।"

अब्दुल अब्बास ने चंड शर्मा का इशारा पाकर कहा, "महाजनो, तुम व्यर्थ समय बरबाद न करो, सवा लाख सोने की मुहरें हुजूर सुलतान की खिदमत में पेश करो तो गुनहगारों को माफी मिल सकती है।"

नगरसेठ ने बहुत अनुनय-विनय किया। पर सुलतान ने एक न सुनी। विवश महाजनों ने मुहरों की थैलियां सुलतान के सामने रख दीं। मुहरों को गिनकर अब्दुल अब्बास ने माफी का परवाना लिखकर उस पर सुलतान की मुहर लगाकर नगरसेठ के हाथ में दे दिया।

महाजनों ने हाथ उठा-उठाकर सुलतान को बहुत-बहुत धन्यवाद-आशीर्वाद दिया और वे अब एक क्षण का भी समय नष्ट न कर दौड़ते हुए मानिक चौक की ओर चले, जहां अभागे कैदियों के भाग्य का फैसला होनेवाला था।

मानिक चौक में

अनहिल्ल पट्टन के मानिक चौक में आदमियों के ठठ टूटे पड़ते थे। चारों ओर से लोग दौड़े चले आ रहे थे। आज अभागे कैदियों को कत्ल और भेड़-बकरी की भांति नीलाम किया जानेवाला था। कैदियों को मजबूत रस्सियों में बांध पठान सिपाहियों ने घेर रखा था। जिन कैदियों का सिर काटा जानेवाला था, वे सबसे पृथक पीठ-पीछे हाथ बांधे दो-दो की कतार में खड़े थे।

कैदियों की दुर्दशा देख-देखकर सहस्रावधि नागरिकों की आंखों से चौधार आंसू बह रहे थे। इस समय कैदियों की दशा वर्णनातीत थी। इनमें सैकड़ों सरदार, सेठिया, सैकड़ों स्त्रियां और किशोर अवस्था की युवक-युवतियां थे। इनमें बहुत-से छाती कूट-कूटकर रो रहे थे। अठवाड़ों से ये अन्ध कारागार में बन्द थे। महीनों से इन्हें भर-पेट भोजन और नींद-भर सोना नहीं मिला था। नहाने-धोने की तो बात क्या है। वह जीते-जी नरक का दुख भोग रहे थे। पुरुषों की दाढ़ी बढ़कर और मैल-मिट्टी लगकर उनकी सूरत भूत के समान बन गई थी। महीनों से उन्होंने वस्त्र नहीं बदले थे। उनके सगे-सम्बन्धी जो दूर देश से उनके साथ-ही-साथ उन्हें छुड़ाने की खटपट में बड़े-बड़े दुःख सहकर गिरते-पड़ते आए थे, इस भीड़ में भटकते-रोते और जिस-तिस की खुशामदें करते फिर रहे थे। बहुत पत्नियां पति को, बहुत माताएं पुत्र को, बहुत पुत्र पिता-माता को, बहुत भाई-भाई को ढूंढ़ते फिर रहे थे। उनका करुण-क्रन्दन सुन-सुनकर बड़े-बड़े चित्तवालों का कलेजा दहल जाता था।

जिन कैदियों को प्राणदंड मिलनेवाला था, उनकी दशा और भी खराब हो रही थी। अकारण इतने निर्दोष स्त्री-पुरुषों का इस प्रकार हनन होने की कल्पना से उस दिन गुजरात की राजधानी आंसुओं से नहा रही थी। बाजार-कारबार सब बन्द थे। एक भी घर में चूल्हा नहीं जला था। प्रत्यक्ष मृत्यु को मूर्तिमान देखकर प्राणदंड पाए हुए कैदी थर-थर कांप रहे थे। वे जानते थे, कोई घड़ी के मेहमान हैं। यम के समान जल्लाद सुर्ख पोशाक पहने, भारी तेगा हाथ में लिए, हुक्म के इन्तजार में खड़े थे। कुछ कैदी धीरज धरके भगवान का स्मरण कर आंखें बन्द करके बैठ गए थे।

प्राणदंड का समय हो गया। सरदार ने आगे बढ़कर सुलतान का हुक्म उच्च स्वर से सुनाया—

'बदबख्त कैदियो, तुमने शाहे-जलाल सुलतान महमूद के मुकाबले तलवार उठाई, और जिहाद के सिपाहियों का मुकाबला किया। तुम काफिर हो, अब सुलतान के हुक्म पर तुम्हारा सिर काटा जाता है, जिससे तुम अपनी करनी का फल भोगो और ताकयामत दोजख की आग में जलो।"

यह मृत्यु-घोषणा सुनकर अनेक कैदी जोर-जोर से राम-राम, शिव-शिव पुकारने लगे,

अनेक हंसने और अनेक रोने लगे।

अब भी नगर-निवासियों की आशा सेठों की ओर थी, जो सुलतान के पास बन्दियों को छुड़ाने गए थे।

दो-दो कैदी पांत में बैठाए गए। और दो-दो जल्लाद तलवार नंगी करके उनके सिर पर खड़े हुए। नगर-निवासी कांपते हुए इस भयानक दृश्य को आंख फाड़-फाड़कर देखने लगे। बहुत से चिल्ला-चिल्लाकर इधर-उधर भागने लगे। देर हो रही थी, पर एक तुर्की सरदार ललकारकर अधिकारी को रोक रहा था। उसके हाथ में सुलतान की तलवार थी। वह कह रहा था, "अभी ठहरो, अमीर नामदार का आखिरी हुक्म आने दो।" कहने की आवश्यकता नहीं, यह तुर्क सिपाही छद्मदेशी दामोदर महता थे।

इतने में ही सेठों की टोली दौड़ती हुई आती दीख पड़ी। नगरसेठ ने दोनों हाथ उठाकर पुकारकर कहा, "ठहरो, ठहरो, भाइयो, तनिक ठहरो!"

जैसे सूखे पर वर्षा गिरे, सबने आशा और सन्देह से देखा। जल्लादों की तलवार रुक गई। नगरसेठ ने सब बन्दियों की माफी का परवाना झपटकर अधिकारी के हाथ में दे दिया। अधिकारी ने सुलतान का परवाना पढ़ा। कुछ देर उसे उलट-पुलटकर देखा, फिर उसने उच्च स्वर में पुकारकर कहा–

"गुनाहगारो, खुदा का शुक्र मनाओ, आदिल-इंसाफ सुलतान ने मेहरबानी करके तुम सबको छोड़ दिया। खबरदार, आज के बाद कभी शाहे-जलाल सुलतान के सामने हथियार न उठाना।"

एक अतर्कित-अकल्पित आनन्द की किलकारियां हवा में भर गईं, जिनके साथ सुख के रुदन की सिसकारियां भी थीं। बात-की-बात में कैदियों के बन्धन खुल गए। बिछड़े हुए पिता-पुत्र, पति-पत्नी गले मिले। यम की डाढ़ से छुटकारा मिला।

लोग हाथ उठा-उठाकर पागल की भांति हंसने और रोने लगे। कैदी गुलाम-गीरी और मौत के पंजे से इस प्रकार छूटने पर भी जैसे विश्वास न कर सके। बहुत-से पागल की भांति नाचने-कूदने लगे।

अनहिल्ल पट्टन उस दिन बहुत व्यस्त रहा। घर-घर में कैदियों के सत्कार-सेवा में मिष्टान-पकवान, वस्त्र बंटते रहे। कैदियों ने स्नान कर क्षौर करवाया, नए वस्त्र पहने। नगरसेठ मानिकशाह ने सब सेठों की ओर से अन्न-वस्त्र-धन देकर उन्हें अपने-अपने घर भेजा।

केवल तीन ऐसे कैदी थे, जो कैद से छुट्टी पाकर भी घर नहीं गए। वे अपने तन-बदन की सुध-बुध भूलकर दीन स्त्री-पुरुष कैदियों की सेवा-सुश्रुषा और व्यवस्था में हाथ बंटाते रहे। ये तीनों कैदी कंचनलता, देवचन्द्र और पूनमचन्द थे। वृद्ध मोतीचन्द शाह उस भीड़-भाड़ में पुत्र को ढूंढ़ते फिर रहे थे। अंत में पिता-पुत्र मिल गए। तीनों ने सेठ के चरणों में मस्तक झुका दिया और सेठ ने उन्हें छाती से लगाकर मन का सन्ताप दूर किया।

चौला रानी

नव किसलय-कोमल, कमल-किशोरी रूप-कौमुदी की मूर्त प्रतिमा चौला रानी आज अपने कोमल लाल चरण ऊबड़-खाबड़ भूमि पर रखती, ठोकर खाती, अन्धकार में राह टटोलती भाग्य-दोष से उस अंधेरे भूगर्भ-मार्ग में निराशा के अन्धकार में डूबती-उतराती चली जा रही थी। आज न उसका कोई रक्षक था, न सहायक। नंगी तलवार उसकी कोमल कलाई पर भार थी और उत्फुल्ल अरविन्द के समान उसके नेत्र रोते-रोते फूल गए थे। काले घघुंराले बाल, जिनमें कभी मोती गूंथे जाते थे, धूल में भरकर उलझ गए थे। और नीलमणि की कंठी से कभी का सुशोभित कंठ धूल और गन्दगी से मलिन हो रहा था। विम्बाधर रूखे, मुख-चन्द्र राहुग्रस्त-सा और सुषमा का आगार उसका नवल गात्र एक सूखे झाड़-सा प्रतीत हो रहा था।

वह साहस करके आगे बढ़ती ही चली गई। और जब वह सुरंग के उस पार पहुंची तो उसने देखा, उस वीरान जगल में आदमी की परछाई भी नहीं थी। वह सुरक्षा की अभिलाषिणी थी। वहां पशु और उनसे भी अधिक दुर्दान्त नर-पशुओं के आक्रमण से वह शंकित थी। वह चाहती थी कि शीघ्र उसे महाराज के सान्निध्य में पहुंचने की कोई राह मिल जाए। वह सीधी नदी के किनारे-किनारे चलती चली गई। भूख, प्यास और थकान से वह बेदम हो रही थी। सामने ही निर्मल नीर नदी में बह रहा था। पर उसने उसकी ओर आंख उठाकर भी नहीं देखा, वह सीधी बढ़ती चली गई।

परन्तु उसे बहुत अधिक नहीं चलना पड़ा। सामने अमराई के उस पार एक छोटा-सा गांव था। चौला रानी धीरे-धीरे आंचल में लाज समेटे गांव की ओर चली। उसने देखा, गांव के छोर पर ही एक जीर्ण शिवालय है, उसी के पास पुजारी का टूटा-सा घर है। वह चुपचाप घर की देहरी पर जा खड़ी हुई। वृद्ध पुजारी ने भीतर से निकलकर कहा—

"कौन हो तुम?"

"एक असहाय दुखिया स्त्री हूं, आप देवता के पुजारी हैं, ब्राह्मण हैं, क्या आप आश्रय देंगे?"

"ब्राह्मणी हो?"

"न, क्षत्रिय हूं।"

ब्राह्मण सोच में पड़ गया। चौला ने कहा, "आपको कष्ट नहीं दूंगी। देव-सेवा का मुझे अभ्यास है। मैं देव-सेवा करूंगी, भोजन के लिए भी धन मेरे पास है, आपको भार नहीं होगा।" उसने पांच स्वर्ण-मुद्रा आंचल से निकालकर पुजारी के सम्मुख चरणों में रख दीं। पुजारी ने क्षण-भर विचार किया, एक बार उसने उसके पीले सूखे मुंह को देखा, फिर स्वर्ण-मुद्राएं हाथ में उठाकर कहा, "इन्हें आंचल में बांध लो बेटी। और किसी से कहना मत, कि तुम्हारे पास सोना है। घर में अकेली ब्राह्मणी है। जवान बेटा अभी

सोमतीर्थ में देवार्पण हो गया, इससे उसका मिजाज जरा खराब हो गया है। बकझक बहुत करती है, सो उसका कुछ खयाल मत करना। आओ, भीतर आ जाओ। तुम कहां से आ रही हो?"

"खम्भात से पिताजी।"

"वहां भी क्या म्लेच्छ पहुंच गया?"

"वहां सब-कुछ हो चुका है पिताजी।"

"तुम्हारे घर क्या कोई है?"

"कह नहीं सकती। अभी तो आपकी ही शरण हूं।"

"तो बेटी, ब्राह्मण के घर जो कुछ रूखा-सूखा देवान्न है, खाकर रहो।"

"किन्तु माता को नहीं देख रही हूं।"

"बाहर गई है, आती होगी। तेरा मुंह सूख रहा है। तू भूखी है। थोड़ा दूध घर में है, देता हूं, पी।"

इतना कहकर वृद्ध ब्राह्मण व्यस्त भाव से घर में घुस गए। चौला का निषेध उन्होंने नहीं माना। थोड़ा दूध लाकर पिला दिया।

इसी समय गर्जन-तर्जन करती ब्राह्मणी आ गई। यजमानों के घर से वह थोड़ा चावल मांग लाई थी। चौला को आंगन में बैठी देख ब्राह्मण से उसने तीखी होकर कहा, "यह मेरी सौत कौन आ गई?"

चौला ने उठकर आंचल गले में डालकर ब्राह्मणी के चरण छूकर कहा–

"आपकी पुत्री हूं–दुखिया स्त्री। आपकी शरण आई हूं माताजी।"

"सो दूर रह, छू मत। कुवेला नहाना पड़ेगा। निपूता न जाने कहां से किस जात-कुजात को बटोर लाता है।" उसने घूरकर ब्राह्मण को देखा। ब्राह्मण उत्तर न देकर खड़ाऊं खड़खड़ाते बाहर चले गए। उन्होंने सोचा, दोनों स्त्रियां स्वयं ही अपना सन्तुलन ठीक कर लेंगी। कुछ देर बाद ब्राह्मणी ने कहा, "कौन जात हो?"

"क्षत्रिय।"

"कहां से आई हो?"

"खम्भात से।"

"अकेली?"

"म्लेच्छ ने खम्भात में कहर मचाया है माताजी, प्राण लेकर आपकी शरण में आई हूं।"

ब्राह्मणी कुछ नर्म हुई। वह बड़बड़ाती हुई चावल बीनने लगी। चौला ने कहा–

"चावल मैं बीनती हूं, आप चूल्हा सुलगाइए।"

"पानी भी तो नहीं है। मैं ही भरकर लाऊंगी। बूढ़ा तो कुछ करेगा नहीं।"

"पानी मैं लाती हूं मांजी, कुआं कहां है?"

"वहां अमराई में है। वह घड़ा है।"

चौला घड़ा बगल में दबाकर जल भरने लगी। ऐसे काम की वह अनभ्यस्त थी।

परन्तु चातुर्य और परिश्रम, तथा शील एवं मृदु वचनों से उसने वृद्धा पर मोहिनी डाल दी।

भात तैयार होने पर ब्राह्मणी ने कहा, "तू खा, भूखी होगी!"

"पहले देवता को भोग लगेगा, पीछे पिताजी और आप भोजन करेंगे, फिर आपका प्रसाद मैं लूंगी।"

ब्राह्मणी सन्तुष्ट हो गई। चौला ने घर की झाड़-बुहार से लेकर देव-सेवा तक सब काम अपने हाथ में ले लिए। वह उस घर की एक सदस्या बन गई।

ब्राह्मण दम्पती उसे बेटी समझने लगे।

परन्तु चौला रानी वहां आयु काटने तो आई न थी। उसे जितना शीघ्र सम्भव हो, महाराज भीमदेव की सेवा में आबू पहुंचना था। वह अपने मन का अभिप्राय कैसे ब्राह्मण पर प्रकट करे, यह निर्णय नहीं कर पाती थी। वह अपना परिचय देना भी ठीक नहीं समझती थी। ब्राह्मण उसकी शालीनता सोचकर सन्देह करता था कि यह अवश्य कोई बड़े कुल की स्त्री है, परन्तु ब्राह्मणी के डर से वह उस पर किसी भांति कृपा नहीं कर सकता था। ब्राह्मणी यद्यपि अपेक्षाकृत उस पर सदय थी, परन्तु अपने स्वभाव के अनुसार वह सदैव खीझती रहती थी।

दिन बीत रहे थे और पाटन के समाचार विकृत होकर उसके पास आ रहे थे। उन समाचारों का सार यही था, कि पाटन में इस्लामी राज्य कायम हो गया है। अमीर ने सब सेठ-साहूकारों का कत्ल कर दिया है और गुजरात के राजा वल्लभदेव और भीमदेव भाग गए हैं। ये सब समाचार सुन-सुनकर चौला रानी बहुत घबराती, कभी छिपकर रोती। कभी उसका रोना ब्राह्मण पर प्रकट हो जाता, कभी नहीं।

परन्तु एक दिन ब्राह्मण ने उससे बात की। उसने कहा, "लक्ष्मी बेटी, तू अपने मन की बात मुझसे कह; और यह भी बता कि तू कौन है, और मैं तेरी क्या सहायता कर सकता हूं?"

चौला ने कहा, "यदि आप किसी भांति मुझे आबू पहुंचा दें, तो बड़ी कृपा हो। खर्च मेरे पास है।"

"आबू में कौन है?"

"मेरे पतिदेव हैं।"

"इतने दिन बाहर रहने पर वे तुझे रखेंगे?"

"रखेंगे।"

"उनका नाम क्या है बेटी?"

"वह, वहीं चलकर बताऊंगी।" ब्राह्मण फिर सोच में पड़ गया। उसने कहा, "बहुत कठिन है बेटी, राह में पाटन है। वहां म्लेच्छ का राज्य है, सुना है वहां बहू-बेटी की आन नहीं है। म्लेच्छ जिसे पाते हैं, पकड़कर ले जाते हैं। मैं दुर्बल ब्राह्मण तेरी रक्षा नहीं कर सकता।"

परन्तु चौला साहस कर चुकी थी। उसने कहा, "पिताजी, मैं भेष बदलकर पुरुष-वेष

में आपके साथ जाऊंगी। ब्राह्मण को कोई नहीं सताएगा। फिर मेरे पास तलवार है, आप चिन्ता न करें। ये दस मोहरें हैं, इन्हें माता जी को दे दीजिए, वे सन्तुष्ट हो जाएंगी। मेरे पास खर्च के योग्य और भी मुहरें हैं।" अन्ततः ब्राह्मण राजी हो गया। सोना पाकर ब्राह्मणी भी राजी हो गई। और एक दिन खूब भोर में, सूर्योदय से प्रथम ही चौला ब्राह्मण कुमार का वेश बना, वस्त्रों में तलवार छिपा, यथासम्भव अपने रूप को अपरूप कर वृद्ध ब्राह्मण को संग लेकर घर से निकल पड़ी।

राह-बाट में जो मिलता, वही पाटन की भयानक बातें सुनाता। दोनों भिक्षा मांगते, खाते, कभी चना-चबेना खाते, कभी टिक्कड़ सेंकते, गांव-पर-गांव पार करते पांव-प्यादे पाटन की ओर बढ़ने लगे।

ब्राह्मण ने कहा, "पाटन में मेरे एक सम्बन्धी हैं, वे राजवर्गी पुरुष हैं। वे तुझे सहायता देंगे। मैं तुझे वहां तक ले चलता हूं। फिर आगे जैसी वह राय दें, करना। इसी में तेरा भला होगा।"

चौला ने स्वीकार किया। वह पाटन की ओर ज्यों-ज्यों बढ़ने लगी, उसे प्रतीत होता था कि वह बाघ के मुंह में जा रही है। परन्तु उसने साहस नहीं छोड़ा।

अन्त में वह ठीक उस दिन पाटन में पहुंची, जिस दिन बन्दी मुक्त किए गए थे और पाटन में हर्ष की लहर-लहरा रही थी। इस दिन चौकी-पहरे का भी विशेष प्रबन्ध न था। वृद्ध ब्राह्मण और उसके युवा पुत्र की ओर किसी ने लक्ष्य नहीं किया। गोधूलि वेला में वे दोनों लोटा, लकुटिया और सत्तू की पोटली कन्धे पर रख चंड शर्मा के द्वार पर जा खड़े हुए।

बहुत काल बाद चंड शर्मा अपने पुराने सम्बन्धी को देखकर बड़े प्रसन्न हुए। उन्होंने दोनों का स्वागत-सत्कार किया। परन्तु वे छद्मवेशी ब्राह्मण कुमार को बारम्बार ध्यान से देखने लगे। उन्होंने नेत्रों ही में पूछा, "यही क्या आपका पुत्र है?"

ब्राह्मण ने आंखों में आंसू भरकर कहा, "मेरा पुत्र तो सोमतीर्थ में म्लेच्छों का भोग हुआ। यह युवक तो अपना परिचय स्वयं देगा। इसीको आपके पास लेकर आया हूं। अभी इसके आहार-विश्राम की व्यवस्था कर दीजिए।"

स्वस्थ होने पर चौला ने अपना इस प्रकार परिचय दिया, कि मैं खम्भात में चौला रानी की परिचारिका थी। चौला रानी से मेरा खम्भात की भगदड़ में साथ छूट गया, अब मुझ विपत की मारी को इन ब्राह्मण देवता ने आश्रय दिया।"

यह समाचार सुनकर चंड शर्मा को आश्चर्य भी हुआ और प्रसन्नता भी। उन्होंने कहा, "तो क्या तुम्हें मालूम है कि तुम्हारी सखी चौला रानी अपना सब कर्तव्य भूल म्लेच्छ के साथ आई है और राजरानी की भांति रहती है?"

चौला शोभना के जीवित होने का संकेत पाकर बहुत प्रसन्न हुई। उसने कहा, "क्या आप मुझे उसके पास किसी तरह पहुंचा सकते हैं।"

"यह मुश्किल है। पर उसकी सेवा में जो दासियां नियुक्त हैं, सभी मैंने नियुक्त की हैं। मैं तुम्हें उन दासियों के साथ भेज सकता हूं।"

दूसरे दिन भोर ही में चौला जल की भरी झारी कन्धे पर रख दासी के वेश में शोभना के पास दरबारगढ़ के रंगमहल में जा पहुंची। देवी चौला रानी को अपने सम्मुख पाकर शोभना आनन्द-विह्वल हो गई। उसने सब दासियों को हटा दिया और चौला से लिपट गई। प्रथम दोनों ने अपनी-अपनी व्यथा सुनाई। चौला की सब बात सुनकर शोभना ने कहा, "सखी, अब तुम अविलम्ब यहां से आबू चली जाओ। और महाराज को बल दो, जिससे गुर्जर भूमि का उद्धार हो।"

"परन्तु तुम?"

"मेरा मरना-जीना सब समान है। इससे जब इतना विलम्ब हो गया है, तब थोड़ा और सही। इस दुर्दान्त पशु को मैंने पालतू बना लिया है। यद्यपि मेरी भेंट उससे खम्भात ही में हुई है, और अब वह फिर मेरे सम्मुख नहीं आया है, पर सखी, मैंने अभी उसे न छोड़ने का ही निश्चय किया है। इसका सबसे बड़ा लाभ तो यह है कि वह तुम्हारी ओर से बिल्कुल निश्चिन्त है। और यही समझता है कि तुम ही इस पर कृपादृष्टि रखकर उसका दिया राज भोग रही हो।"

"परन्तु सखी, यह खतरनाक खेल कब तक चलेगा?"

"जब सब लोग प्राणों की होली खेल रहे हैं, तो यह भी उसी का एक भाग है अब इस नाटक को अन्त तक चलने दो और देखो, अन्त में क्या परिणाम होता है।"

और भी बहुत-सी बातें हुईं और फिर अपना-अपना कर्तव्य स्थिर करके दोनों सखियां विदा हुईं।

इधर चौला रानी के दरबारगढ़ जाने के बाद ही छमद्वेशी दामो महता चंड शर्मा के पास आए। चंड शर्मा ने चौला की सखी के पाटन में आने के सब समाचार उनसे कहे। सुनकर शोभना से मिलने और चौला देवी के मन की बात जानने की उत्सुकता से महता अधीर हो गए। वे वहीं रुककर शोभना के लौटने की प्रतीक्षा करने लगे।

परन्तु देखते ही क्षण-भर में महता ने चौला रानी को पहचान लिया। महता आनन्द से नाच उठे। उन्होंने आगे बढ़कर नम्रतापूर्व उन्हें प्रणाम किया। चंड शर्मा को यह सुनकर, कि चौला रानी यही हैं, बड़ा आश्चर्य हुआ। शोभना ने अमीर को अच्छे नाटक में फंसाया है, यह सुनकर यह पाटन का चाणक्य बहुत हंसा। उसने शोभना की भूरि-भूरि प्रशंसा की। फिर दोनों कूटनीतिज्ञों ने मिलकर यही निर्णय किया कि जो कुछ हो रहा है, वही ठीक है। अभी चौला देवी चंड शर्मा के घर में गुप्त वास करें और शोभना देवी अपना अभिनय करती रहें।

उसी क्षण महता ने आबू को गुप्त सन्देश भेज दिया कि चौला देवी के सम्बन्ध में चिन्ता करने की कोई आवश्यकता नहीं है।

पाटन से प्रस्थान

वसन्त की मनोरम ऋतु गुजरात पर छा गई। रम्य गुर्जर भूमि विविध लता-पुष्पों से भर गई। पुष्पों की भीनी महक से वातावरण सुरभित हो गया, आम के वृक्ष मौर से लद गए। उन पर कोयल कूकने लगी। गुजरात की भूमि एक मनोहर वाटिका की शोभा धारण कर उठी। सघन-वनस्थली में गिरिशृंग से निकलती हुई स्वच्छ जल की पहाड़ी नदियां और निर्झर टेढ़ी-सीधी भूमि पर सर्पाकार बहते अति शोभायमान प्रतीत होने लगे। विविध रंगों के पक्षियों के चहचहाने से ध्वनित-सी गुर्जर भूमि स्वर्ग की सुषमा दिखाने लगी। गत विपत्ति को भूल लोग विविध रंग के वस्त्राभूषण धारण कर फाग का आनन्द लेने लगे।

अनहिल्ल पट्टन के दरबारगढ़ में सुलतान महमूद नित्य सांय-प्रातः दो बार दरबार करने लगा। दरबार में छोटे-बड़े राव-रंक प्रत्येक को आने की छूट थी। दरबार में महमूद स्वर्ण-सिंहासन पर तड़क-भड़क से अपने वजीरों और विद्वानों से घिरा हुआ बैठता और विविध रास-रंग और राजकाज की बात चलाता।

चैत और बैशाख बीत गया। एक दिन महमूद के दरबार में चर्चा चली। प्रसिद्ध विद्वान अलबरूनी ने कहा, "खुदाबन्द, यह मुल्क गुजरात तो बहिश्त-सा लगता है, यह हिन्द का बाग मशहूर है। गुजरात में कच्चा सोना उगता है, ऐसा यह लोग कहते हैं। यहां के लोग खुशहाल और बुद्धिमान हैं, वे बड़े ठाठ और मौज-शौक से रहते हैं। यह एक अजब बात है कि खुदा ने मूर्तिपूजक काफिरों को ऐसा सरसब्ज और जरखेज मुल्क दिया। क्यों न इसे इस्लामी सल्तनत का पाए-तख्त बनाया जाए!"

वजीर अब्दुल हसन ने कहा, "यही क्यों? क्या हुजूर ने गोलकुंडा की बाबत नहीं सुना, जिसे जवाहर-भरा मुल्क कहते हैं। जहां की जमीन में कंकड़-पत्थर की जगह हीरे भरे हुए हैं। गोलकुंडा में मीलों की लम्बाई तक हीरों की खानें फैली हुई हैं। जमीन के पेट में इस कदर जवाहर भरा है कि एक पीढ़ी में निकाला नहीं जा सकता।"

अलबरूनी ने कहा, "फिर सिंहलद्वीप है, जो वहां से कुछ ही फासले पर है, और उस पर बआसानी दखल किया जा सकता है। जहां के दरिया में दुनिया-भर से अच्छे और बेशुमार मोती निकलते हैं।"

महमूद ने अपने विद्वान, मन्त्रियों से यह वार्तालाप सुनकर मन में अनेक बातों का विचार किया। उसके मुंह में लालच का पानी भर आया।

अलबरूनी ने सुलतान का रुख देखकर फिर कहा, "अगर गुजरात को पायतख्त बनाकर एक जहाजी काफिला किसी बहादुर जांनिसार की मातहती में सिंहल भेजा जाए, साथ ही गोलकुंडा पर फौजकशी की जाए तो हुजूर दुनिया के सबसे बड़े बादशाहों के रुतबे को पहुंच सकते हैं। साथ ही अनगिनत दीनदारों का भला हो सकता है। इसके

अलावा मुल्क से कुफ्र दूर होकर दीन-इलाही का जहूर होगा।"

वजीर ने कहा, "खुदाबन्द, इस मुल्क में वक्त पर बरसात होती है, वक्त पर धान पकता है। गर्मी में ज्यादा गर्मी नहीं और सर्दी में ज्यादा सर्दी नहीं, मनपन्सद मेवा, फल और तरकारियां उगती हैं। दुनिया में ऐसा मुल्क और कौन-सा है?"

परन्तु महमूद के सेनापति इस राय के विरोधी थे। वे राजनीति की गम्भीरता से सज्ञान थे, वे सिपाहियों की बेचैनी से भी परिचित थे, जो अपने बाल-बच्चों से दूर विदेश में आकर अब घर लौटने को उत्सुक हो रहे थे। उन्होंने कहा—

"शाहेवक्त, आलिमों की राय के बीच सिपाही को बोलना मुनासिब नहीं। मगर हुजूर, अपने मुल्क को सूना छोड़कर दौलत के लालच में परदेश में धंस जाना खतरे से खाली नहीं है। मुल्क में अपनी सल्तनत है, अपना अमल है। वहां अपना कबीला है, बिरादरी है। उनसे दूर रहकर दुश्मनों के इस मुल्क में जहां कदम-कदम पर रुकावटें हैं, फसंना गुलाम को ठीक नहीं जंचता। बिलफर्ज, हुजूर गोलकुंडा या सिंहल पर फौजकशी करें तो बिला शक और शुबाह यह तय है कि एक बेड़ा हथियारबन्द जहाज की सिरेबन्दी करने में ही हुजूर का सारा खजाना खत्म हो जाएगा। हुजूर को यह भी न भूलना चाहिए कि अजमेर और सोमनाथ की जंग में हमारे काफी सिपाही मारे गए हैं और सिपाही इतने दिन घर से दूर रहने से बेदिल और उतावले हो रहे हैं। हम न उन्हें तस्कीन दे सकते हैं, न उस कमी को पूरी कर सकते हैं, जो इन लड़ाइयों में हमारी हुई है। उधर दुश्मन चारों ओर से पेशबन्दियां कर रहे हैं। हुजूर यह न समझें कि भीमदेव चुप बैठा है, वह तमाम मुल्क में जंग की आग सुलगा रहा है, और सब राजाओं को इकट्ठा कर रहा है, ताकि हमारी वापसी की राह रोक ली जाए। और हमें घेरकर जेर कर दिया जाए। ऐसी हालत में हम, आप इन दुश्मनों से बेखबर होकर नई फौजकशी करें और खुदाना खास्ता हमें नाकामयाबी हो तो जो नाम और शोहरत हमने पाई है, धूल में मिल जाएगी। साथ ही अपने मुल्क को हममें से एक भी आदमी जिन्दा न लौटने पाएगा। इसलिए खुदाबन्द मेरी अरज तो यह है कि जितना जल्द मुमकिन हो, हमें सब सोना, हीरा-मोती जर-जवाहर लेकर अपने मुल्क को लौट चलना चाहिए।"

अपने बहादुर सिपहसालार की यह कीमती सलाह सुनकर सुलतान सोच में पड़ गया। फ़तह मुहम्मद के अकस्मात गायब हो जाने और मसऊद के रहस्यपूर्ण ढंग से मारे जाने के चित्र उसकी आंखों में घूम गए।

दिन बीतते गए और चातुर्मास आ लगा। किसान खेत जोतने लगे। परन्तु आषाढ़-श्रावण का मास सूखा गया, एक बूंद जल नहीं गिरा। लोग घबरा गए। दुष्काल की छाया उनके मुख पर स्पष्ट होने लगी। अन्न महंगा हो गया। गरीब भूखों मरने लगे। श्रीमन्तों ने सदाव्रत खोल दिए। परन्तु एक मास बाद तो दुष्काल चारों ओर मुंह फाड़कर मनुष्यों का ग्रास करने लगा। समूचे गुजरात में अकाल फैल गया। सुलतान ने अपनी फौज के लिए बहुत-सा अन्न अपने कब्जे में कर लिया। देखते-ही-देखते हजारों ही मनुष्य 'हा अन्न, हा अन्न!' कहके मरने लगे। गांव-देहात में लूट-खसोट मच गई।

लोग खाद्य-अखाद्य सब खा-खाकर पटापट मरने लगे। बालक भूख के मारे माता-पिता के सामने रोते-रोते बेहोश होकर मर गए। बहुत माता-पिता पत्थर का कलेजा कर अपने बच्चों को असहाय छोड़ कर भाग गए।

वर्षा के लिए विविध उपाय काम में लाए जाने लगे। शिव-मन्दिरों में धूमधाम से घंटा बजाकर आराधना प्रारम्भ हो गई। ब्राह्मण भोज होने लगे। जगह-जगह कीर्तन किए जाने लगे। ब्राह्मणों ने यज्ञ, अनुष्ठान, व्रत, उपवास किए, पर वर्षा न होनी थी, न हुई। श्रावण की भांति भाद्रपद भी सूखा गया। जंगल की घास भी सूख गई।

अभक्ष्याभक्ष्य खाने से नगर-गांव में हैजा फूट निकला। लोग पटापट मरने लगे। हैजे की छूत महमूद की सेना में भी पहुंची। सैकड़ों सैनिक नित्य मरने लगे। सेना में घबराहट और विद्रोह के चिह्न फैल गए।

लोगों में आमतौर पर यह बात फैल गई कि यह सब भगवान सोमेश्वर का कोप है। लोग जगह-जगह कहने लगे कि भगवती त्रिपुरसुन्दरी ने काली-कपाली आदि भैरवियों को भेजा है। वे नर-रक्त से खप्पर भर-भरकर भगवती त्रिपुरसुन्दरी को तथा नर मुंडमाल भगवान सोमेश्वर को अर्पण कर रही हैं। काली-कपाली और जोगिनियों के कोप की शान्ति के भी अनेक उपाय किए जाने लगे। घर-घर खीरवाकड़ा के नैवेद्य होने लगे। चौक बाजार में स्त्रियां उतारा-उतारकर रखने लगीं। द्वारों पर नीम के पत्तों के तोरण बांधे जाने लगे, देव-मन्दिरों में धूप-दीप, होम-हवन होने लगे। नगर के चारों ओर दूध की धार दी गई—परन्तु महामारी का विकराल रूप तो और भी विकराल होता गया।

नगर के भंगियों ने भंगी टोले में महाकाली को प्रसन्न करने के लिए अलग टोटका किया। एक काला कुत्ता मारकर भौंहरा में लटका दिया। फिर सब लोग नंग-धड़ंग हो शराब पी-पीकर नाचने-गाने लगे। भूपा लोग सिन्दूर माथे पर लपेट मन्त्र पाठ करके उर्द बखेरने लगे। धूम-धड़ाके की भी खूब भरमार हुई। परन्तु महामारी ने सबसे अधिक भंगियों को ही समेटा। उन्होंने उर्द का पुतला मन्त्रपूत कर दुर्लभ सरोवर में डाल दिया था, इससे हजारों लोग क्रुद्ध हो-होकर और लाठियां ले-लेकर भंगियों पर कहर बरसाने लगे।

इन सब कारणों से तथा फौज की बढ़ती हुई विद्रोह-भावना से भयभीत होकर महमूद ने जल्द-से-जल्द गज़नी लौटने का विचार किया। उसने एक आम दरबार की घोषणा की। दरबार में नगर के सब महाजनों और प्रधान पुरुषों को भी बुलाया गया। सबके सम्मुख सुलतान ने यह प्रश्न रखा कि गुजरात का राज्य किसे सौंपा जाए? महमूद ने स्पष्ट रीति पर यह घोषित कर दिया कि वह चामुंडराय के किसी भी वंशज को राज्य सौंपने को राजी है, बशर्ते कि वह राज्याधिकारी सुलतान को अपना अधिपति स्वीकार करे और नियमित रूप से खिराज गज़नी भेजता रहे।

दरबार में दुर्लभदेव और वल्लभदेव, दोनों ही के प्रतिनिधि उपस्थित थे। महाराज चामुंडराय तो राजपाट का सब मोह त्याग श्वेत तीर्थ में जा परलोक-चिन्तन में मग्न थे। दुर्लभदेव सिद्धपुरे में भगवा वस्त्र पहन संन्यासी बन बैठे थे। वल्लभदेव और भीमदेव

प्रच्छन्न भाव से अब अर्बुद, नान्दौल और आस-पास के राजाओं की सैन्य एकत्र कर महमूद की राह रोके अर्बुद की घाटियों में चाक-चौबन्द बैठे थे।

दुर्लभदेव के चरों ने सुलतान के मन्त्रियों और सलाहकारों को घूस देकर अपने पक्ष में कर लिया था। उन्होंने कहा–

"राज्य के अधिकारी और राज्य करने योग्य केवल दुर्लभदेव हैं, वह सुलतान के मित्र हैं और खुशी से सुलतान नामदार को, जितना सुलतान कहेंगे, खिराज देंगे और अन्त तक आप ही की आज्ञा के आधीन रहेंगे।" उन्होंने उस कौल-करार की भी याददिहानी की जो सुलतान और दुर्लभदेव के बीच हो चुके थे। परन्तु वल्लभदेव के हिमायतियों ने कहा–

"वल्लभदेव पाटवी कुंवर हैं, गद्दी पर उन्हीं का हक है, प्रजा उनसे सन्तुष्ट है। वह विवेकी, न्यायी और वीर पुरुष हैं। उन्हें ही गुजरात का राजा होना चाहिए।"

वजीर ने कहा, "लेकिन उसने सोमनाथ की लड़ाई में हमारा सामना किया, अभी तक वह भीम के साथ मिलकर सुलतान के खिलाफ फौजकशी कर रहा है। वह अभी तक माफी मांगने को सुलतान की खिदमत में हाजिर नहीं हुआ। राज्य पर अपना हक भी प्रकट नहीं किया। इसलिए यह गद्दी उसे नहीं सौंपी जा सकती।"

सुलतान ने सब तर्क सुनकर हुक्म दिया। दोनों में आज से जो सात दिन के भीतर आकर हमारे हुजूर में सलाम करे, ज्यादा-से-ज्यादा खिराज दे, और जो शर्तें तय हों उनका पालन करे, उसी को गद्दी सौंप दी जाएगी। नहीं तो सात दिन बाद गुजरात में इस्लामी राज्य की स्थापना हो जाएगी।"

इतना कहकर सुलतान ने दरबार खत्म किया। दोनों ही पक्षों के समर्थक अपनी-अपनी खट-पट में दौड़ने लगे। दोनों राज्याधिकारियों को शाही खरीते भेज दिए गए। महाराज वल्लभदेव ने उत्तर दिया–

"मैं क्षत्रिय हूं, गुजरात की गद्दी पर मेरा अधिकार है, उसे मैं देश और धर्म के परम शत्रु गज़नी के महमूद से भीख मांगकर नहीं, उसके सिर पर यह तलवार मारकर लूंगा।"

दुर्लभदेव ने सुना और झटपट फकीरी बाना उतारकर राजकीय ठाठ से आकर सुलतान की हाजिरी बजाई। नजर गुजारी और अपनी कमर से तलवार खोल, घोड़े के मुंह में दे, हाथ बांधकर खड़ा हो गया।

उसके इस आचरण से सुलतान सन्तुष्ट हो गया। उसने अपने हाथ से तलवार उसकी कमर में बांधी, आदर से बैठाया। सब शर्तें तय हो गईं। सुलतान ने उसे गुजरात का राजाधिराज स्वीकार कर लिया।

दूसरे ही दिन अनहिल्ल पट्टन में धूमधाम से दुर्लभदेव का राज्याभिषेक हुआ। गुजरात में उसके नाम की दुहाई फेर दी गई। चंड शर्मा महामन्त्री के पद पर अभिषिक्त हुए।

परन्तु प्रजा ने कोई उत्सव नहीं मनाया। रूखा-सूखा राज्याभिषेक करा, होम-हवन, पूजा-पाठ की रीति पूरी कर स्वर्ण-दक्षिणा ले ब्राह्मण अपने घर गए। महमूद ने मनचाहा

नजराना ले, लूटा हुआ माल-खजाना दो सौ हाथियों पर लाद लाव-लश्कर के साथ पाटन से प्रस्थान किया।

कन्थकोट की ओर

पाटन से नलकोट तक, और आबू से झालौर तक राजपूतों की एक लाख तलवारें महमूद के स्वागत के लिए उतावली हो रही हैं, जब महमूद ने यह सुना तो उसका चेहरा भय से पीला पड़ गया। इतनी बड़ी सेना का सामना करने का साहस अब महमूद की सेना में न था। उसकी सेना में अनेक प्रकार के वहम और सन्देह घर कर गए थे। महामारी और दुर्भिक्ष से सिपाही बिलकुल निस्तेज और हतोत्साह हो गए थे। वे अब वैसे भूखे भेड़िए न थे, जैसे गजनी के पहाड़ी इलाकों से शिकार की टोह में निकले थे। इस बार उनकी जीनों में सोना, मोती और हीरा-मुहरें ठसाठस भरे पड़े थे। और अब उनका मन युद्ध में नहीं, अपने घर जाकर मौज-मजा करने में लगा था। घर छोड़े उन्हें बहुत दिन हो चुके थे, वे अब पीछे लौटने को उत्सुक थे। अब वे युद्ध का खतरा नहीं उठाना चाहते थे।

परन्तु घर तो अभी बहुत दूर था और तलवार की धार पर पैर रखकर ही वे लौट सकते थे। अमीर के पास भी अतोल खजाना था। उसकी रक्षा का प्रश्न बहुत महत्त्वपूर्ण हो उठा था। उसके लिए वह अधीर हो उठा। फिर शोभना के प्रेम ने उसे विगलित कर दिया था। और अब वह दुर्दान्त योद्धा नहीं—आकुल-व्याकुल मिलन-आतुर प्रेमी था। जितने भी क्षण बीतते थे, उसके लिए भारी थे। वह जल्द-से-जल्द भारत की सीमा को पार कर प्रेयसी का प्रेम-प्रसाद पाकर धन्य हुआ चाहता था।

इतनी बड़ी सेना से लोहा लेना आत्मघात ही था। इसलिए उसने राजपूतों की तलवारों से बचने के लिए सिन्ध की राह पकड़ना श्रेयस्कर समझा और कन्थ कोट की ओर बाग मोड़ी। भम्भर पहुंचकर उसने अपने विश्वस्त ममलूक योद्धाओं की संरक्षता में खजाने के हाथियों को इस्लाम कोट की ओर आगे रवाना कर दिया और आप सारा लाव-लश्कर लिए धीरे-धीरे सिन्ध में घुसा। छद्मवेशी दामो महता इसी ताक में थे। इसी क्षण तड़ित-वेग से उनकी सांढ़नियां चारों दिशाओं को छूटीं।

अभी अमीर कन्थ कोट पहुंच भी नहीं पाया था कि उसको सूचना मिली कि भीनमाल से अमरकोट तक राजपूतों की तलवारें छा रही हैं। अजमेर के नए चौहान राजा म॰ राजा वीसलदेव अपने चचा ढुंढिराज के साथ पीलू के मैदान में उसकी राह रोके साठ हजार योद्धाओं के साथ महमूद के रक्त से अपने पिता धर्मगजदेव का तर्पण करने को सन्नद्ध खड़े हैं—सुनकर अमीर दाढ़ी नोचने लगा और उसका सिर घूम गया। आज उसे सोमतीर्थ का विजेता फ़तह मुहम्मद और तरुण मसऊद याद आ रहे थे। उसने देखा, मेरा सारा ही खजाना शत्रु की डाढ़ में चला गया। एक ओर से महाराज वीसलदेव और दूसरी ओर

से सांभरपति ढुंढिराज धीरे-धीरे अमीर का माल-खजाना लादे हुई गज-सैन्य को दबोचते इस्लाम कोट की ओर बढ़ रहे थे। इस प्रकार अमीर और उसके खजाने के बीच एक दीवार खड़ी हो गई थी। इसी समय उसे यह दुःखद समाचार भी मिला, कि महाराज भीमदेव अमीर की पीठ पर दबाव डालते हुए भीनमाल से आगे बढ़ रहे हैं। अब तो अमीर को चारों ओर से मृत्यु, मुंह बाए उसे समूचा निगल जाने को विकराल रूप धारण किए निकट आती दीख पड़ी। अब यही नहीं कि इतने यत्न से लूटा हुआ उसका सारा माल खजाना छिन जाने का भय था, उसका तो सर्वनाश ही समुपस्थित था। वह पागल की भांति अपने खीमे में बफरे बाघ की भांति घूम रहा था। उसके वजीर-सेनापति सब निरुपाय थे। अब उसके सामने एक ही राह थी, कि वह कच्छ के अगम महा-रन में घुसने की जोखिम उठाए। परन्तु इस अगम रन को वह पार कैसे करेगा? उसके पास वे साधन कहां हैं। ऊंट कहां हैं? पानी कहां है? पथ-प्रदर्शक कहां है? वह किसका विश्वास करे? किसका आसरा तके? कहां जाए? आज तो खुदा के बन्दे महमूद को खुदा भी राह नहीं दिखा रहा था। उसके सेनापतियों ने लड़ने से साफ इनकार कर दिया था। निरुपाय अपने सब धन-रत्न से निराश हो, वह पीछे भम्भर की ओर मुड़ा। कच्छ के महा-रन में घुसने को छोड़ उसका किसी तरह निस्तार न था।

बाग मोड़ने के समय उसने शोभना से कहलाया, "खुदा का बन्दा महमूद दौराने-गर्दिश में है, वह आपको आजाद करता है, आप जहां जी चाहे, चली जाएं—अब्बास अपने पांच सौ सवारों के साथ आपकी रकाब के साथ है।"

परन्तु शोभना ने जवाब दिया, "यह रिहाई नहीं, बेबसी है। मैं मंजूर नहीं कर सकती। आपकी इस मुसीबत में मेरा भी हिस्सा है। अमीर नामदार जब अपने उरूज और रुतबे पर हों और इस बन्दिनी को रिहाई देना चाहें, तो उस समय देखा जाएगा।"

शोभना के इस जवाब से महमूद इस विपत्ति में भी बाग-बाग हो गया।

भायातों की टक्कर

कच्छ में बहुत-से भायात ठाकुर गिरासदार-जागीरदार थे। ये सब छोटे-छोटे राजा थे और अपनी-अपनी रियासत का प्रबन्ध स्वयं करते थे, केवल गुर्जरेश्वर को कर देते और दरबार में आवश्यकता होने पर हाजिरी बजाते थे। वे सभी सोमतीर्थ पर जूझे थे। उनमें अनेक वहीं खेत रहे थे, जो बचे थे वे, और जो खेत रहे, उनके उत्तराधिकारी, इन सबने मिलकर, खम्भात के उदाहरण से सावधान होकर अपना संयुक्त संगठन किया। सबने अपनी-अपनी सेना एक ही जगह एकत्र की, और उसका अधिपति मांडवी के ठाकुर को बना दिया। जब अमीर पाटन के दरबारगढ़ में बैठ गया और गुजरात में अपनी आन उसने फेर दी, तो इन भायातों ने उसकी आन नहीं मानी। न ये अमीर के दरबार में गए। इन्होंने भीमदेव को सूचना भेज दी कि इस बार यदि

अमीर ने कच्छ में मुंह किया तो उसका तलवार से स्वागत किया जाएगा। वे ध्यान से अमीर की गतिविधि को देखने लगे। अब, जब अमीर ने भम्भर की ओर बाग मोड़ी तो भायातों की सैन्य चाक-चौबन्द हो आगे बढ़ी और उसने अदेसर में आकर उसका मुहाना रोक दिया।

अब तो महमूद को लड़ने के सिवा कोई चारा न रह गया। उसके लिए तीन मार्ग थे—या तो वह भायातों की सेना से सम्मुख युद्ध करने का खतरा उठाए, या वह कच्छ के छोटे रन में घुसे और उसे पार कर काठियावाड़ में जा निकले—या वह महा-रन में जाए। छोटे रन में घुसने का कोई अर्थ ही न था। वह उसके मार्ग से विपरीत दिशा में था। महा-रन के विकराल गाल में जाने के अतिरिक्त उसे दूसरी राह न थी, परन्तु भायातों की तलवारों का उल्लंघन बिना किए वह न इधर बढ़ सकता था न उधर। निरुपाय उसने सेना को व्यूह-बद्ध किया, और अविलम्ब भायातों पर धावा बोल दिया। उसने अपने तीन हजार मारवाले धनुर्धर और इतने ही बलूची घुड़सवारों को दाहिने-बाएं आक्रमण करने की आज्ञा दी। तथा दस हजार पदातिकों को उसने सम्मुख मार करने को अग्रसर किया। पर इस बार भाग्य उसके साथ न था। भायातों ने लड़ते-लड़ते और बिखरते हुए पीछे हटना प्रारम्भ किया। अमीर ने इस कौशल पर ध्यान नहीं दिया। वह झटपट युद्ध का परिणाम देखना चाहता था। उसके बलूची सवार भायाती सैन्य को दबाते ही चले गए। दाहिनी ओर का मोर्चा हटते-हटते मीलों तक पहाड़ी उपत्यकाओं में फैल गया। ओर अब वहां दो-दो चार-चार योद्धा छुटपुट लड़ने लगे। वे परस्पर सम्बन्धित न रहे। अन्त में अमीर की यह सेना वहीं घिर गई। बाईं ओर की सेना को दबाव डालकर छोटे रन में पेल दिया गया। पदातिकों पर निर्दय तलवार की मार पड़ी। वह सेना छिन्न-भिन्न हो गई और बौखलाकर महारन में घुस पड़ी। सेना की यह दुर्दशा देखकर अमीर ने शोभना देवी को दो हजार सुरक्षित सवारों की रक्षा में खादर की ओर बढ़ने की आज्ञा दे, शेष समूची सेना ले भायातों पर धंसारा किया। परन्तु शीघ्र ही उसे अपनी इस जल्दबाजी का परिणाम भी दीख गया। अवसर पाकर बगल के पहाड़ी प्रदेशों से निकल-निकलकर ठाकुरों ने अमीर की पीठ पर मार करनी प्रारम्भ कर दी। यह एक अनोखा और बेतुका युद्ध हो रहा था। सम्मुख सेना बिना लड़े-भिड़े भाग रही थी। और अमीर उसे अपनी झोंक में खदेड़े लिए जा रहा था। परन्तु न जाने कहां से अनगिनत योद्धा छोटे-छोटे काठियावाड़ी घोड़ों पर निकल-निकलकर अमीर की पीठ पर घाव कर रहे थे। इस प्रकार से भायातों की सैन्य उसे अंजौर तक धकेलती चली गई। यहां उसकी सेना अनेक दलों में बिखर गई और घिर गई। अब अंजौर में स्थित नई सेना ने धंसारा करके चारों ओर अमीर की सेना को घेरकर समेटना प्रारम्भ कर दिया। साक्षात यम की डाढ़ में जाने की अपेक्षा अमीर ने शौर्य दिखाकर जूझ मरना ठीक समझा। उसने अपने साहसी योद्धाओं को ललकारा परन्तु परिणाम यही हुआ कि केवल एक हजार सवारों के दल के साथ, वह भायातों की सैन्य-पंक्ति को भेदकर तीर की भांति मांडवी तक चला गया।

अब वह निश्चय ही पथ-भ्रष्ट था—अपनी राह से सैकड़ों कोस दूर। अपनी सेना

से दूर और अपने मन्तव्य-गन्तव्य से दूर। अब उसके बचने की एक ही आशा थी, कि कोई छोटा-मोटा किला दुर्ग उसके हाथ लग जाए तो वह उसमें पनाह ले और फिर अपनी बिखरी हुई सेना का संगठन करे। मांडवी पर उसने दृष्टि डाली। पर मांडवी सर करना उसके बूते की बात न थी। उसके साथ केवल एक हजार योद्धा थे। उसने निरुपाय हो मुन्द्रा की राह पर अश्व छोड़ा। आशा और निराशा के बीच उसका हृदय झूल रहा था। उसने सुना था, मुन्द्रा में ठाकुर नहीं है, महाजनों का पंचायती राज्य है। वहां का किला समुद्र-तट पर खूब दृढ़ है। इसी से वह तेजी के साथ मुन्द्रा की ओर चला।

मुन्द्रा में

अभी अच्छी तरह सूर्योदय नहीं हुआ था। रात-भर पहरे-चौकी पर सजग पहरेदार ऊंघ रहे थे। इसी समय एक तरुण धूल-भरे वस्त्रों और बदहवास चेहरे से पांव-पैदल मुन्द्रा के राजमार्ग पर दौड़ा आ रहा था।

द्वार पर आकर उसने उद्वेग-भरे स्वर में पहरेदार से कहा, "भाई, थानेदार की देहरी किधर है?"

पहरेदार ने ध्यान से आगन्तुक की ओर देखा। आगन्तुक के पास घोड़ा-ऊंट या कोई हथियार भी न था। उसने अधिक प्रश्न नहीं किया। सामने एक ऊंची अट्टालिका की ओर उंगली उठा दी। आगन्तुक बिना एक क्षण रुके उसी ओर को बढ़ा। मुन्द्रा का थानेदार अपनी देहरी के आगे एक पाटे पर बैठा दातून कर रहा था, आगन्तुक ने उसके आगे पहुंचकर कहा–

"मुन्द्रा के थानेदार से मुझे काम है।"

"कह, भाया, मैं ही थानेदार हूं। क्या काम है?"

"गज़नी का अमीर मुन्द्रा की ओर दबादब आ रहा है?"

थानेदार चौंका, उसने कहा, "भ्रम तो नहीं हुआ?"

"कैसा भ्रम, अपनी आंखों से देखकर आ रहा हूं। भायातों की सेना से उलझ रहा है। उन्होंने उसे उसकी प्रधान सेना से पृथक कर दिया है, वह हजार-एक सवारों के साथ इधर ही भागा जा रहा है।"

"केवल एक हजार?"

"बस इतने ही। उसकी सारी फौज भायातों ने घेर ली है।"

"ठीक है, तुम ठहरो, खा-पीकर जाना, कहां के निवासी हो?"

"मांडवी का हूं, भायात उसे अंजौर तक धकेल लाए। उसी में उसका मुख्य सेना से सम्बन्ध छूट गया, अब वह आत्मरक्षा के लिए इधर आ रहा है।"

समुद्र के तट पर मुन्द्रा नगर एक अच्छा बन्दरगाह था। उसका किला दूर से काले दैत्य के समान जल-थल के यात्रियों को दिखाई देता था।

थानेदार की दातून अधूरी रह गई। उसने अपनी सिरबन्दी के जमादार को बुलाकर कहा, "शहर के सब दरवाजे बन्द कर दो। और उनकी रक्षा का पूरा इन्तजाम ठीक कर दो।"

इसके बाद उसने वस्त्र पहने। हथियारों से सज्जित हुआ, और टेढ़े-तिरछे गली-कूंचों को लांघता हुआ एक बड़ी अट्टालिका में घुस गया।

अट्टालिका नगर के प्रमुख सेठ मेघजी की थी। सेठ भी अभी नित्यकर्म से निपट रहा था। उसने कहा, "सेठ, गज़नी का सुलतान आ रहा है।"

"क्या मुन्द्रा में?" सेठ ने आश्चर्य और आतंक से कहा।

"हां, परन्तु घबराने से काम नहीं चलेगा। जाओ तुम, महाजनों और नगर-निवासियों को कह दो, स्त्री-बच्चों को किले में पहुंचा दें। और सब मर्द, अपने-अपने हथियार से सजकर नगरकोट पर चढ़ जाएं। आज सभी को हथियार लेना पड़ेगा।"

सेठ ने कहा, "अभी एक क्षण में मैं चला।"

थानेदार नगर-द्वार की ओर बढ़ा। वहां सिरबन्दी के सब सिपाही शहर के दरवाजे बन्द कर तीर-कमान और तलवारों से लैस अमीर के सत्कार को सन्नद्ध खड़े थे।

थानेदार एक वृद्ध राजपूत था। वह जन्म से कच्छी था। उसके मुख पर सफेद गलमुच्छा और माथे पर सफेद पाग थी; कमर में कच्छी बागा, बागे पर लम्बी तलवार, और फेंटे में रखी कटार।

उसने किले की रांग पर चढ़कर देखा। दूर धूल उड़ती आ रही है। देखते-ही-देखते सवारों के हथियार धूप में चमकने लगे। सबके आगे अरबी घोड़े पर सवार अमीर महमूद था।

इसी बीच अपने-अपने तीर-कमान, पत्थर और तलवार, जो जिसके हाथ लगा, लिए सैकड़ों नगर-निवासी किले की रांग पर चढ़ आए थे।

थानेदार ने कहा, "भाइयो, घबराना नहीं, और व्यर्थ अपने तीर नष्ट मत करना। अमीर भायातों की सेना से ताड़ा हुआ मुन्द्रा के किले की शरण पाने आ रहा है। उसके साथ केवल हजार सिपाही हैं। आज उसकी खैर नहीं है। ज्योंहि मेरा तीर छूटे, सब एक साथ तीर छोड़ना—पहले कोई न छोड़े।"

सबने थानेदार की बात की गांठ बांध ली। हजारों आदमी सांस रोककर समय की प्रतीक्षा करने लगे। सैकड़ों तीर, धनुषों पर चढ़े छूटने को तैयार थे।

अमीर की सेना निकट आई और थानेदार का तीर सनसनाता छूटा। साथ ही सैकड़ों तीरों की बौछार पड़ी।

अमीर की बढ़ती हुई सेना रुक गई। तीरों से बिन्धकर घोड़े हवा में उछलने और हिनहिनाने लगे। सैनिक चीत्कार कर उठे।

अमीर घोड़ा उछालता आगे बढ़ा। उसने तलवार ऊंची करके कहा, "मैं गजनी का सुलतान तुम्हें हुक्म देता हूं कि दरवाजे खोल दो और किला हमारे ताबे करो।"

"किन्तु यहां गज़नी के सुलतान का अमल नहीं है।" थानेदार ने हंसकर कहा।

"क्या तुम्हीं मुन्द्रा के थानेदार हो?"

"नामदार अमीर ने ठीक पहचाना।"

"तो तुम्हें जानना चाहिए कि तमाम गुजरात पर हमारा अमल है और हम गुजरात के बादशाह हैं। दरवाजे खोल दो, मैं तुम्हें कच्छ का राज्य दूंगा।"

"दरवाजा एक शर्त पर खोला जा सकता है।"

"वह क्या है?"

"यह कि गुजरात के बादशाह सुलतान महमूद अकेले हथियार रखकर शहर में दाखिल हों। फौज सब बाहर रहे।"

सुलतान ने होंठ चबाए। क्रोध से गरजते हुए उसने कहा, "मैं मुन्द्रा में एक भी आदमी जिन्दा नहीं छोड़ूंगा।"

"यह बात पीछे देखी जाएगी। अभी तो गजनी के अमीर को अपनी जान की खैर मनानी चाहिए।"

इसके साथ ही एक बाण अमीर की पगड़ी को उड़ाता हुआ दूर निकल गया और उसके साथ ही सैकड़ों तीर उस पर बरस पड़े।

क्रोध में अधीर हो अमीर ने अपनी सेना को फाटक तोड़ने का आदेश दिया, सैकड़ों सवार फाटक पर पिल पड़े, पर ऊपर से पत्थर, तीर और बर्छों की मार से मर-मरकर वे ढेर होने लगे।

मध्याह्न काल आ गया। हवा में धूप और गर्मी भर गई। मुन्द्रा के फाटक पर दोनों ओर से जोर-आजमाई हो रही थी। इसी समय दूर से धूल के बादल उमड़ते दीख पड़े। अमीर ने भयभीत होकर इस नई विपत्ति को देखा, जिसका सामना करने की इस समय उसमें सामर्थ्य न थी। उसने जल्दी-जल्दी आक्रमण से विरत हो अपनी सेना को व्यवस्थित कर पीछे बाग फेरी। पीठ पर तीरों के घाव खाते अमीर के सैनिक लौट चले। परन्तु यह सब व्यर्थ था। उसकी सेना को चारों ओर से नए शत्रुओं की दृढ़ टुकड़ी ने घेर लिया। अमीर एक दुर्भेद्य चक्र के बीच फंस गया।

चारों ओर से मारता-काटता, वार करता यम के अवतार की भांति घुड़सवारों का यह फुर्तीला दल अमीर को दलमल करने लगा। ये सवार काठियावाड़ी मजबूत टट्टुओं पर सवार, फुर्तीले और अद्भुत थे। वे चारों ओर से घेरा समेटते-समेटते इस प्रकार सिमट गए कि अमीर के सैनिकों को हिलने-जुलने का भी स्थान न रहा।

इस दल का नायक एक ठिंगना, मजबूत और तेजस्वी योद्धा था। उसका रंग काला, आंखें लाल, चेहरे पर रगें भीगती हुईं। भुजदंडों पर उछलती हुई मछलियां–हाथ में रक्त से भरी नंगी तलवार।

महमूद घोड़ा बढ़ाकर सामने आया। उसने क्रोध और दर्प से कहा–

"तू कौन है?"

"मैं पारकर का तहार मियाना हूं। डाका मारना मेरा खानदानी पेशा है। तू कौन है?"

"मैं गज़नी का सुलतान महमूद हूं।"

"तब तो बहार-ही-बहार है। गज़नी का सुलतान है, मैंने सुना है, महमूद के आदमी खूब मजबूत और घोड़े बहुत बढ़िया हैं।"

"तूने मेरी राह क्यों रोकी है?"

"वाह, यह भी पूछने की बात है? यह तो मेरा पेशा है। हमारा भाग्य—जो तू हमारे हाथ चढ़ गया। घोड़े हमारे काम आएंगे और तुझे और तेरे आदमियों को रन में बेचकर अच्छे दाम उठाऊंगा।"

"तू डाकू है? तुझे शर्म नहीं?"

"अरे महमूद, हम तुम दोनों डाकू ही हैं। कल तेरा दांव था, आज मेरा है। तैने दुनिया लूटी है। आज तू मेरे हाथ चढ़ा है। झट-पट ताबे हो आ नाहक खून-खराबी न कर।"

"तू क्या मुझे पकड़ना चाहता है?"

"बेशक, पर दाम चुकाया कि छुट्टी।"

"कितना दाम?"

"तीस लाख कोरी से कम नहीं। अकेले तेरे दाम। तेरे इस रेवड़ के अलग।"

"कितने!"

"करोड़ कोरी।"

अमीर का सांस रुक गया। गढ़ के कंगूरों पर चढ़े सैनिक ठठाकर हंस पड़े। प्रतापी विजयी सुलतान को जीवन में पराभव का यह पहला ही समय था। उसने तलवार ऊंची कर ताहर पर एक भरपूर हाथ मारा। ताहर ने घोड़ा कुदाकर उछाल भरी। उसने कहा, "बस एक, बेवकूफ, तू गज़नी का सुलतान है, और मैं कच्छ के रन का राजा, तेरे ऊपर घाव नहीं करूंगा, नाहक इन पहाड़ी बकरों को मत कटा। या तो कोरी भर, नहीं तो घोड़े से उतर।"

इस समय अमीर के एक सरदार ने आगे बढ़कर तलवार से ताहर पर वार किया। अनजाने में कन्धे में घाव खा गया। फिर बिफरे हुए बाघ की भांति उछलकर तलवार का एक तुला हुआ हाथ सरदार के सिर पर दिया। तलवार पगड़ी को चीरती हुई, खोपड़ी के दो टूक करती हुई छाती तक उतर गई। सरदार भूमि पर लोट गया।

अमीर ने उच्च स्वर से कहा, "खून-खराबी की जरूरत नहीं है, हम ताबे होते हैं।"

वह घोड़े से वीर-दर्प से कूद पड़ा। ताहर ने कहा, "तू सवार रह और सब घोड़ों से उतर पड़ें। अपने हथियार भी रख दें।" देखते-देखते अमीर के सब सैनिक घोड़ों से उतर पड़े और अपने हथियार भी उन्होंने नीचे रख दिए। दुर्दान्त डाकू के साथियों ने कोतल घोड़ों की बाग मोड़ी, हथियार घोड़ों पर लादे और कैदियों को घेरकर चल दिए। चलती बार ताहर ने दुर्ग की रांग पर खड़े थानेदार को 'वालैकुम-सलाम' कहा।

ताहर की गढ़ी में

अपने कैदियों को लेकर ताहर डाकू तेजी से लौट चला। वह राजमार्ग छोड़ जंगल में घुसा। बीहड़ दुर्गम जंगल में भूखे-प्यासे गर्वीले बलूची सवार, अपने घोड़ों और हथियार तथा हिन्दुस्तान की समूची कमाई गंवा, पशु की भांति बन्दी बने पांव-प्यादे डाकुओं के साथ दौड़े चल रहे थे। जब उन्होंने हिन्दू स्त्री-पुरुषों को रोते-कांपते रस्सियों से बांधकर अपने घोड़ों के साथ निर्दयतापूर्वक घसीटा था, तब उन्होंने उनके दुःख-दर्द और दुर्भाग्य की कल्पना भी न की थी। पर अब आज इस समय उन्हें अपनी गज़नी की पहाड़ियों में प्रतीक्षा करती हुई पत्नियों और बच्चों की याद आ रही थी। वे अधीर हो रहे थे।

जंगल के एक विस्तृत मैदान में एक स्वच्छ पानी का सरोवर था। वहां हरियाली भी काफी थी। ताहर ने वहीं डेरा डाल दिया। कई डाकू कमर खोल हाथ-मुंह धोने और हवा खाने लगे। बहुत-से डाकू घोड़ों पर चढ़कर आस-पास के गांवों से भेड़-बकरियां लूट लाए। बात-की-बात में पशुओं को काट-कूटकर वे खा गए। कैदियों को भी भोजन दिया। ताहर ने महमूद को पास बैठाकर भोजन कराया और फिर वे आगे को चले। रात-भर वे चलते ही चले गए। दूसरे दिन उजाड़ रेगिस्तान के लक्षण दीख पड़ने लगे। चारों ओर बालू के टीले, थूहर और नागफनी के कांटेदार झाड़। बबूल और पीलू के इक्का-दुक्का पेड़। कहीं-कहीं पहाड़ी टीले और सूखी-नंगी चट्टानें।

अन्त में ताहर की गढ़ी आई। गढ़ी कच्ची मिट्टी की बनी थी। गढ़ी की दीवार बारह हाथ चौड़ी थी। एक के बाद एक, इस प्रकार उसके तीन परकोटे थे। ताहर ने भीतर ले जाकर सब कैदियों को पशुओं की भांति एक बाड़े में बन्द कर दिया। और महमूद के लिए एक उसारे पर चारपाई डालकर कहा, "बैठ महमूद। आराम कर।" और गजनी का सुलतान, अमीर महमूद, खुदा कर बन्दा, जगद्विजयी, चुपचाप चारपाई पर बैठ गया। इसी समय ताहर बहुत से मकई के भुट्टे गर्मागर्म भुने हुए लेकर आया। और कहा, "खा महमूद, एकदम ताजा है।"

वह खुद भी पास बैठकर भुट्टे खाने लगा। महमूद की आंतें भूख से बिलबिला रही थीं। भुट्टे उसे अमृत की भांति स्वादिष्ट लगे। खा चुकने पर उसने पानी के लिए इधर-उधर देखा, अभिप्राय समझकर ताहर ने उंगली से संकेत करके कहा, "वहां कुआं है, वहीं डोलची पड़ी है, खींचकर पी आ।" और जब अमीर डोलची खींच रहा था, उसके जांनिसार तुर्क सिपाही और सरदार बाड़ों में बन्द भाग्य का यह खेल देख रहे थे।

भुट्टे खाकर महमूद नीम की छांह में सो गया। थकावट ने उसकी सब चिन्ताओं पर परदा डाल दिया। भरपूर नींद सोने के बाद उसका मन कुछ हल्का हुआ। उसने ताहर से बातचीत की।

अमीर ने कहा, "ताहर, मैं खुदा का बन्दा महमूद, वही कहूंगा जो मुझे कहना चाहिए। तेरी कैद में मैं खुश हूं—सब जिम्मेदारियों और पाबन्दियों से दूर। तेरे दिए उन भुट्टों की मैं कीमत अदा नहीं कर सकता।"

"तू महमूद, क्या अपना तावान कतई माफ कराना चाहता है? या कम कराना चाहता है? क्या वह बहुत ज्यादा है?"

"बहुत कम है।"

"तू क्या देना चाहता है?"

"वह तू सोच भी नहीं सकता।"

"तेरी कुछ आरजू है।"

"सिर्फ एक।"

"क्या?"

"मेरी एक दौलत है, उसे ढूंढ़कर ला।"

"कहां से?"

"यहीं कहीं, रन के इधर-उधर।"

"क्या बहुत कीमती है?"

"तेरा तावान हजार गुना महमूद दे सकता है, पर उस दौलत की कीमत नहीं।"

"उसका अता-पता?"

"वह एक नाजनीं है।"

"ओफ्फ़," ताहर खूब जोर से ठहाका मारकर हंसा। उसने कहा, "वाह यार, खूब दिलफेंक है तू महमूद। मगर कह, कैसी है वह महबूबा?"

"लामिसाल है, सूरत में भी और सीरत में भी।"

"तो खुदा की कसम, मैं उसे अभी ढूंढ़ लाऊंगा। लेकिन इनाम क्या देगा?"

"अपनी सारी दौलत, बादशाहत, और तू मांगे तो जान भी।"

"तो तू इत्मीनान रख, तेरी दौलत सूरज निकलने से पहले ही तुझे मिल जाएगी।"

और ताहर डाकू ने अपने सैकड़ों डाकुओं को शोभना की खोज में भेज दिया।

ख्वाजा अब्बास अपने ढाई हजार मुस्तैद सवारों के साथ रन की बांक में पड़ा, अमीर की प्रतीक्षा कर रहा था। उसने बहुत से गोइन्दे अमीर की तलाश में भेज रखे थे। ताहर के आदमियों ने शीघ्र ही उन्हें पा लिया, और सूर्योदय से प्रथम ही उन्हें ताहर की गढ़ी में ले आए। सवारों को बाहर रख उन्होंने ताहर को सूचना दी। महमूद की अंगूठी लेकर ताहर का आदमी बाहर गया और शोभना की सांड़नी को भीतर ले आया। बाकी सवार बाहर रहे।

शोभना को पाकर अमीर ने दोनों हाथ उठाकर खुदा की बन्दगी की, और कहा, "मैं महमूद, खुदा का बन्दा, वही कहूंगा, जो मुझे कहना चाहिए, मैं अपने करार का पक्का हूं। और अपने हर एक सिपाही को हुक्म देता हूं कि उनकी जीनों में जो कुछ जर-जवाहर हो, ताहर के कदमों में ढेर कर दे। हर एक को गज़नी लौटने पर

चार-गुना मिलेगा।"

देखते-ही-देखते ताहर के सामने हीरे, मोती, सोना और अशर्फियों का ढेर लग गया। महमूद ने अपने अंग से उतारकर कीमती मोती और पन्ने के कंठे, दस्तबन्द और कमरबन्द ताहर के सामने रख दिए। सिर्फ लालों की तस्बीह हाथ में रख ली, जिसकी कीमत पचास लाख दीनार थी। यह देखकर शोभना ने भी अपने सब रत्नाभरण ताहर के ऊपर फेंक दिए। ताहर ने कहा–

"तुमसे तावान नहीं लूंगा।"

"तावान नहीं, इनाम है।" शोभना ने रानी की गरिमा से कहा।

"इनाम?" महमूद ने शोभना के आगे सिर झुकाया।

इतने हीरे-मोती जर-जवाहर का ढेर देखकर ताहर खुशी से नाचने लगा। उसने कहा, "महमूद, यह तो सचमुच बहुत ज्यादा है। तू जितना चाहे, वापस ले जा।"

"लेकिन जितना मैं देना चाहता था, उतना यह नहीं है।"

"तब तो तू सचमुच बादशाह है, ला, दोस्ती का हाथ दे।"

महमूद ने अपना हाथ बढ़ाया। ताहर ने कहा, "अब मांग ले, दोस्ती के सिले में जो चाहता है।"

"देना चाहता है तो मेरे आदमियों को घोड़े और हथियार दे दे। उनकी जीनों में जो जर-जवाहर हैं, उन्हें बेशक ले ले।"

ताहर राजी हो गया। अमीर जाने लगा तो ताहर ने सदल-बल उसको दावत दी। नाच-रंग किया। और अमीर महमूद अपनी दिलरुबा शोभना देवी को सांड़नी पर सुनहरी काम की जाली में बैठाकर सवारों सहित रन की ओर बढ़ा। ताहर से उसने महा-रन के सम्बन्ध में बहुत बातें पूछी और पथ-प्रदर्शक साथ ले कूच बोल दिया।

कच्छ का महा-रन

इस रन में रेत-ही-रेत है। तीन सौ मील के विस्तृत मैदान में न एक झाड़, न पानी का ठिकाना। लाल-लाल रेत के पर्वत, जो आंधी के थपेड़ों के साथ कभी इधर और कभी उधर अद्भुत और नए-नए दृश्य उपस्थित करते हैं। रह-रहकर रेत के भयानक तूफान आते हैं, और आग की भांति जलती हुई रेती की चट्टान, इधर-उधर घूमती प्रलय का दृश्य उपस्थित करती है। उनके बीच मनुष्य, हाथी, घोड़ा पशु-पक्षी जो आता है, उसी की समाधि लग जाती है। जो कोई जीवित मनुष्य इन रेतीले तूफानों के थपेड़ों में घिरता है, उसे इस रेत में जीवित-समाधि ही लेनी पड़ती है। दिन में सघन अन्धकार छा जाता है।

रन के मध्य स्थल में रणथम्भी माता का मन्दिर था। यह मन्दिर एक टेकड़ी पर था। कच्छ-काठियावाड़ के बहुत श्रद्धालु-जन रणथम्भी माता की आन मानते और यहां

आते थे। यह स्थान रन में एकमात्र हरा-भरा स्थान था। कच्छ के किनारे से यह तीसरे पड़ाव पर था। यहां तक का मार्ग उतना विकट नहीं था। राह में एकाध झाड़ दीख जाता था, कहीं पानी भी मिलता था। इस टेकड़ी पर एक पुराना मन्दिर, दो-तीन टूटी-फूटी झोपड़ियां और पांच-सात जंगली वृक्ष थे। एक तालाब था जिसमें वर्षा ऋतु का जल एकत्र होता था। जल दूषित था, पर इसी को लोग पीते थे। इसके बाद आगे तीन सौ योजन तक न झाड़, न पानी। रणथम्भी माता को लांघ कर आगे रन में घुसना साक्षात मृत्यु के मुंह में घुसने के समान था। रणथम्भी माता को लांघने की बात सुनते ही लोग सहम जाते थे।

गज़नी के इस दैत्य को रोकने जहां दूसरी ओर एक लाख साठ हजार तलवारें सन्नद्ध थीं, वहां इस नाके पर मरुस्थली के स्वामी घोघाबापा का वीर पुत्र सज्जन अकेला ही रणथम्भी के रन पर अपनी चौकी लिए बैठा था। वह सोच रहा था, यदि दुर्भाग्य उस डाकू को यहां ले आया तो फिर यहां से उसका निस्तार नहीं है।

महीनों से वह इस कठिन साधना में तप कर रहा था। वह और उसकी ऊंटनी, जिसे वह अपनी सन्तान की भांति प्यार करता था। और जिसके जोड़ की सांढ़नी काठियावाड़ भर में न थी। इस पर उसे भरोसा था। वह उसे नित्य अपने साथ स्नान कराता। अपने हाथ से वृक्षों के कोमल पत्ते तोड़कर खिलाता। उसकी गर्दन सहलाता, उससे बाते करता, उसे प्यार करता। कितनी सूनी रातें उसने इस मरुस्थली के सूने वक्ष पर व्यतीत कीं। कितनी आंधियां, कितने तूफान देखे। कितनी बार वह प्रलय के तूफानी अंधड़ों को निमन्त्रित कर चुका था।

भुमिया लोग और श्रद्धालु यात्री, जो रणथम्भी माता की आन-मानता मान यहां आते, वह संसार में कहां प्रलय हो रहा है—इसका उड़ता-गिरता वर्णन करते। सोमनाथ का पतन हो गया। देवता की प्रतिष्ठा भंग हो गई। और गुजरात का राजा न जाने कहां चला गया। सारे गुजरात पर अमीर की दुहाई फिर गई है। और सब जगह आग और तलवार का राज्य है। यही सूचनाएं उसे मिलती रहती थीं। भुमिया लोग कभी-कभी उसे रोटियां ला देते, कभी वह सत्तू-चना खाकर पड़ रहता, वह घंटों तक आंखों पर हाथ रखकर अपने शत्रु को रणथम्भी के कराल गाल में प्रविष्ट होते देखता रहता।

अन्ततः उसने एक दिन सुना, गजनी का दैत्य रण में धंसा चला आ रहा है। उसने अपनी सांड़नी को थपथपाया। हर्ष से उसके रक्त की एक-एक बूंद नाच उठी। उसने कहा, "अब, बस अब। भगवान सोमनाथ रुद्रावतार तृतीय नेत्र खोलेंगे।"

और एक दिन उसने देखा, काली-काली चींउटियां-सी रेंगती हुई रन में बढ़ रही हैं। जैसे सांप कुंडली मारकर बैठ जाता है, उसी प्रकार अमीर की सेना ने टेकरी को चारों ओर से घेर लिया। दैत्य के समान तुर्क पठान सैनिक तालाब पर पिल पड़े। सारा पानी उन्होंने ऊंटों पर भर लिया। अन्ततः उनकी दृष्टि सज्जन पर पड़ी। मैला वस्त्र, बढ़ी हुई दाढ़ी, दुर्बल शरीर, गढ़े में धंसी आंखें, उलझी हुई मूंछे। वे उसे पकड़कर सेनानायक के सामने ले गए। सेनानायक ने पूछा—

"तू कौन है?"

"मैं भुमिया हूं।"

"कहां का?"

"भम्भरिया का।"

"तू रण का मार्ग जानता है?"

"जानता हूं।"

"हमें राह दिखा सकता है।"

"नहीं।"

"क्यों?"

"रणथम्भी माता की आन है। माता को लांघकर कोई रण में नहीं जाता।"

"तू गया है?"

"गया हूं।"

"तो मार्ग दिखा, तुझे सोना मिलेगा।"

"नहीं दिखाऊंगा।"

सज्जन ने मूर्ख भुमिया का अभिनय किया। नायक ने उसे पकड़कर पहरे में रख लिया और अमीर की सेवा में पेश किया। अमीर ने देखकर पूछा, "क्यों राह दिखाने से इनकार करता है?"

"माता की आन है। माता को लांघकर जाने से कोई जीता नहीं बचता।"

"लेकिन तुझे सोना मिलेगा।"

"कितना?"

"बहुत।" अमीर के संकेत से एक पार्श्वद ने मुहरों से भरी एक भारी थैली उस पर फेंक दी। मुहरों को पाकर सज्जन ने खुश होने का अभिनय किया। जैसे वह लालच में आकर अमीर को राह दिखाने को राज़ी हो गया हो।

अमीर ने पूछा, "कितने दिन की राह है?"

"आठ-दस दिन की।"

"दगा की, तो जिन्दा नहीं रहेगा।"

"जिन्दा कैसे रहूंगा।" सज्जन हंसा। उसे कड़े पहरे में रखा गया, पर उसकी खातिर खूब की गई।

दो घड़ी विश्राम हुआ। और एक पहर रात गए अमीर ने रणथम्भी माता का उल्लंघन कर मध्य रन में प्रवेश किया। सबसे आगे सज्जनसिंह सांढ़नी पर सवार तारों की छांह में तारों को देखता-परखता चला। उसके पीछे अमीर के सब तीरन्दाज पैदल-पदातिक, भारवाही ऊंट, खच्चर और घोड़े। उनके पीछे कीमती ऊंट पर जालीदार जरदोजी की काठी पर शोभना गुलाम अब्बास की कमान में पांच सौ सवारों से घिरी हुई। इसके बाद अपने अरबी घोड़े पर सवार अमीर महमूद अपने बिलोची सवारों और ऊंटों के साथ। इसके पीछे कोतल हाथी-घोड़े-ऊंट और पानी-रसद। रात बीती, दिन आया। विश्राम हुआ, फिर

चले। दूसरा दिन, तीसरा दिन, चौथा दिन, अमीर की सेना रन में घुसती चली गई। परन्तु अब सूर्य का असह्य उत्ताप झुलसाने लगा। घोड़े सब बेदम हो गए। पदातिक सिपाही लड़खड़ाने लगे। प्यास लगने पर बहुत कम पानी मिलता। घोड़े गिरकर मरने लगे। पैदल बेहोश होने लगे। ऊंटनियां हवा में मुंह उठाकर बलबलाने लगीं। आकाश पर अंधड़ छा गया। ऊंटनियां इधर-उधर भागने लगीं। पर सज्जन आगे ही बढ़ता चला गया। रेत के पर्वत इधर-से-उधर उड़ने लगे और हाथी, घोड़े, ऊंट उसमें डूबने लगे। अनगिनत बवंडर मनुष्यों और घोड़ों को लेकर घुमा-घुमाकर फेंकने लगे। हवा अधिकाधिक गर्म होने लगी। सैनिकों ने वस्त्र उतारकर फेंक दिए। रेत के बड़े-बड़े स्तम्भ बनने और आकाश तक उड़ने लगे।

सारी सेना की शृंखला बिगड़ गई। प्रबल वायु के थपेड़ों में बहकर हाथी, घोड़े, ऊंट, सब उजड़ चले। अमीर ने तलवार ऊंची करके चीखकर कहा, "तू कौन है शैतान?"

"मैं भगवान सोमनाथ का गण हूं। देख, वह भगवान सोमनाथ का तृतीय नेत्र।"

अमीर की तलवार उठी-की-उठी रह गई। एक भयानक काले बवंडर ने उसे घेर लिया। उसका घोड़ा उसी में चक्कर खाता हुआ उसे ले उड़ा। ऊंटनियां पूंछ उठा-उठाकर भागने लगीं। हाथी चिंघाड़ने लगे। घोड़े दो पैरों पर उछलने लगे। पैदल सवार सभी इस जलती-भुनती रेती में समाधिस्थ होने लगे। इसी समय प्रलय के समान घोर हुंकार भरते, शत-सहस्र सूर्यों की भांति चमकते हुए रेत के पर्वताकार गोले आकाश में उड़-उड़कर भूमि पर फटने और अपनी चपेट में जीवित-अजीवित सभी को समाधिस्थ करने लगे। ऐसा प्रतीत होता था कि प्रलय काल आ पहुंचा है। अब वे रेत के टीले निस्सीम अग्नि-स्फुलिंग की भांति मंडलाकार घूमते, हाथी, घोड़े, ऊंट, मनुष्य सबको समूचा निगलते हुए, हू-हू धू-धू करके प्रलय-गर्जन करने लगे।

इस प्रकार वह प्रलय का अंधड़, अप्रतिरथ विजेता महमूद की विजयिनी समूची सेना को अपने में लपेट, इस विनाश की दूत राशि को, विनाश के आंचल में लपेटकर विलीन हो गया। रुद्र का तृतीय नेत्र अपना संहार-कृत्य पूरा करके निमीलित हो गया।

सुरसागर पर

प्रभात हुआ। आकाश स्वच्छ था और शीतल मन्द पवन बह रहा था। कल के विनाशक महाकाल के विकराल रूप का इस समय कुछ भी लक्षण न था। दूर तक लाल-लाल रेत के टीले-ही-टीले नजर आते थे। ऐसे ही समय में शोभना ने आंखे खोलीं उसने देखा, उसका समूचा शरीर रेत में दबा पड़ा है और उसकी सांढ़नी अपनी थूथन से उस पर अटे हुए रेत को उछाल रही है। थोड़ा बल लगाकर उसने अपने शरीर को रेत की समाधि से बाहर निकाला। वह उठ खड़ी हुई। सांढ़नी

आगे आकर उसके निकट आ खड़ी हुई शोभना ने प्यार से उसकी थूथन को हाथों में लेकर थपथपाया। उसने अपने चारों ओर दृष्टि डाली। किसी जीवित जीव का वहां चिह्न न था। उसने सोचा, हे भगवान, यह इतना बड़ा लश्कर और वह प्रतापी महमूद, सभी इस मरुभूमि के भोग बन गए। न जाने किस अतर्कित आकर्षण से अभिभूत हो वह मन में अमीर के लिए एक वैकल्य अनुभव करने लगी। उसने महमूद के हृदय का प्यार देखा था। और उसके आंसू भी। उन आंसुओं ने उसे द्रवित कर दिया। इस समय वह अपनी सम्पूर्ण चेतना से अमीर की कल्याण-कामना करने लगी। पर, जिस अमीर पर शोभना की कृपा-कोर पड़ी है, वह अमीर है कहां?

धीरे-धीरे सूर्य ऊंचा उठने लगा। उसने देखा, इधर-उधर कुछ काली-काली वस्तुएं रेत में चमक रही हैं। दौड़कर उसने पास जाकर देखा, हाथी, घोड़े, सिपाही, ऊंट थे। सबकी रेत में समाधि हो गई थी। वह सोचने लगी, क्या अमीर भी यहीं-कहीं चिर-निद्रा में सो रहा है। वह आशंका और उद्वेग से भरी, दौड़-दौड़कर एक-एक को देखने लगी। बहुत मनुष्य और पशु दम घुटकर मर चुके थे। कुछ में दम था, पर शोभना को उनके लिए कुछ करना शक्य न था। थोड़ी ही देर में उसकी दृष्टि किसी चमकदार वस्तु पर पड़ी। प्रभात की सूर्य की किरणों में वह वस्तु आग के अंगारे की भांति दहक रही थी। बालू हटाकर उसने देखा तो उसका हृदय धड़कने लगा। हे ईश्वर, यह तो सुलतान की कलगी का लाल है। अवश्य ही सुलतान भी कहीं पास है। थोड़े ही परिश्रम से अपने घोड़े के शरीर के नीचे दबे हुए सुलतान महमूद को उसने खोज निकाला। जोर करके उसने उसे घोड़े के नीचे से निकाला, नाक पर हाथ रखकर देखा, धीरे-धीरे सांस चल रही थी। छाती पर कान रखा, हृदय धड़क रहा था। शोभना आनन्द से विभोर हो गई। उसने भूमि पर माथा टेककर भगवान सोमनाथ की वन्दना की, और फिर उसने इधर-उधर देखा, कोई देखनेवाला वहां न था। वह धीरे-से झुकी और अमीर के सूखे निस्पन्द होंठों पर अपने जलते हुए होंठ रख दिए।

अब उसे अमीर को होश में लाने की चिन्ता हुई। उसे यह देखकर परम हर्ष हुआ कि अमीर के घोड़ों की जीन में पानी की भरी हुई मशक पड़ी थी। उसने पानी लेकर प्रथम स्वयं पिया। पानी पीने से उसके प्राण हरे हो गए। फिर उसने पानी की बूंदें अमीर के मुंह और आंखों में डालनी प्रारम्भ कीं। थोड़ी ही देर में अमीर ने आंखें खोलीं। उसने अपनी आंखें इधर-उधर घुमाईं। इधर-उधर घूमकर उसकी आंखें शोभना के मुख पर केन्द्रित हो गईं। उसके होंठ हिले, पर शब्द नहीं फूटा। शोभना ने थोड़ा जल और उसके मुंह में डाला। जल पीने से अमीर की चेतना ठीक हुई। उसने ध्यान से शोभना की ओर देखा, उस देखने का अभिप्राय था, तुम कौन हो? शोभना की आंखों में हर्ष नाच उठा। उसने कहा, "आप क्या बैठ सकते हैं?" उसने सहारा देकर उसे अपनी गोद में बैठा लिया।

थोड़ी देर में अमीर की चेतना और शक्ति लौट आई। अब शोभना ने अपने मुख पर थोड़ा आंचल ढांप लिया। फिर उसने मृदु कंठ से कहा, "क्या आप ऊंट पर चढ़

सकते हैं।"

अमीर ने सिर हिलाकर स्वीकृति दी। फिर उसने बेचैनी से चारों ओर देखकर कहा, "उस कयामत के तूफान में कौन-कौन जिन्दा बचा?"

शोभना ने दो उंगलियां उठाकर कहा, "केवल दो—मैं और आप।"

"बहुत हैं, बहुत हैं। शुक्र है खुदा का!"

उसने वहीं बालू से वजू किया और घुटनों के बल बैठकर नमाज पढ़ी। फिर फातिहा पढ़कर दो मुट्ठी बालू उठाकर भूमि पर डालकर, "अलविदा, बहादुर साथियो" कहा। अब उसी के साथ दो बूंद आंसू खिसककर उसकी दाढ़ी को छू गए। फिर अमीर ने सहारा देकर शोभना को सांढ़नी पर सवार कराया और आप भी सवार हुआ। रेत के समुद्र में तैरती हुई सांढ़नी वहां से चल खड़ी हुई।

सूरज का ध्यान कर वह पूर्व की ओर बढ़ता चला गया। चारों ओर से गीधों की काली-काली टोलियां उसी ओर को चली आ रही थीं। उसने राह में रेत में ढंके-उघड़े हाथी, घोड़े, ऊंट और सिपाहियों को चुपचाप पड़े देखा। बहुतों तक गीध पहुंच चुके थे। मीलों तक मुर्दों की कतार-ही-कतार बंधी थी। बीच-बीच में हाथी रेत में दबे हुए सूंड़ हिला रहे थे, और घोड़े पड़े हुए पैर फड़फड़ा रहे थे। किसी-किसी मुर्दे सिपाही की आंखें गीधों ने निकाल ली थीं। कहीं-कहीं गीदड़ों के झुंड-के-झुंड रेत से मुर्दों को उखाड़कर उनका पेट फाड़ आंतें खींच रहे थे। यह सब हृदयविदारक दृश्य देखते हुए कठोर-हृदय अमीर महमूद आंखों से अश्रु-विमोचन करता हुआ चला जा रहा था। बिना राह की राह पर भूख और प्यास, दुःख और दर्द से ओत-प्रोत। परन्तु शोभना के सान्निध्य से सम्पन्न।

तपता सूर्य इन आरोहियों के सिर पर होकर अस्ताचल को चला गया। दिशाएं लाल हुईं और फिर उन्होंने अन्धकार के पर्दे से मुंह ढांप लिया। इसी समय उनकी सांढ़नी सुरसागर के तीर पर जा रुकी। अमीर सांढ़नी से उतरा, शोभना को हाथ पकड़कर उतारा। पाल पर बसना बिछा दिया, उस पर शोभना को बैठने का संकेत कर उसने वजू किया। नमाज पढ़ी। और फिर चुपचाप आकर शोभना के सामने खड़ा हो गया।

वह गज़नी का सुलतान अमीनुदौला निजामुदीना कासिम महमूद, जो बीस वर्ष गजनी के वीरों के शीर्ष-स्थल पर सुशोभित रहा; जिसकी विजयिनी तलवार का आतंक आधे भूमंडल पर व्याप्त हो गया था; जिसने अपने साहस से अतुल सम्पदा, सत्ता और वैभव प्राप्त किया; खुरासान और गज़नी अधिकृत कर अतुल ऐश्वर्य का स्वामी बना; जिसने ग्वालियर, कन्नौज, दिल्ली, सपादलक्ष और गुजरात की संयुक्त-सैन्यों को पराजित किया; जिसका प्रखर प्रताप दिग्दिगन्त में फैला था; जिसने नगरकोट की अपरिमित सम्पदा हस्तगत की, और मथुरा की शताब्दियों की संचित सम्पदा को लूट उसे भस्म कर दिया था; जिसने बड़े-बड़े अभिमानी पंडितों और श्रीमन्तों को गजनी के बाजारों में दो-दो रुपयों में बेचा था; जिसके शौर्य और तेज की यथोगाथा कविगण गाते नहीं थकते थे: जो अद्वितीय नेता, अप्रतिरथ विजेता और प्रचंड योद्धा था, आज सुरसागर के तीर पर एकाकी,

तारों की छांह में खड़ा, भूख की चिन्ता से चिन्तित, निरुपाय उस स्त्री का मुंह ताक रहा था, जिसका मूल्य उसकी नजर में उसकी समूची बादशाहत से भी अधिक था। उसके कंठ से बात नहीं फूट रही थी।

शोभना ने पेट पर हाथ रखकर हंसते हुए कहा, "पेट का बन्दोबस्त?"

महमूद ने एक अंगूठी निकालकर कहा, "यह अंगूठी मेरे पास है, मगर यहां इसे मोल कौन लेगा?"

"एक अशरफी मेरे पास भी है।" शोभना ने अशर्फी हथेली पर रखकर महमूद को दिखाई।

अमीर ने सिर हिलाकर भुनभुनाते हुए कहा–

"लेकिन इसका भुनाना इस वक्त ठीक नहीं है। लोगों को शक हो गया कि हमारे पास सोना है, तो अजब नहीं, हम लूट लिए जाएं। फिर भी दो, मैं देखूं।"

अमीर ने शोभना के आगे हाथ फैला दिया। शोभना ने अमीर का हाथ अपनी दोनों नर्म-नर्म हथेलियों में लेकर कहा, "यह हाथ क्या कभी किसी के आगे इससे पहले फैला था?"

"नहीं।" अमीर ने झुककर शोभना की कोमल हथेलियां अपनी आंखों से लगा लीं। आंसुओं से शोभना की अंजली भर गई।

धीरे-धीरे शोभना ने हाथ खींच लिया। उसने कहा–

"आप ठहरिए, मैं जाती हूं।"

अमीर ने व्यस्त भाव से कहा, "नहीं बानू।"

"कैदी हूं, भागूंगी नहीं। लेकिन ब्राह्मण की बेटी हूं। सुर-सागर तीर्थ में मेरे लिए भिक्षा की कमी नहीं है।" वह हंसी। अपनी हथेली से अमीर का वक्ष छुआ और तेजी से चली गई।

और जब वह आई, उसके हाथ में एक हांड़ी में दूध, कुछ भात और रोटियां थीं। अमीर ने हथेलियों पर रखकर भोजन किया और सागर-तीर पर जाकर चुल्लू से पानी पिया। फिर उसने सांढ़नी को भी जल पिलाया, आहार दिया। इस समय अमीर एक अत्यन्त कोमल भावुक भावना से ओत-प्रोत था। वह शोभना से दिल भर कर बात करना चाहता था। पर भावातिरेक से उसका कंठ अवरुद्ध था। शोभना का मुख चन्द्रमा की स्निग्ध चांदनी में अपूर्व सुषमा प्रकट कर रहा था। वह चौला की क्षण-भर देखी मूर्ति को विस्मृत कर चुका था। और अब उसके रक्त-बिन्दुओं में शोभना बसी थी, जो इस समय सुरसागर के एकान्त पाल पर स्निग्ध चांदनी में अलस भाव से अमीर महमूद के असमंजस को देख मुस्कुराकर आत्मसमर्पण का निमन्त्रण-सा दे रही थी। और शोभना के अलभ्य प्यार की सम्पदा से सम्पन्न अमीर आज असहाय, एकाकी होने पर भी अपने को संसार का सबसे बड़ा बादशाह समझ रहा था। वह सब-कुछ खो चुका था और सब-कुछ पा चुका था।

छुम छननन-नननन

सिन्ध के युद्ध में अमीर के चहेते ममलूक योद्धा महाराज वीसलदेव की कृपाण के भोग बन तिल-तिल कट मरे। जो बचकर इधर-उधर भागे, उन्हें सिन्ध के अहीरों और जाटों ने लूट-मारकर बराबर कर दिया। समूची गजसैन्य और अमीर का सारा खजाना लेकर राजपूतों की सेना धौंसा बजाती हुई पीछे फिरी।

इधर महाराज भीमदेव ने कन्थकोट से लौटते हुए तुर्क और ईरानी धनुर्धरों की पीठ पर करारी मार मारकर, उनका सम्बन्ध अमीर से तोड़कर, उन्हें छिन्न-भिन्न कर दिया। अमीर की यह शक्ति-सम्पन्न सेना सर्वथा अनुशासन रहित हो, नष्ट-भ्रष्ट होकर सिन्ध और राजस्थान के उजाड़ इलाकों में बिखर गई। अपने लूटे हुए धन-माल के भय से, जिसका जहां सींग समाया, वहीं भागकर छिप गया।

संयुक्त राजपूतों की सैन्य को लेकर महाराज भीमदेव सिद्धपुर लौटे, जहां दुर्लभदेव की साठ हजार सैन्य विद्रोही होकर उनसे आ मिली। अब अवसर देख महाराज भीमदेव ने चढ़ी रकाब पाटन पर अभियान बोल दिया। दुर्लभदेव डरकर गद्दी छोड़ जंगलों में भाग गए और नगर-द्वार पर चंड शर्मा ने महाराज भीमदेव का प्रमुख पौर जनों के साथ स्वागत किया।

राज गजराज पर महाराज भीमदेव की सवारी अनहिल्ल पट्टन के बाजारों में निकली। गुजरात के इस तरुण त्राता के यशःपूत दर्शन करने को समस्त गुजरात के प्राण ही पाटन में आ जुटे। पाटन का राजमार्ग फूलों से और बहुमूल्य स्वर्णखचित पाटम्बरों से सजाया गया था। घर-घर आनन्द की बधाइयां बज रही थीं। नृत्य-गान-पान गोष्ठी का आयोजन हो रहा था। कन्थकोट की दुर्लभ रण-स्थली में जिन योद्धाओं ने शौर्य प्रकट किया था, उनका विविध प्रकार के दान-मान से पौरगण सत्कार कर रहे थे। जगह-जगह अमल कुसुम घोला जा रहा था। पुरवासी स्त्रियां घर-घर मंगलगान कर रही थीं। आनन्द-वाद्यों से कानों के पर्दे फटे जाते थे। गवाक्षों और बाजारों से सुहागिनें और वधुएं खील-पुष्प बरसा रही थीं।

महाराज भीमदेव का गजराज सुमेरु पर्वत की भांति सिर से नख तक स्वर्ण-जटित मखमली झूल से सुसज्जित था। वह अम्बारी, जिसमें गुर्जरेश्वर परम माहेश्वर परम परमेश्वर श्री भीमदेव विराजमान थे, उसका स्वर्ण-कलश सूर्य के समान प्रभात की धूप में चमक रहा था। सवारी के आगे नगर-कुमारिकाएं गरबा नृत्य करती जा रही थीं।

सुनहरी चूड़ियों से सज्जित राजगज के दन्त पर एक चन्दन की चौकी रखी थी। चौकी पर राजनर्तकी नृत्य कर रही थी। गजराज ऊंची सूंड़ उठाए जैसे गुजरात के नए राजा का अभिनन्दन करता चल रहा था। यह गजदन्त पर का अद्भुत नृत्य देखकर लोग आश्चर्य और आनन्द से विह्वल हो रहे थे। जैसे वायु में चरणाघात हो, इस प्रकार

नर्तकी के चरण तैर रहे थे।

गुप्तवासिनी विप्रलम्भा चौला देवी अपने अछूते नवल प्रेम की अजस्र धाराओं को अपने नन्हे-से कोमल हृदय में छिपाए, चंड शर्मा के घर के झरोखे से लाज, आनन्द और उल्लास नेत्रों में भरे अपने अधीर प्राणों को धड़कते हृदय में यत्न से रोक, यह महोत्सव देख रही थी।

दामो महता अपनी चपल नीली घोड़ी पर सवार, दो-दो तलवारें कमर में बांधे, कसूमल पाग धारण किए, पान का बीड़ा चबाए, बगुले के पर के समान धवल चुन्नटदार बागा पहने, कभी राज गजराज के इधर कभी उधर, सारे जलूस पर नजर डालते, आवश्यक आज्ञाएं देते जा रहे थे।

राज गजराज के पीछे एक सुनहरी हौदे में ब्राह्मण राजबन्धु चंड शर्मा और भस्मांकदेव बैठे बढ़ रहे थे। उनके पीछे गुजरात के प्रधानमन्त्री विलमदेव शाह की सवारी का हाथी था। विमलदेव शाह सिर से पैर तक उज्ज्वल परिधान किए, धनुष-बाण से सज्जित बैठे थे। उनके पीछे अश्व, रथ, गज, ऊंट और पैदल पलटन थी। हाट-बाजार, चौबारे, खतखंडे महल, अटारी, बुर्ज़, झरोखे, बारजे सब रंग-बिरंगी पोशाक धारण किए हुए दर्शनार्थी नर-नारियों से भरे थे।

महाराज वल्लभदेव ने राज्य त्याग, तपस्वी की भांति एकान्त जीवन व्यतीत करना पसन्द किया और वे अपने पिता महाराजाधिराज चामुंडराय के पास शुक्ल तीर्थ चले गए।

दरबारगढ़ में दरबार की भव्य तैयारियां थीं। विविध तोरण-पताकाओं से दरबारगढ़ सजाया गया था। सब राजा-महाराजा, गिरासिए, जागीरदार, ठाकुर भायात उपस्थित थे। यथाविधि राजतिलक सम्पन्न हुआ। बन्दी जनों ने पहले पाटन का कीर्तिगान किया। राजपुरोहित ने सप्त तीर्थों का जल राजा के मस्तक पर सिंचन कर तिलक किया और घोषणा की, "महाराजाधिराज परमेश्वर परम भट्टारक उमापति श्री सोमदेव वरलब्ध प्रसाद प्रौढ़प्रताप बालार्क अट्टव पराभूत शत्रुगण श्री श्री श्री भीमदेव गुर्जरेश्वर का जयजयकार हो!"

जयजयकार की प्रचंड गर्जना से सभा-मंडप गूंज उठा। फिर चारणों और भाटों ने महाराज की बिरद बखानी। महाराज ने उन्हें सिरोपाव, इनाम-इकराम, जागीर-बख्शीश दी। फिर भायातों ने भेंट दीं, इसके बाद जागीरदार, गिरासिए, राजा-महाराजाओं की बारी आई। महाराज भीमदेव ने युद्ध में काम आए योद्धाओं के उत्तराधिकारियों और परिजनों को नई जागीरें बख्शीं। वीरों को दान-मान खिताब से सम्पन्न किया। फिर ब्राह्मणों और धर्म संस्थाओं को दान की घोषणाएं हुईं। इसके बाद गुर्जरेश्वर श्री भीमदेव ने खड़े होकर सबको धन्यवाद दिया, आभार माना। और धर्म की शपथ ली। प्रजा की सुखशान्ति और समृद्धि की कामना की। चंड शर्मा और भस्मांकदेव को 'राज्यबंधु' की उपाधि दी गई। विमलदेव शाह राज्य के प्रधानमन्त्री और दामोदर महता प्रमुख सन्धि-वैग्रहिक अमात्य घोषित किए।

अन्त में नाचरंग की महफिल जमी। और राजनर्तकी के चरणाघात से घूंघरू बज उठे—छूम छननननननन....

उपसंहार

और, खुदा का बन्दा महमूद और महमूद की बन्दिनी शोभना तारों की छांह में सांड़नी पर सवार हो, सुरसागर से एकाकी विविध वन, पर्वत, उपत्यकाएं, नद-नदी, सरोवर, जन-जनपद पार करते हुए लाहौर की राह पर जा रहे थे। अकेली रातें, प्रभात और सान्ध्य बेलाएं, जलती दोपहरी। हिंस्र पशुओं से भरपूर वन आते गए, जाते गए। सत्रह बार वह विजेता तलवारों की छाया में इसी राह आया था। आग और कहर बरसाता हुआ और आज वह जा रहा था एक औरत के आंचल की छाया में।

लाहौर पहुंचकर उसने औलिया अलीबिन उस्मान—अलहज-बीसी की दरगाह में जाकर चौखट चूमी। चारों ओर बिखरे हुए उसके सिपाही, योद्धा, सिपहसालार, मन्त्री भी आ जुटे। महमूद ने सबके साथ सफ बांधकर नमाज पढ़ी। सब अहवाल औलिया को सुनाया, सुनकर औलिया ने कहा, "महमूद, अब तू उस औरत से बात कर।"

और महमूद ने औलिया के समक्ष शोभना से दिल खोलकर बात की। शोभना ने कहा, "मैं शोभना हूं, चौला देवी नहीं। मैंने अमीर के वफादार सिपहसालार को कत्ल किया और अमीर को धोखा दिया है, अब शाहे-गज़नी जो सजा मुनासिब समझें, मुझे दें।" शोभना ने धीरे-धीरे सब हकीकत खोलकर सत्य-सत्य सुना दी।

सुनकर अमीर देर तक मौन बैठा रहा। फिर उसने कहा, "मैं अमीर महमूद, खुदा का बन्दा, वहीं कहूंगा, जो मुझे कहना चाहिए। खुदा के बन्दे की नीयत बद थी, जिसकी सजा खुदा ने अपने बन्दे को दी। फिर उसने अपने रहमोकरम से तेरे आंचल का साया उसे दिया, जिसने महमूद को जिन्दगी, राहत और खुशी दी, अब जिन्दगी तेरे सदके।"

महमूद ने जमीन तक झुककर शोभना का पल्ला चूम लिया। और जार-जार आंसू बहाने लगा। बहुत देर शोभना चुपचाप बैठी रही। फिर उसने भीगी पलकें उठाकर, कहा "अय शहनशाह, मैं एक बदनसीब औरत हूं। लूटी हुई, बरबाद। और अब इतनी दूर आगे बढ़ आई हूं, कि लौटने की सब राह बन्द हो गई हैं। अब मेरे सामने एक बेकस और गरीब शहनशाह है। जिसने जिन्दगी में लिया-ही-लिया, दिया कुछ नहीं। और अब देखती हूं, जो कुछ उसने लिया है, उसके बोझ से वह दबा जा रहा है। उसके दर्द को मैंने देखा है। जिसने दर्द सहा है, वह पराए दर्द को देख नहीं सकता। शहनशाह इसलिए, अपनी इस बन्दिनी की सजा कुछ नर्म कर सकें, और गज़नी के किसी कोने में पनाह दे सकें तो, यह बदनसीब शोभना इस खुदा के बन्दे मर्द के दर्द को जितना और जैसे बन पड़े, कुछ कम करने में अपनी जिन्दगी की बची हुई घड़ियां बिताए।"

औलिया के मुंह से निकला, "मरहबा! मरहबा!" और उसकी सफेद दाढ़ी आंसुओं से तर हो गई। महमूद और झुका, उसने तलवार शोभना की गोद में डालकर कहा, "यह तलवार और इसकी बदौलत हासिल की हुई गज़नी की सल्तनत तेरी है। और तू अपने दर के भिखारी महमूद को उसी तरह अपने मुबारक हाथों से एक टुकड़ा रोटी देती रह, जैसा कि सत्रह दिन से आज तक देती आई है।"

और, वह दिग्विजयी महमूद, उस गुणगरिमामयी ब्राह्मण कुमारी के आंचल की छांह में काबुल की दुर्गम राह पर, दुरूह खैबर के दर्रे में खो गया। भारत में रह गए, उसकी सत्रह विजय-यात्राओं के अमर चरण-चिह्न!!!

चौला देवी के आकुल-व्याकुल प्राण प्रिय-मिलन के लिए छटपटा रहे थे। आज के इस क्षण के लिए उसने न जाने कितनी साधना की थी। कब प्रियतम का सन्देश आता है, उसका हृदय भय, आशंका और आनन्द के झूले में झूल रहा था। यह गुर्जरेश्वर की प्रिय अर्द्धांगिनी और गुजरात की महारानी है। एक दिन मुहूर्त में जिसने अपना तन, मन जिस देवता को विसर्जन किया था, आज वह उसका मूल-ब्याज सभी पा रही है। महाराज भीमदेव का सुन्दर श्याम स्वरूप, वज्रगात, नासिका का उठाव, विशाल नेत्र, सौम्य सुखमुद्रा, मधुर मुस्कान, उसके मानस नेत्रों में शत-सहस्र रूप धारण कर उसके रक्त की प्रत्येक बूंद में नृत्य की वासना उत्पन्न कर रहा था।

उधर महाराज भीमदेव के रोम-रोम में चौला का नव किसलय कुसुम कोमल गात रम रहा था। इस प्राण सखी से मिलने को उनके प्राण छटपटा रहे थे। उन्हें ज्ञात न था कि यह कहां है। युद्ध-विग्रह और राजकीय खटपट में पड़े रहकर वह इस सम्बन्ध में कुछ अधिक जान ही न सके थे। वे केवल दामोदर के उसी एक वाक्य से आश्वस्त थे, जो उन्होंने कहला भेजा था। अब दरबार से निवृत्त हो राजा ने दामोदर को एकान्त कक्ष में बुलाया और चौला की बात पूछी। दामोदर ने सारा भेद प्रकट करके कहा, चौला रानी महाराज के आह्वान की प्रतीक्षा में हैं। सुनकर महाराज भीमदेव प्रेम-दीवाने हो गए। और उसी क्षण उन्होंने आज्ञा दी कि चौला रानी के राजमन्दिर में आने के उपलक्ष्य में महोत्सव हो। विवाह की जो रस्म देव-सान्निध्य में हुई है, वह अब राजसी ठाठ-बाट से सब नगर पौर-जनों और नरपतियों के समक्ष हो, जिससे उनकी मर्यादा महारानी के समान स्थिर हो। तथा उसे राजगढ़ में धूमधाम से लाया जाए। महाराज ने मन्त्रीश्वर विमलदेव शाह को बुलाकर राजसी ठाठ से महारानी चौला देवी को राजगढ़ में धूमधाम से ले आने की आज्ञा दी।

परन्तु मन्त्रीश्वर ने गुर्जरेश्वर की यह प्रथम आज्ञा अमान्य कर दी। उन्होंने कहा, "महाराज, गुजरात की महारानी उदयमती हैं। मन्दिर की नर्तकी—देवार्पित देवदासी—पाटन के राजगढ़ में नहीं प्रविष्ट हो सकती। फिर सौलंकियों की गद्दी का उत्तराधिकारी, तो महारानी उदयमती का पुत्र ही हो सकता है।"

बात का बतंगड़ बन गया। महारानी उदयमती तीखे स्वभाव की राजगर्विता स्त्री थी। उसने भी चौला रानी का वैध अधिकार-स्वीकार नहीं किया। मन्त्रीश्वर गुर्जरेश्वर के समक्ष अड़ गए। चौला देवी का राजगढ़ में प्रवेश एक महत्त्व का प्रश्न हो गया। जिसे मन्त्री विलमदेव शाह ने गुर्जरेश्वर चामुंडराय के सम्मुख नंगी तलवार चमकाकर भीमदेव का पक्ष पुष्ट किया था, वही अब चौला देवी के विरोध में गुजरात के इस तेजस्वी तरुण अधिपति के सम्मुख तन गए। सारे पाटन में इस राज-कलह की चर्चा फैल गई। मन्दिर की नर्तकी देवदासी को महारानी स्वीकार करने से पाटन के सेठ-साहूकारों और नगरजनों ने भी इनकार कर दिया। वास्तव में वे सब साहूकार जैनधर्मी थे। और विमलदेव शाह भी जैनधर्मी थे। उनकी दृष्टि में पाटन के मन्त्री की मर्यादा गुर्जराधिपति से कम न थी। फिर धार्मिक बन्धन से वे सब विमलदेव शाह से बंधे थे। उनके साथी भी मन्त्रीश्वर से सम्बन्धित थे।

परन्तु भीमदेव भी अपनी आन पर अड़ गए। भीमदेव का व्यक्तित्व साधारण न था। उस तेजस्वी राजा की प्रथम आज्ञा का इस प्रकार न केवल उल्लंघन होना, अपितु सारे नगर और राजमहल तक का विरोधी हो जाना कोई साधारण बात न थी। उन्होंने कहा, "पाटन, पाटन की राजगद्दी और सब राजपरिजन त्यागा जा सकता है, पर चौला देवी नहीं त्यागी जा सकतीं।" इस प्रकार यह प्रश्न एक प्रबल राजकलह का रूप धारण कर गया। और पाटन के रस-रंग पर फिर चिन्ता की एक काली छाया पड़ गई। महाराज ने दामोदर महता को राज गजराज लेकर चंड शर्मा के घर से चौला देवी को राजगढ़ में ले आने की आज्ञा दी। दामोदर महता राजाज्ञा मानकर राज गजराज ले चौला रानी की सेवा में उपस्थित हुए।

सब विवाद चौला ने भी सुना। उसका सम्पूर्ण आत्म-सम्मान आहत हो गया। परन्तु न उसने एक बूंद आंसू गिराया, न मुंह से एक शब्द कहा। राजकलह के महत्त्व को उसने समझ लिया और दृढ़ संकल्प की सात्विक भावना से उसके नेत्रों में नई दीप्ति भर गई।

दामो महता ने चौला देवी को राजगढ़ चलने का निवेदन किया। महाराज ने राज गजराज सवारी को भेजा है, यह भी कहा। चौला देवी ने सुनहरी झूल और मोतियों की झालरों से सुसज्जित अम्बारी पर, दिग्गज के समान विशाल राज गजराज पर एक दृष्टि डाली। एक स्मित रेखा उसके अधरों पर फैल गई। उसने धीरे-से कहा, "मन्त्रीश्वर, महाराज श्री के बिना सूना राज गजराज सुशोभित नहीं है। प्रणाम-सहित मेरा यह निवेदन गुर्जरेश्वर के चरणों में निवेदन कर दीजिए।" दामो महता चौला देवी के मर्म को समझ गए।

वह चौला देवी को प्रणाम कर लौट गए। सूना गजराज लौटा देखकर और चौला देवी का मार्मिक सन्देश सुनकर महाराज भीमदेव लज्जित हो, अविलम्ब गजराज पर बैठ, स्वयं चंड शर्मा के घर पर चौला देवी को राजगढ़ ले आने के लिए जा पहुंचे।

चौला देवी ने गुर्जरेश्वर की विधिवत पूजा की। राजगढ़ चलने का प्रसंग आने पर

कहा, 'महाराज, आपके नेह से मैं सम्पन्न हूं। राजगढ़ जाने का मुझे मोह नहीं। आपसे मैं दूर नहीं। राज-मर्यादा की भी एक सत्ता है, गुर्जरेश्वर को उसका विचार करना होगा। फिर नेह किया है तो टीस भी होगी, पीर भी होगी। अब टीस की पीर से, महामहिम गुर्जरेश्वर भी यदि साधारण पुरुष की भांति कातर हो अपना मनोदारिद्रय प्रकट करेंगे, तो फिर सोलंकी कुल की आन क्या रहेगी!''

महाराज ने भर्राए कंठ से कहा, "प्रिये, सोलंकी कुल की आन रखने की शक्ति मुझमें नहीं है। राजगढ़ नहीं तो जहां जी चाहे, मुझे ले चलो। मुझे न राजगढ़ का मोह है न राज्य का।"

"केवल एक स्त्री का मोह है?" चौला के होंठों में हास्य और आंखों में मोती थे।

वह आगे बढ़कर महाराज के वक्ष से आ लगी। देर तक निस्तब्धता रही। किसी अचिन्त्य मूक भाषा में दोनों के हृदय एक-दूसरे को समझते-समझाते रहे। फिर चौला ने कहा–

"महाराज, गुर्जरेश्वर से मेरी एक विनय है!"

"कहो प्रिये!"

"गुजरात के नाथ भगवान सोमनाथ हैं। अभी तक वे अन्तर्धान हैं। दैत्य का वे दलन कर चुके। अब उनका प्राकट्य होना चाहिए। एक क्षण भी गुजरात को देव-रक्षण से रहित न रहना चाहिए। देवपट्टन में चलकर अविलम्ब देव-प्रतिष्ठा होनी चाहिए।"

"तो प्रिये, चलो, मेरा राज गजराज उपस्थित है ही, मैं इसी क्षण खड़ी सवारी देवपट्टन को प्रस्थान करता हूं।"

"महाराज की कीर्ति अमर हो। मेरा एक अनुरोध भी है महाराज!"

"वह भी कहो।"

"गुर्जरेश्वर के शुभ प्रस्थान के समय, मंगल-मुहूर्त के लिए स्वर्ण-कलश में तीर्थोदक ले, नगर की कोई कुमारिका नगर-द्वार पर खड़ी हो, ऐसी प्रथा है।"

"है तो।"

"तो महाराज, वह प्रतिष्ठा मुझ दासी को प्रदान की जाए।"

भीमदेव का हृदय हाहाकार कर उठा। उन्होंने आंसुओं से गीली आंखों से चौला की ओर देखकर कहा, "जैसी तुम्हारी इच्छा प्रिये, तुमने अब जीवन को विसर्जन में लय कर ही लिया, तो अब कहने को क्या रह गया?" उन्होंने उसी क्षण देवपट्टन को प्रस्थान करने की आज्ञा दे दी।

सहस्र वेदज्ञ ब्राह्मणों के सान्निध्य में विधिवत देवपट्टन में नवीन लिंग की स्थापना हुई। प्राण-प्रतिष्ठा की गई। गगन राशि को भरुकच्छ से बुलाकर पाशुपत आम्नाय के अधिष्ठाता का पद प्रदान किया गया। शत-सहस्र कंठों से एक बार फिर 'जय सोमनाथ' की ध्वनि घोषित हुई और चौला देवी के चरणों ने रत्नगृह के सभामंडप में एक बार फिर देव-सान्निध्य में नृत्य किया।

और राज गजराज पर आरोहण के पूर्व, जब गुर्जरेश्वर ने चौला के सम्मुख जाकर

वाष्पावरुद्ध कंठ से कहा—

"तो प्रिये अब?"

"विदा प्रियतम!"

उसने अपनी मृणाल-कोमल भुज-वल्लरी गुजरेश्वर के कंठ में डाल दी।

गुजरेश्वर चले गए, और चौला देवी वहीं भूमि पर, जहां महाराज भीमदेव के चरण थे, अपना वक्ष रखे सिसकती पड़ी रह गई।

आधार

तीस बरस पूर्व!

अब से लगभग तीस वर्ष पूर्व, मैंने प्रथम बार गुजरात की यात्रा की। गुजरात के प्रभु सोमनाथ और वहां के शैवतत्त्व के सम्बन्ध में मैंने बहुत उत्सुकता से उन दिनों अध्ययन किया था। गजनवी महमूद का सोमनाथ पर आक्रमण उन दिनों मेरे अध्ययन का रोचक और आकर्षक विषय था। और तभी मेरी इच्छा 'सोमनाथ' नामक एक उपन्यास लिखने की हुई। परन्तु स्कूल के इतिहास की पाठ्य-पुस्तकों में सोमनाथ के आक्रमण की जो जरा-सी चर्चा थी, उसे छोड़कर अन्यत्र कहीं भी इस विषय का कोई अच्छा साहित्य मुझे हिन्दी में नहीं मिला। धीरे-धीरे मेरी व्याकुलता बढ़ती गई और मैं सोमनाथ के इस आक्रमण के सम्बन्ध में अधिक-से-अधिक जानने को अधीर हो उठा। मजे की बात यह थी कि मेरे मुंह से यह सुनकर, कि मैं सोमनाथ पर एक उपन्यास लिखना चाहता हूं एक प्रकाशक ने अपने अधिकार के बल से उसका विज्ञापन भी छाप दिया, और सुना कि आर्डर भी बुक करने आरम्भ कर दिए। इसके बाद तो उसके तकाजों ने नाक में दम कर दिया। प्रथम तो मुझे इस सम्बन्ध में इतिहास की अधिक जानकारी नहीं। दूसरे ऐसी लोक-विश्रुत घटना को वैसे ही प्रभावशाली ढंग से चित्रित करने की कल्पना-शक्ति और साहस नहीं। मैं उपन्यास लिखता कैसे? धीरे-धीरे विलम्ब होता गया, दिन बीतते गए। अंग्रेजी इतिहासकारों के लिखे कुछ टूटे-फूटे विवरण मुझे मिले, पर वे यथेष्ट न थे। कुछ लोग तो यह भी कह देते थे कि यह घटना ही कपोल-कल्पित है।

गुजराती साहित्य तथा गुजराती संस्कृति से मेरा थोड़ा लगाव भी है। इसका श्रेय मैं अपने दिवगंत मित्र हाजी मुहम्मद अल्लारखिया शिवजी को, जो गुजराती भाषा के 'बीसवीं सदी' पत्र के यशस्वी और जनूनी सम्पादक थे, को देना चाहता हूं, जिन्होंने बरबस मेरा मन गुजराती-साहित्य के कोमल भावुक भाव-चित्रों पर मोहित कर दिया। सन् 1914-20 तक मैं बम्बई में रहा। तभी मुझे इस मित्र का अलभ्य सहवास मिला। इसने मेरे उपन्यास 'हृदय की प्यास' का गुजराती अनुवाद किया था। पीछे 'हृदय की परख' का भी गुजराती अनुवाद हुआ। इस प्रकार मैं गुर्जर-साहित्य और संस्कृति के निकट आया। बम्बई में

निवास करने से मैं गुजराती पढ़ने और समझने भी लगा। परन्तु सोमनाथ के प्रति मेरी आस्था तब हुई, जब दैवदुर्विपाक में फंसकर मुझे बम्बई छोड़नी पड़ी। कंचन की सघन वर्षा में डूबकर छूंछा हाथ लिए घर लौटना पड़ा।

मुंशी का प्रथम दर्शन

सम्भवतः सन् '36 में मैं काफी अरसे के बाद फिर बम्बई गया। और इस बार यह इरादा कर लिया कि सोमनाथ के सम्बन्ध में गुजराती-साहित्य में जो कुछ भी मिल सकेगा, बटोर लाऊंगा। परन्तु मेरी आशा फलवती न हुई। एक दो पुस्तकें मिलीं। पर प्रामाणिक जानकारी उनसे मुझे कुछ भी न मिली। बहुत निराशा हुई। इसी समय मेरे मित्र और शिष्य श्री महावीर प्रसाद दाधीच ने, जो आज बम्बई के नामांकित सालीसिटर हैं, मुझे श्री कन्हैयालाल माणिकलाल मुंशी से मिलने की सलाह दी। उन्होंने कहा, वे गुजराती के अच्छे साहित्यकार हैं, उनसे आपको अवश्य ही कुछ काम की बातें मालूम हो जाएंगी। दाधीच ही को लेकर मैंने श्री मुंशी से उनके आफिस में जाकर मुलाकात की। पर मुलाकात करके खुश नहीं हुआ। खीझ ही गया। उन दिनों वे बम्बई में प्रैक्टिस करते थे और फोर्ट में उनका आफिस था। उनकी न दृष्टि ही में, न बातचीत में, मुझे कुछ रस मिला। मैंने यह तनिक भी अनुभव नहीं किया कि मैं एक साहित्यिक बंधु के पास मिलने आया हूं। सोमनाथ के सम्बन्ध में मैंने कुछ प्रश्न किए, पर जवाब ऐसे ही मिले, जैसे वकील अपने मुवक्किल से किसी मुकदमे की बाबत कर रहा हो। जहां तक मुझे स्मरण है, मुलाकात खड़े-ही-खड़े खत्म हो गई। काफी देर बाद जब उन्होंने मुझसे बैठने को कहा, तब उनके उस ठंडे लहजे से मैं इतना कुढ़ गया कि तुरन्त ही उनका इतना समय नष्ट करने के लिए क्षमा मांग भाग खड़ा हुआ। फिर मुझे किसी गुजराती साहित्यकार से मिलने का साहस नहीं हुआ। हालांकि मुझे हाजी मुहम्मद अल्लारखिया की आठ-आठ घंटों की मुलाकातें नहीं भूली थीं। इसके बाद जब मैं अहमदाबाद आकर गुर्जर शब्द-शिल्पी श्री धूमकेतु से मिला, तो एक बार फिर मेरे मन की खिन्नता मिटी। श्री धूमकेतु ने मुझे एक-दो पुस्तकों के संकेत दिए। कुछ बातें भी बताईं। फिर भी मेरे पास ऐसी सामग्री न जुट पाई कि मैं सोमनाथ पर उपन्यास लिख सकता। फलतः यह उपन्यास लिखने का विचार मैंने दिमाग से ही निकाल दिया। दिन-पर-दिन और वर्ष-पर-वर्ष बीतते चले गए। एक-दो लहरें आईं और शुरू के तीन-चार परिच्छेद मैंने लिखे पर गाड़ी फिर वहीं रुक गई।

सन् '45 आ गया, और मैंने हिन्दी-साहित्य का इतिहास लिखा। उसमें मैंने महमूद के आक्रमण के सांस्कृतिक प्रभाव पर प्रकाश डाला। और एक बार फिर 'भारतीय संस्कृति पर मुस्लिम प्रभाव' पर जाकर मेरी विचारधारा केन्द्रित हुई। अब मैं कभी-कभी सोमनाथ पर एक उपन्यास लिखने को मन-ही-मन अधीर होने लगा। इसी समय श्री मुंशी का 'जय सोमनाथ' मेरे सामने आया। पहले मैंने उसे मूल गुजराती में पढ़ा, पीछे हिन्दी अनुवाद पढ़ा। मुझे इस बात का खयाल ही न रहा कि यह उपन्यास श्री मुंशी ने लिखा है या

मैंने। मैं यही सोचने लगा, कि क्या वास्तव में सोमनाथ लिख दिया गया है। परन्तु मेरा मन भरा नहीं। और किसी एक अतर्कित भावना ने मेरे हृदय में एक ऐसी तीव्र आकांक्षा उत्पन्न कर दी, कि अब मैं सोमनाथ पर कलम बिना उठाए रह ही न सकता था। अब मैंने यह विचार किया कि मैं श्री मुंशी के इस उपन्यास से कुछ प्राप्त कर सकता हूं या नहीं। मैंने दो-तीन बार उसे बारीकी से पढ़ा। इस समय तक मेरा 'वैशाली की नगरवधू' उपन्यास प्रकाशित हो चुका था और मैं 'इतिहास रस' की स्थापना मन में दृढ़बद्ध कर चुका था। अब मुझे इस बात की परवाह नहीं थी कि मैं इतिहास से इधर-उधर हो जाऊंगा तो क्या होगा? मनमानी कुलांचे भरने के लिए मैं तैयार बैठा था। श्री मुंशी के 'जय सोमनाथ' के प्रति मैंने एक प्रतिस्पर्द्धा की दृष्टि डाली। मन में कहा, यदि मेरा उपन्यास इससे निष्कृष्ट बना, लोगों ने उसे न पढ़ा, तो क्या होगा? मैंने यद्यपि श्री मुंशी के इस उपन्यास में कुछ भी प्राप्तव्य नहीं पाया था। परन्तु श्री मुंशी का रुआब तो मुझ पर था ही। साहित्यिक न सही, ठाठ-बाट का ही सही।

नहले पर दहला

अभी मैं इसी ऊहापोह में फंसा था, और उपन्यास के वही पुराने दस-बारह वर्ष पूर्व लिखे पांच-छह परिच्छेद मेरे सामने थे, जिन्हें मैं जब-तब उमंग में आकर मित्रों को सुना दिया करता था। मेरे मित्र मेरा मजाक उड़ाया करते थे, कि इन परिच्छेदों का उल्लंघन करके 'वैशाली 'की नगरवधू' जन-जीवन में अपना स्थान पा चुकी। अब आपका यह 'सोमनाथ' उस पर नहले पर दहला मारे तो बात है। इस 'दहले' ने मुझे और भी दहला दिया। अभी तो श्री मुंशी ही का रुआब मारे डाल रहा था, अब इस 'दहले' ने मेरी सांस ही रोक दी। परन्तु यह मेरे बस की बात तो थी ही नहीं। मैं आज भी यह नहीं जान पाया हूं कि 'नगरवधू' में कितना सौष्ठव है। मैं निस्सन्देह उस पर मोहित हूं, उस पर अपनी सम्पूर्ण साहित्यिक सम्पदा को वार चुका हूं। परन्तु यह तो मैं कसम खाकर कह सकता हूं कि उसकी जिस सुषमा पर मैं इतना मोहित हो गया हूं, उसे मैंने अपने परिश्रम से निर्मित नहीं किया। मैं वास्तव में 'नगरवधू' का निर्माता नहीं, 'प्रकटकर्ता' हूं। न जाने किस अचिन्त्य शक्ति ने वे भव्य मूर्तियां मेरी घिसी-घिसाई चालीस साल पुरानी कलम से व्यक्त करा दीं। भला मैं नगण्य कहां उन दिव्य मूर्तियों का निर्माण कर सकता था। परन्तु अब, यह नहले पर दहला? यह तो मित्रों की एक चुनौती थी। इसका यह स्पष्ट अर्थ था कि 'नगरवधू' से उत्कृष्ट 'सोमनाथ' बन सके, तो ही 'सोमनाथ' लिखना, नहीं, तो नहीं।

अब बताइए, इस चुनौती का क्या जवाब दूं? बस, मैंने फिर इसे लिखने का इरादा त्याग दिया। वही प्रारम्भिक पांच-सात परिच्छेद पड़े थे, उन्हीं पर अपनी हसरत-भरी नजर जब-तब डाल लेता था। कभी-कभी केवल इसी विचार से 'नगरवधू' के परिच्छेदों पर आंखें फैला देता था, कि आगे कहीं कलम चलाने की गुंजाइश है भी या नहीं।

विभाजन का विभ्राट

इसी समय विभाजन का विभ्राट मेरी आंखों के आगे आया। दिल्ली में रहकर दिल्ली और लाहौर के सारे लाल-काले बादल मैंने अपनी आंखों से देखे। कानों से अनहोनी बातें सुनीं। और विश्व के मानव-इतिहास का सबसे बड़ा महाभिनिष्क्रमण देखा। यह ऐसी बात नहीं थी, जिसे मैं देखूं और दर-गुजर कर दूं। कट्टरता के अभियोग से मैं हिन्दुओं को मुक्त नहीं कर सकता। परन्तु मैं उन्हें खूनी प्रकृति का तो नहीं स्वीकार करता। जिन्ना का 'डाइरेक्ट ऐक्शन' और उसका सच्चा असली स्वरूप देख मैं समझ गया, कि चाहे बीसवीं शताब्दी का सभ्यकाल हो, चाहे चौदहवीं शताब्दी का, जंगली पठानों-खिलजियों और गुलामों का अन्ध-युग—मुस्लिम भावना तो खून में तर है और रहेगी। जब तक इसका जड़-मूल से विनाश न हो जाएगा, इसकी खून की प्यास बूझेगी नहीं। यह सर्वथा मानव-विरोधिनी भावना है, जो सांस्कृतिक रूप से मुस्लिम समाज में दृढ़ बद्धमूल है। ज्यों-ज्यों पंजाब के अत्याचार, बलात्कार, उत्पात और लूटमार मेरे कानों में पड़ते जाते थे, मैं सुलगता जाता था।

आरम्भ में यद्यपि मुझे बहुत कम बातों का पता लगा। परन्तु आगे चलकर जो कुछ हुआ, उसकी एक भीतिमूर्ति मेरे मन में पहले ही अंकित हो चुकी थी। विभाजन से बहुत पूर्व ही से, समर्थ मित्रों से बहुधा कहा करता था कि किसी तरह पंजाब और सिन्ध से हिन्दू परिवारों को निकाल लाना चाहिए। बहुत मित्रों को मैंने तत्काल लाहौर छोड़ देने की सलाह भी दी थी। सन् '46 के मार्च में मेरा हिन्दी-साहित्य का इतिहास छपा और मैं उसी समय जनवरी-फरवरी-मार्च के लगभग लाहौर में रहा। मेरे प्रकाशक—मेहरचन्द लक्ष्मणदास, सैदमिट्ठा गली में रहते थे। यह मुहल्ला ही मुसलमानी आबादी में था। अपनी अन्तिम यात्रा में मैंने लाहौर का वह स्वप्न देखा, जो विस्फोटोन्मुख ज्वालामुखी का होता है। स्टेशन से अपने इन मित्र के घर तक पहुंचना मेरे लिए अत्यन्त त्रासदायक हो गया। उस बार एक सप्ताह तक लाहौर में रहा, और अद्भुत वातावरण देखा। रणजीतसिंह की समाधि टूटी-फूटी पड़ी थी। वहां ढेरों मलबा और घास-फूंस जमा था, परन्तु बादशाही मस्जिद के गुम्बजों पर फिर से संगमरमर मढ़ा जा रहा था। मुझे ऐसा अनुभव हुआ, जैसे एक घर में दुलहिन के ब्याह की तैयारियां हो रही हैं, दुलहिन पर हल्दी चढ़ाई जा रही है—और दूसरे घर में मुर्दा उठाने को पड़ा है। दो घटनाओं ने मुझे सत्य रूप का दर्शन करा दिया। एक दिन सुबह ही मैं पड़ोस के एक सैलून में जा बैठा, बाल कटाए। क्षण-क्षण में मुझे ऐसा भय हो रहा था कि यह नाई कहीं मेरा गला ही न काट डाले। लम्बे-चौड़े डील-डौल का पंचहत्था जवान था। बड़ी ही लापरवाही से कैंची, उस्तरा और ब्रुश चला रहा था। शुरू में मुझे गुस्सा हुआ, पर फिर मुझ पर आतंक छा गया। मैं अपनी भूल समझ गया। अन्त में मैंने एक रुपया दिया और बकाया रेज़गारी वापस पाने को हाथ फैलाया। परन्तु वह जवान मुस्लिम नाई धूर्ततापूर्वक हंसकर बोला, "बाच्छा, तूने

जो दिया सो दे दिया, अब चलता हो!" और मैंने चुपचाप होने ही में कुशल समझी। हजामत ठीक बन चुकी थी।

इसी प्रकार एक मेवेवाले से मैंने दो आने का एक सन्तरा लिया, और रुपया देकर बाकी पैसे मांगे, तो उसने रुपया गल्ले में डालकर और यह कहकर कि "फिर कभी ले जाना।" मेरी ओर से रुख फेर लिया। निस्सन्देह यह सरासर डाकाजनी थी—वह भी बीच-बाजार। दुकानदार डाकू बने हुए थे। दूसरे दिन मैं वहां से चल दिया, और अपने मित्रों से लाख-लाख अनुरोध करता आया, कि वे तुरन्त लाहौर छोड़ दें।

अन्त में जो होना था वही होकर रहा। परन्तु मैं भय, क्षोभ और आतंक से जैसे सराबोर हो गया—और जिस दिन विभाजन हो जाने पर दिल्ली में स्वतन्त्रता दिवस मनाया गया—घंटाघर पर शानदार रोशनी की गई—लाल किले पर तिरंगा फहराया गया—मैं अपने घर के सब दरवाजे बन्द करके चुपचाप पड़ा सिसकता रहा। उस रात को मैंने घर में दीप नहीं जलाया। दूसरे दिन अखबारों में पढ़ा, कि जब दिल्ली घंटाघर रोशनी से जगमग कर रहा था, लाहौर धांय-धांय जल रहा था। परन्तु इस साहित्यकार के आंसू किसने देखे, लाहौर की चिताभस्म में जैसे वे भी जल मिल गए।

भविष्य-दर्शन

मैं लाहौर से चलते-चलते अपने हिन्दी-साहित्य के इतिहास के अन्तिम पृष्ठों पर ये पंक्तियां लिख आया था, "महाकाल की गति अति विषम है, वह घड़ी के कांटे की भांति ठीक-ठीक नपी-तुली गति से नहीं चलती। कभी वह मन्द हो जाती है, और कभी अतिभीषण तीव्र गति धारण कर लेती है। उसी के प्रभाव से व्यक्ति की भांति राष्ट्रों के जीवन का एक-एक वर्ष कभी-कभी सौ वर्षों के समान भारी हो जाता है और कभी हंसते-खेलते ही बात-की-बात में शताब्दियां बीत जाती हैं। भारत के गत छब्बीस वर्ष बड़े ही तेजी से बीते हैं, सहस्राब्दियों से सुप्त और आत्म-विस्मृत भारतीय राष्ट्र एक अद्‌भुत उमंग और तेज के साथ जाग उठा है। इन छब्बीस वर्षों में जो कुछ हुआ है, उसका भारत के राष्ट्रीय और सांस्कृतिक जीवन पर कैसा प्रभाव पड़ेगा, यह अभी नहीं कहा जा सकता। परन्तु यह दीख पड़ता है कि आगामी पाद शताब्दी और भी द्रुत-गति से आगे बढ़ेगी, और बड़ी-बड़ी घटनाएं और बड़े-बड़े परिवर्तन अकल्पित तेजी से भारत में होंगे, जिनका प्रभाव सम्पूर्ण विश्व पर पड़ेगा।"

अब ये मेरे ही वाक्य बारम्बार शत-सहस्र रूप धारण करके मेरे मस्तिष्क में चक्कर खा रहे थे, कि मानव-रक्त बहकर मेरे चरण-तल तक ही आ पहुंचा। और अब एक हिंस्र, असह्य और दुर्धर्ष वैकल्य तथा खीझ से मेरा तन-मन भर उठा। और किसी अचिन्त्य शक्ति से ओत-प्रोत हो मेरी कलम अपना काम करने लगी। लीजिए साहेब, रात-दिन में अनवरत गति से एक के बाद दूसरे परिच्छेद आप-ही-आप सम्पूर्ण होने लगे। खून-खराबी, लूटपाट, अत्याचार और बलात्कार के जो दृश्य, घटनाएं मेरे कानों और आंखों को अक्रान्त करने

लगीं, उन सबको मैं अपने इस उपन्यास में, ग्यारहवीं शताब्दी के उस बर्बर आक्रान्ता के उत्पातों में आरोपित करता चला गया। मैं नहीं जानता कि मेरा यह काम कहां तक साहित्यिक अपराध हो सकता है। परन्तु यदि यह अपराध ही है, तो मैं इसे आपसे छिपाना पसन्द नहीं करूंगा।

तीन बात

किन्तु तीन बातों का मैंने अपने इस उपन्यास की रचना में आश्रय लिया। श्री मुंशी, चूंकि मुझसे प्रथम 'जय सोमनाथ' लिख चुके थे—इसलिए इस कथा में मैंने श्री मुंशी को आप्त पुरुष मान्य किया। उनकी अनेक काल्पनिक स्थापनाओं को मैंने सत्य की भांति ग्रहण कर लिया। इससे एक तो मेरे उपन्यास में परम्परा-मूलक रसोद्रेक हुआ। दोनों उपन्यास पढ़ने पर पाठक के मन में उस घटना का द्विगुण प्रभाव होगा, विरोधी भावना नहीं पैदा होगी। इससे रस-भंग का दोष नहीं आएगा, यही मैंने सोचा। ऐतिहासिक सत्यों की मैंने परवा नहीं की। इतना ही काफी समझा कि महमूद ने सोमनाथ को आक्रान्त किया था। उसने गुजरात की लाज लूटी थी।

फिर भी मुझे तत्कालीन वातावरण तथा घटनाओं की रूपरेखा बनाने में गुजराती-साहित्य और गुर्जर विद्वानों के लिखे संस्कृत-प्राकृत अनेक ग्रन्थों का मनन करना पड़ा। सोलंकी वंश, तत्कालीन सामाजिक एवं राजनैतिक स्थिति, अर्थव्यवस्था, राजतन्त्र, कूटनीति चक्र, साम्प्रदायिक भावना—सभी पर मैंने विचार किया। इस काल के वातावरण का सबसे महत्त्वपूर्ण अंश, जिसने गुजरात की राज-सत्ता को बहुत हानि पहुंचाई, यह था कि राजा शैव हिन्दू और मन्त्री जैन होते थे। इससे राज्य की अर्थव्यवस्था जैनों के हाथ में होती थी। नागरिक, सेठ-साहूकार भी जैन होने से राज्य में शैव राजा की अपेक्षा जैन मन्त्री का अधिक प्रभाव रहता था। परन्तु यह बात गुजरात ही में थी, राजस्थान में नहीं। और यद्यपि गुजरात के राजा राजस्थान के भी अंशतः स्वामी तथा सम्बन्धी रिश्तेदार थे, फिर भी राजस्थान-मालवा, सिन्ध और गुजरात के राजाओं में सहयोग के स्थान पर युद्ध और कलह का ही बोलबाला रहता था।

ये हुई दो बातें—तीसरी बात मेरी अपनी थी। मित्रों की चुनौती मुझे याद थी, वही, नहले पर दहले' वाली। 'नगरवधू' पर अभी भी मुझे मोह था। अम्बपाली, सोमप्रभ, विम्बसार, चम्पा की राजकुमारी, कुंडनी आदि असाधारण रेखाचित्र हैं। परन्तु सोमनाथ में तो मुझे नहले पर दहला मारना था, प्रभावशाली नए चित्रों की सृष्टि करनी थी।

सबसे प्रथम मेरा ध्यान हिन्दुओं के रूढ़िवाद, अज्ञान, धर्मान्धता, कट्टरता तथा जाति-भेद और आत्म-कलह आदि पर गया। मैंने स्वीकार किया, कि इसी ने हिन्दुओं को दलित किया, पराजित किया है। मैंने इसकी प्रतिक्रियास्वरूप, दासी पुत्र देवा—देव स्वामी—फ़तह मुहम्मद की सृष्टि की। उसमें विद्रोह, तेजस्विता, शौर्य, प्रेम, कर्मठता, निष्ठा और दृढ़ता की मैं प्रतिष्ठा करता चला गया—और, अपनी समझ में उसे मैंने उसी की

अनन्य प्रेमिका के हाथ में वध कराकर उसके जीवन को सार्थक कर दिया। दूसरी जिस अलौकिक मूर्ति की रचना मुझे करनी पड़ी, वह है 'शोभना', एक बाल-विधवा ब्राह्मण-कुमारी। इस मूर्ति में मानवीय कोमलतम प्रेम की पराकाष्ठा की स्थापना करने की मैंने चेष्टा की। सत्साहस, दर्प, प्रत्युत्पुन्नमति, सेवा, दया, धर्म, कर्तव्य, औदार्य और आत्मार्पण की प्रतिष्ठा करने में मैंने अपनी धुंधली दृष्टि को न जाने कितनी बार एकबारगी ही अन्धा बना दिया। एक ही शब्द में, इस प्रियतमा युवती को मैंने अपनी सहृदयता के सम्पूर्ण आंसुओं में आचूड़ स्नान कराकर ही अपने पाठकों के सम्मुख उपस्थित किया है। जो स्त्री अपने एकान्त प्रेमी का सिर काट सकती है, और धर्म और मानवता के शत्रु को अपना निश्छल प्यार अर्पण कर सकती है, खतरे में निश्शंक दृढ़ता से आगे बढ़ती ही जाती है, उसको कितना प्यार दिया जाए, और कितनी उसकी पूजा की जाए, इसका निर्णय मैं नहीं कर सकता हूं, आप ही वह निर्णय करें। मैंने तो चुपचाप गज़नी के दुर्दान्त महमूद को उसके आंचल की छांह में गज़नी की राह भेज दिया है।

महमूद

परन्तु निस्सन्देह, वह अपने आंचल की छांह में जिस महमूद को ले जा रही है, वह उसी का निर्मित पुरुष है, एक स्त्री का अपने हाथों पुरुष का निर्माण करना आसान बात नहीं है। महमूद का सच्चा चरित्र चाहे जो हो, वह एक दृढ़ योद्धा, आक्रान्ता और वीर पुरुष था। उसका जीवन ही कठिन अभियानों में बीता। पर उस व्यक्ति में मानवोचित गुण न थे, यह मैं कहने का साहस कैसे करूं? निस्सन्देह, जैसा कि मैंने पहले कहा, विभाजन की विभीषिका से प्रभावित मैंने सभी सम्भव अत्याचारों का आरोप इस अभियान के नायक महमूद पर किया है। परन्तु वह मेरी खीझ ही तो थी। कुछ हिन्दू होने के नाते नहीं, मनुष्य होने के नाते भी। इसलिए उस खीझ में आकर मैं एक ऐसे महान विजेता के साथ अत्याचार ही करता रहूं, यह मेरी साहित्यिक निष्ठा नहीं। अतः मैंने अपनी सम्पूर्ण साहित्यिक कोमलता, भावुकता और प्रेम की सम्पन्नता उसे प्रदान कर दी। मुझे यह याद ही न रहा, कि वह मनुष्यों का शत्रु, खूनी और डाकू है। अन्ततः वह मनुष्य है, यह मैं कैसे भूल सकता था। फिर, वह मनुष्य भी साधारण नहीं—महान विजेता, योद्धा और नियन्ता। अतः उसमें जो घर्षणा के योग्य था, उसकी घर्षणा करके, उसमें जो पूजार्ह था, उसकी मैंने पूजा की। और ऐसा करके मैंने अपने साहित्यिक धर्म का पालन किया।

जब मैंने उसे दामो महता से पराजित कराया, तभी मैंने उसके सच्चे शौर्य और मानवत्व को स्पर्श किया। इसके बाद रमादेवी की बातचीत में, शोभना की मुलाकात में, सुर-सागर के तट पर, तथा पीर की दरगाह में उसके सम्पूर्ण मानवतत्त्व को कोमल तथा भावुक प्यार-पीर और आत्मार्पण से ओत-प्रोत करके उसे शोभना के आंचल में बांध दिया। अब आप ही देख-समझ लें कि वह शोभना को लिए जा रहा था, या शोभना उसे।

अत्याचारों के रेखाचित्र

मुस्लिम संस्कृति की खूनी, जिद्दी और साम्प्रदायिक कट्टरता-मूलक प्रवृत्ति पर मैं जितना गुस्सा प्रकट कर सकता था, कर चुका। पराजितों पर, कैदियों पर मैंने अत्याचारों के जी भरकर रेखाचित्र खींचे। परन्तु इस सारे रक्तपात और मानव-विरोधी भावनाओं का मूल रूप जो महमूद था, उसे तो मैं वैसा ही दुर्दान्त, रक्तपिपासु, न छोड़ सकता था। उसे मैंने जो एक सच्ची मानवता का बाना पहनाकर गज़नी वापस भेजा है, शोभना के कल्याणांचल में बांधकर, इसे आप इतिहास विरोधी तत्त्व कह सकते हैं। पर मैंने तो उपन्यास में केवल इतना ही इतिहास का सहारा लिया है, कि सोमनाथ पर महमूद का यह आक्रमण हुआ। और यह उसका अन्तिम आक्रमण था। इसी सोमनाथ और महमूद कें इतिहास-मूल को लेकर मैं फिर स्वच्छन्द अपनी उपन्यास की मूर्तियों को गढ़ने लगा। और मेरा साहित्यरस सूख न जाए, इसी का चिन्तन मैंनें अन्ततः किया। केवल यही नहीं, कि आदर्शवादिता की झोंक में मैंने ऐसा किया। मैं मानववादी भी तो हूं। मनुष्य को मैं दुनिया की सबसे बड़ी इकाई समझता हूं। मैं मनुष्य का पुजारी हूं और मनुष्य मेरा देवता है। परन्तु 'मनुष्य', 'मानवता' नहीं। मानवता का मैं पुजारी नहीं। मानवता मानवीय श्रेष्ठ गुणों की भावना की प्रतीति कराती है। जो लोग मानवता के प्रेमी हैं वे धीर, वीर, उदात्त और सच्चरित्र महापुरुष के पूजक हैं। किन्तु मैं नहीं। मैं केवल मनुष्य का पुजारी हूं। वह मनुष्य, जो घृणित, पापी अपराधी, खूनी, डाकू, हत्यारा, लुटेरा, कोढ़ी, व्यभिचारी, गन्दे रोगों से आक्रान्त मल-मूत्र से लथपथ या पागल है, वही मेरा देवता है। उसमें जो यह कलुष है उसका अपना नहीं है, नैसर्गिक नहीं है, उस पर ऊपर से लादा हुआ है। यह तो मेरा, पुजारी का काम है, कि उसे धो-पोंछकर, साफ-शुद्ध करके, पवित्र-पूजनीय बनाए और अपना सम्पूर्ण प्यार और सेवा उसे अर्पित करे, जैसे मल-मूत्र से लथपथ अपने बच्चे के प्रति मां करती है।

वही मैंने किया। सत्रह बार भारत को तलवार और आग की भेंट करनेवाला, लाखों बन्दियों को निरीह पशुओं की भांति गज़नी के बाजारों में बेचनेवाला, दुर्दान्त लुटेरा महमूद मेरे हाथ लग गया। गुस्से और विरक्ति से उसके सब कुकृत्य मैंने देखे, परन्तु उसका प्रच्छन्न मानव-तत्त्व भी तो मुझे देखना था। सो अवसर पाकर मैंने उनका सब कलुष धो-पोंछकर, उसे साफ-शुद्ध करके, एक कोमल भावुक, आकुल, आतुर प्रेमी बनाकर, प्रेम-तत्त्व के ही प्रतिनिधि एक रमणीरत्न के आंचल की छांह में उसे उसके घर गजनी रवाना कर दिया। गंग सर्वज्ञ के रूप में मैंने उसे आशीर्वाद दिया। और आशीर्वाद का तत्त्व भी मैंने भीमदेव को बता दिया। फिर दामो महता से पराजित करा, उसे उसका दोस्त बना, उसके सम्पूर्ण पौरुष को सत्कृत किया। परन्तु शायद यह काफी न था। मैंने शोभना का रूप धारण किया, और उस रूप में मैंने उस दुर्दान्त लुटेरे को कितना धोया-मांजा, कितना मानवता के तत्त्वों से उसे ओत-प्रोत किया–इसका फैसला तो मैं आप ही पर छोड़ देता हूं। अब यहा कहीं मैंने चूक ही की है तो आप मेरे कान पकड़

सकते हैं। परन्तु आपकी बात मैं मानूंगा थोड़े ही। मैं तो यही कहे जाऊंगा, कि मैंने जो कुछ किया ठीक किया। ठीक किया। ठीक किया। विश्व का विद्रोह करने पर भी यही कहूंगा। तिल-तिल काट डालने पर भी यही कहूंगा।

चौला देवी और भीमदेव

चौलादेवी निस्सन्देह मेरे उपन्यास की नायिका है। उसकी मूर्ति को जितना अमल-धवल, कोमल, भावुक बनाना शक्य था, बनाकर मैंने सारे संघर्षों के इस पार से उस पार तक पहुंचाकर, फिर अपने प्रियतम के वक्ष से लगाकर इसे विदा कर दिया है। इस 'विदा' की वेदना आंसू नहीं बहाने देती, मूर्च्छित कर देती है। भीमदेव निस्सन्देह शौर्य का मूर्त अवतार है। वह इस उपन्यास का नायक भी है, परन्तु उसके शौर्य का ही उत्कर्ष दिखाकर मैं सन्तुष्ट हो गया। इससे बड़ा पुरुष तो मैं उसे मान ही न सका।

राजपूतों की राजनैतिक परिस्थिति पर भी मैं थोड़ा प्रकाश डालना ठीक समझूंगा। उस काल में, जिसकी यह घटना है, गुजरात के सोलंकी भारत के सर्वश्रेष्ठ राजा थे। चामुंडराय के अच्छे-बुरे चरित्रों पर मैंने आगे ऐतिहासिक प्रकाश डाला है। यहां तो मैं उस बात का स्पष्टीकरण कर रहा हूं कि मैंने क्यों चामुंडराय को एक सनकी और निस्तेज राजा अंकित किया। निस्सन्देह अपनी वृद्धावस्था में चामुंडराय ऐसा हो गया था। परन्तु मैं तो उसके काल से हिन्दू राजाओं के उस असावधान जीवन की ओर संकेत कर रहा हूं, कि जिसके कारण हिन्दू राजा हारते ही चले गए। हां, उनमें मुलतान के अजयपाल, घोघागढ़ के घोघाबापा, सपादलक्ष के धर्मगजदेव, अजमेर के दुर्लभराज और सोमतीर्थ में शौर्य प्रकट करनेवाले छोटे-बड़े नरपति भी थे।

एक महत्त्वपूर्ण बात का संकेत तो मैं कर ही चुका हूं, कि गुजरात के राजा शैव और मन्त्री जैन थे। प्रजाजन में जनसाधारण शैव और साहूकार जैन थे। इनमें उन दिनों साम्प्रदायिक झगड़े होते रहते थे। इससे राजसत्ता राजा और मन्त्री में विभाजित रहती थी। हिन्दू राज्यों के पतन का यह भी एक कारण है। पर सबसे बड़ी और मुख्य बात उनमें संगठन और एकता का अभाव ही था। यदि ये राजपूत एक बार आपस में संगठित हो गए होते, तो भारत को कभी भी ऐसे भयानक रक्तपात और पराजय के दृश्य न देखने पड़ते। राजपूतों के साम्राज्य-स्थापन के जो अनेक सुअवसर आए, वे यों ही न चले जाते।

शिव

'ऋग्वेद' में रुद्र तैंतीस देवताओं में से एक हैं। वे 'पशुपति' भी कहे गए हैं। 'यजुर्वेद' की शतरुद्री में वे शिव के रूप में ईश्वर हैं। 'अथर्व' में उन्हें ईश्वर ही माना गया है। जहां 'भव' और 'शर्व' दो देवता हैं। 'शतपथ' ब्राह्मण में तथा 'कौशीतकी' उपनिषद् में

रुद्र उशस् के पुत्र हैं। इनके चार नाम हानिकर और चार नाम लाभदायक हैं। ये आठों नाम इन्हें प्रजापति ने प्रदान किए हैं। 'श्वेताश्वतरोपनिषद्' में शिव पूर्ण परमेश्वर हैं। इस प्रकार यजुर्वेद के बाद से उपनिषद्-काल तक इनका पूरा महत्त्व रहा है। गीता में, जिसे पांचवीं शताब्दी बी. सी. की कहा जाता है, वे पहले-पहल विष्णु के पीछे रह जाते हैं। दूसरी शताब्दी बी. सी. में 'लकुलिन' अथवा 'लकुलीश' नामक महात्मा ने पाशुपत मत चलाया, ऐसा भांडारकर का कथन है। इसकी पूजन-विधि में नृत्य, गान और हुंकार आदि सम्मिलित हैं। देवी के सम्बन्ध में कुछ शृंगारपूर्ण अनुचित भाव भी हैं। 'पंतजलि', जो दूसरी शताब्दी बी. सी. के पुरुष हैं, उनके काल में 'शिव', 'स्कन्ध' और 'विशाख' की मूर्तियां पूजी जाती थीं। कनिष्क के पिता 'वेमकडफइजेज़' के सिक्कों पर शिव की मानुषी मूर्ति है, लिंग की नहीं। ये सिक्के लखनऊ-म्युजियम में उपस्थित हैं। पहली शताब्दी ईस्वी में शैव मत की वृद्धि और महायान बौद्ध सम्प्रदाय की वृद्धि साथ-ही-साथ हुई। शिवलिंग की सब पुरानी मूर्तियां इसी समय की मिलती हैं। वराहमिहिर, जो छठी शताब्दी के पुरुष हैं, लिखते हैं कि शैव मूर्ति की स्थापना ब्राह्मण से कराएं। कालिदास (पांचवीं शताब्दी), भवभूति (छठी शताब्दी), श्रीहर्ष (बारहवीं) के कवि ग्रन्थारम्भ में शिव की उपासना करते हैं। 'मालतीमाधव' में भवभूति ने शिव-मन्दिर का वर्णन किया है।

सातवीं शताब्दी में महाराष्ट्र में कापालिकों का होना पाया जाना प्रमाणित है। आठवीं शताब्दी के शंकराचार्य ने पाशुपत धर्म के आचार्य नीलकंठ को शास्त्रार्थ में पराजित किया था। महाभारत में भी उपमन्यु द्वारा लिंग-पूजन का कथन है। अनुशासन पर्व में शिव को व्रात्यों का देवता कहा है। कश्मीर में कल्लट (ईस्वी सन् 854), सोमानन्द (दसवीं शताब्दी) ने परमोच्चभावपूर्ण शैव पूजन चलाया। 1160 में दाक्षिणात्य वासव ने लिंगायत सम्प्रदाय को स्थापित किया। एलौरा के गुफा मन्दिर, जिनका निर्माण तीसरी से नवीं शताब्दी के बीच हुआ, उनमें शिव की महत्ता के अनेक मन्दिर हैं। यही हाल खजुराहो, मदुरा और कांची आदि के शैव मन्दिरों का है, जिनका समय आठवीं से बारहवीं शताब्दी तक है। बारहवीं शताब्दी के चौल राजा बड़े भारी शैव थे। ठेठ दक्षिण में 63 शैव भक्तों के मठ हैं। वहां की शैव महिमा बहुत प्राचीन है। चौदहवीं शताब्दी का गोरखनाथ का सम्प्रदाय भी शैवमत-गर्भित है। सारे भारत में फैले हुए द्वादश ज्योतिर्लिंग शैव धर्म की व्यापकता के ज्वलन्त प्रमाण हैं।

शैव मत का बौद्ध महायान से बहुत आदान-प्रदान हुआ। भारत से बौद्ध विचारों को हटाने में शैव मत का भारी हाथ था। यद्यपि शैव मत भय के आधार पर उठा, इसलिए बहुत काल तक उसका शाक्त रूप रहा, परन्तु धीरे-धीरे वह प्रेम का प्रतीक बनता गया। अठारह पुराणों में छह वैष्णव हैं, और छह शैव। कुल मिलाकर पौराणिक साहित्य में शिव दैत्यों, दानवों, निशाचरों आदि के भी कृपालु, हितैषी, आशुतोष और संहारक देवता हैं।

द्वादश ज्योतिर्लिंग

शिवपुराण में द्वादश ज्योतिर्लिंग वर्णित हैं। सौराष्ट्र में 'सोमनाथ', श्री शैल पर 'मल्लिकार्जुन', उज्जयिनी में 'श्री महाकाल', 'ओंकारेश्वर', केदार खंड में 'केदारनाथ', डाकिनी में 'भीम शंकर', काशी में 'विश्वनाथ', गोदावरी तट पर 'त्र्यम्बकेश्वर', चिता भूमि में 'वैद्यनाथ', दारुकवन में 'श्री नागेश्वर', सेतुबन्ध में 'श्री रामेश्वर' और 'घुश्मेश्वर'[1]। शिवपुराण, रामायण, महाभारत और दूसरे प्राचीन धर्मग्रन्थों में इन ज्योतिर्लिंगों का महात्म्य खूब बढ़ा-चढ़ाकर लिखा गया है। इन सबमें सर्वप्रथम महत्त्व सोमनाथ ही के मन्दिर को दिया गया है। इस मन्दिर का वर्णन संक्षेप में यह है कि दक्ष प्रजापति ने अपनी सत्ताईस कन्याओं का विवाह चन्द्र के साथ किया, परन्तु चन्द्र ने एकमात्र रोहिणी के प्रति आकर्षण दिखाया। तब दक्ष ने उसे क्षय होने का श्राप दिया, जिस पर चन्द्र ने प्रभासतीर्थ में मृत्युंजय रुद्र की आराधना की, और छह मास तक निरन्तर घोर तप किया, जिससे चन्द्र को मुक्ति और अमरत्व प्राप्त हुआ और रुद्र ने उससे कहा कि कृष्ण पक्ष में तुम्हारी एक कला क्षीण होगी, और शुक्ल पक्ष में उसी क्रम से बढ़ेगी, और प्रत्येक पूर्णिमा को पूर्ण चन्द्र हो जाया करेगा। इसके पीछे चन्द्र ने ज्योतिर्लिंग के रूप में उसी क्षेत्र में रुद्र की स्थापना की। वही यह सोमनाथ देवाधिदेव हैं जिनकी बढ़ी-चढ़ी महिमा महाभारत, श्रीमद्भागवत और स्कन्दपुराण में गाई गई है। भारत में प्राचीनतम शिव-मूर्ति जो हमें मिलती है, वह भारत के गुंडिमल्लम के मन्दिर की है। यह मूर्ति आज से बाईस सौ वर्ष पूर्व, ईसा से दो शताब्दी पूर्व की है। इस मूर्ति का अब तक पूजन होता है। यह एक स्तम्भाकार लिंग-मूर्ति है। लिंगदंड के एक ओर द्विभुज पशुपति शिव खड़े हैं, उनके एक हाथ में मेष पशु है और दूसरे में परशु।[2] दक्षिण और उत्तर भारत में दो हजार वर्ष पूर्व की और भी चतुर्भुज लिंग-मूर्तियां मिली हैं। कुषाणयुगीन पत्थर की दो अंगुली-मुद्रा मिली हैं, जो कलकत्ते अजायबघर में रखी हुई हैं, जो बड़ी भव्य और प्रभावशाली हैं। बिलकुल गुंडिमल्लम की शिव-मूर्ति के समान ही एक शिव-मूर्ति सम्भवतः ईसा से दूसरी शताब्दी की कुषाण-युग की मथुरा में मिली है। ऐसा मालूम होता है कि गुप्त युग में खड़ी हुई शिव की मूर्ति ऊर्ध्वलिंग के रूप में ही थी, इस प्रकार की मूर्ति का नाम 'लकुलेश' था। लकुल शब्द लिंगवाचक है। 7वीं शताब्दी में परिव्राजक

---

1. सौराष्ट्रे सोमनाथ च श्रीशैले मल्लिकार्जुनम्।
   उज्जयिन्यां महाकालं ओंकारे परमेश्वरम् ॥
   केदारं हिमवत्पृष्ठे त्र्यम्बकं गोमतीतटे।
   वैद्यनाथं चिताभूमौ नागेशं दारुकावने ॥
   सेतुबंधे च रामेशं घुश्मेशं च शिवालये।
   द्वादशैतानि नामानि प्रातरुत्थाय यः पठेत् ॥
   सप्तजन्म कृतं पापं स्मरणेन विनश्यति ॥ शिवपुराण ॥
2. टी० गोपीनाथ राव–एलीमेंट्स आफ हिन्दू इकोनोग्राफी, जिल्द 2, भाग 1।

ह्वेनसांग ने काशी में जो शिवमूर्ति देखी थी, उससे वह बहुत प्रभावित हुआ था। उसने लिखा है कि यह मूर्ति विशाल और महानता से परिपूर्ण है, और मूर्ति को देखते ही दर्शक सम्भ्रान्त और सन्त्रस्त हो जाता है। बम्बई के निकट एलिफैंटा द्वीप के गिरि मन्दिर में जो विराट्काय महाशिव मूर्ति है, वह सारे संसार की भास्कर्यक कला में अप्रतिम है। उस विशाल मूर्ति के तीन मुख दिखाए हैं, जो शिव के त्रिपुर के द्योतक हैं। द्राविड़ देश में जो शिव की नटराज की मूर्ति प्राप्त हुई है, श्रेष्ठता की दृष्टि से उसका स्थान सबसे प्रथम है। ऐसी ही कुछ अद्वितीय शिवमूर्तियां जावा द्वीप में भी प्राप्त हुई हैं। इसके अतिरिक्त इंडोचीन, मध्यबर्मा, कम्बोडिया, कोचीन, दक्षिण बर्मा और मलाया के द्वीपों में, सिंगापुर, सुमात्रा और बोर्नियो तथा फिलीपाइन द्वीपों में भी शिव की अनेक मूर्तियां प्राप्त हुई हैं। इतना ही नहीं, उनके संस्कृत शिलालेख और विस्मयकारी मन्दिरों के प्राप्त भग्नावशेष भी महत्त्वपूर्ण हैं। ऐसे ही शिलालेखों में एक महत्त्वपूर्ण शिलालेख स्याम देश में स्दाक काकथाम के स्तम्भ पर उत्कीर्ण हुआ मिला है।[1] स्दाक काकथाम का अर्थ है, महानल-ह्रद, अर्थात सरकंडों की बड़ी झील। जिस विशाल मन्दिर के खंडहर पर यह लेख है, उसके पूर्व की ओर एक बड़ी झील है। मन्दिर से झील तक जाने के लिए 330 गज लम्बी एक पुलिया है, उसके बाद घना जंगल है। खंडहर को देखने से पता लगता है कि वह लगभग 150 गज लम्बी और चौड़ी जगह पर बना हुआ था। इस मन्दिर के गर्भ में हिन्दू देवी-देवता और शिव की खंडित मूर्तियां हैं। इसके उत्तर-पूर्व के बीच के कोने में वह स्तम्भ, जिस पर कि वह शिलालेख खुदा हुआ है, अपनी पूर्व जगह पर कायम है। आधार को बाद देकर उसकी ऊंचाई 60 इंच है। उसके चार पहलू हैं और शिलालेख चारों में समाप्त होता है, जिसमें कुल 240 पंक्तियां हैं। अक्षर बहुत सुन्दर है, और लगभग वैसे ही हैं जैसे दक्षिण भारत के 10वीं या 12वीं शताब्दी के शिलालेखों में मिलते हैं। लेख की पहली 194 पंक्तियां संस्कृत में हैं और शेष वहां की प्राचीन ख्मेर भाषा में। लेख में शिव और ब्रह्मा की स्तुति की गई है। सम्राट उदयदित्य और उसके गुरुदेव शिवकैवल्य की महानता का बखान है, और किस प्रकार वह शिवलिंग स्थापित हुए और मन्दिर बनाए, इन सबका वर्णन राजपरिवार और गुरुपरिवार-वर्णन के साथ लिखा हुआ है, जो बड़ा ही प्रभावशाली है।

ईसा की पहली शताब्दी में कुषाण राजाओं ने एक विस्तृत साम्राज्य की स्थापना की थी, जिसका विस्तार काशी तक था। इस वंश का राजा वीमव्रड-फाईसीस शैव था और महादेव का पोषक था। उसके सिक्कों पर एक तरफ राजा का चित्र है, दूसरी तरफ महादेव नन्दी को लिए खड़े हैं। एवं शिवजी त्रिशूल और डमरू लिए दिखलाए गए हैं। वीम राजा का एक भी ऐसा सिक्का नहीं है, जिस पर शिव की और नन्दी की मूर्ति न हो। इस राजा का उत्तराधिकारी कनिष्क और उसके वंशजों ने भी ऐसे ही शिव-मूर्ति-अंकित सिक्के चलाए, यद्यपि कनिष्क ने बौद्ध धर्म अंगीकार कर लिया था। कनिष्क के सिक्कों में शिवजी ईशो (Oeshe) या ईश के नाम से अंकित हैं। इस मूर्ति

1. देखिए–आईमोनिय का 1901 का 'जनरल एशिया का रिव्यू' (नं० 1-3, पी० डबल्यू० एफ०)

की चार भुजाएं हैं जिनमें से एक में डमरू साफ दीख पड़ता है।[1] कुशाणवंशी राजाओं के सिक्कों पर शिव का दूसरा नाम मयासेनो (Meaceno) आया है। यह शब्द निस्सन्देह महेश शब्द का अपभ्रंश रूप है। कुषाणवंशी वासुदेव के सिक्के पर तो केवल चतुर्भुज शिव की मूर्ति और नंदी की आकृति दिखाई पड़ती है। ऐसा प्रतीत होता है कि कुषाण राजाओं के राज्यकाल में शिव-पूजा का इतना महत्त्व था कि लगभग 200 वर्ष तक—तीसरी और चौथी शताब्दी तक—कुषाणों ने निरन्तर शिव को ही अपने सिक्कों में स्थान दिया। निस्संदेह इन तीन शताब्दियों में लिंगपूजा का प्राधान्य नहीं रहा। यद्यपि इसके बाद लिंगपूजा का प्राधान्य रहा। कुषाणों के बाद गुप्त राज्य से पहले मध्यभारत में नागवंश का भी राज्य रहा। शिलालेखों से प्रतीत होता है कि इस वंश के आदिपुरुष ने शिवलिंग को कन्धे पर रखकर अपने वंश की स्थापना की थी, इसलिए इस वंश का नाम 'भारशिव' पड़ा।

काशी में एक पुरुष आकृति में बनी मूर्ति मिली है, जिसके मस्तक पर शिवजी की पिंडी रखी हुई है।

इस काल के बाद ही उत्तरी भारत में गुप्त साम्राज्य का प्रादुर्भाव हुआ। गुप्तवंशी नरेश वैष्णव थे, और इनकी उपाधि 'परम भागवत' थी। यद्यपि राज्य-धर्म परिवर्तित हो गया था, फिर भी इस काल में शिव-पूजन भारत-भर में प्रचलित था। इसी काल का एक शिवलिंग लखनऊ में म्युजियम में है, जिसको कुमारगुप्त ने तैयार कराया था। यह लिंग ऊपर से गोलाकार है और इसके नीचे का भाग चपटा है। इस पर एक लेख खुदा है, जिसे 'कर्मदंडा की प्रशस्ति' कहते हैं। ऐसा प्रतीत होता है कि इस काल में भी शिवलिंग-पूजन की यह प्रवृत्ति बढ़ती ही चली गई। यहां तक कि बाहरी आक्रमणकारी जाति ने भी भारत में बसकर शैव धर्म अंगीकार कर लिया। स्कन्दगुप्त के काल में हूणों ने भारत पर बारम्बार आक्रमण किया, और स्कन्दगुप्त से इनका बहुत भारी संघर्ष हुआ। अन्त में हूणों ने मध्यभारत में एक सुदृढ़ राज्य की स्थापना कर ही ली। इस वंश के तोरमाण के पुत्र मिहिरकुल ने एक छोटा सिक्का चलाया था, जिस पर एक तरफ वृषभ की मूर्ति अंकित थी, और उसके नीचे 'जयतु वृषः' लिखा हुआ था। मूर्ति पर राजा की आकृति के सामने भी एक वृषांकित ध्वजा का चिह्न था। इससे स्पष्ट है कि शकों की भांति हूणों ने भी अपना कुलदेव शिव को ही स्वीकार किया था। गुप्तों के पतन के बाद छठी शताब्दी में जब मौखरी राजाओं की राज्य-स्थापना हुई, तो उन्होंने भी अपनी उपाधि 'परम माहेश्वर' प्रसिद्ध की, जो कि इन राजाओं के शिलालेखों पर अंकित है। मध्यप्रान्त के असीरगढ़ में मिली एक मोहर पर नन्दी का चित्र अंकित है। नन्दी के साथ दो सेवक भी हैं। बाण ने अपने 'हर्ष-चरित' में संकेत किया है कि बंगाल के राजा शशांक ने मौखरी वंश के अन्तिम राजा को मार डाला। यह राजा बौद्ध धर्म का प्रबल विरोधी और शैव धर्म का अनुयायी था। इसी राजा ने बोधगया से बोधिवृक्ष को उखड़वा कर फिंकवा दिया था। इसके सिक्कों पर भी नन्दी सहित शिव का चित्र अंकित है।

---

1. देखिए—लाहौर म्युजियम, मुद्रा सूची प्लेट, 17, नं. 65।

इसी शताब्दी के लगभग वल्लभी राजाओं ने भी वृषभ के चित्र को अपने सिक्कों पर स्थान दिया था।[1] निस्सन्देह वल्लभी राजा शैवधर्मी थे। इसमें तनिक भी सन्देह नहीं, कि सातवीं शताब्दी से लेकर दसवीं शताब्दी तक सारे भारत में शिव-पूजा की प्रधानता रही। ओहिन्द के राजाओं ने भी शिव को अपना उपास्य माना, और अपने सिक्कों पर वृषभ का चित्र रखा। राजपूत नरेशों ने भी ऐसे ही अपने सिक्के चलाए। मेवाड़ के राणाओं ने एकाधिदेव श्री एकलिंग का मन्दिर बनवाया, जो समूचे भारत में एकमात्र ऐसा मन्दिर है, कि जिसकी पूजा अखंड रूप से हजार वर्ष से होती चली आ रही है। 9वीं शताब्दी में काश्मीर में शिव-पूजा का बड़ा भारी जोर था। राजा अवन्तिवर्मन के मन्त्री सूर ने एक मन्दिर में भूतेश्वर महादेव की मूर्ति स्थापित की थी। इसके बाद ही दक्षिण में शंकराचार्य ने शैवतत्त्व का प्रचार किया। 10वीं शताब्दी में चौलवंशी महाराजा राजराजा ने तंजौर में अपने नाम पर राजराजेश्वर का ऐसा विशाल मन्दिर बनवाया कि उसकी जोड़ का कोई मन्दिर हिन्दू काल में देखने को नहीं मिलता। 10वीं शताब्दी के बाद तो शिव-मन्दिरों का भारत-भर में प्राबल्य होता चला गया।

भारशिव और वाकाटक राजवंश

कुषाणवंशी सम्राट कनिष्क सन् '78 ईस्वी में सिंहासन पर बैठा। इसके राज्य में काश्मीर, बुखारा, खानदेश और फारस का कुछ अंश तथा पाटलिपुत्र-पर्यन्त समस्त भारतवर्ष सम्मिलित था। इसकी राजधानी पेशावर थी। पीछे यह बौद्ध हो गया। कनिष्क का उत्तराधिकारी हुविश्क हुआ। और हुविश्क के बाद सन् 138 में वासुदेव गद्दी पर बैठा। वासुदेव की मृत्यु से लेकर साम्राज्य की स्थापना तक 150 वर्ष का अन्धकारावृत काल, जिसका इतिहास नहीं है, वह समय है, जब 'भारशिव' और 'वाकाटक' राजाओं ने भारत में शैव धर्म की स्थापना की। शक और कुषाण सम्राट, हिन्दू धर्म के घोर विरोधी थे, उन्होंने ढूंढ़-ढूंढ़कर मन्दिर तुड़वाए। ब्राह्मणों और क्षत्रियों को नीचे दबाया, और नीचे जनों को ऊंचा पद दिया। प्रजा पर भी उन्होंने भारी-भारी टैक्स लगाए। ऐसे ही समय में नागवंश का उदय हुआ। नाग राजवंश विदिशानगरी में राज्य करता था। इस वंश में भोगनाथ, रामचन्द्र नाग, भूतनन्दी, शिशुनन्दी आदि प्रसिद्ध शासक हुए। ये सन् 80-140 के मध्य लगभग 60 वर्ष तक मध्यभारत के जंगलों में बसे। जहां उन्होंने छोटा-सा एक जंगली राज्य स्थापित कर लिया। पीछे रींवा, बुन्देलखंड होते हुए गंगा के तट पर शकों को पराजित कर समस्त आर्यावर्त में इन्होंने साम्राज्य स्थापित किया। इन नव नागों का राजवंश 'भारशिव' के नाम से प्रसिद्ध हुआ। इनमें वीरसेन, हयनाग, त्रिनाग, चरजनाग और भवनाग प्रसिद्ध सम्राट हुए। इन्होंने लगभग 150 से 250 ईस्वी तक राज्य किया। इनके वंश का नाम भारशिव पड़ने का कारण निम्नलिखित ताम्रपत्र के लेखे से स्पष्ट होता है–

1. देखिए–श्री एलन की गुप्त-सिक्कों की सूची की भूमिका, पृष्ठ, 101।

अंशभारसन्निवेशितशिवलिंगोद्वहनशिवपरितुष्टसमुत्पादितराजवंशानां पराक्रमाधिगत-भागीरथ्यमलजलमूर्द्धाभिषिक्तानां दशाश्वमेधावभृथस्नानानां भारशिवानाम् ।...

इस लेख से यह भी स्पष्ट होता है कि इन्होंने दस अश्वमेध यज्ञ किए। काशी की वही यज्ञस्थली अब दशाश्वमेध घाट कहलाती है, ऐसा संकेत इस ताम्रपत्र लेख में है। ये शिवलिंग को कन्धे पर लिए रहते थे, इसीलिए इनका नाम 'भारशिव' पड़ा।

भारशिवों के समान ही दूसरा प्रतापी राजवंश वाकाटक राजवंश इनका पड़ोसी था। यह दोनों राज्य परस्पर सम्बन्धित थे। अन्तिम भारशिव महाराज भवनाग के दौहित्र रुद्रसेन वाकाटक महाराज प्रवरसेन के पौत्र थे, जो दोनों राज्यों के उत्तराधिकारी हुए। और इनके बाद दोनों राज्य मिल गए। वाकाटक साम्राज्य अपनी समृद्धि में बहुत बढ़ गया और प्रवरसेन प्रथम ने चार अश्वमेध यज्ञ करके 'सम्राट' का पद ग्रहण किया। प्रवरसेन के पुत्र प्रसिद्ध गौतमीपुत्र थे, परन्तु वह राजा नहीं हुए। राजा हुए उनके पौत्र रुद्रसेन प्रथम। आगे चलकर इसी वंश की एक शाखा ने पल्लव वंश की स्थापना की जिसके प्रभाव से दक्षिणापथ में शैव धर्म का प्रचार हुआ, जिसे आर्य और द्रविड़, दोनों ने स्वीकार किया। दूसरे शब्दों में कहा जा सकता है कि आर्य और द्रविड़ सभ्यता के भेद को अलग करके, आर्यों और द्रविड़ों को एक बनाकर, दक्षिण और उत्तर को एक शैव धर्म में दीक्षित करने का श्रेय इसी वाकाटक वंश को है जिस मूर्ति को कन्धे पर लेकर भारशिवों ने यह उपाधि प्राप्त की, वह नागौद राज्यान्तर्गत पारसमनिया पहाड़ी पर, भुमरागांव के निकट, घोर वन में एक भग्न मन्दिर में अब भी स्थित है, जिसे वहां के जंगली लोग भाकुलबाबा कहकर पूजते हैं। यह भाकुल शब्द निस्सन्देह भारकुल का ही अपभ्रंश है। इस मन्दिर के चारों ओर ऐसी ईंटें मिली हैं, जिन पर कुछ अक्षर खुदे हैं। ऐसी कुछ ईंटों की जांच श्री काशीप्रसाद जयसवाल ने की थी, और उन्होंने उन ईंटों पर 150-200 ईस्वी तक के अक्षर पाए थे। यही समय भारशिवों की समृद्धि का था। सम्भव है कि अपने वैभव में नागों ने अपने इष्टदेव की इस मूर्ति को इस विकट वन में छिपा दिया हो।

शैव सम्प्रदाय

शैव सम्प्रदाय के जो ग्रन्थ प्रकाशित हुए, वे 'आगम' नाम से प्रसिद्ध हैं। इस सम्प्रदायवाले भिन्न-भिन्न नामों से भिन्न-भिन्न प्रकार की शिवमूर्ति बना और पूजने लगे थे। ये मूर्तियां छोटे स्तम्भ की आकृति की गोल लिंग के रूप में, या ऊपर का भाग गोल और चारों तरफ चार मुखों के रूप में बनी थीं। ऊपर का भाग विश्व का सूचक तथा चारों ओर के चार मुखों में पूर्व का मुख सूर्य का प्रतीक, उत्तरवाला ब्रह्मा का, दक्षिणवाला रुद्र का और पश्चिमवाला विष्णु का प्रतीक होता था। कुछ ऐसी भी मूर्तियां मिली हैं, जिनमें मुख के स्थान में चारों मूर्तियां साकार खड़ी बनी हैं। इस प्रकार मूर्ति बनाने की भावना यही है कि सर्वजगत् का कर्ता-धर्ता शिव और ये देवता हैं, जो उसके भिन्न-भिन्न रूप हैं। कहीं-कहीं शिव की विशालकाय जटाधारी त्रिमूर्ति भी पाई गई हैं, उसके छह हाथ,

जटा सहित तीन सिर और तीन मुख हैं। जिनमें एक रोता हुआ है जो रुद्र का प्रतीक है। उसके बीच के दो हाथों में से एक में बिजौरा, दूसरे में भाला, दाहिनी तरफ के दो हाथों में से एक में सूर्य और दूसरे में खप्पर और बाई ओर के दो हाथों में से एक में पतले दंड-सी कोई वस्तु और दूसरे में ढाल की आकृति का कोई छोटा-सा गोल पदार्थ है। यह त्रिमूर्ति वेदी पर दीवार से सटी रहती है, और उसमें छाती से कुछ नीचे तक का ही हिस्सा होता है, इस त्रिमूर्ति के सामने भूमि पर बहुधा शिवलिंग होता है, ऐसी त्रिमूर्तियां केवई से छह मील दूर धारापुर नामक टापू में, चित्तौर के किले में, सिरोही राज्य आदि स्थानों में देखने में आई हैं। पर सबसे प्राचीन मूर्ति धारापुरवाली है। शिव के ताण्डव नृत्य की पाषाण या धातु की मूर्तियां भी कई जगह मिली हैं।[1]

शैव सम्प्रदाय की शाखाएं

मूल शैव सम्प्रदाय पाशुपत सम्प्रदाय कहलाता था। इसी में लकुलीश सम्प्रदाय का जन्म हुआ। इस सम्बन्ध में ई. सन् 971 का लिखा एक शिलालेख मिला है, उसमें लिखा है कि पहले भृगु को विष्णु ने शाप दिया, तब भृगु ने शिव की आराधना कर उन्हें प्रसन्न किया, इस पर शिव हाथ में लकुट (डंडा) लिए प्रकट हुए, इसी से वे लकुटीश कहलाए। उन्हीं को लकुलीश भी कहते हैं। यह अवतार कारवान्ट (बड़ौदा राज्य) में हुआ। वही इस सम्प्रदाय का मुख्य स्थान समझा जाता है। लकुलीश की कई मूर्तियां राजपूताना, गुजरात, काठियावाड़, दक्षिण (मैसूर तक), बंगाल-उड़ीसा में पाई जाती हैं। ये मूर्तियां द्विभुज होती हैं—तथा इनके सिर पर जैन मूर्तियों के समान केश होते हैं। उनके दाहिने हाथ में बिजौरा और बाएं में लकुट होता है, मूर्ति पद्मासन में बैठी होती हैं तथा ऊर्ध्वरेता होने के चिह्नस्वरूप मूर्ति में ऊर्ध्व लिंग बना रहता है।[2]

लकुलीश के चार शिष्यों कुशिना, गर्ग, मित्र और कौरूष्य के नाम लिंगपुराण में है।[3] इस चारों के नाम से चार शैव सम्प्रदाय चले हैं। अब इस सम्प्रदाय के मनुष्य. नहीं तथा लकुलीश नाम भी बहुत कम लोगों में परिचित है।

पाशुपत सम्प्रदाय ही शैवों का प्रमुख सम्प्रदाय है। वे शिव को ही कर्ता-धर्ता-हर्ता परमेश्वर समझते हैं। योगाभ्यास और भस्म स्नान को आवश्यक समझते और मोक्ष को मानते हैं। ये छह प्रकार की हास, गान, नर्तन, डुक्कार (बैल की भांति आवाज), साष्टांग प्रणिपात और जप-क्रिया करते हैं। और भी कुछ क्रियाएं है। शैवों का विश्वास है कि जीवों के कर्मानुसार शिव फल देता है, पशु या क्षेत्रज्ञ जीव नित्य और अणु हैं। जब वह पाशों (माया का एक रूप) से छूट जाता है, तो शिव-रूप हो जाता है। कर्म और

1. रा. ब. महामहोपाध्याय गौरीशंकर हीराचन्द ओझा-कृत—मध्यकालीन भारतीय संस्कृति, पहला आख्यान, पृष्ठ 21।
2. रा. ब. गौरीशंकर हीराचन्द ओझा-कृत—मध्यकालीन भारतीय संस्कृति, प्र. व्याख्यान, पृ. 22।
3. लिंगपुराण, 24-131।

पाश माया ही है। जप और योग को भी ये मानते हैं।

कापालिक और कालमुख इस सम्प्रदाय की दो उपशाखाएं हैं, जो शिव-अनुयायी भैरव और रुद्र की उपासना करते हैं। इनके छह चिह्न हैं—माला, भूषण, कुंडल, रत्न, भस्म और उपवीत। ये लोग मनुष्य की खोपड़ी में खाते तथा श्मशान-भस्म अंग में लपेटते हैं। उसे ही खाते भी हैं। एक डंडा और शराब का प्याला पास रखते हैं। और पात्र में स्थित देवता की पूजा करते है। इन्हीं बातों को वे ऐहलौकिक और पारलौकिक इच्छा-पूर्ति का साधन समझते हैं।

वसुगुप्त ने इस सम्प्रदाय का मूल धर्म-ग्रन्थ 'स्पन्दशास्त्र' लिखा है, जिसकी टीका उसके शिष्य कल्लट ने—जो अवन्ति वर्मा के राज्यकाल (ई. स. 854) में था—'स्पन्दकारिका' के नाम से की है। इसका मुख्य सिद्धान्त यह है कि परमात्मा मनुष्य के कर्मफल की अपेक्षा न कर अपनी इच्छा से ही किसी सामग्री के बिना ही सृष्टि की रचना करता है।

ईसा की 10वीं शताब्दी में सोमानन्द ने काश्मीर में शैव सम्प्रदाय की एक शाखा 'प्रत्यभिज्ञा सम्प्रदाय' का प्रचार किया। उसने 'शिवदृष्टि' नामक ग्रन्थ भी लिखा।[1]

12वीं शताब्दी में कलचुरि राजा विज्जल के काल में बसव नामक ब्राह्मण ने इस सम्प्रदाय की एक नई शाखा लिंगायत मत चलाई, और 'बसव-पुराण' लिखा जो कन्नड़ भाषा में है। इसने जैनों को नष्ट करने का उद्योग किया। विज्जल राजा ने बसव को अपना मन्त्री बना लिया था। मन्त्री होने पर उसने बहुत द्रव्य राजकोष से खर्च कर जंगमों (लिंगायत धर्मोपदेशकों) को प्रचार-कार्य में नियुक्त किया। डाक्टर फ्लीट के मतानुसार इस सम्प्रदाय का प्रवर्तक एकान्त था; बसव एक प्रचारकमात्र था। ये जैनों के कट्टर शत्रु थे। यद्यपि इस सम्प्रदाय में अहिंसा को मुख्य स्थान प्राप्त था। परन्तु इन्होंने जैनों और उनकी मूर्तियों का निष्ठुरतापूर्वक उच्छेद किया। ये न वर्ण-व्यवस्था मानते थे, न संन्यास या तप ही को मुख्यता देते थे। बसव का कहना था कि प्रत्येक की श्रम से कमाना चाहिए। सदाचार पर भी उसने पूरा ध्यान दिया था। भक्ति इस सम्प्रदाय की विशेषता थी और लिंग का चिह्न इस सम्प्रदाय का सबसे बड़ा चिह्न था। इस सम्प्रदाय के लोग अपने गले में शिवलिंग लटकाए रहते थे, जो चांदी की डिबिया में रहता था। उनका विश्वास था कि शिव ने अपने तत्त्व को लिंग और अंग में विभक्त किया था। विशिष्ट द्वैत से इस मत में कुछ समानता थी, परन्तु वैदिक मत से यह सम्प्रदाय बहुत बातों में मतभेद रखता था। यज्ञोपवीत की जगह इस सम्प्रदाय में दीक्षा संस्कार होता था जिसमें गायत्री के स्थान पर वे 'नमः शिवाय' कहते तथा यज्ञोपवीत की जगह गले में लिंग को लटकाते थे।

तमिल प्रदेश के शैव भी जैनों और बौद्धों के कट्टर शत्रु रहे। इनके धार्मिक साहित्य के ग्यारह संग्रह हैं जो भिन्न-भिन्न समय पर लिखे गए हैं। सबसे अधिक प्रतिष्ठित लेखक तिरु ज्ञान सम्बन्ध हुआ, इसकी मूर्ति भी शैव मन्दिरों में तमिल प्रदेश में पूजी

1. रायबहादुर गौरीशंकर हीरानंद ओझा-कृत—मध्यकालीन भारतीय संस्कृति, पृष्ठ 24।

जाती है। तमिल कवि और दार्शनिक अपने ग्रन्थों के प्रारम्भ में उसी के नाम से मंगलाचरण करते हैं।

बौद्ध धर्म और शैव धर्म

बौद्ध धर्म की अवनति का वर्णन इतिहास में बड़ा विचित्र है। अनेक यानों में परिवर्तित होता हुआ यह धर्म, अनेक धर्मों की सृष्टि करता चला गया। यद्यपि बौद्ध धर्म की अवनति का आरम्भ तो बुद्ध के निर्वाण के तुरन्त बाद ही होने लगा था, और उसमें हीनयान और महायान सम्प्रदायों के विभाजन हो गए थे। परन्तु अशोक और कनिष्क का राजाश्रय मिलने से उसका विस्तार हुआ। कनिष्क के बाद भारत में बौद्ध धर्म का कोई पुरस्कर्ता न रहा, जिससे वह पतित होता चला गया। क्योंकि हीनयान का मार्ग अति दुष्कर था। महायान मत कुछ सरल था। महायान से मन्त्रयान का तृतीय पन्थ छठी शताब्दी में विकसित हुआ। उसके बाद वज्रयान। इन सब यानों में अनेक भ्रामक विचार प्रचलित होते चले गए और साथ ही अनेक प्रकार के अनाचार उनमें प्रचलित होते गए। उसका अन्तिम रूप कालचक्र यान का रूप बना, जिसमें भूत-प्रेत और पिशाच आदि की पूजा प्रचलित की गई। इस पन्थ का गुरु जगदल-विहार का निवासी विभूतिचन्द्र था। इसी काल में बौद्धधर्म और शैव धर्म के कुछ तत्त्वों को लेकर, पतंजलि और बुद्ध के ध्येयों को लेकर नाथपन्थी योगियों का एक पन्थ चला। परन्तु बुद्ध और पतंजलि का मत तो मोक्ष अथवा निर्वाण के लिए था, जबकि नाथपंथ का ध्येय ऐहिक सिद्धियां प्राप्त करना था।

नाथ सम्प्रदाय और शैवतन्त्र

यह सम्प्रदाय नेपाल और उसके आस-पास बहुत प्रचलित हुआ, जिसमें गोरखनाथ की बड़ी प्रसिद्धि रही, जो पहले वज्रयानी बौद्ध साधु था, और जिसका नाम रमणबज्र था। इसी काल के लगभग बौद्धधर्म में सहजयान सम्प्रदाय चला, जिसका प्रवर्तक कान्हपा था। यह सम्प्रदाय तिब्बत में अब भी प्रचलित है। इसमें तान्त्रिक विधि से वाममार्गी पूजा का प्रचलन तथा अवधूत-मार्ग, चांडाली मार्ग और डोवी-मार्ग का प्रवेश हुआ। इन वाममार्गी बौद्धों के प्रभाव से शैवों ने भी तान्त्रिक मार्ग की स्थापना की। जिसमें शिव, शक्ति, भैरव, हनुमान, रुद्र, महारुद्र, अजिता, अपराजिता, उमा, जया, चंडी, खड्गहस्ता, त्रिदशेश्वरी, कपालिनी, घोरी, कपालमाला, परशुहस्ता, योगिनी, पचडाकिनी, भूत, पिशाच और बेताल आदि दुष्ट देवताओं का पूजन तान्त्रिक विधि से मन्त्र-तन्त्र, जप-तप, यन्त्र, जारण-मारण आदि के द्वारा सम्पादित हुआ और उसके साथ ही मद्य-मांस, व्यभिचार आदि दुराचारों का प्रवेश भी इस वाम धर्म में हुआ

दुष्करैर्नियमैस्तीव्रैः सेव्यमानो न सिद्ध्यति।
सर्वकामोपभोगैस्तु सेवितश्चाशु सिद्ध्यति ॥

एक समय ऐसा आया कि यह भ्रष्ट तान्त्रिक शाक्त मत बौद्धों, जैनों और शैवों में प्रतिस्पर्धा की वस्तु बन गया। सिद्धि प्राप्त करने के लिए, श्मशान में मुर्दे के ऊपर बैठकर मन्त्र जपना, मलमूत्र का भक्षण करना, नर-कपाल में खाना-पीना आदि अघोर कृत्य बहुत काम में लाए जाते थे, जिनका भयंकर भयपूर्ण प्रभाव जनता पर था। मन्त्र-सिद्धि से कीमियागिरी, पानी का दूध करना, आंख बन्द कर चुपचाप निश्चल समाधिस्थ बैठना, धूनी तापना, शून्य मार्ग से इष्ट स्थान पर जाना, भूकम्प उत्पन्न करना और मृतक को जीवित कर देना आदि भयंकर और अप्राकृतिक कार्य करना सिद्धि के लिए सम्भव माने जाते थे।

इस प्रकार के सम्प्रदायों में एक कापालिक भी था। महाराष्ट्र के महाराज पुलकेशी तृतीय (ई. सं. 610-39) के भतीजे नागवर्द्धन का एक ताम्रपत्र मिला है, जिसमें नासिक जिले में कपाल की माला धारण करनेवालों के मुखिया को कपालेश्वर की पूजा के लिए तथा उक्त मन्दिर में निवास करनेवाले महाव्रतियों के निर्वाह के लिए एक ग्राम देना लिखा है। इस लेख में 'महाव्रत' शब्द कापालिक अथवा कालमुख का द्योतक है। इससे यह प्रमाणित होता है–कि ई. सं. की सातवीं शताब्दी के मध्य में शैवों का कापालिक सम्प्रदाय प्रचलित था। कालिदास, सुबन्ध, बाण, श्रीहर्ष, भट्ट नारायण, भवभूति आदि विद्वानों ने अपने-अपने ग्रन्थों के आरम्भ में शिव की स्तुति की है। बाण और भवभूति की रचनाओं में पाशुपतों और कापालिकों का उल्लेख है।

रामानुज का कथन है कि कापालिकों के सिद्धान्तानुसार जो पुरुष षण्मुद्राओं के तत्त्व तथा उनके उपयोग को भली-भांति जानता है, वह रुद्र गति का अधिकारी है। वे छह मुद्राएं इस प्रकार हैं : 1. माला, 2. आभूषण, 3. वर्ण-भूषण, 4. जटा-मणि, 5. भस्म-धारण और 6. यज्ञोपवीत। उनके मत में जिन मनुष्यों में ये चिह्न हों, उनका पुनर्जन्म नहीं होता। पुनर्जन्म से बचने के लिए कापालिक नर-खोपड़ी में खाता, देह पर चिताभस्म लपेटता, रुद्राक्ष की माला धारण करता, सिर पर बिखरे हुए केश रखता था। 'शंकरदिग्विजय' में एक कथा उल्लिखित है। एक समय माधव ने शंकर की उज्जैन में एक कापालिक से भेंट कराई। उसके शरीर पर श्मशान की भस्म और हाथों में नर-कपाल तथा लौह-दंड था। उसने शंकर से कहा, आपकी देह पर लगी भस्म तो अच्छी है–परन्तु पवित्र कपाल-पात्र के स्थान पर आप मृत्पात्र क्यों रखते हैं? और कपालधारी भैरव को क्यों नहीं पूजते? यदि आप मद्य और नर-रक्त-रंजित कपाल-पात्र से उनकी पूजा नहीं करते, तो वे (भैरव) कैसे प्रसन्न होंगे? इस पर उनके साथ आए हुए राजा सुधन्वा और कापालिकों के मुखिया ऋकच में झगड़ा हो गया। शंकर ने भी ऋकच को शाप दिया। इस पर ऋकच ने अपने इष्टदेव भैरव को मदिरा आदि से प्रसन्न किया। भैरव वहां उपस्थित हो गया, किन्तु शंकर को अपना ही अवतार मानकर उसने ऋकच को ही मार डाला।

भवभूति ने 'मालतीमाधव' में श्रीशैल को कापालिकों का मुख्य निवास बताया है। वहां कपाल कुंडला नामक दूती नर-मुंडों की माला धारण करती थी। अघोरघंट द्वारा चामुंडा को बलि देने के लिए वह मालती को आधी रात में श्मशान पर ले गई थी।

वास्तव में भयोत्पादक वैदिक रुद्र का परिवर्तन भैरव और उसकी पत्नी चंडिका, जो नर-मुंडों की माला पहनती है, के रूप में हुआ। रामानुज ने कालमुख सम्प्रदाय का—कापालिकों से भी अधिक भयंकर रूप में चित्रण किया है। अघोरपन्थी भी इसी सम्प्रदाय के होते थे, जो गेरुए वस्त्र पहनते, मद्य-मांस खाते तथा नर-कपाल में भोजन करते थे। इनके आराध्य देव भैरव और शक्ति थे। ये सब तान्त्रिक साधना में रहते थे, और रात में श्मशान जगाते तथा अनेक घोर कृत्य करते थे।[1]

दक्षिण में शैव धर्म

कांचीपुर के शैव मन्दिर के शिलालेख से छठी शताब्दी में शैव धर्म के दक्षिण में प्रचलित होने का पता लगता है। ई. सं. 550 में पल्लव शासक राजसिंह ने राजसिंहेश्वर का शिव मन्दिर बनवाया था। यह राजा शैव सिद्धान्तों का विद्वान था, इसका उल्लेख शिलालेखों में है।

ब्रह्मा की मूर्ति

ब्रह्मा के अनेक मन्दिर अब तक विद्यमान हैं। यद्यपि देवों में सबसे कम इस देव की पूज़ा होती है। ब्रह्मा को सृष्टि का उत्पादक और यज्ञों का प्रवर्तक माना गया है। इसकी मूर्ति चतुर्मुखी है। परन्तु जो मूर्ति दीवार में लगी होती है, उसके तीन ही मुख दिखाए जाते हैं। परिक्रमावाली में चारों मुख हैं। ऐसी चतुर्मुखी मूर्ति थोड़ी ही मिली हैं। ब्रह्मा के एक हाथ में स्रुवा दीखता है जो यज्ञकर्ता का सूचक है। शिव-पार्वती के विवाह-सूचक मूर्ति-समुदाय में ब्रह्मा को पुरोहित का स्थान दिया गया है। परन्तु यह एक विचित्र बात है कि शिव और विष्णु के समान ब्रह्मा का कोई सम्प्रदाय नहीं है। कल्पना में ब्रह्मा, विष्णु और शिव एक ही परमात्मा के त्रिस्वरूप माने गए हैं। ऐसी ब्रह्मा की अनेक मूर्तियां मिली हैं। जिनके ऊपर के एक किनारे पर शिव और दूसरे पर विष्णु की छोटी-छोटी मूर्तियां बनी हैं। ऐसे ही विष्णु की मूर्तियों पर ब्रह्मा और शिव तथा शिव की मूर्तियों पर ब्रह्मा और विष्णु की छोटी-छोटी मूर्तियां बनी हैं। इससे यह प्रतीत होता है कि तीनों देवताओं में एकता स्थापित की गई है। भक्तों ने अपनी-अपनी इच्छा से किसी एक की प्रमुखता मानकर उपासना की है। बाद में इन देवताओं की स्त्री-सहित मूर्तियां बनने लगीं। शिव-पार्वती की मूर्ति के अतिरिक्त शिव की अर्द्धनारीश्वर मूर्तियां भी मिलती हैं, जिनमें आधा शरीर शिव का और आधा पार्वती का होता है। ऐसी ही सम्मिलित

1. सर रामकृष्ण गोपाल भांडारकर-कृत—वैष्णविज़्म, शैविज़्म एंड अदर माइनर रिलीजस सिस्टम्स, पृ. 115-142।

मूर्तियां भी होती हैं। शिव और विष्णु की सम्मिलित मूर्ति को हरिहर तथा तीनों की सम्मिलित मूर्ति को हरिहर-पितामह कहते हैं।

त्रिदेव

18 पुराणों में इन्हीं तीन व मुख्य देवताओं के वर्णन हैं। विष्णु, नारदीय, भागवत, गरुड़, पद्म और वाराहपुराण विष्णु से—तथा मत्स्य, कूर्म, लिंग, वायु, स्कन्ध और अग्निपुराण शिव से—एवं ब्रह्मांड, ब्रह्मवैवर्त, मार्कंडेय, भविष्य, वामन और ब्रह्मपुराण ब्रह्मा से सम्बन्धित हैं।

शक्ति-पूजा

इन देवताओं की पत्नियों की भी भिन्न-भिन्न रूपों में पूजा प्रचलित हुई। ब्रह्मी, माहेश्वरी, कौमारी, वैष्णवी, वाराही, नारसिंही और एन्द्री—इन सातों शक्तियों को मातृका कहते हैं। कुछ रुद्र भयंकर शक्तियां भी हैं—जैसे काली, कराली, कापाली, चामुंडी और चंडी। इनका सम्बन्ध कापालिकों और कालमुखों से है। कुछ शक्तियां ऐसी भी हैं जो विषय-विलास से सम्बन्धित हैं। जैसे आनन्द-भैरवी, त्रिपुरसुन्दरी, ललिता आदि। इनके उपासकों का कहना है—शिव और त्रिपुरसुन्दरी के योग से संसार बना है। वर्णमाला के प्रथम अक्षर 'अ' से शिव और अन्तिम अक्षर 'ह' से त्रिपुरसुन्दरी का अभिप्राय है। इन दोनों का योग 'अहं' काम-कला का सूचक है।[1]

मौलिक और भैरवी-चक्र

श्यत्तों का मुख्य कर्तव्य भैरवी चक्र है, श्यत्तों के दो भेद हैं—1. मौलिक, 2. समयिन। मौलिकों में भी दो भेद हैं। प्राचीन मौलिक तो योनि के चित्र की, दूसरे वास्तविक योनि की पूजा करते हैं। पूजा के समय वे मद्य, मांस, मीन आदि का भक्षण करते हैं। समयिन ये क्रियाएं नहीं करते। भैरवी-चक्र के समय वर्ण-भेद का सम्बन्ध-भेद नहीं रहता—माता, पुत्री, पत्नी, शूद्र, चांडाल और ब्राह्मण सब समान होते हैं।[2]

कविराज शेखर नवीं शताब्दी के अन्त के आस-पास हुआ। उसने 'कर्पूरमंजरी' लिखा है। उसमें भैरवानन्द के मुंह से कौल मत का इस प्रकार वर्णन कराया गया है—

मंताणं तंताणं णकिंपि जाणे झाणं चणो किंपि गुरुपसाओ।
मज्जं पिआमो महिलं रमामो मोक्खं च जामो कुल मग्गलग्गा ॥22॥

अविअ—

रंडा-चंडा दिक्खिआ धम्म दारा मज्जं मंसं पिज्जए खज्जए अ।
भिक्खा भोजं चम्म खंडं च सेज्जा कोलोधम्मो कस्स णो भाइ रम्मो ॥23॥[1]

---

1. सर रामकृष्ण भांडारकर– वैष्णविज्म, शैविज़्म एंड अदर माइनर रिलिजस सिस्टम्स, पृ. 142-146।
2. वही, पृ. 146-47।

(हम मन्त्र-तन्त्र आदि कुछ नहीं जानते, न गुरु-कृपा से हमें कोई ज्ञान प्राप्त है। हम लोग मद्यपान और स्त्री-गमन करते हैं, तथा कुलमार्ग का अनुसरण कर मोक्ष पाते हैं।) पुनश्च–

(कुलटाओं को दीक्षित कर हम धर्मपत्नी बना लेते हैं। हम लोग मद्य पीते तथा मांस खाते हैं। भिक्षान्न ही हमारा भोजन और चर्म-खंड ही शय्या है, ऐसा कौल धर्म किसे प्रिय नहीं?)

गणेश-पूजा

गणेश-पूजा भी इस काल से प्रथम ही आरम्भ हो चुकी थी। गणेश या विनायक रुद्र के गणों का नायक था। याज्ञवल्क्य-स्मृति में गणेश और उसकी माता अम्बिका की पूजा का वर्णन मिलता है।[2] परन्तु न तो चौथी शताब्दी से पूर्व की कोई गणपति की मूर्ति मिली है, न तत्कालीन शिलालेखों में इसका उल्लेख मिलता है। इलौरा की गुफाओं में कुछ देवियों की मूर्ति के साथ गणपति की मूर्ति बनी है। ई.सं. 862 के घटियाला के स्तम्भ में गणेश की चार मूर्तियां बनी हैं। इन मूर्तियों में सब में सूंड़ बनी है। नहीं कहा जा सकता, गणेश के मुख में सूंड़ की कल्पना कब से आविष्कृत हुई है। 'मालतीमाधव' में भी गणेश की सूंड़ का वर्णन है। गाणपत्यों की भी अनेक शाखाएं हैं। सब देवों की भांति गणपति की भी पूजा होती है।[3]

कार्तिकेय स्कन्द

शिव के द्वितीय पुत्र स्कन्द कार्तिकेय की पूजा भी प्राचीन है। रामायण में[4] उसे गंगा का पुत्र कहा गया है। स्कन्द देबताओं का सेनापति है। पतंजलि के महाभाष्य में शिव और स्कन्द की मूर्तियों का उल्लेख है।[5] कनिष्क के सिक्कों पर स्कन्द, महासेन आदि-आदि कुमार के नाम मिलते हैं। हेमाद्रि के व्रत-खंड में स्कन्द की पूजा का वर्णन है।

सोमनाथ का ज्योतिर्लिंग

सोमनाथ के ज्योतिर्लिंग की स्थापना गुजरात में सम्भवतः वल्लभी वंश के राजाओं ने पांचवीं या छठी शताब्दी में की होगी। चन्द्रगुप्त (ई. सन् 410) कुमारगुप्त (416) और

---

1. कर्पूरमंजरी–प्रथम यवनिकान्तर।
2. याज्ञवल्क्य-स्मृति।
3. म. म. गौरीशंकर हीराचंद्र ओझा-कृत– मध्यकालीन भारतीय संस्कृति, पृ. 29।
4. रामायण।
5. पातंजल महाभाष्य।

स्कन्दगुप्त (ई. स. 456) इन तीनों राजाओं के अतिरिक्त और कोई दूसरा गुप्त राजा गुजरात में उल्लिखित नहीं है। भाट और चारणों के कथनानुसार ईस्वी सन् 470 में स्कन्दगुप्त का स्वर्गवास हुआ और उसके सेनापति मैतृकवंशी भट्टारक ने गुजरात में एक नए स्वतन्त्र राज-वंश की नींव डाली, जो तीन सौ वर्ष तक चलता रहा। इसी पुरुष ने वल्लभी नगर बसाया, और उसे अपनी राजधानी बनाया और वल्लभी संवत भी चलाया। सम्भवतः यह सेनापति सूर्यवंशी था। इस वंश में लगभग बीस राजा हुए, जिनमें शिलादित्य सप्तम सबसे अन्तिम था। सेनापति भट्टारक—जिसने वल्लभी वंश की स्थापना की, स्वयं शैव था। क्योंकि प्रत्येक वल्लभी ताम्रपत्र पर महादेव के नन्दी की प्रतिमा और भट्टारक का नाम खुदा हुआ है।[1]

इस वंश के कुछ राजाओं ने वैष्णव धर्म भी स्वीकार किया और बौद्ध धर्म भी स्वीकार किया। गुहसेन प्रसिद्ध बौद्ध था। उसे परमोपासक कहा जाता है। परन्तु उसके पुत्र-पौत्र सूर्य-पूजक थे, इसलिए उन्हें परमादित्य भक्त कहा गया है। परन्तु पीछे के सब राजा परममाहेश्वर के नाम से विख्यात हैं। मेवाड़ के संस्थापक बाप्पा रावल और उसके वंशज मेवाड़ के राणा, भावनगर के गोहल—ये भी वल्लभी वंश की ही शाखाओं में से आए हैं और आज तक भी शिव के पूजक हैं और परममाहेश्वर कहाते हैं। इन प्रमाणों से भी यही साबित होता है कि वल्लभी वंश शैव उपासक था इससे यह अधिक सम्भावना है कि सोमनाथ का सर्वप्रथम निर्माण किसी वल्लभी राजा ने ही किया होगा—सम्भवतः तृतीय शिलादित्य ने अथवा चतुर्थ शिलादित्य ने।

सौराष्ट्र

आज भी सौराष्ट्र के गांव-देहातों में घर-घर रमते योगी लोग एक गीत गाते फिरते हैं। उसका अभिप्राय यह है कि सौराष्ट्र में पांच रत्न हैं—घोड़े, नदी, स्त्री, सोमनाथ और हरि का निवास। इनमें सबसे अधिक प्रसिद्ध सोमनाथ का महालय है, जो काठियावाड़ के दक्षिण समुद्र-तट पर स्थित है। आज इस क्षेत्र को काठियावाड़ कहते हैं। परन्तु इससे प्रथम इसका नाम सौराष्ट्र अथवा सौर राष्ट्र था। 'सौराष्ट्र' का अर्थ है—उत्तम राष्ट्र, और 'सौर राष्ट्र' का अर्थ है—सूर्य का प्रदेश।

सोमनाथ पट्टन

सोमनाथ महालय की भारत के बारह ज्योतिर्लिंगों में गणना है और बारह ज्योतिर्लिंगों में उसका प्रमुख स्थान था। महालय के प्राचीरों को अनेकों बार क्रूर आक्रान्ताओं ने अपने आक्रमणों और अग्नि ज्वालाओं से भस्म किया, परन्तु उनके पीठ फेरते ही उसकी भस्म

---

4. देखिए, बोम्बे गज़ेटियर की काठियावाड़ नाम की आठवीं पुस्तक और कैप्टन एच. विल फोर्स बैल-कृत— हिस्ट्री ऑफ काठियावाड़।

से फिर नवीन देवस्थान का उदय हुआ। इन सारे आक्रमणों में सर्वाधिक प्रबल आक्रमण ईस्वी सन् 1025 में महमूद गज़नी का था।

आज पाटन नगर अपना प्राचीन वैभव और ध्वस्त खंडहरों का अवशेष रहकर अपने ऊपर किए गए अत्याचारों का मूक साक्षी-सा खड़ा है। सोमनाथ के प्राचीन वैभव के खंडहरों के साथ यहां एक जामा मस्जिद भी है, जो यहां के प्राचीन सूर्य मन्दिर, पार्श्वनाथ मन्दिर, कोठार, शास्त्रागार तथा पूर्वी पश्चिमी द्वारों को तोड़कर, उन्हीं के सामान से सूर्य मन्दिरों के स्थान पर बनाई गई है। इसी प्रकार नगर की मायापुरी मस्जिद भी और दूसरा मकबरा भी मन्दिरों को तोड़-फोड़कर उन्हीं के मसालों से बनाया गया है।

धर्म-संकट

सोमनाथ के इतिहास में प्रथम महान धर्म-संकट ईस्वी सन् 1015 में आया, जबकि मूर्तिभंजक महमूद गज़नवी अपनी भारी सेना लेकर सुदूर गज़नी से मुलतान और अजमेर की राह देवमूर्ति को भंग करने के लिए पाटन पर पहुंचा। 'रोजत-उस-सफा', जो 15वीं शताब्दी में लिखी गई थी, में इस आक्रमण का वृत्तान्त इस प्रकार लिखा है, "सोमनाथ एक बुत का नाम है, जिसे हिन्दू लोग सब बुतों का मालिक मानते हैं।" इतिहासकार इसे स्वीकार करते हैं कि सोमनाथ समुद्र-तट पर स्थित देवालय में प्रतिष्ठित एक मूर्ति थी, इस मूर्ति की हिन्दू पूजा करते थे, विशेषतया ग्रहण पड़ने पर। हिन्दुओं का यह भी विश्वास था कि मृत्यु होने पर शरीर में से आत्मा निकलकर सोमनाथ के पास आती है, और फिर वहां से नए-नए शरीरों में प्रवेश-आज्ञा लेकर जाती है। उनका यह भी विश्वास था कि समुद्र देव भी सोमनाथ की पूजा करते हैं। समुद्र का ज्वार-भाटा इस उपासना का प्रमाण माना जाता है। भारत के कोने-कोने से लोग इस मूर्ति की पूजा करने के लिए आते थे। इसकी पूजा के खर्च के लिए एक हजार गांव मन्दिरों की भेंट थे। और इसमें इतनी रत्नराशि एकत्रित थी, कि इसका दशांश भी किसी राजा के कोश में न होगा। दो हजार ब्राह्मण मूर्ति की सेवा करते थे। और दो सौ मन की सोने की जंजीर में घंटा लटका रहता था, जो निर्धारित समय पर बजकर लोगों को पूजा के लिए आमन्त्रित करता था। तीन सौ नाई और पांच सौ नृत्य कुमारियां और तीन सौ वाद्य बजानेवाले वहां रहते थे। इन सबका व्यय यात्रियों की भेंट और दान से चलता था। सोमनाथ के इस विशाल वैभव को महमूद ने सबसे प्रथम नष्ट किया। हिन्दुओं के द्वारा की गई प्रार्थनाएं और रक्षार्थ युद्ध कुछ भी काम न आए। पचास हजार से भी अधिक हिन्दुओं का कत्ल मन्दिर के प्रांगण और आस-पास में हुआ।" 'फरिश्ता' लिखता है–"महमूद ने मन्दिर में घुसकर ब्राह्मणों की प्रार्थनाओं और करुण विनतियों को ठुकरा दिया, और अपनी भारी गदा को मूर्ति पर दे मारा और मूर्ति के टुकड़े-टुकड़े कर दिए। इसका एक टुकड़ा वह गज़नी ले गया और वहां मस्जिद की देहली पर जड़ दिया। जिससे ईमानवाले उसे नित्य पैरों से रौंदें और इस्लाम की सर्वोच्च सत्ता का परिचय दें।"

अलबरूनी ने भी इस बात की पुष्टि की है। अलबरूनी महमूद के दरबार में रहा और इस आक्रमण में महमूद के साथ था। अपनी 'तवारीखे-हिन्द' में उसने लिखा है–"मूर्ति को शाह महमूद ने 416 हिजरी में तोड़ा, खुदा उस पर रहम करे। उसने मूर्ति के ऊपरी भाग को चूर-चूरकर डाला और नीचे के भाग को उसके शृंगार, आभूषण और वस्त्रों सहित ले जाने का हुक्म दिया। उसने मूर्ति के एक भाग को चक्रस्वामिन की मूर्ति के साथ, जिसे वह थानेश्वर से लाया था, गज़नी के चौराहे पर फिंकवा दिया। मूर्ति का दूसरा भाग गज़नी की मस्जिद के द्वार के आगे लगा दिया गया है, जिस पर लोग अपने पैरों की धूल और कीचड़ मस्जिद में प्रवेश करने से प्रथम पोंछते हैं।" मन्दिर 56 खम्भों पर टिका हुआ था। प्रत्येक खम्भ मणियों, जवाहरात और बहुमूल्य पत्थरों से सुसज्जित था। प्रत्येक खम्भ पर उसके निर्माता राजा का नाम खुदा रहता था। इन खम्भों की भी सब रत्नराशि उखाड़कर लूट ली गई। यह भी कहा जाता है कि महमूद मन्दिर के द्वार को, जो चांदी और चन्दनकाष्ठ का बना था, उखाड़कर गज़नी ले गया।

यद्यपि महमूद ने मन्दिर को भ्रष्ट किया था, किन्तु उसको उजाड़ा नहीं था। उसे उजाड़ा उसके सूबेदार ने, जिसे वह अपने पीछे देश पर शासन करने छोड़ गया था। भीमदेव प्रथम ने ईस्वी सन् 1022-72 में महमूद के जाते ही, नगर को फिर जीत लिया और सोमनाथ की प्रतिमा को पुनःस्थापित किया। सन् 1100 में सिद्धराज जयसिंह देवपाटन में श्री सोमेश्वर के दर्शन को आए और मन्दिर का जीर्णोद्धार कराया। ईस्वी सन् 1169 के लगभग इस मन्दिर को फिर लूटा गया और नष्ट किया गया, क्योंकि इस्वी सन् 1169 में कुमारपाल ने, जो सिद्धराज जयसिंह के बाद गुजरात में महाराजाधिराज बने, इस मन्दिर का नए सिरे से पुनरुद्धार किया, वह बात सोमनाथ पाटन के भद्रकाली मन्दिर में लगे एक शिलालेख से प्रकट है। लेख से यह भी पता चलता है कि कुमारपाल को उसके जैन मन्त्री हेमचन्द्र ने यह सम्मति दी थी कि सोमनाथ के मन्दिर का, जिसका कुछ भाग लकड़ी का बना हुआ है और जिस पर समुद्र की लहरों के थपेड़ों से हानि पहुंचती है, शीघ्रता से पुनरुद्धार करे। जब मन्दिर का पुनर्निर्माण हो गया तो मन्दिर के पुजारी बृहस्पति को सोमनाथ पाटन का सर्वाधिकारी बनाया गया, और कुमारपाल ने सपरिवार सोमपाटन आकर लिंगार्चन करके उसकी प्रतिष्ठा की। यह सारा विवरण भी उसी लेख में खुदा है–जिस पर वल्लभी संवत (ईस्वी सन् 1169) दिया गया है।

इसके बाद एक शताब्दी तक इस मन्दिर पर किसी ने आक्रमण नहीं किया। ईस्वी सन् 1297 में दिल्ली के खिजली सुलतान के सेनापति अलफ खां ने पाटन पर चढ़ाई की और सोमनाथ को फिर धूलि-धूसरित किया। लिंग को उखाड़ डाला गया, और उसकी जड़ को गहराई तक खोदकर छिपाए हुए खजाने की तलाश की गई। शिखर को नीचे गिरा दिया गया और दीवार पर खुदी मूर्तियों को खरोंचकर बिलकुल अस्पष्ट और अदृश्य कर दिया गया। इसके बाद तो गुजरात पर मुसलमानों के जल्दी-जल्दी अनेक आक्रमण हुए। कुछ ही दिनों बाद अनहिल्ल पट्टन के अन्तिम हिन्दू राजा भी निसन्तान मर गए। गिरनार में खुदे लेख के अनुसार इस बार के ध्वस्त सोमनाथ का पुनर्निर्माण ईस्वी सन्

1308-1325 में चूड़ासमा राजा महीपाल देव ने किया, किन्तु उसके जीवनकाल में यह निर्माण पूरा नहीं हुआ। उसके पुत्र खंगार 'चर्तुथ' ने ईस्वी सन् 1325-1351 में मन्दिर में लिंग की पुनःस्थापना की। इन पिछले आक्रमणकारियों ने प्रतिमा को भंग करके लूटा और चलते बने। उन्हें उस सामग्री से मस्जिद बनाने की बात नहीं सूझी। ईस्वी सन् 1318 में सोमनाथ पर फिर आक्रमण हुआ। ईस्वी सन् 1394 में गुजरात के गवर्नर मुजफ्फर खां ने एक प्रबल धर्म-युद्ध पड़ोसी हिन्दू राजाओं के विरुद्ध किया, जिसमें सोमनाथ मन्दिर को नष्ट करके उसकी जगह मस्जिद बना दी। महीपाल देव ने जो कुछ बनाया था, सब तोड़ डाला गया, किन्तु कुमारपाल का मन्दिर बचा रहा। फरिश्ता मुजफ्फर खां के आक्रमण, 795 हिजरी के सिलसिले में कहता है–तब वह सोमनाथ की ओर बढ़ा, और वहां स्थित सब हिन्दू मन्दिरों को ध्वस्त करके उनके स्थान पर मस्जिद बनवा दी। उसने वहां धर्म-प्रचार के लिए मुल्लाओं को छोड़ दिया। अपने कुछ अफसरों को वहां का शासन संभालने पर नियुक्त किया और स्वयं 798 हिजरी में पाटन लौट आया। अब हिन्दू पूर्ण हताश हो गए और फिर कभी सोमनाथ की इतनी धूमधाम नहीं सुनाई दी।

वर्तमान मन्दिर का स्थान भी पूर्व-स्थित मन्दिर के स्थान पर नहीं प्रतीत होता। वर्तमान मन्दिर इन्दौर की रानी अहिल्याबाई ने उन खंडहरों के समीप ही बनवाया था। इस पर भी एक और अन्तिम मुस्लिम आक्रमण गुजरात के महमूद बघर्रा या मुजफ्फर द्वितीय ने किया। 19वीं शताब्दी में भारत के एक गवर्नर-जनरल ने तथाकथित सोमनाथ मन्दिर के द्वार गज़नी से लाकर आगरे के किले में रक्खे थे। परन्तु पीछे यह प्रमाणित हो गया कि वास्तव में वे द्वार सोमनाथ के नहीं थे। अन्तिम काल में मुसलमानी आक्रमण से बचने के लिए मन्दिर में दो लिंगों की स्थापना की गई थी। एक भूमिस्थ, दूसरा बाहर। भूमिस्थ असली था और वहां जाने का मार्ग गुप्त रखा गया था।

यूरोपियन लेखक कोजिन्स (Cousens) मन्दिर का विवरण इस प्रकार लिखता है[1]–सोमनाथ का पुराना मन्दिर नगर में, समुद्र के पूर्वी तट पर स्थित है। समुद्र और मन्दिर के बीच एक भारी दीवार है, जो मन्दिर को सुरक्षित करती है। इस मन्दिर की दीवारों की प्राचीनता लगभग नष्ट हो चुकी है। उसमें बहुत बार मरम्मत हो चुकी है और बहुत भाग फिर से बनाया जा चुका है। खासकर उस समय–जब कि उसे मस्जिद में परिवर्तित किया गया। वह विशाल गुम्बद, अपितु सारी छत और मीनार–जो प्रवेश-द्वार के सामने ही है–मुसलमानों द्वारा बनाए हुए हैं। सन् 1838 में लेफ्टिनेंट पोस्टन्स (Lieutent Postans) लिखता है–कि उसके आने के कुछ साल प्रथम तक मन्दिर की छतें तोपें रखने के काम आती थीं–जो बेरावल के बन्दर को समुद्री डाकुओं से रक्षित रखने के लिए रखी गई थीं। केवल एक ही बात से यह प्रकट होता है कि सारा मन्दिर फिर से बनवाया गया–और वह बात यह है कि उसके मूलाधार में 'अश्वथर' बने हैं।

---

1. Cousens—Somnatha and other mediaval temples in Kathiawar—Archeologicol Survey of India, Volume XIV, Imperial Series Plates II—IX.

और इस मन्दिर का परिमाण—जो लगभग 140 फीट है—उतना ही है जितना सिद्धपुर के 'रुद्र महालय' का है।

दीवारों के बाहरी भाग—जो ध्वस्त हो चुके हैं—उनसे प्रतीत होता है कि वे दीवारें प्राचीन दीवारों पर ही बनाई गई हैं। खासकर दक्षिण भाग में, जहां पुराने मन्दिर के नीचे के धरातल का भाग स्पष्ट दीख पड़ता है—यह बात स्पष्ट हो जाती है। अनेक कारणों पर विचार कर मैं इस निर्णय पर पहुंचा हूं, कि मन्दिर का वर्तमान ध्वस्त भाग, उसका अवशेष है जो ईस्वी सन् 1169 में कुमारपाल ने बनवाया था। यदि यह सत्य है तो वह पुराना मन्दिर, जिसके अवशेष दीवारों के बीच में प्रकट होते हैं, सम्भवतः भीमदेव का बनाया हुआ होगा; परन्तु असल प्राचीन मन्दिर, जिस पर महमूद ने आक्रमण किया था—उसका कोई नामो-निशान भी नहीं है। भीमदेव के मन्दिर के जो ध्वंस अभी हैं, उनसे यह भी प्रकट होता है कि वह मन्दिर कुमारपाल के मन्दिर की अपेक्षा बहुत छोटा था। किनलौक फार्बस का कहना है—फरिश्ता ने जो महमूद-काल के सोमनाथ का वृत्तान्त दिया है, वह वर्तमान ध्वंसों पर लागू नहीं होता। और इस कारण वह असम्भव प्रतीत होता है कि महमूद ने जो मन्दिर ढहा दिया था, वह हिन्दुओं ने फिर से बना लिया हो। मैंने यह साफतौर पर देखा है कि भीमदेव के 100 साल बाद के एक शिलालेख पर यह खुदा है, और कुछ दूसरे लेखों से भी पता लगता है कि मन्दिर भीमदेव ने बनवाया था। दूसरा कोई इस प्रकार का नहीं बना सकता था। क्योंकि यह राजा सोमनाथ का एकमात्र रक्षक तथा गुजरात का तत्कालीन राजा था। इसी से मैं इसे प्राचीन मन्दिर नहीं, बल्कि भीमदेव का मन्दिर समझता हूं। सम्भवतः प्राचीन मन्दिर खाड़ी के एकदम किनारे पर, जिसे वहां के लोग हीरा कोट कहते हैं, वहीं होगा।

कैप्टन विलबर फोर्स बैल काठियावाड़ के इतिहास में फार्बस की बात मानकर कहते हैं कि सिद्धराज जयसिंह ने भीमदेव के मन्दिर का जीर्णोद्धार कराया। पर इस बात को अधिकृत रूप से वह नहीं कहते। पोस्टन्स का विचार है कि वह मन्दिर वैसा ही था, जैसा महमूद ने उसे छोड़ा था—पर यह बात सही नहीं है। पोस्टन का मत है कि कदाचित् यह मन्दिर पहले बौद्धों का मठ था, पीछे शैवों ने उसे अपना लिया। अपनी बात के समर्थन में उनका यह कहना है कि मन्दिर में कहीं भी बौद्ध चिह्न नहीं हैं। परन्तु पोस्टन्स का तर्क यह है कि मन्दिर का निर्माण और स्थापत्य तथा सजावट में सभी पुरुष मूर्तियों में कहीं भी हिन्दू चित्रण नहीं है, बौद्ध चित्रण है। वे अधिकांश में बौद्ध संस्कृति-युक्त हैं। डाक्टर जॉन विलसन भी इससे सहमत नहीं हैं। वह इस मन्दिर को भी गुजरात के अन्य शैव मन्दिरों की भांति शैव निर्मित ही मानते हैं।

बड़ा मन्दिर, जिसका मुख पूर्व दिशा में है, उसमें एक विशाल बन्द भवन था, जिसे 'गुहा-मंडप' कहते थे। इसके तीन प्रवेश-द्वार थे, जिनमें प्रत्येक में ऊंचे महराब बने थे, और शिवलिंग हॉल के पश्चिमी भाग में था, जिसके चारों तरफ प्रशस्त प्रदक्षिणा थी। इसमें प्रकाश के लिए ऊपर बड़े-बड़े रोशनदान तीनों भागों में थे, और बाहर से उसका दिखाव बहुत भव्य प्रतीत होता था। पश्चिम दिशा की महराब अब गिर गई

है और शेष तीनों महराबें भी ढह गई हैं। यह अधिक सम्भव है कि मुढेरा में जो सूर्य का मन्दिर है उसी की भांति इसमें भी एक सभामंडप रहा हो, जिस पर मायापुरी मस्जिद की छत बनाई गई है। असल छत अब गिर गई है और मुसलमानों ने उसे जल्दी से फिर से बनाया हो। खम्भे भी खड़े किए हैं, और गुम्बद बनाकर छत के बाहर के हिस्से को मस्जिद का रूप दे दिया है। जो उसके वास्तविक खम्भों तथा आधारों से, जो आबू के तेजपाल के ऋषभदेव मन्दिर के ढंग के हैं, जो अब बहुत कम बचे हैं तथा ध्वस्तप्राय हैं। समुद्र की नमकीन हवा से वे पत्थर गल गए हैं। अब सिवाय प्रदक्षिणा के–जो बच रही हैं–सब जगह की खुदाई भी मिट गई है। वर्तमान खम्भे, उन्हीं पुराने खम्भों की जगह पर खड़े प्रतीत होते हैं। सतह की दशा देखकर प्रतीत होता है कि यह बिना छत के बरसों तक मेह और पानी में खड़े रहे। तब यह बिल्डिंग बनाई गई है। लिंग के भीतर के भाग भी खराब हो गए हैं, पर छत की प्राचीन कारीगरी अभी है। पीछे की दीवार जो टूट गई थी, वह किसी तरह बना दी गई है। लिंग के दरवाजे के पत्थर का फ्रेम भी फिर से बनाया गया है। फर्श पर एक चबूतरा अभी है। कदाचित यहां नन्दी रहा होगा। नन्दी के टुकड़े बाहर पड़े है। मन्दिर के बाहरी भाग में खासकर महालय के दक्षिणी-पश्चिमी भाग में खुदी हुई मूर्तियों की दशा इतनी खराब हो गई है, कि उनका पहचानना ही कठिन है। इनमें अनेक देवी और दासियां हैं। दक्षिण के पूर्वी भाग की एक खिड़की में शिव की तांडव नृत्य करते हुए, टूटी हुई एक खंडित मूर्ति है, जिसकी 12 भुजाओं के आधे अवशेष बाकी हैं। नर-मुंड-माल उनके टांगों तक लटक रही है। नन्दी, जिसकी सिर्फ दो टांगें शेष रह गई हैं, उनके दाहिने पार्श्व में है, और शिव के सिर पर का जटाजूट रस्सी की भांति लिपटा हुआ है। दीवार के मोड़ पर बाईं ओर को एक और, सम्भवतः शिव की प्रतिमा ही है। इन सबके ऊपर छोटी-छोटी पार्वती-शिव की मूर्तियां हैं, जिनमें शिव पार्वती को अपनी जांघों पर बैठाए हुए हैं। कोनों में हर ओर दिग्पालों की मूर्तियां बनी हैं। गर्भगृह की छत पर उत्तर-पूर्वी कोण में रामायण के कुछ दृश्य दीख पड़ते हैं। कुछ भाग अत्यन्त सुन्दर और भव्य बने हैं। विशेषकर बाहरी द्वार के दोनों ओर खड़ी हुई मूर्तियों के अवशेष हैं–ये मूर्तियां भीतरी द्वार तक चली गई हैं, परन्तु अब कुछ ही समूची रह गई हैं। दरवाजा सम्भवतः पहले के ही समान है। मन्दिर के बाहर जो खंडित मूर्तियां पड़ी हैं, उनमें सूर्य की दो बड़ी और एक छोटी मूर्ति हैं, जिसमें सूर्य अपने हाथों में पूरा खिला कमल का फूल लिए हुए हैं। इनमें एक का हाथ टूट गया है। छोटी मूर्तियां बड़ी की अपेक्षा अर्वाचीन प्रतीत होती हैं। सम्भवतः बड़ी मूर्ति सूर्य के प्राचीन मन्दिर की है, जिसे पीछे जामा मस्जिद बना दिया गया था। जैसी सूर्य-मन्दिर की छत है, कोंकण प्रदेश के अम्बरनाथ के प्राचीन मन्दिर की छत पर भी वैसा ही काम है। एक मूर्ति बड़ी दाढ़ी और मूंछों की है, जो सम्भवतः कालभैरव की है। उसकी आठ टूटी भुजाएं हैं जिनमें एक में खड्ग, दूसरी में त्रिशूल, तीसरी में नर-मुंड है। मन्दिर का भीतरी भाग भी मस्जिद बना दिया गया था। इसलिए मुसलमानों ने खम्भों को फिर से बड़ा करके गुम्बद बनाया तथा कुछ सजाया भी। बीच की प्राचीन

छत—जो कभी अत्यन्त भव्य रही होगी—जैसी मायापुरी मस्जिद है, परन्तु बेकार होने से वह फिर काम में नहीं लाई गई। हॉल तथा मूर्ति का स्थान—जहां सम्भवतः नन्दी था—वहां छत नहीं ढाली गई। यहां के खम्भे सबसे अधिक टूट गए हैं। जो मन्दिर का प्रमुख द्वार था, वह हटा दिया गया था। उसके स्थान पर एक सादा महराबदार दरवाजा लगा दिया गया था। प्रदक्षिणा की भीतरी दीवारें भी मूर्तियों सें भली-भांति सजी थीं। यह मार्ग अंधेरा न था, खिड़कियों से प्रकाश आता था, जिनसे अब भव्यता दीख पड़ती थी। भीतरी भाग सिद्धपुर के रुद्र महालय और मुढेरा के सूर्य-मन्दिर ही के समान है। जिस स्थान पर लिंग स्थापित था, वह चौकोर है।

मन्दिर का स्थापत्य ग्यारहवीं शताब्दी का है, जबकि मुढेरा, अम्बरनाथ, रुद्र महालय और विमलशाह के मन्दिर तैयार हुए थे। विशेषकर खम्भे वैसे ही हैं, जैसे आबू के तेजपाल के, ऋषभदेव के मन्दिर हैं।

ऐसा प्रतीत होता है कि भीमदेव का मन्दिर कुमारपाल के मन्दिर की भांति प्रशस्त और भव्य नहीं था। इसका कारण शायद यह रहा हो कि वह जल्दी में और लूटमार के तुरन्त बाद बनाया गया था।

भारत में मुसलमानों की सफलता के कारण

लगभग चार हजार वर्षों तक हिन्दू संस्कृति निरन्तर विकसित होती रही। देश-देशान्तरों में भी उसका प्रचार हुआ। उसका सम्पर्क दूसरी संस्कृतियों से हुआ, उनका प्रभाव भी उस पर पड़ा, परन्तु उसका अपना रूप बिलकुल स्थिर ही रहा। विदेशी विजेताओं तक ने उस संस्कृति के आगे सिर झुकाया और उसमें अपने को लीन कर लिया। यद्यपि ये विदेशी—शक, ग्रीक, हूण, सीथियन, मूची, कुशान आदि—हिन्दुओं की वर्ण-व्यवस्था एवं विभिन्न जातीय समुदायों के कारण उनमें पूर्णतया नहीं मिल पाए, परन्तु उन्होंने हिन्दू धर्म, हिन्दू भाषा, साहित्य, रीति-रिवाज, कला और विज्ञान को पूर्णतया अपनाकर हिन्दुओं की अनेक जातियों की भांति अपनी एक जाति बना ली, और ये हिन्दू जाति का एक अविच्छिन्न अंग बन गए—ये ही आज राजपूत, गूजर, जाट, खत्री, अहीर आदि के रूप में हैं।

परन्तु मुसलमानों में एक ऐसा जुनून था कि वे ईरान, ग्रीस, स्पेन, चीन और भारत कहीं की भी संस्कृति से प्रभावित नहीं हुए। किसी भी देश की संस्कृति उन्हें अपने में नहीं मिला सकी। वे जहां-जहां गए, अपनी विजयिनी संस्कृति का डंका बजाते ही गए। उनके सामने एकेश्वरवाद, मुहम्मद साहब की पैगम्बरी, कुरान का महत्त्व, बहिश्त और दोजख के स्पष्ट कड़े सिद्धान्त ऐसे थे, कि किसी भी संस्कृति को उनसे स्पर्द्धा करना असम्भव हो गया। उनके धर्म में तर्क को स्थान न था, तलवार को था। तलवार लेकर अपनी अद्‌भुत संस्कृति की वर्षा करते हुए, वे जहां-जहां गए, अपनी राजनैतिक सत्ता एवं सांस्कृतिक सत्ता स्थापित करते गए। इसमें कोई सन्देह नहीं कि भारतवर्ष अन्य

देशों की अपेक्षा अपनी सांस्कृतिक सत्ता पर विशेषता रखता था, और भारत पर मुस्लिम संस्कृति की विजय, अन्य देशों की अपेक्षा भिन्न प्रकार की ही थी। भारत की राजनैतिक सत्ता संयोजक और विभाजक द्वन्द्वों से परिपूर्ण थी। संयोजक सत्ता की प्रबलता होने पर मौर्य, गुप्त, वर्धन आदि साम्राज्य सुगठित हुए, परन्तु जब विभाजक सत्ता का प्रादुर्भाव हुआ, तो केन्द्रीय शक्ति के खंड-खंड हो गए और देश छोटे-छोटे टुकड़ों से बंट गया।

विभाजक सत्ता

जिस समय भारत में मुस्लिम आगमन हुआ, उस समय विभाजक सत्ता का बोलबाला था। भारत छोटे-छोटे अनियन्त्रित टुकड़ों में बंट गया था। एकदेशीयता की भावना उनमें न रही थी। ये अनियन्त्रित राज्य परस्पर राजनैतिक सम्बन्ध नहीं रखते थे। प्रत्येक खंड राज्य अपने ही में सीमित था। यदि किसी एक खंड राज्य पर कभी विदेशी आक्रमण होता, तो वह भारत पर आक्रमण नहीं समझा जाता था। न ऐसे आक्रमणों का सामना करना मबका सामूहिक कर्तव्य ही समझा जाता था। यदि कुछ राजा मिलकर एक होते भी थे, तो वैयक्तिक सम्बन्धों से। यह नहीं समझते थे कि यह हमारा एक राष्ट्रीय कर्तव्य है। धार्मिक और सामाजिक भिन्नताएं भी इसमें सहायक थीं। दिल्ली का पतन चौहानों का, और कन्नौज का पतन राठौरों का समझा जाता था। इसमें हिन्दुत्व के पतन का भी समावेश है, इस पर विचार ही नहीं किया जाता था। फिर, भारत में जो मुस्लिम राज्य सत्ताएं थीं, उनके प्रति तो शत्रु-भाव ही सबके थे। ये छोटी-छोटी रियासतें, साधारण कारणों से ही परस्पर ईर्ष्या-द्वेष और शत्रुभाव से ऐसी विरोधिनी शक्तियों के आधीन हो गई थीं, कि सहायता तो दूर रही, एक के पतन से दूसरी को हर्ष होता था। ऐसी हालत में एक शक्ति को श्रेष्ठ मानकर विदेशी आक्रान्ताओं का सामना करना तो दूर की बात थी।

भ्रातृत्व, एकता और अनुशासन

मुसलमान एकदेशीयता और एकराष्ट्रीयता के भावों में ग्रथित थे। सब मुसलमान बन्धुत्व के भावों से बंधे थे। सामूहिक रोजा-नमाज, खानपान ने उनमें ऐक्यवाद को जन्म दे दिया था। उनकी संस्कृति में एक का मरना सबका मरना, और एक का जीना सबका जीना था। राजपूतों में अनैक्य ही नहीं—घमंड भी बड़ा था। इससे कभी यदि वे एकत्र होकर लड़े भी, तो अनुशासन स्थिर न रख सके। मुसलमानों का अनुशासन अद्‌भुत था। उनके अनुशासन और धार्मिक कट्टरता ने ही उन्हें यह बल दिया, कि अपने से कई गुना अधिक हिन्दू सेना पर भी उन्होंने विजय पाई। युद्ध में जहां उन्हें लूट का लालच था, वहां धार्मिक पुण्य की भावना भी थी। धन और पुण्य, दोनों को तलवार के बल पर वे लूटते थे। काफिरों को मौत के घाट उतारना या उन्हें मुसलमान बनाना, ये दोनों काम ऐसे थे,

जिनसे उन्हें लोक-परलोक के वे सब सुख प्राप्त होने का विश्वास था, जिनके लुभावने वर्णन वे सुन चुके थे और जिन पर बड़े-से-बड़े मुसलमान को भी अविश्वास न था। इसी ने उनमें स्फूर्ति और एकता एवं विजयोन्माद उत्पन्न कर दिया। हिन्दुओं में ऐसा कोई भाव न था। जात-पांत के झगड़ों ने उनकी बन्धुत्व भावना नष्टकर दी थी, और विभाजक सत्ता ने उनकी राजनीतिक एकता को छिन्न-भिन्नकर दिया था। तिस पर सत्ताधारियों की गुलामी ने उनमें निराशा, विरक्ति और खिन्नता के भाव भी भर दिए थे। ऐसी हालत में देश-प्रेम या राष्ट्र-प्रेम उनमें उत्पन्न ही कहां से होता? राजपूतों में राजपूतीपन का जरूर जुनून था, पर इस रत्ती-भर उत्तेजक शक्ति के बल पर वे सिर्फ पतंगे की भांति जल ही मरे, पाया कुछ नहीं।

हिन्दू समाज-व्यवस्था ही पराजय का कारण

जब कोई नया आक्रमणकारी आता, प्रजा राजा को सहयोग देने की जगह अपना माल-मता लेकर इधर-उधर भाग जाती थी। राजा के नष्ट होने पर वह दूसरे राजा की अधीनता बिना आपत्ति स्वीकार कर लेती थी। राजपूत अन्य जाति के किसी योद्धा या राजनीतिज्ञ को कुछ गिनते ही न थे। इसी से कड़े-से-कड़े समय में भी राजा और प्रजा में एकता के भाव नहीं उदय होते थे। परन्तु मुसलमानों में भंगी से लेकर सुलतान तक एक ही जाति थी। प्रत्येक मुसलमान तलवार चलाकर काफिरों को मारकर पुण्य कमाने का या मरकर गाजी होने का इच्छुक रहता था। इस प्रकार हिन्दू समाज-व्यवस्था ही हिन्दुओं की पराजय का एक कारण बनी।

दूषित युद्धनीति

राजपूतों की युद्धनीति भी दूषित थी। सबसे बड़ा दूषण हाथियों की परम्परा थी। सिकन्दर के आक्रमण तथा दूसरे अवसरों पर प्रत्यक्ष ही हाथी पराजय का कारण बने थे। मुस्लिम अश्वबल विद्युत-शक्ति से शत्रु को दलित करता था। परन्तु हिन्दू सेनानी तोपों का आविष्कार होने पर भी हाथी पर ही जमे बैठे रहकर स्थिर निशाना बनने में वीरता समझते थे।

दूसरी वस्तु स्थिर होकर लड़ना तथा पीछे न हटना, उनके नाश का कारण बने। अवसरवादिता को वहां स्थान ही न था। युद्ध-योजना दुस्साहस पर ही निर्भर थी। बौद्धिक प्रयोग तो वहां होता ही न था। पीठ दिखाना घोर अपमान समझा जाता था। युद्ध में जय-प्राप्ति की भावना न थी, किन्तु जूझ मरने की थी। यद्यपि राजपूत साधारण कारणों से आपस में तो आक्रमण करते थे, पर विदेशियों पर इन्होंने कभी आक्रमण नहीं किया।

तीसरा दोष, सेनापतियों का आगे होकर उस समय तक युद्ध करना, जब तक कि वे मर न जावें, युद्ध न था, वरन् मृत्यु-वरण था। यह नीति महाभारत से लेकर राजपूतों

के पतन तक भारत में देखी गई। संक्षेप में यह कहा जा सकता है कि भारतीय युद्ध-कला का नेतृत्व योद्धाओं के हाथों में रहा सेनापति के हाथ में नहीं। सेनापति का तो भारतीय युद्ध में अभाव ही रहा। भारतीय युद्धों के इतिहास में तो आगे चलकर केवल दो ही रणनीति-पंडित हुए, एक मेवाड़ के महाराज राजसिंह, दूसरे छत्रपति शिवाजी। और दैव-विपाक से दोनों ही ने अपनी क्षुद्र शक्ति से आलमगीर औरंगज़ेब की प्रबल वाहिनी से टक्कर ली, तथा उसे सब तरह से नीचा दिखाया।

मुसलमानों का भर्ती-क्षेत्र अद्वितीय था। अफगानिस्तान और उसके आस-पास की मुस्लिम जातियां, जो भूखी और खूंखार थीं, जिन्हें लूट-लालच और जिहाद का जुनून था, जो काफिरों से लड़कर मरना, शहीद होना और जीतना मालामाल होना समझते थे, भर्ती के समाप्त न होनेवाले क्षेत्र थे। मुसलमानों को कभी भी सैनिकों की कमी न रही। महमूद गज़नवी और मुहम्मद गोरी की सेनाओं में अनगिनत मनुष्यों की मृत्यु होती थी, परन्तु टिड्डी दल की भांति उसे अनगिनत और सैनिक मिल जाते थे। उन्हें इन अभियानों में जो धन-जन की क्षति होती थी, उससे उन्हें अधैर्य और निराशा नहीं होती थी, क्योंकि उन्हें अटूट धन-रत्न, सुन्दर दास-दासी और ऐश्वर्य प्राप्त होते थे, साथ ही धार्मिक ख्याति और लाभ होने का भी विश्वास था। वे इन्हें धर्म-युद्ध समझते और सदा उत्साहित रहते थे।

हिन्दुओं का भर्ती-क्षेत्र सदा संकुचित था, वह एक राज्य या एक जाति और एक वर्ग तक सीमित था। छोटी-छोटी रियासतें थीं। उनमें भी केवल क्षत्रिय लड़ते थे। अन्य वर्गियों की उन्हें कोई सहायता ही नहीं प्राप्त होती। इसलिए वे युद्धोत्तर-काल में निरन्तर क्षीण होते जाते थे। उनकी युद्ध-कला ऐसी दूषित थी कि एक-दो दिन के युद्ध में ही उनके भाग्यों का समूल निपटारा हो जाता था। फिर कुछ करने-धरने-संभलने की तो कोई गुंजाइश ही न थी।

यदि आप कौटिलीय अर्थशास्त्र में वर्णित युद्ध-नीति पर गम्भीर दृष्टि डालें, तो आपको आश्चर्यचकित हो जाना पड़ेगा। उसमें ऐसी विकसित युद्ध-कला की व्याख्या है, कि जिसके आधार पर साम्राज्यों का निर्माण होता है। जिस महापुरुष ने वह ग्रन्थरत्न लिखा है, उसने सब मानवीय और अमानवीय तत्त्वों तथा गुण-दोषों को युद्ध के उपयोग में लिया है। बड़े दुःख का विषय है कि राजपूतों को इस युद्ध-कला से वंचित रहना पड़ा; उनकी युद्ध-कला केवल मृत्यु-वरण कला थी।

सेनानायक की जब तक मृत्यु न हो जाए, तब तक युद्ध में आगे बढ़कर वैयक्तिक पराक्रम प्रकट करते रहना बड़ी भयानक बात थी। इसकी भयानकता तथा घातकता का यह एक अच्छा उदाहरण है कि पृथ्वीराज ने संयोगिता के वरण में अपने सौ वीर सामन्तों में से साठ को कटा डाला और फिर किसी भांति वह उनकी पूर्ति न कर सका। जिससे तराइन के युद्धों में उसे पराजित होकर अपना और भारतीय हिन्दू राज्य का नाश देखना पड़ा। राणा सांगा, राणा प्रताप तथा पानीपत के तृतीय युद्ध के अवसरों पर सेनानायकों की इस प्रकार क्षति होने पर, उसकी पूर्ति न होने पर ही हिन्दुओं को पराजय का सामना

करना पड़ा।

मुसलमानों की सेना में प्रत्येक महत्त्वाकांक्षी योद्धा को उन्नत होने, आगे बढ़ने तथा युद्ध-क्षेत्र में तलवार पकड़ने का अधिकार तथा सुअवसर प्राप्त था। यहां तक कि क्रीत दासों को भी अपनी योग्यता के कारण, न केवल सेनापतियों के पद प्राप्त होने के सुअवसर मिले, प्रत्युत वे बादशाहों तक की श्रेणी में अपना तथा अपने वंश का नाम लिखा सके। कुतुबुद्दीन, इल्तमश, बलबन आदि ऐसे व्यक्ति थे, जो दास होते हुए भी अद्वितीय पराक्रमी और शक्तिशाली थे। इस प्रकार आप देखते हैं कि मुसमलान आक्रान्ताओं ने भारत में आकर यहां की जनता को अस्त-व्यस्त, राज्यों को खंड-खंड, राजाओं को असंगठित और राजनीति तथा युद्धनीति में दुर्बल पाया। अलबत्ता उनमें शौर्य, साहस और धैर्य अटूट था। परन्तु केवल इन्हीं गुणों के कारण वे सब भांति सुसंगठित मुसलमानों पर जय प्राप्त न कर सके—उन्हें राज्य और प्राण, दोनों ही खोने पड़े।

गुजरेश्वर

गुजरेश्वर सोलंकियों का मूल पुरुष, जिसने कि गुजरात में पट्टन का राज्य स्थापित किया, मूलराज प्रथम था। उसने सपादलक्षीय राजा चौहान विग्रहराज और तैलंग सेनापति वारप से युद्ध किए। इन युद्धों में वारप मारा गया। और उसके दस हजार घोड़े और अठारह सौ हाथी मूलराज के हाथ लगे। सम्भवतः चौहान राजा विग्रहराज से उसने सन्धि कर ली।[1] परन्तु 'प्रबन्ध-चिन्तामणि' में आगे चलकर यह लिखा है कि मूलराज विग्रहराज से डरकर कन्था दुर्ग में भाग गया था। पृथ्वीराज-विजय काव्य और हमारे महाकाव्य भी मूलराज की पराजय ही को ध्वनित करते है।[2] पृथ्वीराज-रासो में इस लड़ाई का विस्तृत वर्णन है। उसमें गुजरात के राजा बालुकराय का नाम लिखा है। परन्तु इस नाम का कोई राजा गुजरात में नहीं हुआ। सम्भवतः 'चालुक्यराय' के स्थान पर बालुकराय लिखा गया है। वह युद्ध विक्रम संवत 987 में हुआ था। परन्तु रासो का यह संवत गलत मालूम होता है। मूलराज ने विक्रम संवत 1017 से 1052 तक राज्य किया। इसलिए यह युद्ध विक्रम संवत 1017 के बाद ही होना चाहिए। इसके अतिरिक्त विग्रहराज दूसरे वीसलदेव का एक शिलालेख विक्रम संवत 1030 का हर्षनाथ के मन्दिर में, जो शेखावाटी में है, मिला है। उसमें इस युद्ध का कोई जिक्र नहीं है। इससे यह ध्वनित होता है कि यह युद्ध उक्त संवत के पीछे हुआ। इसके अतिरिक्त हेमचन्द्र ने अपने द्वयाश्रय काव्य में विग्रहराज और मूलराज के इस युद्ध की कोई चर्चा नहीं की। परन्तु सोलंकी वारप को मारने की बात बहुत बढ़ा-चढ़ाकर की है। यदि वारप मूलराज के हाथ

1. प्रबन्ध चिन्तामणि।
2. अप्युग्रतीर व्रत वीरवीर संसेव्य मान कृमपाद युग्मम्।
   श्री मूलराजं समरे निहत्ययो गुर्जयं जर्गरतां सनैर्षति ॥9॥
   (हम्मीर महाकाव्य—नवचंद्र सूरि कृत। वि. सं. 1440 और 1550 के बीच रचित।)

से मारा गया हो, तो भी लाट देश पर मूलराज का अधिकार नहीं पाया जाता। जैसा कि कीर्तिराज के दानपत्र से प्रमाणित है। द्वयाश्रय काव्य के आधार पर ही यह भी ज्ञात होता है कि मूलराज ने सौराष्ट्र के आभीर राजा गृहरिपु यादव चूड़ासमा को युद्ध में घायल करके बन्दी किया, और उसके सहायक कच्छ के राजा लाखा को युद्ध में मारा। फिर उसने सोमनाथ की यात्रा की।

'कीर्तिकौमुदी'[1] और 'सुकृतसंकीर्तन'[2] तथा 'कुमारपाल-चरित' में भी मूलराज के हाथ से लाखा का मारा जाना प्रमाणित है। परन्तु प्रबन्ध चिन्तामणि-कार यह कहता है कि उसने मूलराज को ग्यारह बार हराया था। अन्त में मूलराज ने उसे कपिलकोट के किले में घेरकर द्वन्द्व-युद्ध में मारा। कहते हैं कि मूलराज एक कपटी अनपढ़ व्यक्ति था। उसके विक्रम संवत 1043 के दानपत्र में, जो उसके हस्ताक्षर 'श्री मूलराजस्य' हैं, उनकी लिपि भद्दी है, और केवल छह अक्षर होने पर भी सीधी पंक्ति नहीं लिख सका। इससे मालूम होता है कि वह अधिक पढ़ा-लिखा नहीं था।

सिद्धपुर का रुद्र-महालय

मूलराज ने सिद्धपुर में रुद्र-महालय नाम का एक प्रशस्त शिवालय बनवाया, तथा इसकी प्रतिष्ठा के लिए कुरुक्षेत्र, कन्नौज तथा गौड़ देश से एक हजार ब्राह्मण बुलवाए। और उनको दो सौ तिहत्तर गांव तथा अन्य जागीरें देकर गुजरात में बसाया था।[3] ये गुजरात में उत्तर से आए थे, इसलिए 'औदीच्य' और उनकी संख्या एक सहस्र होने से 'सहस्र औदीच्य' कहलाए। इस समय औदीच्य ब्राह्मणों की गणना पंच द्रविड़ों में होती है। परन्तु देखा जाए तो द्रविणों की परम्परा से उनका कोई सम्बन्ध नहीं है। ब्राह्मणों के भेद मूलराज से बहुत पीछे हुए। कुछ लेखकों का यह भी कहना है कि रुद्र-महालय मूलराज के हाथ से पूर्ण नहीं हुआ था, जयसिंह सिद्धराज ने उसको पूरा किया था। मूलराज के एक दानपत्र में, जो विक्रम संवत 1043 का है, यह स्पष्ट लिखा है कि विक्रम संवत 1043 माघ-बदी अमावस्या, सूर्य-ग्रहण के दिन श्रीस्थल में रुद्र-महालय देव का पूजनकर कम्बोइका गांव, मंडली नगर के मूलनाथ को भेंट किया।[4]

इससे स्पष्ट होता है, कि रुद्र-महालय की स्थापना विक्रम संवत 1043 के पहले

---

1. कीर्तिकौमुदी, सर्ग 2, श्लोक 5।
2. सुकृत-संकीर्तन, सर्ग 2, श्लोक 5।
3. देखिए, याज्ञिक नीलकंठ के पौत्र और जगजीवन के पुत्र वेदीदत्त-रचित 'औदीच्य-प्रकाश।'
4. महाराजधिराज श्री मूलराजः ××× श्री मोढ़ेरकीयार्द्धाष्टमेंषु कंबोइका ग्रामे समस्त राजपुरुषान् ××× बोधयत्यस्तुवः संविदितम्। यथा। श्रीमदणहिल पाटन स्थानावस्तिथतैरस्माभिः सूर्यग्रहण पर्वणि श्रीस्थल के प्राचीन सरस्वती वारिणा स्नात्वातृं (त्रि) दशपतिं रुद्र महास्वय देवमभ्यर्च्य ××× उपरिलिखित ग्रामीयं वद्धिं विषये मंडल्यां स्थापित श्री मूलनाथ देवाय शासनेनीद्रक पूर्वमस्माभिः प्रदत्तः।

(इंडियन एन्टिक्वेरी, जि. 6, पृ. 191-1927.)

हो चुकी थी। हेमचन्द्र अपने 'द्वयाश्रय-काव्य' में मूलराज के पुत्र चामुंडराज का महालय में महाभारत सुनने का वर्णन करता है। यदि महालय की प्रतिष्ठा मूलराज से नहीं हुई होती तो यह सम्भव नहीं था। हेमचन्द्र, जयसिंह सिद्धराज का समकालीन था। रुद्र महालय का मन्दिर भी सुलतान गज़नवी की चढ़ाई के समय तोड़ा गया था, इसके भी प्रमाण हैं—और इसका जीर्णोद्धार जयसिंह सिद्धराज ने कराया था।

मूलराज ने अनहिल्ल पट्टन में भी त्रिपुर-प्रासाद नामक मन्दिर बनवाया था। द्वयाश्रय काव्य में लिखा है कि मूलराज दान-पुण्य करने की इच्छा से अपना राज्य अपने ज्येष्ठ पुत्र चामुंडराय को सौंपकर सिद्धपुर में जा रहा, और वहीं जीवित अग्नि में प्रवेश करके स्वर्ग को सिधारा।[1]

मूलराज ने विक्रम संवत 1017 से 1052 तक राज्य किया था।

चामुंडराज

मूलराज के पुत्र और उत्तराधिकारी चामुंडराज के विरुद 'परम भट्टारक', 'महाराजाधिराज' और 'परमेश्वर' मिलते हैं। जयसिंह सूरि अपने 'कुमारपाल चरित' में लिखते हैं कि "चामुंडा के वर से प्रबल होकर चामुंडराज ने मदोन्मत्त हाथी जैसे सिन्धुराज को युद्ध में मारा।"[2] सिन्धुराज मालव के प्रसिद्ध विद्यानुरागी परमारवंशी राजा भोज का पिता तथा मुंज, वाक्पतिराज अमोघ वर्ष का छोटा भाई और उत्तराधिकारी था। परन्तु इस घटना का उल्लेख मालव के राजाओं के शिलालेखों और ऐतिहासिक पुस्तकों में नहीं है। न गुजरात के इतिहासकारों ने ही इस घटना का उल्लेख किया है। बड़ानगर में मिली महाराज कुमारपाल की प्रशस्ति में, जो विक्रम संवत 1208, आश्विन शुक्ल 15, गुरुवार की है, लिखा है कि "उस मूलराज का पुत्र, राजाओं में शिरोमणि, चामुंडराज हुआ, जिसके मस्त हाथियों के मद-गन्ध की हवा के सूंघनेमात्र से दूर से ही मदरहित होकर भागते हुए अपने हाथियों के साथ-ही-साथ राजा सिन्धुराज इस तरह नष्ट हुआ कि उसके यश की गन्ध तक नहीं रही।"[3]

प्रशस्ति के शिलालेख में सिन्धुराजः क्षोणिपतिः पाठ है—जिसका अर्थ राजा सिन्धुराज या सिन्धुराज नामक यह होता है। डाक्टर बूलर ने उक्त प्रशस्ति का सम्पादन करते हुए इसका अर्थ सिन्धु देश का राजा कहा है। परन्तु यह ठीक नहीं है। क्योंकि सिन्धुराज

---

1. द्वयाश्रय काव्य, सर्ग 6, श्लोक 103-107।
2. कुमारपाल-चरित्र, 1-13।
3. सूनुस्तस्य बभूव भूपतिलकश्चामुंडराजाह्वयो
   यद्गन्धद्विपदानगन्ध पवन-घ्राणेन दूरादपि।
   विभ्रश्यन्मदगन्धमग्नकरिभिः श्रीसिन्धुराजस्तथा
   नष्टः क्षोणिपतिर्यथास्य यशसां गन्धपि निर्णाशितः।
   ऐपिग्राफिया इंडिका, जिल्द, पृष्ठ 297।

का विशेषण क्षोणिपति है, इससे यह निश्चय होता है कि चामुंडराज के हाथ से सिन्धुराज नामक राजा ही मारा गया, सिन्धु का राजा नहीं। सम्भवतः यह घटना विक्रम संवत 1066 के कुछ पहले हुई। कारण, विक्रम संवत। 1050 तक तो मुंज ही मालव का राजा था, जिसका छोटा भाई सिन्धुराज था। चामुंडराय का देहान्त 1066 में हुआ। इसलिए विक्रम संवत 1050 और 1066 के बीच ही सिन्धुराज का मारा जाना माना जा सकता है।

हेमचन्द्र आचार्य ने अपने द्वयाश्रय काव्य में चामुंडराज को गुणी, कर्तव्य परायण, शत्रु-संहारक, परोपकारी और धनी दिखाया है।[1]

चामुंडराज के तीन पुत्र थे : वल्लभराज, दुर्लभराज और नागराज। वल्लभराज ने मालव पर चढ़ाई की, पर वह बीमार होकर वहीं मर गया। वहां से उसका सेनापति लौट आया। वल्लभराज की मृत्यु से चामुंडराज बहुत दुखी हुआ और वह दुर्लभराज को राज्य दे नर्मदा-तट पर शुक्ल तीर्थ में आत्म-ध्यान में प्रवृत्त हुआ। इस घटना का उल्लेख यद्यपि द्वयाश्रय काव्य में किया तो गया है, परन्तु उसका टीकाकार अभयतिलक गणी यह कहता है, कि चामुंडराज बड़ा कामी था। इसीलिए उसकी बहिन चाचिणीदेवी ने उसको सिंहासन से उतारकर वल्लभराज को गद्दी पर बैठाया। अभयतिलक गणी के इस कथन में सत्यता प्रकट होती है, क्योंकि भीमदेव प्रथम के वृत्तान्त में फारसी के इतिहासकारों से उद्धृत किया जानेवाले दाबशिलीन के हाल से उसका समर्थन होता है। 'प्रबन्ध चिन्तामणि' के कथनानुसार चामुंडराज ने अनहिल्ल पट्टन में चायणेश्वर का मन्दिर बनवाया था। इससे चाचिणी देवी नाम तो ठीक है।

फार्बस ने अपनी 'रासमाला' में लिखा है कि चामुंडराज ने अपनी बहिन चाचिणी देवी से व्यभिचार किया। किन्तु गुजरात के किसी भी इतिहास से इस कथन की पुष्टि नहीं होती। सम्भवतः फार्बस ने अभयतिलक गणी के वक्तव्य को भ्रम से ऐसा लिख दिया है। रत्नमालाकार लिखता है कि चामुंडराज का शरीर पीले रंग का, कृश था। खाने-पीने और शृंगार में वह बहुत रुचि रखता था, तालाब आदि बनवाने तथा बाग लगाने का भी उसको बहुत शौक था। चामुंडराज ने विक्रम संवत 1053-1066 तक, अनुमानतः 14 वर्ष, राज्य किया।

कहा जाता है कि बचपन में एक बार चामुंडराज अपने पिता महाराज मूलराज के पास बैठा था। उस समय लाट देश के राजा वारप ने मूलराज को भेंट में कुछ हाथी भेजे थे। चामुंडराज ने एक हथिनी को लक्ष्य करके कहा, "यह अशुभ हथिनी है। क्योंकि इसकी पूंछ कुत्ते के समान है। इस लक्षणवाला हाथी जिस राजा के यहां रहेगा, उसका राज्य और घर नष्ट हो जाएगा। लाट देश के राजा ने जान-बूझकर शत्रुता से यह हथिनी भेजी है।" ऐसा कहकर चामुंडराज ने पिता की आज्ञा लेकर वारप पर चढ़ाई की, और उसे मार डाला।[2] द्वयाश्रय काव्य में तो यह लिखा है, पर 'प्रबन्धचिन्तामणि' में वारप

1. द्वयाश्रय काव्य, सर्ग 7, श्लोक 1-58।
2. देखिए--हेमचन्द्र सूरि-कृत--'द्वयाश्रय काव्य'।

को तैलंग का राजा और सुकृत-संकीर्तन[1] में कान्यकुब्ज का राजा लिखा है। परन्तु कीर्तिकौमुदी[2] में उसे द्वयाश्रय काव्य की भांति लाट देश का मन्त्री लिखा है। चाहे जो हो, परन्तु वारप का मूलराज या चामुंडराज के हाथ से मारा जाना तो निश्चित ही है। परन्तु वारप के पौत्र कीर्तिराज और कीर्तिराज के पौत्र त्रिलोचनपाल का एक दानपत्र शक संवत 972, विक्रम संवत 1107 का मिला है।[3] इससे तो यह प्रमाणित होता है कि उस काल तक वारप के वंशज पाटन के सोलंकियों के अधीन न थे। विक्रम संवत 1030 में कल्याण के चालुक्य राजा तैलप ने राठौरों से लाट देश छीना। छीनकर अपने सेनापति वारप को दिया, वारप की मृत्यु विक्रम संवत 1030 में हुई–या अधिक-से-अधिक 1050 के अन्तर्गत। परन्तु लाट देश पर अधिकार इसी के वंशजों का रहा।

कुछ इतिहासकारों का मत है कि चागुंडराज भोगी-विलासी, संगीत और ऐश-आराम में पड़ा रहनेवाला राजा था। उसने अपनी बढ़ती उम्र में अपना सब राजकाज मन्त्रीमंडल को सौंप दिया था, और प्रजा की तरफ से बेखबर हो गया था। वह हृदय का कोमल और प्रेमी था, और स्त्रियों के साथ मौज-मज़े में अपने दिन काटता था। उसे गुस्सा भी जल्दी आता था। उसका हाथ खुला हुआ था। ज्यों-ज्यों उसकी उम्र बढ़ती गई, वह आलसी और कायर होता गया। अन्त में उसका काल मृत्युपर्यन्त वनवास के रूप में व्यतीत हुआ।

वल्लभराज

चामुंडराज के ज्येष्ठ पुत्र वल्लभराज के विरुद 'महाराजाधिराज-परमेश्वर-परमभट्टारक–राजमदनशंकर और जगज्फपन, जगत्कम्पन' मिलते हैं। पूर्वोक्त तीन विरुद तो सोलंकियों के कितने ही दानपत्रों में मिलते हैं। चामुंडराज के राज्यच्युत होने पर वल्लभराज राजा हुआ। कुछ दिन बाद उसने मालव पर आक्रमण किया और चेचक से वहीं उसका देहान्त हो गया। प्रबन्ध चिन्तामणि में लिखा है कि वल्लभराज ने पांच महीने उन्तीस दिन राज्य किया और दुर्लभराज ने बारह वर्ष। परन्तु वही आचार्य मेरुतुंग अपनी 'विचारश्रेणी' नामक पुस्तक में मूलराज के पीछे चौदह वर्ष तक वल्लभराज का और उसके बाद बारह वर्ष तक दुर्लभराज का राज करना लिखते हैं। इन्हीं आचार्य के मत से चामुंडराज तेरह वर्ष, एक मास और चौबीस दिन राज कर चुका था। परन्तु मूलराज के पीछे तो चामुंडराज का राजा होना गुजरात के इतिहास की सभी पुस्तकों में तथा ताम्रपत्रों से भी प्रमाणित है। परन्तु वल्लभराज ने तो पूरे एक वर्ष भी राज नहीं किया। किसी-किसी ने तो राजाओं की नामावली में वल्लभराज

1. सुकृत-संकीर्तन, सर्ग 2, श्लोक 5।
2. कीर्तिकौमुदी, सर्ग 2, श्लोक 3।
3. डा. कीलहार्न-संग्रहीत– इन्सकृप्शंस ऑफ नार्दर्न इंडिया, संख्या 354, पृ. 50।

का नाम ही नहीं लिया। विक्रम संवत 1966 में वल्लभराज का देहान्त हो गया।

वल्लभराज ने जब मालवा पर चढ़ाई की थी, तब वहां का राजा भोज था। परन्तु कुमारपाल-चरित की हस्तलिखित प्रति में उसका नाम मुंज लिखा है। सुकृत-संकीर्तन और कीर्तिकौमुदी में मालव राजा का नाम ही नहीं दिया। परन्तु मुंज और सिन्धुराज दोनों ही वल्लभदेव के गद्दी पर बैठने के काल में मर चुके थे। वल्लभ पंडित ने भोज-प्रबन्ध में सिन्धुराज का अपने छोटे भाई को राज्य देना और बालक पुत्र भोज को उसे सौंप देना लिखा है। परन्तु यह भ्रम है, मुंज के मारे जाने के बाद सिन्धुराज मालवा का राजा हुआ, जिसका पुत्र भोज था।

कुछ इतिहासकार वल्लभदेव को रंगीली प्रकृति का, शूरवीर और बात का धनी राजपूत कहते हैं। उसे विवेकी, वाचाल, निष्कपट और पवित्र मन का आदमी भी कहा गया है। वह अपने वचन का पालन करनेवाला और मुसलमानों का विरोधी था।

दुर्लभराज

इस राजा के विरुद 'परमभट्टारक', 'महाराजाधिराज' और 'परमेश्वर' मिलते हैं। द्वयाश्रय काव्य यह लिखता है कि दुर्लभराज के पास राजा महेन्द्र की बहिन दुर्लभदेवी के स्वयंवर का निमन्त्रण आया, जिसमें वह अपने भाई नागराज के साथ स्वयंवर में गया। जहां अंगराज, काशीनरेश, चेदीश्वर कुरुराज, हूणाधिप मथुरेश आदि राजा आए थे। दुर्लभदेवी ने वरमाला दुर्लभराज को ही पहनाई। परन्तु महेन्द्र ने अपनी दूसरी बहिन लक्ष्मी का विवाह नागराज के साथ कर दिया। लौटते समय सब राजाओं से उनका युद्ध हुआ, और उसमें दोनों भाइयों ने उनको परास्त किया, और अनहिल्लवाड़ा में आ पहुंचे।[1] किन्तु स्वयंवर की यह कथा विश्वसनीय नहीं मालूम होती। ऐसा मालूम होता है कि रघुवंश में वर्णित इन्दुवती के स्वयंवर के वर्णन का अनुकरण करते हुए हेमचन्द्र ने अपने इस काव्य में यह प्रसंग लिख दिया है। फिर भी इतना तो माना ही जा सकता है कि महेन्द्र ने अपनी बहिन का विवाह दुर्लभदेव से किया होगा। परन्तु महेन्द्र कहां का राजा था, इसका स्पष्टीकरण हेमचन्द्र ने नहीं किया। लेकिन द्वयाश्रय काव्य का टीकाकार उसे मारवाड़ का राजा बताता है। सम्भवतः यही ठीक है। उस समय मारवाड़ में मुख्य राजा नान्दौल के चौहानों का था और महेन्द्र नान्दौल पर चौहानों का राज्य स्थापित करनेवाले राव लखनसिंह के छोटे पुत्र विग्रहपाल का बेटा था। ऐसा नान्दौल के चौहानों के दानपत्रों से प्रमाणित होता है।

फार्बस की अपनी सम्पादित 'रासमाला' में यह घटना बिलकुल उलटी लिखी है। वह कहता है कि दुर्लभराज ने अपनी बहिन दुर्लभदेवी का विवाह मारवाड़ के राजा से किया, परन्तु गुजरात का कोई इतिहासकार इसका समर्थन नहीं करता। सम्भवतः फार्बस ने द्वयाश्रय काव्य के अभिप्राय को समझने में गलती की है।

1. द्वयाश्रय काव्य, सर्ग 7, श्लोक 66-142।

जयसिंह सूरि लिखता है कि न्यायी दुर्लभराज ने लाट के राजा को हराकर उसकी लक्ष्मी और जमीन छीन ली।[1] इतिहास से प्रमाणित यह है कि दुर्लभराज के समय लाट देश का राजा सोलंकी वारप का पौत्र कीर्तिराज था। और उसके पीछे उसके पौत्र त्रिलोचनपाल तक के समय का दानपत्र उस समय के विक्रम संवत 1075 तक का मिल चुका है। लाट पर राजा वारप के वंशजों का अधिकार था। सम्भव है कि दुर्लभराज ने लाट देश के उत्तरी अंश को राज्य के अधीन कर लिया हो।

सोमेश्वर दुर्लभराज को अपने राज्य का रक्षक तथा परस्त्री और द्विजधन की ओर दृष्टि न देनेवाला बताता है।[2] ऐसा ही 'सुकृत-संकीर्तन' काव्य भी कहता है।[3] इससे दुर्लभदेव का न्यायी, सदाचारी और न्याय-रक्षक होना पाया जाता है। रत्नमालाकार ने कहा है कि दुर्लभराज का कद लम्बा था। वह सेवाव्रती, ज्ञानवान और कर्तव्यपरायण था। उसको तपस्वी के समान स्नान-ध्यान और गंगा-तट से प्रीति थी। वह युद्ध-प्रिय नहीं था।[4] हेमचन्द्र ने लिखा है कि तत्त्वज्ञानी दुर्लभराज ने एकान्तवाद को निर्मूल ठहराकर सत्यता ग्रहण की।[5] इससे ऐसा मालूम होता है कि दुर्लभराज की जैन-धर्म की ओर भी आस्था थी।

'प्रबन्ध चिन्तामणि' में लिखा है कि दुर्लभराज अपने भाई नागराज के पुत्र भीमदेव को राजसिंहासन पर बैठाकर यात्रा की इच्छा से काशी गया। किन्तु जब वह मालव देश को पार करने लगा तो वहां के राजा मंजु ने उससे कहा—कि या तो छत्र-चंवर आदि यहीं छोड़कर यात्री के वेश में जाओ, या मुझसे युद्ध करो। इस प्रकार धर्म-कार्य में विघ्न होने से अपना सारा हाल भीम को कहला भेजा और यात्री के वेश में काशी चला गया। तभी से मालव और गुजरात में शत्रुता की जड़ जमी।[6] परन्तु मेरुतुंग का यह कथन सत्य प्रतीत नहीं होता, क्योंकि द्वयाश्रय काव्य के प्रणेता हेमचन्द्र ने जो बात चामुंडराज के सम्बन्ध में लिखी है, उसी को उसने दुर्लभराज के साथ जोड़ दिया। एक तो दुर्लभराज के काल में मालन का राजा मंजु नहीं, भोज था। दुर्लभराज का राज्यारोहण विक्रम संवत 1050 और 1054 के बीच हो चुका था। फिर मालव के परमारों और गुजरात के सोलंकियों के बीच परम्परागत वैर का सिलसिला चामुंडराज के समय से ही हो गया था। चामुंडराज ने सिन्धुराज को मारा और मालववालों ने चामुंडराज को काशी जाते समय लूट लिया, और छत्र-चंवर आदि छीन लिए। इस पर वल्लभराज ने चढ़ाई की, और वहीं पर उसकी मृत्यु हो गई। इस प्रकार इन दोनों राज्यों का वैर और पहले से आरम्भ हुआ था।

---

1. कुमारपालचरित, सर्ग 1।
2. कीर्तिकौमुदी, सर्ग 2।
3. सुकृत-संकीर्तन, सर्ग 2।
4. रत्नमाला, रत्न 2, पृष्ठ 32।
5. द्वयाश्रय काव्य, सर्ग 7, श्लोक 64।
6. प्रबन्ध चिन्तामणि, पृष्ठ 49-50।

हेमचन्द्र ने दुर्लभराज के राज्य को छोड़ने के विषय में लिखा है, कि दुर्लभराज को तीर्थ में रहने की इच्छा थी, तो उसने नागराज के पुत्र भीमदेव को गद्दी देनी चाही। और दुर्लभराज तथा नागराज, दोनों के समझाने से भीमदेव राजा हुआ।[1] परन्तु हेमचन्द्र का यह कथन भी विश्वसनीय नहीं प्रतीत होता। दुर्लभराज और नागराज, दोनों को राज्य का इच्छुक होना और भीमदेव के गद्दी पर बैठते ही उनका एक साथ स्वर्गवास हो जाना विचित्र नाटकीय घटना-सी है। फिर कुछ ऐसे प्रमाण भी हैं, कि जिनसे यह ध्वनित होता है कि दुर्लभराज ने अपनी इच्छा से राज नहीं छोड़ा, भीमदेव ने बलात उससे राज्य छीना। अनेक विद्वानों का यह मत है। और हेमचन्द्र ने तो ऐसी ही बात चामुंडराज के राज्य परित्याग के विषय में भी कही है। द्वयाश्रय काव्य के टीकाकार का तो यह स्पष्ट कथन है कि चामुंडराज को राज्य-च्युत किया गया था।

दुर्लभराज ने अनहिल्ल पट्टन में दानशाला, हस्तिशाला, घटिका-गृह सहित सप्त भूमिवाला धवल गृह, मदनशंकर प्रासाद और दुर्लभ-सर नाम का तालाब बनवाया।

फिर कुछ इतिहासकार दुर्लभराज को दम्भी और पाखंडी कहते हैं। जैसा कि इतिहासकारों का कथन है–दुर्लभराज ने भी महमूद से युद्ध किया होगा। क्योंकि महमूद ने सिद्धपुर का रुद्र-महालय भी भंग किया था। फिर दुर्लभ ने महमूद की आधीनता स्वीकार कर अपनी प्रतिष्ठा की रक्षा भी नहीं की। गुजरात की प्रजा भी दुर्लभदेव को चाहती न थी, ऐसा कुछ विद्वानों का मत है।

मेरुतुंग आचार्य ने 'प्रबन्ध चिन्तामणि' में विक्रम संवत 1065, चैत्र शुक्ल छठ को दुर्लभराज का राज्याभिषेक होना और विक्रम संवत 1077, ज्येष्ठ सुदी द्वादशी को अपना राज्य भतीजे भीम को देना लिखा है। परन्तु 'प्रबन्ध चिन्तामणि' की अपेक्षा 'विचारश्रेणी' अधिक प्रमाणित प्रतीत होता है। विचारश्रेणी के अनुसार दुर्लभराज ने 1078 तक राज्य किया।

कुछ इतिहासकार दुर्लभसेन को दगाबाज और साहूकार चोर कहते हैं। अपना मतलब सिद्ध करने के लिए वह अच्छे-बुरे की परवाह नहीं करता था। वह किसी पर भरोसा भी नहीं करता था। न उसे भाई-भतीजों पर विश्वास था। खुशामदी एवं जी-हुजूरिए उसे घेरे रहते थे। वह असन्तोषी पुरुष था और मतलब पूरा करने के लिए वह दया-माया, नीति-अनीति की तनिक भी परवाह नहीं करता था। कहा जाता है कि उसने महमूद से सन्धि कर ली थी, और अपने भाई वल्लभदेव को शत्रु के सुपुर्द करने में सहायता की थी।

भीमदेव

संस्कृत पुस्तकों में भीमदेव का काफी चरित्र मिलता है। 'प्रबन्ध चिन्तामणि' काव्य में लिखा है कि भीमदेव ने सिन्धु देश पर चढ़ाई की। उस समय मालव के राजा भोज

1. द्वयाश्रय काव्य, सर्ग 8, श्लोक 15-22।

के सेनापति कुलचन्द में अनहिल्लवाड़े पर हमला किया और उस नगर को जीतकर 'धवल गृह' के द्वार पर, जहां घड़ी बजा करती थी--कौड़ियां गढ़वाकर और विजय-पत्र साथ लेकर मालव को लौटा। सब वृत्तान्त सुनकर भोज ने कहा कि तुमने वहां पर कोयले क्यों नहीं गाड़े, कौड़ियां गाड़ने का फल तो यह होगा कि मालव का कर गुजरात को जाएगा।[1] भोज की इस विजय का उल्लेख ग्वालियर राज्य के उदयपुर में मिले हुए परमार राजा उदयदित्य के समय के शिलालेख में भी मिलता है।[2] परन्तु प्रबन्ध चिन्तामणि का काव्यकार कुछ दूसरी ही बात कहता है। उसने यह लिखा है कि एक साल ऐसा हुआ कि वृष्टि नहीं हुई, और अन्न और घास का मिलना कम हो गया। इसी समय भीमदेव को सूचना मिली, कि भोज ने उसके देश पर आक्रमण किया है। इस पर उसने अपने सन्धि-वैग्रहिक 'डांमर' को यह आज्ञा दी, कि कुछ दंड देकर इस चढ़ाई को रोकना चाहिए। डांमर भोज के दरबार में गया। वहां होनेवाले एक नाटक-अभिनय में तैलपदेव का एक दृश्य आया। उस प्रसंग पर डांमर ने राजा भोज के सामने भरी सभा में यह कहा कि तैलपदेव मुंज को सूली पर चढ़ाने के कारण प्रसिद्ध हैं। इस आक्षेप से उत्तेजित होकर भोज ने तैलप देश पर चढ़ाई कर दी।[3] उधर से तैलप की बड़ी सेना भी उसका सामना करने को आई। इस अवसर पर डांमर ने एक जाली पत्र बनाकर भोज से कहा, कि भीम भी गालव के लिए प्रस्थान पर भोगपुर तक आ पहुंचे हैं। इस पर भोज ने घबराकर डांमर से कहा, कि इस समय गुजरात के महाराज भीमदेव को मालव पर आक्रमण करने से रोको। और एक हाथियों की जोड़ी भीमदेव को भेंट की।[4] परन्तु कुछ ऐतिहासिक तत्त्व इस घटना के विरोधी हैं। पहली बात तो यह है कि तैलप का देहान्त संवत 1054 में ही हो गया था और उस समय मालव का राजा भोज नहीं, वरन् उसका पिता सिन्धुराज था। भोज ने तैलप पर नहीं, किन्तु उसके पौत्र जयसिंह पर चढ़ाई की थी। भीमदेव का तो राज्याभिषेक भी इस घटना के 12 वर्ष बाद हुआ। भोज ने मुंज का बदला लेने के लिए तैलप के वंशधर जयसिंह पर चढ़ाई करके कोंकण को जीता था, जिसका उत्सव विक्रम संवत 1059 में मनाया गया। भोज के उक्त संवत के दानपत्र से यह बात प्रमाणित होती है। इसी ग्रन्थकार ने भोज और भीम की लड़ाई के सम्बन्ध में तीसरी बात यह भी लिखी है कि डाहल देश के राजा कर्ण ने राजा भोज पर चढ़ाई की, और उसका आधा राज्य देने की शर्त पर भीम को पीछे की ओर से हमला करने को बुलाया। इसी

---

1. प्रबन्ध चिन्तामणि, पृ. 80-81।
2. चेदीश्वरेन्द्ररथ(तोग्ग) ल(भीममु) ख्यान्
   कर्णाट लाटपति गुर्ज्जरराट् तुरुष्कान्।
   यद्भृत्य मात्र विषितानवलोकमाला
   दोष्णां वलानि कलयन्ति न (योद्ध) लोकान् ॥19॥
   (ऐपिग्राफिया इंडिका, जिल्द 1, पृ. 235)
3. सोलंकियों का इतिहास (गौरीशंकर हीराचन्द्र ओझा), प्रथम भाग, पृ. 73-80।
4. प्रबन्ध चिन्तामणि, पृ. 76-79।

लड़ाई के समय में भोज रोगी होकर मर गया और कर्ण ने भोज की सारी सम्पत्ति लूट ली। भीम ने इस पर डांमर को आज्ञा दी कि या तो भोज का आधा राज्य मेरे सुपुर्द करो, नहीं तो तुम्हारा सिर काट लिया जाएगा। इस पर डांमर ने बत्तीस सवारों को लेकर कर्ण को उसके डेरे में दोपहर के समय घेर लिया। इस पर राजा कर्ण ने एक हिस्से में नीलकंठ-चिन्तामणि और गणपति आदि सहित स्वर्ण की बनी हुई मंडपिका तथा दूसरे में राज्य की सारी सम्पत्ति रखकर कहा–कि जो हिस्सा अच्छा समझें, उठा लें। सोलह पहर तक वे हिस्से यों ही पड़े रहे। इसके बाद भीम की आज्ञा से डांमर ने मंडपिका लेकर भीम को भेंट कर दी।[1] यह घटना विक्रम संवत 1110 के आस-पास हुई। जिसमें लाभ डाहल के राजा कर्ण को ही मिला।[2] भीमदेव के समय भोज ने अनहिलवाड़े पर चढ़ाई की थी, जिसका बदला लेने के लिए भीमदेव राजा कर्ण का सहायक बना।

आबू के परमारों से भीमदेव का संघर्ष

सोलंकी मूलराज ने आबू के परमार राजा धरणीवराह का राज्य अपने आधीन कर लिया था। तब से आबू के परमार गुजरात के सोलंकी राजाओं के सामन्त कहलाते थे। भीमदेव के काल में आबू का राजा धुन्धक था। उसने भीमदेव की आधीनता स्वीकार करनी नहीं चाही। जिसके कारण भीमदेव के साथ उसका संघर्ष हुआ। इस सम्बन्ध में गुजरात के इतिहास से सम्बन्धित पुस्तकों में तो कुछ नहीं लिखा। परन्तु पौरवाड़ 'प्रागवाट' महाजन विमलशाह के बनाए हुए आबू पहाड़ पर के देलवाड़ा गांव के प्रसिद्ध आदिनाथ के जैन मन्दिर विमलवंश ही के जीर्णोद्धार के, विक्रम संवत 1378, ज्येष्ठ सुदी 9 के शिलालेख में लिखा है–"कि चन्द्रावती नगरी का राजा धुन्धक[3] वीरों का अग्रणी था। जब उसने राजा भीमदेव की सेवा स्वीकार नहीं की, तब राजा भीमदेव उस पर क्रुद्ध हुआ। जिससे वह मनस्वी धुन्धक राजा भोज के पास चला गया। फिर राजा भीम ने प्रागवाट वंशी मन्त्री विमल को अर्बुद का मन्त्री बनाया। उसने विक्रम संवत 1088 में अर्बुद के शिखर पर आदिनाथ का मन्दिर बनवाया।"[4] इसके समर्थन में जिनप्रभु सूरि का तीर्थकल्प का लेख भी है, जिसमें लिखा है कि जब गुजरेश्वर भीमदेव राजा धुन्धक पर क्रुद्ध हुआ, तब उस विमलशाह ने भक्ति से उस भीमदेव को प्रसन्न करके उस धुन्धक को चित्रकूट से लाकर विक्रम संवत 1088 में उस धुन्धक की आज्ञा से विमलवस्ती नामक मन्दिर बनवाया।[5] इन दोनों कथनों का सारांश यही है कि धुन्धक ने भीमदेव से विरोध किया जिससे उसे मालव के राजा भोज परमार की शरण में रहना पड़ा। पीछे मन्त्री विमलशाह

---

1. देखिए प्रबन्ध चिन्तामणि, पृ. 122-23।
2. डाहल चेदि देश का राज्य था। यह राज्य जबलपुर के आस-पास मध्यप्रान्त में था।
3. धुन्धकराज आबू के परमार राजा महीपाल का पुत्र था।
4. ऐपिग्राफिया इंडिका, पृ. 155-56।
5. तीर्थ-कल्प में अद्भुत कल्प।

की मध्यस्थता में उसने भीमदेव से सन्धि की और उसकी सेवा स्वीकार करके अपना राज्य वापस पाया। धुन्धक के पीछे उसका पुत्र प्रणपाल आबू का राजा हुआ, और उसके पीछे उसके छोटे भाई कृष्णराज ने राज्य पाया। कृष्णराज से किसी प्रकार नाराज होकर भीमदेव ने उसे कैद कर लिया।[1] जोधपुर राज्य के सुझा नामक पहाड़ पर के देवी मन्दिर की विक्रम संवत 1319 की प्रशस्ति में नान्दौल के राजा बालाप्रसाद चौहान के वर्णन में लिखा है कि उसने राजा भीमदेव की सेवा में रहकर कृष्णदेव को छुड़ाया।[2]

भीमदेव का नान्दौल के चौहानों से युद्ध

जैसे भीमदेव ने आबू के परमारों को अपने आधीन किया, वैसे ही नान्दौल के चौहानों पर चढ़ाई करके उन्हें अपने आधीन बनाया। नान्दौल राज्य जोधपुर के गौड़वाड़ परगने में है। नान्दौल के चौहान सोंभर के चौहानों की छोटी शाख में से हैं। और इस समय उनके वंश में बूंदी, कोटा और सिरोही की गद्दियां हैं। जोधपुर राज्य के जसवन्तपुर जिले में सूधा नामक पहाड़ पर देवी का मन्दिर तथा वहां विक्रम संवत 1319 का एक शिलालेख मिला है। उसमें नान्दौल के चौहान राजा अनहिल्लराय का वृत्तान्त लिखा है–कि उसने युद्ध में भीमदेव की हस्ति-सेना का संहार किया और भोज के सेनापति साढा को मारा।[3] सम्भव है कि प्रथम युद्ध में भीमदेव की पराजय हुई हो। परन्तु अन्त में उसे भीमदेव की आधीनता ही स्वीकार करनी पड़ी। भीमदेव और भोज के युद्ध में उसने भीमदेव की सेना के साथ कपट से युद्ध किया था। क्योंकि उसी लेख में उसके पुत्र बालाप्रसाद का भी वर्णन है, कि जिसने राजा भीमदेव की चरण-सेवा कर राजा कृष्णदेव को कैद से छुड़ाया था। अनहिल्लराय का भोज के सेनापति साढा को मारना या तो भोज के सेनापति कुलचन्द्र के अनहिल्लवाड़े पर चढ़ाई के समय की घटना है, या भोज के अन्तिम समय में भीमदेव के धारानगरी पर चढ़ाई करने से सम्बन्ध रखती है। द्वयाश्रय काव्य में लिखा है कि राजा भीमदेव के शत्रु अस्त हो गए थे, और उनकी कीर्ति यमुना-तट और मगध देश तक फैल गई। उसने नीति का प्रचार किया था। व्यभिचारियों को दंड देकर परदार-गमन को रोका था। एक दिन एक दूत ने उसे बताया कि अब सब देश आपके आधीन हैं, किन्तु सिन्धचेदीके राजा आपके शत्रु हैं। उन्होंने आपको नष्ट करने का विचार किया है। सिन्ध के राजा हम्मुक ने शिव-शरण को जितकर अपने पक्ष में मिला लिया है और कई देश उसके आधीन हैं। इस पर भीमदेव ने सिन्ध देश पर चढ़ाई की और सिन्ध नदी पर पुल बंधवाकर सिंध को जय किया। हम्मुक को परास्त किया और चेदि पर चढ़ाई की जहां के राजा ने सेना, घोड़े, हाथी और भोज से ली हुई

1. ऐपिग्राफिया इंडिका, पृ. 75-76।
2. कृष्णदेव का एक शिलालेख विक्रम संवत 1117 माघ सुदी छठ का भीनमाल में मिला है, जिसमें उसको परमार राजा धुन्धक का पुत्र लिखा है।
3. ऐपिग्राफिया इंडिका, पृ. 74-75।

स्वर्णमंडपिका देकर उससे मित्रता की।[1] परन्तु हेमचन्द्र का यह कथन अतिशयोक्तिपूर्ण मालूम होता है। सिन्ध देश पर चढ़ाई करने का उल्लेख तो प्रबन्ध चिन्तामणिकार ने भी किया है, परन्तु चेदी पर चढ़ाई करने का उल्लेख नहीं मिला है। राजा कर्ण से उसने स्वर्णमंडपिका ली तो अवश्य, परन्तु चेदी पर चढ़ाई करके नहीं। हम्मुक, शायद सिन्ध में राज्य करनेवाले सुमरवंश का हम्मीर दूसरा हो, जो भीमदेव का समकालीन माना जाता है। ऐसा प्रसिद्ध है कि हम्मुक ने कच्छ देश के मकवाड़ा (झाला) केसर को मारा, जिससे उसका कुंवर हरपाल वहां से भागकर अनहिल्लवाड़े के राजा कर्ण की शरण में आया, जिसने उसको झालावाड़ का इलाका देकर अपना सामन्त बनाया।

भीमदेव का शरीर पुष्ट, लम्बा, रोमवाला और रंग कुछ श्याम था। वह अभिमानी, धनी, योद्धा और म्लेच्छों से न डरनेवाला था।[2] भीमदेव के तीन रानियों का होना पाया जाता है। जिनमें दो के नाम उदयमती और बकलादेवी मालूम हुए हैं।[3] प्रबन्ध चिन्तामणि में बकलादेवी के स्थान पर चौला देवी पाठ मिलता है। मेरुतुंग बकलादेवी (चौला देवी) को पथभ्रष्टा वेश्या बताता है, परन्तु किसी भी ग्रन्थ और शिलालेख से इसकी पुष्टि नहीं होती। भीमदेव के तीन पुत्र बतलाए गए हैं : मूलराज, क्षेमराज और कर्ण। क्षेमराज बकुलादेवी (चौला) से, और कर्ण उदयमती से हुए। मूलराज किस रानी से हुआ, इसका निर्णय नहीं हुआ। भीमदेव के ज्येष्ठ पुत्र मूलराज के विषय में मेरुतुंग लिखता है—कि एक वर्ष गुजरात में वृष्टि नहीं हुई, जिसके कारण कृषक लोग राज्य का महसूल जमा नहीं कर सके, जिससे वे श्रीपत्तन लाए गए। मूलराज ने घोड़ा फिराने की चतुराई से राजा को प्रसन्न कर वह कर माफ करा दिया। जिसके तीन दिन बाद ही मूलराज का देहान्त हो गया। दूसरे वर्ष अच्छी वृष्टि होने पर कृषकों ने दोनों वर्षों का कर चुका दिया। उस धन से मूलराज का स्मारक-स्वरूप त्रिपुर-प्रासाद नामक मन्दिर बनाया गया।[4] कुमारपाल-चरित के अनुसार भीमदेव के दो पुत्र थे, जिसमें बड़ा क्षेमराज और छोटा कर्ण था। क्षेमराज ने कर्ण को राजसिंहासन पर बैठाया क्योंकि उसके पिता ने उसकी माता को ऐसा वचन दिया था। क्षेमराज के पुत्र देवप्रसाद को कर्ण ने दधिस्थली गांव दिया। इस घटना का समर्थन चरित्रसुन्दर गणी ने भी किया है। और जयसिंह सूरि रचित कुमारपाल-चरित से भी यही प्रमाणित होता है। भीमदेव ने विक्रम संवत 1078 से 1110 तक राज्य किया। देहान्त के समय उसकी आयु लगभग 60 वर्ष थी।[5] प्रबन्ध चिन्तामणि में विक्रम संवत 1077 ज्येष्ठ सुदी द्वादशी को भीमदेव का राज्याभिषेक तथा विक्रम संवत 1120 चैत्र बदी सप्तमी तक राज्य करना लिखा है। परन्तु उसी लेखक ने पीछे से अपनी विचारश्रेणी में विक्रम संवत 1078 से 1120 तक राज्य करना माना है, जो अधिक

---

1. द्वयाश्रय काव्य, सर्ग 9, श्लोक 23-66।
2. रत्नमाला, पृष्ठ 33।
3. प्रबन्ध चिन्तामणि, पृ. 131।
4. प्रबन्ध चिन्तामणि, पृ. 129-31।
5. प्रबन्ध चिन्तामणि।

प्रमाणित है। भीमदेव के दो ताम्रपत्र मिले हैं, जिनमें पहला विक्रम संवत 1086, कार्तिक सुदी 15 का है। इसमें कच्छ का मसूर गांव आचार्य मंगलशिव के पुत्र भट्टारक अजयपाल को देने का उल्लेख है।[1] दूसरा ताम्रपत्र विक्रम संवत 1093 का है, जिसमें वत्सगोत्र के ब्राह्मण दामोदर के पुत्र गोविन्द को कच्छ देश में सहसचापा गांव में एक हलवाह भूमि देना लिखा है।[2] एक हलवाह में आधुनिक 10 बीघे के लगभग जमीन मानी जाती थी। नियम यह था, कि एक दिन में एक हल से जितनी भूमि जोती जाए, उसे एक हलवाह कहा गया है। दोनों दानपत्रों का दूतक सन्धिवैग्रहिक श्रीचंड शर्मा और लेखक कांचन का पुत्र बटेश्वर बताया गया है। दूतक उस पुरुष को कहते थे जिसके पास दानपत्र की सनद या दान करने की राजाज्ञा पहुंचती थी।[3]

विमलशाह

विमलशाह के सम्बन्ध में किसी विद्वान का कोई लेख नहीं मिलता है। परन्तु आबूवाले विमलशाह के मन्दिर के जीर्णोद्धार के एक शिलालेख से हमें इतना ही पता चलता है—कि प्रागवाट (पौरवाड़) जाति का महाजन, दृढ़ व जैन धर्मावलम्बी और वीर प्रकृति का योद्धा था। उसके आबू के मन्दिर को देखकर यह कहा जा सकता है—कि उसके पास अपरिमित धन-समृद्धि थी। आबू का यह भव्य मन्दिर निर्माण करने में उसने 18 करोड़ रुपये खर्च किए थे। विक्रम संवत 1568 में अनहिल्लवाड़े के जैन साधु मुनी लावय ने प्राचीन गुजराती भाषा में विमल प्रबन्ध नाम से विमलशाह का चरित्र-ग्रन्थ लिखा है। जिसके आधार पर कुछ बढ़ाकर सौभाग्य सुन्दर सूरि ने विक्रम संवत 1574 में 'विमलप्रबन्ध' नामक संस्कृत ग्रन्थ की रचना की। ये दोनों ही ग्रन्थ विमलशाह के समय के लगभग 500 वर्ष पीछे लिखे गए। इनमें विमलशाह के सम्बन्ध में कुछ चमत्कारिक और अत्युक्तिपूर्ण बातें लिखी हैं, जो कि विश्वसनीय नहीं हैं। विमलप्रबन्ध में लिखा है कि आठवीं शताब्दी के अन्त में विमलशाह के पूर्वज नीन मन्त्री चानड़ा वंशी राजा वनराज के समय में अनहिल्लवाड़े में जा बसा। नीन का पुत्र लहिर प्रतापी हुआ, जिसको वनराज ने अपना दंडनायक बनाया। वनराज के बाद के राजाओं के समय तक वह दंडनायक बना रहा। लहिर का पुत्र वीर और वीर का पुत्र विमलशाह हुआ। वनराज ने विक्रम संवत 821 से 882 तक राज्य किया। और उसके राजाओं के अतिरिक्त योगराज, रत्नादित्य, बैरीसिंह और क्षेमराज ने विक्रम संवत 882 से 944 तक राज्य किया। विमलशाह विक्रम संवत 1088 में विद्यमान था।

विमलदेव शाह ने जो यह मन्दिर आबू में बनाया है, इसकी समता का कोई दूसरा देव-प्रासाद भारतवर्ष में नहीं है। तेजपाल का बनवाया हुआ नेमिनाथ का मन्दिर भी बहुत

1. इंडियन एंटीक्वैरी, जिल्द 6, पृ. 193-95।
2. इंडियन एंटीक्वैरी, जिल्द 18, पृ. 109।
3. भारतीय प्राचीन लिपिमाला, दूसरा संस्करण, पृ. 29।

भव्य है, किन्तु विमलदेव शाह का यह मन्दिर उससे बढ़-चढ़कर है। फर्गुसन इसके विषय में कहता है कि वह इस मन्दिर में जो कि संगमरमर का बना हुआ है, अत्यन्त परिश्रम सहन करनेवाले हिन्दुओं की टांकी से फीता-जैसी बारीकी के साथ ऐसी मनोहर आकृतियां बनाई गई हैं, कि उनकी नकल कागज पर बनाने को बहुत परिश्रम करने पर भी मैं समर्थ नहीं हुआ।[1] टाड ने भी वहां के गुम्बज के विषय में कहा है, कि इसके चित्र बनाने में कलम थक जाती है। और अत्यन्त परिश्रम करनेवाले चित्रकारों की भी कलम को महान श्रम करना पड़ेगा।[2] गुजरात के इतिहास 'रासमाला' के लेखक फार्बस ने भी इस मन्दिर की भूरि-भूरि प्रशंसा की है। विमलदेव शाह के इस अनुपम मन्दिर का कुछ भाग मुसलमानों ने तोड़-फोड़ डाला था। जिससे विक्रम संवत 1378 में लल्ल और वीजड़ नामक दो साहूकारों ने सिरोही के महाराव तेजसिंह के राज्यकाल में इनका जीर्णोद्धार करवा कर ऋषभदेव की मूर्ति की स्थापना की। कर्नल टाड ने जो कि आबू पर चढ़नेवाले सबसे पहले योगेपियन व्यक्ति थे, उसे भारत का सर्वोत्तम प्रासाद कहा है, और कहा है कि आगरे का ताज ही उसकी कुछ समता कर सकता है।

सपादलक्ष

सपादलक्ष सांभर और अजमेर के राज्यों के अधीन सम्पूर्ण क्षेत्र का नाम था।[3] विग्रहराज वीसलदेव सपादलक्ष देश का राजा था, ऐसा प्रबन्ध चिन्तामणि में लिखा है। उस ग्रन्थ मे सपादलक्षक्षितिपति अथवा उसके पर्यायवाची शब्दों का जो प्रयोग किया गया है, वह चौहान राजाओं का सूचक है। अजमेर बसाए जाने से पूर्व चौहानों की राजधानी शाकम्भरी थी। इसी से वे शाकम्भरीश्वर अर्थात सम्भरीराव कहाते थे। अजयपाल ने अजमेर नगर बसाया, तब से वही राजधानी बना। परन्तु सब चौहान राजा नवरात्रि आते ही अपनी कुलदेवी शाकम्भरी की पूजा करने सांभर चले जाया करते थे।[4]

कन्था दुर्ग या कन्थाकोट का किला

यह किला कच्छ राज्य के पूर्व बागड़ में एक पहाड़ी पर बना है। प्राचीन काल में यह अच्छी आबादीवाला स्थान था। यह सुरक्षित और सुदृढ़ किला है। विपत्ति-काल में गुर्जर राजाओं ने इस दुर्ग में बहुत बार आश्रय लिया था।[5]

---

1. पिक्चर्स इलस्ट्रेशन ऑफ एंशिएंट आर्कीटेक्चर इन हिन्दुस्तान (फर्गुसन-कृत)
2. देखिए टाड-कृत राजस्थान।
3. ना. प्र. पत्रिका, भाग 2, पृ. 330-32।
4. प्रबन्ध चिन्तामणि।
5. प्रबन्ध चिन्तामणि (मेरुतुंग), पृ. 40-43।

प्रभास पट्टन

सोमनाथ की प्रसिद्धि के अनेक कारण हैं। प्रथम तो प्रभास पट्टन तीर्थ ही बहुत प्राचीन है। महाभारत-काल में यहीं पर यादवों का विग्रह और कुल-क्षय हुआ था। महाभारत-काल के बाद, कृष्ण-वंश के अवसान के कारण तथा कृष्ण-भूमि द्वारका के निकट होने के कारण, वह आगे चलकर साम्प्रदायिक काल में प्रथम वैष्णवों द्वारा पूजित तीर्थ रहा होगा, जिस पर पीछे से शैव शक्ति का प्रवेश हुआ। प्रभास तो प्रथम ही सुपूजित तीर्थ था। फिर मध्यकाल में वहां सूर्य मन्दिर तथा जैन मन्दिरों के निर्माण होने से इस महातीर्थ की गणना और अधिक व्यापक हो गई और वह भारत का प्रसिद्ध तीर्थ हो गया। इसके बाद प्रसिद्ध मूर्तिभंजक महमूद के अन्तिम अभियान के कारण, जिसमें सोमनाथ का भंग हुआ, वह एक ऐतिहासिक महत्त्व धारण कर गया। इसके बाद अनेक मुसलमान बादशाहों ने मन्दिर का ध्वंस समय-समय पर किया, पर हर बार हिन्दुओं ने उसके ध्वस्त हो जाने पर फिर से उसकी स्थापना कर ली। लगभग चार सौ वर्ष तक इस महातीर्थ में हिन्दुओं और मुसलमानों में संघर्ष चलता रहा। अन्त में 15वीं शताब्दी में हिन्दुओं ने प्राचीन महालय के निकट ही एक नया मन्दिर बना लिया। सोमनाथ का प्राचीन महालय, जो बाद में मस्जिद के रूप में परिवर्तित कर दिया गया था, अब केवल खंडहर ही रह गया।

महमूद का अभियान

महमूद ने गुजरात पर चढ़ाई तो अवश्य की और सोमनाथ को भंग भी किया, गुजरात और सोमनाथ को लूटा भी, फिर भी उसने अपनी सत्ता हिन्द में स्थापित करने की चेष्टा नहीं की। उसने बहुत-से प्रदेशों को सर किया, फिर भी उनमें सूबाओं द्वारा अपनी सत्ता जमाने का उद्योग उसने नहीं किया। वह एक साहसी योद्धा अवश्य था, परन्तु उसे साम्राज्य का शौक नहीं लगा, उसे तो सम्पत्ति की ही भूख थी। और यही कारण था कि सोमनाथ के पराभव होने के बाद गुजरात पर ऐसी भयानक विपत्ति आने पर भी समग्र गुजरात के जीवन का प्रवाह महमूद की पीठ फेरते ही पूर्ववत चलता रहा। यह एक बड़े ही आश्चर्य का विषय था। वास्तव में वह युग ही दूसरा था। महमूद जिस ऊजड़ प्रदेश में रहता था, वहां अनन्त भू-विस्तार उसके आधीन था। इसलिए उसे धरती की भूख नहीं थी। अमर कीर्ति की लालसा थी—धन का लोभ था।

कुछ इतिहासकार महमूद को धर्मान्ध कहते हैं। और उनका कहना यह है कि उसने सोमनाथ की मूर्ति भंग करने के लिए ही यह जिहाद का झंडा उठाया था, परन्तु कुछ इतिहासकार उसे लुटेरा कहते हैं। सम्भवतः दोनों ही बातों में सत्य हो, और इन्हीं भावनाओं से प्रेरित होकर महमूद ने ऐसे भारी-भारी अभियान किए हों। फिर भी इतना तो कहना ही पड़ेगा कि महमूद के दुस्साहस में उसकी प्रजा का पूरा-पूरा हाथ था। महमूद बादशाह

था, फिर भी प्रजा का सेवक था। यह जमाना वोटोक्रेसी अथवा मिलिटरी डिक्टेटरशिप का था। परन्तु राज्य का कारबार डेमोक्रेसी पद्धति पर चलता था। आज डेमोक्रेसी का युग है, पर कारबार सब डिक्टेटरशिप की रीति पर चलते हैं। स्टालिन की सोवियत सरकार तो यह कहती रही कि जनस्वातन्त्रय के लिए यह डिक्टेटरशिप है।

महमूद का यह युग गजनी की जाहोजलाली, राजा और प्रजा के प्रेम, मुसलमानों की साहसप्रियता, भारतीय क्षत्रियों के अनैक्य तथा विजित प्रजा के साथ महमूद की उदारता और मूर्ति-पूजा का विकृत रूप प्रकट करता है।

ऐतिहासिक आधारों पर नीचे लिखी बातें प्रमाणित हैं–

1. ईस्वी सन् 1025 में महमूद ने आक्रमण किया।

2. क्षत्रिय राजाओं के भय से उसे मरुस्थली की राह से आना पड़ा।

3. रास्ते में गुर्जरेश्वर भीम के भय से उसे कच्छ के महा-रन से वापस जाना पड़ा।

4. उसने सोमनाथ का मन्दिर तोड़ा।

5. वह आया और चला गया। किन्तु गुजरात का राजकीय, सामाजिक और धार्मिक जीवन अभंग ही रहा। इस आक्रमण को इतना तुच्छ समझा गया कि हेमचन्द्र, सोमेश्वर और मेरुतुंग-जैसे इतिहासकारों ने उसकी कहीं चर्चा तक नहीं की।

6. गुजरात की सत्ता और समृद्धि में कुछ भी कमी न आई, क्योंकि उसके सात ही वर्ष बाद 1032 में मन्त्रीश्वर विमलदेव शाह ने आबू पर आदिनाथ का मन्दिर बनवाया, जिसमें अठारह करोड़ रुपये खर्च हुए।

सोमनाथ पर महमूद का यह आक्रमण नेपोलियन ने मास्को पर किए गए आक्रमण से बहुत समानता रखता है। दोनों आक्रमणकारी महत्त्वाकांक्षी थे–और दोनों ही परराज्य में जबरदस्ती घुसे। नेपोलियन प्रकृति के द्वारा अवरुद्ध होकर पीछे फिरा, किन्तु महमूद को शत्रुओं से भय खाकर प्रकृति का भोग होना पड़ा। यद्यपि महमूद के इस आक्रमण का उल्लेख गुजरात के किसी भी इतिहासकार ने नहीं किया, परन्तु कुछ शिलालेख ऐसे मिलते हैं जिनमें महमूद के इस आक्रमण का उल्लेख है।[1]

सोमनाथ के विनाश और जीर्णोद्धार का विवरण श्री अमृतलाल पांड्या ने इस प्रकार दिया है–

विनाश	जीर्णोद्धार
महमूद गज़नवी ईस्वी सन् 1024	भीमदेव प्रथम, ईस्वी सन् 1026
	कुमारपाल, 1196
अलफ खान, ईस्वी 1297	
अहमदशाह, 1314	
शम्सखान, 1318	महीपाल, 1325

1. देखिए कृष्णाजी की रत्नमाला में उल्लिखित शिलालेखों का विवरण और इसी विषय पर रामलाल चुन्नीलाल मोदी का लेख।

मुजफ्फरखान दूसरा, 1394

तातारखान, 1520

औरंगजेब मारफत, 1706 अहिल्याबाई होल्कर, 1765

इस प्रकार एक के बाद दूसरा आक्रमणकारी आता गया, जाता गया, और सोमनाथ देव अपना चोला बदलता गया। वे सब आक्रमणकारी आज नहीं रहे, परन्तु देवाधिदेव सोमनाथ आज भी उसी स्थान पर सुप्रतिष्ठित हैं। सम्पूर्ण विश्व में आज के दिन सुपूजित इतना प्राचीन देवता कोई दूसरा नहीं है।

17 मई सोमवार, 1954 —चतुरसेन

वैशाख पूर्णिमा, 2011

ज्ञानधाम प्रतिष्ठान

शाहदरा, दिल्ली-110032

●●●